Alice Borchardt

DIE KÖNIGIN DER WÄLDER

ALICE BORCHARDT

DIE KÖNIGIN DER WÄLDER

ROMAN

Deutsch von
Susanne Tschirner

GUSTAV LÜBBE VERLAG

Titel der Originalausgabe: Devoted
Originalverlag: Dutton, New York

Aus dem Amerikanischen von Susanne Tschirner
Redaktionelle Bearbeitung: Hermann Ritter
Schutzumschlag- und Einbandgestaltung: Guido Klütsch, Köln,
unter Verwendung eines Motivs aus »Illuminations of Heaven and Earth:
The glories of the Très Rich Heures du Duc de Berry«
Satz: Dörlemann Satz, Lemförde
Gesetzt aus der Berkeley-Oldstyle der Fa. Berthold
Druck und Einband: Wiener Verlag, Himberg

ISBN 3-7857-0993-5
Printed in Austria

Sie finden die Verlagsgruppe Lübbe
im Internet unter: http//www.luebbe.de

1 3 5 4 2

Für Katherine Rita Allen

Ich glaube nicht, daß noch viel übrig ist. Ich bin mir sicher, daß der Sarg schon vor langer Zeit verfault und zusammengebrochen ist. Ein paar Plastikblumen, ein Tüllfetzen und vielleicht ein paar sehr braune Knochensplitter, ein Schädelstück mit Zahnstümpfen.

Es gibt Schlimmeres. In eine luftdichte Kiste aus Stahl, Bronze und Nylon gepackt zu werden, bis man zu etwas mumifiziert, das so leicht ist wie ein welkes Blatt.

Aber vielleicht ist auch das bedeutungslos, und wir drei werden wieder vereint sein und mit dem Wüstenwind tanzen, wenn die Hitze von den Bergen herunterkommt und die abkühlende Luft über der verdorrten Ödnis tost. Bis wir frei in den unermeßlichen Sonnenwind zwischen den Sternen emporfliegen.

Für meine Schwester, Anne Rice,

die von vielem besessen ist und vieles besitzt,
etwas, das kein Besitz ist,
eine Opfergabe des Geistes:
Haakons Geschichte

VORWORT

von Anne Rice

Stellen Sie sich dies kurz vor … wenn Sie mögen. Wir schreiben das Jahr 1948. Zwei kleine Mädchen sitzen in einem karg möblierten Eßzimmer in einem ziemlich winzigen Haus in New Orleans und unterhalten sich in einem beinahe rhythmischen Flüstern, während sie Bücher durchblättern oder mit Buntstiften malen oder einfach nur ihre Blicke durch den Raum schweifen lassen, während sie ihre Worte fast so rezitieren, als seien es Gedichte. Es ist sehr lebhaft, dieses Hin und Her. Sehr wichtig.

Doch dieses Bild ist nicht alles.

Die kleinen Mädchen sind überhaupt nicht da. Sie sind Alice und Anne O'Brien, die einmal Alice Borchardt, Autorin von »Die Mauern von Chantalon«, und Anne Rice sein werden, nur allzu bekannt für ein Buch namens »Interview mit einem Vampir«, welches eines von ungefähr zwanzig ist, die sie inzwischen geschrieben hat. Und ich, Anne Rice, bin einmal mehr mit Stolz erfüllt, das Vorwort zu einem Buch meiner Schwester, Alice O'Brien Borchardt, verfassen zu können.

Natürlich sind diese kleinen Mädchen, wie sie da sitzen, nicht imstande, in die Zukunft zu schauen. Doch wenn man meint, daß sie nur das Zimmer um sich herum mit seinem alltäglichen Eichenmobiliar wahrnehmen – Anrichte, große, kahle Fenster, die sich auf die Veranda der Pension nebenan öffnen –, so ist das auch nicht ganz richtig.

Denn diese Mädchen leben in einer Phantasiewelt, die sie sich gemeinsam geschaffen haben, voller Türme und Zinnen und bevölkert mit den schönen Königinnen Mary und Madene sowie denjenigen, die ihnen unablässig den Hof machen. Sie herrschen über ein Reich wunderbarer kleiner Sprößlinge, genannt »die Slickery-Kinder«, die so zahlreich sind und so hilfsbereit und so schlau, daß sie an einem einzigen Tag eine neue Burg für Mary, Madene und den ganzen Hof bauen können, indem jedes Kind einen von Tausenden von Ziegelsteinen nimmt und ihn einfach zum richtigen Zeitpunkt an der richtigen Stelle einsetzt.

Es bedarf großer Tatkraft und Begeisterung, um die Welt von Mary und Madene und den Slickery-Kindern zu erschaffen. Alice und Anne machen sich mit Freuden daran, indem sie laufend neue Anregungen aus einer Radiosendung oder aus Bildern hinzufügen, die sie in einem Märchenbuch entdeckt haben. Sie malen sich ihre eigenen Bilder von Prinzessinnen mit spitz zulaufenden Hüten oder reizenden Sofas, auf denen sie ruhen können.

Am Hof der Slickery-Kinder gibt es Spannung, Kampf, Sieg und Liebe. Und vor allem herrscht ein Gefühl von Freiheit und unbeschränkten Möglichkeiten. Das Reich von Mary und Madene entlehnt seine feinen Gewänder und Zinnen dem Mittelalter, dem vierzehnten Jahrhundert, dem Land der Märchen, aber Alice und Anne wissen das nicht.

Sie wissen nur, daß ihnen dieses Königreich gefällt und daß sie sein Alltagsleben stundenlang weiterspinnen können, indem sie die Geschichte gemeinsam vorantreiben. Alice gibt drei oder vier Sätze vor, dann wirft Anne ein paar ein, um der Handlung eine andere Richtung zu geben, und Alice denkt sich ein unüberwindliches Hindernis für den Stamm auf seiner Wanderschaft aus, und so weiter, und so weiter.

Sowohl Alice als auch Anne sind geborene Geschichtenerzählerinnen, und so selbstverständlich ist das für sie, daß es noch Jahre dauern wird, bis sie erkennen, daß andere Leute keine »Traumwelten« haben, daß nicht jeder nach Belieben in eine aktive Erzählphantasie hinüberwechseln kann, weder mit noch ohne Schwester.

Gott sei Dank gab es kein Kindermädchen, das dauernd sagte: »Kommt von eurem Wolkenkuckucksheim herunter, Kinder!« Zu dem Zeitpunkt, als Lehrer mit äußerster Härte gegen die irrlichternde Phantasie von Alice und Anne vorgehen, sind die beiden Mädchen schon zu weit weg.

Als die Jahre ins Land gingen, verbrachten sie ihre schulfreien Stunden in der öffentlichen Bücherei von New Orleans. Hier hockte Alice über Büchern zu Geschichte, Wissenschaft, Philosophie, Architektur, Rittertum und Astronomie, wozu sie mit der Lesekarte ihres Vaters die umfangreiche Erwachsenenabteilung im oberen Stockwerk plünderte. Ihr blieb nichts anderes übrig. Im Alter von zwölf Jahren hatte sie alles in der Kinderbücherei im Erdgeschoß gelesen. Romane verschlang sie zum Frühstück, zum Mittag- und zum Abendessen.

Sollte der Regen doch fallen; sollten die Teller doch in der Spüle bleiben. »Hamlet« oder »Macbeth« bereitete Alice wesentlich mehr Vergnügen und war für sie so leicht zu lesen wie »Die Bobbsey-Zwillinge« für andere Kinder.

»Was wollt ihr denn mit eurem ganzen Wissen anfangen? Warum wollt ihr all diese Bücher lesen?« Das waren Fragen, die Alice und Anne nur allzu häufig zu hören bekamen. »Was soll nur aus euch werden mit dieser ganzen Leserei und Tagträumerei?«

Alice kümmerte das nicht. Das Lesen bereicherte ihre phantastischen Erzählwelten und vergrößerte darüber hinaus ihr praktisches Wissen; alles, was sie lernte, regte sie zu noch extravaganteren Charakteren und Abenteuern an, manchmal in Phantasieländern, dann wieder auf Raumschiffen, auf anderen Planeten, in längst vergangenen Zeiten.

Und vor zwei Jahren brachte Alices hartnäckige, unverbesserliche Traumwelt ihren ersten Roman hervor, »Die Mauern von Chantalon«, einen spontanen Erfolg – zum Bersten voll mit den Freuden der Liebe und mit Schlachtenlärm, eine reiche und gut lesbare Erzählung, ein wahres Fest für die Liebhaber solcher Geschichten und so gut wie manch eine Geschichte, die Alice selbst gelesen hatte.

Nun, zwei Jahre später, darf ich stolz verkünden, daß wir uns in Alices zweites Buch stürzen können: »Die Königin der Wälder«. Hier sind sie wieder, die wilden und unbeugsamen Charaktere aus »Die Mauern von Chantalon« – Owen und Elin, und dank Alices unfehlbarer historischer Genauigkeit kehren wir mühelos mit ihnen in das Chantalon des zehnten Jahrhunderts zurück.

Lassen Sie sich jedoch weder von dem klangvollen Titel dieser Bücher noch von ihren bezaubernden Titelbildern irreführen. In der Tradition von »Braveheart« und »Rob Roy« verbringen Alices Helden und Heldinnen genausoviel Zeit auf dem Schlachtfeld wie im Bett. Kraft und Musik sind in Alice wie auch in »Die Königin der Wälder« gleich stark vertreten. Noch einmal beglückwünsche ich meine Schwester zu ihrem Werk.

DIE HANDELNDEN PERSONEN

Der Haushalt des Bischofs

Owen, Bischof von Chantalon
Elin, seine Frau, eine Priesterin der Waldleute
Enar, Owens bester Freund
Godwin, Owens Hauptmann und Vetter
Gowen, einer von Godwins Rittern
Edgar, einer von Godwins Rittern
Wolf der Kurze, einer von Godwins Rittern
Ranulf, ein junger Ritter
Denis, der Armbruster
Alfric, ein Mönch
Ingund, Enars Frau
Elfwine, Ranulfs Frau
Rosamunde, eine Dienerin
Anna, eine treue alte Dienerin
Ine, der Schwachkopf

Die Waldleute

Alshan, ihr Anführer
Tigg
Sibylla
Ilo
Ceredea

Die Wikinger

Haakon, Owens Erzfeind
Tosi, sein stellvertretender Befehlshaber
Ulick, Haakons Spitzel
Ivor Halbtroll
Osric, der Wikinger, der Owen gefangengenommen hat
Holder, ein Wikinger von niedriger Geburt
Llwyd, ein riesiger Waliser

Elsbeths Haushalt

Elsbeth, die Schöne, der die benachbarte Festung gehört
Reinald, ihr verstorbener Mann, der Owen verraten hat
Bertrand, Elsbeths Bruder, ein Abt, der Owen gequält hat
Erik, Elsbeths Sohn
Rauching, Elsbeths hintertriebener Verwandter
Niethered, einer von Elsbeths Freisassen
Bettena, die Amme von Elsbeths Kindern

Corwin, ein treuer Diener, Bettenas Mann
Clara, eine Dienerin

Die Stadtbewohner

Martin, ein Dorfpriester
Arn, der Schankwirt
Routrude, seine Frau, das Klatschmaul der Stadt
Clea, die Bordellwirtin
Osbert, der Viehhändler
Judith, eine Jüdin und Geldverleiherin
Lollas der Wucherer, Judiths Vater
Graf Anton, der einstige Herrscher von Chantalon, von Godwin getötet
Gerlos, Graf Antons nichtsnutziger Sohn
Gunther, der Schmied, Ingunds Vater
Siefert, der Gerber
Gynnor, Osberts Frau
Helvese, Sieferts Frau
Rieulf, Judiths Hauptmann
Fortunatus, der Trunkenbold

Die Bretonen

Elutides, der meisterhaft die Fäden zu ziehen versteht
Gynneth, seine Nichte
Cador und Casgob, seine Söhne
König Ilfor
Königin Aud

KAPITEL 1

Die Fackeln warfen ihren blutigen Schein auf das schwarze Wasser. »Daß der Teufel sie bei lebendigem Leib hole!« knurrte Martin. »Herr Bischof, jetzt seht Ihr selbst, daß sie nicht abgezogen sind.«

Bischof Owen ließ ihm den Fluch durchgehen. Martin hatte genug von den Männern in der Festung erlitten und ein Recht darauf, ihnen alle Übel der Welt an den Hals zu wünschen. Owen hegte sogar die schwache Hoffnung, ein solcher Fluch aus dem Munde eines Priesters könne sich tatsächlich erfüllen. Natürlich käme Martin um eine Buße nicht herum, aber sein Bischof würde schon dafür sorgen, daß sie nicht allzu schwer ausfiel.

Die Festung befand sich auf einer Insel im Fluß ein paar Meilen voraus. Und es war offensichtlich, daß die Wikinger nicht abgezogen waren. Im Gegenteil, sie waren mit einer Art Feier beschäftigt.

»Laßt das Boot auf den Strand laufen«, befahl Owen. »Wir sind fast in Sicht- und Hörweite.«

Das Boot glitt lautlos in den Morast und kam in dem wenige Fuß tiefen Wasser zum Halten.

Owen richtete sich auf, drehte sich um, um seiner Frau Elin herauszuhelfen, und mußte feststellen, daß sie schon das Ufer erreicht hatte. Elins Freunde Sibylla, Tigg und Alshan waren im Wald verschwunden. Owen sprang aus dem Boot. Er versank bis zu den Knöcheln in einer scheußlichen Mischung aus Schlamm, verfaulten Pflanzen und flüssigem Schlick. Mit zwei schmatzenden Geräuschen befreite er seine Füße, hechtete auf den festeren Untergrund des Flußufers und gesellte sich zu den anderen, die unsichtbar im schwarzen Schatten der Bäume warteten.

Martin verließ als letzter das Boot. Unter lautem Platschen landete er auf dem schlammigen Flußufer.

Elin bemerkte als erste, daß Martin in Schwierigkeiten steckte. Das Gesicht des dicken Mannes war schreckensbleich. Er schlug wild mit den Armen um sich, und schlimmer noch, sie konnte das Geräusch ins Wasser tauchender Ruder hören. Ein anderes Boot kam den Fluß hinauf. Jetzt konnte sie in der Ferne auch die brennenden Fackeln an seinen Bordwänden sehen.

»O nein«, keuchte Owen. »Er steckt fest wie ein Stier im Morast.«

Elin rannte zu Martin zurück, und ihre Füße platschten durch das seichte Wasser.

»Nein«, flüsterte Martin ihr mit heiserer Stimme zu, als sie bei ihm war. »Ich stecke bis zu den Hüften im Schlamm. Lauft, Herrin. Rettet Euch. In den Wald können sie Euch nicht folgen.«

»Runter mit Euch!« zischte Elin.

Das Licht wurde heller. Das Langschiff näherte sich.

Martin, dessen gewaltige Körperkräfte sich nun zu seinem Nachteil auswirkten, starrte sie mit leerem Blick an.

»Runter«, flehte Elin ihn verzweifelt an, während sie ohne großen Erfolg an seinem Arm zerrte.

»Elin…«, rief Owen leise.

»Hau ihm in den Magen«, flüsterte sie Owen mit gebleckten Zähnen zu. »Hau zu. Schlag ihn nieder, bevor er uns alle umbringt.«

Owen schlug zu. Martin klappte nach vorn, nach Luft schnappend, stumm. Elin begann Schlamm auf seinen Rücken zu packen. »Wälz dich«, wisperte sie Owen zu. »Wälz dich im Schlamm.« Er verstand, was sie vorhatte, und gehorchte. »Leg dich hin, und keine Bewegung, wenn dir dein Leben lieb ist.«

Aus dem Augenwinkel sah Owen, wie Elins Leute das Boot rasch hinter einen Weidenvorhang zogen und seinen Rumpf mit ein paar Schlingpflanzen bedeckten. Kieloben, wie es jetzt dalag, war es nicht als Schiff erkennbar. Es sah einfach wie ein weiterer moosbedeckter Hügel am Flußufer aus, während er, Elin und Martin als Teil der Ansammlung von Treibholz und Schmutz durchgehen würden, die das durch den trockenen Winter verursachte Niedrigwasser zwischen der tiefen Fahrrinne und dem Ufer angeschwemmt hatte.

An der Flußbiegung kam das Schiff in Sicht. Es war klein, nicht länger als zwanzig oder fünfundzwanzig Fuß, ein Kutter für den Küstenhandel mit ziemlich breitem Rumpf und geringem Tiefgang. Aber heute war der Kahn herausgeputzt, als gälte es sein Leben.

Die Wange im Morast, seine Hand in Elins, sah Owen ihn näher kommen und fragte sich, was er wohl zu bedeuten habe. Der Drache am Bug war frisch bemalt und leuchtete wie ein kostbares Emailschmuckstück – scharlachrot, schwarz, saphirblau und golden im Schein der Fackeln an den Schiffswänden. An seinen Dollborden war lediglich für ein Dutzend Ruderer Platz, sechs auf jeder Seite. Die Männer, welche die Ruder bedienten, waren frisch rasiert und gebadet und trugen saubere Kleider. Sie sangen, während die Ruder sich hoben und senkten und sie gegen die Strömung flußaufwärts trugen.

Das Holz des Schiffsrumpfes war frisch poliert und eingeölt und glänzte. Girlanden aus schimmerndem Eichenlaub, blassen Misteln mit weißen Beeren und filigraner Zeder hingen an seinen Seiten und leuchteten auf dem schwarzen Holz. Während Owen das Zeremonienschiff näher und näher gleiten sah, kam er nicht umhin, seine Schönheit ehrfürchtig zu bestaunen. Der bedrohliche und dennoch prachtvolle Drachenkopf ragte über ihm auf und verdunkelte im Vorbeifahren die Sterne. Trotz des gespenstischen Schreckens, den die Bugfigur verbreitete, stellten die hell lodernden Fackeln an den Längsseiten jedoch die Hauptgefahr für sie dar. Sie beleuchteten den Fluß von einem Ufer zum anderen.

Die drei im Uferschlamm Liegenden merkten, wie sich ihre Hände fest umeinander schlossen. Als das Schiff an ihnen vorbeifuhr, vergaßen sie zu atmen. Dann war es verschwunden, und auf den triumphierenden Gesang erklang Weinen sowie ein unheimliches Schluchzen und Klagen, das dem Schiff in die Nacht folgte, während sich die Dunkelheit wieder hinter ihm schloß.

Owen und Elin richteten sich auf und halfen Martin dabei, sich aus dem Schlick zu befreien. Die drei taumelten an Land zu den anderen von Elins Volk.

Sie ließen sich in dem geschützten Hohlraum nieder, den das an Land gezogene Boot bildete. Einer aus Elins Volk hatte trokkene Zweige auf den Boden geschichtet, und so konnte das Wasser langsam aus ihren Kleidern rinnen.

»Feuer?« wandte sich Owen eingedenk des zitternden Martin an Alshan.

»Nein«, sagte der alte Mann. »Das ist zu gefährlich. Ich habe keine hohe Meinung von ihren Fähigkeiten, aber wenn sie uns doch entdecken, befänden wir uns in derselben Lage wie vorhin die Männer im Schiff – von unserem eigenen Licht geblendet und leicht gefangenzunehmen.«

Sie ließen etwas zu essen herumgehen, Brot, Käse und kaltes Fleisch. Mit ein wenig Wein spülten sie das Essen herunter.

Der Mond, eine dünne Sichel, stand im letzten Viertel, ein bleicher, gespenstischer Schimmer in den wabernden Nebelschwaden, die das gesamte Land einhüllten. Owen stellte fest, daß er seine Gefährten im Mondlicht gut sehen konnte. Insgeheim ärgerte er sich. Ich bin von edler Geburt, dachte er. Ich bin Bischof von Chantalon. Ich sollte in meiner Halle speisen. Meine Frau Elin, die jetzt kaltes Fleisch und Brot mit ihren prächtigen Zähnen zerreißt, sollte an meiner Seite sitzen und ein anständiges Gewand tragen, wie es sich für eine Frau geziemt, und nicht lederne Kniebundhosen, Beinlinge mit kreuzweise geschnürten Riemen, einen Überwurf aus Hirschleder und eine Männerkappe.

Ihre Freunde, Sibylla, Tigg und der alte Anführer, Alshan, saßen neben ihr. Ihr Verhalten war der zweite Stachel in Owens Fleisch. Als er Elin aus der Sklaverei der Wikinger befreit hatte, hatte er feststellen müssen, daß sie mit ihr kamen. Sie waren ihre Mitgift. Eine reiche Mitgift, wie sich herausgestellt hatte. Mit der Hilfe seiner Frau und ihrer Verwandten hatte er sich von einem unbedeutenden kleinen Kirchenmann, drangsaliert vom Grafen und dem benachbarten Großgrundbesitzer Reinald, zu einem unabhängigen, reichen Mann und der einzigen noch verbleibenden Macht in der Stadt Chantalon entwickelt. Sein Keller strotzte vor Vorräten, um, falls nötig, einer Belagerung standzuhalten, und seine Schatztruhen quollen über von dem Kriegsgut, das er in zwei Schlachten gegen die Wikinger erbeutet hatte. Im Augenblick plante er ein drittes Treffen, und zu diesem Zweck mußte er herausfinden, wie viele Männer sich in der Festung befanden und ob ihr großer Räuberhauptmann, Haakon, bei ihnen geblieben war.

Elins Volk, ihre Freunde, hatte viele Namen. Aber unter den Bauern, die sie fürchteten, schützten und manchmal sogar anbeteten, war allgemein bekannt, daß sie seit jeher ein Teil dieses Landes gewesen waren. Bevor die Römer einmarschiert waren und der stampfende Schritt ihrer Stiefel auf den Steinstraßen erklungen war, die sie gebaut hatten; bevor die Kelten ihre Raubzüge begonnen, gekämpft, ihre grünen Ringwälle aufgeworfen hatten: vor alledem war Elins Volk durch die Wälder gezogen. Sie sammelten Eicheln, Kastanien und Honig, um daraus Brot herzustellen. In ihren Netzen fingen sie Fische in den Bächen und Singvögel in den von Gestrüpp überwucherten Lichtungen der dichten Wälder, und in den Küstensümpfen jagten sie Enten und Gänse.

Wenn sie von den argwöhnischen Bauern, die am Rande der Einöde wohnten, darum gebeten wurden, konnten sie sogar den Unbewaffneten und Ungerüsteten zeigen, wie man Gruben aushob, um den Eber mit seinen Hauern und den furchterregenden Auerochsen, den wilden Stier der Wälder, zu besiegen. Rastlos wie eine Feder im Wind, unsichtbar wie die Luft und spurlos wie der Morgennebel, kamen und gingen sie, wie es ihnen gefiel, wobei sie nicht mehr Spuren ihrer Anwesenheit hinterließen als der flüchtige Duft, den ein Weißdornbusch oder eine blühende Quitte in den Sommerwind entläßt. Eins jedoch konnten sie nicht, ja, versuchten es erst gar nicht – sie weigerten sich, zu rudern. Das hatte er nach einer kurzen Unterredung mit ihnen herausgefunden, als er ihnen den Erkundungszug zum Wikingerlager vorgeschlagen hatte.

Er war seit einigen Monaten mit Elin verheiratet und fand, daß dies eine zumeist recht angenehme Erfahrung sei. Aber er hatte schnell gelernt, wie nutzlos und schmerzlich es war, auf sie oder ihre Leute Druck auszuüben, damit sie einem für sie unannehmbaren Befehl gehorchten. Wie ihm von Alshan, dem alten Mann, erläutert wurde, würde ihre Annäherung an die Festung so ablaufen, daß sie zu Land flußaufwärts reisten und sich dann einen großen Baumstamm besorgten. Rittlings auf diesem ziemlich provisorischen Transportmittel sitzend, würden sie sich nachts flußabwärts an der Festung vorbeitreiben lassen. So sollte es ihnen gelingen, mit ihm auf der von den Wikingern besetzten Insel zu landen, dort die Beobachtungen anzustellen, die er anstellen wollte, und das Eiland vor Einbruch der Dämmerung wieder zu verlassen. Pünktlich zum Abendessen zurück, hatte Alshan erklärt. Warum in aller Welt sollte jemand so etwas Widersinniges tun wollen wie gegen die Strömung zu paddeln? Dem Fluß würde es nicht gefallen – die Strömung war schließlich nicht umsonst da. Ihren Händen würde es nicht gefallen – sie würden Blasen bekommen. Und sie konnten möglicherweise von den Wikingern gefangengenommen werden, deren Schiff den Fluß immer häufiger absuchte.

Dann beging Elin die Todsünde einer christlichen Ehefrau: Zuerst kicherte sie, dann lachte sie laut über seine vergeblichen Bemühungen, Alshan und ihre Freunde zu seinem Standpunkt zu bekehren.

Damit war er wieder bei Martin angelangt. Martin war der wahrhaft kolossale Gemeindepriester des einzigen Fischerdorfs in der Nähe der Stadt. Die Schwielen an seinen Händen mußte man gesehen haben, um es zu glauben. Er konnte morgens mit dem Rudern anfangen, und man würde ihn abends immer noch rudern sehen.

Owen hatte Martin zwei Pferde gegeben, einen Hengst und eine Stute. Martin war so arm, daß man seit fünf Generationen in seiner Familie niemanden kannte, der solchen Reichtum besessen hätte. Jeder lebende Verwandte bis ins zehnte Glied besuchte ihn, um dieses großzügige Geschenk in Augenschein zu nehmen und hingerissen am Weidezaun zu stehen. Als feststand, daß der Hengst willig und fruchtbar und die Stute trächtig war, wurde ein großes Fest veranstaltet.

Jeder Mensch im Umkreis von Meilen, ob er nun mit Martin verwandt war oder nicht, war der festen Überzeugung, daß Martin Owen jeden Gefallen schuldete, um den dieser ihn bitten würde. Aus diesem Grunde saß Martin jetzt, durchnäßt, unglücklich und vermutlich mit mehr Angst im Leib, als er jemals zugeben würde, hier in der naßkalten Finsternis neben seinem Bischof und zerbrach sich den Kopf darüber, was wohl in dem Lager flußaufwärts vor sich ging.

Der Wein wärmte Owen und verlieh ihm Kühnheit. Er gab die Flasche an Elin weiter. »Ich wünschte, ihr würdet hier bleiben, du und deine Freunde«, teilte er ihr mit ruhiger Stimme mit.

»Nein.« Sie hörte sich unnachgiebig an. »Du und Martin habt keine Erfahrung darin, nachts umherzuwandern. Wenn du mir nicht glaubst, denk nur daran, was vorhin um ein Haar passiert wäre. Wenn ich nicht gewußt hätte, was zu tun war, wärt ihr möglicherweise beide gefangengenommen worden. Und Owen, du weißt ganz genau, wenn Haakon dich noch einmal in die Finger bekommt, bist du einen Atemzug später tot. Als er dich damals gefangennahm, hat er Osrics Gier nachgegeben und ein Lösegeld verlangt. Diesmal wird er nicht einen einzigen Gedanken an Geld verschwenden. Er wird dir nicht mal Zeit für ein letztes Gebet geben.«

Alshan, der alte Schamane und Anführer von Elins Volk, kicherte. »In der Tat, so ist es. Er hat dem Mann, der ihm deinen Kopf bringt, dein Gewicht in Gold versprochen.«

»Das wußte ich nicht!« rief Elin.

»Ich auch nicht«, warf Owen düster ein, »und ich bin mir nicht sicher, ob ich es wissen möchte, Alshan. Konntest du mit dieser Neuigkeit nicht warten, bis ich vor einem warmen Feuer in meiner Halle sitze, meine getreuen Freunde und Verwandten an meiner Seite?«

»Siehst du?« meinte Elin, als beweise das ihre Behauptung, daß man ihn einfach nicht sich selbst überlassen könne.

Owen sah es nicht ein; aber er sah ein, daß er nicht in der Lage sein würde, Elin und ihre Freunde abzuschütteln, solange sie an dieser Überzeugung festhielten. Obwohl er nicht ausdrücklich mit Elin darüber gesprochen hatte, ergab sich ein Grund, warum er dieses fürchterliche Wagnis einzugehen bereit war, daraus, daß ihm niemand sagen konnte, ob Haakon sich noch immer bei den Wikingern im Lager aufhielt. Falls dem so war, befand Chantalon sich weiterhin in tödlicher Gefahr. »Ist er dort, und hat er noch den Oberbefehl?« wollte Owen von Alshan wissen.

»Wer weiß?« antwortete Alshan.

Falls Haakon geblieben war, würde seine Autorität die Männer zusammenhalten. Falls nicht, konnten Owen und sein Hauptmann, Godwin, Köder vor der Rotte von schlecht organisierten Dieben auslegen, sie in kleine Gruppen aufsplittern und einer nach der anderen den Garaus machen. Er mußte wissen, wie die Dinge in der Flußfestung standen. Owen wußte, wer den Fluß beherrschte, der beherrschte auf eine sehr reale Weise auch das Tal mit den sanften Kalksteinhügeln zu beiden Seiten der fruchtbaren Flußniederungen.

In den höheren Lagen wuchs gutes Bauholz; Sturmschäden und im Winter abgestorbene Bäume lieferten Brennholz. Auf den zerklüfteten, steinigen Berghängen gab es Elche, Rotwild, Wildkaninchen, Dachse und Wildschweine. Hausschweine konnten sich ihr Futter zusammen mit ihren wilden Artgenossen unter den Bäumen suchen. Der wahre Reichtum des Tals lag jedoch in dem fruchtbaren Boden, dem Flachland entlang der Flußufer. Dort spendete der lebendige Strom allem seinen Segen. Die nährstoffreichen, schweren, gut gewässerten Felder und Wälder entlang des Flusses speicherten Wasser wie ein Krug. In einem schlechten Jahr konnten sie zwei, in einem guten drei Ernten einbringen. Nur der Krieg brachte Hunger und Not über das Tal.

Verglichen mit den wesentlich räuberischeren Banditen, die das Tal der Seine weiter südlich beherrschten, war Haakon ein ziemlich kleiner Fisch. Er verfügte im Gegensatz zu den vielen Tausend, die jene befehligten, die Rouen eingenommen und die ganze Seine hinunter bis nach Paris geplündert hatten, nur über ein paar Hundert Männer.

Aber Haakons befestigte Inselstellung erlaubte es ihm, seine Raubtrupps in das offene Land im Süden zu schicken, während er seine Männer und den Troß im Lager von dem ernährte, was er den im Tal Verbliebenen abnahm.

In dem Moment, als Owen und sein Hauptmann Godwin die Macht in der Stadt ergriffen, erhöhte Haakon den Spieleinsatz in ihrem Ringen um die Vorherrschaft, indem er sich Reinalds Witwe Elsbeth bemächtigte und so nicht nur Reinalds Feste in seine Gewalt brachte, sondern auch jene Ländereien, die, von Lehnsherrn und Leibeigenen verlassen, am Fluß verstreut zwischen seiner Insel und Reinalds Halle lagen. Um genau zu sein, beherrschte er den Großteil des Flußtals mit Ausnahme von Owens Stadt, Chantalon, und den Gehöften und Dörfern in ihrer unmittelbaren Umgebung.

Wenn Haakon Owens Macht über seine kleine Stadt brechen konnte, würde der Fluß und damit das gesamte Tal ihm gehören.

Doch Owens Position war nicht so schlecht, wie es auf den ersten Blick aussah. Chantalon kontrollierte die Flußmündung, die fruchtbaren Sümpfe des Mündungsdeltas und das größte Gebiet urbaren, gerodeten Landes im ganzen Tal. Im Vergleich dazu war Reinalds Halle nur eine armselige, aus dem jungfräulichen Wald gehauene Rodung und Haakons Inselfeste ein Nest von Strauchdieben, das der nächste starke König, der im Frankenreich an die Herrschaft käme, ausräuchern würde – vielleicht sogar Owen selbst, sollte er in seiner Stadt die Oberhand behalten.

»Wir gehen zusammen«, erklärte Elin kategorisch. »Wir alle. Und noch etwas – ihr beide habt nicht den geringsten Orientierungssinn, deshalb –«

Owen erhob sich. Der Versuch, sie zu irgendeiner Form von Disziplin anzuhalten, war ein hoffnungsloses Unterfangen, ungefähr so, als wolle man Schmetterlinge zusammentreiben. Er packte Elins Arme mit beiden Händen und zog sie an sich.

Sie schnappte nach Luft, während sie gleichzeitig die Schnelligkeit seiner Bewegung bewunderte. Ihr Volk hatte ihm einen Namen gegeben, der »Katze« bedeutete. Owen war klein, dunkel, geschmeidig, biegsam wie eine Gerte; er ließ einen tatsächlich an einen Kater denken. Mit einem Kuß brachte er sie zum Schweigen.

»Also gut«, flüsterte er ihr ins Ohr. »Dann komm mit mir. Ich vermute, das ist auch nicht schlimmer, als dich hier zu lassen. Aber versprich mir, daß du mit deinen Leuten fliehst, falls mir etwas zustößt.«

»Ja.« Sie unterbrach sich gerade so lange, daß ihre Lippen stumm das Wort formen konnten, bevor sie ihn weiterküßte. Sie hatte gedacht, ihre lederne Reisekleidung nach Art ihres Volkes würde Abscheu oder vielleicht auch nur Gleichgültigkeit in ihm wecken. Sie hatte sich getäuscht. Oh, wie gründlich sie sich getäuscht hatte!

In der Nacht, bevor sie aufgebrochen waren, war er in ihr Schlafzimmer gekommen und hatte sie dabei angetroffen, wie sie sich vor dem Kaminfeuer die Beinlinge geschnürt hatte. Er war vor ihr stehengeblieben, hatte mit einem Finger den Ausschnitt ihres Lederüberwurfs zu sich gezogen und auf das weiche Leinenmieder und das, was es enthielt, herabgesehen.

»Quitten«, sagte er. »Nein, Birnen. Nein, die sind zu hart, selbst die reifen. Pflaumen. Nein, zu rund, und ihre Haut ist sauer. Pfirsiche. Ah ja, das ist es. Vollkommen, reif, warm, samtig und triefend vor klebrigem, heißem Saft.« Seine Hand glitt zum Schritt ihrer ledernen Kniebundhosen. »Hier«, sagte er. »Laß mich mein Gesicht mit diesem warmen, süßen Saft einreiben.«

Sie floh. Er war schneller. Sie sträubte sich. Er war stärker. Sie bettelte, halb spielerisch, halb im Ernst. Er war gnadenlos. Sie kämpfte. Er lachte sie aus und riß ihr die Kleider bis zur Taille vom Leib. Die Schlacht war verloren. Sie war erschöpft. Er hatte die Ausdauer eines Wolfs auf der Jagd. Sie stellte sich zum letzten Gefecht, versuchte, wenigstens die Hosen festzuhalten. Er drohte ihr damit, sie wie die Stallkatze, wenn der Kater in ihr steckt, zum Fauchen und Spucken zu bringen und den ganzen Haushalt zu schokkieren. Sie gestand in aller Form ihre Niederlage ein und mußte feststellen, daß sie erbarmungslos zur bedingungslosen Kapitulation gezwungen wurde. Das Letzte, was sie von ihm sah, bevor ihre letzte Stellung fiel, war, wie er zu ihr heruntergrinste, als ihr Bauch sich gegen seinen preßte. Ihre Lider schlossen sich flatternd. Sie versank in der tiefen Konzentration eines langen, vibrierenden Höhepunkts und versuchte, nicht wie die Stallkatze zu klingen.

Als er sie zu küssen aufhörte, stellte sie fest, daß ihr sowohl von dem Kuß als auch von der Erinnerung die Knie weich wurden. Sie hörte, wie ihre Leute ein paar Sachen vorschlugen, die er jetzt sofort und vor dem Ende ihrer Reise mit ihr anstellen sollte. Sie waren ein erdverbundenes Volk mit einer fruchtbaren Phantasie. Sie war froh, daß er ihre Sprache nicht verstand.

Martin wirkte leicht schockiert. Offene Zurschaustellungen von Zuneigung zwischen Mann und Frau galten als würdelos und setzten einen Mann in den Augen seiner Geschlechtsgenossen herab. Nicht, daß Martin jemals schlecht von seinem Bischof hätte denken können, aber andere Männer, die davon erfuhren, könnten abschätzig über Owen sprechen. »Herr!« sagte er mit leisem, demütigem Vorwurf in der Stimme.

Owen ließ Elin los. Er seufzte und verspürte eine ärgerliche Aufwallung, sowohl über Martin, weil er dieses angenehme Zwischenspiel unterbrochen hatte, als auch über Elin, die ihm so teuer war und auf so leichtsinnige und halsstarrige Weise ihr Leben aufs Spiel setzte. »Ich werde vorausgehen«, erklärte er. »Du, Elin, hältst dich hinten. Martin, ich kann auf Eure Bemerkungen zu meinem Benehmen verzichten. Ihr folgt mir.«

Martin errötete, doppelt beschämt, weil er von jemand gemaßregelt wurde, den er so sehr achtete.

Es war eine kalte, nasse Plackerei, sich in der Dunkelheit am Flußufer entlang vorwärts zu bewegen. Der Untergrund war aufgeweicht, und sie kamen nur langsam voran. Bei jedem Schritt sah Owen sich knietief in den saugenden Morast einsinken. Das bißchen Gras, das zwischen Waldrand und Wasser wuchs, erleichterte das Gehen kaum, da es so mit Schlamm bedeckt war, daß man ebenso schlecht Halt fand wie auf einem eingeölten Boden, und zudem einen trügerischen Teppich über versteckten Schlammlöchern bildete.

Nach dem sechsten oder siebten Mal, daß Owen seinen Fuß auf etwas gesetzt hatte, das wie fester Boden aussah, nur um sich alsbald in drei oder vier Fuß tiefem Sumpfwasser stehen zu finden, stellte er fest, daß sein Zorn abgekühlt war. Er fühlte sich einfach zu elend, um seine Wut noch länger aufrechtzuerhalten. Außerdem wollte er vor Martin, der blind hinter ihm her tappte, weder Furcht noch Verdruß zeigen.

Zunächst bewegten sie sich im Licht der Sterne und im schwachen Schein der Mondsichel voran, doch vor ihnen wurde es heller und heller.

Owen wußte, daß sie ganz nah am Lager waren, als er gerade noch rechtzeitig, um nicht darüber zu stolpern, ein Stück gestrandeten Treibholzes vor sich auftauchen sah. Gleichzeitig setzte Martin seinen Fuß in ein im Winter verdorrtes Erlengesträuch. Mindestens ein Dutzend der schilfrohrartigen Stöcke barst mit hörbarem Knacken. »Gebt acht«, mahnte Owen. »Seid doch nicht so ungeschickt.«

Der gutgemeinte Rat verlor ein wenig durch die Tatsache an Wirkung, daß Owen seinerseits über eine Baumwurzel stolperte, die er nicht gesehen hatte, und mit dem Gesicht voran in vier Fuß tiefes Wasser schlug. Er hielt an, damit der Rest zu ihnen aufschließen und er sich mit den Fingern den Dreck aus den Augen wischen konnte. Elin und ihre Leute bewegten sich wie die Schatten selbst. Er und Martin waren die unbeholfenen Tölpel, die des Schutzes bedurften. Er machte sich vermutlich um die falschen Leute Sorgen.

Owen hatte nichts gehört, nicht einmal die leiseste Bewegung gespürt, als Alshans Stimme unmittelbar an seinem Ohr ertönte. Vor Schrecken fuhr er aus dem Morast hoch.

»Wir sind ganz nah dran«, sagte Alshan. »Das Licht ist heller. Siehst du es nicht? Und erschrick nicht so. Sonst hören sie uns noch.«

Als Owen hinter sich blickte, war der kleine Mann schon in der Deckung der Bäume verschwunden.

Er fand sich einer kleinen Landzunge gegenüber, die wie ein

Finger in den Fluß hinausragte. Das fast gänzlich unter Wasser stehende Stückchen Land war dicht mit großen Rohrkolben bewachsen, aus denen der zerborstene Stamm einer hohen Esche emporragte, welche die Frühlingsfluten gefällt hatten.

Owen blieb auf Händen und Knien hocken, allerdings mehr, weil er sich nicht noch einmal durch einen Sturz demütigen wollte, als in der Absicht, sich zu verstecken. Er kroch zwischen die Zweige des Baumes, steckte seinen Kopf durch die abgebrochenen Äste und sagte: »Mist!« Er sah, daß sie ihr Ziel erreicht hatten.

Martin, ebenfalls auf Händen und Knien neben seiner Schulter, fragte: »Was?«

»Seid still«, flüsterte Owen heiser und verzweifelt. »Bei Eurem Leben, seid still.«

Martin linste an Owen vorbei und zischte: »Gott schütze uns, sie sind es.«

Schulter an Schulter preßten sie sich auf den Boden und schauten auf die Szene herab, die sich ihnen bot. Durch die Deckung aus Treibholz und Rohrkolben sahen sie auf das Lager und fünf mächtige, an Land gezogene Langschiffe herunter.

»Achtzig Fuß, so wahr ich Martin heiße, das schwöre ich«, hauchte Martin ihm ins Ohr. »Owen, das sind hochseetaugliche Langschiffe, Kriegsschiffe.«

Owen antwortete ihm nicht; er war zu sehr damit beschäftigt, seine Furcht zu bändigen. Sein Mund füllte sich mit dem sauren Geschmack von Erbrochenem, und seine Bauchmuskeln flatterten. Und doch kochten sein Herz und sein Geist gleichzeitig vor Haß. Die Kerle führten sich so gottverdammt selbstsicher auf.

Das nächste Langschiff lag direkt hinter der Landzunge auf dem Strand, nur wenige Schritte entfernt. Owen folgte mit den Augen der geschwungenen Linie des Bugs aufwärts zu dem grausamen, mit Reißzähnen bewehrten Drachenkopf, der fast bis zu den untersten Ästen der Bäume hinaufreichte. In dem flackernden, unruhigen Licht der Freudenfeuer und Fackeln schienen der goldschuppige Hals, der scharlachrote Kopf und die Pupillenschlitze des Schlangenauges mit hochmütiger Bosheit auf ihn herabzustarren.

Neben sich hörte Owen Martin voller Ehrfurcht die Luft anhalten. Trotz Nässe, Kälte und Angst stellte Owen fest, daß er genauso empfand. Es war ein prachtvoller Anblick.

Auf ganzer Länge der Palisade der Inselfestung brannten Fakkeln, deren Widerschein im stillen, schwarzen Wasser tanzte.

Jedes der fünf Schiffe vor ihnen wurde von einer eigenen Fackel beleuchtet, die hoch oben in einem Eisenkorb auf einem im Sand verankerten Pfahl flackerte. Die Bugfiguren der Schiffe vor ihm glänzten von einem neuen Anstrich. Sie blendeten den Betrachter. Reißzähne ragten aus ihren offenen Mäulern hervor, Zungen stießen vor, rot und schwarz bemalt. Aus den Drachenmäulern schien geronnenes Blut zu tropfen. Die Hälse waren mit goldenen, wie bei dem ersten Schiff, oder mit metallisch bronzefarbenen oder silbernen Schuppen bedeckt. Andere waren indigoblau. Jedes anders, jedes auf seine Art schön, strahlten sie vor dem Hintergrund der Nacht und des dunklen Holzes der Schiffsrümpfe.

An ihren Seiten hingen die leuchtend bunten Schilde mit den Wappen der Anführer, die Haakon begleiteten: goldene Drachen auf scharlachroten Feldern, auf azurblauen Kreisen zusammengeringelte Schlangenknäuel. Andere trugen als heraldische Zeichen den Hammer Thors oder Odins Speer.

Wut stieg in Owen hoch, so wie die Vorboten eines Vulkans in den Eingeweiden der Erde grollen, lange bevor es zum Ausbruch kommt. Fieberhaft suchte er in Gedanken nach irgend etwas, was auch immer, das dieses Fest in etwas Unheilvolles für Haakons Männer verwandeln könnte. Denn ein Fest war es. Heute nacht wollten sie mit ihrem Sieg über die Wehrlosen protzen und in den Reichtümern schwelgen, die sie einem verwundeten und um sein Überleben kämpfenden Volk entrissen hatten.

»Sie feiern ein ausgelassenes Fest«, flüsterte Martin.

Ja, dachte Owen, das tun sie.

Die Schiffe waren mit Girlanden aus wilden Stechpalmen und Misteln geschmückt. Vom hinteren Ende der Schiffsreihe konnte er Gesang hören, und der Geruch gebratenen Fleischs stieg ihm in die Nase. Lachend, schwatzend, trinkend schlenderten Männer und Frauen vor den Rümpfen der riesigen Kriegsmaschinen am Ufer auf und ab.

Verbittert zählte Owen die wenigen Mittel zusammen, die ihnen zur Verfügung standen. Er und Martin besaßen eine Axt und ein Messer. Was immer es ihm hier nützen mochte, er hatte sein Schwert. Die Pfähle mit den Fackeln befanden sich in gebührendem Abstand von den leicht entzündlichen Takelagen, und die Segel waren zusammengerollt und eng um die Spieren eines jeden Schiffs gewickelt.

Martin hatte recht. Sie schlichen sich am besten so schnell wie möglich zu ihrem Boot zurück und kehrten mit der Nachricht nach Chantalon zurück, daß ein Angriff noch vor Ende des Winters so gut wie sicher war.

Jemand stöhnte.

Owen rutschte auf dem Bauch voran und vernahm ein weiteres Stöhnen, dann schluchzende Geräusche aus der Dunkelheit am Waldrand unterhalb des Kopfes des nächsten Drachen. Ganz in ihrer Nähe, im Verborgenen, litt irgend jemand, irgend etwas Schmerzen. Seine Nackenhärchen stellten sich auf. Ihm fiel wieder ein, daß er Weinen gehört hatte, als das kleine Küstenschiff an ihnen vorbeigefahren war.

Owen zwängte sich durch die Eschenzweige und die spröden Stangen der Rohrkolben. Leise raschelten sie über seinem Kopf.

Martin wollte ihn zurückhalten, doch seine Finger rutschten an dem glitschigen Schlamm ab, der Owens Rücken überzog. Owen schlängelte sich noch ein Stück weiter, versuchte den Schatten am Waldrand mit seinen Blicken zu durchdringen und sah sich die leichte Anhöhe der Landzunge auf den Strand unten herunterrutschen. Am Fuße des kleinen Abhangs kam er zum Stehen, in Reichweite des nächsten Langschiffs, in dessen Rumpfschatten er lag.

Neben ihm schwangen sich die überlappenden Planken des Schiffsrumpfs in elegantem Bogen zu dem Drachenbugspriet empor. Er konnte die Umrisse der Holznägel ausmachen, die sie zusammenhielten, ja sogar die Spuren von den Breitbeilen der Schiffszimmerleute, welche diese Werkzeuge der Eroberung gefertigt hatten.

Owen machte die Erfahrung, daß tödliches Entsetzen jede Furcht vertreibt. Aus seiner derzeitigen Position unter dem Schiffsschnabel blickte er an den Bugen entlang über den Strand. Auf ihn kam Haakon zu, gefolgt von einem Dutzend Unteranführer aus seinem Lager.

Owen erstarrte. Er konnte sich nicht bewegen, ohne sich und womöglich auch Martin zu verraten. Er überlegte sich, wenn sie ihn aus dem Schlamm zögen, würde er ihnen einen Kampf liefern und sie lange genug aufhalten, damit Martin zu den anderen zurücklaufen und er ihnen einen kleinen Vorsprung bei der Flucht verschaffen konnte. Ihm blieb noch Zeit zu denken, daß es vielleicht so hatte kommen sollen. Dann war Haakon da. Wenn er Owen nah genug kam, konnte er getötet werden. Möglicherweise war es das wert – das Leben des Räuberhäuptlings selbst um den Preis seines eigenen Lebens zu beenden. Eine Hand steckte so tief in dem Sand des Ufers, daß seine Nägel zu bluten begannen, als seine Finger sich schlossen. Mit der anderen tastete er unter seinem flach auf dem Boden ausgestreckten Körper nach dem Schwert. Als er es fand, hätte er um ein Haar die unverzeihliche Todsünde begangen, Gott zu lästern. Wie konntest du nur, wütete er in Gedanken. Wie konntest du mich nur so nah an ihn herankommen lassen, und dann liege ich auf meinem eigenen Schwert! Er konnte nicht davon ausgehen, es rechtzeitig freizubekommen und Haakon in eine tödliche Umarmung zu ziehen, bevor er selbst entdeckt und getötet wurde.

Haakon befand sich tatsächlich an der Spitze der funkelnden Gruppe, die sich ihm näherte. Die silberne Strähne in seinem dunklen Haar schimmerte im Fackelschein. Er trug den goldenen Fischschuppenharnisch, und seine Finger schlossen sich um einen Gürtel aus Amethysten und Silber, an dem seine mit Einlegearbeiten verzierte Schwertscheide hing.

Er war der Prächtigste der Männer; der Rest war auf ähnliche Weise in Brokatumhänge und reich geschmückte, mit Silber überzogene Rüstungen gekleidet, die von kostbaren Edelsteinen glitzerten. Überall an ihnen glänzte helles Gold: Fibeln, Armreifen und die Hefte ihrer Waffen. Herausfordernd trugen sie die Beute eines erfolgreichen Räuberlebens am Leib, Beute, die sie brennenden Städten und zerstörten Gutshöfen entrissen hatten. Sie war der Ruhmespreis für Sklaverei und Mord, so als wollten sie sagen: »Wir schwelgen im Reichtum, weil wir die ganze Welt geplündert haben!«

Haakon blieb eine Armlänge von Owen entfernt stehen, und Owen dachte: Das also ist der Tod.

Doch Haakons und die Aufmerksamkeit der anderen war nicht auf diesen unförmigen Schlammklumpen auf dem Flußufer gerichtet. Sie hatten nicht genau genug hingesehen, um herauszufinden, daß der Klumpen Augen hatte. Der Anführer der Plünderer drehte Owen den Rücken zu und zeigte auf etwas in dem dichten Bewuchs aus trockenem Gras und Unkraut am Waldrand.

Eine krächzende alte Stimme erklang. »Reizend. Sie sind alle ganz reizend; alle jung und gesund. Ganz reizend, in der Tat.«

Owen war sie bis jetzt nicht aufgefallen. Eine alte Vettel; in einen schwarzen Kapuzenumhang gehüllt, wirkte sie inmitten der prunkvoll gewandeten Nordmänner wie eine Krähe in einem Schwarm von Singvögeln.

Haakon griff in das hohe Gras und zog eine Frau auf die Füße. Sie stand im Schatten, und ihre Haare fielen lose herunter und verdeckten ihre Züge, aber Owen konnte genug von ihrem Gesicht erkennen, um sagen zu können, daß ihre Haut aschfahl und ihr Mund schlaff vor Entsetzen war.

Dann begann sie zu kreischen; leise, schnelle, hohe, dünne Schreie, die Schreie eines Menschen, der in einem Alptraum gefangen ist.

Sie schrie, als die Fesseln an ihren Hand- und Fußgelenken durchtrennt wurden; schrie immer weiter, jeder Schrei ein Nagel, der in Owens Schädel getrieben wurde, als sie unter den Bug des

Schiffes geführt wurde, das Owen Deckung gewährte. Sie schrie, als Haakon mit einer einzigen brutalen Geste ihr zerlumptes Kleid zerriß, so daß sie nackt dastand, und hörte erst auf zu schreien, als sich das Seil um ihren Hals zuzog.

Als sie zuckend in der Luft hing, ihr Gesicht vor dem roten Drachenmaul schwarz wurde, reichte die Vettel Haakon einen Speer. Haakon stieß den Speer von unten durch den Brustkorb, der sich noch immer bewegte, sich noch immer verzweifelt mühte, Luft zu holen.

Owen wußte, daß er seine Augen irgendwann geschlossen haben mußte, aber er konnte sich nicht mehr daran erinnern. Denn als er sie wieder aufschlug, war die Gestalt am Ende des Seils schlaff, und von dem Drachenkopf troff es blutig rot. Haakon, gefolgt vom Rest, ging wieder zu dem Grasstreifen zurück.

Noch versteinert vor Entsetzen, verfolgte Owen, wie Haakon ein weiteres Opfer hochzog. Dieses hier war ein junger Mann, noch keine zwanzig, nur ein wenig jünger als Owen selbst. Der Junge heulte, und sein Körper wand und krümmte sich, während er sich gegen seine Fesseln aufbäumte. Haakons Faust krachte gegen seine Schläfe, und der dünne Körper erschlaffte. Während er weggeschleift wurde, konnte Owen die Schreie und das unartikulierte Flehen um Gnade hören, das sich aus dem Grasstreifen erhob, wo der Rest der Opfer lag.

Nein! dachte Owen. Nein! Fünf Schiffe, fünf Menschenleben; nein! Er begriff, daß ihm die Tatsache, daß er mit Schlamm bedeckt war, einen vorübergehenden Vorteil verschaffte, und entschloß sich, ihn zu nützen. Wie eine Schlange kroch er über den Strand, auf den Wald und die Stimmen zu, die über ihm jammerten.

Das zweite Opfer wurde gerade hochgezogen, als er die gefesselten Leiber der übrigen erreichte. Owen sah sich die beiden, die bereits tot waren, nicht an, dachte nicht an sie. Für sie war es schlicht zu spät. Er kroch zu den anderen, die auf ihre Hinrichtung warteten, und flüsterte: »Verratet mich nicht!« Er hatte die Worte kaum ausgesprochen, als ihm aufging, daß sie völlig überflüssig waren.

Was die Zuschauer anging, welche die zweite Opferung verfolgten, so waren die Gefangenen bereits tot, und niemand schenkte ihnen oder dem, was sie taten, die geringste Aufmerksamkeit.

Zwei Männer und eine Frau waren übrig. Owen schlängelte sich zu einem der Männer weiter. Er starrte Owen in blankem Entsetzen an. Das Weiße seiner Augäpfel leuchtete im Dunkeln. Einen kurzen Augenblick lang blieb Owen fast das Herz stehen, denn er schien nicht zu begreifen, daß Owens Messer ihn befreit hatte. Dann drehte er sich um und verschwand, halb auf Händen und Füßen kriechend, halb aufrecht gehend im Unterholz am Waldrand.

Die letzten beiden, ein Junge und ein Mädchen, waren schneller von Begriff. Beide rollten sich auf die Seite, damit er an die Fesseln an ihren Händen und Füßen herankam. Als sie losgeschnitten waren, richtete Owen sich ein wenig vom Boden auf und sah, daß Haakon und seine Unterführer, die sich wie ein Mann bewegten, ihn beinahe erreicht hatten.

Nun denn, dachte Owen, die grauen Herrinnen hatten es tatsächlich so bestimmt. Er befand sich in der Hocke; sein Schwert war frei. Er zog blank.

Er sah, wie Haakon bei dem Geräusch aufschreckte. Geblendet vom Fackellicht, konnte er Owen noch immer nicht sehen, doch er kannte den Schrei des Schwertes und wußte ganz genau, daß ein geübter Krieger gegen ihn gezogen hatte.

Owen hätte ihn in dieser Sekunde töten müssen, hätte ihm mit einem einzigen Hieb den Kopf von den Schultern trennen sollen, doch so heiß der Haß auch in ihm brannte, hatte er doch noch nie in seinem Leben einen solchen Mord in Betracht gezogen. Er zögerte, während ein Teil seiner Gedanken sich hartnäckig weigerte, die Tatsache einzugestehen, daß es ehrenhaft sein könnte, jemand auf so heimtückische Weise ums Leben zu bringen.

Haakons scharfer Blick entdeckte seine braune Kleidung, obwohl sie mit dem Wald verschmolz. Entgegen aller Wahrscheinlichkeit erkannte er Owen. Ein Lichtstrahl vom Feuer lief an Owens Schwertklinge entlang.

Ohne einen Augenblick des Zögerns zischte Haakons Schwert

aus der Scheide. Seine Klinge verhakte sich Griff an Griff mit Owens, während er versuchte, sein Körpergewicht und seine größere Kraft auszunützen und seinen kleineren Gegner zu Fall zu bringen. Doch Owen befreite sein Schwert mit einer einzigen fließenden Bewegung. Haakon hörte Owens Klinge durch die Dunkelheit pfeifen. Aus dem Stand vollführte er einen Rückwärtssalto auf das Ufer hinter sich. Noch im Sprung sah er Owens Klinge an der Stelle durch die Luft zischen, wo sich vor Sekundenbruchteilen seine Oberschenkel befunden hatten. Er wußte, wäre sein Sprung auch nur einen Wimpernschlag später erfolgt, hätte Owen ihm beide Beine oberhalb der Knie abgetrennt.

Owen machte einen Satz voran in das offene Gelände, folgte Haakon ins Licht, in die Fänge des Todes, in die Waffen von unzähligen Feinden, die darum wetteifern würden, ihn zu erschlagen.

»Ich werde dich töten!« sagte er. Und Haakon erblickte in seinen Augen jenen Wahnsinn, der diesen schlanken jungen Mann zu jemandem machte, den beinahe alle Welt fürchtete, selbst seine wikingischen Feinde.

Haakon gab ihm eine ehrenvolle Antwort. »Du wirst tun, was du kannst, so wie ich.«

Sie gerieten wieder aneinander, als Owen in dem Versuch, Haakon den Kopf abzuschlagen, scheinbar ziellos vorwärtsstürmte, und Haakon es auf jenen tödlichen Hieb anlegte, der den Körper eines Mannes vom Hals bis zur Hüfte spaltet.

Beide verfehlten den Gegner. Haakon zuckte zurück, und Owen ließ eine blitzschnelle Drehung sehen, um die ihn eine Schlange beneidet hätte, indem er sich zur Seite wegbog. Haakons Schwert richtete nicht mehr an, als einen Streifen von Owens Lederüberwurf abzutrennen.

Haakon bemerkte, daß die Menge am Strand zurückwich, um ihm Platz zu verschaffen. Haakon war ein zutiefst pragmatischer Mensch. Es ärgerte ihn aufs äußerste, daß all seine Freunde in dem Augenblick, in dem er sich von einem Wahnsinnigen angegriffen sah, offenbar nichts Besseres vorhatten, als sich von dem Zweikampf unterhalten zu lassen. Er verwünschte seine eigene Sturheit, die es ihm nicht gestattete, seine Ehre preiszugeben und um Hilfe zu rufen. Noch während ihm diese Gedanken durch den Kopf gingen, sah er, daß Owen sich wieder näherte, um erneut die Klingen mit ihm zu kreuzen. Haakon war sich sicher, daß er wußte, was der dünne Teufel vor ihm als nächstes beabsichtigte. Er hatte vor, ihm den Bauch aufzuschlitzen, und setzte darauf, sein Schwert unter Haakons Brustpanzer zu bekommen, um seine Eingeweide auf dem Boden zu verteilen, bevor Haakon dazu kam, ihm den Schädel bis zu den Zähnen zu spalten.

Haakon grinste. Er war willens, die Wette einzugehen, daß Owen ihn nicht ausweiden konnte. An seiner Rüstung war mehr dran, als auf den ersten Blick sichtbar war.

Sekundenbruchteile später erkannte Haakon, daß er sich geirrt hatte. Owens Ziel waren von Anfang an seine Lenden gewesen. Owens Schwertspitze glitt über eine von Haakons Beinschienen. Haakons Schnelligkeit hatte dazu geführt, daß Owens Aktion überhastet erfolgte, aber auch der Hieb, den Haakon gegen Owens Kopf geführt hatte, pfiff durch die leere Luft, während Owen sich gegen seine Knie warf, um seinen Gegner bäuchlings im Sand landen zu lassen.

Haakon tat ihm nicht den Gefallen. Er schlug einen Purzelbaum und kam wieder auf die Beine, als habe er Sprungfedern unter den Sohlen. Aber Owen hatte den Halt verloren. Er trug keine Stiefel, sondern nur die weichen Lederbeinlinge der Waldleute. Glatt vom Morast, glitt einer seiner Füße in dem Wassersumpf aus und rutschte unter ihm weg.

Schon war Haakon über ihm, die Zähne gebleckt, das Schwert zum Schlag erhoben.

Brüllend brach Martin aus seiner Rohrkolbendeckung hervor. Er gab eine wahre Schreckgestalt ab, schlammbedeckt, wie er war, tropfend vor Schlick und Algen, mit rotem, weit aufgerissenem Mund.

Selbst Haakon wich zurück, und der Rest der Männer stob auseinander.

Martin war kein Soldat. Er versuchte nicht, sich eine Waffe zu verschaffen, sondern rannte zu der ihm nächsten großen Fackel, welche die Langschiffe beleuchtete. Er riß sie aus dem lockeren Boden und schwang den rotglühenden Eisenkorb in einem riesigen Kreis um sich, wobei er überall Kohlen verstreute. Die Männer in seiner Reichweite flohen, selbst Haakon.

Owen konnte im Brüllen von Martins Stimme die Worte »Lauft! O Gott, so lauft doch!« ausmachen.

Owen lief aber nicht davon. Er rannte zu der Fackel neben dem zweiten Langschiff. Er besaß nicht Martins Körperkraft. Der große Pfahl ließ sich nicht herausziehen. Doch als Owen sich mit dem ganzen Körper dagegen warf, kippte er um und entleerte die glühenden Kohlen des Eisenkorbs in das Langschiff. Einige davon fielen auf das eingerollte Segel, das Feuer fing.

Im Augenwinkel sah er, daß Martin seinen eigenen Rat befolgte. Er warf den Pfahl weg und gab Fersengeld. Er rannte auf die beiden Gefangenen zu, die Owen befreit hatte. Vor lauter Entsetzen hatten sie offenbar Wurzeln geschlagen. Martin packte den Jungen am Handgelenk und das Mädchen um die Taille und verschwand in der Dunkelheit. Owen ging zu Boden, als der Pfahl sich von ihm fort neigte.

Haakon, der Notwendigkeit eines ehrenwerten Zweikampfs ledig, brüllte: »Seid ihr verrückt, ihr Idioten! Ergreift ihn. Tötet ihn. Ich werde persönlich seine Leiche mit Gold bedecken. Alles für die Männer, die ihn erledigen.«

Owen, das brennende Langschiff im Rücken, saß zwischen den näher rückenden Wikingern und dem Fluß in der Falle. Sein Schwert war fort. Er besaß keine weitere Waffe mehr, nicht einmal ein Messer.

Die schwarzgekleidete Hexe, die, welche die Opfer für gottgefällig erklärt hatte, drängte sich durch das Knäuel von Männern, die auf Owen zukamen. Sie zerrte an Haakons Umhang und zeigte auf Owen. »Wenn er tot ist«, kreischte sie, »schneid ihm das Herz raus, brat und iß es. Seine Mannestugend und seine Tapferkeit werden in dich fließen, und alles Land zwischen hier und dem Meer wird dein sein.«

Haakon starrte auf die Vettel herunter, und Owen sah die unterschiedlichen Regungen, die über sein Gesicht glitten – Entsetzen, Abscheu und Furcht, die schließlich durch kaltblütige Entschlossenheit ersetzt wurden. Und Owen wußte, noch vor Morgengrauen würde sein Herz am Spieß braten, und Haakon würde die schreckliche Tat im Angesicht des ganzen Lagers begehen, wie sehr er sich auch davor ekeln mochte. Er würde sogar noch viel Schlimmeres für den Siegespreis tun, nach dem es ihn so verzweifelt verlangte – alles Land zwischen Meer und Festung zu besitzen.

Plötzlich schien es Feuer auf die böse alte Hexe zu regnen. Sie kreischte fürchterlich, während Flammen aus jeder Falte ihres dunklen Umhangs schlugen.

Owen spürte, wie etwas an seiner Schulter vorbeiflog.

Elin, die aus dem brennenden Langschiff auf dem Flußufer neben ihm gesprungen kam, landete an seiner Seite. Sie zeigte mit dem Finger auf die wikingische Hexe, die sich mittlerweile mit lichterloh brennenden Kleidern im Sand wälzte. »Ich verbrenne sie. Ich habe Reinald verbrannt. Bei lebendigem Leib, hörst du mich? Bei lebendigem Leib. Und jeden, der meinen Herrn Owen anfaßt, werde ich bei lebendigem Leib verbrennen, unter entsetzlichen Qualen, bei lebendigem Leib.«

Die Lederkappe war ihr vom Kopf geglitten. Die üppigen schwarzen Haare umrahmten ein totenblasses Gesicht mit den strahlend blauen Augen eines Dämons.

Es waren erwachsene, starke, bewaffnete Männer, die sie umstanden, aber einer nach dem anderen wichen sie vor ihr zurück. Nicht sehr weit, aber weit genug. Elin ergriff Owens Hand, und dann stürzten sie beide wie der Blitz zu der gefällten Esche und dem dunklen Wald dahinter.

Haakon hob den brennenden Körper der Zauberin hoch und warf ihn in den Fluß. »Zum Schiff«, rief er. »Vergeßt den Bischof und seine Hexe. Löscht das Feuer. Erstickt es, verdammt noch mal, bevor das Schiff verbrennt.«

In der Finsternis stürmten Elin und Owen durch den Wald,

während sich ein paar Wikinger brüllend an ihre Verfolgung gemacht hatten.

Ohne Vorwarnung verschwand mit einemmal der Boden unter Owens Füßen. Aus Furcht, er könne sie mit sich reißen, ließ er Elins Hand los. Tiefer und tiefer fiel er, brach durch etwas, was die trockenen Zweige einer Baumfalle sein mußten, in Todesangst, sein stürzender Körper könnte auf einem dickeren Ast aufgespießt werden als die, die er durchschlug, bis er auf weicher Erde aufkam und ihm die Luft wegblieb, von völliger Finsternis umgeben.

KAPITEL 2

In der Stadt Chantalon wartete Godwin, Owens Hauptmann, auf Nachricht vom Erkundungszug seines Lehnsherrn zu dem Wikingerlager.

Godwin saß in der Halle und aß in Wein getunktes Brot. Er machte sich keine Sorgen um Owen. Er machte sich um nichts Sorgen. Was ihn betraf, so mochten Owen und seine ziemlich sonderbare Ehefrau im Augenblick ebensogut nicht existieren. Er versuchte finster und gelangweilt dreinzublicken, aber in Wahrheit war er weder das eine noch das andere. Er sah Rosamunde dabei zu, wie sie den Boden fegte.

Rosamunde war sechzehn. Sie war eine der Dienerinnen. Wenn sie nicht gerade ihren Dienstpflichten nachkam, verkaufte sie aus finanziellen Erwägungen ihre Gunst an Godwins Ritter. Godwin hatte gehört, sie würde nicht eben wenig Silber und Geschmeide in einer Kassette unter Annas Bett horten.

Anna war uralt. Sie ging auf die Siebzig zu. Sie machte rätselhafte Sachen – jedenfalls, was Godwin anging – mit einem großen Mehlhaufen auf der Anrichte hinter ihm. Sie führte für Owen den Haushalt.

Rosamunde war wie eine jener Venusfigürchen aus Terrakotta. Sie war nicht einmal fünf Fuß groß. Sie hatte breite Hüften, eine schmale Taille und kleine, wohlgeformte Brüste mit großen, rosigen Brustwarzen. Da sie arbeitete, waren Röcke und Hemd mit einem Ledergürtel bis zu den Knien gerafft. Ihre blonden Locken wurden auf dem Scheitel von einem Haarband zusammengehalten, durften von dort jedoch ungehindert auf den Rücken und zu beiden Seiten des Gesichts herabwallen. Sie schwang einen Reisigbesen, der jede Menge Staub aufwirbelte, schwerere Abfälle jedoch vor sich auf dem Boden herschob.

Sie strahlte die Tatkraft, den Optimismus und die Fröhlichkeit von sechzehn Lenzen aus. Sie schien den Besen nicht einfach über den Boden zu schieben, sondern mit ihm zu tanzen – ein kleiner Sonnenstrahl, gefangen in der morgendlichen Düsternis der Halle, der aber nicht im mindesten traurig war über seine Gefangenschaft, sondern weiterhin Farbe, Licht und Schönheit ausstrahlte, direkt in Godwins griesgrämigen Altherren-Pessimismus.

In ihrem Nacken und unter ihrem Kleid konnte er ein bißchen von der mit Korallenrosen besetzten Goldkette sehen, die er ihr geschenkt hatte. Die Kette war eine der wenigen wirklich schönen Dinge, die sie besaß, und Anna hatte ihn wissen lassen, daß Rosamunde sie wie einen kostbaren Schatz hütete. Er hatte sie ihr nicht für jene Dienste geschenkt, die sie den Männern üblicherweise erwies. In Wirklichkeit waren vermutlich er und Owen – und Edgar – die einzigen Männer im Haushalt, die ihre Gunst nicht genossen hatten.

Er hatte sie dafür belohnt, daß sie die Halle bewacht hatte, während er mit seinen Männern losgezogen war, um den Grafen zu töten.

Unter seinem Blick begann sie leise zu summen, und ein kleines Lächeln spielte um ihre Lippen.

Godwin fragte sich, wie lange es wohl her sein mochte, daß er etwas mit soviel Schwung und Freude ausgeführt hatte, wie dieses winzige Wesen dort sie auf die prosaische Aufgabe des Fußbodenfegens verwandte.

Owens Halle entsprach dem üblichen Schema: eine Eingangstür, die sich zum Platz öffnete, eine Hintertür, die zu einem Küchengarten hinausführte, worin verschiedene Sorten Wintergetreide in Hochbeeten wuchsen. Privatsphäre? Dafür hätte Godwin nur ein verächtliches Schnauben übrig gehabt. Die halbe Stadt konnte sich ohne Schwierigkeiten dort versammeln, falls etwas Denkwürdiges geschah. Selbst eine gewalttätige Vorstellung mit Fausthieben und Vor-die-Tür-Schleifen zwischen Eheleuten galt als denkwürdig – zwischen allen Eheleuten, nicht nur zwischen Owen und Elin. Der Hof endete an einem kleinen steinernen Balkon, der einen phantastischen Blick über den Fluß bot.

Die Stadt lag auf einem nicht besonders hohen, von einer

Schleife an der Mündung des Flusses umschlossenen Felsen. Chantalon war eine Hafenstadt, und Schiffe mit geringem Tiefgang, die durch das Sumpfland an der Küste segelten, konnten sie ohne Schwierigkeiten erreichen.

Der kleine Balkon über dem Fluß diente hauptsächlich dazu, denjenigen Abfall loszuwerden, den man weder verbrennen noch kompostieren konnte. Nächtliche Hinterlassenschaften wanderten in den Garten; herzlichen Dank. Sie hatten diese nützliche Gepflogenheit noch nicht aufgegeben. Und außerdem aß niemand rohes Gemüse. Die meisten Gemüsesorten waren zu winzig, zäh, faserig und übelschmeckend, um sie ohne etwas anderes zu essen. Sie füllten den Kessel mit der Suppe oder dem Eintopf auf, mit dem sie sich nach der Einwirkung von großen Mengen kochenden Wassers mehr oder weniger vollständig verbanden.

Enar, zwei Bauern, die Godwin nicht kannte, und Ingund kamen durch die Hintertür aus dem Garten herein. Godwin stieß einen leisen, ärgerlichen Seufzer aus. Enar war einer der Menschen, die er am wenigsten leiden konnte. Enar war Owens Freund und hatte Owen viel zu viele treue Dienste geleistet, als daß man ihm Achtung und Vertrauen hätte verweigern dürfen. Aber er gab sich außerordentliche Mühe, Godwin zu ärgern.

Owen hatte ihn nicht auf seine derzeitige Mission mitgenommen, weil Godwin ihn darum gebeten hatte. »Ich leugne nicht, daß er ein sehr tapferer und überaus gefährlicher Mann ist«, hatte Godwin zu Owen gesagt. »Aber am besten ist er darin, Streit vom Zaun zu brechen. Eines Tages wird er einen Streit beginnen, der sich nicht so ohne weiteres beilegen läßt. Und ich habe mit solchen Männern die Erfahrung gemacht, daß häufig ihr gesamtes Umfeld aufs schwerste darunter zu leiden hat.« Owen hatte sich also ohne Enar davongestohlen. Und Godwin wußte, daß er sich damit Enars Unmut zugezogen hatte.

Ingund, Enars Frau, konnte Godwin besser leiden. Vor ein paar Monaten war die Stadt von den Wikingern angegriffen worden, und Ingund hatte eine wahre Begabung für den Krieg an den Tag gelegt. Sie trug ein Kettenhemd und einen Helm mit Eberhauern.

Wirklich schade, dachte Godwin bei sich. Als Köchin war sie nicht minder begabt. Sie war genau wie Godwin den Freuden der Tafel sehr ergeben, und er hatte insgeheim gehofft, daß sie, zumindest bis die Wikinger die Stadt ein zweites Mal angriffen, ihre kriegerischen Bemühungen ruhen lassen und an den Herd zurückkehren würde.

Godwin hörte Anna, die in seinem Rücken noch immer das Mehl bearbeitete, etwas wirklich Gehässiges vor sich hin murmeln. Godwin drehte sich um und bekam gerade noch mit, wie sie Ingund einen überaus finsteren Blick zuschoß.

Enar schlenderte, ohne diese Unterströmungen zu beachten, herüber und nahm neben Godwin Platz. Auch ihm entging Rosamundes grazile Handhabung des Besens nicht. Er stieß Godwin den Ellbogen in die Rippen. »Oh, sie ist wirklich schön anzusehen. He, Mädchen«, rief er Rosamunde zu, »schürze diesen Rock da doch noch ein Stückchen höher, damit mein Herr Hauptmann hier deine wohlgerundeten Schenkel ein bißchen besser sehen kann. Der alte Teufel hat zu lange allein geschlafen. Er ist so giftig wie eine Viper. Ich wette, er denkt, wenn –«

Weiter kam Enar nicht. Godwin sprang mit einem Laut auf, der eine perfekte Mischung zwischen wütendem Knurren und zornigem Brüllen darstellte.

Rosamunde ließ den Besen fallen. Ihr Gesicht lief dunkelrot an. Rundlich mochten ihre Fesseln ja sein, aber sie war es nicht gewohnt, so grob behandelt zu werden. Owen und Elin bestanden immer darauf, daß zumindest der äußere Anstand gewahrt blieb.

Ingund flüsterte: »O nein!«

Anna wirbelte zu Enar herum. »Du Schwein!« knurrte sie, während sie ihm den Kopf nach hinten zog und ein zehn Zoll langes Fleischermesser an seinen Hals preßte. Das Messer ritzte seine Haut, und ein dünner Blutfaden lief herunter und besudelte sein Hemd. Ihre Finger steckten in seinen Nasenlöchern. Ihre Hände waren keineswegs bloß, vielmehr trug sie schwere Arbeitshandschuhe mit metallenen Fingerspitzen. Falls er sich bewegte, war sie dazu imstande, ihm die Nase abzureißen.

Er hörte, wie Godwins Schwert aus der Scheide fuhr. Er stieß einen unartikulierten Schrei aus, der Entschuldigung und Furcht in sich vereinte.

»Kein Wort mehr«, zischte Godwin. »Um Owens willen werde ich dich nicht töten, aber ich verspreche dir, daß du jegliches Interesse an der Fleischeslust verlieren wirst – dauerhaft.«

Enar setzte sich still hin.

»Ich habe euch beide aus tiefster Seele satt«, teilte Anna ihnen mit. »Ihr tut nichts außer essen, schlafen und trinken. Das allein wäre noch zu ertragen, aber deine Frau tut auch nichts anderes. Ich habe einen Haushalt voller fauler Männer zu füttern und sauberzuhalten, mit nur einer einzigen Frau als Hilfe, und die ist fast noch ein Kind – Rosamunde. Ich werde nicht zulassen, daß ihr Strolche sie belästigt. Geh wieder an die Arbeit, Mädchen.«

Eine augenrollende Rosamunde begann unverzüglich energisch zu fegen.

»Nun, Ingund«, fuhr Anna mit einer Stimme fort, die so kalt war wie Stein im Winterfrost.

»Ja, Anna?« entgegnete Ingund mit lammfrommer Miene.

»Du wirst… Komm, ich will es hören.«

»Ich werde meine Waffen beiseite legen und erbiete mich, wieder Brot zu backen und die Mahlzeiten zu kochen. Außer meinen Helm. Meinen schönen Helm mit den Eberhauern werde ich nicht ablegen. Sonst stiehlt ihn mir noch einer der Ritter oder der Bewaffneten.«

»O doch, das wirst du«, erwiderte Anna grimmig.

»Werde ich nicht!« rief Ingund und stampfte mit dem Fuß auf.

Enar gab ein Glucksen von sich.

»Halt's Maul«, sagte Anna.

»Genau«, beschied Godwin ihn mit samtweicher Stimme. »Wenn ich du wäre, würde ich mich möglichst unauffällig verhalten. Also, Anna«, wandte er sich in versöhnlichem Tonfall an die alte Dienerin, »das Vorhandensein eines Helms würde Ingunds Kochkünste nicht beeinflussen, und darüber hinaus habe ich tatsächlich bemerkt, daß Gowen das Ding mit begehrlichen Blicken betrachtet hat.« Gowen war der stärkste, gefährlichste und rücksichtsloseste von Godwins Rittern.

»Hmmmm«, machte Anna, während sie ihren Griff um Enars Nase ein wenig lockerte. »Für gewöhnlich interessiert er sich für nichts, was er nicht essen, bekämpfen oder vögeln kann.«

»Stimmt«, gab Godwin zurück, »aber jeder, der etwas besitzt, ob belebter oder unbelebter, tierischer oder menschlicher Natur, auf das Gowen begehrliche Blicke wirft, tut gut daran, diesen Gegenstand genau im Auge zu behalten, sonst ist er bald weg.«

»Stimmt«, gestand Anna ein. »Du darfst die Eberhauer tragen«, teilte sie Ingund mit. Und mit diesen Worten ließ sie Enars Nase los und entfernte das Messer von seinem Hals.

Enar machte einen Satz über den Tisch und landete neben Rosamunde und ihrem Besen. Sie sah über ihn hinweg und fegte um ihn herum. Sie fegte in Richtung der Eingangstür, derjenigen, die auf den Platz hinausging.

Enar richtete sich auf, während er Anna einen langen, nachdenklichen Blick zuwarf. Anna knallte das Paar Panzerhandschuhe vor Godwin auf den Tisch. »Danke«, sagte sie.

»Ihr habt sie darauf gebracht«, beschwerte Enar sich bei Godwin.

Godwin lächelte.

Niemand mochte Godwins Lächeln. Von Enar hieß es, er habe einmal gesagt, der Tod selbst würde es nicht gerne sehen, von Godwin angelächelt zu werden.

»Vorsicht«, sagte Godwin, immer noch lächelnd, »ist angeblich der bessere Teil der Tapferkeit. Oder ein Wort an einen Weisen ...«

»Ertränkt mich nicht in Sprichwörtern«, bat Enar sich aus. Er drückte sich durch die Hintertür heraus, wobei er Ingund ein um Verzeihung heischendes Augenrollen zuwarf.

Ingund steckte bis zu den Ellbogen im Mehl, das mittlerweile teigartige Konsistenz angenommen hatte. »Prächtig!« murrte sie. »Er ist ja kalt. Wie zum Teufel soll er da aufgehen? Wo ist die Hefe, die ich dir dagelassen habe?«

»Gestorben«, sagte Anna mit einem wahrhaft boshaften Kichern. »Wer bin ich denn? Ein Experte im Brotbacken? Bevor du und all diese Mörder von Godwin hier aufgekreuzt seid, habe ich einen Wochenvorrat von Arn, dem Schankwirt, gekauft. Jetzt habe ich ein Haus voller gefräßiger Eber und«, fügte sie mit einem anzüglichen Grinsen hinzu, »Säue – die mit beiden Händen essen – und –«

»Also gut!« schrie Ingund Anna an. »Wo soll ich jetzt neue Hefe herbekommen – aus dem übelriechenden alten Schwamm zwischen deinen Beinen?«

»Allmächtiger Vater im Himmel!« donnerte Godwin. »Hab Erbarmen mit meiner Seele! Rosamunde, besorg Ingund Hefe für ihr Brot. Sofort!«

Rosamundes Schürze flog in die eine, der Besen in die andere Richtung. So schnell sie konnte, lief sie aus der Halle und knallte die Tür hinter sich ins Schloß.

»Weiß sie, wo man welche bekommt?« zweifelte Ingund.

»Wenn ihr ihr Leben lieb ist, findet sie es heraus«, versetzte Anna und stieß das Schnitzmesser einen Zoll tief in die Anrichte. »Ich habe heute ziemlich schlechte Laune.«

»Meine verehrte Dame«, sagte Godwin. »Das dachte ich mir bereits. Und bitte säubert die Handschuhe. Sie waren in Enars Nase.«

Anna entfernte die Panzerhandschuhe.

Ingund deutete auf die beiden Bauern, die das ausgelassene Treiben mit, wie Godwin fand, löblicher Geduld verfolgten. »Ihr redet besser mit ihnen, Godwin«, empfahl sie. »Ich weiß, daß Enar der lächerlichste Hanswurst auf der ganzen Welt sein kann, aber er ist kein Dummkopf, und sie haben Euch wirklich etwas zu sagen.«

Godwin winkte sie zu sich an den Tisch. Ingund ließ ihr Brot lange genug ruhen, um ihnen etwas zu essen und zu trinken zu holen. Rosamunde kam mit der Hefe zurück.

Wie es aussah, waren die beiden die Anführer einer Abordnung aus einem der Dörfer in der Nähe des Waldes. Sie und die anderen im Dorf hatten rechtzeitig dafür vorgesorgt, eine Winterernte einfahren zu können. Doch es schien, als würde es ihnen nicht gestattet, die Saat in die Erde zu bringen.

Als die beiden gegangen waren, saß Godwin einige Augenblicke stirnrunzelnd da.

»Was haltet Ihr davon?« erkundigte sich Anna.

»Du weißt davon?« wunderte sich Godwin.

»Aber ja«, ließ Anna ihn wissen. Sie fachte ein Feuer im Brotofen neben dem Herd an. »Das ist allgemein bekannt. Niemand hat es gewagt, nachts außerhalb der Stadtmauern zu bleiben. Schon ist wertvolles Saatgut gestohlen worden. Jedes Werkzeug, jedes Ackergerät, das man herumliegen läßt, verschwindet.«

»Haakons Männer«, fügte Ingund hinzu.

»Höchstwahrscheinlich.« Godwin erhob sich und begab sich zur Treppe. Sie war mit Eisenzargen an der Wand befestigt und führte geradewegs in den ersten Stock hinauf.

»Was habt Ihr vor?« fragte Anna.

»Ich weiß nicht genau. Mit Ranulf sprechen, denke ich«, antwortete Godwin.

Ranulf und Denis lebten in der Halle, genau wie die drei anderen Ritter – Edgar, Gowen und Wolf der Kurze. Dreißig oder vierzig weitere junge Männer versahen Waffendienst für den Haushalt des Bischofs. Zu jeder Zeit waren fünf oder zehn von ihnen hier anwesend. Andere hielten derweil auf den Wällen Wache, und wieder andere waren zu Hause bei ihren Familien.

Die wichtigsten Waffen, welche diese leicht bewaffneten Truppen mit sich führten, waren die wundervollen, von Denis gebauten Armbrüste. Denis hatte im ersten Jahr, nachdem Owen Bischof von Chantalon geworden war, ein Bein in einem Scharmützel mit Wegelagerern verloren. Während seiner Genesung hatte er sich ganz seiner Lieblingsbeschäftigung, der Fertigung von Armbrüsten, gewidmet.

Die Armbrust, seit alters selbst in so entlegenen Ländern wie dem legendenumwobenen China bekannt, war eine unvollkommene Waffe. Die durchschnittliche Armbrust war plump, langsam beim Laden, ungenau im Treffen und im Kampf nahezu wertlos.

Im Gegensatz zu den Armbrüsten, die Denis baute. Sie waren leicht; sie ließen sich rasch laden und abfeuern; und was die Zielgenauigkeit anging, so waren sie umwerfend tödlich. Die jungen Männer in Owens Wachtruppe behandelten sie zärtlicher als ihre Ehefrauen. Immer, wenn Denis eine neue fertiggestellt hatte, kündigte Godwin an, daß es eine freie Stelle in Owens Hausgarde gebe. Es bestand kein Mangel an Bewerbern. Denis hatte zwei junge Männer als Lehrlinge angestellt, die sein Handwerk zu lernen versuchten. Bis jetzt hatte keiner von beiden seine Geschicklichkeit bei der Fertigung der todbringenden Kampfwaffen erreicht. Godwin hatte Denis bei der Arbeit beobachtet und war überzeugt, der Junge hatte keine Geheimnisse, sondern nur einen starken Drang nach absoluter Perfektion und eine grenzenlose Fähigkeit, sich Mühe zu geben. Denis signierte seine Armbrüste mit einem kleinen Pferdekopf. Und Godwin fand es beängstigend, daß einige von Haakons Befehlshabern bereits jedem große Summen anboten, der in der Lage war, ihnen eine davon zu beschaffen.

Als Godwin Denis' Zimmer betrat, fand er Denis auf dem Bett sitzend vor, sein künstliches Bein abgeschnallt, und Ranulf, den jüngsten seiner Ritter und Denis' engsten Freund, an seiner Seite.

Elfwine, Ranulfs blonde Frau, saß auf einem Stuhl und plapperte auf die beiden Männer ein. Sie stillte ihr neugeborenes Kind. Godwin war der Ansicht, daß es dazu nicht unbedingt erforderlich gewesen wäre, beide Brüste zu entblößen.

Ranulf beugte sich im Sitzen nach vorn und starrte sie voller Bewunderung an. Denis hingegen hatte eine andere Art von Blick in den Augen.

»Meine Dame«, setzte Godwin mit strenger Stimme an, »wenn Ihr uns für ein paar Augenblicke entschuldigen wollt ...«

»Oh«, machte Elfwine und tat so, als sei ihr derangierter Zustand ihr peinlich. »Es tut mir ja so leid.« Dann brachte sie ihr Gewand in Ordnung, setzte ein affektiertes Lächeln auf, bedachte Godwin mit einem Augenaufschlag und ging durch die Halle in das Schlafgemach zurück, das sie mit Ranulf teilte.

Godwin sah ihr mit betont ausdrucksloser Miene hinterher. Er mochte Elfwine nicht. Er hatte an ihr eine unangenehme Mischung aus Gier und Dummheit entdeckt. Erinnerungen aus ferner Vergangenheit stiegen in ihm auf. Erinnerungen an eine Frau, die er geliebt hatte; eine Frau, die, wie sich am Ende herausgestellt hatte, eben diese Charakterzüge besessen hatte. Unsinn, dachte er. Richilda war eine Adlige gewesen, kultiviert bis in die Fingerspitzen. Etwas Finster-Ironisches lachte in seinem Kopf. O ja, soviel stand fest, Richildas Mutter hatte sich größte Mühe gegeben, ihr den Kopf mit den strengsten und lustfeindlichsten Bibelzitaten zum weiblichen Geschlecht vollzustopfen. Riesige Mengen bunt zusammengewürfelter lateinischer Weisheiten und sogar ein paar griechische Verse, Hunderte und aber Hunderte von bibelgestützten Moralpredigten für Frauen bezüglich Unterwerfung unter ihre Ehegatten, unter Kirchenmänner, Väter, Brüder, schlicht jedes männliche Wesen, das jemals ihren Weg kreuzen mochte.

Wäre er bei ihr geblieben, die er noch immer für seine einzige große Liebe hielt, hätten wenige Jahre ihrer »Konversation« ihn zu einem rasenden, den Mond anheulenden Irren werden lassen. Er schob den Gedanken entschlossen beiseite und wandte sich an Ranulf: »Haben die Herren schon von einem gewissen Ulick gehört?«

»O ja«, schwatzte Ranulf munter drauflos. »Er drückt sich schon seit einer Woche oder so in der Stadt herum.«

Godwin lächelte auf Ranulf herab. Ranulf wurde blaß und nahm einen ängstlichen Gesichtsausdruck an.

Denis kam ihm zu Hilfe. »Oh, jeder kennt Ulick... Wir haben noch gestern von ihm gesprochen ... mit Routrude und...«

»Ranulf! Denis!« unterbrach Godwin ihren Redefluß. »Wer bin ich?«

Sie sahen einander an, überzeugt davon, daß es sich hier um eine Fangfrage handeln mußte. »Unser Oberbefehlshaber, Herr«, schnarrten sie im Chor.

Godwin nickte. »Und meint ihr nicht, daß ihr die Umtriebe dieses Ulick zuerst mit mir hättet besprechen sollen, bevor ihr euch an das größte Klatschmaul der Stadt wendet?« Godwin hatte den Satz in gemäßigter Lautstärke begonnen, doch er beendete ihn brüllend.

»Ach, aber wir haben sie doch nur getröstet«, rechtfertigte sich Ranulf. »Sie waren beide in Schwarz gekleidet … Clea und Routrude. Und sie haben mächtig geweint.« Clea, die »Witwe«, führte das hiesige Freudenhaus, Routrude zusammen mit ihrem Mann Arn die Schenke.

»Warum haben sie geweint?« wollte Godwin wissen.

»Weil sie sagten, Ihr wüßtet von Ulicks Anwesenheit und hättet nichts gegen ihn unternommen, und nun seien wir alle verloren. Wir haben ihnen gesagt ›O nein, Godwin überlegt nur, wie er ihn unschädlich machen kann.‹ Und daß Ihr bald etwas unternehmen würdet.«

»Nett«, murmelte Godwin. »Es wäre wirklich nett gewesen, wenn jemand auf die Idee gekommen wäre, mich zu benachrichtigen.« Er schloß die Augen und preßte mit Daumen und Zeigefinger sein Nasenbein zusammen. »Aber«, fuhr er fort, »wie auch immer. Jetzt weiß ich es. Und ich habe eine Idee, wie man Ulick unschädlich machen kann. Also, wie vielen von den Bewaffneten kann man ein Geheimnis anvertrauen?«

Die beiden jungen Männer wirkten schuldbewußt. Niemand schien etwas dabei zu finden, Informationen an den gelegentlichen Spitzel von Haakons Armee zu verkaufen, dem es von Zeit zu Zeit gelang, sich in die Stadt zu schleichen.

Ranulf legte mit ernster Miene los: »Es ist nicht so, daß wir es nicht versucht hätten, Herr. Wir haben uns die Jungs vorgeknöpft und ihnen erklärt, daß es ein übles Ende nehmen kann, wenn Haakon Dinge herausfindet, von denen wir nicht wollen, daß er sie erfährt. Aber ich glaube nicht … ich könnte meine Hand nicht dafür ins … sie…« Seine Stimme verebbte.

Nein, dachte Godwin. Die »Jungs« verstanden das vermutlich nicht. Viele von ihnen waren so arm, daß ein paar Silbermünzen jegliche Vorsicht und gesunden Menschenverstand bei ihnen ausschalten konnten. Trotzdem, vielleicht konnte er gerade das für seine Zwecke nützen.

Er sah in die beiden eifrigen und erwartungsvollen jungen Gesichter vor sich. Sie waren jetzt froh, daß seine schlechte Laune vorübergegangen zu sein schien. Er nahm den Stuhl, den Elfwine verlassen hatte, zog ihn an das Bett heran und redete mit leiser Stimme auf sie ein:

»Nun gut, wir werden jetzt folgendes tun…«

KAPITEL 3

An das Langschiff gelehnt, das Owen in Brand zu setzen versucht hatte, begrüßte Haakon den heraufdämmernden Morgen. Er hatte sich bereits vergewissert, daß das Schiff, eins seiner kostbarsten Besitztümer, das Feuer unbeschadet überstanden hatte. Die Luft war kühl und feucht; die Sonne war noch nicht aufgegangen. Ein schimmernder weißer Nebel lag über dem Fluß. Die Schatten des Waldes verblaßten von Schwarz zu Braun. Während er dort stand und alles beobachtete, gingen die Fackeln aus. Auch gut. Im ersten grauen Licht der Dämmerung waren sie überflüssig.

Tosi kam auf ihn zu. Seit dem Kampf hatte sich das niemand getraut. Er warf einen Blick zu der Stelle hinüber, wo die unter ihrem Kapuzenumhang verborgene Priesterin über ein paar Knochenresten hockte.

»Sie lebt noch?« fragte Haakon.

»Ein bißchen angesengt, aber das ist auch alles«, gab Tosi zur Antwort.

»Erstaunlich«, sagte Haakon. »Schade.«

Tosi lachte. »Die Hexe des Bischofs hat dir ein ziemlich unerfreuliches Abendessen erspart.«

»Ja«, sagte Haakon, »aber ich hätte es getan. Nicht, weil eine solche Torheit irgend etwas nützen würde, sondern weil die Männer es erwartet hätten, nachdem sie es einmal gesagt hatte. Bring sie ins Lager. Laß sie ihre Zauber murmeln, aber sorg dafür, daß sie mir nicht unter die Augen kommt.«

»Gyda wirft die Runen und sucht nach Omen. Ich frage mich, was sie wohl erzählen wird.«

»Sie erzählt, was ich ihr sage«, antwortete Haakon barsch. »Ich will keinen Glaubenskrieg daraus machen. Im Lager gibt es Christen und Heiden. Die Frau, die ich geheiratet habe, ist Christin wie ihr Volk. Und ich schätze, auf der anderen Seite gibt es in der Stadt eine Menge Leute, die sich dem Altar in der Kirche nur höchst ungern nähern. Und, bei den Göttern, sieh dir doch nur an, was unser Christenbischof sich für eine Frau genommen hat! Hölle und Teufel! Sie hat unsere böse kleine Gyda auf ihrem ureigenen Gebiet geschlagen. Ich habe einen Haufen starker Männer gesehen, die nicht Hand an sie legen wollten.«

Tosis Blicke wanderten umher. Er benahm sich, als habe er keine Lust, Haakon in die Augen zu blicken. »Sie hat Gyda verbrannt und Reinald auch«, murmelte er schließlich.

Haakon seufzte. Tosi war der Sohn seiner Schwester und stand ihm näher als ein leiblicher Bruder, aber manchmal hätte er ihm am liebsten ins Gesicht geschlagen. »Aus der Fackel sind mit Pech überzogene Kohlestückchen aufs Schiff gefallen. Damit hat die Hexe des Bischofs Gyda getroffen. Sie haben den weiten Wollumhang in Brand gesetzt, den sie trug. Was Reinald anbelangt…« Selbst Haakon erschauerte leicht. »Er ist zu weit gegangen. Er hat seinen Freund Owen an mich verraten. Meiner Meinung nach hat ihn sein schlechtes Gewissen umgebracht. Ich habe ihn gesehen. Seine Frau Elsbeth, nun meine Herrin, hatte ihn nicht begraben können.«

Haakon schaute über den Fluß. Reinald hatte Owen für einen hohen Preis an ihn verraten, aber Owen war ihm entkommen. Und dann hatte er erfahren, daß Reinald, Elsbeths Gemahl, tot war. Sie hielt sich im Haus einer ihrer Lehnsmänner auf und hatte nach ihm geschickt. Wie ein Verrückter war er aus dem Lager geprescht. Er hatte sie nie zuvor zu Gesicht bekommen; Reinald hatte sie immer versteckt gehalten. Als er sie erblickte, wußte er, warum. Was für eine Schönheit! Nicht, daß das einen Unterschied gemacht hätte. Auch wenn sie eine bucklige, schwachsinnige, einäugige Vettel gewesen wäre, hätte er sie nicht mehr aus den Augen gelassen, bis er Herr ihrer Ländereien gewesen wäre. Aber dieses wundervolle Geschöpf…

Er machte sie zu seiner Frau, ohne Förmlichkeiten, vor Ablauf einer Stunde in dem Gemach, in dem sie sich zum erstenmal begegneten. Reinalds Schatz, einschließlich dessen, was er für Owen bezahlt hatte, war natürlich gestohlen worden. Haakon sandte Tosi zur Verfolgung der Diebe aus. Er faßte sie und sorgte dafür, daß sie nie wieder ehrbare Männer belästigten. Er brachte Haakon den Schatz zurück und wurde angemessen belohnt.

Haakon seinerseits fand Reinald in den Ruinen seines Flügels der Halle. Elsbeth war es selbst mit Geld nicht gelungen, irgend jemand dazu zu bringen, ihn zu begraben. Ihr Bruder, Bertrand, versteckte sich in der Kirche. Bertrand war Kleriker gewesen, sogar Abt eines Klosters – bis die Wikinger gekommen waren. Mittels eines kurzen Gesprächs, in dem Steine und der Flußboden vorkamen, gewann Haakon seine Unterstützung bei dem Unterfangen, Reinald in aller Stille unter die Erde zu bringen und nett zu Elsbeth zu sein.

Dann zog er in ihre Seite des Hauses. In jener Nacht hatte er ihren nackten Körper mit Reinalds Gold bedeckt. Auf einer gepolsterten Sitzbank in dem Gemach, wo sie einander das erste Mal begegnet waren, hatte Haakon sie zu lehren begonnen, wie man ihn liebte, nur wenige Minuten, nachdem sie ihren Handel abgeschlossen hatten. Er setzte den Unterricht in jener Nacht fort und erteilte ihr noch etliche weitere Lektionen, bis sie nur noch eine kleine, sanfte, duftende Elfe war, die müde und erschlafft vor grenzenloser Hingabe in seinen Armen lag. Ihm kam der Gedanke, sie könne sich mittlerweile von seinen letzten Lektionen erholt haben und vermutlich mehr als bereit für ein paar weitere sein.

»Elsbeth«, sagte Tosi.

»Hmmm, ja«, antwortete Haakon.

Dann blickte er hoch. Dicke Blutklumpen klebten am Drachenkopfbug des Schiffs, die beiden Leichen baumelten noch. Haakon schoß einen zweiten haßerfüllten Blick zu Gyda hinüber. »Ich wollte ihren Vorschlag nicht befolgen. Menschliche Wesen zu dem einäugigen Herrn der Finsternis zu schicken, ist nicht meine Vorstellung von…« Seine Stimme verlor sich. »Ich glaube, daß Töten im Namen eines … jeden Gottes … unheilvoll ist. Eine unheilvolle Tat.«

Tosi sah zu den beiden über ihren Köpfen hoch. »Ich lasse sie abschneiden und mit reichen Grabbeigaben bestatten – Öl, Fleisch, Wein, einen Hund für den Jungen, ein wenig Schmuck für das Mädchen. Sie werden nicht herumspuken. Ihre Geister werden zufrieden sein. Wenn sie sich ihr ganzes Leben als Sklaven abgerackert hätten, hätten sie vermutlich nicht so viel gewonnen.«

»Nein, nur ein Weilchen länger unter der Sonne«, versetzte Haakon sarkastisch. Er richtete sich auf und rieb sich den Rücken am Bug des Langschiffs. »Gott, bin ich schmutzig. Meine Kleider sind besudelt mit Blut, Ruß von den Feuern und Schweiß. Ich werde baden müssen, bevor ich zu Elsbeth gehe. Ich wüßte gern, ob die Toten noch etwas fühlen oder ob sie sich nur erinnern.«

»Manche behaupten, sie täten selbst das nicht. Aber wenn ich du wäre, Haakon, würde ich mir darüber keine Gedanken machen, denn wir wissen es ohnehin erst, wenn es zu spät ist, etwas dagegen zu unternehmen.«

Haakon schloß ihn rasch in die Arme. »Ach, mein Bruder! Sag mir, weilt Ulick noch vor den Mauern von Chantalon und befolgt seine Befehle?«

»O ja.« Tosi rückte seinen Schwertgurt gerade und schaute zu Boden.

»Komm schon.« Haakon lockte ihn mit einer Bewegung seines Fingers. »Heraus damit. Was ist los?«

»Ulick glaubt langsam, er könne Godwin besiegen und gefangennehmen oder töten.«

Haakon richtete den Blick in die Ferne, und seine Augenfarbe veränderte sich. Tosi hatte das schon mehrfach an ihm erlebt. Es war, als würde er in Gletschereis blicken. Zuerst wirkt es durchsichtig, aber dann verdichtet sich der bleiche Dunst allmählich, bis man in eine Art weiße Dunkelheit starrt. Eine ähnliche Finsternis sah Tosi jetzt in Haakons Augen kriechen. Er liebte Haakon, aber diesen Blick liebte er nicht. Niemand tat das. Er fragte sich, ob Elsbeth ihn schon so zu Gesicht bekommen hatte.

Haakon legte seinen Arm um Tosis Schultern. »Bruderherz, laß mich dir eine Geschichte erzählen, und dann magst du diese Geschichte Ulick weitererzählen oder auch nicht, wie es dir beliebt.

Es war einmal ein Mann, der lebte in England, in Wessex, um genau zu sein. Er hieß Steiner Goldsammler, ein mächtiger, vom Erfolg verwöhnter Häuptling Gunthrums. Er war reich dabei geworden, das Land des Sachsenkönigs Alfred von England zu plündern. Er belagerte Godwin, damals Befehlshaber von Alfreds Reiterei, in einer von diesen Städten mit Lehmmauern, welche die Engländer *burghs* nennen. Es regnete in Strömen. Die sächsischen Thane, die bei Godwin waren, stritten sich untereinander und flohen. Aber immer noch wollte Godwin ihm nicht die Tore öffnen, wollte die Stadt nicht ausliefern.

Steiner hatte Spitzel in der Stadt. Sie berichteten, Godwin sei krank, er verfaule an der Ruhr; seine Männer lägen darnieder, Tag für Tag stürben welche von ihnen vor Hunger oder an der endlosen Nässe und Kälte. Ihre eigenen Läuse fräßen sie auf.

Trotzdem, jedesmal wenn Steiner versuchte, die Tore mit Gewalt zu nehmen, kostete dieser Godwin ihn etwas. Also entschloß sich Steiner, den man nicht umsonst Goldsammler nannte, Godwin zu kaufen. Er bot ihm eine gewaltige Summe in der Überzeugung, Godwin, ein landloser Mann, den nur sein dem englischen König geschworener Lehnseid band, würde froh sein, das Geld zu nehmen und abzuziehen. Die Summe, so jedenfalls erzählt uns die Geschichte, war mehr als ausreichend, um einen Mann seine Ehre vergessen zu lassen. Summen von dieser Größenordnung hatten schon viel Größere und viel Treuere als Godwin soweit gebracht.

Also schickte er einen seiner Spitzel zu Godwin, um ihm das Angebot zu unterbreiten. Godwin sandte Steiner den Spitzel abzüglich Nase, Ohren und Zunge mit einem Schild um den Hals zurück, auf dem zu lesen stand: ›So verfahre ich mit Verrätern.‹«

Tosi pfiff leise durch die Zähne. »Ein starrköpfiger Mann«, flüsterte er.

»Mehr als starrköpfig«, antwortete ihm Haakon. »Wäre die Geschichte damit zu Ende gewesen, hätte Steiner sich immer noch für einen glücklichen Mann halten dürfen.«

»Was geschah?« fragte Tosi.

»Empört hob Steiner die Belagerung auf. Er besaß ein starkes, gut befestigtes Lager zwei Tagesmärsche von der Stadt entfernt, in der Flußmitte gelegen wie unseres hier. Er beabsichtigte, sich dorthin zurückzuziehen und die ungemütlichen, naßkalten Wintertage dort in aller Behaglichkeit auszusitzen. Soll Godwin doch in seinem eigenen Kot verfaulen, dachte er bei sich, und dann fällt mir die Stadt in den Schoß wie eine reife Frucht.

Als er in dem Lager ankam, begrüßten ihn Willkommensrufe und warme Feuer, die hinter der Palisade brannten. Die Tore öffneten sich, und Steiner, gefolgt von seinen Männern, ritt hindurch – direkt in den Rachen eines Pfeilhagels. Nur wenige entkamen, um die Geschichte zu erzählen, und noch weniger hatten Lust, sie zu erzählen, handelte es sich doch, daran gab es nichts zu deuteln, um eine höchst beschämende Angelegenheit.«

»Was geschah?« fragte Tosi. »Was hat Godwin getan?«

»Es scheint«, fuhr Haakon fort, »daß der Spion, dem Godwin Nase, Ohren und Zunge abgeschnitten hatte, Godwin die Namen der anderen verriet, die für Steiner arbeiteten. Godwin befragte also diese Spitzel nach dem Standort von Steiners Lager – und ich kann mir gut vorstellen, als Godwin damit fertig war, sie zu befragen, wetteiferten sie miteinander, ihm zu antworten. Als er wußte, wo es sich befand, setzte er jeden Mann, den er noch hatte, auf ein Pferd – selbst diejenigen, die sich vor Schwäche kaum im Sattel halten konnten – und stieß mit einem Gewaltritt bis auf Bogenschußweite zum Lager vor.

Er und seine Männer durchwateten den Fluß und warteten, mit Sumpfgras und Zweigen getarnt, im seichten Wasser, so daß niemand ihre Anwesenheit bemerkte, während er ein paar wenige Männer zu den Toren des Lagers schickte. Godwins Männer schrien, sie seien verwundet, Steiner komme nach, er habe eine schwere Niederlage erlitten, und viele seiner Soldaten benötigten Schutz und Unterkunft. Die Tore wurden geöffnet, und Godwin und seine Männer stürmten herein, überwältigten die wenigen Verteidiger, und als Steiner zurückkehrte, wartete Godwin schon auf ihn.

Nun denn«, erklärte Haakon, nachdem er zu Ende erzählt hatte. »Ich kann nicht sagen, ob Ulick sich die Warnung zu Herzen nehmen wird. Falls ja, schön und gut. Falls nicht, wird sein Schicksal dem nächsten Mann, den ich mit dieser Aufgabe betraue, als Warnung dienen. Er wird Godwin mit wesentlich mehr Vorsicht begegnen.«

KAPITEL 4

Owen wachte irgendwo neben einem Baumwipfel auf. Er lag quer über einem dicken, bleichen, graubraunen Ast mit glatter Rinde. Der Stumpf eines abgebrochenen Zweigs stach ihm in die Rippen. Ein anderer piekste ihn in den Bauch. Die Sonne war aufgegangen und brannte ihm auf den Nacken. Er hatte einen steifen Rücken, und im Schritt juckte es ihn. Seine Blase war voll.

Er war in der Dunkelheit von Elin getrennt worden, als er gestrauchelt und den Abhang eines Hohlwegs hinuntergerutscht war. Indem er auf den Baum geklettert war, hatte er sich des Wissens bedient, das er von den Waldleuten gelernt hatte. Wenn du verfolgt wirst, klettere hoch hinauf, wenn du kannst, vor allem nachts. Nicht einer von zehn Männern denkt daran, nach oben zu schauen, und in der Dunkelheit kann dieser Zehnte selten gut genug sehen, um einen Mann in einem hohen Baum zu entdecken.

Nun, dachte er, so weit, so gut. Dann roch er den Rauch. Er bewegte sich zu hastig, versuchte auf die Beine zu kommen und fiel beinahe von dem Ast herunter. Schnell fing er sich wieder. Der Ast, auf dem er lag, befand sich mindestens dreißig Fuß hoch in der Luft. Wenn er fiel, wäre es einerlei, ob die Wikinger in der Nähe waren oder nicht; er wäre ohnehin tot.

Vorsichtig sah er sich um. Ein Wasservogel stieß einen leisen Ruf aus. Ein Schwarm kleiner Enten erhob sich in die Luft und flog durch die Bäume, immer höher, dem offenen Himmel entgegen. Vor Überraschung und Freude blieb ihm der Mund offenstehen, als drei Elche, ein Hirsch und zwei Kühe, unter ihm vorbeizogen, auf der Suche nach der Rinde junger Schößlinge. Während er sie gebannt beobachtete, richtete eine der Elchkühe sich auf die Hinterläufe auf, legte die Vorderhufe an einen der Bäume, zog sich einen grünen Streifen herunter und fraß ihn.

Nein, dachte er. Sie würden niemals so entspannt äsen, wenn

Menschen in der Nähe wären. Dennoch roch er noch immer den Rauch. Vorsichtig, um weder den Elch zu verscheuchen, noch herunterzufallen, richtete er sich auf.

Von seiner hohen Warte konnte er die gesamte Umgebung überblicken. Der Fluß glitzerte in den ersten Lichtstrahlen, während sonnenweiche Nebelschwaden über dem Wasser das dichte Ufergestrüpp verhüllten. Sein Ausguck war ein Mutterbaum. Ihre Kinderschar, Eschen mittlerer Größe, füllten den Raum unter ihren weit ausladenden Ästen aus. Das Gehölz erstreckte sich über die Uferböschung. Die Bäume in Wassernähe, vor dem kalten Wind geschützt, trugen noch ihr Laub, ein Mosaik von Gold auf dem Hintergrund des grünen Wassers, braunen Waldes und blauen Himmels.

Noch mehr Rauch. Rauch von brennendem Holz. Wo kam er her? Der Untergrund stieg zu einem hohen Berg an. Am Himmel machte er einen weißen Faden aus. Er kannte Elins Volk gut. Sie würden sich nicht die höchste Erhebung in der Gegend aussuchen, ein Feuer entfachen und jedem im Umkreis von Meilen ihre Anwesenheit verraten. Nein, so tollkühn würden nur Haakons Männer sein.

Er versuchte sich zu erinnern, was sich dort oben befand. Ja, eine alte Ruine, eine römische Villa. Er war nie selbst dort gewesen, aber man hatte ihm davon erzählt. Er hatte gestaunt, als er die Berichte gehört hatte. Über eine Welt, wo ein Mann ein unbefestigtes Landhaus an einem solch abgelegenen Ort errichten konnte, ohne von Wikingern, Wegelagerern oder anderen Gesetzlosen behelligt zu werden. Während er dort hinüberschaute, fragte er sich, wie lange sie wohl schon verlassen war. Er kam zu dem Ergebnis, daß die Eigentümer ziemlich lange durchgehalten haben mußten. Die gerodeten Felder um die Villa herum zeigten nur offenes Gelände, Gestrüpp und spärlichen Niederwald.

Nein, das war entschieden ungünstig. Der Mond würde heute nacht wechseln, und selbst wenn er einen weiten Bogen um die Villa schlug, konnte er gut entdeckt werden. Haakon würde mit Sicherheit nach ihm suchen.

Er begann den Baum herunterzuklettern. Eine Flut von Sorgen bedrängte ihn. Wo war sein Schwert? Die Scheide rasselte leer an seiner Seite. Dann fiel es ihm ein. O ja. Am Flußufer, wo er gegen Haakon gekämpft hatte. Es war ihm aus der Hand geschlagen worden. Zweifellos hatte es jetzt irgendein Wikinger. Owen hoffte nur, daß derjenige, der es gefunden hatte, die prächtige Waffe so behandelte, wie sie es verdiente, und sie liebevoll pflegte. Mit diesem Verlust konnte er sich abfinden. Die Sorge um seine menschlichen Gefährten machte ihm mehr zu schaffen. Wo steckten sie? Hatten sie es geschafft, den Weg zum Boot zurückzufinden? Und falls ja, hatte Martin noch genügend Kraft, um das Gefährt flußabwärts zu lenken? Alles in allem hoffte er jedoch, daß sie nicht zu dem kleinen Boot zurückgekehrt waren. Er war sicher, daß Haakons Suchtrupps es schnell finden und jeden in der Nähe gefangennehmen würden. War Elin gefaßt worden? O Gott, bitte nicht! Haakon haßte sie. Er würde sie auf der Stelle töten, ohne Gnade.

Entschlossen schob er den Gedanken beiseite. Nein, er würde sich nicht mit diesen furchtbaren Vorstellungen quälen, bis er Genaueres über ihren Verbleib und den ihrer Leute in Erfahrung gebracht hatte.

Er erreichte den Fuß des Baumes. Eine Quelle entsprang an seinen Wurzeln, und einst mußte es eine niedrige Steinmauer um sie herum und einen Deckstein über ihr gegeben haben. Die Quelle war ihnen jedoch entkommen und hatte sich ihren eigenen gewundenen Weg hinunter zum Fluß gesucht.

Es war sehr still hier. Die starken, gerade gewachsenen jungen Bäume und der Teppich aus braunem Laub auf dem Boden erinnerten Owen zu sehr an eine Kirche, um die Sorgen, die sich wie ein Schwarm Aaskrähen in seinem Kopf versammelten, nicht zumindest vorübergehend zu verscheuchen.

Die Steine um die Quelle herum waren bearbeitet. Er konnte schwache Meißelspuren unter den graugrünen Flechten erkennen, die sie überzogen. Aber zu viele wurden von dem Baum verdeckt oder waren schlicht verschwunden. Er konnte nicht mehr sagen, was für eine Statue es gewesen war, die dort gestanden hatte.

Alles, was noch übrig war, war eine in einer Geste des Schenkens ausgestreckte Hand. Elins Leute waren zwar nicht da, aber er wußte, sie würden nie von diesem Wasser trinken, ohne diesem uralten, geheiligten Ding ihre Ehrerbietung zu erweisen.

Ihm fiel ein, daß er ein Stück Brot in seiner Tasche hatte. Er krümelte es ins Wasser und trank dann. Ah, konnte man jemals genug Dank sagen für sauberes, klares Wasser, für reine, süße Luft und Licht? Die Sonne schickte ihre langen, schräg einfallenden Strahlen durch die letzten Morgennebel, die zwischen den Schößlingen entlangzogen.

Doch als er seinen Durst gelöscht hatte, mußte er feststellen, daß ihn das Gefühl plagte, irgend etwas fehle noch. Was? O nein! Elins Halskette. Sie mußte ihm vom Hals geglitten sein, als er sich in der Dunkelheit auf dem Ast zusammengekrümmt und zu schlafen versucht hatte. Es war ein reizendes Schmuckstück, buttergelber Bernstein mit gepunzten Goldperlen, so vollendet gearbeitet, daß Owen sicher war, sie mußte aus römischen Zeiten stammen. »Es waren Liebesgaben«, hatte sie ihm erklärt, als sie sie ihm geschenkt hatte, »und mein Volk wird das Band zwischen uns erkennen.« Owen begann, um die Baumwurzeln herum zu suchen. Vielleicht konnte er ja wenigstens die Kette wiederfinden, wo das Schwert schon unwiederbringlich verloren war.

Dann sah er den Pilz, einen wahrhaften Riesenpilz. Er wuchs in der Spalte, wo die Baumwurzel sich gabelte. Als Owen noch ein kleiner Junge gewesen war, hatte er sie manchmal in der Wildnis gesammelt. In letzter Zeit hatte er sie nur auf dem Marktplatz zu Gesicht bekommen, wenn die Bäuerinnen sie zum Verkauf angeboten hatten. Wann oder wo immer man sie fand, galten sie als Delikatesse, die auf dieselbe Art und Weise gegart und zubereitet wurde wie ein zartes Stück Fleisch. Dieser hier war gewaltig und dem Aussehen nach zu urteilen im besten Alter; er mußte köstlich schmecken. Er zog seinen Überwurf aus und wickelte ihn in sein Hemd. Dann mußte er lachen. In der Aufregung, einen solch exquisiten Schatz gefunden zu haben, hatte er ganz vergessen, daß er weder Feuer hatte, um ihn zuzubereiten, noch Freunde, mit denen er ihn teilen konnte. Dann zog ein Lächeln tiefster Zufriedenheit über sein Gesicht, denn er entdeckte die Kette, die in einem Blätterhaufen unmittelbar neben der Stelle lag, wo der Pilz gestanden hatte. Er fühlte sich von neuer Hoffnung beseelt.

Wie konnte er Elin und ihre Freunde finden?

Als die Sonne die letzten Morgennebel wegbrannte, begann sich die Luft mit Vogelgezwitscher zu füllen. Hoch über sich hörte er die silberhellen Rufe von Gänsen, wilde Musik vor den dahintreibenden Wolken.

Aber dennoch, an einem dieser Vogelgesänge war etwas sehr merkwürdig.

Dann begriff Owen. Herr im Himmel, er wußte ja, daß Alshan wenig Respekt vor der Intelligenz sogenannter zivilisierter Menschen hatte, aber das hier war frech bis zur Verwegenheit.

»Gütiger Himmel ... eine Nachtigall.«

Kurze Zeit später traf Owen auf die Nachtigall. Sie entdeckte ihn, bevor er sie entdeckte. Ihre Hand schnellte aus einem Dikkicht aus leuchtenden Stechpalmen und Holunderbeerenstöcken vom letzten Sommer heraus. Sie hielt sein Schwert.

Er nahm es und steckte es mit einem Ausruf und einem tiefen Seufzer der Dankbarkeit in die Scheide. Sie zog ihn in das Gestrüpp, und er fand sich durch eine Schlucht gehen, deren Wände dornige, mit roten Beeren besetzte Stechpalmenbüsche und deren Boden ein Teppich aus Eichenlaub bildeten.

Sibylla, welche die Nachtigall imitiert hatte, warf einen Blick auf den dicken Pilz und leckte sich die Lippen. »So groß, und zu dieser Jahreszeit«, staunte sie. »Ein wahres Geschenk des Waldes.«

»Elin?« erkundigte Owen sich besorgt.

»Ist bei uns.« Sibylla schürzte die Lippen und ahmte einen anderen Vogelruf nach. Süße, weich fließende Töne. Leise antwortete jemand vor ihnen.

»Sie weiß jetzt, daß du am Leben bist«, erläuterte Sibylla. »Nur so konnten wir sie davon abhalten, auf der Suche nach dir ziellos durch den Wald zu laufen. Wir haben zu ihr gesagt: ›O ja, spiele nur die Närrin. Haakon wird dich in die Finger kriegen, und diesmal wird er keinen Gedanken daran verschwenden, was für einen hohen Preis er für solch eine junge Frau erzielen kann. Eh' du dich versiehst, hat er dir den Kopf abgeschlagen. Owen verliert vor Kummer den Verstand und nützt niemandem mehr.‹ Sie war richtig aufsässig.«

»Das ist sie immer«, merkte Owen an.

»Aber sie hat auf uns gehört!« setzte Sibylla hinzu.

»Gott sei Dank«, seufzte Owen.

»Bah«, sagte Sibylla wegwerfend. »Du solltest lieber froh sein, daß sie letzte Nacht nicht auf uns gehört hat. Ich habe ihr gesagt, sie sollte dir nicht zu Hilfe kommen, als die Nordmänner dich in die Enge getrieben hatten. Sie entgegnete: ›Im Leben und im Tod ist es meine Pflicht, bei ihm zu sein.‹ Ist nicht gut für eine Frau, so zu denken«, schloß sie mißbilligend.

Just in diesem Augenblick sah er Elin auf sich zulaufen, und dann lagen sie sich in den Armen.

Sibylla führte sie zu einem schmalen Einschnitt neben dem Fluß, der sich auf eine flache Senke öffnete. Gewaltige, unentwirrbar miteinander verflochtene Baumstücke, welche die Frühlingsfluten angespült hatten und die nach dem Rückgang der Flut am Flußufer liegengeblieben waren, umgaben sie auf drei Seiten mit hohen Wällen aus entwurzelten Bäumen und abgebrochenen Ästen, alles erstickt und dicht verfilzt mit kahlem, vom Fluß angespülten Gestrüpp oder Büschen, die während des Sommers zwischen den schwereren Baumstümpfen emporgeschossen waren. Von außen war das Versteck so gut wie nicht zu entdecken. Der einzige Zugang führte über die schmale Klamm, durch die Sibylla sie hineingeführt hatte.

In der Mitte der Senke brannte ein kleines Feuer. Martin und die zwei Gefangenen, die Owen vor der Opferung gerettet hatte, saßen gemeinsam auf einem Baumstumpf in der Nähe des Feuers. Alshan und Tigg hatten sich ihnen gegenüber niedergelassen.

Martin begrüßte Owen mit großer Freude und Erleichterung. Er erhob sich. »Herr, ich bin ja so froh, Euch gesund und munter wiederzusehen.«

Alshan und Tigg begrüßten den Pilz mit ähnlichen Rufen der Freude und Begeisterung. »O seht doch nur«, meinte Tigg. »Der ergibt eine vollständige Mahlzeit, und eine köstliche dazu. Wir haben hier herumgesessen und uns gefragt, was wir tun könnten, da wir Angst hatten, zu fischen, Vögel mit Netzen zu fangen, Fallen zu stellen oder selbst etwas zu stehlen. Zweimal haben wir Schiffe auf dem Fluß gesehen. Sie haben den Kahn gefunden, mit dem wir hierhergekommen sind. Wir haben beobachtet, wie sie ihn ins Lager geschleppt haben.«

»Und«, fügte Alshan hinzu, »wir haben mindestens eine größere Gruppe von Bewaffneten gesehen, die mit Knüppeln das Dikkicht am Strand abgesucht haben.«

»Unser ganzer Proviant war in dem Boot«, erklärte Martin, »und auch wenn das da ein sehr großes ... äh ... Ding ist« – er zeigte mit dem Finger auf den Pilz – »was sollen wir morgen essen?«

Alshan kicherte und zuckte die Schultern. Er spielte mit dem Bernsteinjuwel, das er um seinen Hals trug. Ein dicker Käfer war in dem versteinerten Harz gefangen, und die irisierenden Deckflügel funkelten selbst in dem schwachen Licht unter den Bäumen. »Wenn dieser Tag kommt, wird uns etwas einfallen«, beschied er Martin. »Laßt uns nun genießen, was wir haben.«

Elin biß Owen ganz sachte ins Ohrläppchen. Er jaulte auf, drehte sich um und küßte sie. Diesmal versuchte er, sie durch die Schlucht wegzuschleifen.

Martin war puterrot vor Verlegenheit. Die beiden ehemaligen Gefangenen musterten Owen und Elin interessiert. Alshan, Sibylla und Tigg machten sich daran, den Pilz zu kochen.

Elins Lippen waren trocken; ihr Haar roch nach Holzrauch. Ein dritter Kuß, und er wußte, daß er verrückt nach ihr war. Sie wehrte sich, lachte und versuchte halbherzig zu verhindern, daß er sie richtig zu greifen bekam, um sie sich über die Schulter zu werfen und wegzutragen, als ihnen plötzlich durch einen gezielten Tritt von Sibylla die Füße weggetreten wurden.

»Still, ihr Narren«, flüsterte sie ihnen erbost zu. »Ihr bringt uns noch alle um.«

Sie und die anderen duckten sich hinter den Schutzschirm aus Bäumen und Gestrüpp und schauten auf den Fluß hinaus.

Das Schiff fuhr in unmittelbarer Nähe des Ufers entlang. Die Männer an Deck spähten angestrengt in den Wald.

Sie nahmen alle die Köpfe herunter und blieben mucksmäuschenstill liegen, bis das Schiff vorbeigefahren war. Als das Geräusch der eintauchenden Ruder schwächer wurde, merkte Owen, daß er ein sehr, sehr leises Schluchzen hören konnte. Er drehte sich um und sah, daß das Mädchen, das sie von den Wikingern befreit hatten, sich an Martin klammerte und leise weinte. Der Junge hielt krampfhaft seinen Arm fest und verbarg sein Gesicht an der Schulter des dicken Mannes.

»Wer sind sie?« fragte Owen.

»Wer weiß das schon?« sagte Elin zu ihm. »Sie sprechen nicht ein Wort einer Sprache, die wir verstehen. Und alle zusammengenommen kennen wir zwölf Sprachen. Niemand kann sagen, woher sie kommen.«

»Sie sind nicht sehr alt«, warf Martin ein, »noch halbe Kinder. Wir glauben, daß sie Zwillinge oder zumindest Bruder und Schwester sind. Sie sehen einander sehr ähnlich.«

Das stimmte in der Tat. Beide waren mager und unauffällig, mit dunklem, feinem Haar; sein Haar war kurz geschnitten, ihres war lang. Beide hatten große, silbergraue Augen.

»Nun gut«, sagte Owen, »wir werden ihnen unsere Sprache beibringen müssen. Ihr seid jetzt ein reicher Mann.«

»Wie das?« fragte Martin.

»Ihr besitzt zehn Hektar Land, zwei Pferde und zwei Sklaven.«

»Zwei Sklaven!« rief Martin aus. »So habe ich sie gar nicht gesehen.« Er tröstete das Mädchen noch immer, indem er sie fest in den Armen hielt.

Sibylla, Alshan und Tigg lachten alle und schwatzten eine Zeitlang miteinander.

Martin errötete und runzelte die Stirn. »Sie haben über mich geredet, nicht wahr?« wandte er sich an Elin.

Sie lächelte, vermied es jedoch, Martin in die Augen zu sehen.

Er starrte sie weiterhin finster an.

»Sie sagen doch nur«, erklärte sie freundlich, »daß der Fischerpriester eine Frau braucht und daß die da, wenn Ihr sie aufpäppelt – mit Brot und Bier –, sich gut für Euch eignet.«

Das Mädchen trocknete seine Tränen und schaute Martin bewundernd an.

»Einen Monat in meinem Haus, und sie ist so stämmig wie eine Legehenne, und der Junge stolziert herum wie ein Prachthahn. Wir mögen ja nicht viel haben, aber zwischen Marschland und Meer gibt es jede Menge zu essen.«

»Ja, aber im Augenblick haben wir nichts«, fuhr Sibylla ihn an. »Ihr beiden Turteltäubchen, kommt und helft mir. Wenn die Wikinger nicht nach uns Ausschau halten, bleiben uns ein paar Minuten, um ein oder zwei Fische zu fangen.«

Elin und Owen machten die Späher, während Sibylla im seichten Uferwasser auf Fischfang ging. Sie trieb drei kleine Forellen in die Enge und fischte sie mit der Hand heraus. Dabei mußten alle zweimal in Deckung gehen – einmal, der gefährlichere der beiden Momente, vor einem Suchtrupp zu Fuß, und ein andermal, als ein Schiff vorbeifuhr. Mit den Fischen und dem Pilz bekam jeder eine vortreffliche Mahlzeit.

»Ich mache mir Sorgen«, sagte Owen zu Alshan. »Die Wikinger sind an der alten Villa, und…«

»Wie ist der Pilz?« erkundigte sich Alshan.

»Köstlich«, entgegnete Owen verblüfft. »Er schmeckt genauso wie das magerste, zarteste Fleisch.« Owen verzehrte ein weiteres Stück. »Das Ding ist schon riesig, aber ich wünschte, es wäre doppelt so groß. Warum fragst du?«

»Warum willst du dir den Magen mit Sorgen verderben, mitten in einem solchen Festmahl?« fragte Alshan. »Ich denke, ich kenne einen Weg, wie wir die Wikinger umgehen können, aber was wir heute abend tun werden, werden wir erst entscheiden, wenn wir gegessen und geschlafen haben.«

Owen ließ den Blick in die Runde schweifen. Sie waren alle todmüde, erschöpft von dem, was sie erlebt und erlitten hatten. Es schien Wochen und nicht erst zwei Tage her zu sein, daß sie die Stadt verlassen hatten. Er ließ sich von Alshans überlegener Weisheit überzeugen und konzentrierte sich auf die Mahlzeit.

Als sie fertig gegessen hatten, nahm er Elin in die Arme, aber nur, um sie warmzuhalten. Martin und die Gefangenen rollten sich gemeinsam auf der Erde zusammen. Der kleine, stille Tigg übernahm die erste Wache, während Sibylla und Alshan ebenfalls schliefen.

Als Godwin Enar fragte, was er lieber sein würde, der Mann oder die Frau, fand er zu seinem Verdruß heraus, daß es Enar Spaß bereitete, sich als Frau zu verkleiden. Godwin erläuterte seinen Plan vor einer verdächtig großen Anzahl von Leuten im Haushalt.

Enar und er sollten sich zu einem zerstörten Dorf in der Nähe des Waldes schleichen. Der Überfall der Wikinger hatte die äußeren, ungeschützten Dörfer in der Umgebung der Stadt verwüstet. Die Nordmänner waren mit Feuer und Schwert über sie hergefallen und hatten alles mitgenommen, was auch nur den geringsten Wert besaß, selbst so prosaische Gegenstände wie Bettzeug oder Nachttöpfe. Danach wurde alles übrige erbarmungslos in Brand gesetzt.

Aus diesem Grund gab es leider eine Menge solch kleiner Weiler, die sich für Godwins Zwecke eigneten. In einem von ihnen würden sie eine Familie spielen, die Anstalten traf, wieder zurückzukehren und die Wintersaat in die Erde zu bringen.

Um den Köder zusätzlich zu versüßen, würden sie Godwins grobknochiges geschecktes Schlachtroß mit dem hammerförmigen Kopf sowie ein großes graues Maultier mitnehmen, das Osbert, der Viehhändler, gestiftet hatte.

Enar hielt es für einen guten Scherz, sich als Bauersfrau zu verkleiden. Er fand ein Gewand, das seine eher massige Gestalt verhüllte. Enar wog gute zweihundertfünfzig Pfund und brachte es barfuß auf eine Größe von sechs Fuß, woran nicht ein Gramm Fett war. Außerdem versah er sich mit einem Paar wahrhaft übertriebener Brüste, wobei er durch den sinnigen Gebrauch von weißer Wolle und Leinen, die ein wenig aus dem Ausschnitt seines Mieders herausquollen, sogar eine Art Brustansatz hinbekam.

Dann stolzierte er zur Abendessenszeit in die Halle und begann um die Bänke zu trippeln, während er Witze erzählte, die so zotig waren, daß sie sogar Godwins hartgesottenen Rittern die Schamesröte ins Gesicht trieben. Ranulf, Denis und die Frauen erbleichten vor Verlegenheit und Entsetzen. Dann machte er sich bei Edgar unbeliebt, einem der mutigsten von Godwins Rittern, jedoch auch einem Mann, dem man nicht das geringste Interesse an Frauen nachsagen konnte.

Edgar ließ Godwin wissen, er ziehe es in Erwägung, Enar eine möglicherweise tödliche Lektion im Schwertfechten zu erteilen. Enar lachte schallend und forderte Edgar mit schriller Falsettstimme auf, es doch zu versuchen.

Godwin beendete den Streit mit einer so gräßlichen Drohung, daß es sogar Enar vorübergehend die Sprache verschlug. »Ich glaube nicht, daß ein Mann das überleben könnte«, schluckte er.

»Möchtest du die Probe aufs Exempel machen?« lud Godwin ihn mit seidenglatter Stimme ein.

Enar kam zu dem Ergebnis, daß er es lieber nicht wollte. Er nahm Platz und aß mit den anderen. Stumm.

Kurz vor Sonnenuntergang ritten Godwin und er los. Nicht, daß einer von ihnen den Sonnenuntergang hätte sehen können. Die Luft war blau. Das Wetter war umgeschlagen, das Tal wolkenverhangen. Sprühregen fiel, gemischt mit Graupeln.

Enar hatte das Maultier bekommen. Es zockelte vor sich hin und zeigte weder im Guten noch im Bösen die geringste Neigung zu irgendeiner Art von Energieausbruch.

Godwins Schlachtroß war ebenfalls ein erfahrenes und zynisches Tier. Es widerstrebte ihm zutiefst, bei solch einem Wetter ausreiten zu müssen. Vermutlich machte das Pferd in seinem Kopf irgendeine Form des Wahnsinns, welcher der menschlichen Gattung eigen ist, dafür verantwortlich, daß sie an einem Abend wie diesem einen Ritt einem netten warmen Stall vorzogen.

»Ihr habt mir noch nicht erzählt, wo die Falle an dem Plan ist«, begann Enar.

»Du hast mich ja nicht gelassen«, gab Godwin zurück. »So hingerissen warst du von deinem Part bei der Maskerade.« Godwins einzige Verkleidung bestand darin, daß er seinen Helm abgelegt und sich in einen schmutzigen, schäbigen braunen Wollumhang gehüllt hatte.

»Also?« fragte Enar.

»Bei Sonnenuntergang reiten wir in das Dorf und beziehen das Haus. Heute nacht schleichen sich Ranulf und die Jungs in das Dorf und verstecken sich in den anderen zerstörten Häusern. Wenn die Räuber kommen und uns angreifen, um die Pferde – oder genauer gesagt, das Pferd und das Maultier – zu stehlen, fallen die Jungs über Ulick und seine Männer her.«

Das Dorf kam in Sicht. Unbehagen beschlich Enar. Er glaubte, seine Verkleidung würde zumindest einen fernen Beobachter täuschen, aber Godwins? Niemals. Seine hagere Gestalt, das lange Gesicht, die großen Augen und das dünne Stoppelhaar waren allgemein bekannt, bei weitem zu bekannt. Godwin war ein Mann, dem ein Ruf vorauseilte.

Außerdem hatte er beim Kampf um die Mauern von Chantalon den Städtern dabei geholfen, Haakon zu besiegen. Zugegeben, er hatte Haakon in einer ungünstigen Lage erwischt, aber er hatte dem Anführer der Wikinger eine deutliche Abfuhr erteilt. Eine Menge Männer hatten ihn dabei gesehen, und Godwins Aussehen war unverwechselbar.

Enars Unbehagen wuchs, als sie in dem Dorf eintrafen, das sie sich ausgesucht hatten. Der Wind war aufgefrischt. Der Regen hatte sich inzwischen fast vollständig in Graupel verwandelt. Godwin zündete eine Laterne mit Hornschirm an.

Na, wundervoll, dachte Enar. Jetzt weiß jeder, wo wir stecken. Nur für den Fall, daß Ulick es noch nicht bemerkt haben sollte.

Durch den feinen, glitzernden Nebel aus Eiströpfchen konnte Enar sehen, was von dem Dorf noch übrig war. Der vertrocknete und mumifizierte Kadaver einer Kuh lag auf der Hauptstraße. Auf der steifen Haut und den Knochen begann sich ein Eispanzer zu bilden. Nur ein Haus war zu sehen, das noch aufrecht stand. Die Mauern waren höchstens fünf Fuß hoch. Ein wenig sauberes Stroh war in einer Ecke unter den noch verbleibenden Balken eines Strohdachs aufgeschichtet, das in jüngster Zeit hier und dort geflickt worden war.

Die wenigen übrigen Häuser waren nur noch Haufen verbrannter Balken, von denen manche in Kellerlöcher gestürzt waren und andere nicht. Einige ausgestreckt unter den verkohlten Balken liegende schwarze Gestalten ließen vermuten, daß einige Dorfbewohner wie die Kuh nicht mehr rechtzeitig hatten fliehen können und nun unter den Trümmern ihrer eingestürzten Häuser begraben lagen. Eine leere Augenhöhle schien Enar anzuglotzen, als Godwin mit der Lampe ihre Umgebung ausleuchtete. »Hier gefällt's mir nicht«, befand er ausdruckslos.

»Sei kein Narr«, sagte Godwin leutselig. »Für unsere Zwecke ist es perfekt.« Und mit diesen Worten führte er Enar in das einzige nicht vollkommen zerstörte Haus, wo sie in der Ecke mit dem Stroh Unterschlupf fanden.

Godwin entfachte ein Feuer.

Nur für den Fall, dachte Enar, daß Ulick unsere Spur verloren haben sollte und eine kleine Erinnerung braucht.

Godwin sattelte sein Pferd ab. Die Satteltaschen enthielten Fleisch, Brot und Wein von Anna. Es stellte sich heraus, daß ein Großteil von Enars draller Oberweite aus Bier bestand. Er befreite sich von seiner Last, und eine Weile taten sie sich daran gütlich.

Enar fühlte sich besser, als er unter dem Schutz der Dunkelheit leises Waffenklirren, gedämpfte Stimmen und das vorsichtige Knirschen von Schritten in dem gefrierenden Schlamm hörte.

Ranulfs Gesicht tauchte in der Schwärze über der Hausmauer auf. Er flüsterte: »Wir sind da.«

Godwin flüsterte zurück: »Sehr gut. Macht keine Feuer, aber haltet euch warm und trocken. Wartet auf mein Zeichen.«

Ja, dachte Enar, während er noch einen Schluck Bier nahm, und stört die Toten nicht. Dann zog er sich in die warme Ecke am

Feuer zurück. Sein Maultier ließ er gesattelt, seine Wurfaxt plazierte er so, daß sie in Reichweite war, den Schwertgriff legte er neben seine Hand. Zu guter Letzt schlief er ein.

Als er aufwachte, schien das Feuer heruntergebrannt zu sein. Godwin ruhte in seiner Nähe, eine Wange an die Hauswand gelehnt. Er schlief tief und fest.

Das Feuer bestand nur noch aus mit Asche überzogenen Kohlestückchen. Enar schichtete es nicht wieder auf. Ohne Licht fühlte er sich genausogut, wenn nicht besser. Lautlos kroch er zu einer der Wände und spähte nach draußen. Er wußte, es war kurz vor der Morgendämmerung. Kein Stern war zu sehen. Der Schneeregen hatte aufgehört, aber der Himmel war dicht bewölkt. Gelegentlich schien ein einsamer Strahl von Mondlicht durch eine dünnere Wolkenschicht wie eine Lampe durch einen Gazeschleier. Während einer dieser kurzen Aufhellungen sah er Ranulf und die Jungs das Dorf verlassen. Sie waren schon ein gutes Stück weit weg auf der Straße, die zur Stadt zurückführte.

»Nein«, keuchte er. »Nein.« Dann machte er kehrt; halb kroch er, halb lief er zu der Stelle, wo Godwin lag. Er schüttelte ihn heftig. »Godwin, man hat uns verraten. Wir sind ... wir sind tot. Ranulf und die anderen – sie rücken ab. Wir müssen wegreiten – sofort, habt Ihr mich verstanden?«

Godwin, auf so unsanfte Weise geweckt, sah sich schlaftrunken um. Dann kroch er zur Außenmauer. »Soso, rücken sie also ab«, sagte er. Er wirkte erfreut. Dann wandte er sich an Enar und befahl: »Sattel mein Pferd.«

Enar lief zu Godwins Pferd und warf ihm den Sattel über. Er kämpfte gerade mit dem Bauchgurt, weil das Schlachtroß sich wie immer dagegen aufblähte, als das Strohdach über seinem Kopf aufloderte.

Owen wurde erst am Abend wach. Tigg, Alshan und Sibylla hatten die Wachen unter sich aufgeteilt, um den Rest schlafen zu lassen. Elin hatte die Arme um ihn geschlungen; ihr Kopf ruhte an seiner Schulter; ihre Lippen berührten seinen Hals. Einen kleinen

Moment zog er sie noch näher an sich, nur um des tröstlichen Gefühls wegen, das diese Umarmung ihm verschaffte. Er war sich darüber im klaren, daß es hier keinen Ort gab, wohin sie sich davonstehlen und wo sie wirklich allein sein konnten.

Mein Gott, wie warm sie war. Ihr Körper strahlte Hitze aus. Sie fühlte sich an und roch wie ein runder, heißer Brotlaib, den man frisch aus dem Ofen geholt hatte.

Dann erkannte er, warum sie sich so warm anfühlte. Es war kalt. Selbst dort, wo er lag, konnte er spüren, daß der Wind umgeschlagen war. Er kam aus dem Norden.

Sie spürte, daß Owen aufstand, obwohl er sich ganz leise bewegte. Sie wußte, er wollte ihr noch ein paar Minuten Ruhe mehr gönnen. Gestern nacht, als sie ihm zu Hilfe gekommen war, war sie ein schreckliches Risiko eingegangen. Ein Risiko, das mehr als nur eine Person betraf. Elin trug ein Kind unter ihrem Herzen. Das Kind war nicht von Owen.

Bevor sie von Owen befreit wurde, war sie von den Wikingern gefangengenommen und versklavt worden. In Owens Welt gab es viele, welche dieses winzige Leben verurteilen würden, noch bevor es das Licht der Welt erblickte.

In seiner Welt galt das Kind als eine Frucht der Vergewaltigung und der Schande.

Elin und ihre wilde Sippe teilten diesen Glauben nicht.

In ihrer Sprache bedeutete das Wort für Frau »Seelenfänger«. Frauen bewahrten in sich die Seelen Einzelner und des Volkes als Ganzem. Leben zu geben war ihre heilige Pflicht. Schwangerschaft bedeutete lediglich, daß eine Frau dazu auserwählt worden war, den Geist eines verdienten Mitglieds ihres Volkes in diese Welt des Kampfes zurückzubringen.

In dem Stall inmitten des Wikingerlagers, wo sie gefangengehalten wurde, war Elin ihr Zustand zum erstenmal bewußt geworden.

Von Anfang an war sie eine höchst schwierige Gefangene gewesen, die vor ihren Herren die Verrückte, Unsaubere, Dumme, Störrische und in jeder Hinsicht Unlenkbare gespielt hatte.

Sie hatten ihren Haß ihr mit Zins und Zinseszins heimgezahlt. In der Nacht vorher hatte sie eine besonders grausame Tracht Prügel bezogen. Sie hatte in den Suppenkessel gespuckt.

Elin hielt dies für eine minder schwere Geste des Widerwillens, doch unglücklicherweise hatte man sie dabei beobachtet.

Sie erinnerte sich, wie sie aufgewacht war und durch die Ritzen in den Dachbalken des Stalls in den neblig grauen Himmel emporblinzelte. Ihre eine Gesichtshälfte war wund und geschwollen, ihr Körper mit purpurroten Prellungen übersät, und ihr rechter Arm und der Nacken waren eine einzige Masse scharlachroten Fleisches.

Man hatte den Inhalt des Suppenkessels über ihren ausgestreckten Körper gekippt, nachdem man sie bewußtlos geprügelt hatte.

Die Dämmerung hatte kaum eingesetzt; draußen hörte sie Töpfeklappern und Frauenstimmen, die einander etwas zuriefen. Sklavinnen bereiteten die Morgenmahlzeit für ihre Meister zu.

Elin lächelte. Das Lächeln tat wegen der Schwellung auf ihrer Wange weh. Aber dennoch war es ein Lächeln der Befriedigung. Das Frühstück zuzubereiten war vermutlich eine Arbeit, zu deren Erledigung man sie nie wieder mit Tritten wecken würde.

Sie teilte den Stall mit einer grauen Stute, einem stämmigen Grobian mit faßförmigem Bauch, nicht viel größer als ein Pony. Die Stute war wie Elin eine widerspenstige Sklavin. Elin war die einzige, die sie zu irgendeiner Art von Arbeit überreden konnte. Der Besitzer beider Ungeheuer, Pferd und Frau, hatte keine Ahnung, wie Elin das fertigbrachte.

In Wahrheit war die Stute, die Strafen einfach ignorierte, ganz wild auf jegliche Art von Bestechung. Äpfel waren dazu besonders gut geeignet.

Das Pferd senkte den Kopf und atmete Elin sachte ins Gesicht. Wie viele graue Pferde hatte die Stute dunklere Nüstern und Lippen, fast schwarz und weich wie ein Hauch von Samt. Mit einer vorsichtigen Pferdeliebkosung fuhr sie über Elins unverletzte Wange.

Elin wälzte sich herum. Sie stöhnte auf, als ihre steif gewordenen Verletzungen sich schmerzhaft bemerkbar machten. Dann begann sie in dem tiefen Stroh in der Stallecke etwas zu suchen. Sie fand drei verrunzelte Holzäpfel und einen großen Brotkanten, den sie vor ein paar Tagen gestohlen hatte.

Sie holte einen Apfel für das Pferd und das Brot für sich selbst hervor. Das bösartige kleine Tier war ein besserer Schutz als ein bissiger Hund.

Des Nachts schlichen die ungebundenen Männer des Lagers umher und versuchten, die Frauen, die nicht den Schutz einer Verbindung mit einem der stärkeren Krieger genossen, zu bestechen oder mit Gewalt zum Beischlaf zu zwingen.

Die Stute biß und trat ohne Vorwarnung und ohne Erbarmen. Wenn sie im Dunkeln von einem Eindringling überrascht wurde, stürzte sie sich mit Begeisterung in beide Aktivitäten.

Elin liebte diese Auftritte. Ein paar männliche Schmerzensschreie und Wutgeheul munterten sie unerhört auf.

Die Stute nahm den Holzapfel mit behutsamer Dankbarkeit entgegen und verspeiste ihn genüßlich.

Elin versuchte sich mit den Zähnen an dem Brot, mußte aber feststellen, daß ihr Mund zu wund war, um es zu kauen. Deshalb klemmte sie es zwischen ihre Brüste und nahm die langwierige und mühevolle Aufgabe in Angriff, auf die Beine zu kommen. Sie mußte vor den Männern draußen sein, um ohne Gefahr einen Becher Haferschleim von einer der Frauen erbetteln zu können.

Sie lehnte sich gerade im Sitzen an einen der roh gezimmerten Wandpfosten, als ihr Blick auf ihre Brüste und das zerlumpte Hemd fiel, das alles war, was von ihrer Kleidung noch übrig war. Ihr Körper vermittelte ihr die Botschaft so deutlich, so unverblümt, als besitze ihr stummes Fleisch die Gabe der Rede.

Du bist schwanger.

Nein! dachte sie. Aber ihr Verstand zählte unerbittlich Beweis um Beweis auf. Ihr gestiegener Appetit, ihre vergrößerten Brüste, ihre breiter gewordenen Hüften. Für jeden Außenstehenden unmerklich, für sie selbst jedoch deutliche Zeichen.

Ihr Herz hüpfte vor Freude. Es hätte nicht hüpfen sollen, aber es hüpfte.

Sie befand sich in einer verzweifelten Lage. Sie war mit Gewalt in diese erniedrigende Sklaverei verschleppt worden. Vielleicht dazu verurteilt, in die Fremde verkauft zu werden, weit weg von ihrer Heimat und ihrer Sippe, um den Rest ihres Lebens unter diesen grausamen Raubtieren erdulden – nicht verbringen – zu müssen, die ihr die Freiheit genommen hatten.

Ihre Schwangerschaft war durch nackte, brutale Gewalt verursacht worden. Und … trotz alledem … war sie von Freude erfüllt.

Seit ihrer Gefangennahme hatte sie die Verzweiflung mit Wut und Haß bekämpft. Aber ihr größtes Leid und ihre tiefste Furcht war es gewesen, daß all jene, die sie liebte – ihre Familie unter den Franken, ihre Sippe im Volk ihrer Mutter, alle – sie für tot hielten. Sie war vergessen, verlassen und allein.

Endlich … endlich erhielt sie jetzt doch eine Hoffnungsbotschaft. Nicht aus einer menschlichen Quelle, sondern von jenseits der Welt, von dort, wo die Seelen ihres Volkes wandelten.

Für Elins Volk gehörte ein Kind weder Mann noch Frau. Es war vielmehr ein Ableger jener göttlichen Kraft, die das Universum erschaffen hatte.

Wenn Elin noch ein paar Monate länger am Leben blieb, würde die Seele in den winzigen Körper fahren, der in ihrem Leib dafür geschaffen wurde. Sie würde wissen, wann diese Seele ihren sterblichen Ruheplatz einnähme, weil er dann anfangen würde, sich zu bewegen und wie ein junger Vogel zu flattern, der sein Nest verläßt und lernt, seine Flügel zu gebrauchen.

Schon jetzt schwebte die Seele in ihrer Nähe. Wartete ungeduldig auf den Tag. Wartete darauf, ihren Kampf zum Morgen des Lebens hin zu beginnen.

Ein Gefühl von Siegesgewißheit strömte durch Elins eigene Seele, strömte im Schlag des Herzens unter ihren schwellenden Brüsten, in den Gezeiten des Bluts in ihren Adern.

Für die Lebenden mochte sie verloren sein, aber die Toten hatten sie nicht vergessen. Sie war eine von ihrem Volk. Und der

Geist, der ihre Weiblichkeit geweckt hatte, damit sie ihm Fleisch gebe, war ihr Gefährte. Erfolg oder Niederlage, Tod oder Leben, sie würden gemeinsam in die Freiheit ziehen oder durch die Tore des Mysteriums in den Tod…

Sibyllas Hand berührte Elin und riß sie aus ihren Tagträumen.

Elins Augen öffneten sich, und sie sah sich auf ihr eigenes erschrockenes Gesicht hinabblicken: in ihre eigenen tiefen, blauen Augen, auf ihren eigenen Schleier glänzenden schwarzen Haars.

Sibylla sprang zurück, und Elin erkannte, daß auch sie das Erlebnis geteilt hatte.

Es war, als hätten sie für einen flüchtigen Augenblick ihre Seelen getauscht.

Rasch näherte sich Sibylla wieder Elin. Sie gaben sich die Hände und unterhielten sich mit gedämpfter Stimme.

»Ich werde es tun«, erklärte Elin.

»Nein.« Sibylla wirkte beunruhigt. »Nein, Elin, das Risiko ist zu hoch.«

»Widersprich mir nicht«, befahl Elin. »Fühl die Luft. Um Mitternacht wird der Tau auf dem Gras gefrieren. Du hast drei Kinder, alle unter zehn Jahren. Ohne deinen Schutz werden sie sterben.

Wenn wir jetzt nicht handeln, wird der Rest von uns auf der Reise zurück zur Stadt sterben. Ohne Nahrung, um unsere Bäuche zu füllen, und ohne Wein, um uns zu wärmen, wenn das Wetter umschlägt, werden einige von uns die Stadt niemals lebend erreichen.

Gott! Ich wünschte, Enar wäre hier. Ihn könnte ich mit diesem Auftrag betrauen. Aber da er nun einmal nicht hier ist, bin ich die einzige, die über die entsprechenden Fähigkeiten verfügt, um die Mission zu erfüllen.

Wenn ich umkomme, versuch, Owen fortzuschaffen. Hilf ihm, Haakon zu besiegen. Und im Frühling, wenn die Luft lind ist und die Blumen wie ein zur Erde gefallener Regenbogen im jungen Gras schimmern, ruf uns beide. Mich und meinen kleinen Gefährten. Hol uns zurück, damit wir den Kampf des Lebens erneut aufnehmen können. Um wieder Leid und Freude zu erleben.«

Owen stand neben Alshan. Über dem Fluß stand die Sonne wie von den kahlen Ästen der Bäume schraffiert. In langen Strahlen durchflutete sie den Wald mit orangerotem Licht. Das Wasser war ein Tuch aus flüssigem Gold. Über ihren Köpfen verdunkelte eine dicht gedrängte Schar von kleinen, flockig-weißen Wolken den sich verfinsternden Himmel zusätzlich.

»Das Wetter ist umgeschlagen.«

»Ja«, stimmte Alshan ihm zu. Er warf Owen einen kurzen, besorgten Blick zu.

»Mein Gott«, sagte Owen. »Jetzt bereitet dir die Zukunft Sorgen.«

»Nein«, lächelte Alshan. »Nicht die Zukunft, nur die Gegenwart.«

Sibylla und Elin löschten das Feuer und beseitigten alle Reste, die ihre Anwesenheit hätten verraten können.

Owen konnte jetzt verstehen, warum in seinem Volk der Glaube so verbreitet war, sie seien übernatürliche Wesen. Sie hinterließen kaum Spuren ihrer Anwesenheit. Als Elin und Sibylla fertig waren, sahen Bäume und Stechpalmengehölz aus, als habe nie ein Mensch seinen Fuß dort hingesetzt.

Während die beiden Frauen arbeiteten, fiel Owen auf, daß sie die Köpfe zusammensteckten. Offenbar besprachen sie eine ernste Angelegenheit, etwas, von dem er ausgeschlossen war. Als Sibylla und Elin damit fertig waren, den Lagerplatz aufzuräumen, umarmten sie einander, was Owens Mißtrauen noch vergrößerte.

Dann scharten sie sich um Alshan. Die Sonne war jetzt verschwunden. Ein lachsrosafarbenes Glühen hielt sich noch über dem Horizont im Osten und spendete ihnen gerade so viel Licht, daß sie einander sehen konnten. Der kalte Wind blies jetzt kräftig, zwickte nicht nur, sondern biß regelrecht in alle freiliegenden Hautpartien, in Wangen, Nase, Ohren und Finger. Die Wolkendecke über ihnen wurde dichter und dichter.

Sibylla schnupperte. »Die Luft riecht nach Feuchtigkeit. Noch vor dem Morgen wird es Graupel oder Schnee geben.«

Martin hatte in der Art seines Namensheiligen seinen Umhang mit dem Mädchen geteilt. Auch ihr Bruder hatte den kalten Wind gespürt. Er hatte eine Möglichkeit gefunden, sich einige der Lumpen, die er trug, um Hände und Gesicht zu wickeln. Wo sie auch herkommen mochten, die Zwillinge schienen zu einem zähen Menschenschlag zu gehören, bereit, alles zu tun, was notwendig war, um zu überleben.

Sie versammelten sich um Alshan. »Wir müssen an der alten Villa vorbei«, erklärte er. »Und wie der Herr Bischof bereits festgestellt hat, lagern dort die Wikinger. Der beste Weg an ihnen vorbei ist tatsächlich auch der gefährlichste. Die dichteste Deckung befindet sich in unmittelbarer Nähe der Villa. Was einmal der Garten war, ist nach all diesen Jahren völlig zugewachsen mit wucherndem Gestrüpp und Zierzypressen, die zu Bäumen geworden sind. Meiner Meinung nach kommen wir am schnellsten und sichersten in einem Abstand von wenigen hundert Schritt an der Villa vorbei. Ohne das Boot sind wir auf unsere Füße angewiesen, und auch die Nahrungsvorräte, die wir mitgebracht hatten, sind verloren. Das Wetter wendet sich zum Schlechten, und wir müssen so rasch wie möglich in die Stadt zurückkehren.«

Das Tageslicht war fast vollständig verschwunden, als sie sich alle im Gänsemarsch hinter Sibylla einreihten. Tigg bildete die Nachhut.

Zweimal umgingen sie die Felder verlassener Dörfer. Nur die Pfosten der zerstörten Hallen und umgekippten Palisadenzäune standen noch, schwarze Silhouetten vor dem bedeckten Himmel. Aber der Mond war aufgegangen. Sein Licht erinnerte Owen an eine gespenstische Lampe, deren bläuliche Flamme zwischen den dahinjagenden Wolken hindurchschimmerte.

»Noch lange nachdem die Villa schon in Trümmern lag«, erzählte Alshan Owen, »haben viele Menschen versucht, dieses Land zu bearbeiten. Am besten meiden wir diese Orte. Falls irgendwelche Bewohner die Wikingerüberfälle überlebt haben sollten, dann halten sie bissige Hunde, schlafen aus Furcht hinter verriegelten Türen und wagen es nicht, auch nur den kleinsten Lichtschimmer nach draußen dringen zu lassen. Die Nordmänner haben sich bemüht, alles menschliche Leben im Umkreis ihres Lagers auszurotten, damit sie sich noch sicherer fühlen können.«

Sie ließen die Gehöfte hinter sich und begaben sich erneut in die sichere Umarmung der Dunkelheit zwischen den Bäumen.

Die Landschaft, durch die sie jetzt zogen, glich eher einem Park. Obwohl es auch jetzt fast immer noch möglich war, sich zwischen den Bäumen zu halten, mußten sie manchmal über eine Lichtung flitzen. Owen bemerkte, daß Alshan jedesmal, wenn es dazu kam, sein Lauftempo blitzartig steigerte.

Sie hatten soeben eine Wiese bei einem aufgelassenen Hof überquert, einem Hof, der schon lange in Trümmern lag, vermutlich viele Jahre, bevor die jetzige Reihe von Überfällen begonnen hatte. Seit Menschengedenken hätte niemand auch nur im Traum daran gedacht, an einem solch abgelegenen Ort zu siedeln. Alshan blieb so unvermittelt stehen, daß Owen fast in ihn gelaufen wäre.

Owen fragte: »Was?«

Alshan flüsterte ihm eindringlich zu: »Leise. Wir sind … da!«

Sie standen am Fuße eines Hügels, dessen Spitze von einem Kranz aus Bäumen und buschartigem Unterholz umschlossen wurde.

»Riechst du's?« raunte Alshan.

Owen schnupperte in die Luft; zuerst roch er gar nichts, dann stiegen ihm Holzrauch und Pferdedung in die Nase. Seine durch die Waldluft gereinigten Sinne konnten den Menschengeruch wahrnehmen: Schweiß, Leder und sogar den scharfen, irgendwie bedrohlichen Geruch von Eisen.

»Folgt mir und verhaltet euch still, wenn euch euer Leben lieb ist«, flüsterte Alshan. Er übernahm die Führung durch die Bäume, gefolgt von Owen und Elin. Owen war mittlerweile imstande, sich fast ebenso lautlos zu bewegen wie sie, und er setzte seine ganze Geschicklichkeit daran.

Als sie die Bäume hinter sich gelassen hatten, begegneten sie einem Geist – so wollte es Owen zumindest erscheinen, der ein abgehacktes, scharfes Zischen durch die Zähne ausstieß.

Er stand auf der Hügelkuppe, ein bleicher Schimmer im Mondschein. Eine römische Villa. Kein bewirtschafteter Gutshof der Franken oder auch der Römer vor ihnen, sondern ein luxuriöses sommerliches Refugium, das Spielzeug eines reichen gallischen Patriziers. Errichtet zum Zwecke der Erholung und des Vergnügens in einer sicheren Welt, zu einer Zeit, als die Macht des Imperiums ewig und unbesiegbar erschienen sein mußte. Erst beim Näherkommen, als sie sich vorsichtig durch das hohe Gras anpirschten, entdeckte Owen allmählich, wie sehr sie in Wahrheit bereits zur Ruine geworden war.

Nur ein Teil des Atriums stand noch unversehrt. Der Säuleneingang war eingestürzt, genau wie die Wände der meisten das Atrium umschließenden Räume. Nur grüne, mit jungen Bäumchen bewachsene Erdhügel waren noch davon übrig, das Ergebnis von Jahrhunderten.

Die Quelle, die das spiegelnde Becken speiste, sprudelte noch, was auch nicht weiter verwunderlich war, ist eine Quelle doch ein Teil der Natur und gleichgültig gegenüber dem Aufstieg und Niedergang von Reichen. Die Rohre jedoch, die einst für den Abfluß des Beckens gesorgt hatten, hatten sich schon lange zugesetzt, so daß das überfließende Wasser die linke Seite der Villa unterspülte und zerstörte. Trotzdem war das Becken selbst noch intakt. Owen konnte in ihm die weißen Kelche von Wasserlilien erkennen, die sich dem Himmel entgegenhoben.

Die Marmortür hinter dem Becken, die in die einst prachtvollen Gemächer des Hausherrn führte, rahmte jetzt nur noch Himmel ein. Wände und Dach waren verschwunden, über den Abhang verstreut, und hatten hier oben nicht einmal Schutthaufen hinterlassen. Schlagartig verwandelte sich sein ehrfürchtiges Staunen in Furcht; denn ihm wurde bewußt, warum er dies alles so gut sehen konnte. Die Räuberrotte hatte ihr Lager in der fast unbeschädigten rechten Seite des Atriums aufgeschlagen.

Hier standen die Mauern einiger Räume noch aufrecht, auch wenn die Dächer zum Himmel hin offen waren. Ein Feuer brannte in der Ecke eines dieser Räume, und die Gesichter von römischen

Damen und Herren, Göttern und Göttinnen blickten von dem Mosaikfußboden wie überrascht hoch auf die Leiber dieser sonderbaren Barbaren, die auf ihnen schliefen. Die Wikinger lagen verstreut herum, die Köpfe auf ihre Sättel gebettet, einige in dem Raum mit dem Feuer, andere auf der Veranda unter den etwa ein Dutzend kannelierten Säulen, die noch standen. Ein zweites Feuer brannte auf einem nur noch schlecht erkennbaren Mosaik von Frühlingsblumen in der Nähe des Beckens.

Die Villa war ein stattliches Gebäude gewesen. Der Raum, in dem die Wikinger schliefen, mußte einer der kleineren gewesen sein, und doch rasteten dort, ohne daß es eng geworden wäre, ein Dutzend Männer mit genügend Platz auch für das Feuer. Der Untergrund um die Villa herum war der reinste Irrgarten, ein Durcheinander von eingestürztem Mauerwerk, überwuchert von jungen Bäumen, wilden Rosen und Brombeergestrüpp, die alle mit Dornen bewehrt waren und Gott weiß welche Löcher und Stolperfallen für unachtsame Füße verbargen. Selbst eine schnelle Flucht mochte sich als schwierig erweisen.

Owen hockte sich inmitten des Schutts auf der gegenüberliegenden Seite hin, Alshan und Elin taten es ihm gleich.

»Sie haben jede Menge Fleisch und Wein«, flüsterte Elin.

Owen begriff, was sie plante, und war entsetzt. »Hast du das etwa die ganze Zeit vorgehabt? Hast du darüber die ganze Zeit mit Sibylla getuschelt? Bist du von allen guten Geistern verlassen?« Er streckte die Hand nach ihr aus, aber Alshan befand sich zwischen ihnen.

Er schob Owen mit dem Ellbogen beiseite. »Wir brauchen Nahrung«, sagte der Alte, »und, wenn möglich, Wein. Wir haben keine Freunde in der Nähe. Mir fällt nichts anderes ein, wie wir es uns verschaffen könnten. Sie und Sibylla sind die einzigen jungen Leute unter uns, die sich aufs Stehlen verstehen.«

»Sibylla hat drei Kinder«, fügte Elin hinzu, als erkläre das alles.

Hoch oben peitschte der Wind die Baumwipfel. Mindestens ein Dutzend kampferprobte Krieger schliefen in der Villa, alle bis an die Zähne bewaffnet. Ihre Körper strotzten nur so vor Schwertern,

Messern und Äxten. Owen hatte nicht den Hauch einer Ahnung, was er unternehmen könnte, wenn sie entdeckt würde.

Ohne weitere Diskussion stand Elin auf und schlenderte über den Mosaikfußboden und um das Becken herum, um sich dann einen Weg durch die Krieger zu bahnen, die um das Feuer schliefen. Sie fand nicht, wonach sie suchte, weshalb sie umkehrte und kaltblütig in den Raum ging, wo der Rest von ihnen lag, wobei sie über den einen stieg und um den anderen herumging, bis sie ihre neben dem Feuer in der Ecke aufgestapelten Vorräte erreichte. Sie wählte einen vollen Weinschlauch und einen Essenssack und drehte sich um, um zu verschwinden.

Einer der Krieger, der in der Nähe der Tür lag, setzte sich auf und warf seine Decke zur Seite. Elin erstarrte und blieb völlig regungslos stehen.

Owen erhob sich ein Stückchen aus seiner Hocke, den Schwertgriff in der Hand. Wenn er den Mann schnell töten konnte, so überlegte er, wären er und Elin in der darauffolgenden Verwirrung vielleicht in der Lage, zu entkommen.

Aber der Mann drehte sich nicht um, ja er blickte nicht einmal hinter sich in Richtung des Feuers, wo Elin stand. Er stieß einen unterdrückten Laut des Widerwillens aus, erhob sich, schlurfte schlaftrunken durch die Tür, trat an den Beckenrand, öffnete seine Hose und begann zu pinkeln, wobei er mit dem Strahl lässig in Richtung einer Wasserlilie zielte.

Owen begann langsam und sehr, sehr leise sein Schwert zu ziehen. Wenn der Krieger fertig war und sich umdrehte, um wieder zu seiner Decke zurückzugehen, würde er Elin mit Sicherheit entdecken.

Elin jedoch begann, sobald sie sicher war, daß der Krieger hinreichend beschäftigt war, auf der Stelle den Raum so geschwind und lautlos zu verlassen, wie sie ihn betreten hatte. Sie erreichte die Tür just in dem Moment, in dem er einen Seufzer der Erleichterung und Zufriedenheit ausstieß.

Schüttel ihn ab, dachte Owen.

Der Krieger schüttelte ihn ab.

Elin glitt aus der Tür heraus und schlich mit dem Rücken an der Wand in Richtung der Schwärze im Türrahmen des nächsten Zimmers.

Und jetzt verstau ihn bitte sorgfältig wieder, bevor du dich umdrehst, betete Owen.

Der Krieger verstaute ihn sorgfältig, bevor er sich umdrehte, gerade in der Sekunde, als Elin ungefährdet in die Dunkelheit des Raums neben dem, aus dem sie soeben gekommen war, hinausschlüpfte.

Owen hockte sich zitternd wieder neben Alshan hin, als ihm klar wurde, daß die Gefahr noch nicht vorüber war.

Aus dem Raum, in dem Elin Zuflucht gefunden hatte, hörte er das Stampfen eines Hufs und das ärgerliche Schnauben eines Pferdes. Natürlich, Sättel; er hätte wissen müssen, daß Pferde in der Nähe waren.

Außerdem war der Krieger, der sich gerade erleichtert hatte, keineswegs zu seinem Schlafplatz zurückgekehrt, sondern kramte, offenbar auf der Suche nach seinem Weinschlauch – dem, den Elin mitgenommen hatte – in den Vorräten am Feuer herum.

»Du solltest nicht soviel trinken, mein Freund«, knurrte Owen leise. »Es könnte dein Tod sein.«

Der Krieger fand den Weinschlauch nicht. Eines der Pferde wieherte leise. Der Krieger warf einen wütenden Blick auf seine schlafenden Kameraden, drehte sich um und trat einem von ihnen in die Rippen.

Der Mann wachte auf und verwünschte denjenigen, der ihn so unsanft geweckt hatte. Aber er zog einen zweiten Weinschlauch unter seinem Bettzeug hervor und reichte ihn dem durstigen Gesellen hoch, bevor er sich auf die andere Seite wälzte, in seine Decken einwickelte und wieder einschlief.

Die Pferde verhielten sich ruhig.

Owen beobachtete, die Faust so fest um den Schwertgriff geklammert, daß die Knöchel weiß hervortraten, wie der Mann den Kopf in den Nacken legte und sich einen Strahl Wein in den Mund spritzte, sich dann hinhockte und ein weiteres Holzscheit ins

Feuer warf. Er fröstelte ein wenig; es wurde kälter. Aber dann gähnte er, schüttelte müde den Kopf, warf sich, nachdem er seinem Kameraden noch einen letzten finsteren Blick zugeworfen hatte, den Riemen des Weinschlauchs über die Schulter, nahm ihn mit zu seiner Schlafstelle und legte sich wieder hin. Stille senkte sich über das Lager, unterbrochen nur vom leisen Knistern des Feuers und den Geräuschen der Insekten im hohen Gras.

Eine kalte Brise wehte Owen ins Gesicht und trocknete den Schweiß, der ihm beim Erwachen des Kriegers am ganzen Leib ausgebrochen war.

»Gib ihr das Zeichen, daß sie sich jetzt davonmachen kann«, flüsterte Alshan Owen ins Ohr.

Owen richtete sich auf, trat einen Schritt aus der Deckung aus überwuchertem Schutt hervor und winkte ihr.

Elin schlüpfte lautlos aus der Dunkelheit des Stallraums. Kurz darauf bewegten sie sich hügelabwärts auf den Fluß zu, die Villa in ihrem Rücken.

Godwin lief zu seinem Schlachtroß und versetzte ihm einen groben Tritt in den Bauch. Der Schecke versuchte ihn zu beißen. Godwin schlug sein Maul weg und zog den Sattelgurt fest. Gemeinsam stürmten sie im Galopp aus dem brennenden Haus.

Ein lockerer Kreis von Männern, die allesamt Fackeln trugen, hatte das Dorf umstellt.

Das Dach des Trümmerhauses brannte jetzt lichterloh. Godwin rammte dem Schecken die Sporen in die Flanken und preschte wie ein Verrückter auf ein anderes kleines, zerstörtes Gebäude hundert Stocklängen weiter weg zu. Von diesem war nur so wenig übrig, daß Enar nicht hätte sagen können, was es einmal gewesen war.

Als sie es erreichten, erkannte Enar, daß es den Zusammenfluß zweier tiefer Gräben markierte. Im Dunkeln ließ sich das zwar nicht erkennen, aber das Dorf war auf sumpfigem Untergrund errichtet. Die ganze Gegend war kreuz und quer von Gräben durchzogen, die sie bei Nässe entwässern sollten.

Godwin schaute angestrengt den Graben hoch und nieder, in

den er gerade geritten war, und konnte einen Ausdruck des Entsetzens auf seinem Gesicht nicht verbergen.

Der Knoten von Furcht, den Enar in seinem Magen spürte, seit sie diesen vermaledeiten Flecken erreicht hatten, steckte nun in seiner Kehle und wurde immer größer. Er wandte sich an Godwin: »Was nun, alte Giftnatter? Habt Ihr Euch am Ende selbst überlistet?«

»Ich denke, dem könnte so sein«, entgegnete Godwin. Er lächelte Enar an. »Wie schön, daß du an meiner Seite bist, um diesen Augenblick mit mir zu teilen.«

»Sie sollten eigentlich in dem Graben dort sein, oder?« fragte Enar. »Die anderen aus der Stadt waren auch nur Lockvögel, richtig?«

»Stimmt genau«, versetzte Godwin.

Enar musterte die Krieger, die sie umzingelt hatten. Ihm fiel auf, daß sie sich klug außerhalb der Reichweite von seiner Axt und Godwins Schwert hielten, sie aber dennoch immer enger einkreisten.

»He, Godwin«, rief einer der Wikinger. Er war ein grobschlächtiger, finsterer Mann mit fettigem, langem schwarzem Haar und Bart. Als er lächelte, entblößte er einen Mund voller verfaulter Zähne.

»Ulick, Honigesser«, sagte Enar.

»Du liebe Güte, ein Freund von dir?« wollte Godwin wissen.

»Nicht, solange ich es verhindern kann«, sagte Enar. »Behaltet ihn im Auge, er ist hinterlistig.«

»He, Godwin!« brüllte Ulick erneut. »Dein Glück scheint aufgebraucht. Wie konnte das nur geschehen? Schläft der Teufel gerade, oder wollte deine Schwester ihm nicht mehr für dich den Schwanz küssen?«

»Weder noch«, rief Godwin zurück. »Der Vater der Lügen ist mit deiner Mutter beschäftigt.«

Jeder, Ulick eingeschlossen, schien diesen Ausspruch ungeheuer witzig zu finden. Jeder außer dem Mann, der sich mit seinem Speer in Enars und Godwins Rücken geschlichen hatte.

Godwin sah ihn aus dem Augenwinkel. Vor einem Augenblick hatte der Mann noch einen Kopf gehabt, jetzt hatte er keinen mehr. Im Handumdrehen hatte Enar seine Axt wieder vom Boden gepflückt.

Die Wikinger wichen zurück. Sie alle verfolgten gebannt, wie der Körper langsam aus dem Sattel kippte und auf den weichen Boden plumpste. Das Pferd blieb mit herunterhängenden Zügeln stehen, wirkte verwirrt und schüttelte seine Mähne.

»Was!« rief Enar axtschwingend. »Niemand möchte meine liebliche Herrin küssen? Ein Kuß von ihren Lippen, und all eure Sorgen sind vorbei. Will denn jeder von euch Haakons Gold ausgeben, aber keiner es verdienen?«

»Gold, in der Tat«, rief Ulick mit gellender Stimme. »Weißt du, welchen Preis Haakon auf deinen Kopf ausgesetzt hat?«

»Wieviel auch immer«, sprach Godwin, »diejenigen unter euch, die versuchen, sich ihn zu holen, werden finden, daß es bei weitem nicht genug ist.«

Genau in diesem Moment brannte das Strohdach durch. Das Licht wurde blendend hell, als die zerborstenen Balken in das Stroh auf dem Boden fielen.

Langsam, wie eine Schlinge, die sich immer enger um die beiden Männer zuzog, schloß sich der Kreis. Berittene und Fußkämpfer rückten immer näher auf. Es waren viel zu viele für die beiden.

»Wie ich sehe, lehren sie Edelmänner das Sterben«, sagte Enar zu Godwin.

»Ich kann mir nicht vorstellen, daß dieser Bestandteil der Erziehung eines Edelmanns je vernachlässigt wurde«, versetzte Godwin verächtlich. Er zog sein Schwert. »Sollen wir?«

»Auf Euer Zeichen, Herr«, antwortete Enar. »Ich übernehme Ulick. Ich bürge dafür, daß sein Geist wie zwei aussehen wird. Er wird durch diese Nachtarbeit nichts gewinnen. Weder hier noch in Odins Halle.«

Der Armbrustbolzen hätte um ein Haar Enars Maultier getötet. Etwa fünfzehn Fuß weiter brach ein Mann zusammen und starb. Denis und die Jungs richteten sich in dem Entwässerungsgraben im rechten Winkel zu dem kleinen Gebäude auf. Der Rest war ein Gemetzel. Das Licht des brennenden Hauses war zu hell. Denis und die Jungs konnten zu schnell nachladen. Enar und Godwin konnten nur noch zusehen, daß sie aus der Schußlinie kamen.

»Ihr habt im falschen Graben nachgesehen«, beschwerte Enar sich bei Godwin, »und mir zehn Jahre meines Lebens gestohlen!«

»Habe ich nicht!« verwahrte sich Godwin energisch und schob sein Gesicht ganz nah an Enars heran. Er wollte es nicht zugeben, aber er hatte solche Angst gehabt, daß seine Knie noch ganz weich waren und er, Entsetzen über Entsetzen, beinahe die Beherrschung über seine Därme verloren hatte, als der erste Bolzen durch die Luft gezischt kam. Sein einziger Trost bestand darin, daß Enar fast ebenso erschüttert aussah, wie er sich fühlte.

»Nebenbei bemerkt«, fragte Enar mit nun schon ruhigerer Stimme, »warum habt Ihr Eurem Pferd in den Bauch getreten?«

»Er pumpt sich immer mit Luft voll. Das macht es einem unmöglich, den Sattelgurt richtig festzuzurren. Wenn du aufsteigst, rutscht der Sattel herunter. Und du landest im Matsch.«

»Oh«, machte Enar nachdenklich.

Am Himmel zeigten sich über dem Horizont im Osten lange Streifen helleren Blaus. Der Wind war gelinde gesagt kräftig. Es fror. Godwin rieb sich die Nase. Sie begann die gefährlich rosige Farbe von Erfrierungen anzunehmen. Enars Finger waren steifgefroren und wurden allmählich fahl und blau.

Die »Jungs« plünderten die toten Wikinger.

»Ein magerer Fang«, merkte Enar an.

»Haakon würde wohl kaum die Besten seiner Krieger ausschicken, um Schaufeln und Saatgut zu stehlen«, antwortete Godwin.

Denis eilte herbei. »Es tut mir leid, Herr, wir waren nicht dort, wo Ihr uns zu warten angewiesen hattet. Wir gehorchten Eurem Befehl und arbeiteten uns das Flußufer hinauf, um uns dann landeinwärts zu halten. Doch als wir zu der Stelle gelangten, wo Ihr uns zu warten befohlen hattet, machten wir … machten die Jungs und ich uns Sorgen. In dem Graben stand zuviel Wasser. Wir hatten Angst, unsere Armbrustsehnen würden naß werden. Deshalb nahmen wir einen Weg, der trockener war.«

Godwin blickte hilflos in das fröhliche, tapfere junge Gesicht vor ihm. Es gab Armeen, die Denis für sein eigenmächtiges Handeln bestrafen würden. Caesar beispielsweise hätte Denis vermutlich bestraft, aber Godwin verfügte auch nicht über sieben oder mehr römische Legionen, mit denen er spielen konnte. Außerdem war er Denis außerordentlich dankbar für sein Eingeständnis, er habe die Position der Armbrustschützen verändert. Hin und wieder machte sich Godwin nämlich Sorgen um sein Gedächtnis. Jetzt durfte er sich an der Gewißheit erfreuen, daß es immer noch richtig funktionierte.

Dann kreischte Godwin auf, als der Schecke endlich eine ungepanzerte Stelle an seinem Hinterteil fand und ihn spielerisch biß.

Enar lachte. »Gott sei Dank habe ich das Maultier. Die haben mehr Verstand.«

Das Maultier wählte diesen Augenblick, um seinen Hals gegen Enars rechte Schulter zu lehnen und ihm auf den Fuß zu treten.

Owen und die anderen aus seiner Gruppe erreichten die Stadt am nächsten Tag. Er und Elin sprachen nicht miteinander, aber er wußte schon, daß er in der Auseinandersetzung den Kürzeren gezogen hatte.

Je weiter die Nacht fortschritt, desto mehr hatte sich auch das Wetter verschlechtert, und am Ende reisten sie in den Fängen eines tosenden Eissturms. Als sie schließlich gezwungen waren, in einem hohlen Baumstamm Unterschlupf zu suchen, konnten sie kein Feuer gegen Kälte und Regen entfachen. Einige aus der Gruppe wären möglicherweise ernsthaft erkrankt oder gar an Unterkühlung gestorben, hätten sie nicht die Nahrung und den Wein gehabt, die Elin hatte stehlen können. So jedoch konnten sie sich nicht nur einmal, sondern mehrmals satt essen und trinken, so daß ihre Körper besser gegen den schneidenden Wind und die anhaltende feuchte Eiseskälte gewappnet waren, die ihnen durch Mark und Bein drangen.

Dennoch waren sie froh, Godwin, Enar und einen Trupp ausgesuchter Krieger auf der Straße zur Stadt zu treffen. Godwin hatte Pferde für Elin und Owen und einen trockenen, hoch mit warmem Stroh bepackten Karren für die übrigen.

Am Waldrand hielten sie an, um Sibylla ihres Weges ziehen zu lassen. »Sie muß zurück zu ihren Kindern«, erklärte Alshan Owen.

Godwin führte ein paar Vorräte mit sich. Elin versorgte Sibylla mit Brot, Öl, Fleisch und Wein, um ihr den Heimweg zu erleichtern.

Owen beobachtete sie. Er wirkte beleidigt und verärgert.

Elin küßte Sibylla, und die kleine, braunhaarige Frau verschwand im winterlichen Wald. Elin ging zu ihrem Pferd zurück und schwang sich in den Sattel. Sie funkelte Owen wütend an. Er funkelte zurück.

Die Gruppe setzte sich in Richtung Stadt in Bewegung.

Godwin seufzte.

KAPITEL 5

Owen und Elin waren kaum aus dem Wald zurückgekehrt und hatten die Tür ihres Schlafgemachs hinter sich geschlossen, als der Streit zwischen ihnen in Sturmstärke ausbrach.

»Verdammt!« brüllte er. »Warum zur Hölle mußtest ausgerechnet du diese Wikinger bestehlen?«

»Wer sonst«, schoß sie mit blitzenden Augen zurück. »Die Männer, Tigg und Alshan, sind bestenfalls ungeschickte Diebe. Und dich oder Martin zu schicken, das wäre glatter Mord gewesen. Aber wo wir schon einmal beim Thema ›Risiken eingehen‹ sind«, kreischte sie, »warum wolltest du dein Leben wegwerfen, um Haakon zu töten?«

Dann wandte sie sich fast entsetzt ab. Sie hatte wie der schlimmste Zankteufel geklungen.

Ihm fiel keine Antwort ein, aber er tat etwas viel, viel Verletzenderes.

Er riß sich die Kette über den Kopf und schleuderte sie ihr entgegen. Die Perlen prallten mit großer Wucht gegen ihre Brust, rutschten an ihrem Kleid herunter und fielen klappernd auf den Boden zu ihren Füßen.

Dann schnappte er sich saubere Kleidung und stürmte hinaus. Er ging in das Schwitzbad im Hof, um zu baden und sich zu säubern. In ihrem Volk galt ein solcher Akt als gleichbedeutend mit einer Scheidung, ganz abgesehen davon, daß es ein harter Schlag gegen ihren Stolz war.

Eine Weile blieb Elin auf dem Bett sitzen, weinte und überließ sich völlig ihrem Selbstmitleid und dem Gefühl des Gekränktseins. Was denn, hatte sie ihm nicht praktisch das Leben gerettet, indem sie die ganze Gruppe mit Nahrung und Wein versorgt hatte?

Als die Tränen versiegten, überkam sie rasende Wut. Wie konnte er es wagen, sie so zu behandeln, nach allem, was sie für ihn getan hatte? Dann verflog auch die Wut. Mit einer harten Bewegung wischte sie sich weitere Tränen aus den Augen, nahm sich selbst saubere Kleider, legte sich seine Kette um den Hals und folgte ihm ins Schwitzbad.

Zuerst wollte er ihr die Tür nicht aufmachen, aber am Ende trug sie den Sieg davon. Er war bereits nackt. Sie hatte nie ganz begriffen, was sie zu ihm zog, was so unwiderstehlich an ihm sein sollte, daß sie beinahe vom ersten Moment an, da sie ihn gesehen hatte, in seiner Nähe immer nur das reinste Verlangen empfunden hatte.

Er war dunkel und schlank. Sein Körper war wohlproportioniert, mit starken Muskeln, eher sehnig und wendig als massig und stark wie manche von Godwins Rittern. Seine Augen waren von einem warmen Braun. Sein kurzgeschnittenes Haar war lokkig und fein, ähnlich wie Godwins. Sie wußte, er war viel schneller und stärker, als er aussah – ob im Bett oder im Kampf.

Sie entkleidete sich. Sie konnte seine Blicke förmlich auf sich spüren.

Das Schwitzbad folgte einem schlichten Bauplan – ein Haufen heißer Steine in der einen Ecke und ein Zuber mit warmem Wasser daneben.

Als Dampf von den Steinen aufstieg, trat sie neben den Zuber und wusch sich in aller Ruhe und Ausführlichkeit mit dem Schwamm ab, während er sie betrachtete. Unterarme, Brüste, Bauch. Um ihr Geschlecht kümmerte sie sich besonders eingehend. Der Boden des Schwitzbades bestand aus Steinen. Das Abwasser lief in ein Rohr, das es in den Fluß entsorgte, so daß der Boden zu ihren Füßen trocken blieb.

Er saß auf der Bank und starrte sie an, scheinbar ungerührt. Sie schaute offen und versteckt hin, entdeckte aber keinerlei Regung zwischen seinen Beinen.

Sie dachte schon, sie habe verloren, als er sich erhob, ihr bewußt bedächtig den Schwamm aus der Hand nahm, sie umarmte und küßte. Er preßte sie vom Kopf bis zu den Füßen an seinen Körper. Ihre Brüste schmiegten sich nachgiebig an sein muskulöses Gewebe, ihr Bauch drückte sich gegen seinen. Zwischen ihren Schenkeln spürte sie seine Erektion. Er war so hart. Sie spürte, wie sie ihn einen kurzen Moment lang ritt. Seine Zunge explodierte in ihrem Mund.

Dann, mit einemmal, bevor sie an Widerstand auch nur denken konnte, hatte er ihr Haar in der einen und beide Handgelenke in der anderen Hand. Er wich zu der Bank zurück und setzte sich, wobei er sie in die Knie zwang. Sie fand sich vor ihm knien, beide Hände in seiner gefangen, die Schultern zwischen seine Beine geklemmt. Außerdem erblickte sie etwas neben ihm, was ihr vorher nicht aufgefallen war – eine lange Birkenrute, welche die Hartgesottenen unter den Rittern dafür benützten, sich beim Bad die Haut zu peitschen. Es handelte sich um eine dicke, biegsame Gerte, die durchaus in der Lage gewesen wäre, wesentlich schwerere und gefährlichere Schläge auszuteilen, als eine leichte Stimulierung der Haut es erforderte. Aber dann erkannte sie, daß er das gar nicht im Sinn hatte.

Er verstärkte den Griff um ihre Handgelenke. »Du bist meine Frau. Schwöre mir Treue.«

Sie vermied es, ihm in die Augen zu blicken. Sie wandte ihr Gesicht zum Boden, so daß ihr langes, schwarzes Haar herunterhing und über ihre Brüste fiel.

Gott, wie schön sie ist, dachte er. Ein lichtschimmerndes Wesen aus den Tiefen des Waldes. Sie hatte dunkle Haut, so weich wie das feinste Wildleder, der glatteste Samt. Wie lange war sie schon schwanger? Nicht länger als zwei Monate. Noch war nichts zu sehen. Ihr Bauch war bis hinunter zum Venushügel flach. Wie konnte sie sich und das Kind nur so in Gefahr begeben? Und dennoch hatte sie recht. Ohne den Proviant wären sie vielleicht umgekommen. Und wie hätte sie auch Sibylla schicken können? Die Frau trug auch eine große Verantwortung.

Elin wand sich, versuchte, sich dem schmerzhaften Griff seiner Hand und dem Druck seiner Knie auf ihre Schultern zu entziehen. Sie warf den Kopf in den Nacken und funkelte ihn mit trotzig blitzenden blauen Augen an.

Er wollte sie. Er war vor Verlangen nach ihr gespannt wie eine Armbrustsehne.

»Schwöre!« verlangte er. »Warum willst du mir als deinem Lehnsherrn nicht Treue schwören? Jeder in meinem Haushalt hat mir Treue geschworen, jeder, nur du nicht. Es ist keine Schande. Jeder freie Mann und jede Frau darf, ohne sich zu schämen, einem Schutzherrn den Lehnseid leisten.«

Sie wandte den Kopf weg und wollte ihm nicht in die Augen schauen. »Nein. Ich werde und kann es nicht tun.«

Er wäre gern in der Lage gewesen, sie zu schlagen. Nicht, um ihr dafür weh zu tun, daß sie ihm Angst eingejagt hatte, sondern um Gehorsam zu erzwingen und sie davon abzuhalten, sich mutwillig in Gefahr zu begeben. Aber er wußte, er konnte es nicht. Er hatte nie jemanden kalten Bluts schlagen können. Er und sie hatten den Ruf, ein für gewöhnlich ruhiges und wohlgeordnetes Haus inmitten einer gewalttätigen Welt zu führen.

Er gab ihre Hände frei.

Sie sprang auf und zeigte auf den Stock. Sie war bleich vor Zorn. »Woran hast du gedacht – daran?«

Er warf den Kopf zurück und lachte. »Nein, das Ding habe ich gar nicht bemerkt.« Mit diesen Worten hob er ihn auf und warf ihn auf die erhitzten Steine, die auf einem Rost über Kohlen lagen. Der Stock fing Feuer. »Einer der Ritter muß ihn hier vergessen haben«, sagte er, während er beobachtete, wie er verbrannte.

Der zornige Ausdruck wich aus ihrem Gesicht, und Erleichterung trat an seine Stelle. Sie hatte auch nicht glauben mögen, daß er einer solchen Grausamkeit fähig war. Und sie war froh, daß ihr Glaube sie nicht getrogen hatte.

Er stand auf und küßte sie. Eine Sekunde später lag sie mit dem Rücken auf der Bank. Ihre Hände wanderten über seinen Körper. Er gehörte ihr. Wie ein oft gebrauchtes Gerät, das, geschickt plaziert, stets Freude bringt. Oh, das feine Haar, die hohe Stirn, die langen Wimpern, die Brust, die Arme, der Körper, der sie an einen Panther erinnerte. Sein Geschlecht, brennend heiß und hart in ihren Händen.

»Du Hexe aus dem grünen Wald, du Waldweib, du wirst es mir nie versprechen, nicht in einer Woche, nicht in einem Monat, nicht in einem Jahr und nicht morgen. Was hast du zu bieten, daß ich dich lieben sollte?«

Da sah sie zu ihm hoch, betrachtete die scharf betonten Flächen in seinem Gesicht, den wunderschön geschwungenen Mund. Ihre Augen glühten in jenem Blau, das den heißesten, hellsten Teil der Flamme bildet. Sie sog scharf den Atem ein, als er in sie einzudringen begann. »Jetzt gehöre ich dir«, keuchte sie, »und so lange, wie du mich heute nacht willst, bin ich deine willige, dich anbetende Sklavin. Reicht das?«

»Fürs erste«, antwortete er.

Er nahm sie beim Wort. Der Haushalt schlief, und sie beide waren kurz vor dem Umfallen, als sie, einander stützend, in ihr Gemach zurückwankten.

Sie hatten das brennende Feuer und die Dringlichkeit ihrer Begierde erschöpft, und jetzt war ihre Liebe ein Geschenk der Freude, ein Geschenk, das sie einander darbrachten. Langsam und bedächtig genossen sie jeden Augenblick und verlängerten ihn, bis sie zum Ziel kamen – der uralte Freudenschrei des Fleisches darüber, Fleisch zu sein, der Moment des Rückzugs und der Vereinigung mit dem Universum.

Als sie fertig waren, blieben sie zusammen im Bett liegen, eng aneinandergeschmiegt, und starrten ins Feuer, das im Kamin flakkerte. Er umfaßte ihre Brüste mit beiden Händen. Sie waren fest und begannen größer zu werden. »Sibylla mag ja drei Kinder haben, aber du bist in anderen Umständen.«

Sie seufzte. »Willst du mich schon wieder damit ermüden? Wenn ich lebe und gedeihe, lebt und gedeiht auch das Kind. Wenn nicht, stirbt es. In beiden Fällen teilen wir ein und dasselbe Schicksal. Das Schicksal der Mutter ist auch das des Kindes. Sag mir, Owen, wie oft hast du gehört, daß ein Kind den Tod seiner Mutter im Kindbett überlebt?«

Die Frage verschlug ihm die Sprache. Und als er sein Gedächtnis durchforstete, erkannte er, daß er von keinem einzigen Fall gehört hatte. Die widrigen Umstände waren einfach zu stark. Vielleicht gab es ein paar wenige, die überlebt hatten, bei den sehr Reichen, wo Ammen mit genügend Milch leichter zu beschaffen waren, aber in und um Chantalon lebte keine Familie, die auch nur annähernd so reich war, daß man sie unter die Geldaristokraten hätte zählen können.

Bei den Armen hätte ein solches Kind nur eine einzige Chance, wenn nämlich eine Verwandte, die gerade ihr eigenes Baby stillte, sich bereit erklärte, es an die Brust zu legen. Doch selbst dann kam es vor, daß die Pflegemutter ermüdete und das Kleine so schnell wie möglich entwöhnt wurde. Ohne die lange Stillperiode, die einem Kleinkind die besten Überlebenschancen gibt, war ein solches Kind meist anfällig für Krankheiten und wurde auch oftmals vernachlässigt. Schließlich wurde es zum Grab seiner Mutter getragen, um ihr im ewigen Schlaf Gesellschaft zu leisten.

Er küßte Elin auf den Nacken und zog sie enger an sich.

»Wo wir gerade dabei sind«, fuhr sie fort, »wie oft bist du gebeten worden, das kirchliche Begräbnis eines Kindes unter drei Jahren abzuhalten?«

»Nicht sehr häufig«, antwortete er still. »Die Kinder unter drei Jahren werden selten bestattet; eher entledigt man sich ihrer irgendwie. In einen Tonkrug gesteckt oder in eine Decke gewickelt, bettet man sie in einer Gartenecke oder an der Friedhofsmauer zur ewigen Ruhe, und vermutlich wandern nicht wenige von ihnen geradewegs in den Fluß.« Er wußte, daß die Sterblichkeit unter Kleinkindern hoch war und man kaum Gefühle in sie investierte. Sie begannen ihre Reise in die Ewigkeit ungeliebt, unbetrauert und oft sogar namenlos. Sie hatte recht. Seines mächtigsten Schutzes – seiner Mutter – beraubt, würde ein Neugeborenes nicht lange überleben. Und in der Wildnis konnten Hunger und Kälte sie ebenso rasch und grausam töten wie die Wikinger.

Er drückte sie ganz fest an sich. Sie griff unter ihr Kissen, holte die Kette hervor und legte sie ihm, indem sie sich halb zu ihm umdrehte, um den Hals.

»Nun denn.« Er griff unter sein Kopfkissen und holte ebenfalls etwas hervor. Eine Kette mit dunklen Perlen war alles, was sie erkennen konnte. Dann streifte er sie ihr über den Kopf.

Sie befühlte die glattpolierten Oberflächen. »Bernstein?«

Er wies mit einem Kopfnicken auf das Feuer, die einzige Lichtquelle im Raum. Sie stand auf und ging nackt zu den knisternden Holzscheiten, um die durchsichtigen Edelsteine zu betrachten. Er hörte ihr leises, ehrfürchtiges Flüstern, und da stand er auf und trat zu ihr.

Sie betrachtete die klaren, durchsichtigen braunen Perlen. Jede von ihnen enthielt ein ehemals lebendiges Wesen. Eine Perle umschloß eine kleine Spinne, eine andere eine Ameise, die nächste ein Bröckchen Baumrinde und wieder eine andere ein paar winzige Stücke verwelkter Blätter. Die ganze Kette war eine einzige Mahnung, wie sorglos die Schönheit und das Geschenk des Lebens um uns herum verstreut sind.

»So schön, so mächtig«, staunte sie. »Noch nie in meinem Leben hat mir jemand etwas so Wundervolles geschenkt. Wir glauben, daß diese Steine die Macht besitzen, ihren Träger in Zeit und Ewigkeit zu beschützen, in dieser Welt und den Welten himmelhoch und erdentief. Es ist ein Amulett von gewaltiger Kraft und es vermag die Sicherheit von jemandem meiner Art auf jeder Reise, die sie unternimmt, zu gewährleisten.«

»Und welcher Art gehörst du an?« fragte er behutsam.

Sie küßte ihn, und er fühlte, wie sein Hunger nach ihr sich wieder zu regen begann.

»Es gibt so viele Namen.« Ihre Stimme klang leise und heiser vor Verlangen. »Und sie bedeuten alle so wenig. Hexe, Zauberin, Königin der Wälder sind nur einige davon. Ich bin eine von denen, die durch andere Welten reisen, jene Welten, von denen ich gerade sprach. Und du, meine wahre Liebe, gehörst auch dazu.«

Er umfaßte ihre Hände, wie er es im Schwitzbad getan hatte. »Ich bin deine wahre Liebe, und doch willst du mir kein Morgen versprechen.«

»Niemand kann einem anderen ein Morgen versprechen, Owen. Mein Volk ist als einziges so klug, zu wissen, daß es keine

Gewähr gibt. Ich kann dir nicht mehr geben. Keiner von uns weiß, wozu wir einst gerufen werden mögen.«

Er ließ ihre Hände los und legte seine Arme um sie. »Elin, wenn du mir schon nicht den Lehnseid schwören willst, dann versprich mir wenigstens dies eine: Wenn die Geburt bevorsteht, komm zu mir, ganz gleich, wie die Dinge dann zwischen uns stehen. Ich will für dich und das Kind sorgen. Wenn dir etwas zustoßen sollte, werde ich mein Bestes für das Kleine tun.«

»Sehr wohl, ich verspreche es. Ach mein Herr, Ihr seid ein Sorgenkrämer!«

Er küßte sie noch einmal und begann sie an verschiedenen Stellen zu streicheln, wo sie es offenbar gerne hatte, war jedoch bestürzt, als sie plötzlich vor ihm zurückwich.

»Psst.« Sie machte sich von ihm frei und lief ans Fenster. Er folgte ihr rasch.

»Was ist los?«

»Nichts.« Sie öffnete die Läden.

Er hörte die hohen Pfeiftöne. Der Mond war voll, und Erde und Himmel waren von seinem Licht getränkt.

»Wildgänse«, flüsterte sie.

»Ja«, versetzte er bitter, »und eines Tages werde ich feststellen müssen, daß du fort bist, und wissen, daß du ihnen gefolgt bist und am Himmel gen Norden fliegst.«

Sie wandte sich zu ihm um, und in dem silbrigen Mondlicht wirkte sie beinahe durchscheinend. Draußen flog eine keilförmige Formation von Gänsen vor dem Mond vorbei. »Liebe mich«, flüsterte sie. »Eine Nacht wie diese wird nie wiederkommen. Wildgänse und der Mond. Liebe mich. Liebe mich, weil … weil das Jetzt alles ist, was wir je haben werden. Was immer ihr, die ihr an das Mysterium der Zeit glaubt, auch denken mögt: Das Jetzt ist alles, was wir je bekommen. Deshalb liebe mich jetzt.«

Er schloß das Fenster und verriegelte es, schloß das gefährliche Mondlicht aus. Seine Hände fuhren über ihren Körper. Gott, er konnte nicht warten. Hölle und Verdammnis auf den Treueid. Er würde sie nehmen. Er hob sie hoch und trug sie ins Bett.

KAPITEL 6

Elsbeth saß in der großen Halle neben Haakon. Er hatte ihr befohlen, an seiner Seite am Hochtisch zu speisen, wann immer er in ihrer Feste zu Abend aß. Sie trug ihren Schmuck, zumindest soviel davon, wie sich gerade noch ziemte, und hatte sich einen langen Perlenstrang ins Haar geflochten. Auch das hatte ihr Haakon befohlen, und sie hatte gehorcht.

Ihr siebenjähriger Sohn Erik saß neben ihr. Das hatte Haakon ihr nicht befohlen, aber er hatte auch keinen Einspruch erhoben, und da sie Erik selten von ihrer Seite ließ, nahm sie ihn auch hierher mit. Sie wußte nur zu gut, wie vergeblich jeder Versuch von ihr gewesen wäre, den Jungen zu schützen, falls Haakon ihm übelgewollt hätte, aber ihre Angst um Erik war Teil jener umfassenderen, in ihr keimenden Angst, welche dieser Mann in ihr weckte, dieser Wikingerhäuptling, der so überstürzt Eriks Stiefvater geworden war.

Sorgfältig löste sie Streifen von der Brust eines gebratenen Rebhuhns und legte sie dem Jungen auf den Teller, um sodann zwei Löffel im eigenen Grün gekochte Rüben hinzuzufügen. Erik begann zögernd zu essen.

»Warum kann er das nicht selbst?« fragte Haakon.

Elsbeth erschrak leicht. Obwohl ein unbeteiligter Beobachter nicht auf die Idee gekommen wäre, waren dies die ersten Worte, die er seit seinem gescheiterten Angriff auf die Stadt an sie gerichtet hatte.

»Ich vermute, er kann es«, antwortete Elsbeth sanftmütig, »aber sein Vater, Reinald, brachte bei Tisch nur wenig Geduld mit Kindern auf. Erik hat noch nicht oft mit Erwachsenen zusammen gespeist. Deshalb ist er so schüchtern.«

Haakons Augen wanderten von dem Kind weg und starrten in den großen, verräucherten Raum. Seine Männer und Elsbeths

Leute bevölkerten die Halle. Um die Tafeln gedrängt, aßen sie alle, als stehe eine Hungersnot ins Haus. Ein Dröhnen von Lärm und Gesprächen erfüllte den Raum.

Elsbeth seufzte vor Erleichterung, daß Haakons Aufmerksamkeit von ihrem Sohn abgelenkt wurde. Zurückhaltend hob sie den Blick zu ihrem neuen Gemahl.

Er füllte den gesamten Hochsitz aus, auf dem er Platz genommen hatte, sechs Fuß massive Muskeln und Knochen. Seine silbergrauen Augen huschten mit der Wachsamkeit eines Wolfs durch die Halle. Sie konnte seine Anspannung spüren. Er schien zu zittern wie eine Bogensehne, kurz bevor der Pfeil abgeschossen wird.

»Ich bin gescheitert«, sagte er.

Elsbeth schrak erneut zusammen. Sie wußte nicht, ob die Worte an sie gerichtet waren. Sein Blick war nicht auf sie, sondern auf den hektischen menschlichen Bienenkorb gerichtet, dessen Mitglieder sich mit Essen vollstopften. Und einen kurzen Moment lang haßte sie ihn dafür, daß er sie Anteil an seinem Verdruß nehmen ließ und sich eine solche Blöße vor ihr gab. Ihr wurde klar, daß sie ihm antworten mußte.

»Nein«, sagte sie. »Ihr habt einen Rückschlag erlitten. Ihr seid noch immer stärker als dieser junge Aufwiegler – Owen von Chantalon.«

Haakon lachte ein humorloses Lachen. »Ihr seid wie Reinald, Euer verstorbener Gatte. Immer auf der Seite des Siegers.«

Elsbeth fühlte sich gerügt. Seit seiner Rückkehr aus der Stadt hatte er sie mehr wie eine Magd als wie eine Ehefrau behandelt. Er hatte sie die Wunde versorgen lassen, die Owens Armbrust ihm zugefügt hatte.

Es war eine häßliche, tiefe Schramme quer über die Rippen, glücklicherweise mehr Quetschung als Schnitt. Nachdem sie die Wunde gesäubert hatte, war er mit einem Achselzucken in seine Kleidung geschlüpft und steifbeinig weggegangen, zurück zu seiner Inselfestung im Fluß. Sie wußte, er hatte Streit mit mindestens einem der Häuptlinge gehabt, die unter seinem Oberbefehl standen. Der Mann hatte sein Schiff beladen und war abgesegelt. Der

Rest seiner Gefolgsleute jedoch war geblieben. Sie konnte sich denken, warum. Sie ließen sich durch seine Versprechungen von Land zum Bleiben bewegen. Land hatte er durch seine Heirat mit ihr gewonnen. Land, das ihr nicht nur aufgrund uralter Rechtstitel ihrer Familie, sondern auch aufgrund ihrer Ehe mit Reinald gehörte. Indem er sie in sein Bett geholt hatte, hatte er seinen Anspruch auf diese Ländereien bekräftigt.

Das Beisammensein seines und ihres Volkes war nicht heiter und gelöst. Ihre Leute aßen schweigend, hielten die Köpfe gesenkt und beobachteten die Wikinger furchtsam. Die Wikinger aßen und tranken mit der fröhlichen Ausgelassenheit der Sieger. Bis zu diesem Zeitpunkt hatten sie noch niemanden beleidigt. Keines Mannes Tochter war belästigt, niemandes Land oder Besitztum angetastet worden. Also gab es auch keine Kämpfe. Aber sie würden kommen, bald schon. Sie fragte sich, was Haakon tun würde. Sie wußte nicht, ob er die Stärke ihres Volkes kannte – eine Stärke, die auf ihrer Macht beruhte, Treue zu geben oder zu verweigern. Sie hatten, genau wie sie, Reinald erduldet, aber sie war sicher, daß sie wenig Liebe für ihn empfunden hatten. Nun schauten sie sich ihren neuen Herrn, diesen Haakon, eingehend an und stellten sich die Frage, wie er wohl sein würde.

Haakon ergriff erneut das Wort, ganz leise, ganz ruhig, und es war, als habe er ihre geheimen Gedanken gehört. »Ich möchte unser gemeinsames Abendmahl beenden, bevor meine Männer allzu betrunken sind.«

»Gewiß«, antwortete sie. »Wenn Ihr Euch erhebt, werde ich selbstverständlich mit Euch die Halle verlassen. Der Rest wird das als Zeichen verstehen, daß die Tafel aufgehoben ist.«

»Früher oder später«, sinnierte er, »wird es Ärger geben.«

Elsbeth sog scharf die Luft ein und griff nach ihrem Weinpokal. Sie nahm zwei schnelle Schlucke. Sie wußte, daß sie jetzt etwas sagen mußte. Daß sie wenigstens ein paar Worte sagen und versuchen mußte, ihr Volk zu verteidigen. Aber er schüchterte sie ein. So wie er sie von ihrer ersten Begegnung an eingeschüchtert hatte. Sie wollte sich ganz klein machen und von ihm wegstehlen. Ihre

Gefühle wie einst vor Reinald hinter dieser Maske aus damenhafter Wohlanständigkeit verbergen. Aber Haakon war nicht Reinald. Reinald hatte die meist ungeschriebenen Regeln gekannt, die ihr Verhalten bestimmten. Haakon kannte sie nicht.

Die Demütigen, die so still und unauffällig mit gesenkten Köpfen ihre Mahlzeit einnahmen, besaßen ihre eigene Art von Macht. Sollte er sie sich durch irgendeine Tat unwiederbringlich entfremden, würden sie ihm mit Kleinigkeiten das Leben unerträglich machen. Gegen besseres Wissen hoffte sie in ihrem Herzen, es werde nicht dazu kommen. Also mußte sie sprechen.

»Ja«, gab sie sehr leise zurück, fast unhörbar, nur für seine Ohren bestimmt. »Ja, es wird Ärger geben, und wenn es dazu kommt, denkt daran, daß ein Herr, der keine Gerechtigkeit walten läßt, kein Herr ist.«

Aus der Küche erklang ein Aufschrei, gefolgt von einem wütenden männlichen Brüllen.

Ein Mädchen kam in die Halle gelaufen. Elsbeth konnte nur noch feststellen, daß sie bis zur Taille nackt war, weil ihr einer von Haakons Kriegern auf dem Fuße folgte, ein großer Mann mit schwarzem Bart. Im Augenblick allerdings war sein Bart mehr rot als schwarz, da ihm das Blut aus der Nase lief.

Das Mädchen, vor dem Hochtisch in die Enge getrieben, wirbelte herum. »Du Schwein!« kreischte sie den Krieger an. Sie schwenkte einen der dicken hölzernen Kochlöffel.

»Keine besonders beeindruckende Waffe«, hörte Elsbeth Haakon murmeln. Er irrte sich.

Sie zielte mit dem Löffel nach dem Kinn des Bärtigen. Er riß den Kopf zurück, aber es war nur eine Finte gewesen. Das Mädchen hatte es auf einen wesentlich empfindlicheren Teil seiner Anatomie abgesehen. Im Nu senkte sie den Löffel und zog ihn kraftvoll nach oben durch, genau zwischen seine Beine. Mit einem Aufheulen höchster Qual schlug er zu Boden.

Zwei weitere Wikinger stürzten aus der Küche herbei. Beide bluteten, der eine aus einem halb abgerissenen Ohr, der andere aus dem Mund. Vorsichtig näherten sie sich dem Mädchen.

»Halt!« donnerte Haakon.

»Schweineschwanz!« spuckte das Mädchen den zu Boden gestürzten Krieger an. »Friß die Maden, die deine Mutter gefressen haben. Fledermauskacke!« beschimpfte sie die beiden anderen mit gellender Stimme.

»Halt – den – Mund«, sagte Haakon. Er sagte es sehr leise, aber die Drohung in seiner Stimme ließ die gesamte Halle verstummen.

Das Mädchen klappte den Mund zu, wirkte jedoch weiterhin trotzig.

»Bedeck dich«, fuhr Haakon sie an.

Das Mädchen beeilte sich, ihre Brüste mit ihrem zerrissenen Hemd zu bedecken.

»Hure!« knurrte einer der Wikinger.

»Bruder einer Ratte, Vater von Schweinen und Sohn eines Hundes ... eines räudigen Hundes«, zischte das Mädchen durch die Zähne.

»Ich sagte«, knurrte Haakon, »halt den Mund.« Wütend sah er die drei Männer an. »Was ist passiert? Habt ihr versucht, ihr Gewalt anzutun?«

Der ganze Raum brach in schallendes Gelächter aus, doch das meiste kam von den Bänken, an denen die Wikinger saßen.

»Ich kann mir nicht vorstellen«, warf Elsbeth, das Gesicht starr vor Abscheu, ein, »daß dazu Gewalt nötig war.«

»Wer ist sie?« verlangte Haakon mit gedämpfter Stimme von Elsbeth zu wissen.

»Eure Männer gebrauchten den Ausdruck ›Hure‹. Und das ist sie auch. Reinald hat sie vor ein paar Monaten von einem der Sklavenhändler gekauft. Nach wenigen Wochen hat er sie freigelassen. Ich könnte mir vorstellen, daß er das nicht ohne Grund getan hat«, flüsterte Elsbeth, und ihre Hände verkrampften sich um die Armlehnen ihres Sessels. »Sie heißt Clara.«

Das Mädchen, das sich noch immer das Kleid vor die Brust hielt, zeigte auf den Wikinger, dem sie mit dem Löffel in die Hoden geschlagen hatte. »Er hat für einen Ritt bezahlt, das leugne ich nicht«, schrie sie. »Aber dann kamen seine beiden Freunde dazu.«

Sie vergaß ihr Kleid, stemmte die Hände in die Hüften und sah die beiden Beschuldigten mit blitzenden Augen an. »Ich nehme drei, ich nehme ein Dutzend, aber ich will mein Geld. Eine Silbermünze von jedem von euch, oder ihr spielt Maria Fünffinger und Handgalopp!«

Der Wikinger, den sie in die Hoden getroffen hatte, stand inzwischen wieder auf den Beinen, dunkelrot vor Wut im Gesicht. »Sie schuldet mir Sühnegeld für meine...« Er warf einen Blick auf Haakons Gesicht, das einer Gewitterwolke glich. Der Wikinger brach mitten im Satz ab.

»Worum grämst du dich, Holder«, höhnte das Mädchen, »etwa um deine Schönheit?«

Von den Bänken, wo die Wikinger saßen, ertönte noch mehr rauhes Gelächter.

Elsbeth fiel auf, daß ihre Leute sich merkwürdig still verhielten und alle Haakon beobachteten.

Holder wandte sich an die Wikinger, die auf den Bänken saßen, und rief: »Eine prahlerische kleine Nutte ist das, Männer. Laßt sie uns hinter den Heuschober schaffen und einmal sehen, wie viele von uns sie wirklich verträgt, bevor sie zu winseln anfängt. Ich nehme mir mein Sühnegeld in Naturalien.«

Als die Männer sich begeistert von den Bänken zu erheben begannen, streckte er seinen muskulösen Arm nach Clara aus, die jetzt zum erstenmal wirklich ängstlich aussah. Während sie sich mit dem zerrissenen Kleid bedeckte, wich sie langsam zu dem Tisch zurück, an dem Elsbeth und Haakon saßen.

Elsbeth sah flüchtig zu ihren Leuten herüber. Sie hielten ihre Köpfe gesenkt, wirkten aber wie ein Wald von Augen, die alle Haakon und die Wikinger anstarrten. Sie konnte spüren, wie eine Woge der Empörung durch sie lief wie ein plötzlicher Windstoß, der eine Flamme zum Tanzen bringt.

Elsbeths Nägel gruben sich in Haakons Handrücken. »Macht dem Schauspiel ein Ende«, flüsterte sie dringlich. »Bitte.«

Holder packte Clara an den Haaren. Sie quiekte wie ein Kaninchen in den Fängen eines Jagdhundes.

»Holder!« donnerte Haakons Stimme durch den Raum. »Laß sie los. Die Frauen in diesem Haus stehen unter meinem Schutz.«

Holder warf seinem Anführer einen Blick voller Verachtung zu. »Was bist du?« fragte er. »Der Kuppler dieser Hündin?«

Bevor Elsbeth Luft zu einem entsetzten Aufkeuchen holen konnte, war Haakon aufgesprungen und hatte seine Hände um Holders Kehle gelegt. Holder war ein großer, starker Mann, aber Haakon zog ihn vom Boden hoch und über den Tisch, bis ihre beiden Gesichter nur noch wenige Zoll voneinander entfernt waren. Dann drückte er hart und fast gleichgültig mit dem Daumen auf Holders Kehle, genau auf den Adamsapfel. Schließlich warf Haakon ihn wie eine Gliederpuppe auf den Fußboden vor dem Hochtisch.

Holders Gesicht war blau angelaufen, und die Augen traten ihm aus den Höhlen. In der plötzlich eintretenden absoluten Stille konnte Elsbeth das gräßliche, abgehackte Pfeifen hören, als der Verletzte an seinem gequetschten Adamsapfel vorbei Luft zu bekommen versuchte.

Haakon richtete den Weinpokal wieder auf, den er und Elsbeth sich teilten. Während er mit dem Fuß des Pokals sachte auf den Tisch klopfte, sagte er: »Noch etwas Wein, Herrin, wenn ich bitten darf.«

Elsbeth riß ihren Blick von dem zuckenden Mann am Boden los. Mit beiden Händen und weiß hervortretenden Knöcheln ergriff sie den Weinkrug. Es gelang ihr, ihr heftiges Zittern zu unterdrücken und ihm irgendwie den Wein einzuschenken. »Er stirbt womöglich«, flüsterte sie.

»Das wäre in meinen Augen kein großer Verlust«, erwiderte Haakon. »Als Anschauungsunterricht für die anderen ist er mehr wert, als er als Mann je war.«

Haakon hob den Pokal, trank, wischte sich die Lippen sorgfältig mit der Serviette ab und bot ihn sodann Elsbeth an. Sie dankte ihm und nahm einen raschen Schluck, der auf dem Weg in den Magen hinunter brannte. Als sie den Becher absetzte, hatte Holder sich hochgerappelt, und seine Wangen bekamen wieder Farbe.

»Hast du mir etwas zu sagen, Holder?« fragte Haakon mit kalter Stimme.

Holder schüttelte den Kopf und schwankte zu dem Tisch hinüber, an dem die Wikinger saßen. Sein Gesicht war jetzt weiß, nicht mehr blau. Er warf Haakon einen tödlichen Blick aus blutunterlaufenen Augen zu und setzte sich hin. Sein Banknachbar schob ihm einen Becher hin, und er begann mit vorsichtigen Schluckbewegungen zu trinken.

»Ich habe mich um den Mann gekümmert«, sagte Haakon leise zu Elsbeth. »Jetzt kümmerst du dich um die Frau.«

Clara kauerte jammernd auf dem Podest zu Elsbeths Füßen.

»Steh auf, Clara«, befahl Elsbeth.

Sie erhob sich und zog das zerrissene Kleid hoch.

»Spar dir die Mühe, dich zu bedecken«, sagte Elsbeth. »Jeder weiß, was du bist.« Ihre Stimme war messerscharf. »Nach Recht und Gepflogenheit steht dir dein Lohn zu. Also«, fuhr Elsbeth fort. »Wer will sie?«

Clara stand barbrüstig vor dem Tisch und funkelte sowohl Elsbeths als auch Haakons Männer herausfordernd an.

Wie viele haben sie gehabt, fragte sich Elsbeth. Oder wie viele hat sie gehabt? Das war bei Clara schwer zu sagen.

Die meisten Männer wichen ihrem Blick aus. Mehrere Frauen wirkten erheitert. Niemand sagte etwas.

Einer der Wikinger, ein älterer Mann, kahl bis auf einen langen, seidig glänzenden schwarzen Bart, hörte auf zu essen und wischte sich die fettigen Hände an seinem Bart ab. »Na gut«, sagte er, erhob sich und ging auf den Tisch zu.

Als er stand und das Fackellicht auf ihn fiel, konnte Elsbeth sehen, wie abstoßend häßlich er war. Ein Auge war vernarbt und vollständig mit Schorf bedeckt. Er hatte einen Buckel, die eine Schulter saß wesentlich höher als die andere. Seine Beine waren gekrümmt, sein Gang ein watschelndes Schlurfen. Hastig näherte er sich der Bank und nahm einen Silberdinar aus der Börse an seinem Gürtel. Er hielt ihn hoch, so daß Haakon und Elsbeth ihn deutlich sehen konnten, um ihn dann Clara fest in die Hand zu drücken.

Er drehte sich um und schenkte der versammelten Mannschaft ein mehr aus Lücken als aus Zähnen bestehendes Grinsen. »Mir macht es nichts aus«, sagte er. »Ich muß immer zahlen.« Dann führte er Clara mit sich fort in die Küche.

Beim Hinausgehen schoß sie Elsbeth einen wahrhaft giftigen Blick zu.

Haakon grinste. Elsbeth war blaß und wütend, aber auch zutiefst erleichtert, daß die Angelegenheit so rasch beigelegt worden war. Sie schaute zur Tür und entdeckte Tosi, Haakons ältesten Freund unter den Wikingern, der dort mit einem Besucher stand.

Tosi hielt ihn am Arm fest und führte ihn vor den Hochtisch. Der Fremde war ein schlanker, blonder, überaus prächtig gekleideter junger Mann. Er trug eine goldbestickte schwarze Dalmatika über einem Seidenhemd mit langen Armen. Seine Hosen bestanden aus ebenfalls dunklem Leinen. Anstelle der kreuzweise geschnürten Beinlinge, der üblichen Fußbekleidung, trug er weiche Lederstiefel zur Schau, unter denen bestickte Socken hervorschauten.

»So wahr ich lebe und atme«, flüsterte Haakon mit gedämpfter Stimme, »ein Höfling.«

»Wohl kaum«, entgegnete Elsbeth. »Mein Vetter dritten Grades, Rauching.«

»Ein Verwandter«, flüsterte Haakon.

»Leider, ja.«

Haakon kicherte.

»Er ist ein Lügner, ein Dieb und höchstwahrscheinlich mittlerweile auch ein Mörder«, wisperte Elsbeth.

Tosi und Rauching hatten das Podest erreicht. Elsbeth verstummte, aber ihr Gesichtsausdruck war alles andere als herzlich. Trotz der prasselnden Kaminfeuer auf beiden Seiten war es kalt in der großen Halle, und dennoch schwitzte Rauching, wie Haakon auffiel.

»Meine liebe Elsbeth!« rief Rauching mit einer so tiefen Verbeugung aus, wie Tosis stählerner Griff um seinen Oberarm es zuließ.

»Ich bin nicht deine *liebe* Elsbeth«, versetzte die Hausherrin. »Was hast du hier zu suchen?«

»Ich hatte auf die gastfreundliche Wärme eines Feuers, ein Stück trocken Brot und möglicherweise einen winzigen Schluck Bier gehofft«, entgegnete Rauching in dem Bemühen, lustig zu wirken.

»Haakon«, meldete Tosi sich zu Wort, »dieser Schmetterling flatterte mit sechs weiteren Männern durch das Tor. Ich hätte ihn nicht eingelassen, aber er behauptet, er wäre ein Verwandter.«

»Wo sind die Männer?« fragte Haakon.

»Ich habe sie in den Stall geschafft«, antwortete Tosi.

Haakon nickte. »Gut.« Er musterte Rauching eingehend. Rauchings Blicke schossen suchend über den Tisch und durch die Halle.

»Du suchst Reinald?« fragte Elsbeth in eisigem Tonfall.

»Mir ist aufgefallen«, sagte Rauching, »daß er nicht hier zu sein scheint.«

»Reinald ist tot«, ließ ihn Bertrand, Elsbeths Bruder, von seinem Platz an einem Nebentisch inmitten einiger seiner Priester wissen. »Tot und auf verräterische Weise ermordet.«

Rauching wirkte sowohl verunsichert als auch geknickt. »W…wie«, stammelte er, während seine Blicke von Haakon zu Elsbeth und wieder zurück wanderten. »Wie schrecklich«, gelang es ihm schließlich zu sagen.

»Nicht für mich«, erklärte Haakon mit breitem Grinsen.

»Gewiß, das scheint mir auch so«, beeilte sich Rauching zu erklären.

»Reinalds Unglück war mein Glück«, fuhr Haakon fort. »Nun ist Elsbeth meine Gemahlin.«

»Ja … wie« – Rauching verstummte, sah von einem Gesicht zum anderen und registrierte Haakons Grinsen sowie Elsbeths neuen Schmuck und ihre wiedererblühte Schönheit – »überaus gelegen für Euch beide«, schnurrte er.

Haakon lachte schallend und brachte Rauching ins Wanken, indem er sich über den Tisch vorbeugte und ihm herzhaft auf die

Schulter schlug. »Niemand soll von mir behaupten, ich hätte einem Anverwandten meiner Gemahlin die Tür gewiesen. Kommt her. Gesellt Euch zu uns! Setzt Euch, und eßt einen Happen mit uns.«

Haakon wandte sich an den Mann, der auf der Bank neben seinem Hochsitz saß. »Rutsch rüber«, befahl er, »und mach Platz für unseren Ehrengast.«

Rauching mußte bis zum Ende des Hochtischs und um diesen herum gehen, um seinen Platz einzunehmen. Unterdessen wandte Haakon sich an Elsbeth. »Man kann ihm nicht vertrauen, nehme ich an.«

»Auf keinen Fall«, antwortete sie leise. »Ich vermute, er ist ein erfolgloser Verbrecher, der glaubt, wir seien erfolgreiche.«

»Dann sollten wir ihm fürs erste seine Illusionen nicht rauben«, lächelte Haakon, als Rauching an seiner Seite Platz nahm.

Haakon füllte eigenhändig Rauchings Becher. »Hier«, sagte er fröhlich. »Trinkt aus. Als Ihr vorhin hereinkamt, saht Ihr wie ein Mann aus, der nicht weiß, ob er Glückwünsche oder sein Beileid aussprechen soll.«

»Welches von beiden, Herr Haakon, die geringere Wahrscheinlichkeit in sich birgt, daß ich zu Tode komme.«

»Beglückwünscht mich«, erwiderte Haakon mit einem Blick auf Elsbeth. »Ich könnte nicht glücklicher sein.«

»Ich glaube, Rauching«, warf Elsbeth ein, während sie den Blick in den Raum richtete und keinen von beiden ansah, »daß du auch mich beglückwünschen darfst. Heb dir dein Beileid, wenn es denn sein muß, für Bertrand auf.« Sie warf einen Blick zu ihrem Bruder am Nebentisch hinüber. Seine haßerfüllten Augen hingen an ihr und Haakon.

Eine Haarlocke hatte sich aus Elsbeths juwelenbesetzter Kopfbedeckung gelöst. Wie ein geschwungener schwarzer Schatten lag sie auf ihrer Wange.

Haakon streckte die Hand aus und strich ihr die weiche Locke aus dem Gesicht und schob sie unter das Haartuch mit einer Gebärde zurück, die bei einer solch großen und starken Hand wie der seinen fast unglaublich zart wirkte.

Elsbeth wandte sich ihm zu. Ganz kurz bebten ihre Lippen, als nähmen sie seine zärtliche Berührung nur widerwillig hin, doch dann verzogen sie sich zu einem Lächeln. In ihren Augen und auch in ihrem Lächeln lag jedoch etwas Schmerzliches.

»Ich danke dir«, sagte Haakon mit so leiser Stimme, daß niemand außer Elsbeth und Rauching es hören konnte.

Elsbeth wandte rasch den Blick ab, als schäme sie sich, sich so offen verraten zu haben.

Sie zittert unter seiner Berührung, dachte Rauching, während er die beiden betrachtete, und er kann selbst hier in der Halle vor dem ganzen Haushalt kaum seine Finger von ihr lassen. Rauching räusperte sich schnell und griff nach ein paar Scheiben des Hirschbratens. »Leider«, fuhr Rauching fort, »wurde ich Zeuge dieses kleinen unglücklichen Zwischenfalls, als ich Eure Halle betrat. Ihr führt eine harte Hand, mein lieber Vetter. Ich darf Euch doch Vetter nennen, nicht wahr? Schließlich gehören wir alle zur Familie.«

»Ich denke nicht«, widersprach Haakon. »Ich ziehe ›Herr Haakon‹ bei weitem vor. Es hat so einen gewissen Klang. Findet Ihr nicht auch? Mir gefällt es recht gut.«

»Aber gewiß doch«, murmelte Rauching gehässig. »Aber gewiß doch, Herr Haakon.«

Elsbeth lehnte sich in ihren Stuhl zurück. Ihre Finger spielten müßig mit dem Weinpokal. »Erzähl mir, Rauching. Was ist mit deiner Erbin geschehen?«

»Meiner was?«

»Bertrada, die begüterte Frau, die du im Begriff standest zu heiraten, als wir uns kennenlernten.«

»Ach, die«, meinte Rauching. »Wir haben wie geplant geheiratet.«

»Und?« fragte Elsbeth.

»Oh, was für ein köstlicher Hirschbraten«, flötete Rauching. »So schmackhaft zubereitet.«

»Die Erbin?« drängte Elsbeth.

»Sie starb. Eine Sache, die manchen Leuten von Zeit zu Zeit zu widerfahren scheint.«

»Wenn sie gestorben ist«, fuhr Elsbeth fort, »wie kommt es dann, daß du nicht mehr im Besitz ihrer Ländereien und Güter bist?«

»Ach, das ist eine lange, ermüdende Geschichte«, antwortete Rauching und winkte lässig ab. »Nur ungern würde ich meinen Gastgeber und meine entzückende Gastgeberin damit langweilen. Außerdem wäre es kein besonders fröhliches Gesprächsthema beim Essen, findest du nicht auch?«

»Ich langweile mich keineswegs«, beschied ihn Elsbeth. »Erzähl!«

»Ja«, unterstützte Haakon seine Frau, lehnte sich in seinen Hochsitz zurück und legte Daumen und Zeigefinger nachdenklich gekrümmt an sein Kinn. »Ich glaube, ich würde die Geschichte auch gern hören.«

Rauching sah vorsichtig von Gesicht zu Gesicht. »Nun gut«, gab er nach, »warum eigentlich nicht? Schließlich gehören wir alle zur Familie.«

»Aber gewiß doch«, entgegnete Haakon glattzüngig. »Die Erbin…«

»Liebreizende Elsbeth«, begann Rauching, »erinnerst du dich überhaupt noch an die Dame? Wie großzügig die Natur sie ausgestattet hatte, wie hingegeben an die Freuden einer üppigen Tafel sie war?«

Elsbeth nickte. »Ja. Sie war fett und gierig.«

»Genau«, fuhr Rauching fort. »Wie der Zufall es wollte, würzte sie ihren Eintopf eines Abends mit einem giftigen Pilz. Ein ausgesprochen fataler Irrtum. Da sie indes die Pilze stets eigenhändig sammelte und die Köchin den Eintopf unter ihrer Aufsicht zubereitete, lag der Irrtum, wie ich euch versichern kann, ganz auf ihrer Seite.«

»Sicher«, sagte Haakon.

»Ihr Bruder, Ethewold. Du erinnerst dich noch an Ethewold, nicht wahr?«

»Man vergißt ihn nur schwer«, gab Elsbeth zurück. »Er ist einer der dicksten Männer, die ich je gesehen habe.«

»Ja«, stimmte Rauching ihr zu. »Jede Menge Fett, aber mit Muskeln darunter. Ich denke, er hatte selbst ein Auge auf den Besitz seiner Schwester geworfen, aber wie dem auch sei, er weigerte sich beharrlich, an meine Unschuld zu glauben. Er hatte die Frechheit, mich vor den Bischof zu zerren.«

»Herzzerreißend«, warf Haakon ein. »Und das Euch, der Ihr gerade in tiefer Trauer wart.«

»Wie unbequem«, sagte Elsbeth leise. »Du konntest dem Gottesurteil doch gewiß standhalten?«

Rauching hüstelte geziert. »Es gab kein Gottesurteil. Der Bischof war so gnädig, mir zu gestatten, mich durch einen Eid von der Anschuldigung zu reinigen.«

»Wie überaus verständnisvoll von ihm«, urteilte Elsbeth.

»Ja, nicht wahr, das fand ich auch«, fuhr Rauching fort, während er seinen Weinbecher nachfüllte. »Ein wahrhaft mitfühlender Mann. Der schöne Ernst, mit dem ich meinen Eid leistete, mein offensichtlich tiefer Schmerz trieben jedem in der Kirche die Tränen in die Augen. Jedem außer Ethewold. Man soll es nicht für möglich halten! Er weigerte sich, einem Schwur Glauben zu schenken, den ich auf die Gefahr des Verlustes meiner ewigen Seele auf die Heilige Schrift abgelegt hatte. Der Mann begann, mich auf Schritt und Tritt zu verfolgen. Jedesmal, wenn ich den Blick hob, war er da und funkelte mich haßerfüllt unter seinen dicken, buschigen Augenbrauen hervor an. Mir kamen allmählich Zweifel an seiner geistigen Gesundheit. Ich begann zu fürchten, dieser arme, gemütskranke Unselige möchte etwas Unüberlegtes tun. Eines Nachts wurde er von drei Wegelagerern überfallen.«

»Tss, tss«, machte Elsbeth und verdrehte die Augen himmelwärts. »Welch unglücklicher Zufall für den armen Ethewold.«

Rauching schaffte es, wehmütig und gekränkt zugleich dreinzublicken. Nachdem er den Hirsch vertilgt hatte, begann er sich den Teller mit gefülltem Schweinebraten vollzuladen. »Wie sich herausstellen sollte«, setzte er hinzu, während er sich die Finger ableckte, »eigentlich nicht.«

»Nicht?« wiederholte Haakon mit fragend hochgezogener Braue.

»Nicht«, bekräftigte Rauching. »Ethewold überlebte. Nicht einen einzigen Kratzer trug er davon.«

»Ah, ich verstehe«, sagte Elsbeth. »Einer der Strolche blieb noch so lange am Leben, daß er redete.«

Rauching schoß ihr einen scharfen Blick zu, und Haakon lachte in sich hinein. »Ethewold wog drei starke Männer auf.«

»Die zusätzlich die Überraschung auf ihrer Seite hatten. Ihr müßt ein sehr schnelles Pferd Euer eigen nennen, Vetter. Sonst wärt Ihr kaum hier.«

»Ich habe die Gegend in der Tat schnell verlassen«, gestand Rauching widerwillig.

»Wohin bist du gegangen?« wollte Elsbeth wissen.

»Oh, hierhin und dorthin«, wich Rauching aus. »Doch mittellos, wie ich war, fand ich überall nur kalte Aufnahme. Selbst«, ein tiefer Seufzer, »bei meinen Verwandten.«

»Gewiß doch nicht mittellos«, wandte Elsbeth ein. »Bertrada war eine vermögende Frau, und ein Teil ihres Reichtums wird aus Gold und Edelsteinen bestanden haben.«

Haakon gluckste. »O nein, meine Liebe, das mit dem mittellos will ich gern glauben. Unser Verwandter hier hatte ein paar dringende Barausgaben zu tätigen, nicht wahr, Rauching?« Er sah zu Rauching hinüber, der die Augen abwandte und sich ganz seinem Schweinebraten widmete.

»Laßt einmal sehen«, fuhr Haakon fort und begann, es an den Fingern abzuzählen. »Ich könnte mir vorstellen, daß es eine gewisse Summe gekostet hat, die Köchin dazu zu bewegen, diesen Eintopf so gekonnt zu würzen. Aber das war sicher nichts im Vergleich zu dem Bestechungsgeld für den Herrn Bischof. Kirchenmänner nehmen exorbitante Summen für ihre Dienste, nicht wahr, Vetter? Und vermutlich haben auch die drei Wegelagerer etwas im voraus verlangt. Aus purem Vergnügen werden sie einen Mann wie Ethewold nicht angegriffen haben. Ja, alles zusammengenommen würde ich sagen, daß unser geliebter Verwandter ein ausnehmend schlechtes Jahr hinter sich hat.«

Elsbeth biß sich auf die Unterlippe. Blicklos starrte sie in die Halle.

In dem wütenden Blick, den Rauching ihrem gleichgültigen Profil zuwarf, lag die reine Mordlust.

Haakon fing den Blick auf. Er schlug Rauching so fest auf den Rücken, daß der sich am Schweinebraten verschluckte und fast von der Bank gefallen wäre.

»Keine Angst, werter Vetter«, lachte Haakon. »Ein Mann mit Euren Gaben ist in der Lage, überall seinen Weg zu machen. Ich bin sicher, daß Ihr im Handumdrehen ein neues Vermögen erwerben werdet. Ich will persönlich dafür sorgen, daß die wankelmütige Herrin Fortuna Euch wieder lacht. Aber«, fuhr er mit einem Lächeln fort, das jeden einzelnen seiner Zähne zeigte, »solltet Ihr meiner Gemahlin noch einmal einen solchen Blick verehren, schlitze ich Euch den Wanst auf wie einem Schwein.«

Rauchings Antwort wurde aufgeschoben, weil Elsbeth Haakon in diesem Augenblick eine gute Nacht wünschte und die Tafel verließ, mit ihrem Sohn und ihren Mägden im Schlepptau.

Haakon blieb. Er schob den Weinpokal beiseite. Er und Rauching vertieften sich in ein langes Gespräch im Flüsterton.

In ihrem Schlafgemach angekommen, entließ Elsbeth die Frauen und brachte die Kinder in ihr großes Bett. Auf dem Toilettentisch brannte eine Lampe mit Hornschirm. Elsbeth schaute durch eine der schmalen Schießscharten hinaus in den mondbeschienenen Wald. In diesem Augenblick flog eine weit auseinander gezogene Formation von Gänsen vor dem Mond vorbei. Sie hörte ihre einsamen Schreie.

Würde er sie verlassen, fragte sie sich, ohne ein Wort? Etwas in ihrem Inneren flüsterte, sie sollte sich lieber vom Fenster abwenden und Gleichgültigkeit vorschützen. Blas die Kerze aus, leg dich hin und schlaf. Morgen mußte sie früh heraus. Sie mußte genügend Schlaf bekommen.

Elsbeth hörte nicht auf die spöttische kleine Stimme. Statt dessen begann sie leise im Raum hin und her zu gehen, wie sie es auch während ihrer Ehe mit Reinald so oft getan hatte. Warten. Sie wußte nicht, worauf sie wartete, oder auch nur, warum sie so geduldig und hartnäckig ausharrte. Sie ging weiter auf und ab, stumm wie ein Schatten, von der Tür zum Fenster und wieder zurück.

Stunden vergingen. Der Mond hing tief über den Baumgipfeln draußen, und in der Kemenate wurde es so kalt, daß sie ihren Atem in der klaren Luft sehen konnte. Sie hörte ein leises Kratzen an der Tür. Sie trat an die Tür und flüsterte: »Wer ist da?«

»Haakon«, erklang die ebenso leise Antwort.

Sie legte den Eisenriegel an der Tür zurück, die sie vom Rest des Haushalts trennte. Er schlüpfte aus dem dunklen Gang in ihr Zimmer.

Wie immer versetzten seine mächtige Gestalt und seine beeindruckende Persönlichkeit sie in Erstaunen. Seine Schultern füllten die schmale Tür aus, und er mußte den Kopf einziehen, um sich nicht am Türsturz zu stoßen.

»Was hat Euch so lange aufgehalten?« fragte sie giftig. »Habt Ihr Euch noch ein wenig mit Clara amüsiert?«

Sie sah, wie seine furchteinflößenden Augen sich mit einer Schicht von Eis überzogen. »Ich würde mich nicht zu jemand wie Clara herablassen.« Er knurrte beinahe.

»Zu schade«, versetzte sie. »Ich wollte gerade fragen, wie sie war.« Sofort schlug sie die Hand vor den Mund, und die Finger bedeckten ihre Lippen.

Sie drehte sich um, so offensichtlich entsetzt von ihren eigenen Worten, daß Haakons Ärger verblaßte. Er wußte, er sollte eigentlich wütend sein, konnte aber in ihrer Nähe seinen gerechten Zorn nicht aufrechterhalten. Dafür hatte sie zu viel von einem wilden Kätzchen an sich. Etwas Kleines, Pelziges, das gerade herausfand, daß es Krallen hatte, und lernte, wie man sie benützte.

»Ich habe keinen Grund, neugierig auf die Claras dieser Welt zu sein«, sagte er. »Ich weiß, wie sie sein würde. Ihr auch?« Er schloß die Tür und lehnte sich gegen die Füllung.

»Ich habe nicht die geringste Ahnung. Dazu fehlt mir die Ausstattung«, entgegnete sie scharf.

Haakon lachte lautlos in sich hinein. Sein bewundernder Blick nahm wahr, wie sich das weiche Nachtgewand an ihre Gestalt schmiegte und das dunkle, in den Nacken geschlungene Haar ihr blasses Gesicht wie eine Gewitterwolke umrahmte. »Nein, es gibt keinen Grund, sich Sorgen über Clara zu machen«, fuhr er fort. »Ich habe die meiste Zeit mit Rauching verbracht, nachdem Ihr gegangen wart.« Ein finsterer Ausdruck überschattete seine Züge. »Betrug und Verrat sind so leicht zu kaufen, nicht wahr?«

»Bei Rauching«, gab Elsbeth zur Antwort, »kann ich es mir vorstellen. Er hat ja nichts anderes zu verkaufen.«

Elsbeth dachte, sie habe sich in der Gewalt, bis ihr bewußt wurde, daß sie das Nachtgewand unmerklich von der Schulter hatte gleiten lassen, um Haakon eine milchweiße Brust zu enthüllen. Sie hörte ihn jäh die Luft anhalten und merkte, daß er sie mit Blicken verschlang.

»Wo wir gerade von Rauching sprechen«, sagte er. »Mein Kompliment für die elegante Art, liebreizende Herrin, wie Ihr Eurem aalglatten Vetter die Wahrheit entlockt habt.«

»In Rauching ist keine Wahrheit«, antwortete Elsbeth. »Ich habe irgendeine Geschichte zu hören bekommen, vermutlich nicht einmal die wahre. Aber ich wollte Euch eine Vorstellung davon vermitteln, was für eine Sorte von Mensch er ist.«

Langsam streckte er die Hand nach ihr aus. Er zog die Nadeln aus ihrem Haar, eine nach der anderen, bis es ihm über die Hände fiel. Elsbeth taumelte auf ihn zu, die Augen geschlossen, die Lippen geöffnet.

Haakon gab ihr Haar frei. Sein Handrücken strich über ihre Wange, dann ließ er die Hand sinken und umfing ihre nackte Brust. Seine Arme schlossen sich um sie, er hob sie hoch. Sie schien nichts zu wiegen.

Elsbeth erschlaffte durch eine Hingabe, die so vollständig war, daß sie sie zu Tode ängstigte. Haakons Augen huschten kurz über die friedlich in ihrem Bett schlummernden Kinder; dann löste er mit einer Hand den Samtumhang von seinen Schultern, breitete ihn auf dem Boden aus und bettete Elsbeth darauf.

Ihr Nachthemd teilte sich unter seinen Händen wie Spinnweben. Ihre Finger krallten sich in sein Haar und ließen einen scharfen, brennenden Schmerz durch die Narbe auf seiner Stirn zucken. In Elsbeths Augen schien sie weiß zu werden, um dann unter seiner Begierde rot zu pochen.

»Du gehörst mir«, flüsterte Haakon in ihr Ohr. Mit seinem Knie schob er ihre Schenkel auseinander.

»Im Augenblick, ja«, antwortete sie.

Haakon lachte erneut, aber Elsbeth konnte sehen, daß sie ihn verletzt hatte. Aber dann spürte sie seine erste intime Berührung, und ein verzehrendes Feuer, das tagelang geschwelt hatte, loderte auf und verschlang sie.

Wie jemand, der vor einem Abgrund zurückschreckt, rutschte Elsbeth ein wenig zur Seite und wich vor ihm zurück. »Schamlos«, wisperte sie und war sich dabei die ganze Zeit der Tatsache bewußt, daß dies das Wort war, das ihre Mutter vermutlich benützt hätte; das Bertrand, ihr Bruder, mit Sicherheit benützt hätte; das jeder mißbilligende Erwachsene in ihrem Leben benützt hätte, um ihr Vorwürfe zu machen.

»Scham«, flüsterte Haakon, seine Lippen ganz nah an ihrem Ohr. »Zeig mir nur ein klein wenig Scham, Frau, und ich prügle sie dir aus dem Leib. Nicht mit meinen Händen, Mädchen, mit meinem Hammer.« Er lachte in sich hinein. »Wie gefällt dir mein Hammer?«

Gut gefiel er Elsbeth. Der Druck zwischen ihren Beinen bescherte ihr Woge um Woge hämmernder, primitiver Lust. Sie erschauerte heftig, um sich dann rückhaltlos hinzugeben wie eine rossige Stute unter dem Gewicht des Hengstes.

Haakon keuchte, dann lachte er leise über die leidenschaftliche Heftigkeit, mit der ihre Schenkel seine Hüften umklammerten und ihr Inneres pulsierte.

Sie stöhnte.

»Ssch«, machte er und erstickte ihr letztes unwillkürliches Aufkeuchen sanft mit seinen Lippen.

Er war steif, hielt ihren Kopf fest und ruhte in ihrer Armbeuge, als Elsbeth zu Bewußtsein kam, wie hart und kalt der Fußboden war.

Sie konnte die Bartstoppeln auf seiner Wange fühlen, die in die weiche Haut ihrer Schulter stachen. Sie konnte die tief eingekerbten Linien von Erschöpfung und Schmerz auf seinem Gesicht sehen. Seine Augen, aufgedunsen und blutunterlaufen, lagen im Schatten dunkler Ringe. Die Muskeln an seinem Kinn spannten sich unter der Anstrengung an. »Bleib heute nacht«, flüsterte sie und fuhr mit den Fingern über seine Wange.

Er schüttelte den Kopf. »Nein. Ich muß heute nacht ins Lager zurück. Meine Männer sind ein disziplinloser Haufen, und mein Scheitern bei der Eroberung der Stadt erfüllt sie mit Furcht. Sobald das erste Gerücht auftaucht, ich hätte sie im Stich gelassen, bin ich geliefert.«

Elsbeth setzte sich mühsam auf.

Haakon stützte sich auf seinen Ellbogen und schaute zu ihr hoch. »Ich hatte nicht damit gerechnet, daß das hier passierte«, meinte er. »Ich war nur gekommen, um gute Nacht zu sagen.«

»Wenn du gehen mußt, dann geh«, sagte Elsbeth. »Aber laß ein paar Männer hier.«

»Warum?« fragte Haakon mit besorgter Miene.

»Rauching«, gab Elsbeth zur Antwort. »Er ist böse. Ich glaube nicht, daß du dir darüber im klaren bist, wie böse. Hüte dich vor ihm.«

»Meine liebliche Herrin«, beruhigte Haakon sie. »Kleine Elsbeth. Wenn Rauching auch nur einen Finger gegen dich erhebt, hacke ich ihm beide Hände ab und mache sie dir zum Geschenk. Ich denke, ich habe ihm das heute abend bei Tisch hinreichend klargemacht. Aber du hast auf keinen Fall Grund zur Sorge. Ich nehme Rauching mit ins Lager. Übermorgen schicke ich ihn in die Stadt.«

»Du hast also noch nicht aufgegeben?«

»Elsbeth«, flüsterte Haakon mit tödlich kalter Stimme. »Ich gebe nie auf. Jeder der beiden Männer in der Stadt könnte mich vernichten. Der Bischof Owen. Ich hielt ihn für kaum mehr als einen bartlosen Knaben, aber dann habe ich gesehen, wie er Qualen erduldet hat, die manche Männer umbringen und andere zum Krüppel machen. Er aber ging aus all dem nur stärker und entschlossener hervor, seine Männer in einen Kampf auf Leben und Tod gegen mich zu führen. Und sein Hauptmann, Godwin. Er ist ein erfahrener Soldat. Der alte Wolf hat noch keinen einzigen Kampf verloren, in den er aus freien Stücken geritten ist. Was glaubst du wohl, wie lange sie mich unbehelligt lassen würden, wenn ich zuließe, daß sie wieder auf die Beine kommen? Wie lange?«

»Sie werden dich vernichten, sobald sie können«, erkannte Elsbeth.

»Ja«, erwiderte Haakon ganz leise. »Weißt du, du hast die Wahrheit gesagt, als ich meinte, daß du mir gehörst, und du hast geantwortet: ›Im Augenblick‹.«

Elsbeth wandte sich von Haakon ab und spähte über das Fußende des Bettes. Die Kinder schliefen noch immer friedlich.

»Nein«, wehrte sie ab. »Du verstehst nicht; du gehörst nicht zu meinem Volk. Diese Frage wird nicht gestellt und nicht beantwortet … nicht vor Ablauf einer gewissen Zeit. Es ist etwas sehr Ernstes.«

»Das will ich dir gerne glauben«, entgegnete Haakon. Gedankenverloren sah er zu ihr hoch, wie sie da saß, nackt, das lange Haar über ihre Schultern fließend, das Gesicht vom Kerzenlicht in Schatten getaucht. Sie erinnerte ihn an jemand oder etwas, das sehr lange her war. Und dann fiel es ihm ein. Seine Schwester.

Sie war ihm Schwester und Mutter zugleich gewesen. Sie hatte ihm zusammen mit ihrem ersten Kind die Brust gegeben, weil seine Mutter gestorben war. Er erinnerte sich wieder. Als er längst alt genug war, um auf eigenen Beinen umherzuschwanken und feste Nahrung zu sich zu nehmen, pflegte er sich noch an ihre Knie zu klammern und sie zu bitten, ihn an ihrer Brust saugen zu lassen, und sie hatte ihn lachend willkommen geheißen. Sowohl die Erinnerung als auch die Ähnlichkeit waren so lebhaft, daß er beinahe einen Tropfen Milch auf der Spitze von Elsbeths Brustwarze zittern sah. Er zog sie zu sich herunter, nahm ihre Brustwarze in den Mund und saugte zärtlich daran, so wie ein Kind es tun würde.

»Ach, Gott«, flüsterte Elsbeth, während sie ihre Hände in seinem rauhen, dunklen Haar vergrub und ihn an sich preßte. »Alles vor dir war wie Schlafwandeln; alles nach dir wird wie Schatten sein. Ach, Gott, warum hast du mir das Leben geschenkt, um es so bald wieder enden zu lassen?«

Haakon löste sich von ihr. Elsbeth konnte fühlen, wie sein Körper zitterte. Rasch erhob sie sich und eilte von ihm fort, um sich ein neues Gewand anstelle des zerrissenen zu besorgen.

»Niemals, niemals, niemals«, flüsterte Haakon wieder und wieder, als er sich aufrichtete und seine Kleidung zu richten begann. Er bückte sich, hob seinen Samtumhang auf und schlang ihn um seine Schultern.

Elsbeth hielt vor der offenen Kleidertruhe inne. Sie preßte das zerrissene Gewand an ihre Brust, eine nackte Frau aus Elfenbein und Schatten. »Haakon«, sagte sie mit einer Stimme so sanft wie Distelwolle, aber einem Unterton von blankem Stahl darin. »Enttäusch mich nicht.«

Ihre Blicke trafen, verflochten sich. Eisig der seine, erfüllt von einer schmerzlichen, bitteren Erinnerung; hart und ausdruckslos der ihre, und voller Schrecken.

»Ich werde die Stadt erobern«, erklärte er, »und meine Feinde erschlagen oder bei dem Versuch umkommen.« Dann verschwand er in einem Wirbel von scharlachrotem und goldenem Samt.

KAPITEL 7

Godwin wachte spät auf. Sein Zimmer lag neben dem von Elin und Owen. Sie hatten es geschafft, ihn mehrmals im Verlauf der Nacht zu wecken. Nach jeder Störung hatte Godwin sich ziemlich lange herumgewälzt und hin und her geworfen, bevor er wieder einschlafen konnte.

Er wußte, daß er neidisch war. Enar, dieser verfluchte großmäulige Bastard, hatte recht gehabt. Es war lange her, daß er bei einer Frau gelegen hatte, und der Mangel an weiblicher Gesellschaft machte ihn reizbar. Er dachte an die Damen der Witwe, verwarf den Gedanken jedoch wieder.

Obwohl niemand im Haushalt davon wußte und er die Geschichte auch nie erzählen würde, hatte er eine Zeitlang als Sklave leben müssen. Er hatte fliehen, zu seinem Volk zurückkehren und seinen früheren Rang wieder einnehmen können. Aber die Damen der Witwe waren Sklavinnen, und er wußte aus eigener, nahezu unerträglich bitterer Erfahrung, wie ohnmächtig die meisten Sklaven waren und wie grausam sie behandelt wurden.

Rosamunde hatte auch der Witwe gehört. Elin hatte sie befreit, und jetzt war das Kind viel glücklicher. Aber sie hatte Jahre in der reinsten Hölle zugebracht, und wer konnte wissen, welche Narben das in ihrer Seele hinterlassen hatte. Er hatte stets jene Kirchenmänner verabscheut, welche diese armen, schwachen jungen Mädchen verdammten, die ein solches Leben zu führen gezwungen waren. Viele von ihnen, dessen war er gewiß, waren eigentlich dazu erzogen worden, dieses Leben für ehrlos zu halten. Er hatte noch nie eine von ihnen für das verurteilt, was sie tun mußte, um zu überleben.

Er dachte an Rosamunde und merkte, daß ihm sehr unbehaglich zumute wurde. Ja, er stand sogar auf, glättete Laken und Dekken und boxte so lange auf sein Kopfkissen ein, bis es sich ergab, bevor er wieder ins Bett kroch und sich den strengen Befehl erteilte, auf der Stelle einzuschlafen.

Just in diesem Augenblick mußte eines der verheirateten Paare, welche die Schlafgemächer im ersten Stock mit ihm teilten, zu japsen und zu stöhnen beginnen.

Godwin fluchte. Er war sich ziemlich sicher, daß die Japser und Stöhner ihn hörten, aber es schien sie nicht im geringsten zu stören. Es gab ziemlich viele Paare im Haushalt. Elin und Owen, Enar und Ingund, Ranulf und Elfwine. Ganz zu schweigen von Gowen und welcher Dame auch immer, die er aus der Schenke für die Nacht herübergebeten haben mochte. Godwin war sich darüber im klaren, daß seine Aussichten auf dauerhaften Frieden gleich null waren. Also stopfte er sich das Kissen über den Kopf und ergab sich dem Schicksal einer schlaflosen Nacht.

Und wachte natürlich eine beträchtliche Zeitspanne nach dem Morgengrauen auf, den Kopf am Fußende, die Füße auf dem Kopfkissen und das Hinterteil aus den Decken herausgerutscht. Das war es, was ihn geweckt hatte. Er fror sich buchstäblich den Arsch ab. In dem Zimmer war es eiskalt und strahlend hell, und er war sich sicher, daß der übrige Haushalt längst aufgestanden war und die üblichen morgendlichen Possen aufführte.

Er kleidete sich an und ging nach unten. Ingund sah ihn kommen und begann sein Frühstück zuzubereiten. Kurz nachdem er sich hingesetzt hatte, knallte sie einen Teller vor ihm auf den Tisch. Die beiden pochierten Eier in ihrer Schüssel und das gebutterte Brot hüpften mehrere Zoll hoch in die Luft. Godwin zuckte zusammen.

Sie trug den Helm mit den Eberhauern und eine von Enars Wurfäxten im Gürtel. Godwin hatte Berserkerangriffen, Attacken jeder beliebigen Anzahl bewaffneter Männer, Kälte, Hunger, Seuchen, Kampfverletzungen und dem Tod ins Auge geblickt. Für gewöhnlich bestand er jede Prüfung siegreich, manchmal blutend, aber immer ungebeugt. Und dennoch ließ er sich regelmäßig vom Koch einschüchtern. Er oder sie hatte schließlich Gewalt über seinen Magen, das einzige Organ in seinem Körper, das er verzärtelte.

Das einzige Organ, das ihm zuweilen schmerzhafte Probleme bereitete.

»Ingund«, flehte er, »bitte.«

»Keine Angst«, erwiderte sie grimmig, »sie sind genau so, wie Ihr sie mögt. Die Eier in Wein pochiert und mit Kerbel gewürzt. Helles Brot und ein winziges Stück Wurst mit Salbei dazu.«

Er tunkte seinen Löffel in die Eier. »Aaaah«, seufzte er, »Ingund, du bist unvergleichlich.«

Alfric kam durch die auf den Platz gehende Vordertür herein. Begleitet wurde er von einem müden Reisenden. Der Mann war mittleren Alters; seine Kleidung und Schuhe waren mit einer dikken Schicht aus Schmutz und Staub bedeckt. Das Haar des Fremden war angegraut, sein hageres Gesicht von Erschöpfung gezeichnet.

Ingund war eine gute Frau. Sie und Alfric drängten den Mann an den Tisch und ließen ihn gegenüber von Godwin Platz nehmen. Ingund holte dem Fremden rasch etwas zu essen. Brot, Haferbrei, Wein und noch ein bißchen von der Wurst, die Godwin gerade aß.

»Danke«, murmelte der Fremde mit vollem Mund. Er verschlang das Essen. »Ich habe mich seit Wochen nicht mehr satt gegessen.«

»Immer mit der Ruhe«, riet Ingund ihm. »Eßt nicht zu schnell, davon wird Euch nur schlecht.«

Godwin drehte sich zu Alfric um und warf ihm einen fragenden Blick zu.

Alfric kam in Owens Haushalt einem Verwalter noch am nächsten, nachdem Ranulf seine Stellung aufgegeben hatte, um Krieger zu werden. Er war ein Wandermönch, der zu einem schon vor langer Zeit durch Wikingerüberfälle zerstörten irischen Kloster gehörte.

Judith hatte ihn eines Tages am Hafen sitzend gefunden. Zu jener Zeit fiel ein leichter Nieselregen. Er nannte einen kleinen Rucksack mit ein paar Leinensachen und einige wenige härene Kutten sein eigen. Und er hatte eine große, mit Büchern gefüllte

Kiste. Judith warf die Hände hoch. Alfric kannte sie nicht, den Typ Mensch aber schon. Sie tauchten häufig am Tisch ihres Vaters auf. Einige nannten sich Rabbi, da sie und ihr Vater Juden waren. Aber manchmal waren die Besucher auch Christen. Jedenfalls zeigten sie genausowenig Interesse daran, ihren Vater zu bekehren, wie die Rabbis dies taten.

Statt dessen saßen sie bei Kerzenlicht bis in die frühen Morgenstunden beisammen und erörterten so wichtige praktische Dinge wie die Frage, wie alt die Welt sei, ob Noah auch Gänse und Enten in die Arche schaffen mußte oder ob sie die Sintflut aus eigener Kraft überstehen durften, wie viele Sprachen beim Turmbau zu Babel gesprochen wurden, wie weit Mond und Sterne von der Erde entfernt seien und ob die Erde rund oder flach sei.

Judith hatte Alfric ein starkes alkoholhaltiges Getränk eingeflößt – er hatte sich im Regen völlig verkühlt – und ihn vor das Herdfeuer in der Küche gesetzt. Am nächsten Tag fand Alfric sich in Owens Halle wieder und wurde Zeuge einer heftigen Auseinandersetzung zwischen den städtischen Autoritäten, ob man den Wikingern Widerstand leisten solle oder nicht. Am Ende setzte sich Owens Standpunkt durch, und Alfric übernahm seine verwaiste Kanzlei.

Er war wesentlich besser für diese Aufgabe geeignet als Ranulf. Man hatte Owen sagen hören, Ranulf würde beim Addieren einer Zahlenreihe nie zweimal zu demselben Ergebnis gelangen. Godwin wunderte sich ein wenig darüber, denn, um ehrlich zu sein, er hätte Ranulf nicht einmal zugetraut, zwei Zahlen, geschweige denn eine ganze Reihe von ihnen, zusammenzuzählen und zum richtigen Ergebnis zu kommen. Ranulf hatte viele Vorzüge, aber Godwin war ziemlich überzeugt davon, daß die Arithmetik ein Buch mit sieben Siegeln für ihn war.

Was Alfric betraf, so war Godwin mit seinen rastlosen Landsmännern wohl vertraut. Er wußte, daß die meisten Päpste es schafften, sie hin und wieder mit einem Bann zu belegen, und daß der große Klostergründer Benedikt sie geringschätzte. Doch was ihn, Godwin, anbelangte, so war er noch nie einem von ihnen begegnet, der nicht klug, tolerant und einfallsreich gewesen wäre. Und Alfric hatte bewiesen, daß er all diese Tugenden in überreichem Maße besaß.

Godwin aß seine Eier auf. Ingund machte sich mit dem Reisenden zu schaffen und bereitete ein Bad für ihn vor. Godwin folgte Alfric in sein winziges Kämmerchen in der Sakristei der Kathedrale.

Alfric hatte wie üblich ein Wachstäfelchen in der Hand und eine Feder hinter dem Ohr. Seine Tonsur entsprach eher römischem als irischem Vorbild: ein schmaler Haarkranz, der einen kahlrasierten Schädel umschloß. Er war klein, dunkeläugig und von schlankem, zierlichem Wuchs, nicht einmal fünf Fuß groß. Er sah von einem mächtigen Rechnungsbuch auf, als Godwin hereinkam.

»Was tut Ihr da?« verlangte Godwin zu wissen.

»Ich versuche ein paar Silberstücke aufzutreiben«, antwortete Alfric. »Ich habe einen für die Verteidigung der Stadt bestimmten Betrag beiseite gelegt, aber ich bin mir nicht sicher, ob dieses Problem überhaupt zum Tragen kommt.«

»Steht das Problem in irgendeinem Zusammenhang mit Enar?«

»Ja.« Alfric blickte erstaunt drein. »Woher wußtet Ihr das?«

Godwin zog sich einen zusammenklappbaren Feldstuhl aus der Ecke heran, öffnete ihn und setzte sich. »Ingund hat heute morgen fast meinen Frühstücksteller zerbrochen, und sie wandert bis an die Zähne bewaffnet durchs Haus, als wenn ein Angriff bevorstände. Erzählt es mir, bevor sie mein Mittagessen anbrennen läßt und ich vor Bauchschmerzen die ganze Nacht nicht schlafen kann.«

»Es scheint«, führte Alfric aus, »daß Osbert unzufrieden ist wegen des Maultiers. Er will damit vor Gericht gehen und Beschwerde vor dem Bischof führen.«

Godwin gab einen Knurrlaut von sich.

»Ich wußte, daß Ihr Euch darüber ärgern würdet«, fuhr Alfric fort. »Es sieht so aus, als behaupte Osbert, das Maultier sei ihm nach Eurer Expedition gegen Ulick lahmend zurückgegeben worden und befinde sich in einem Zustand äußerster Niedergeschlagenheit. Ich habe bei Osbert vorbeigeschaut. Das Maultier lahmt wirklich. Was seine Niedergeschlagenheit angeht, so vermag ich dazu, da ich kein Fachmann für den Gemütszustand von Maultieren bin, nichts zu sagen. Allerdings wirkt das Tier in der Tat unglücklich. Osbert behauptet, das Maultier sei Enar auf den Fuß getreten, Enar habe sich gerächt und die arme Kreatur zum Krüppel geschlagen. Osbert verlangt zehn Silberstücke.«

»Nein«, erklärte Godwin. »Maultiere sehen nie glücklich aus, und das ganze Vieh ist nicht mehr als zehn Silberstücke wert. Ich habe gesehen, was Enar gemacht hat. Es war reine Selbstverteidigung. Das Maultier mag eine Prellung haben, aber das heilt wieder. Gebt Osbert drei Silberstücke Schmerzensgeld für das Tier, und sagt ihm, mehr bekommt er nicht.«

Alfric nickte und machte sich eine Notiz auf seinem Wachstäfelchen. »So, und nun zu Enar. Was wollt Ihr mit ihm machen?«

Godwin zeigte alle seine Zähne. »Mehrere Dinge, wovon ich nichts vor einem Mann der Kirche und so nah am Altar Gottes aussprechen möchte. Was, im Namen des Höllenfürsten, ist mit Enar los?«

»Er behauptet ebenfalls, sich in einem melancholischen Gemütszustand zu befinden. Er hat einen geschwollenen Fuß und hat sich ins Bett gelegt –«

»In der Tat«, unterbrach Godwin ihn. »Da leistet er seine beste Arbeit. Umzingelt von Elin und Owen, Enar und Ingund, Ranulf und Elfwine und zu guter Letzt Gowen und Gott weiß wem, bin ich letzte Nacht kaum zum Schlafen gekommen. Sagt Enar, er soll den Mund halten, da ich Osbert bezahlt hätte; aus dem Bett rauskommen; seine unglückliche Frau trösten; und seine Trübsal in der Schenke ertränken – oder ich zerre den Bastard eigenhändig aus dem Bett und hänge ihn an den Daumen am Dachbalken auf! Habt Ihr gehört?«

»Godwin.« Alfric versuchte, Zeit zu gewinnen. »Ich denke, die ganze Stadt hat Euch gehört.«

Godwin beruhigte sich. »Erzählt mir von dem Reisenden.«

Nun war es an Alfric, sich zu wundern. »Woher wußtet Ihr das?«

»Er kam in Eurer Begleitung. Ich weiß, daß Ihr ihn in Osberts Haus getroffen haben müßt. Normalerweise hättet Ihr ihn Osberts Gastfreundschaft überlassen. Die Halle ist voll von Menschen, und ich glaube, im Stall haben wir noch eine ganze Familie.«

»Zwei, um genau zu sein«, berichtigte ihn Alfric. »Aber er erzählte mir, er habe einen Brief für Owen von Gestric, seinem Vater. Ich habe ihn gebeten, bis heute abend, wenn sich die meisten im Haushalt zurückgezogen haben, nichts darüber verlauten zu lassen.«

Godwin streckte die Beine aus und betrachtete die Spitzen seiner Stiefel. »Jesus«, murmelte er.

Alfric begann nach seiner Feder zu suchen und fand sie schließlich hinter seinem Ohr. Er nahm ein zusammengefaltetes Pergament mit ziemlich schmutzigem Siegelwachs vom Tisch. »Ich habe ihn hier, wenn Ihr ihn lesen wollt.«

»Nein.« Godwin winkte gleichgültig ab. »Ich weiß, was drinsteht. Seht, Alfric, niemand hat viel von dem Jungen erwartet, besonders nachdem er von Bertrand diese sechs Monate in völliger Abgeschiedenheit eingesperrt worden war. Wißt Ihr, wie lange es allein dauerte, bis Owen wieder ohne Licht allein in seinem Zimmer schlafen konnte? Er begann furchtbar zu schreien, sobald er im Dunkeln wach wurde.

Clothilde, Owens Mutter, hat mich hergeschickt. Sie hat mich dafür bezahlt, Owen aus der Stadt zu bringen, wenn es meiner Ansicht nach zu gefährlich für ihn werden sollte. Aber Owen hat uns alle überrascht. Er, Elin und ich konnten die Macht ergreifen. Elin und ich haben ihn unterstützt, aber er war die treibende Kraft; er hat die Macht der Kirche gegen die verderbte weltliche Macht in Gestalt von Graf Anton und Haakon ins Feld geführt. Er hat sich sowohl als Soldat als auch als Herrscher unerwartet brillant gezeigt. Er ist ein Trumpf für seine Familie. Gestric wird mit diesem Pfund wuchern wollen. Wer hätte gedacht, daß dieser stille, zurückhaltende Junge einem so gnadenlosen Schlächter wie Haakon die Stirn bieten würde! Aber er hat es getan und sich dazu gut geschlagen!«

»Elin hat viel zu diesem Erfolg beigetragen«, gab Alfric zu bedenken.

»Ja, aber Gestric wird das anders sehen. Er wird Owen mit der Familie einer seiner mächtigsten Vasallen verheiraten wollen. In Gestrics Augen ist Elin als Konkubine, aber nicht als Ehefrau tragbar. Er wird anführen, sie besitze keine Mitgift und keine verwandtschaftlichen Beziehungen. Er wird behaupten, Owen sei von Sinnen gewesen, ein solches Mädchen zur Frau zu nehmen. Und daß jegliche Vereinbarung zwischen ihnen weder durch das Gesetz noch durch die Religion gestützt werde, da kein Ehevertrag unterschrieben wurde und sie keine Sippe hat, um ihr Recht durchzusetzen.«

Alfric hielt das Pergamentpäckchen mit zwei Fingern fest und beäugte es eingehend von beiden Seiten. »Genau das steht hier«, sagte der kleine Mönch leise, »und zudem werden die Namen von zwei oder drei Familien erwähnt, die vom wachsenden Ruhm des jungen Bischofs vernommen haben und sich glücklich schätzen würden, sowohl ihre Töchter unter seinen Schutz zu stellen, als auch Männer und Geld zur Verteidigung der Stadt beizusteuern.«

»Erstaunlich«, merkte Godwin an, »und ich vermag nicht den leisesten Hinweis zu entdecken, daß sich jemand an den Siegeln zu schaffen gemacht hat.«

»Lenkt nicht vom Thema ab, Godwin. Ihr wißt, daß Elin eine sehr große Familie hat – eine Familie, die ich keinesfalls beleidigen würde. Und Elin mag nicht mit Reichtümern gesegnet sein, aber sie verfügt über andere, dunklere Gaben. Sie ist von all denen, die ich kenne, die Fähigste und Mächtigste. Elins Familie und ihre Gaben braucht er viel mehr als irgendeine alberne, behütete Erbtochter eines reichen Herrn, ganz gleich, wie viele Männer und wieviel Geld sie mitbringen mag.«

»Das ist Eure Meinung«, erklärte Godwin. »Ich weiß nicht, ob ich sie teile.«

»Nein?« Alfrics Augenbrauen zuckten in die Höhe.

»Nein!« Godwin erhob sich und ging zur Tür. »Ich werde meinen Standpunkt heute abend kundtun, nachdem er den Brief gelesen hat. Vielen Dank übrigens, daß Ihr die Verbreitung einer so aufsehenerregenden Neuigkeit verhindert habt. Meiner Verdauung wäre es sicher nicht zuträglich, mein Abendessen unter den Augen der halben Stadt einzunehmen, während Clea und ihre Freudenmädchen auf den Dachbalken herumturnen und Routrude auf meinem Schoß sitzt.«

Wie die Dinge lagen, blieb es in dieser Nacht ruhig in der Halle. Der Reisende entstieg dem Schwitzbad erfrischt und schon wesentlich ansehnlicher. Er hieß Wedo, obwohl er noch einen anderen, für die meisten Franken am Tisch unaussprechlichen bretonischen Namen hatte.

Enar überraschte Godwin damit, daß er die Sprache des Reisenden fließend beherrschte. Enar hatte schließlich aufstehen und ein wenig Nahrung zu sich nehmen können, zwei Pfund Fleisch, begleitet von Brot, verschiedenen Gemüsen und etwa einer Gallone Bier. Er übersetzte, als den Reisenden seine Kenntnisse der fremden Sprache verließen. Godwin, dem Enar ohnehin nichts rechtmachen konnte, hielt das für keine sonderlich glückliche Fügung, da die von Wedo überbrachte Botschaft kaum als frohe zu bezeichnen war.

Er kam aus Paris. Die meisten waren baß erstaunt, als sie dies hörten. Ingund schichtete das Feuer auf und stach ein Faß Met an. Anna verehrte Godwin ein Töpfchen mit eingemachten Walderdbeeren und einen halben Laib frischgebackenen Brotes.

Wedo mußte natürlich etwas weiter ausholen und erläutern, daß er in einem Familienunternehmen in Paris gearbeitet habe. Mit dem älteren Inhaber war er gut ausgekommen, aber er und der Sohn waren aneinandergeraten. Also hatte er sich auf den Weg in die Bretagne gemacht, um sich in das Fischereigeschäft seiner Brüder einzukaufen.

»Ich wußte, daß es in dieser Gegend schlecht stand, aber ich hatte keine Ahnung, wie schlecht. An der ganzen Küste wimmelt es nur so von Wikingern. Rouen ist in Rollos Hand. Man sagt, er habe seinen Hochsitz vor dem verwaisten Altar der Kathedrale errichtet. Seine Männer saufen und huren die Nacht in dem entweihten Gotteshaus durch.

Rollo nimmt dieselben Pachtzinsen, Abgaben und Zehntsteuern ein, die ehedem an die Kirche und das Königshaus gingen. Die Leute erzählen, es gebe eine Art Grafen in der Stadt, aber er beugt das Knie vor dem Nordmann, und die Menschen leisten ihm denselben Lehnseid, den sie einst ihren Herren und den Söhnen Karls des Großen geschworen haben.

Man kann ihnen das nicht zum Vorwurf machen, denn der große Schurke läßt denen, die das Land bestellen, wenigstens eine Krume Brot, ein paar Lumpen, um ihre Blöße zu bedecken, und schützt die Ehre ihrer Töchter.« Wedo griff nach seinem Becher. Er war leer. Fünf oder sechs Hände beeilten sich, ihn wieder zu füllen.

Godwin, der seine Walderdbeeren auf das frische Brot strich, befürchtete allmählich, der Narr werde noch bis morgen früh weiterreden. »Erzählt uns von Eurer Reise«, verlangte er.

Auf Wedos Zügen zeichnete sich nun etwas ganz anderes ab: ein Ausdruck blanker Erschöpfung. »Hmm, na ja, die Reise…« Seine Stimme verlor sich. Er sagte ein paar Sätze in seiner eigenen Sprache.

Enar übersetzte. »Er sagt, er hat wenig Lust, das alles noch einmal zu durchleben. Es war entsetzlich. Er dachte, er würde die Stadt nie erreichen. Er sagt, im Wald um die Stadt lagern Männer, und wenn er nicht von einer Gruppe von Köhlern gewarnt worden wäre, daß Reinalds Feste gefallen sei, wäre er möglicherweise Haakon geradewegs in die Arme gelaufen.«

»Die Reise«, beharrte Godwin.

Wedo zuckte die Schultern. »Wir brachen recht zuversichtlich in Paris auf. Wir waren sechs, eine ziemlich starke Reisegesellschaft, dachten wir: vier Kämpfer, ein fahrender Händler, der Waren aus einem Rucksack verkaufte, und ich. Zunächst schlugen wir sorglos unser Lager auf, zündeten ein Feuer an, ruhten uns am Straßenrand aus. Wir hätten gewarnt sein sollen, als wir an dem ersten Ort, wo wir hatten übernachten wollen, einer Benediktinerabtei, nur noch einen Haufen verkohlter Trümmer vorfanden. Sie war schon eine Weile verlassen, seit Mittsommer, würde ich schätzen.

In dieser Nacht waren wir nicht mehr ganz so verwegen. Feuer machten wir nur so lange, daß wir uns ein warmes Abendessen kochen konnten. Am nächsten Tag sahen wir Rauch am Himmel. Wir brauchten den Rest dieses und den Großteil des nächsten Tages, um die Stelle zu erreichen, von der der Rauch aufstieg.« An diesem Punkt seiner Erzählung verließen Wedo seine Sprachkenntnisse endgültig, und er verfiel in einen bretonischen Dialekt, den sogar Enar nur unter Mühe verstand.

Enar berichtete: »Die Gesellschaft mußte ungefähr fünfzig Köpfe gezählt haben. Vermutlich waren einige davon Frauen gewesen, aber zu dem Zeitpunkt, als sie dort eintrafen, konnte man das schon nicht mehr erkennen. Die Leichen wimmelten von Maden und waren schwarz vor Krähen. Sie hatten zwei Reisekutschen für die Frauen und vier Wagenladungen Proviant dabeigehabt. Die Kutschen und Wagen waren verbrannt worden; das hatte den Rauch verursacht.«

Godwin seufzte und schob Brot und Marmelade von sich weg. Nicht, daß die Erzählung seine Verdauung beeinträchtigte – er hatte schon Schlimmeres gehört und gesehen –, aber die furchtbare Vorhersehbarkeit der Geschichte entmutigte ihn.

Die Reisenden begriffen schnell, daß im Seinetal jede Art von Ordnung zusammengebrochen war. Es war ein wahres Niemandsland geworden. Jeden Tag sahen sie Rauchsäulen in den Himmel steigen, brennende Gehöfte, Landgüter, Klöster oder auch nur Lager irgendwelcher Geächteten. Sie fanden es nie heraus, da sie all diese Stätten mieden. Jede Nacht lagen sie in der Dunkelheit, wagten nicht, wie kalt oder naß es auch sein mochte, ein Feuer zu entzünden, und ernährten sich von Trockenfleisch, Käse und Brot.

Das einzig Erfreuliche an ihrer Reise war der Besuch bei Gestric und Clothilde gewesen. Sie und ein paar wenige andere wie zum Beispiel der Erzbischof von Reims waren Bollwerke gegen das allgemeine Chaos. Viele andere Lehnsherren und Kirchenmänner flohen dagegen und überließen ihre Pächter, ob frei oder leibeigen, den Plünderern. Diese begannen die hilflose Landbevölkerung bereits als ihr Eigentum zu betrachten, das sie entweder rücksichtslos auspreßten oder einfach wie eine etwas kostspieligere Art von Vieh behandelten, das man zusammentreiben, auf Schiffe verfrachten und als Sklaven verkaufen konnte.

Die übrigen Reisenden waren bei Gestric geblieben. Nur Wedo schlug sich weiter durch, in der Hoffnung, in der Bretagne würde es vielleicht besser aussehen, da dort nun Alan der Große herrschte, der in jüngster Zeit zumindest einen Teil der Bretagne von den Wikingerhorden gesäubert hatte. Aufgrund der Warnung der Köhler hatte sich Wedo der Stadt mit größtmöglicher Vorsicht und Verstohlenheit genähert.

»Ihr sagtet, sie hätten uns eingeschlossen und überall im Wald ihre Lager?« fragte Ranulf.

Wedo nickte. »Es war sehr schwer, unbemerkt zu bleiben, aber ich hatte das Glück, den einbeinigen Ritter, Denis, und eine Streife von Bogenschützen auf der Straße zu treffen. Sie geleiteten mich sicher in die Stadt.«

Da wandte Ranulf sich Godwin zu. »Was hat es uns eingebracht, Ulick zu töten? Es kann sowieso niemand die Ernte einfahren.«

Godwin hatte ein paar Nüsse aufgetan. Er knackte die eine Walnuß mit einer anderen auf. »Geh ins Bett, Ranulf.« Er saß am einen Tischende, Owen am anderen. Ihre Blicke trafen sich. In der Halle war es still. Keiner schien einen anderen ansehen zu wollen.

Ranulf schaute verwirrt um sich. »Aber...«

»Ranulf«, sagte Denis, »hilf mir hoch. Mein Bein ist abgeschnallt. Wir sollten tun, was Godwin sagt. Ins Bett gehen.«

Wedo schwankte auf seinem Platz. Met oder schlichte Erschöpfung, Godwin war sich nicht sicher, aber Ingund versetzte Enar einen spielerischen Fausthieb aufs Ohr, um dann Wedo ins Bett zu helfen. Die übrigen mit Ausnahme von Owen, Godwin, Enar und Alfric verließen ebenfalls die Halle.

Als sie gegangen waren, stand Alfric auf und überreichte Owen den Brief.

Er erhob sich von seinem Platz und blickte erstaunt auf den Brief.

»Wedo ist ein braver Mann und hat getan, worum ich ihn bat«, erklärte Alfric. »Ich war der Meinung, Ihr solltet dies hier nur im Kreis Eurer engsten Berater lesen.« Er wandte sich Godwin zu. »Ihr kennt meine Meinung, aber ich kann auch Euren Standpunkt verstehen. Vielleicht habt Ihr recht. Wir sind wohl so weit gekommen, wie es uns ohne Hilfe von außen möglich war.« Dann verließ er sie, um sich zu Bett zu begeben.

Owen öffnete den Brief. Er strich das Pergament auf seinen Knien glatt und begann beim Schein des Feuers zu lesen. Bei der ersten Seite lächelte er. »Nun«, gab er Auskunft, »zwei ältere Verwandte sind gestorben. Einige Leute, an deren Namen ich mich nicht mehr so recht erinnern kann, haben mehrere Kinder bekommen. Clothilde macht noch immer ihr rechtes Knie zu schaffen. Sag mal«, fragte er Godwin, »ist sie eigentlich älter als mein Vater?«

Godwin nickte. »Ein paar Jahre.«

»Wie seltsam«, sinnierte Owen. »Irgendwie ist mir bei ihr nie der Gedanke gekommen, sie könne älter werden. Sie war immer nur … meine Mutter. Im Brief heißt es, sie könne noch leidlich gehen, aber in der Kirche nicht mehr knien.«

»Ich glaube nicht, daß das Knien, selbst vor Gott, je eine von Clothildes Lieblingsbeschäftigungen war«, wandte Godwin ein.

Dann kam Owen zur zweiten Seite des Briefs. Plötzlich knüllte er ihn in der Faust zusammen, fast als wolle er ihn in die Flammen werfen. Dann jedoch erhob er sich, glättete das Pergament und las weiter, ganz langsam und bedächtig, während er das Sendschreiben nah ans Feuer hielt, wo die besten Lichtverhältnisse herrschten. Schließlich faltete er beide Seiten sorgfältig wieder zusammen und steckte sie in sein Hemd.

Er drehte sich zu Godwin um. Ihre Blicke begegneten sich. Sie waren sich beide darüber im klaren, würden sie die Angelegenheit hier in der Halle erörtern, dann wäre es morgen das Stadtgespräch in der Schenke: ob Owen sich von Elin scheiden lassen, wen er in diesem Fall ehelichen und was Elin der neuen Braut antun würde, falls sie rachsüchtig wäre.

»Alles in allem ziemlich langweilig«, sagte Owen. Schwerfällig ließ er sich auf die Bank neben dem Tisch fallen und starrte in die Flammen. »Ich hatte gehofft, Haakon würde nach seiner Niederlage die Kontrolle über seine Männer verlieren und die meisten würden auf der Suche nach einer leichteren Beute abziehen.«

Godwin nickte. »Ich hatte gehofft, ein paar von ihnen, Abschaum, der sie sind, würden über ihn herfallen und diese Sorge für uns aus der Welt schaffen. Aber damit ist nicht zu rechnen.«

Enar lachte und wischte sich den Schnurrbart aus Bierschaum von der Oberlippe. »Ich habe nie daran geglaubt. Mir ist zu Ohren gekommen« – er warf Owen einen verschlagenen Blick zu –, »daß er sich mit einem seiner Unterführer gestritten hat und daß der Mann seine Leute genommen hat und abgesegelt ist, aber der Rest klebt an ihm wie die Fliegen am Aas. Und außerdem hat er einen schlaueren Mann als Ulick ausgeschickt, der sich im Wald herumtreiben und uns in der Stadt festnageln soll.«

»Wer ist es diesmal?« wollte Godwin wissen.

»Sein Neffe Tosi«, gab Enar zur Antwort.

»Verdammt!« knurrte Godwin. »Wer sagt das?«

Enar grinste und hob seinen Krug, als wolle er ihm zuprosten. »Ach, die unvergleichliche Routrude. Herr Godwin, hättet Ihr etwas über Ulick erfahren wollen, hättet Ihr nur Routrude fragen müssen. Aber das ist einer der Nachteile des hohen Adels. Einen großen Mann wie Euch wird man nicht in einer Schenke beim Armdrücken mit gewöhnlichen Männern wie mir antreffen. Und deshalb seid Ihr, den Göttern sei es geklagt, der Letzte, der etwas erfährt.«

Godwin wandte sich ab und sah Owen an. »Wie, zur Hölle, erträgst du ihn nur? Ich hätte ihn schon nach einer Woche Bekanntschaft an die Krähen verfüttert.«

»Enar«, ergriff Owen das Wort, »da du anscheinend so gut über

Haakon Bescheid weißt, klär mich doch bitte darüber auf, warum seine Männer nicht abziehen werden.«

Enar grinste. »Fragt Routrude.«

»Enar, möchtest du dein Bett wieder im Stall aufschlagen?« fragte Owen.

Godwin lachte.

Enar seufzte. »Nein, Herr.«

»Schön«, freute sich Owen. »Dann beantworte meine Frage.«

Enar leerte den Bierkrug, und sein Adamsapfel machte Überstunden, bis er ihn wieder absetzte. »In meiner Jugend, wenn der Priester uns erzählte, wie die Welt erschaffen wurde –«

»Das war wohl kaum ein christlicher Priester, vermute ich«, unterbrach ihn Godwin.

»Ich habe nie begriffen«, entgegnete Enar liebenswürdig, »warum die Christen so unchristlich stolz darauf sind, Christen zu sein.«

»Es ist die Religion aller zivilisierten Menschen«, antwortete Godwin.

»In der Tat«, sagte Enar. »Er ist ein sehr bequemer Gott. Man muß Ihn nur eine kurze Weile am Sonntag ehren; den Rest der Woche könnt ihr durch die Welt laufen und so viel Unheil anrichten, daß selbst die armen Heiden nicht mitkommen.«

»Enar«, sagte Owen scharf. »Bett. Stall. Komm zur Sache.«

»Wie ich bereits sagte«, fuhr Enar mit einem überlegenen Blick in Owens Richtung fort. »In meiner Jugend, als die Priester uns erklärten, wie die Welt erschaffen wurde, sagten sie, sie bestehe aus Erde, Luft, Feuer und Wasser. Und sie sagten, wir würden uns stets an die vier erinnern, wenn wir nur an Frauen dächten. Der Geist der Luft und des Verlangens; rotes Gold, geboren im Hauch des Feuers; Silber, der kalte Gefährte des Wassers; und zu guter Letzt die schwarze Scholle, die liebe Erde selbst. Ich halte die schwarze Erde von den vieren für die stärkste. Und das ist es, was Männer am stärksten begehren.«

Godwin nickte. »Elsbeths Land«, sagte er.

»Ja«, bekräftigte Enar und sah Owen an. »Ich wette, Herr Christuspriester, unter denen, die ihrem Kriegsherrn folgen, sind nicht einmal ein Dutzend, die nicht hinter dem Pflug großgeworden sind. Auch ich träume vom Land, von hohem Weizen, der sich im Wind biegt, das schönste Gold der Welt. Im Schlaf tauche ich meine Lippen in klares, reines Wasser, süßer als alles Silber, das je gemünzt wurde, Nahrung für mein Land, meine Scholle. Und das Letzte und Beste von allem, die Frau, die an meinem Herd sitzt. Der, der diese Erde nimmt, gewinnt alles.«

Godwin hob die Hand und preßte seine Fingerspitzen kurz gegen den Nasenrücken zwischen den Brauen, bevor er die Hand wieder in den Schoß sinken ließ. »So sehr ich es auch verabscheue, einer Meinung mit dir zu sein, Sachse, ich denke, du hast recht. Nein, Haakon wird nicht abziehen. Nicht ohne einen noch härteren Kampf als den, den wir ihm schon geliefert haben.«

»Bald, sehr bald«, fuhr Enar fort. »Die Menschen, die sich in die Stadt geflüchtet haben, müssen wieder hinaus und die Wintersaat ausbringen. Glaubt Ihr, Haakon wird das zulassen?«

»Nein«, gab Godwin zurück. »Das wird er nicht. Ich denke, bis dahin wird er für einen zweiten Angriff auf die Stadt bereit sein. Er wird Tod und Verderben säen. Er wird seine Männer in den Feldern zusammenziehen, ein Katapult bauen und Feuer auf uns regnen lassen. Und wir werden verdammt nichts dagegen tun können.«

Owen wandte den Blick ab und starrte in die Dunkelheit.

»Ich glaube, daß Haakon genau das tun wird, was ich soeben gesagt habe, weil ich dasselbe täte, wenn ich in seiner Haut stekken würde. Diesem Hurensohn Haakon kann man viel nachsagen, aber« – er sah rasch zu Owen hinüber und suchte seinen Blick – »keiner von uns hat Grund zu der Annahme, daß er dumm ist. Wäre er es doch nur. Und solange er seine Streitkraft durch das Versprechen von Elsbeths Ländereien bei der Stange halten kann, so lange wird er, so oder so, für uns eine Bedrohung darstellen.«

Owen runzelte die Stirn und legte seine Finger zu einem Dreieck zusammen. »Du bist ein hervorragender Stratege –«

»Laß die Schmeichelei«, brummte Godwin. »Ich verstehe mehr als die meisten von der Kunst der Schlächterei. Komm auf den Punkt.«

»Wie viele Männer würden wir brauchen, um Haakon in offener Feldschlacht gegenübertreten zu können?« fragte Owen.

»Ungefähr zweihundert«, beschied ihn Godwin.

»Wie viele haben wir?« wollte Enar wissen.

»Etwa fünfundsiebzig«, antwortete Godwin.

»In der Stadt gibt es viele starke Männer«, wandte Enar ein. »Sie haben die Wälle verteidigt.«

»Eine Festung zu verteidigen ist eine Sache«, sagte Godwin. »Sein Leben auf dem Schlachtfeld gegen kampferprobte Soldaten zu wagen eine andere. Dafür brauchst du Truppen mit vergleichbarer Ausbildung und Erfahrung. Ich würde die Bürger nicht gegen Haakons Wikinger in die Schlacht führen. Es würde ein Blutbad werden.«

»Mit hundert Männern mehr würden wir also gewinnen?« fragte Owen.

»Nein«, gab Godwin zurück. »Ich habe nie behauptet, wir würden gewinnen. Aber wir würden nicht verlieren. Wenn diese Söhne Odins mit blutigen Nasen vom Schlachtfeld abziehen und nicht so weit zählen können, wie sie Tote haben, dann werden sie nicht mehr wiederkommen. Bitte bedenke: Obgleich das Volk von Paris es als Niederlage betrachtete, als sein König es verriet und der Wikingerflotte gestattete, an der Stadt vorbeizusegeln und Burgund zu plündern, so hat es doch völlige Freiheit vom wikingischen Joch erlangt. Kein Häuptling, wie mächtig er auch sein mag, hat es seitdem gewagt, in Richtung Paris zu schielen. Sie wissen, daß es zu kostspielig wäre, sich noch einmal dem Zorn seiner Bürger auszusetzen.«

Godwin wandte sich um und streckte langsam die Hand nach Owen aus, die Finger zur Faust geballt. »Gib mir hundert Mann mehr, Owen, und ich lehre Haakon Furcht vor Gott und dem Teufel zugleich. Aber ohne diese Männer, nun…«

Er ließ den Satz unvollendet und drehte sich wieder herum, um in die Flammen zu blicken, die um die im Herd aufgeschichteten Holzscheite tanzten und züngelten.

Auch Owen fuhr fort, unter brütendem Schweigen in die gelbgoldenen Flammen zu starren. Enar, der sich neben das Feuer gehockt hatte, sah fragend zu Owen hoch. »Was werdet Ihr tun, Herr Christuspriester?« fragte er.

Owen berührte den Brief, der in seinem Gürtel steckte, direkt auf der nackten Haut. Das Pergament knisterte. »Ich denke, ich werde es für mich behalten. Die schätzenswerte Routrude weiß schon zuviel. Hier gibt es bei weitem zu viele Ohren.«

»Ja«, pflichtete Godwin ihm bei. »Und alle hängen sie an flinken Zungen, die jede Neuigkeit innerhalb kürzester Frist von den Dächern pfeifen. Ich sehe eine der Schlimmsten vor mir«, sagte er mit einem Seitenblick auf Enar. »Diese Gespräche mit Routrude laufen nicht nur in eine Richtung. Ich könnte mir vorstellen, daß Haakon bestens darüber Bescheid weiß, welcher Bürger wann der nächtlichen Kälte trotzt, um auf den Abort zu gehen, wer sprudelt und wer pißt, ob mit dem Wind oder gegen den Wind. Und jetzt geh nach oben und tröste deine geduldige Frau, damit sie nicht in Versuchung gerät, ihren stachelgespickten Streitkolben an deinem Schädel auszuprobieren.«

Enar wirkte eingeschnappt. »Ich weiß, daß Ingund eine gefährliche Frau ist, und manche sagen, es sei wider die Natur. Aber für mich ist ihre Stärke gut, denn sie ergänzt meine eigene.

Ich nahm das Schwert«, fuhr Enar fort, »nicht erst mit sieben, sondern in dem Moment, als ich aus dem Mutterleib glitt. Meine Mutter trug mich vom Geburtsstuhl zur Wand, und bevor meine Lippen ihre Brust berührten, berührte meine Hand Stahl. Als ich alt genug war, um stehen und gehen zu können, schickte sie mich zu einer Herrin der Wälder; meine Aufgabe bestand darin, jegliche Kunst zu erlernen, mittels derer kalter Stahl warmes Blut trinkt. Und als ich meine Lehrerin durch meinen ersten Totschlag zufriedengestellt hatte, legte sie sich zu mir und lehrte mich die Kunst des Mannseins. In der Morgendämmerung nach einer Nacht des Lustkampfes drückte die Hexe mir ihr Siegel auf, ein Geas. Ihr Versprechen lautete, nie werde meine Axt ihr Ziel verfehlen, solange es menschlich sei. Und wie Ihr wißt, Godwin, verfehle ich es nie. Sie hatte, wie Ingund, rotes Haar. Immer habe ich Frauen mit solchem Haar geliebt, und ich werde immer an sie denken. Ihr seht also, daß ich Euch weder in Mut noch in Erfahrung nachstehe. Man hat mich nicht dazu erzogen, einem Kampf aus dem Weg zu gehen.«

»Sachse«, schnurrte Godwin. »Ich finde dich amüsant, ärgerlich und gefährlich, und ich habe heute nacht keine Lust, herauszufinden, wie gefährlich. Bist du jetzt zufrieden?«

Enar trank sein Bier aus. Sogar jetzt, wo seine Nase im Krug steckte, beäugten er und Godwin sich wie zwei lauernde Wölfe.

»Enar«, sagte Owen, »geh zu Bett. Ich werde hier und jetzt nichts entscheiden.« Ganz kurz sprang etwas Warmes – Vertrauen und Freundschaft vielleicht – zwischen Enar und Owen auf.

Enar schoß Godwin einen boshaften Blick zu, dann sagte er: »Ja, das denke ich auch.« Er stellte den Bierkrug auf die Anrichte und schlenderte absichtlich langsam die Treppe hinauf.

»Er ist einer von ihnen«, meinte Godwin. »Einer aus Haakons verfluchter Brut. Das mußt du doch wissen.«

Owen gluckste. »Natürlich. Er ist der übelste Lügner in der gesamten Christenheit.«

»Meinst du damit den durchsichtigsten oder den verstocktesten?« fragte Godwin nach.

»Den durchsichtigsten«, antwortete Owen. »Er hat mir bei Frau Freyja selbst Treue geschworen.«

Godwin stöhnte und schlug die Hand vor die Augen. »Wie zum Teufel hast du es über dich gebracht, seinen Eid mit ungerührter Miene entgegenzunehmen?«

»Mein Rücken tat weh«, gab Owen zurück, »und er hatte mir gerade das Leben gerettet. Das trug nicht unerheblich dazu bei. Jetzt gehe ich wohl besser zu Elin. Ich habe sie bei Anna gelassen; sie wollten ein neues Kleid anprobieren, aber mittlerweile dürfte sie des Wartens müde sein.«

Nach seinem Weggang lehnte Godwin sich in seinen Stuhl zurück. Er mochte sich seine Gedanken machen über Elin und die Stadt, aber im Augenblick war er voll des guten Weins und hatte ein reichliches Abendessen im Bauch. Bald war er tief in einen wirklich hinreißenden Traum versunken, in dem eine üppige junge Frau eine nicht unbedeutende Rolle spielte. Sie ging ihm voller Begeisterung zur Hand, als er sie eins nach dem anderen aus ihren vielen Kleidern schälte.

Godwin war bei ihrem Hemd angelangt und voller Zuversicht, auch dies in Kürze zu entfernen, als ihn etwas in seinem Geist, das nie wirklich schlief, warnte. In der Halle hatte sich irgend etwas verändert. Unter dem Tisch winselte es, Ine oder wahrscheinlich einer der Hunde, der sich einen Flohbiß kratzte. Die Fackeln waren erloschen. Der Raum wurde nur noch vom Schein des Herdfeuers erhellt. Aber er wußte, daß er nicht allein war. Er konnte die Gegenwart eines anderen im Dunkeln spüren. Von irgendwo waren Augen auf ihn gerichtet.

»Wer beobachtet mich da?« brauste er auf. »Komm raus und zeig dich, sofort!«

Rosamunde huschte aus dem Schatten hervor und präsentierte sich ungefähr sechs Fuß vom Stuhl entfernt Godwins kritischen Blicken. Sie trug nur ein Hemd, das kaum ihre festen, schlanken Oberschenkel bedeckte. Sie schob sich das Haar, eine goldene Mähne, aus den Augen und blickte Godwin unverwandt an.

»Was hast du hier zu suchen?« knurrte er.

»Ich warte«, sie verdrehte die Augen zur Decke, »daß sie ins Bett gehen. Seht Ihr, ich weiß es immer genau«, beeilte sie sich fortzufahren. »Wolf der Kurze liegt flach auf dem Rücken und schnarcht durch seinen Schnurrbart, und Gowen rollt sich eng zusammen, die Hände um seine Eier.«

Die beiden in Frage stehenden Männer waren Godwins stärkste Ritter. Rosamunde teilte ihrer beider Bett, wenn Godwin auch insgeheim der Meinung war, daß Gowen wohl die älteren Rechte besaß. Gowen war ein zwischen sechs und sieben Fuß großes Etwas und brachte in unbekleidetem Zustand an die zweihundertsiebzig Pfund auf die Waage. Wenn er Rosamunde mit Wolf dem Kurzen teilte, geschah das nicht etwa, weil er ein großes Herz gehabt hätte. Er hatte nämlich kein Herz, sondern nur eine grenzenlose Gleichgültigkeit gegenüber allem und jedem, was nicht seinen persönlichen Zwecken diente. Für ihn war Rosamunde nichts als eine bequeme Einrichtung. Und, überlegte Godwin bei sich, wenn Rosamunde morgen sterben würde, würde er sie mit derselben Gleichgültigkeit ersetzen, die er seinem Nebenbuhler entgegenbrachte.

»Was kümmert es dich, ob sie schlafen?« fragte Godwin unwirsch.

»Wenn sie schlafen«, gab Rosamunde atemlos zur Antwort, »belästigen sie mich nicht. Und ich kann es immer daran erkennen, wie sie aussehen, wenn Wolf pfeift und Gowen klammert.«

»Ich weiß, ich weiß. Ich habe manches gemütliche Stündchen mit den beiden am Lagerfeuer verbracht.«

Rosamunde schielte wieder zur Decke hoch. »So wie Gowen sich anstellt, sollte man meinen, irgend jemand versuche ihm etwas zu klauen«, grollte sie.

»Kann man nie wissen«, versetzte Godwin mit völlig ungerührter Miene.

Rosamunde hob einen Fuß und kratzte sich damit an der Wade des anderen. Die Glöckchen an ihrem Fußkettchen bimmelten.

Godwin vergrub seine Nase in dem Weinpokal, damit er nicht sehen mußte, daß Rosamundes Zehen blau waren, und nicht daran denken, wie kalt es war.

Sie begann schnell vom einen auf den anderen Fuß zu treten, so daß ihre Fußkettchen klimperten.

»Hör mit dem Gebimmel auf! Wer hat dir überhaupt diese verdammten Dinger geschenkt?«

Rosamunde stemmte beide Füße fest auf den Boden und sah stirnrunzelnd auf ihre Zehen hinab. »Ich kann mich nicht mehr erinnern.«

»Aha«, meinte Godwin und trank noch einen Schluck Wein.

Rosamunde hob den Blick zu Godwin, und ein langsames Erröten stieg in ihre Wangen. »Ihr versucht mich zu beschämen«, warf sie ihm vor. »Ihr versucht mich zu beschämen, weil ich ... weil ich ... das tue. Was kümmert es Euch, was ich tue? Ich habe keine Verwandten, die für mich sorgen könnten. Also muß ich es selbst tun. Aber ich schäme mich nicht«, schloß sie trotzig.

»Rosamunde«, sagte Godwin in drohendem Tonfall, »du regst mich auf.«

Sie wich einen Schritt zurück. Bank und Tisch waren unmittelbar hinter ihr.

»Rosamunde«, befahl Godwin mit stahlharter Stimme. »Bleib, wo du bist, und rühr dich nicht vom Fleck.«

Sie erstarrte wie ein zu Tode erschreckter Vogel.

»Rosamunde«, fuhr Godwin in unverändertem Tonfall fort. »Fall nicht über die Bank und den Tisch hinter dir und weck den ganzen Haushalt auf.«

Sie drehte sich um und schaute hinter sich. »Oh, ich stand kurz davor, nicht wahr?«

»Ja«, meinte Godwin.

»Tut mir leid«, entschuldigte sich Rosamunde und näherte sich ihm wieder, indem sie die Füße vorsichtig über den Boden zog.

»Was machst du da?« fragte Godwin. »Bist du plötzlich zum Krüppel geworden?«

»Ich versuche nicht zu bimmeln«, klärte sie ihn in gekränktem Tonfall auf.

Godwin stellte den Weinbecher auf dem Boden ab und fuhr sich müde mit den Fingern über die Wangen. »Rosamunde, geh schlafen.«

»Aber«, wandte sie mit einem ängstlichen Blick in Richtung Decke ein. »Ich habe noch nicht –«

»Nimm mein Bett. Im Augenblick benütze ich es nicht. Laß mich nur noch zwei Stunden Schlaf bis zum Morgengrauen bekommen.«

Rosamunde wirkte überwältigt. »Oh, das könnte ich niemals. Wenn Anna mich je…«

»Wenn Anna dich entdeckt, sag ihr, du hättest meine Erlaubnis.«

»Warum solltet Ihr mir Euer Bett überlassen?« wunderte sie sich. »Edgar sagt, Ihr wärt ein sehr kalter Mensch, der Wasser trinken und Schnee pinkeln könnte. Ich werde die Tür nicht verriegeln, so daß Ihr später raufkommen könnt und …«

Godwin knirschte mit den Zähnen. »Nein, schließ die Tür ab. Geh jetzt hoch und schlaf.«

»Aber …«, wollte sie einwenden.

»Rosamunde, was sagst du, wenn ich dir einen Befehl erteile?« fragte Godwin.

»Ja, Herr«, gab sich Rosamunde geschlagen.

»Fein«, seufzte er. »Üb diese Worte immer wieder, während du die Treppe hochgehst. Gehst, nicht rennst! Und fall nicht, ich wiederhole, fall nicht über irgendwelche Sachen.«

Rosamunde tat, wie geheißen. Mit beträchtlicher Beherrschung begab sie sich ganz ruhig zur Treppe, aber am unteren Absatz schaute sie noch einmal zu ihm zurück.

Der Basiliskenblick, den sie erntete, beschleunigte ihren Abgang.

Godwin kuschelte sich in seinen Umhang und döste ein. Zu seiner unverhohlenen Freude kehrte die Dame, von der er zuvor geträumt hatte, zurück, um seinen Traum zu beenden. Es störte ihn nur geringfügig, daß sie zwei klimpernde Fußkettchen trug.

KAPITEL 8

Eine neblige Dämmerung hüllte die Welt in weiße Schleier, als Owen und Elin an dem schlafenden Godwin vorbei auf den Platz hinausschlüpften. Vor langer Zeit war die Stadt um den Bischofspalast, die Kathedrale und die römische Festung oben auf dem Felsen herum entstanden. Elin sah zur Festung hinauf, zu den Rauchspuren an den Mauern, und erschauerte.

»Sie ist leer und eine Ruine«, sagte Owen, während er ihr Gesicht behutsam zu sich drehte. »Ich glaube nicht, daß irgend jemand oben gewesen ist, seit Gerlos sie in der Nacht seiner Flucht niedergebrannt hat.«

»Judith war da«, ließ Elin ihn wissen.

»Judith«, sagte Owen. »Die Gewaltige.«

Judith war in Abwesenheit ihres Vaters, eines Juden mit Namen Lollas der Wucherer, zu einer wahren Handelsmagnatin geworden, die ihre Finger in jedem geschäftlichen Tortenstück der Stadt hatte.

»Was hatte sie dort oben zu suchen?« erkundigte er sich.

»Sie hat mir ein Angebot für das noch verwertbare Bauholz unterbreitet, das sie dort bergen konnte«, gab Elin zur Antwort.

»Du hast doch nicht etwa angenommen?« fragte Owen bestürzt. Er mißtraute Judith nicht direkt, aber er traute ihr auch nicht. Theoretisch konnte Elin ohne seine Erlaubnis kein Geschäft abschließen. Aber Elin wußte – und Judith zweifellos auch –, daß er es nicht wagen würde, eine von Elin getroffene Vereinbarung zu widerrufen. Das wäre einer öffentlichen Demütigung gleichgekommen. Und ihre Gewalt über die Stadt war höchst prekär. Jeder offene Bruch zwischen ihnen konnte sich als gefährlich erweisen.

»Nein«, beruhigte Elin ihn. »Ich fand ihr Angebot zu niedrig und habe ihr das nicht verschwiegen. Sie hat genörgelt und gemeckert, dann hat sie lang und breit erzählt, daß sie teures Geld dafür bezahlen müßte, die Halle und die Wehrgänge auf den Mauern abreißen zu lassen. Und dann ist sie natürlich höher gegangen.«

Owen warf den Kopf zurück und lachte. Es klang in der leeren Straße eigenartig.

»Aber ich habe sie wissen lassen, ich müßte erst mit dir sprechen«, setzte Elin hinzu.

»Was hat sie geantwortet?«

»Sie rümpfte die Nase und sagte: ›Ehemänner sind ja manchmal so praktisch.‹«

Owen lachte erneut, leiser diesmal, und sah sich um. »Merkwürdig«, meinte er. »Heute morgen ist niemand unterwegs.«

Elin spreizte die Hände, die Innenseiten nach oben, und spähte in die wallenden weißen Schwaden um sie herum. Ein paar Tropfen Feuchtigkeit fielen auf ihre Handflächen. »Es ist der Nebel«, urteilte sie.

»Ja, das wird es wohl sein«, stimmte Owen ihr zu, während er die Blicke umherwandern ließ. Der Nebel verbarg alles. Die farbenfrohen Vorderseiten der Läden am Platz schimmerten schwach aus dem Dunst hervor wie Edelsteine, die man durch trübes Wasser erblickt. Die Kathedrale und das Haus des Bischofs hinter ihnen, das sie gerade verlassen hatten, waren in den dahintreibenden weißen Nebelschwaden schon kaum mehr zu sehen.

»Wie sind sie dahingekommen?« fragte Elin und zeigte zurück zur Kathedrale und zur Halle. »Wer hat sie erbaut?«

»Ich weiß es nicht«, gestand Owen. »Godwin hat mir erzählt, hier seien einst ein römisches Lager und der Sitz eines Magistraten gewesen. Die Kathedrale war eine Basilika, in der die Römer Gericht hielten. Das, was nun das Haus des Bischofs ist, war die Residenz des Magistraten. Nach dem Abzug der Römer wurde das Haus zerstört. Die Basilika stand noch, aber ohne Dach. Als die Franken das Tal erobert hatten und wieder Frieden eingekehrt war, haben Christen aus der Stadt das Gebäude instand gesetzt und in ein Gotteshaus umgewandelt. Die Halle ist neueren Datums, sie wurde zur Zeit Karls des Großen für den Bischof errichtet.«

»Karl der Große?« wunderte sich Elin. »Wie lange ist er schon tot, Owen?«

»Nicht einmal hundert Jahre«, wußte Owen. »Ich kann nicht sagen, ob Godwin recht hat, aber die Kellergewölbe in der Kirche und im Haus zeigen die Art von Mauerwerk, das die Römer bevorzugt haben. Und die Festung ebenfalls.«

Gemeinsam gingen sie weiter zu der römischen Mauer. Sie blieben bei den Granitsäulen stehen und schauten auf das Durcheinander verbrannter Häuser hinab, das sich bis zu der hölzernen Palisade erstreckte, die nun die Stadtmauer bildete.

Selbst durch den dichten Nebel konnte Elin erkennen, daß viele der zerstörten Häuser Zeltplanen über den Fundamenten hatten. Manche wurden eindeutig wiederaufgebaut. Sie legte ihren verschleierten Kopf auf Owens Schulter, und zusammen standen sie in der fremdartigen Morgenstille.

»Du weißt, was ich zu tun habe, nicht wahr?« fragte Owen.

»Ja«, sagte sie leise.

»Ich werde die Stadt heute nacht oder morgen verlassen. Godwin behauptet, mit hundert Mann mehr kann er Haakon dahin zurückschicken, woher er gekommen ist. Ich gehe, um weitere Krieger zu beschaffen. Du und Godwin müßt die Stadt bis zu meiner und Enars Rückkehr halten. Verkauf also das Holz aus der Festung, wenn du mußt.«

Elin lachte eine Spur zu schrill. »Was du nicht sagst, das Holz aus der Festung.«

»Elin«, flüsterte Owen. »Ich habe meine Entscheidung getroffen. Es gibt nichts mehr zu sagen – außer einem.« Sein Körper versteifte sich, und er wandte sich ab, um seinen Rücken gegen den Torpfosten zu lehnen. Elin entfernte sich ein paar Schritte von ihm und schaute auf die Kopfsteinstraße herunter, die zum Palisadentor führte.

»Und das wäre?« fragte sie. »Ich dachte, es wäre ganz einfach. Du willst deinen Vater und deine Brüder um Männer bitten, und sie werden sie dir schicken.«

»Nein. So einfach ist es nicht, und das weißt du«, widersprach

Owen. »Ich bin mir fast sicher, daß mein Vater seine Vasallen einberufen muß, um eine solche Streitmacht aufzustellen. Und das kann er nicht, ohne ihnen im Gegenzug auch etwas anzubieten.« Er gab ihr den Brief. Die erste Seite erheiterte sie ebenfalls, aber als sie zur zweiten kam, erstarrte sie zur Salzsäule.

Sie ist schön, dachte Owen. Wo ihr schwarzes Haar unter dem Haubenschleier hervorschaute, war es mit Tautröpfchen wie mit Edelsteinen besetzt. Es ließ ihre Haut mit der zarten Röte auf den Wangen hervortreten. Ihre Lippen waren leicht geöffnet.

»Du gehörst nicht dir selbst, Owen, nicht wahr?« fragte sie.

»Nein«, bestätigte er. »Zuallererst gehöre ich der Stadt, dann der Kirche, und wenn ich als Bittsteller in Gestrics Halle komme, werde ich ihm und meiner Mutter Clothilde gehören.«

»Und ganz zum Schluß deiner kleinen Ehefrau aus dem grünen Wald. Ja, ich kann sie schon fragen hören: Wer ist ihr Vater, wer ist ihre Mutter? Wann haben sie dir ihre Erlaubnis zu der Heirat erteilt? Und welchen Schatz in Gold und Juwelen hat sie als Mitgift in deine Halle gebracht?«

»Elin«, versuchte Owen sie zu beschwichtigen. »Ich kann nur mich selbst anbieten. Und das werde ich auch tun, wenn mir nichts anderes übrigbleibt.«

»Tu das, Owen«, sagte sie. »Wenn eine Heirat mit einer reichen Frau dir diese Männer einbringt, bitte. Ich werde mich in aller Stille davonstehlen, sobald ich ihren Namen erfahre. Weit werde ich davongehen mit meinem Volk, aber im Wald, wenn die Feuer zu jenem Fest entzündet werden, an dem die Toten freikommen, werde ich eine Strohpuppe aus der letzten Garbe fertigen und ihr ihren Namen geben.«

Elin machte eine Bewegung, als schleudere sie etwas fort. »Ins Feuer mit ihr. Wie eine in ihrer Blüte geschnittene Blume wird sie in deinem Bett verwelken, verdorren wie eine grüne Garbe, die nie die Ernte erlebt. Allein wirst du sein.«

»Das könntest du«, entgegnete Owen, »aber du würdest es nicht tun. Ich kenne dich. Du bist gerecht. Nie würdest du eine Unschuldige wegen etwas so Unbedeutendem wie einem Mann verfluchen.«

»Ich glaube, du kennst mich wirklich zu gut«, räumte sie ein. »Nein, ich würde es nicht tun. Und du wirst tun, was du tun mußt, um diese Männer zu bekommen.«

»Nebenbei bemerkt«, fuhr Owen fort. »Zwischen Lipp' und Kelches Rand schwebt der dunklen Mächte Hand. Es gibt viele verlobte Frauen, die noch nie die Tür zum Haus ihres Ehegatten gesehen haben, geschweige denn sein Bett.«

»Du würdest einen Handel eingehen, Owen, in der festen Absicht, ihn nicht einzuhalten? Dann gehörst du wirklich nicht mehr dir selbst.«

Owen wandte das Gesicht ab, als könne er es nicht mehr ertragen, sie weiter anzusehen. »Ich versuche dich zu warnen.«

»Ja«, meinte sie. »Aber ich könnte sie in der Halle töten, wenn es nicht unter meiner Würde wäre. Dazu hätte ich keine Magie nötig. Manch eine Konkubine hat der rechtmäßigen Frau den Platz im Ehebett gestohlen. Und ich weiß, daß ich ein Feuer in deinem Fleisch entzünde, das dich winseln läßt wie einen Hund. Ich müßte nur mit dem Finger winken, und du würdest ankommen – und dann, eines Nachts, ein Tropfen Gift in ihren Schlaftrunk, und das war's.«

»Ja«, entgegnete Owen mit geballten Fäusten. »Ja, das könntest du. Das ist wahr.«

»Ich sage dir noch etwas, was wahr ist, Owen. Ich würde daran ersticken, wenn ich auch nur einen einzigen Tag mit einer Lüge leben müßte. Wenn du also zu mir zurückkehrst, und dir ist auch nur ein Versprechen über die Lippen gekommen, werde ich gehen – und nie zurückkommen.«

»Selbst dann«, sagte Owen.

»Ja«, bekräftigte sie. »Selbst dann.«

»Dann muß es so geschehen«, sprach Owen. »Aber ich sage dir auch etwas, Elin: Selbst wenn ich mich versprechen und heiraten würde, ich würde dich zu mir zurückholen, Frau aus den Wäldern. Und die Herrin wird ihres Gatten beraubt sein, denn ich werde keine andere haben.«

Elin holte einmal tief und abgehackt Luft. Sie streckte eine

Hand aus und legte sie ihm auf die Brust. Er spürte, wie ihre Nägel sich durch sein Hemd in seine Brust bohrten. »Das hört sich an wie ein Fluch«, bemerkte sie.

»Fluch oder Segen, nimm es, wie du willst. Wir sind einander, was wir sind. Ich wäre mir nicht sicher, ob selbst der Tod uns von unseren Gelübden befreien würde. Und wärst du eine geringere Frau, als du es bist, hätte ich dir nicht erzählt, was ich zu tun beabsichtige. Ich wollte, daß du es weißt, damit du dich entsprechend verhalten kannst, wenn die Zeit kommt.«

Elin wich ein Stück von ihm zurück. Er sah gut aus. Sie fühlte es sogar in ihrer beinahe blinden Wut. Klein, nur wenige Zoll größer als sie, von schlankem Wuchs und dunkel, erinnerte er sie an den Wald, den sie so liebte. Die dunklen Schatten unter den Bäumen. Die klaren Tümpel, die nach der Gerbsäure schmeckten, die aus den braunen Blättern auf ihrem Grund entwich. Dann verblaßte ihre Wut, und Trauer trat an ihre Stelle. »Die Kirche verdammt die Leidenschaft und behauptet, sie führe nur zu Leid«, sinnierte sie. »Jetzt weiß ich, warum.«

»Besser Leid als Nichts«, versetzte Owen. »Besser Leid, als dich nie kennengelernt zu haben. Denn das hieße, nicht gelebt zu haben. Aber«, er packte sie am Handgelenk, »Godwin sagt, mit hundert Mann mehr können wir Haakon eine offene Feldschlacht liefern. Seine Macht brechen und die Belagerung ein für allemal aufheben. Elin, ich will dich nicht belügen.« Er zog an ihrem Handgelenk. Sie versteifte ihren Arm und knickte den Ellbogen ab. Er benützte ihren Widerstand, um sie näher an sich heranzuziehen. »Ein paar Monate können wir noch von den Vorräten in meinem Keller leben, aber länger nicht.« Er schüttelte ihren Arm. Sie hatte sich so steif gemacht, daß sie am ganzen Leib zitterte. »Sag mir, Elin, als du mich gebeten hast, Teil meines Kampfes werden zu dürfen, war es, um mich zu lehren, wie man aufgibt?«

Sie riß sich los. »Nein! Aber das tut langsam weh. Und erzähl mir keine Märchen, wie du dich um diese Heirat herumzudrücken gedenkst.«

»Das sind keine Märchen.« Er nahm sie in die Arme. »Bei den

großen Herren ist eine Heirat ein Vorwand für vieles. Dem Mädchen wird es nicht weh tun, wenn ich nicht mit ihr das Bett teile. Man läßt sich scheiden, bezahlt ihr etwas, und sie sucht sich schnell einen anderen, der besser zu ihr paßt.« Sein Kuß war verzehrend. In ihm schien die ganze Last seines einsamen Begehrens zu liegen, und sie wußte, daß er sich selbst etwas vormachte, damit er all seinen Mut zusammennehmen und sie verlassen und das tun konnte, was er tun mußte, um die Stadt zu retten.

Nein, dachte sie. Nein, ich werde dich niemals lehren, wie man aufgibt. Wie könnte ich das auch? Ich habe es selbst nie gelernt. Eher lege ich mich lebendig in mein Grab und lasse zu, daß sie mir Erde aufs Gesicht werfen, bevor ich mir oder dir, meiner großen, großen Liebe, erlaube, daß wir uns geschlagen geben. Zur Hölle mit Haakon! Und wenn es mich meine Liebe, meinen Frieden, meine Hoffnung kostet und mich in ewigen Kummer stürzt, ich – werde – siegen!

Ihr Kuß war nicht minder wild als der seine. Er trat zurück. Beiden wurde bewußt, daß sie nicht allein waren.

»Nun«, begann Elin leise. »Ich kann nicht behaupten, daß ich nicht von Anfang an gewußt hätte, wem du gehörst. Der Stadt.«

Sie blickte zum Tor hinunter und sah, daß der Nebel sich auflöste. Inzwischen konnte sie die Läden und Häuser erkennen, ja selbst ein paar Menschen, die sich um das Haus der Witwe und die Schenke herumtrieben. Und jenseits der Stadttore erhob sich eine feste Nebelwand.

»Komm«, drängte Owen. »In ein paar Minuten hat die Sonne den Nebel weggebrannt.«

»Psst«, machte Elin. Sie schaute angestrengt die abfallende Straße hinunter zum Palisadentor.

»Was ist?« fragte Owen.

»Kannst du es nicht hören?« flüsterte sie.

»Was?« meinte Owen verwirrt.

Aber Elin rannte schon die Straße zu den wenigen Armbrustschützen hinunter, die am Tor auf Wache standen.

»Schilde hoch!« rief sie. »Ihr steht unter Beschuß!«

Alan, einer von Godwins jüngeren Rittern, hastete aus einem Kellerloch. Eine Sekunde lang stand er da und gaffte sie an.

»Ihr Narren«, schrie sie noch lauter. »Ihr steht unter Beschuß!«

Der Pfeilhagel zischte wie ein tödlicher Regen aus der Nebelwand heraus. Ein Mann fiel mit durchbohrter Kehle, während ein anderer verdutzt auf einen in seinem Arm steckenden Pfeil starrte.

»Schießt!« brüllte Owen den jungen Armbrustschützen zu.

»Herr«, rief einer von ihnen. »Wir können nichts sehen.«

Ein Dutzend Armbrustbolzen flogen in den Nebel. Alan griff sich den jungen Mann, der noch immer entgeistert auf den Pfeil in seinem Arm glotzte. »Lauf und weck Godwin!« befahl er ihm. Der Mann flitzte die Straße hinauf.

Jetzt konnte auch Owen hören, was Elin gehört haben mußte, den Hufschlag von herangaloppierenden Pferden. Er konnte sich denken, was der Feind vorhatte. Sie griffen an, feuerten ihre Pfeile ab und flohen wieder, bevor die Armbrustschützen ihre Bolzen abschießen konnten.

Der in den Hals getroffene Mann lag auf dem Boden. Blut floß ihm aus Nase und Mund. Seine Fersen trommelten auf den festgestampften Lehm hinter der Palisade.

»Zur Mauer!« rief Owen aus voller Kehle. »Alle Mann zur Mauer!« Dann riß er den Schild des Gefallenen an sich und drehte sich zu Elin um. Sie hatte ihren Umhang zurückgeschlagen. In den Händen hielt sie eine Armbrust.

Ohne große Umstände nahm er ihr die Waffe weg, warf sie zu Boden und bedeckte sie mit dem Schild, gerade rechtzeitig für den nächsten Pfeilhagel. Er spürte das »Klang, klang«, als zwei Pfeile gegen den Schild prallten. Dann war Godwin an seiner Seite, dicht gefolgt von seinen vier Rittern.

Owen ließ den Blick an der Palisade entlanggleiten. So weit seine Sicht in dem Nebel reichte, war die Mauer von Männern besetzt, von denen die meisten Schilde und Speere trugen. Die Armbrustschützen luden ihre abgeschossenen Waffen, so schnell sie konnten, nach.

Godwin drehte sich zu Ranulf um, dem jüngsten und unerfahrensten seiner Ritter. »Lauf zurück in die Halle. Sichere alle Zugänge zur Stadt. Alarmiere Judith und die Männer am Fluß. Bewegung!« bellte er.

Elin ignorierte Owen, der fast auf ihr hockte. »Es können nicht viele sein«, flüsterte sie Godwin zu. »Wenn er einen heimlichen Angriff geplant hätte, hätte ich davon erfahren. Mein Volk hätte es mir mitgeteilt.«

Godwin nickte. »Bleibt unten«, ordnete er an. »Unter dem Schild Eures Gemahls.«

Elin stieß ein kurzes, scharfes Lachen aus, das eher wie ein Schnauben klang. »Ich bin hier unten sehr nützlich«, erklärte sie, während sie ihr Ohr an die Erde preßte. »Sie kommen zurück.«

»Armbrustschützen an die Wälle«, kommandierte Godwin. »Preßt eure Bäuche an das Holz. So können sie euch nicht treffen. Sie müssen über euch hinwegschießen. Wartet, bis sie ihren nächsten Pfeilhagel verschossen haben, dann feuert auf gut Glück.«

»Sie kommen!« schrie Elin.

Die Armbrustbolzen zischten durch die Luft. Elin hörte den lauten Schmerzensschrei eines Tiers. Erneut prasselte ein Pfeilhagel auf die Verteidiger am Tor ein. Dann waren sie fort.

Elin blieb am Boden liegen und horchte. »Ich glaube«, raunte sie, »sie ziehen sich zurück, reiten weg. Der Hufschlag wird von der gepflügten Erde gedämpft.«

Owen blieb kurz stehen und spähte in die undurchsichtige Brühe hinter der Palisade. Ihm war klar, warum die Angreifer abgezogen waren. Der Nebel löste sich auf, und mit jedem Moment konnte man ein Stück weiter durch ihn hindurchschauen.

Owen blickte sich um. Die gesamte Stadt schien an den Wällen zu sein. Zwei Frauen schluchzten über dem Leichnam des jungen Mannes, den der Pfeil in die Kehle getroffen hatte.

»Ich hoffe nur, er hat nicht mehr gemerkt, was ihn traf«, sagte Owen.

»Das glaube ich nicht«, murmelte Godwin. »Aber er konnte nichts dagegen tun, daß er an seinem eigenen Blut erstickte.«

Elfwine traf ein und gesellte sich zu den beiden Frauen, die heulend und jammernd über dem Toten knieten.

Godwin schauderte heftig. Routrude drückte ihm einen Becher Wein in die Hand. Godwin kostete und fand den Jahrgang besser, als er es von der Schenke erwartet hätte. Ihm fiel ein, daß er einmal damit gedroht hatte, Routrude aufzuhängen. Ich sollte, dachte er bei sich, mehrmals im Jahr damit drohen, sie aufzuhängen, wenn ein solches Ergebnis dabei herauskommt.

»Ach«, klagte Routrude mit einem Blick auf den Leichnam. »Armer junger Ricard. So ein feiner Mann. Er und seine Schwestern sind früh verwaist. Es ist eine Gnade des Himmels, daß seine Eltern das nicht mehr erleben müssen. Er war in jeglicher Hinsicht ein mustergültiger Mann. Er hat seinen Schwestern wohlhabende Ehemänner verschafft.«

Der Körper wurde auf eine Bahre gelegt. Elfwine kreischte erneut auf. Wolf der Kurze, auf seinen Speer gestützt, stand neben Godwin. Er nickte beifällig.

»Die beiden Damen, die ihn beweinen, sind seine Schwestern, nehme ich an?« erkundigte sich Godwin.

»Ja«, eröffnete ihm Routrude. »Elfwine ist eine gute Freundin von ihnen.«

Elfwines nächstes Aufheulen ließ Godwin das Blut in den Adern gefrieren.

»Sie erweist ihm viel Ehre«, stellte Wolf der Kurze fest.

»Möglich, daß es ihm gefällt«, meinte Godwin. »Ich würde lieber darauf verzichten.«

Jeder in Hörweite schaute zutiefst schockiert drein. Wolf der Kurze rollte mit den Augen und machte eine Geste gegen den bösen Blick. »Sag nicht so etwas. Sein Geist könnte noch in der Nähe sein. Er muß sehen, daß wir trauern.«

Der Leichnam wurde die Straße hinauf zur Kathedrale getragen. Elfwines Schreie verklangen in der Ferne. Godwin seufzte erleichtert und trank noch etwas Wein.

»Trotzdem muß ich sagen«, fuhr Routrude fort, »daß er sich einen ungünstigen Zeitpunkt zum Sterben ausgesucht hat. Bretwala ist überfällig.«

Sowohl Godwin als auch Owen war diese Bemerkung unverständlich. Ingund und Enar, die in der Nähe standen, ging es offenbar nicht so. Ingund trug ihren Helm mit den Eberhauern und den mit Stacheln besetzten Streitkolben über der Schulter. Enar war mit leinenen Unterhosen sowie einer Axt ausgestattet.

»Wie lange schon?« erkundigte sich Ingund.

»Zwei Wochen«, gab Routrude zur Antwort.

Elin hatte sich mittlerweile aufgerichtet und wieder schicklich in Umhang und Schleier gehüllt. »Ist sie sonst pünktlich?«

»Wie der Sonnenaufgang«, meinte Routrude.

»Schickt sie zu mir«, ordnete Elin an. »Wenn sich die Dinge weiter entwickeln, werde ich bei seinen Schwestern dafür eintreten, daß sie ihr einen Teil von Ricards Vermögen überlassen.«

»Das wäre nur gerecht«, bemerkte Routrude, während sie sich zum Gehen wandte.

»Was hatte das zu bedeuten?« wollte Godwin von Enar erfahren.

Enar grinste. »Es sieht so aus, als habe Ricard ein kleines Andenken hinterlassen, bevor er dem irdischen Jammertal Lebewohl gesagt hat.«

Godwin bemerkte, daß Routrude den Weinkrug dagelassen hatte. Enar hielt ihn in der Hand.

»Die Dinge bleiben einfach an deinen Fingern kleben, nicht wahr?« äußerte Godwin, als er ihm das Behältnis sanft, aber bestimmt entwand. Er füllte seinen Becher nach. »Erkläre es mir«, verlangte er. »Ohne lyrische Ergüsse.«

»Bretwala ist schwanger«, führte Elin aus. »Routrude weiß es.«

Godwin stöhnte auf.

Edgar, ein anderer seiner Ritter, stand in der Nähe. Er trug einen purpurroten, mit weißen Blumen bestickten Seidenüberwurf. Lippen und Wangen waren rot gefärbt, seine Augen beschattete eine dicke Paste aus Lampenruß und Fett. Die Schminke paßte zu seinem kurzen, krausen schwarzen Bart wie die Faust aufs Auge. Er stank nach Sandelholz und trug ein blankes Schwert. »Ich wüßte nur gerne«, sagte er, »was Haakon mit diesem Angriff erreichen wollte.«

»Eine lange Nacht gehabt, Edgar?« fragte Enar. »Ich habe Euch heute morgen gar nicht in der Halle gesehen.«

»Ich habe einen angenehmen Abend mit Freunden verbracht«, erwiderte er mit unerschütterlichem Gleichmut.

»Zweifellos als eins unter vielen Gliedern der Gänseblümchenkette«, merkte Enar spöttisch, aber mit gesenkter Stimme an.

Owen stieß ihm den Ellbogen zwischen die Rippen. Es war kein sanfter Stoß.

»Sachse«, knurrte Godwin. »Ich entdecke mit Vergnügen, daß du eine selbstmörderische Ader hast. Edgar ist ein hervorragender Schwertkämpfer. Ich selbst würde nicht gern gegen ihn ziehen.«

Enar bekam wieder Luft. »Daran sieht man, daß Ihr alt werdet.«

Godwin, der morgens nie die beste Laune hatte, wollte sich auf ihn stürzen. Genau in diesem Moment jaulte Enar auf und wirbelte herum. Ingund hielt ihn am Ohr fest und begann, ihn an diesem Körperteil in die Stadt hinauf zur Halle zurückzuführen.

»Komm«, forderte sie ihn auf. »Ich brauche mein Frühstück. Ich begreife nicht, wie du so alt geworden bist. Du bist der streitsüchtigste Mann, den ich kenne.« Und sie zog Enar mit festem Griff um sein Ohr mit sich.

Enar heulte. »Laß los. Ich bin stärker als du.«

»Geh mit deiner Frau zurück in die Halle«, befahl Owen ihm in scharfem Tonfall. »Und bereite ihr nicht noch mehr Schwierigkeiten!«

»Er sucht schon seit Wochen nach einer Schwachstelle in deinem Panzer«, erklärte Edgar selbstbewußt. »Wie ich sehe, hat er endlich eine gefunden.«

Godwin funkelte Edgar mit vor Wut geröteten Augen an.

»Ich bin, was ich bin«, sagte Edgar mit ruhiger Stimme. »Ich mache keine Ausflüchte, und ich entschuldige mich nicht. Mit Sicherheit nicht vor jemandem wie Enar.«

Die Wut wich aus Godwins Augen, und er richtete seinen mit Gold eingelegten Helm.

»Ich wüßte trotzdem gern«, fuhr Edgar fort, »was Haakon mit diesem Angriff erreichen wollte.«

Er hatte den Satz kaum beendet, als in Bodennähe geräuschvoll gegen das Tor gehämmert wurde und eine Stimme rief: »Meine Herren, liebe Leute, bitte laßt uns herein.«

Godwins Schwert fuhr noch im selben Augenblick aus der Scheide. »Wer seid ihr?«

»Wir sind vor den Nordmännern geflohen«, antwortete die Stimme unten vom Tor.

Als er einige Zeit später in der Halle stand, wurde Godwin klar, daß er, wie üblich, die Kontrolle über die Situation verloren hatte. Als die sechs Männer vor ihm durch das Tor getreten waren, hatte sich auch schon die gesamte Stadt in seinem Rücken eingefunden. Ihm war kaum etwas anderes übriggeblieben, als sie durch die Menge hindurch zur Halle hinaufzuführen. Und da waren sie jetzt. Godwin hätte sich gern ungestört mit ihnen unterhalten. Nicht mit ihrem Anführer, einem prächtig gekleideten Edelmann, sondern mit den fünf abgerissenen armen Teufeln, die ihm folgten.

Godwin hatte nie Schwierigkeiten gehabt, Leute dazu zu bewegen, ihm das zu erzählen, was er wissen wollte. Er war nicht besonders stolz auf die Fähigkeit, anderen Menschen Furcht einzuflößen. Er hatte das Gefühl, daß es ein schlechtes Licht auf seinen Charakter warf, aber nichtsdestotrotz war es manchmal nützlich.

Er war sich sicher, die fünf Begleiter des Edelmanns binnen fünf Minuten zum Singen bringen zu können wie einen Baum voller Vögel. Aber daran war nicht zu denken. Nicht vor der ganzen Stadt.

Aber, Herrgott, was sie für ein heruntergekommener Haufen waren! Alle außer einem waren alt und wirkten, als habe das Leben ihnen übel mitgespielt. Der fünfte war ein junger Mann, aber seine Augen waren die eines Menschen, der zuviel Grauen gesehen hatte. Ausdruckslos und ein bißchen verrückt.

Ganz anders der Edelmann, der sich soeben über Elins Hand neigte. »O liebliche Herrin«, sagte er zu ihr. »Die Herzlichkeit Eurer Gastfreundschaft wird nur von Eurer Schönheit übertroffen.«

Er war ausgesucht gekleidet, mit Juwelen geschmückt und gut genährt. Er hielt Elins Hand fest, während er ihre Handinnenseite und ihr Handgelenk küßte. Als er im Begriff stand, ihrem Ellenbogen dieselbe Liebkosung zu erweisen, räusperte Owen sich vernehmlich.

»Herr«, begann er. »Darf ich Euch um Euren Namen bitten?«

»Oh, Graf Rauching«, entgegnete er und gab Elins Hand frei.

»Graf Rauching?« wunderte sich Godwin. »Graf von was?«

»Oh«, wich Rauching mit einem Lächeln aus. »In dieser Gegend.«

Bis zu diesem Augenblick hatte in der Halle lautes Stimmengewirr geherrscht. Schlagartig trat völlige Stille ein.

»Das hat uns noch gefehlt«, knurrte Enar, der neben Godwin stand. »Das hat uns noch gefehlt, noch so einer von diesen vornehmen Dieben.«

»Ich nehme an, Ihr könnt beweisen, daß Ihr der seid, der zu sein Ihr vorgebt?« erkundigte sich Godwin.

»O weh! Leider nein, guter Herr«, antwortete Rauching.

Enar lächelte und streichelte die Axt an seinem Gürtel.

Wie gewöhnlich hatte sich der Haushalt am Fuße der Treppe versammelt, mit Ausnahme von Ingund, die sich noch immer über das Feuer beugte und stur weiter ihr Frühstück zubereitete. Die Stadtbewohner drängten sich in den Eingangstüren zur Halle.

Godwin entdeckte Gunther den Schmied in Begleitung von Osbert dem Viehhändler. Er fragte sich, wo Siefert der Gerber steckte, bis ihm die Wunde am Bein wieder einfiel, welche dieser im Verlauf des Wikingerangriffs auf die Stadt vor ein paar Wochen empfangen hatte. Man erzählte sich, daß Gynnor, seine Frau, sich weigerte, ihn aus dem Haus zu lassen, bevor das Bein nicht vollständig verheilt sei. Sie mußte ihn immer noch im Haus einsperren, sonst wäre er längst hier gewesen. Die drei Männer waren eine Art inoffizielles Dreigestirn unter den Händlern und Gewerbetreibenden der Stadt, und Godwin war froh, daß wenigstens zwei von ihnen hier waren. So konnten sie sich ein eigenes Urteil über Rauching bilden.

Godwins Brauen wölbten sich in die Höhe, und er fuhr fort, Rauching fragend zu mustern. »Keinerlei Beweis?« wiederholte er.

»O weh! Nein.« Rauching gestattete sich einen weiteren, langen Schluck Wein. Über den Rand seines Bechers hinweg betrachtete er den Haushalt und die um die Tür versammelten Bürger.

»Elsbeth«, erläuterte er, »ist meine Base. Letzte Nacht ritt ich vor ihr Tor. Zu diesem Zeitpunkt verfügte ich noch, Ihr versteht, über eine angemessene Eskorte; zwanzig Männer und mehr, alles kampferprobte Recken.«

»Gewiß doch«, murmelte Godwin.

Rauching trat in die Mitte der Halle, weg von Godwin und Elin, weg von seinen Männern. An der Tür gab es einen kleinen Aufruhr, und Godwin sah Judith eintreffen. Rieulf, ihr Hauptmann, machte ihr den Weg frei.

»O weh!« ächzte Rauching und hob Arme und Blicke gen Himmel. »O weh!« rief er laut. »O weh!« rief er noch lauter. »O weh!« schrie er, sehr laut jetzt, und fiel theatralisch auf die Knie.

»Scheint sein Lieblingsausruf zu sein«, merkte Alfric an, der neben Godwin stand.

Enar lachte in sich hinein. Elfwine stöhnte. Routrude fiel weinend auf ihre Knie.

»Soviel Kummer«, sinnierte Enar. »Und sie haben die Geschichte noch gar nicht gehört.«

Tränen strömten aus Rauchings Augen.

»Was geschah?« verlangte Owen zu wissen.

»O weh!« schrie Rauching. »Ich wußte nicht, wie es um Elsbeth stand.«

Routrude schlug sich an die Brust und jammerte.

Godwin beschränkte sich darauf, mit den Zähnen zu knirschen. Er war nicht in der Position, Schweigen zu gebieten.

»Um es kurz zu machen«, sagte Rauching.

»Deo gratias«, flüsterte Godwin.

»Kaum waren wir durch das Tor geritten, als wir auch schon angegriffen wurden. Meine Männer schlugen sich tapfer. Manch mächtiger Hieb wurde geführt. Manch kühner Krieger wird nie mehr das Licht der Sonne erblicken. Zu vielen mutigen Herzen brachten die Männer des Wikingerteufels den kalten Tod. Aber weh und ach! Wir wurden, um es kurz zu machen, in einen heimtückischen Hinterhalt gelockt und hatten nicht den Hauch einer Chance gegen die Massen, die gegen uns aufgeboten wurden. Zu guter Letzt standen wir«, er zeigte auf die eigene Brust, »und diese Handvoll Reisige Rücken an Rücken gegen die siegreiche Heeresmacht, die uns umzingelte. Und ich mußte mich ergeben, nicht etwa, um mein Leben zu retten, nein, aber das meiner erschöpften Diener. Ich war der Meinung«, erklärte er salbungsvoll, »sie hätten einen besseren Lohn für die vielen Jahre in meinem Dienst verdient als den Tod.

Ich wurde gefangengenommen, ohne Zweifel für ein grausames Schicksal ausersehen. Doch unsere Wächter betranken sich und sanken in einen tiefen Schlaf. Ich und meine Freunde schufen uns einen Fluchtweg durch das Dach und entkamen. Wie Ihr sehen konntet, wurden wir verfolgt. Gott sei Dank haben wir rechtzeitig die Mauern der Stadt erreicht.

Verehrte Dame«, wandte Rauching sich an Elin, »es liegt mir fern, Eure Gastfreundschaft auszunützen. Die eigentliche Residenz des Grafen ist die Festung, nicht wahr?«

Die Frage war mit solch liebenswürdiger Unschuld gestellt, daß Godwins Argwohn unverzüglich wuchs. Owen und Godwin tauschten Blicke aus. Vielleicht, dachte Godwin bei sich, wäre es gar keine so schlechte Idee, Rauching auf die Festung zu schicken. Als Gerlos, Graf Antons Sohn, sie verließ, nachdem Godwin den Grafen getötet hatte, hatte er sie niedergebrannt. Schon wahr, die Mauern bestanden aus Stein, aber die Wehrgänge und das Gebäude, das Graf Anton als Wohnstatt gedient hatte, waren aus Holz. Die Empfangsräume waren eine ausgeweidete Hülle. Die Außenmauern standen noch, das Schlafzimmer des Grafen ebenfalls.

Rauching konnte sich dort vielleicht einigermaßen bequem einrichten, aber seine Männer würden ihr Lager zwischen den herabgestürzten Dachbalken aufschlagen müssen, dort, wo einst die Halle des Grafen gestanden hatte.

Was die Befestigungen betraf, so konnte die Stätte nicht einmal gegen ein kaltes Lüftchen verteidigt werden. Der Graf hatte sich nie um die Instandhaltung der Wehrgänge gekümmert. Nun lagen sie zu Füßen der Mauern, ein wirrer Haufen von verbranntem und verfaultem Holz. Einer der beiden großen Türflügel fehlte, so daß man das gewaltige Eingangstor nicht verschließen konnte. Es würde mehr brauchen, als Rauching mit sich führte, um das Gebäude wieder in einen bewohnbaren, geschweige denn einen verteidigungsbereiten Zustand zu versetzen.

»Ja«, erklärte Godwin bedächtig. »Ich sehe nichts, was dagegen spräche, daß Ihr die Festung übernehmt. Tut, was in Eurer Macht steht, um den ruinösen Zustand zu beheben, und tragt so zur Verteidigung der Stadt bei.«

Am nächsten Tag, als Godwin erfuhr, Rauching habe Bettzeug und Wandbehänge gekauft, grunzte er und sagte: »Nun, offenbar will der Hundesohn nichts anderes, als es sich behaglich zu machen. Meiner Meinung nach müssen wir nicht befürchten, daß man die Festung gegen uns einsetzt.«

Rauchings Absicht war indes nicht, es sich behaglich zu machen. Er plante eine Verführung. Elfwine, Ranulfs Frau, lag in seinem Bett. Er lag auf ihr.

Sie ist nicht übel, dachte er, während ihr Körper sich wollüstig unter ihm bewegte. Sie wand und stöhnte sich bereits ihrem zweiten Höhepunkt entgegen. Gott, dachte er, was für eine läufige kleine Hündin!

Rauching hatte Mühe, seine Liebeslanze wieder in einen Zustand zu versetzen, der es ihm erlaubte, den Akt zu Ende zu bringen, und ihr, zu ihrem Vergnügen zu kommen. Er hielt jedoch an sich, da er stolz auf seine Fähigkeiten als Liebhaber war. Während der kurzen Zeitspannen, in denen ihn die Selbsterkenntnis heimsuchte, beschlich ihn häufig die Ahnung, es sei das einzige, was er wirklich gut konnte. Seine Tüchtigkeit im Schlafzimmer hatte es ihm ermöglicht, nicht nur eine, sondern drei Frauen zu heiraten. Dennoch hatten alle drei Ehen entgegen seinen besten Absichten für ihn verheerend geendet.

Die erste war eine begüterte Lombardin gewesen. Zu seinem Leidwesen mußte Rauching erkennen, daß sie sogar nach der Hochzeitsnacht die Zügel fest in der Hand behielt. Sie behielt die Leitung ihrer eigenen Güter, und die Krieger, mit denen sie sich umgab, waren ihrer Zahlmeisterin treu ergeben. Rauching hatte nicht mehr Autorität als ihre verzogenen, überfütterten Schoßhunde. Also begann die lombardische Dame an einer rätselhaften, zehrenden Krankheit zu leiden. Rauching baute nach und nach seine Macht aus und brachte ihre Ländereien in seine Gewalt. Unglücklicherweise tauchte die Rachegöttin in Gestalt eines jungen, schlanken griechischen Arztes mit stechenden Augen auf. Er kannte die Ursache einer solchen Krankheit, wie sie die Dame befallen hatte, nur zu gut.

Eines Tages wurde Rauching in ihr Schlafgemach gerufen. Er fand die Dame aufrecht im Bett sitzen. Sie war ziemlich rasch genesen, da der Arzt die Zubereitung ihrer Nahrung persönlich zu überwachen begonnen hatte.

Die Dame war von ihren Zofen und einem großen Teil ihrer Leibwache umgeben. Die Männer waren allesamt bis an die Zähne bewaffnet.

»Mein lieber Rauching«, begrüßte ihn Frau Wilgefort. »Mein Arzt hier glaubt, ich würde mich weit besserer Gesundheit erfreuen, wenn Ihr meine Güter verlassen und nie zurückkehren würdet.«

Rauching druckste herum und stockte, brachte Ausreden vor und sah sich zu guter Letzt betteln und flehen. Die Dame zeigte sich ungerührt und trug weiterhin eine Miene gütiger Verachtung zur Schau.

Stavros, der Arzt, und die meisten ihrer Leibwächter geleiteten ihn an die Grenze ihres Besitzes. Stavros' letzte Bemerkung nagte am meisten an ihm. »Ich werde bleiben und mich um ihre Gesundheit und andere Dinge kümmern. Ich weiß ein gemachtes Bett zu erkennen, wenn ich eines sehe.«

Zu Beginn sah seine zweite Ehe erfolgversprechender aus als die erste. Diese Gemahlin war ein wenig älter. Sie war ganz vernarrt in ihn und gestattete ihm alles, wonach ihm der Sinn stand. Unglücklicherweise hatte sie eine junge, attraktive Tochter. Rauching zwang dem Mädchen ohne große Umstände seine Aufmerksamkeit auf. Sie vertraute sich ihrer Mutter an. Ihre Mutter glaubte ihr nicht. Sie vertraute sich ihrem Verlobten an. Der glaubte ihr.

Rauching faßte, wenn auch widerwillig, den Entschluß, das Mädchen aus dem Weg zu räumen. So ritt er eines Tages mit dem Rest der Familie auf die Jagd. Rauching stahl sich unbemerkt davon und schlich zum Haus zurück. Er traf das Mädchen alleine an. Er schlug sie mit dem Messergriff bewußtlos und stand im Begriff, ihren Hals in eine von den Deckenbalken herunterhängende Schlinge zu stecken, als der Verlobte in das Zimmer platzte. Es gelang Rauching, sein Messer in den Jungen zu stecken, bevor der sein Schwert in ihn stecken konnte. In diesem Augenblick indes kehrte die Jagdgesellschaft zurück. Rauching wurde auf frischer Tat ertappt, mit blutigen Händen.

Diesmal kam Rauching nur mit dem nackten Leben davon. Sowohl das Mädchen als auch ihr Verlobter genasen. Sie hatten Dinge wie Hängen, mit Steinen beschwerte Säcke, Flüsse und sogar Kreuzigung erörtert. Rauching hegte die feste Absicht, die Gegend künftig zu meiden. Die Welt, dachte er philosophisch, ist groß. Doch nach diesem Abenteuer mußte er entdecken, daß auch in der großen weiten Welt Neuigkeiten schnell die Runde machen.

Unter diesen Umständen eine weitere Frau dazu zu bewegen, die Ehe mit ihm einzugehen, erwies sich als ein hartes Stück Arbeit. Und als das dritte Eheabenteuer auf die unglückliche Weise endete, die er Haakon gebeichtet hatte, wußte er, es gab nicht mehr viele Orte, an denen er noch willkommen wäre. In der Tat war sein Besuch bei Elsbeth so etwas wie ein letzter Versuch gewesen. Als er vor ihrem Tor anlangte, verfügte er nur über einige wenige, ziemlich verrufene Gefolgsleute, ein paar prächtige Gewänder und ein bißchen Schmuck. Haakon hatte jedoch versprochen, ihm ein neues Vermögen zu beschaffen, wenn er seinen Auftrag erfolgreich erfüllte, und das wollte Rauching mehr als alles andere. Der aufmunternde Gedanke führte zu erneuter Festigkeit im körperlichen Bereich.

Elfwine bäumte sich auf. Sie krümmte sich vor Begierde, während sie sich immer wieder gegen seinen Körper warf. Dann entspannte sie sich, tropfnaß vor Schweiß, und Rauching tat es ihr mit einem mächtigen Heben seiner Brust gleich. Er ergoß seine Leidenschaft in sie und blieb still auf ihrem Körper liegen.

Elfwine wand sich unter Rauching hervor und setzte sich mit untergeschlagenen Beinen auf. »Oh, das war wundervoll. Dieser Narr Ranulf hat mich nicht mehr angerührt, seit ich das Kind geboren habe.«

Ein Narr, in der Tat, dachte Rauching und ahnte, daß die Aufgabe sich als nicht ganz so schwierig erweisen mochte, wie er befürchtet hatte. Und Elfwine war wirklich ein erfreuliches Spielzeug. Schön war sie im Licht der einsamen Kerze, die das Gemach erhellte, schlank und wohlgeformt. Ihr helles Haar wurde von dunkleren Strähnen durchzogen, was ihm die Farbe von poliertem Holz verlieh. Wie Rohseide fühlte es sich in seinen Händen an. Aber das vermutlich Erotischste an ihr waren ihre Brüste. Riesige Brüste an einer ansonsten zierlichen Figur, milchschwer, die Brustwarzen dunkel und mit großen, braunen Höfen.

»Mein Gott, bist du schön«, hauchte Rauching.

»Schmeichler«, wehrte Elfwine geziert ab. »Du bist ein großer Mann. Bestimmt hast du jede Menge schöner Frauen gehabt. Edle Damen kommen zu dir, ganz in Seide gehüllt, Juwelen um den Hals.«

Rauching zog einen samtweichen Arm zu sich.

Rasch versteckte Elfwine ihre Finger. »Ich habe Schwielen«, erklärte sie.

»Gütige Götter«, flüsterte Rauching. »Was für eine Gotteslästerung. Was für eine Abscheulichkeit. Ich würde von einem solch zerbrechlichen Wesen wie dir ebenso wenig harte Arbeit verlangen wie von einer Göttin. Du bist dazu geboren, angebetet zu werden.«

Elfwine lächelte ihn ein wenig unsicher an. So hatte noch nie jemand mit ihr geredet. Im allgemeinen waren Männer ihr wie Hunde oder Stiere vorgekommen. Sie wollten nichts anderes, als dich hinter eine Heumiete oder eine Hecke zu zerren, dich auf den Rücken zu werfen, deine Röcke hochzuheben und ihr Vergnügen mit dir zu haben. Und wenn sie es einmal gekriegt hatten, wurden sie noch mehr wie Hunde, folgten dir auf dem Fuße, drängten dir Geschenke auf, meist billiges Zeug wie einen am Waldrand in einer Schlinge gefangenen Hasen, ein paar noch nestwarme Eier, eine Brosche aus Blei. Und die ganze Zeit wollten sie, daß du wieder die Beine für sie breit machst. Wobei sie stets »Ich liebe dich!« flüsterten, als sei das das Wichtigste auf der Welt. Sie beäugte Rauching argwöhnisch. »Was willst du von mir?«

»Nichts«, verwahrte sich Rauching überschwenglich. »Bleib nur so schön, wie du bist. Und komm, sooft du kannst, in meine Arme.«

»Lügner«, versetzte Elfwine, schlüpfte aus dem Bett und ging hastig zu ihren Kleidern, die in einem Haufen auf einem Stuhl in der Ecke lagen.

Rauching sah all seine sorgsam geschmiedeten Pläne mit ihr dahingehen. »Warte.«

Elfwine hielt inne. Sie stand da, nackt, und betrachtete ihn mit einem verschlagenen Gesichtsausdruck.

Rauching verlangte es danach, sie bewußtlos zu schlagen, aber er zwang sich zu einem Lächeln. Er klopfte aufmunternd auf das Bett neben sich. »Setz dich. Iß ein bißchen von dem Braten, nimm einen Schluck Wein, und dann unterhalten wir uns.«

Elfwine schlenderte aufreizend langsam zum Bett zurück. Auf einem silbernen Tablett neben dem Bett stand ein Teller, auf dem sich Scheiben kalten, gespickten Bratens türmten. Sie goß sich ein wenig Wein in einen Becher und bediente sich an dem Fleisch.

»Ich habe etwas für dich.« Er griff unter eins der Kissen und zog ein goldenes, mit Rubinen im Mugelschliff besetztes Stirnband hervor.

Elfwine mußte nur einen einzigen Blick darauf werfen, um zu erkennen, daß es die Art Schmuckstück war, mit dem hochgeborene Damen ihren Schleier befestigten. Sie warf das Fleisch hin und langte gierig danach. Rauching bemerkte mit neu erwachtem Abscheu, daß ihr das Kleinod fast aus den fettigen Händen glitt. Sie band es sich um die Stirn. Rauching verbarg seinen Widerwillen und hielt ihr einen silbernen Spiegel vor.

Ihre Hände verschmierten die Rückseite, während sie sich begeistert in der polierten silbernen Vorderseite begutachtete. Die Augen, die in den Spiegel schauten, waren so kalt wie blaues Glas. »Ich kenne mich aus mit diesen Dingen«, urteilte sie über das Haarband. »Es ist hübsch, aber nicht viel wert. Außerdem werde ich es verstecken müssen. Ranulf weiß, daß ich keinen wertvollen Schmuck besitze.«

Rauching räkelte sich wie eine Katze auf der seidenen Tagesdecke. Er bemühte sich, eine zuversichtliche Miene aufzusetzen, gewann jedoch langsam die Überzeugung, er könnte mit der Wahl von Elfwine als Objekt seiner Verführungskünste eine Spur zu gut gewählt haben. Sie war zwar keine erfahrene Missetäterin, hatte aber die richtigen Instinkte. Er entschloß sich, es darauf ankommen zu lassen.

Er griff unter das Bett. Das Ding klimperte in seiner Hand. Sobald Elfwine es erblickte, vergaß sie den Spiegel und hechtete über das Bett auf die massive Rotgoldkette zu. Rauching legte eine gespreizte Hand auf ihren Bauch und schob sie lachend weg.

»Noch nicht, meine Schöne«, flötete er.

Elfwine starrte habgierig auf das Schmuckstück, das von seinen Fingern baumelte.

Für sie verkörperte es unvorstellbaren Reichtum. Genug, daß sie sich Pferde und Land kaufen konnte und den Rest ihres Lebens nach Lust und Laune zu essen und zu trinken hätte. All diese Gedanken rasten ihr durch den Kopf, während sie die Pracht der langsam im Kerzenschein hin und her schwingenden Kette in sich aufnahm. Eine Halskette, deren Goldgewicht noch durch großblättrige Blumen aus dem kostbaren Metall vergrößert wurde, in deren Mitte jeweils ein großer Rubin saß. Sie starrte sie an, und dann stürzte sie vorwärts. Nicht auf die Kette, sondern auf Rauching. Sie hockte rittlings auf ihm.

Sie riß den Blick von der Kette los und sah Rauching ins Gesicht. »Was willst du?« fragte sie, nackte Gier in den Augen.

»Haakon will die Stadt erobern.«

Elfwine rollte sich von ihm herunter, setzte sich auf und wandte sich ab. »Behalt es«, sagte sie. »Tote brauchen kein Geld.«

Rauching setzte sich auf und legte ihr die Kette in die Hände, so daß sie ihr Gewicht spüren konnte. Dann griff er ihr zärtlich unters Kinn. Ein Lächeln spielte um seine Lippen, als er ihr mit einem gekonnt tiefen Blick in die blauen Augen sah. »Meine Hübsche. Meine Süße«, gurrte er. »Diese dummen Leute in der Halle haben dir jede Menge Flausen über den Wikingerführer in den Kopf gesetzt.«

»Flausen sollen das sein?« meinte Elfwine. »Sind das etwa Flausen, daß er eine Meute heulender Mörder gegen unsere Mauern geschickt hat, die nur unter größten Schwierigkeiten zurückgeschlagen wurde? Sind das, was den Frauen in dem von den Wikingern eroberten Dorf widerfahren ist, Flausen? Du wirst mir das hier geben, aber ich werde es nicht lange behalten.«

»Aber ja, das sind Flausen. Der Bischof und seine Hexe sind es, die euch alle umbringen.« Er nahm Elfwines Brust in seine hohle Hand und küßte sie. Sie schnurrte und streckte sich wie eine Katze.

»Er will nur, daß die Stadt sich ihm unterwirft, wie Elsbeths Leute es bereits getan haben. Keiner von ihnen ist vergewaltigt oder ermordet worden, oder?« säuselte er überzeugend. Er wandte seine Aufmerksamkeit ihrer anderen Brust zu. Wenn man über ihre niedrige Geburt und ihre schlechten Manieren hinwegsah, war sie wirklich ein appetitlicher kleiner Happen.

Elfwines Griff um das Gold verstärkte sich. Rauchings Mund

glitt zu der Stelle zwischen ihren Schenkeln, während ihre Zähne ein Blütenblatt der goldenen Blumen kosteten. Sie keuchte vor Lust. Vor Verlangen zitternd, ließ sie sich auf das Bett zurückfallen. »Hör auf«, stöhnte sie. »Ich kann nicht nachdenken, wenn deine Zunge in mir ist.«

Rauching hörte auf und wischte sich den Mund ab. Sie preßte die Beine zusammen und spürte die Hitze und die Schwellung zwischen ihnen.

»Er will nur euer oberster Lehnsherr werden«, führte Rauching weiter aus.

Das erschien Elfwine vernünftig. Wenn die Stadt geplündert und zerstört wurde, brächte sie Haakon lediglich einen einmaligen Gewinn ein, aber die Steuern und Abgaben der Bürger würden ein dauerndes Einkommen darstellen. Haakon würde immer reicher und reicher werden.

Ihrem Gesichtsausdruck konnte Rauching entnehmen, daß er die erste Schlacht gewonnen hatte.

»Wo käme ich ins Spiel?«

»Irgendwann im Verlauf der nächsten Woche«, eröffnete ihr Rauching. »Du wirst das Abendessen mit einem weißen Pulver würzen, das ich dir gebe.«

Elfwines Haut wurde schlagartig kalt, und die Lust wich aus ihrem Körper, wie Wasser aus einem zerbrochenen Krug läuft. »Sie alle vergiften?« quiekte sie.

Rauching fiel indes auf, daß sie das Gold immer noch fest umklammert hielt. »Nein, nein«, wiegelte er ab. »Es versetzt sie nur in einen tiefen Schlaf. Während sie schlafen, werfe ich eine Strickleiter über die Mauer und lasse die Wikinger in die Stadt. Die Übernahme soll möglichst ohne Blutvergießen vonstatten gehen.«

Rauching wußte, daß es sich um ein Lügengespinst handelte, aber er spekulierte darauf, daß Elfwine, die schließlich kein Soldat war, es nicht durchschauen würde. Das erste, was Rauching nach seiner Ankunft in der Stadt getan hatte, war, ihre Verteidigungsanlagen auszuspähen. Er war zu der Überzeugung gelangt, daß Godwin, ein entmutigend guter Befehlshaber, alle möglichen Zugänge streng bewachen ließ. Sie unterstanden der Verantwortung von Ranulf, Elfwines Mann, und Alan, zwei der verläßlichsten Männer, die Godwin hatte.

Nachts wurden Fackeln in der Nähe der Festungsmauer entzündet, und jeden, den man dabei ertappen würde, wie er auf Strickleitern in die Stadt kletterte, würden die Armbrustschützen erschießen. Rauchings Stellung in der geschleiften Festung würde Haakon nicht den geringsten strategischen Vorteil verschaffen. An diesem Punkt seiner Überlegungen angelangt, hatte er den Gedanken gefaßt, Elfwine als Mitverschwörerin zu gewinnen. Daher war Rauching darauf vorbereitet, jedweden Einwand von Elfwines Seite mit beschwichtigenden Versprechungen zu entkräften. Gewiß, so würde er ihr erzählen, Elin würde durch die Straßen gepeitscht und aus der Stadt vertrieben, aber sie würde mit dem Leben davonkommen. Godwin hatte eine edle Verwandtschaft, die zweifellos das Lösegeld für ihn bezahlen würde. Owen könnte sogar Bischof bleiben, wenn er Haakon gehorchen und ihn als Grafen anerkennen würde. Alle diese Worte – und mehr – lagen ihm auf der Zunge, aber Elfwine fragte nicht.

Sie dachte über das Gold nach. Malte sich aus, was es hieße, eine reiche Frau zu sein. Sie war fast vor Genugtuung geplatzt, als Ranulf zum Ritter geschlagen worden war, aber schon bald hatte sie erkennen müssen, daß die Änderung seines Status ihr wenig einbrachte. Man erwartete weiterhin von ihr, ihren Teil bei der schweren Arbeit der Haushaltsführung zu leisten. Godwin schien außerdem noch immer auf Ranulf herabzublicken. Er setzte ihn nur für so unwichtige Aufgaben wie die Bewachung der Wälle ein und ließ ihn Denis und Enar bei der Ausbildung der anderen jungen Männer helfen, die in Scharen zu Godwin strömten.

Dieses Ding in ihren Händen bedeutete mehr Reichtum, als sie je zu Gesicht bekommen hatte. Damit konnte sie mindestens zwei Häuser in der Stadt kaufen, vielleicht auch noch ein Landgut und eine Sklavin, die ihr aufwarten würde. An Ranulf dachte sie nur voller Verachtung. Er war Godwin und Owen treu bis in den Tod. Er würde zweifellos gegen Haakon kämpfen und so seinen eigenen Tod herbeiführen. Und wenn sie ihn erst los war, würde es viele, viele neue Verehrer geben. Sie würde sich den Besten aussuchen können.

Rauching musterte ihr Gesicht, grinste und entschloß sich, sein Glück nicht zu erzwingen. Er hatte gewonnen, und er wußte es. Sie will es gar nicht wissen, dachte er bei sich. Es kümmert sie nicht. Was soll's? Wenn wir einen Sack kleiner Kätzchen in den Fluß werfen oder ein Neugeborenes am Taufbecken einer Kirche oder in einem Gebüsch am Wegesrand aussetzen, wollen wir dann wirklich so genau wissen, was mit ihnen geschieht? Sie hat nur überlegt, was das kostbare Ding in ihrer Hand ihr verschaffen kann. Und genau so wollte er es haben.

»Ja«, sagte sie.

Rauching krächzte erfreut auf und warf Elfwine mit gespreizten Beinen bäuchlings auf das Bett. Eine Sekunde später spürte sie Rauchings Gewicht auf sich. Sie wand sich lüstern. Sie hatte ihre Männer gerne energisch. Aber dann wurde ihr bewußt, daß das, was sich da mit Gewalt einen Weg zwischen ihre Beine bahnte, nicht Rauching war. Es war groß, kalt und sehr hart, und es kitzelte sie an einigen unbekannten, eine köstliche Furcht weckenden Stellen. Sie versuchte sich loszureißen, aber Rauching zog sie an ihren prallen, weichen Brüsten herunter.

»Spreiz deine hübschen Beinchen, so weit du kannst, du kleine Hündin, und tu, was ich dir sage, oder ich schlage dich bewußtlos.«

Elfwine gehorchte. Einen Augenblick lang war es das perfekte Gleichgewicht zwischen Schmerz und Wollust; dann glitt sie hinüber in die Gefilde der Lust und begann sich zu einem weiteren Höhepunkt zu stöhnen und zu winden.

Elfwine schlich verstohlen die Straße von der Festung hinunter. Sie war dicht vermummt gegen die Kälte und etwaige neugierige Augen, die sie erspähen könnten. Ihr schwerer alter Wollmantel bedeckte Kopf und Oberkörper bis hinunter zu den Knien. Sie fühlte sich wie zerschlagen und ein wenig gedemütigt von den Erlebnissen dieser Nacht, aber sie hatte es genossen.

Aus ihren schweren Brüsten sickerte Milch in ihr Kleid, und sie wußte, sie mußte schnell zu ihrem Kind zurück. Der Kleine befand sich in Bretwalas Obhut. Sie war es auch gewesen, die Elfwine Rauchings Botschaft überbracht hatte. Das war nur gerecht, denn schließlich hatte Elfwine bei Bretwalas Romanze mit dem jungen Ricard, der an diesem Tag an der Mauer getötet worden war, die Kupplerin gespielt.

Elfwine hegte für sie fast dieselbe Verachtung wie für Ranulf. Gäbe es irgendeine Gerechtigkeit in der Natur, wären Ranulf und Bretwala zusammengekommen. Beide hatten den Kopf voller romantischer Flausen. Aber wie die Dinge standen, waren sie kein Paar geworden. Sie hatte sich Ranulf geangelt. Und es war nicht einmal besonders schwer gewesen.

Er war nicht ihr erster, ja, nicht einmal ihr fünfter oder sechster. Um der Wahrheit die Ehre zu geben, als sie Ranulf das erste Mal begegnet war, hatte sie noch von den brutalen Prügeln gehinkt, die ihr Vater ihr verabreicht hatte.

Elfwine hatte die Prügel verdient. Sie hatte sich mit einem Weinhändler aus Paris eingelassen und sich bereit erklärt, mit ihm durchzubrennen. Ihr Vater und ihre Brüder hatten sich Pferde geliehen und sie verfolgt. Elfwines Vater und Brüder waren gestandene Männer. Sie waren zwar nur mit Stöcken bewaffnet, aber der Weinhändler hatte Elfwine bei ihrem Anblick bereitwillig aufgegeben. Elfwines Vater hatte sie mit dem Griff einer Hacke verdroschen, bis sie um Gnade gewinselt und versprochen hatte, nie wieder wegzulaufen.

Sie hatte zwar nicht vorgehabt, ihr Versprechen zu halten, hatte es aber dennoch getan. Nicht aus Furcht vor ihrem Vater, sondern aus Furcht, das, was er über den Weinhändler gesagt hatte, könnte stimmen. Daß der Mann lediglich beabsichtigt hätte, sie in die nächste größere Stadt mitzunehmen und dort an ein Freudenhaus zu verkaufen. So hatte Elfwine sich von ihrer besten Seite gezeigt, als sie Ranulfs Bekanntschaft gemacht hatte.

Ranulf war Novize in dem Kloster gewesen, wo Owen für die Priesterweihe ausgebildet wurde. Die Tatsache, daß er zu einer Gemeinschaft von Männern gehörte, die sich Gott geweiht hatten, bedeutete Elfwine nicht das geringste. Eines Tages überredete sie ihn, sie in den Feldern um das Kloster herum auf seinem Maultier reiten zu lassen. Das Maultier hatte keine fünfhundert Stocklängen zurückgelegt, als Elfwine Ranulf auch schon auf dem Boden hatte und mit ihm in eine Heumiete taumelte. Schnelle Arbeit selbst für ihre Begriffe.

Ranulf war unschuldig, sanft, voll von jener Verzückung, welche die erste Liebe mit sich bringt – und dem sexuellen Drang der ganz Jungen. Binnen einer Woche schwor er hoch und heilig, er werde sie für immer lieben. Binnen eines Monats war sie schwanger und er auf dem besten Weg, seinen Schwur zu erfüllen, ob es ihm paßte oder nicht. Elfwine war der festen Überzeugung, daß ihr Vater und ihre Brüder schon dafür sorgen würden.

Als ihr Vater von ihrem Verhältnis mit Ranulf erfuhr, verdrosch er sie nicht mit dem Hackengriff, sondern stöberte in dem bescheidenen Silberschatz der Familie herum und kaufte ihr das erste richtige Kleid, das sie je besessen hatte, und noch eine blaue Glasperlenkette dazu. Elfwine begriff, daß sie es richtig gemacht hatte.

Und so war es in der Tat. Sie und der dümmste ihrer Brüder, Ine, wurden offiziell in den Haushalt des Bischofs aufgenommen. Sie war mit einem aufstrebenden jungen Ritter verheiratet.

Aber Rauching hatte ihr gezeigt, daß sie sich noch besser stellen konnte. Ohne die versprochene Belohnung in der Hand, das hatte sie ihn wissen lassen, würde sie keinen Finger krumm machen. Also hatte er ihr die Kette gegeben, zusammen mit einer Reihe verhüllter Drohungen, was mit ihr passieren würde, falls sie ihn enttäuschte. Die Drohungen besaßen kein Gewicht, nicht viel jedenfalls. Elfwine hatte sich an ihn verkauft, als sie mit ihm geschlafen hatte. In einer so kleinen Stadt wie Chantalon konnte niemand über eine längere Zeitspanne hinweg eine Verschwörung planen, ohne daß die halbe Stadt davon erfuhr. Selbst Ranulf würde es am Ende erfahren, und ihr kleines Spiel wäre aus. Deshalb mußte sie ihn bald loswerden. Ihn und die anderen.

Sie überlegte kurz, wo sie den in einem Tuch um die Taille geschlungenen Schatz verstecken sollte. Dann entschied sie sich für den einzig möglichen Ort – Judith. Gut drei Viertel aller Stadtbewohner hatten Wertgegenstände bei Judith hinterlegt. Sie verwahrte sie in getrennten Bündeln in den eisenbeschlagenen Truhen in ihrem Tresorraum auf. Sie versiegelte die Bündel, ohne vorher hineinzusehen, und nahm eine einheitliche Jahresgebühr für die sichere Aufbewahrung.

Wind vom Fluß wehte durch die schmale Gasse, durch die Elfwine ging, wie durch einen Trichter. Die kühle Brise ging durch den Mantel, den sie trug, und ließ die nassen Stellen an ihren Brüsten, wo die Milch herausfloß, kalt werden. Die beiden kalten Flecken erinnerten sie an ihr Baby, Ranulfs Kind. Und einen kurzen Augenblick lang sah sie das Gesicht ihres Gemahls klar und deutlich vor ihrem geistigen Auge. Elfwine schauderte, und ein Übelkeit erregendes Gefühl von Angst überfiel sie. Kurzfristig bedauerte sie es, Rauchings Gold angenommen zu haben. Sie wünschte, sie wäre stark genug gewesen, in die Festung zurückzukehren und ihm die Kette ins Gesicht zu schleudern. Aber sie wußte, sie konnte es nicht.

Das Gold verkörperte zuviel von dem, was sie wollte, was sie brauchte. Außerdem, wenn sie Haakon nicht helfen würde, in die Stadt zu gelangen, würde es wahrscheinlich jemand anders tun, und dann würde der die Belohnung des Wikingerführers einstreichen. Und sie brauchte es: warme Kleidung, jeden Tag etwas zu essen auf dem Tisch, Sicherheit und Freiheit von dem, was sie, seit sie denken konnte, beharrlich verfolgt hatte. Eine Garantie, daß sie in Sicherheit wäre. Eine Garantie, die ihr Ranulf, so sehr er ihr auch seine Liebe versicherte, nie würde geben können.

Nackte Gier und Furcht trugen den Sieg davon. Elfwine, eine kleine Gestalt in dunklem Mantel in einer engen, schmutzigen Straße, hastete allein Judiths Kontor entgegen. So kam es, daß sie, tief in Gedanken versunken, den Aufruhr hinter sich gar nicht bemerkte.

KAPITEL 9

Elin hatte ihre eigenen Probleme. Sie begannen mit Elfwines Bruder Ine. Ingund hatte ihn zum Holzhacken geschickt. Stark und eifrig, wie er war, hatte er es zu Zündspänen zerkleinert. Dies verursachte einige deftige Flüche von seiten Ingunds, aber Ine war unempfindlich gegenüber Flüchen.

Enar, der auf den Stufen der Hintertreppe zur Halle in der Nähe des Haufens mit nunmehr zu Spänen gehacktem Feuerholz saß, brach in Gelächter aus. Erzürnt versetzte Ingund Ine eine Ohrfeige. Ine dachte kurz über die Ohrfeige nach, um dann seinerseits Ingund zu ohrfeigen.

Ingund wandte sich an Enar und schrie: »Was für ein Ehemann bist du nur? Sitzt ruhig daneben und siehst zu, wie ein anderer Mann deine Frau schlägt!«

Enar verzehrte gerade eine kalte Fleischpastete und wünschte nicht gestört zu werden. »Ein erfreuter«, entgegnete er. »Ein kleiner Schlag tut dir nur gut, Frau. Lehrt dich, deine Hände bei dir zu behalten.«

Ingund schlug ihm die Fleischpastete aus der Hand und schnappte sich ein Holzscheit, eins, das Ine noch nicht zu Kleinholz verarbeitet hatte. Es bestand aus solider Eiche und war drei Fuß lang. Enar gab Fersengeld. Ingund war schnell, aber Enar verfügte über genügend Ausdauer und Schnelligkeit, um die meisten Pferde in Grund und Boden zu rennen. Er betrachtete diese Jagd als eine milde Form der morgendlichen Ertüchtigung.

Ine sammelte die Reste der Fleischpastete von den Steinplatten des Hofes auf und aß sie, Dreck inklusive.

»Ißt du eigentlich alles?« staunte Elin.

»Alles«, gab Ine glücklich zur Antwort.

»Hört auf!« schrie Elin Enar und Ingund an. Sie beachteten sie nicht oder, was wahrscheinlicher war, hörten sie nicht. Edgar, der neben Elin stand, bog sich vor Lachen. Elin vergrub die Hände in ihrem Haar und raufte es sich. Edgar begriff, daß Elin tatsächlich mit ihrer Weisheit am Ende war, und richtete sich wieder auf.

Enar flitzte, von Ingund verfolgt, an Edgar vorbei. Edgar stellte Enar ein Bein, der mit einem eleganten Purzelbaum zum Halten kam, und entriß Ingund gleichzeitig das Holzscheit. Beide standen sie keuchend und lachend vor Elin. Ingunds vorübergehender Zornausbruch war durch die Verfolgungsjagd verpufft. Sie versetzte Enar einen Fausthieb zwischen die Rippen. »Du kannst nicht eine Stunde leben, ohne Unfug zu treiben!«

Elin nahm die Hände aus ihrem Haar und wischte sich die feuchten Innenflächen an ihrem Rock ab. »Enar«, sagte sie in strengem Ton, »Judith hat eine Ladung Getreide von einem Händler am Hafen gekauft. Sie wird bald damit hier eintreffen. Geh in den Keller und fang an, Platz für die Säcke zu schaffen. Und du, Ingund, hilfst Anna beim Mittagessen. Godwin hat Magenschmerzen, und sie muß zweimal kochen, einmal für ihn und dann für den übrigen Haushalt.«

»Komisch«, schnaubte Ingund mißbilligend. »Ich habe erzählen hören, daß er heute morgen gefressen und gesoffen hat wie ein Schwein, als er bei Gynnor zu den Männern gesprochen hat. Honigküchlein, und zwar ein Dutzend, und etwas von Gynnors Hauswein.«

»Er ist Iltrude über den Weg gelaufen«, warf Edgar ein. »Ich bin ihr auch einmal begegnet. Nur eine sehr alte Frau kann es sich leisten, solche Bemerkungen zu machen.«

»Kein Wunder, daß er Verdauungsstörungen hat«, äußerte Elin.

Judith, die einen von einem Mauleselgespann gezogenen Wagen lenkte, polterte in den Hof. Als sie es zum Stehen brachte, stieß sie einen Hagel heftigster Verwünschungen aus, der die Luft um Elins Ohren knistern ließ.

»Verzeiht«, sagte sie, während sie von dem Wagen herunterstieg. »Aber das ist die einzige Sprache, die sie verstehen.« Unmittelbar hinter ihr traf ihr Hauptmann Rieulf mit einem zweiten Wagen ein. Auch er bedachte seine Maultiere mit drastischen Ausdrücken, doch im Unterschied zu Judith entschuldigte er sich bei niemandem dafür.

»Elin, ich hoffe nur, Ihr wißt all die Mühe zu schätzen, die ich mir hierfür aufgehalst habe«, erklärte Judith. »Der Kapitän des Schiffs war ein absoluter Grobian. Der Bastard weigerte sich, auf einen vernünftigen Preis herunterzugehen, bis ich Rieulf und seine Männer an Bord seines Schiffes gebeten habe. Und selbst dann noch mußte ich eine Menge Lügen darüber erzählen, wie hartgesotten und rücksichtslos Herr Godwin ist.«

»Seid Euch nicht zu sicher, daß es sich dabei um Lügen handelt«, murmelte Edgar leise.

Elin ging in den Keller hinunter, um Enar zu beaufsichtigen. Sie fand ihn bereits durch einen Krug Bier abgelenkt. Streng befahl sie ihm, wieder an die Arbeit zu gehen, und blieb neben ihm stehen, bis er sie erledigt hatte. Als er fertig war, sank er schlaff auf die Kellertreppen und wartete, daß Ine mit den Getreidesäcken auftauchte.

Seine großen, bloßen Füße platschten laut auf dem Steinfußboden. Ein Getreidesack hing ihm über der Schulter. In dem Sack war ein mittelgroßes Loch. Rosamunde tänzelte hinter ihm her und hielt eine Schale darunter, um die herausrinnenden Körner aufzufangen. »Judith sagt, wir können sie an die Hühner verfüttern«, eröffnete sie Elin strahlend, als sie geschäftig an ihr vorbeieilte.

Elin vergrub das Gesicht in den Händen. Als sie den Kopf wieder hob, sah sie, daß Edgar neben ihr saß. »Ist denn niemand auf die Idee gekommen, einen Knoten in den Sack zu machen und das Loch zu stopfen?«

»Vermutlich nicht«, erwiderte Edgar.

Elin stieß einen resignierten Seufzer aus, erhob sich langsam und ging nach draußen, um die Getreidesäcke nach Löchern abzusuchen. Die Säcke waren porös, einige regelrecht morsch. Rosamunde und ihre Schale wurden häufig in Anspruch genommen.

Judiths zwei Wagen waren fast entladen, als Elin den Schrei aus dem Haus hörte. Ein schrecklicher, erstickter Männerschrei. Mein Gott, dachte sie sofort und richtete sich in dem Wagen auf, wir werden angegriffen. Sie raffte ihre Röcke, sprang vom Wagen herunter und lief so schnell sie konnte ins Haus, gefolgt von den anderen. Der Schrei stammte von Godwin. Routrude bestieg ihn wie einen Baum. Sie hatte ihn an den Haaren gepackt. Alles stand an der Hintertür und gaffte mit offenem Mund.

In diesem Augenblick stürzte Arn, Routrudes fetter Ehemann, in die Halle, wobei er ein zwei Fuß langes Schnitzmesser schwang und »Hündin! Hure! Ehebrecherin! Hexe!« brüllte. An diesem Punkt gingen Arn die Worte aus, und er führte einen bösartigen Hieb nach Routrude, der Godwin beinahe den Kopf gekostet hätte. Er verfehlte seinen Hals nur um Haaresbreite. Gowen, Wolf der Kurze und Ranulf kamen die Treppe heruntergestürmt.

Mittlerweile saß Routrude beinahe auf Godwins Schultern. Sie verlangsamte ihre Klettergeschwindigkeit, da sie nicht mehr viel höher hinaus konnte. Arn hielt den Atem an und zielte erneut.

Godwin brüllte: »Ranulf!« Der Junge kam schliddernd neben Arn zum Stehen und riß dessen Arm in die Höhe. Godwin langte hin und schlug Arn eher beiläufig das Messer aus der Hand.

Godwin bekam Routrude an der Rückseite ihres Kleides zu fassen und hielt sie auf Armlänge vor sich. Ihre Zehen berührten gerade eben den Boden.

Kreischend und zappelnd hing sie in der Luft. »Nein, bin ich nicht! Dagegen verwahre ich mich! Es war nichts Böses dabei! Du bist verrückt geworden! Ich bin mit einem Verrückten verheiratet!«

»Ich hab' dich erwischt«, heulte Arn. »Ich habe dich auf frischer Tat mit Fredgar erwischt!«

»In Jesu Christi Namen«, donnerte Godwin. »Mann, ich beschwöre dich, welche ›Tat‹ meinst du überhaupt?«

»Ehebruch«, stieß Arn atemlos hervor.

Tödliche Stille senkte sich über die Halle.

»Bei allem, was heilig ist«, flüsterte Judith Elin ins Ohr, »wer in aller Welt würde mit Routrude Ehebruch begehen wollen?« Elin stieß Judith den Ellbogen in die Rippen.

Routrude holte einmal tief Luft und kreischte: »Bringt das rotglühende Eisen herbei! Ich werde meine Unschuld beweisen. Erhitzt die Pflugscharen! Über ein Dutzend und mehr will ich gehen, um zu beweisen, daß ich eine tugendhafte Ehefrau bin!«

An diesem Punkt der Ereignisse trat Fredgar in Erscheinung, herbeigezerrt von seiner Frau. Er fiel vor Godwin auf die Knie. Sein Gesicht war mit Blut aus einem tiefen Schnitt auf seiner Stirn überlaufen.

Arn rief gellend: »Erhitzt die Pflugscharen!« und versuchte sich auf Fredgar zu stürzen. Er renkte sich fast die Schulter aus. Ranulf hielt ihn nämlich noch fest.

»Laß ihn nicht los«, zischte Godwin durch zusammengepreßte Zähne.

»Nein«, versprach Ranulf und verstärkte seinen Griff um Arns Arm.

»Sie lügt«, schrie Arn mit schriller Stimme. »Ich habe sie zusammen überrascht. Ich habe sie *in flagranti* ertappt. Sie war halbnackt.«

Die Menge, die sich unterdessen um die Tür versammelt hatte, stieß einen kollektiven Seufzer kaum verhüllter Wonne aus. Godwin betrachtete Routrude, um dann den Blick zu Fredgars Ehefrau wandern zu lassen. Er vermochte nachzuvollziehen, warum Fredgar Routrude möglicherweise attraktiv gefunden hatte.

Godwin erinnerte sich lebhaft an Fredgar und seine Gattin. Der unselige Mensch schien stets zur falschen Zeit am falschen Ort zu sein. Vor ein paar Wochen hatte er um ein Haar einen Aufruhr angezettelt, indem er öffentlich verkündet hatte, Haakon würde ein Katapult bauen, um die ganze Stadt einzuäschern. Einen glücklichen Augenblick lang erfreute Godwin sich an der Vorstellung, Routrude, Arn und ihren vorgeblichen Liebhaber gemeinsam auf dem Marktplatz zu hängen. Er verwarf die Idee jedoch rasch wieder als unklug. Verführerisch, aber unklug.

Auf Judith wirkte Godwins Miene so, als würde er die Vorstellung einer über glühende Pflugscharen laufenden Routrude angenehm, ja möglicherweise sogar unterhaltsam finden. Aus diesem Grund entschloß sie sich, ihr zu Hilfe zu kommen. »Routrude«, sagte Judith, »bist du schuldig?«

»Nein.« Routrude wirkte fast ein wenig erstaunt über Judiths ruhigen Tonfall. Das Stimmengewirr um die Tür in Godwins Nähe erstarb.

»Würdest du dann«, fuhr Judith mit aufgebrachter Stimme fort, »bitte aufhören, über rotglühende Pflugscharen zu jammern, und deinem Ehemann erklären, was du und Fredgar miteinander zu schaffen hattet?«

»Ich habe einige Verbrennungen«, führte Routrude aus. »Ich habe sie mir zugezogen, als Haakon die Stadt überfiel.«

»Das wissen wir«, entgegnete Judith. »Was ist mit ihnen?«

»Eine von ihnen befindet sich auf meiner Kehrseite, an einer schwer zugänglichen Stelle.«

»Meine Mutter«, beeilte sich Fredgar, der immer noch vor Godwin kniete, ihr beizupflichten, »kannte eine unübertreffliche Heilsalbe gegen Verbrennungen. Sie wird aus Speck und Knoblauch gemacht.«

»Ich entfernte das Kleid von meinem Hals«, fuhr Routrude fort, »damit Fredgar mir etwas davon zwischen die Schulterblätter schmieren konnte. Es war nicht unzüchtig. Ich war vollständig bekleidet, bis auf eine winzige Stelle auf meinem Rücken.«

Godwin ließ Routrude los und sah auf seine Hand hinunter. Sie war fettig, und in der Tat stank die ganze Halle nach rohem Knoblauch.

»Arn sah uns«, setzte Routrude fort, »und ging mit einem dreibeinigen Hocker auf Fredgar los. Ich rannte in die eine, Fredgar in die andere Richtung. Der Hocker ist zerbrochen«, klagte sie. »Wer wird ihn wieder ganz machen?«

»Herr«, wandte Godwin sich an Arn. »Stellt Euch die Erklärung Eurer Gemahlin zufrieden?«

Arn befreite sich aus Ranulfs Griff und stolzierte auf Routrude zu. Er begutachtete den Schmierflecken auf ihrem Rücken, um sich dann Fredgar zuzuwenden, der noch zu Godwins Füßen kauerte.

»Ja«, entgegnete er würdevoll. »Das tut sie. Doch wenn meine Frau in Zukunft eine Salbe für ihren Rücken braucht, werde ich sie persönlich auftragen.«

Routrude schaute Arn an, die Hände gefaltet, Sterne in den Augen.

»Nun«, fuhr Arn mit einem Räuspern fort. »Da wäre noch diese unbedeutende Kleinigkeit mit dem Hocker.«

Godwins Zähne knirschten hörbar.

»Fredgar ist Tischler«, sprang Judith rasch ein. »Er wird den Schaden beheben.«

Fredgar nickte wieder eilfertig.

Arn nahm Routrudes Arm und wollte sie in die Schenke zurückführen, als jemand auf dem Platz rief: »Wikinger!«

Die Menge auf den Stufen schmolz dahin. Der gesamte Haushalt mit Ausnahme von Elin und Godwin stürzte zur Tür. In ihrer Eile, hinauszugelangen und etwas zu sehen, brachten sie einander fast zu Fall. Godwin schlenderte gemächlich zum Tisch.

»Wollt Ihr nicht erfahren, was vor sich geht?« erkundigte sich Elin.

Godwin nahm am Tisch Platz. »Elin«, sagte er. »Ich habe hier einen hinreißend fetten, mit Petersilie und Lauch gefüllten Kapaun.« Er entfernte den Deckel von einem Steinguttopf auf dem Tisch und atmete den ihm entsteigenden Duft ein. Sein Gesicht nahm einen verzückten Ausdruck an.

Owen kam von der Kirche herein, bewaffnet, gerüstet, den Helm auf dem Kopf. »Godwin«, forderte er ihn auf. »Komm schon.«

»Und tu was?« fragte Godwin gereizt.

»Die Wikinger sind auf dem Fluß«, sagte Owen.

»Ja«, meinte Godwin. »Haakon hat von dem Händler erfahren, der uns das Getreide verkauft hat. Er ist dabei, die Flußmündung zu sperren, so daß wir keinen weiteren Nachschub vom Meer her bekommen.«

»Bist du sicher?« zweifelte Owen.

»Das würde ich jedenfalls tun, wenn ich an Haakons Stelle wäre. Husch, Kinder, ab mit euch auf die Brustwehr an der Festung, damit ihr den Anblick der feinen Schiffe nicht verpaßt. Sie sind«, sinnierte er, während er den Löffel in die Hand nahm, »sehr schön, diese Schiffe mit ihrem bemalten Bug und dem schwarzen Rumpf. Aber ich habe sie schon zu oft gesehen.« Unter schweren Lidern hob er den Blick. »Ich will erst wieder eins sehen, wenn ich es verbrennen kann.«

KAPITEL 10

Elin und Owen schlenderten gemeinsam die Rampe neben den Festungsmauern hinauf, bis sie die Brustwehr vor dem Festungstor erreichten. Die Menge machte ihnen Platz. Obwohl sie schon recht lange in der Stadt wohnte, hatte sich Elin nie die Gelegenheit geboten, auf die Festung hinaufzusteigen. Sie staunte über den guten Blick, den man von hier über die Stadt und das umliegende Land hatte. Überall um die Stadt herum erstreckten sich die Felder mit ihren braunen Stoppeln. Sie konnte geradewegs auf die mit Stroh und Dachziegeln gedeckten Dächer der Stadt hinunterschauen.

Von hier oben wirkte Chantalon ganz klein, einsam und verlassen. Unmittelbar hinter den gepflügten Äckern begann der Wald. Auf der anderen Flußseite reichte das Waldland bis hinunter zum Ufer.

Sie und Owen standen gemeinsam da und schauten zu, wie das Wikingerschiff gemessen an der Stadt vorbeiglitt. Der blaue Himmel war mit Hunderten kleiner, wattig-weißer Wölkchen gesprenkelt, und die launische Sonne ließ den Schiffsbug wie einen mit feinster Cloisonnéarbeit überzogenen Schwertgriff glänzen. Die Zunge des fauchenden Drachen schien ein Flammenstrahl zu sein. Der Rumpf selbst bestand offenbar aus geölter schwarzer Eiche; er betonte den bunt geschmückten Bug, wie ein dunkles Samtgewand ein kostbares Juwel hervortreten läßt. Das Schiff kämpfte mit der Strömung, die Mannschaft legte sich in die Ruder. Das Segel war eingerollt.

Denis der Armbruster verfolgte seinen Weg mit seinen Schützen. »Sollen wir das Feuer eröffnen, Herr?« fragte er.

»Nein«, beschied ihn Owen. Das anmutige Schiff hielt auf die ein gutes Stück von den Festungswällen entfernten Untiefen zu. Es wäre nur kurze Zeit in Schußweite der Armbrüste. Die Männer an den Rudern waren hinter ihren Schilden in Deckung gegangen, und Owen glaubte nicht, daß sie in den wenigen Augenblicken großen Schaden anrichten könnten.

Denis nickte und stützte sich auf seine Krücke. Der stille Mann hielt Owens kleine, aber tödliche Armbrustertruppe zusammen. »Dann werde ich, mit Eurer Erlaubnis, auf meinen Posten auf den Wällen zurückkehren.« Er zog mit seinen Männern ab.

Das Wikingerschiff verschwand in dem dichten Bewuchs aus Bäumen und Sträuchern, der das Ufer den Blicken entzog. Der Rest der Menge, dem klar wurde, daß sich keine weitere Sensation abzeichnete, begann sich aufzulösen und ließ Elin und Owen allein zurück.

»Sie machen sich noch keine Sorgen«, stellte Owen fest.

»Sie begreifen noch nicht«, entgegnete sie.

»Ja«, meinte Owen. »Wir haben mit Godwin geredet.«

»Ich vermag mir nicht vorzustellen, daß Haakons Flußsperrung viel für uns ändert«, urteilte Elin. »Godwin hat mir erzählt, die Wikinger hielten Bayeux, Reims und die meisten anderen Städte an der Küste. Blockade oder nicht, wir dürften ohnehin kaum Nachschub von der Seeseite erhalten.«

»Wohl wahr«, stimmte Owen ihr zu. »Einstmals haben viele große Schiffe in diesem Hafen festgemacht. In den letzten Jahren ist mir jedoch aufgefallen, daß selbst die Ankunft eines einzigen schon ein Ereignis darstellte. Die Welt hat uns vergessen.«

»Haakon legt sich umsonst so ins Zeug«, fuhr sie fort. »Das Getreide, das Judith uns besorgt hat, war nicht mehr als ein paar Zentner, zwei Wagenladungen von sehr schlechter Qualität. Nicht viel besser als Viehfutter.« Sie schaute auf die Dächer hinab, welche die Festung zum Platz hin umgaben. *»Civitas Dei.«*

Owen begann zu lachen. »Ein Gottesstaat? Wo in aller Welt hast du etwas von Augustinus gehört?«

»Von meiner Mutter. Sie pflegte mir daraus vorzulesen. Sie besaß eine Abschrift oder einige Auszüge davon. Ich weiß nicht, welche. Sie sagte, es sei ein heiliges Buch. Ich … ich mochte seinen Geist nicht.«

»Seinen Geist?« wunderte sich Owen.

»Eines Mannes Geist ist in seinem Werk«, sagte Elin.

Owen zuckte die Schulter. »Wie immer du darauf gekommen bist, ich kann mir nicht vorstellen, daß dies eine Stadt Gottes ist. In diesem Augenblick verkauft die Witwe wahrscheinlich eins ihrer Mädchen an einen Mann, der gut einer meiner Priester sein könnte. Arn gibt sich bestimmt größte Mühe, den Schankwein mit Wasser zu verdünnen. Osbert zieht vermutlich irgendeinem Bauerntölpel das Fell ab, um es mit einem fetten Gewinn an Siefert weiterzuverhökern.«

»Jeder führt also seine üblichen Gaunereien im Schilde.«

»Das will ich auch für sie hoffen«, gluckste er. »Denn wenn sie unübliche im Schilde führen, bekommt Godwin in kürzester Frist Wind davon.«

»Du hast Routrude gesehen«, sagte sie anklagend.

»Ich sah sie und floh«, antwortete Owen. »Ich habe das Gefühl«, setzte er mit vollkommen ausdrucksloser Miene hinzu, »daß ich Godwin alle zivilen Angelegenheiten überlassen sollte. Er ist ein ausgezeichneter Richter.«

»Feigling.«

»Was Routrude anbelangt, so habe ich deinen Vorwurf verdient.« Owen lachte, um dann schlagartig wieder ernst zu werden. »Elin, ich gehe jetzt.«

Sie erbleichte und wandte sich rasch ab. Die fernen Bäume auf der anderen Flußseite verschwammen, als ihr Tränen in die Augen traten.

»Ich habe den ganzen Morgen mit deinen Leuten zugebracht, Elin. Sie glauben, sie sind imstande, Enar und mich auf geheimen Pfaden, die nur sie allein kennen, zur Feste meines Vaters zu bringen. Wenn wir zügig vorankommen, sind wir vielleicht schon in wenigen Tagen dort.«

»Ich hasse Abschiede«, sagte Elin.

»Halte die Stadt, Elin.«

»Ja«, versprach sie mit tränenschwerer Stimme. »Die Stadt des Lichts.«

»Augustinus«, wußte Owen erneut. »Er war sich so sicher mit

seinem idealen Gemeinwesen. Aber, Elin, ich bin zum Zweifler geworden. Es ist gut möglich, daß dies hier alles ist, was wir haben. Laß nicht zu, daß es zerstört wird.« Seine Stimme war eine flehentliche Bitte. Kurze Zeit hörte sie noch das sich entfernende Geräusch von Owens Schritten auf der steinernen Rampe; dann herrschte Stille.

Elin hielt das Gesicht in den Wind und ließ ihre Tränen trocknen. Sie durfte sich ihre Gefühle nicht anmerken lassen, wenn sie in die Halle zurückkehrte. Der übrige Haushalt würde sich denken, wohin Enar und Owen gegangen waren und aus welchem Grund. Sie würde sie zum Schweigen verpflichten, wußte jedoch, daß die Neuigkeit früher oder später den Klatschbasen der Stadt zu Ohren kommen würde. Sie hoffte, daß Enar und Owen dann weit genug weg und in Sicherheit wären.

Aller Voraussicht nach würde er als ein Mann zurückkehren, der sich einer anderen verpflichtet hatte. Sie reckte das Kinn in die Höhe, und wieder verschwamm die Welt vor ihren Augen. Sie spürte den Schmerz wie ein Messer, das ihr im Herzen umgedreht wurde. Owen hatte gesagt: »Du kennst die Regeln, und es gibt immer Regeln.«

Sie kannte die Regeln. Ohne feierlichen Schwur würde Owen nie die Männer bekommen, die er haben wollte. Und das einzige, was er anzubieten hatte, war er selbst. Die Stadt war ein prächtiger Siegespreis, und manch einer wäre willens, dafür die Würfel zu werfen. Aber sie würden verlangen, daß sein Schwur durch ein Blutsband verstärkt wurde. Nun gut, dachte sie und blinzelte die Tränen zurück. Sie würde weder ihn noch die Stadt im Stich lassen. Und der Sieg würde ihr gehören, ungetrübt, wenn auch auf ewig unbesungen. Von denen, die wir lieben, nehmen wir nicht, sondern wir geben ihnen.

Mit geballten Fäusten neigte Elin das Haupt, und in ihrem Innern brachte sie das Opfer dar und fühlte, wie wieder Frieden in ihre Brust einkehrte. Dann löste sie die Fäuste und legte die Hände auf das steinerne Geländer der Brustwehr. Denn nun war sie das Oberhaupt dieser Stadt, und ein Herrscher muß wie ein solcher handeln. Als sie den Kopf hob, wurde ihr bewußt, daß sie völlig allein war.

Die Sonne bewegte sich nach Westen auf den Horizont zu. Die Strahlen waren lang und golden; die Stunde des Nachtmahls rückte heran. Ihre Pflichten trieben sie in die Halle zurück. Sie beneidete Owen. Er durfte jetzt in der Freiheit der Wälder laufen, ihr Volk an seiner Seite.

Sie drehte sich um und blickte zu den hohen Torflügeln der Festung hinauf. Einer von ihnen hing nur noch an einer Angel. Er war vom Feuer geschwärzt. Der andere fehlte ganz. Durch den Torbogen konnte sie den kläglichen Rest dessen erkennen, was einmal die Residenz des Grafen gewesen war. Sie war teils verwahrloster, aber auch zum Teil in besserem Zustand, als sie gedacht hatte, ein quadratischer Klotz aus Stein und Holz. Aus einer Öffnung im Dach stieg Rauch empor.

Elin erschauerte. In Gedanken versunken, wie sie es gewesen war, hatte sie völlig vergessen, daß jetzt wieder Männer hier oben wohnten. Rauching und seine Leute.

Das schwere Tor bewegte sich, als werde es von einem launischen Windzug erfaßt, und ein Mann trat dahinter hervor. Sie erkannte einen von Rauchings Gefolgsleuten. In der schwachen Beleuchtung der Halle hatte sie ihn für alt gehalten, aber nun im Tageslicht wurde ihr klar, daß er eigentlich nicht alt, sondern nur so zernarbt und zerschlagen war, daß er älter wirkte, als er war.

Er war schmutzig, und das verfilzte, gelbliche Haar hing ihm wirr um sein rußverschmiertes, fettiges Gesicht. Instinktiv wich sie zurück. Selbst von dort, wo sie stand, konnte sie seine Rüstung aus ungegerbtem Leder riechen. Sie war abgestoßen, hatte aber eigentlich keine Angst.

Die allabendliche Stille der Essenszeit hatte sich über die ganze Stadt gelegt, aber sie war sicher, daß man auf einen Frauenschrei reagieren würde, und zwar heftig. In den leeren blauen Augen, die aus dem verfilzten Haar hervorsahen, lag keine Bosheit, nur eine ziemlich gleichgültige Erheiterung.

Sie schlang den Umhang fest um sich und bedeckte ihre untere Gesichtshälfte. Und dann, nicht willens, ihrem wachsenden Unbehagen durch eine Zurschaustellung von Furcht nachzugeben, schritt sie langsam auf die zur Halle führende Rampe zu.

Sie befand sich auf halbem Wege die Rampe hinunter, als ein Geräusch hinter ihr sie herumwirbeln ließ. Der Mann stand oben auf der Rampe. Es sah aus, als hielte er eine riesige schwarze Spinne in der Hand.

»Elin!« schrie Edgar, während er aus den tiefen Schatten unter der Festungsmauer herbeistürzte.

Etwas Dunkles und Flinkes zischte auf sie zu. Sie riß ihren mit dem Umhang umwickelten Arm hoch. Am Unterarm spürte sie einen Schnitt wie einen Peitschenhieb, als etwas abgelenkt wurde und auf die Steinplatten des Weges prallte. Edgar hieb dem Mann den Schwertknauf gegen die Schläfe.

Das schwarze Spinnending fiel ihm aus der Hand, kullerte die Rampe herunter und blieb vor ihren Füßen liegen. Sie hatte so etwas noch nie zu Gesicht bekommen, wußte aber sogleich, um was es sich handelte. Eine winzige Klapparmbrust. Sie schaute auf ihren linken Arm und sah Blut an ihm herunterlaufen und durch ihre Finger tropfen.

»Gott segne Iltrude«, erklärte Godwin.

Elin saß auf einer Bank in der Halle, und Anna versorgte die Wunde an ihrem Arm. Sie schnalzte dauernd mit der Zunge und machte großes Aufheben davon. Denis begutachtete die Armbrust, indem er die winzigen Eisenflügel, die den Bogen bildeten, ein- und wieder ausklappte. Zu guter Letzt schoß er den Bolzen mit einem satten »Twäng« in den Tisch.

»Eine tödliche Waffe«, verkündete er.

Der Mann, der den Bolzen auf Elin abgefeuert hatte, lag am Herdfeuer. Er war noch bewußtlos. Edgar hatte ihm einen harten Schlag versetzt. Seine Füße zeigten zum Feuer.

»Die behalte ich«, ließ Denis Godwin wissen. »Ich würde sie gern nachbauen, falls ich dazu imstande bin.«

»Ganz wie es dir beliebt«, sagte Godwin.

Denis drehte und wendete die kleine Waffe mehrmals in seinen Händen. »Hätte der Bolzen sein Ziel getroffen, Frau Elin, hätten wir wahrscheinlich nie herausgefunden, woran Ihr gestorben wärt. Ihr seht, der Bolzen ist nicht befiedert. Und der Kopf ist dünn und rasiermesserscharf. Wenn er in einen menschlichen Körper eindringt und die Wunde sich schnell wieder schließt, würden Außenstehende lediglich mitbekommen, wie die betreffende Person zusammenbricht und stirbt. Todesursache unbekannt. Es sei denn, jemand würde den Mut aufbringen, Euren Leichnam mit einem Messer zu traktieren – und ich bezweifle, daß irgend jemand hier den Mut dazu hätte. Es würde wohl allen als ein natürlicher Tod erscheinen.«

Elin erbleichte und legte eine Hand auf ihre Brust.

»Ach, sei doch still, Denis, um Himmels willen«, ärgerte sich Anna.

»Nein, Anna«, nahm Elin Denis in Schutz, während sie die andere Hand auf die Schulter der alten Frau legte. »Er hat recht. Es war klug eingefädelt, und wäre Edgar nicht in der Nähe gewesen, hätte es vielleicht funktioniert.«

»Es war kein Zufall, daß ich mich in Eurer Nähe befand«, klärte Edgar sie auf. »Darum sagte Godwin vorhin ›Gott segne Iltrude‹. Sie hatte das Gefühl, Rauching sei möglicherweise hier, um Euch zu töten.«

Elin fiel auf, daß er Owen nicht erwähnte. Ihr wurde klar, er wußte, daß Owen gegangen war, und hatte sich den Grund zusammengereimt.

Godwins Blicke schweiften durch die Halle. Außer Elin und Anna war keine der anderen Frauen zugegen. Von den Rittern waren nur noch Ranulf und Edgar da. Die züngelnden Flammen im Kamin bildeten die einzige Lichtquelle.

»Manche Dinge«, sagte Godwin ruhig, »lassen sich am besten im Dunkeln erledigen.«

Anna setzte sich und kratzte sich an der Hüfte. »Soll ich nach Alfric schicken?« bot sie an.

Der Mann auf der Erde schlug die Augen auf. Edgar packte ihn unter den Achseln und schob seine Füße ins Feuer.

Elin flüsterte »Gott« und wandte das Gesicht ab. Der Mund des Mannes öffnete sich weit zu einem offenbar stummen Schrei, bis Elin, die durch ihre Finger linste, erkannte, daß er hinter seinen verfaulten Zahnstümpfen keine Zunge mehr besaß.

»Hört auf«, wisperte Elin. »In Himmels Namen, nein. Er kann nicht sprechen. Seht, er hat keine Zunge.«

Edgar überhörte ihre Einwände, bis Godwin ihm mit erhobener Hand Einhalt gebot. Erst da ließ Edgar von dem Mann ab. Godwin schaute auf den Mann zu seinen Füßen hinunter und studierte das reine, animalische Entsetzen in seinen Augen. »Schneide unseren Freund los«, ordnete er in fast gutmütigem Tonfall an. »Anna, gib ihm etwas Wein.«

Edgar schnitt den Mann los. Anna kam mit einem Steingutbecher zurück. Sie drückte ihn ihm in die Hand. Er leerte ihn in einem einzigen tiefen Schluck. Sie füllte ihn erneut, um dann wortlos beiseite zu treten. Der Mann kicherte.

Elin fuhr leicht zusammen und erkannte, daß es in der Halle bis auf dieses unheimliche, leise Geräusch totenstill war. Der Mann kicherte und trank erneut. Elin sah, daß der Becher leer war.

»Schenk ihm nach, Anna«, befahl Godwin.

Wortlos füllte Anna seinen Becher. Diesmal dauerte das schwache Kichern sogar an, als er gierig den Wein hinunterstürzte. Edgar schaute zu Godwin hinüber. Elin sah, wie sich ihre Blicke über dem Kopf des Gefangenen trafen. Godwin nickte.

Edgar zog sein Schwert und führte es so schnell, daß Elin es nur als einen Lichtblitz vor ihren Augen sah. Eine Sekunde später rollte ihr der Kopf mit dem Wuschelhaar vor die Füße. Der Wein rann noch aus seinem offenen Mund.

Elin schnappte nach Luft. Sie spürte, wie die Luft in ihre Lunge schoß und sich dann mit einem Aufstöhnen Bahn brach, während der Halsstumpf einen fächerförmigen Blutschwall auf den Fußboden spritzte. Sie wandte die Augen von dem furchtbaren Anblick ab. Das Feuer hinter ihr loderte auf, als Edgar ein weiteres

Holzscheit hineinwarf. Sie fand sich unvermittelt in Rosamundes Augen blicken. Die Sechzehnjährige hockte mit gekreuzten Beinen auf dem Tisch.

Mit der Faust im Mund wimmerte Elin: »Das hättest du nicht mit ansehen dürfen.«

»Ich habe schon Schlimmeres gesehen«, versetzte Rosamunde. »Wußtet Ihr denn nicht, was Herr Godwin tun würde?«

Elin gab keine Antwort. Sie hatte es geahnt, aber nicht damit gerechnet, daß es mit so leidenschaftsloser Eile geschehen würde.

»Wo sind Wolf der Kurze und Gowen?« verlangte Godwin zu wissen.

»Sie trinken bei der Witwe«, antwortete Edgar, während er seine Schwertklinge sauberwischte. »Clea und Wolf der Kurze leisten sich Gesellschaft.«

»Geh und hol sie«, trug Godwin ihm auf. »Heute nacht statten wir der Festung einen Besuch ab und töten Rauching.«

»Das könnt Ihr nicht«, sagte Rosamunde ganz leise.

»Warum nicht?« fragte Godwin.

»Weil er nicht auf der Festung ist«, klärte Rosamunde ihn auf. »Er ist in Osberts Halle. Er hat Osbert ein prachtvolles Geschenk gemacht, eine wunderschöne Brosche. Rauching hat Geld.« Ihre Stimme klang ausdruckslos, unbeteiligt, kalt, überhaupt nicht wie die Stimme eines jungen Mädchens.

»Woher weißt du das alles?« wunderte sich Godwin.

»Eine von den Damen der Witwe ist meine Freundin«, erwiderte Rosamunde. »Ich habe sie heute getroffen. Einige der Mädchen sind gemietet worden, um die Männer zu unterhalten.«

»Aha, Rauching hat also begonnen, die Stadtleute einzuwickeln«, stellte Godwin fest.

»Er spricht mit den Bauern«, sagte Rosamunde. »Wenn es das ist, was Ihr meint. Sie murren alle. Sie sagen, wenn sie nicht aus der Stadt raus dürfen, um die Winterernte in die Erde zu bringen, werden wir alle verhungern. Das Mädchen berichtete mir, Rauching würde nette Sachen über Haakon erzählen. Daß Haakon nur unser oberster Herr sein will und daß der Widerstand, den ihm der Bischof und seine Frau leisten, uns alle umbringen würde.«

»Armer, mißverstandener Haakon«, höhnte Godwin. »Ein Mann der Vernunft. Dieser Ausbund an Mäßigung, Entgegenkommen und Friedfertigkeit. Glaubst du ihm?«

»Während die mich in ihrer Gewalt hatten«, erzählte Rosamunde mit leiser, aber gepreßter Stimme, »erlebte ich, wie ein Gutsherr sich ihnen ergeben wollte. Der Kapitän des Schiffs bot ihm ehrenvolle Bedingungen an. Die Männer auf dem Schiff schnitten ihm die Kehle durch.«

»Die des Kapitäns?« fragte Godwin.

»Ja«, fuhr Rosamunde fort. »Dann brannten und metzelten sie alles nach Belieben nieder. Haakons Männer würden nicht zulassen, daß er uns verschont, selbst wenn er dazu geneigt wäre. Die Stadt ist eine zu reiche Siegesbeute.« Rosamunde sprang vom Tisch und floh mit klimpernden Fußkettchen.

»Was sollen wir tun?« wandte Edgar sich an Godwin.

Godwin setzte sich mit hängenden Schultern in einen Sessel am Feuer. »Die Kleine weiß eine Menge über diese Teufel, nicht wahr?« sagte Godwin zu Elin.

»Sie haben sie in die Stadt gebracht und an die Witwe verkauft«, erläuterte Elin.

»Godwin«, wiederholte Edgar. »Was werden wir unternehmen?«

Godwin gestikulierte in Richtung der kopflosen Leiche auf dem Boden. »Zuerst müssen wir diesen Abschaum in den Fluß schmeißen. Ruf Ine.«

Ine tauchte kurz darauf auf und sah Godwin aufmerksam an. Godwin zeigte auf die Leiche. »Nimm den Toten und steck ihn in einen Sack, und dann schmeiß ihn in den Fluß.«

»Kopf?« fragte Ine.

»Ja. Den Kopf auch«, sagte Godwin.

»Sack, Steine, Fluß.« Dann hielt Ine inne, musterte den Fußboden und fragte: »Lappen?«

Godwin drückte ihm eine Silbermünze in die Hand. »Ich mag dich«, lobte er Ine. »Du begreifst sofort das Wesentliche.«

Oben erbrach sich Elfwine in den Nachttopf. Ihre Haut fühlte sich eiskalt an, und sie war vor Entsetzen schlapp. Sie hatte alles mitgehört, was unten vorgefallen war, und ihr war nicht entgangen, daß Godwin keine Antwort auf Edgars Frage gehabt hatte. Falls die Stadtbewohner sich insgeheim dazu entschlossen, Haakon die Tore zu öffnen, dann besäße Godwin keine Möglichkeit, ihnen Einhalt zu gebieten.

Sie würgte erneut, bis ihr bewußt wurde, daß ihr Magen völlig leer sein mußte. Der Schmerz in ihrem Unterleib wollte nicht aufhören. Elfwine erinnerte sich mit panischem Schrecken an ihr hemmungsloses Liebesspiel mit Rauching. Hatte sie sich ihm zu früh nach der Geburt des Kindes hingegeben? War irgend etwas nicht in Ordnung? Sie putzte sich den Mund ab, spülte mit Wein nach und spuckte in den Topf aus.

Nein, entschied sie und nippte noch einmal an dem Wein. Der Schmerz ließ inzwischen nach und war fast verschwunden. Heute nacht hatte sie eine Verabredung mit Rauching in der Kirche. Sie hatte ihm zwei Dinge mitzuteilen. Erstens, daß Godwin einen seiner Männer getötet hatte. Und zweitens, daß Owen fort war.

KAPITEL 11

Rauching war halb betrunken, als er sich die Straße hinunter zur Kirche schlich. Die meisten Menschen in der Stadt lagen jetzt bereits sicher und warm in ihren Betten. Die einzigen Lichter brannten in der Schenke, in der Halle der Witwe und in Osberts Haus. Das Licht aus Osberts Haus fiel auf die Straße hinaus, begleitet von Rufen und lautem Gelächter. Nachdem die Frauen sich zurückgezogen hatten, war das Fest zu einem Saufgelage ausgeartet. Die Anwesenheit der Damen der Witwe verlieh dem Fest den Anstrich einer kleineren Orgie.

Die meisten der Bauern waren Osberts Kunden, und er war ein Mann, der seine Geschäftsbeziehungen eifrig pflegte. Rauching hatte eine Reihe äußerst zufriedenstellender Gespräche mit ihm geführt. Diese Gespräche begannen für gewöhnlich mit einem: »Nun, ich bin kein Freund von diesem Haakon, aber … ich glaube, der Bischof und Godwin mißverstehen seine Absichten.«

Bald fand man ihn vor Bekehrten predigen. Er erzählte diesen Männern nur, was sie unbedingt hören wollten, und überzeugte sie davon, würden sie Frieden mit Haakon schließen, dürften sie ihre Saat pflanzen und alles in allem ihr Leben so weiterführen wie bisher.

Diese Landmänner wünschten sich den Frieden nicht nur, sie brauchten ihn. Über ihren Köpfen schwebte die unausgesprochene Befürchtung, daß Hunger und Seuchen die nächsten Besucher in der Stadt sein würden, wenn beide Seiten sich weiterhin befehdeten. Rauching stimmte ihnen mit Freuden zu, bis Wein und Bier die Möglichkeit für jedes vernünftige Gespräch ertränkten.

Fröhlich vor sich hin summend, schlich er von Schatten zu Schatten über den Platz, hin zur Kirche und zu Elfwine. Als er sie fand, erschien sie ihm beinahe wie eines der Gemälde auf der Kirchenwand. Mit der Ausnahme, daß ihr Gesicht zu fahl war und sich von den rötlichen Pigmenten der anderen Figuren abhob. Er nahm sie in die Arme und spürte den Druck seiner Erektion zwischen seinen Lenden. Er konnte es kaum erwarten, sein Horn in sie zu bohren. Die Tatsache, daß die Kirche ein geheiligter Ort war, verstärkte nur sein Verlangen.

Sie löste ihren Mund von seinem und wandte sich ab. »Godwin hat einen deiner Männer getötet.«

Rauching lachte. »So schnell? Was hat er angestellt?«

»Er hat versucht, Frau Elin mit einer kleinen Armbrust zu töten.«

»Er hat also versagt«, meinte Rauching. »Ich habe ihm zehn Goldstücke für den Fall versprochen, daß es gelingt. Wie hat Godwin den Narren umgebracht? Langsam, will ich doch hoffen.«

»Schnell«, widersprach Elfwine mit dem Anflug eines Lächelns. »Edgar hat ihn geköpft.«

Rauching lachte. »Das ist besser, als er es verdient hat.«

»Das ist noch nicht alles. Owen ist fort.«

Rauchings Finger schlossen sich schmerzhaft um ihre Oberarme. »Fort? Wohin fort?«

Elfwine stieß einen leisen Seufzer des Entsetzens aus. »Ich weiß es nicht. Hör auf, hör auf, du tust mir weh.«

»Hündin«, zischte Rauching. »Wenn du mir nicht alles erzählst, was du weißt, tue ich dir nicht nur weh, sondern erwürge dich.«

Sie riß sich los. »Du hörst jetzt auf«, redete sie drauflos, »oder ich schreie und wecke den ganzen Haushalt auf. Ich meine es ernst, ich tue es wirklich.«

Rauching blieb wie angewurzelt stehen und lauschte dem Pochen seines Herzens in den Ohren, als ihm bewußt wurde, daß er nüchtern war und am ganzen Leib zitterte. Mit Mühe beherrschte er sich. Es gelang ihm, in ruhigem Tonfall zu Elfwine zu sagen: »Aber, aber. Meine Hübsche, meine Süße. Es tut mir leid, wenn ich dir weh getan habe. Du hast mich nur erschreckt, und ich vergesse immer wieder, wie stark ich bin.«

Elfwine ließ sich beschwichtigen und rückte wieder näher. Rauching legte den Arm um sie, und wenig später merkte sie, daß seine Hand sich unter ihrem Kleid nach oben gearbeitet hatte und sie zwischen den Beinen streichelte. Sie erstarrte und entspannte sich kurz darauf. Seine Liebkosung war die erfahrenste, die sie je kennengelernt hatte. Anders als die anderen Männer, mit denen sie das Bett geteilt hatte, schien er genau die Stellen am Körper einer Frau zu kennen, die sie absolut wild machten. Einen Augenblick später winselte sie, preßte ihr Geschlecht gegen seine Hand und hielt ihn umklammert, während ihre Nägel sich in seinen Rücken gruben.

Rauching nahm seine Hand weg. »Erzähl es mir«, keuchte er.

»Ich will dich«, flüsterte Elfwine.

»Zuerst erzählst du es mir«, lechzte Rauching. »Dann bekommst du alles, was du willst – mehr, als du willst.«

»Ich weiß es wirklich nicht.« Elfwine atmete stoßweise. »Aber Anna sagt, er ist mehr Männer holen gegangen. Wahrscheinlich bei seinem Vater.«

Rauching stieß einen unterdrückten Jubelschrei aus und warf sie zu Boden.

Haakon und seine Männer schlugen ihr Lager auf einer großen, langgestreckten Sandbank nahe der Flußmündung auf. Die Küste war völlig wild, und das Gebiet, wo der Fluß sich mit dem Meer vereinte, war ein dichtes Labyrinth aus Sumpf, Salzmarsch und undurchdringlichem Dornengestrüpp. Der Platz, wo die Wikinger zu lagern beschlossen hatten, war meilenweit der einzige halbwegs freie Flecken.

»Bei Ebbe scheint sie nicht überflutet zu sein«, urteilte Tosi mit einem prüfenden Blick auf die Sandbank. Ein paar verkrüppelte Bäumchen und Büsche wuchsen in der Mitte.

Haakon knurrte.

»Haakon«, sagte Tosi langsam und überlegt. »Wenn wir hier eine Festung errichten wollen, um die Schiffahrt flußaufwärts zu unterbinden, müssen wir solche Dinge bedenken.«

»Wir bauen gar nichts«, entgegnete Haakon. »Ich will es nur Godwin glauben machen.«

Tosi scharrte mit den Füßen im Sand. »Was tun wir dann hier?«

»Wir warten darauf, daß Rauching uns eine Nachricht zukommen läßt«, antwortete Haakon. »Ich habe ihn ausgeschickt, um in der Stadt Zwietracht zu säen. Ich hoffe, es gelingt ihm.«

Genau in diesem Augenblick betraten zwei von Haakons Männern, die einen Sack hinter sich her schleiften, das Lager. »Das ist aus der Stadt gekommen«, sagte einer von ihnen. »Es war größer als der andere Abfall, den sie in den Fluß schmeißen, darum haben wir es dir gebracht.« Sie leerten den Sack vor Haakons Füßen aus.

»Es scheint«, meinte Tosi, »daß Herr Godwin sich nicht so leicht hinters Licht führen läßt.«

Der Leichnam hatte ein ausgebleichtes, fahles Aussehen. Der abgetrennte Kopf wirkte merkwürdig friedlich. Die Sehnen hatten begonnen, sich zusammenzuziehen, und Augen und Mund waren geschlossen.

»Einer von Rauchings Männern?« fragte Haakon.

»Ja«, gab Tosi zurück. »Und wesentlich sauberer, als er es zu Lebzeiten war.«

Niemand kam auf die Idee, eine Beerdigung vorzuschlagen. Sie übergaben den Toten der zurückweichenden Ebbe und ruderten wieder flußaufwärts, um ihren Posten unterhalb der Festung zu beziehen.

»Es wäre nicht weiter schlimm, wenn der nächste, der den Fluß hinabtreibt, Rauching im gleichen Zustand wäre«, philosophierte Tosi, als er und Haakon, einen Krug Wein miteinander teilend, am Feuer saßen.

Aber der nächste war nicht Rauching, und er war noch lebendig, wenn auch nur halbwegs. Er klammerte sich an ein leeres Faß. Der Brief an Haakon war in Leder eingeschlagen und hing an einer Kette um seinen Hals.

Haakon, der leidlich lesen konnte, teilte den Inhalt des Schreibens mit niemandem, nicht einmal mit Tosi, außer daß er sagte: »Der Mann war, denke ich, seinen Preis wert.«

Tosi wußte, das Lob bezog sich nicht auf die armselige Kreatur, die zu ihren Füßen Wasser auf die Sandbank würgte.

»Bemannt die Schiffe!« rief Haakon. »Der Bischof versucht zu fliehen.«

Im Verlauf der Zeit, die Owen mit Alshan, Sibylla und den anderen umhergezogen war, hatte er fast die Überzeugung gewonnen, sich in der Waldkunde genauso gut auszukennen wie sie. Aber er fand sie nie, wenn sie nicht gefunden werden wollten. So verbrachte er ungefähr eine Stunde damit, ziellos durch die Marschen zu streifen, ohne irgend jemanden zu sehen.

»Meine Füße sind schon völlig durchweicht, Herr Christuspriester«, beklagte sich Enar.

Alshan trat hinter einem Baum hervor und sagte: »Ja, der Boden ist sehr feucht. Warum reitest du nicht wie dein Herr?«

Owen saß auf dem Fuchshengst, den er von den Wikingern erbeutet hatte. Er ritt ihn lediglich mit einem einfachen Halfter und einer Satteldecke. Keiner in der Stadt hielt den Hengst für ein natürliches Wesen. Er duldete beispielsweise kein Gebiß im Maul. In der Gegenwart von Menschen jedoch verhielt er sich zahm wie ein Hund. Owen hatte ihn auf Elins Drängen hin mitgenommen. »Er ist kein Schlachtroß«, hatte sie gesagt. »Aber er kann laufen wie der Teufel, wenn du offenes Gelände erreichst. Nichts kann ihn einholen, nicht einmal Enar. Er wird dich binnen eines Tages zur Feste deines Vaters tragen. Und wenn man ihn gut behandelt, ist er gehorsam.«

»Ich mag keine Pferde«, nörgelte Enar. »Nicht einmal das da.«

Alshan ging auf Owen zu.

»Wo sind die anderen?« fragte Owen. »Wir sind aufbruchbereit.«

»In der Nähe«, erhielt er zur Antwort.

Owen erhaschte eine flüchtige Bewegung im Augenwinkel, und dann sah er Sibylla. Sie hatte neben einem mit braunem, totem Laub bedeckten Gebüsch gestanden. Solange sie sich nicht bewegt hatte, hatte er sie nicht bemerkt. »Die Kinder haben wir weggeschickt«, erklärte sie. »Wir sind auch bereit.«

Tigg tauchte auf. Er saß auf einer großen, aus verschiedenen abgebrochenen Ästen und Baumstämmen gebildeten Baumfalle, die der Fluß angeschwemmt hatte. Er glitt zu Boden und ging lautlos auf Owen zu.

Owen stieg ab, und die fünf versammelten sich, indem sie sich still auf die Fersen hockten: Owen, der Krieger im Kettenhemd; Enar, sein Gefährte, nur mit einer schweren Wolltunika und Hosen mit kreuzweise geschnürten Beinlingen bekleidet; und die drei Waldleute in ihren Hirschlederüberwürfen und Lederhosen. In dem finsteren Sumpf wirkte ihre Haut fast genauso dunkel wie ihre Kleidung.

»Ihr wißt, wohin ich will?« fragte Owen Alshan. »Ihr kennt die Feste meines Vaters.« War Alshan ihr Anführer, ihr Häuptling? Owen war sich nicht sicher. Die übrigen schienen ihm zu gehorchen und ihm bereitwillig zu folgen. Der kleine Mann äußerte nie etwas, was wie ein Befehl geklungen hätte, noch gebrauchte er Gewalt gegen irgendeinen seiner Gefährten. Owen hatte es nie erlebt, daß sie untereinander auch nur so etwas wie einen Stoß ausgeteilt hätten.

Die drei lachten in sich hinein und unterhielten sich in ihrer melodischen Sprache. »Ja«, sagte Alshan. Owen trug die Kette aus Gold und Bernstein, die Elin ihm geschenkt hatte. Alshan hatte sich mit einem großen, glattpolierten Bernsteinanhänger geschmückt, der ihm an einem Lederband um den Hals hing. Alshan befingerte das Schmuckstück wie einen Talisman. »Ja, wir kennen ihn. Gestric, dein Vater, ist ein anständiger Mann. Wenn wir in der Nähe seiner Feste wandern, lassen wir uns sehen. Und dann finden wir sommers wie winters ein Festmahl an der heiligen Quelle auf seinem Land für uns bereitgestellt. Er läßt uns nie hungrig ziehen. Ich denke, man wird uns willkommen heißen, wenn sein Sohn uns in seine Halle führt. Obschon es heißt, er habe zugelassen, daß die Priester ihm Wasser über den Kopf gegossen haben.«

»Mein Vater ist getauft«, bestätigte Owen.

»Um das Frankenmädchen zu erobern, Clothilde«, führte Alshan aus. »Dafür hat er sich von den Priestern benetzen lassen.«

Owen ärgerte sich ein wenig über Alshans Bemerkung, mußte aber zugeben, daß er die Situation richtig beurteilt hatte. Als man wegen einer möglichen Eheschließung an Clothilde herangetreten war, hatte eine ihrer Bedingungen gelautet, ihr zukünftiger Ehemann müsse Christ sein. In der Öffentlichkeit hielt er sein Wort, und unter seinen Männern wurde nie über die alten Wege gesprochen. Aber Owen wußte, daß in Gestrics Halle wie nahezu überall die Dinge insgeheim weiterliefen wie bisher. Er hatte bislang nicht glauben wollen, daß Gestric Anteil daran hatte, aber wenn Alshan recht behielt ... nun, Owen wußte, daß sein Vater in vielerlei Hinsicht seine Meinung für sich behielt. Vielleicht tat Clothilde das ja ebenfalls.

»Wie reisen wir?« wollte Owen erfahren. Es brannte ihm auf den Nägeln, endlich aufzubrechen.

Enar sah sich vorsichtig um. Das Weiße seiner Augen blitzte in der grünen Düsternis auf. »Haakon ist auf dem Fluß«, eröffnete er ihnen. »Wir haben sein Schiff vorbeifahren sehen.«

Die Frau, Sibylla, lachte leise auf. Ihre grünen Augen waren so dunkel wie ein Dickicht von Eichenschößlingen. Im Vergleich zu ihrer braunen Haut jedoch wirkten sie hell. »Wenn seine Leute so viel Lärm machen wie du, Sachse, wird es uns keine Schwierigkeiten bereiten, ihnen auszuweichen.«

»Wir werden tagsüber reisen, am Fluß entlang«, entschied Tigg. »Bis wir offenes Gelände erreichen. Im Augenblick ist Neumond. Über offenes Gelände auf dem Weg zur Feste deines Vaters werden wir einen Spurt einlegen. Haakon konnte nicht verhindern, daß wir dich in die Stadt zurückgebracht haben. Er kann auch nicht verhindern, daß ...«

Owen beobachtete Sibyllas Augen. Sie blickten aufmerksam auf einen Fleck zu Enars Füßen. Owen entdeckte die Schlange so, wie er die Frau entdeckt hatte – als sie sich bewegte. Er packte sich Enar und riß ihn beiseite.

Das Tier besaß dasselbe Muster wie der Teppich aus abgestorbenen Blättern um sie herum. Es schien beinahe ein Teil des Waldbodens zu sein. Enar starrte es kurz an, dann griff er nach der Axt in seinem Gürtel.

Sibylla rief: »Nein!« Eine Sekunde später stand sie mit gespreizten Beinen über der Schlange und bückte sich.

»Laß es!« rief Owen. »Vielleicht ist sie giftig.«

»Ist sie nicht«, wußte Sibylla. »Ich kenne die Art. Sie ist gekommen, um uns eine Botschaft zu bringen.« Die Schlange ließ sich wie ein zahmes Haustier in die Hand nehmen. Ihre wie emailliert wirkenden Windungen reichten Sibylla bis zu den Ellbogen hinunter. Sibylla hielt sie direkt hinter dem Kopf fest.

Enar, der an Owens Seite stand, starrte dem Ding mit dumpfer Faszination in die Augen. Es sah Owen eindringlich an, dann wandte es seinen Kopf Enar zu. Der braune, schmale Schädel mit dem starrlippigen Reptilienlächeln drehte sich in Sibyllas Hand und schaute den Fluß hinauf. Die schwarze, gespaltene Zunge schnellte heraus und wieder zurück. Dann drehte sich der Kopf erneut und schaute in Richtung der Küste. Die bräunlichen Windungen strafften sich. Die Schlange glitt aus Sibyllas Hand auf das morastige Flußufer zu. Sie schlängelte sich durch das hohe Gras zu einem mit spröden Binsen bewachsenen Tümpel und weiter in Richtung Ozean.

»Ich weiß nicht, wohin der Weg uns führen wird«, sagte Sibylla, während sie der Schlange hinterhersah. »Wir werden wie geplant am Fluß entlangziehen, aber nicht zur Feste deines Vaters.«

Godwin ließ Elin an jenem Abend Owens Platz am Kopf der Tafel einnehmen. Er selbst nahm auf der langen Bank an ihrer Seite Platz. Die Männer und Frauen aßen alle zusammen. Der Haushalt wappnete sich für den Kampf, und jeder von ihnen wußte es.

Anna bediente Elin auf dieselbe Weise, wie sie Owen bedient hätte, wäre er da gewesen. Von Zeit zu Zeit betrachtete Elin den Verband an ihrem Arm und die dunklen Flecken vor dem Kamin.

»Versucht, es zu vergessen«, riet ihr Godwin.

»Warum?« fragte sie leise.

»Was sollte ich denn mit ihm machen, Elin? Ihn freilassen, damit er es noch mal versuchen kann?«

Elin nagte kurz an ihrer Unterlippe, bevor sie sich Annas Suppe widmete, einem sämigen Rindfleischeintopf mit Zwiebeln und dem Brot und Käse der letzten Woche.

Selbst über den ganzen Platz hinweg konnte sie den Festlärm hören, der von Osberts Haus in der Nähe des römischen Tors herüberdrang. »Osbert und Rauching bewirten die Bauern heute nacht schon wieder«, sagte Ranulf. Er saß an Elins anderer Seite, Godwin gegenüber. »So viel zu Treue und Dankbarkeit.« Das letzte Wort spuckte er wie einen Fluch hervor.

»Laste es ihnen nicht zu sehr an«, meinte Godwin. »Rauching erzählt ihnen genau das, was sie hören wollen.«

Die Ritter saßen nebeneinander auf Godwins Seite, erst Edgar mit seinem kurzgeschorenen schwarzen Bart und dem blassen Gesicht, dann Gowen. Gowen mit seiner mächtigen Brust und den breiten Schultern überragte die anderen, kleineren Männer. An ihm, dachte Elin bei sich, ist genug dran für zwei Männer – und essen tut er für drei.

»Ich bin trotzdem der Meinung«, verkündete Gowen, während er die Suppe in einem Zug verschlang, »daß wir zu Osbert gehen, Rauching auf die Straße zerren und ihn töten sollten.«

»Nein«, widersprach Godwin. »Wir werden Osberts Gastfreundschaft nicht zum Gespött machen. Mach dir eine Person in dieser Stadt zum Todfeind, und schon hast du eine Blutfehde mit allen anderen am Hals.«

»Das stimmt«, bestätigte Ranulf bekümmert. »Osbert würde Euch nie verzeihen, und er ist eng mit Gunther, Siefert und den anderen verwandt. Auch wenn sie sich untereinander streiten – wenn man einen von ihnen beleidigt, halten sie wie Pech und Schwefel zusammen.«

»Meine Brüder würden ihnen helfen«, warf Elfwine ein. »Sie sind Osbert sehr verpflichtet. Sie betrachten sich als seine Gefolgsleute. Sie gehen ihm häufig beim Schlachten zur Hand, und dann haben wir satt an den Knochen und Kutteln zu essen, die sonst keiner haben will.«

Ingund, die Miene finster und brütend unter der Krone aus roten Zöpfen, trug eine Platte mit Jungenten, zubereitet mit Quitten und Zitrone, herbei und stellte sie mit lautem Knall auf den Tisch.

Gowen spießte zwei der Entchen mit seinem Messer auf und langte gerade nach dem dritten, als er die kitzelnde Berührung von Edgars Messer an seinem Handrücken spürte.

»Laß uns auch etwas über«, sagte Edgar ruhig.

Gowen schaute auf ihn herunter, die großen blauen Augen ausdruckslos wie Glas. »Nimm dein Messer da weg, oder ich breche dich entzwei wie einen Sack trockener Stöcke.«

»Nein, wirst du nicht«, klärte Wolf der Kurze ihn auf. »Finger weg von den Entchen, oder ich ramme dir mein Messer durchs Genick, geradewegs in dein Hirn.«

Elin erstarrte auf ihrem Platz.

Gowen sah sich Edgar zu seiner Rechten sowie Wolf dem Kurzen zu seiner Linken gegenüber, der ihm in der Tat die Messerspitze an den Nacken hielt.

»Gowen«, mischte Ingund sich ein. »Wenn ich Ihr wäre, würde ich die Entchen vergessen. Ich habe einen ganzen mit Kohl gefüllten Schinken da drüben in dem Topf. Auf den werdet Ihr bestimmt nicht verzichten wollen.«

Gowen wandte sich wieder seinem Essen zu, riß eine Jungente mit bloßen Händen mitten durch und begann sie zu vertilgen. Er warf Wolf dem Kurzen, der sich ebenfalls wieder ans Essen machte, einen bösen Blick zu. »Du wirst langsam kauzig. Was ist los? Will Clea nichts mehr von dir wissen und verweigert dir die kostenlose Benutzung der Mädchen?«

»Sie hat mich vergessen, seit dieser Rauching da ist. Sie zieht mir diese gelackte Schlange vor. Die Mädchen auch. Er ist sehr freigebig mit seinem Gold.«

Elin entspannte sich und fragte flüsternd: »Godwin, verbünden sie sich immer gegen ihn?«

»Ja«, erwiderte der. »Sie verfügen über eine rudimentäre Intelligenz. Niemand könnte allein gegen ihn bestehen. Er hat Rosamunde satt und sie ihn. Er braucht eine andere Frau. Ein Mord beim Abendessen verdirbt mir den Appetit.«

»Was ist mit Rauching?« flüsterte Elin weiter.

Ingund, die sich neben Wolf den Kurzen ans Ende der Tafel gesetzt hatte, trank Bier aus einem Steingutbecher. Sie schmetterte ihn so heftig auf den Tisch, daß er zerbrach. »Hört auf, miteinander zu flüstern. Sagt offen und ehrlich, was Ihr zu sagen habt, so daß der Rest von uns es auch hören kann.«

»Halt's Maul, Ingund«, fuhr Anna sie an. »Du bist betrunken.«

»'sss wäre möglich«, gestand Ingund und bekam einen Schluckauf.

Elin blickte wütend drein, aber Godwin wahrte die Beherrschung.

»Sie hat ihr Herz an diesen sächsischen Schlagetot verloren, diesen Enar, und jetzt ist er weg«, sagte Anna philosophisch. »Wer weiß, ob er zurückkommt?«

»Er ist kein Schlagetot«, fauchte Ingund. »Er hat mich nie unsanft angefaßt.« Sie brach in Tränen aus.

»Der perfekte Mann«, seufzte Anna, und auch in ihren Augen schwammen Tränen.

Elin bemerkte, daß die alte Frau leicht angesäuselt wirkte. Die beiden Köchinnen hatten sich am Kochwein gütlich getan.

»Nein«, schluchzte Ingund mit dem Kopf auf dem Tisch. »Ich lasse nicht zu, daß man Enar verleumdet. Er ist nicht minder aufbrausend als jeder Mann, aber er hat gehörige Angst vor meinem Vater.«

»Das ist verständlich«, murmelte Godwin.

Plötzlich sprang Ingund auf. »Laßt uns Rauching töten!« rief sie.

»Setz dich hin!« donnerte Godwin. Ingund setzte sich. »Jetzt«, sagte Godwin, »reden wir über Rauching.« Seine Augen wanderten flüchtig in die Runde. Sein Blick war zwingend. »Ich weiß, was Rauching den Bauern weismacht. Und ich weiß, daß er bei ihnen auf offene Ohren trifft.«

Ranulf sah so aus, als wolle er etwas sagen. Edgar ebenfalls. Godwin hob die Hand. »Aber«, fuhr Godwin fort, »ich glaube nicht, daß jemand so überstürzt handeln würde, daß er zum Tor rennt und es den Wikingern aufmacht. Zumindest nicht ohne ein paar verbindlichere Garantien als die, die Rauching ihnen zur Zeit anzubieten hat.«

»Nein«, stimmte ihm Rosamunde leise von ihrem Platz neben Elfwine zu. »Im Augenblick ergeht er sich in Andeutungen und Vorschlägen.«

»Genau«, sagte Godwin. »Und ich glaube nicht, daß irgend jemand in der Stadt etwas aufgrund von Andeutungen und Vorschlägen unternimmt.« Godwin wandte sich an Ranulf. »Sind die Armbrustschützen auf ihrem Posten?«

»Ja, Herr«, antwortete Ranulf. »Denis ist bei ihnen. Ich gehe bald zu ihnen herunter und löse ihn bei der Nachtwache ab.«

Elin fiel auf, daß er stützend den Arm um Elfwine gelegt hatte. Das Mädchen sah blaß aus. Sie war kalkweiß, die Haut um ihren Mund blau.

»Sehr gut«, sagte Godwin. »Ich denke, die Anwesenheit von Bewaffneten wird jede unbesonnene Tat von seiten der Bürger verhindern. Indessen wird niemand etwas wegen Rauching unternehmen, bis ich den Befehl dazu gebe. Früher oder später wird er sich offen erklären müssen, und dann kümmere ich mich um ihn.«

An den aufsässigen Mienen auf vielen Gesichtern ließ sich ablesen, daß die Zustimmung alles andere als einmütig war, aber niemand war so dreist, Godwin offen zu widersprechen, und der Rest der Mahlzeit verlief in verdrossenem Schweigen. Als Elin Anstalten machte, sich von der Tafel zu erheben, zupfte Ranulf sie am Ärmel.

»Herrin«, sprach er sie an. »Ich sorge mich um Elfwine. Sie blutet wieder.«

Elin rief Anna, und sie halfen dem Mädchen die Treppe hinauf. Als Elin ihre Untersuchung beendet hatte, verließ sie, Anna im Schlepptau, den Raum mit Gewittermiene, um sich Ranulf in der Halle vorzuknöpfen.

Der Junge legte Rüstung und Waffen für seine Schicht am Tor an. Er zog seine Halsberge über den wattierten Waffenrock und schnallte gerade das Schwert fest, als er sich umdrehte und ihrem anklagenden Blick begegnete. »Ich habe nichts getan, ich schwöre es«, versicherte er Elin. »Glaubt Ihr, ich könnte irgend etwas tun, was Elfwine schadet?«

Es lag so viel Aufrichtigkeit und Liebe in der Stimme des Jungen, daß Elins Glaube an seine Schuld ins Wanken geriet. Annas hartes altes Gesicht blieb dagegen unvermindert skeptisch. »Bist du sicher«, fragte sie, »daß ihr beide euch nicht eines Nachts habt hinreißen lassen und ...«

»Nein.« Ranulfs Haltung versteifte sich. Sein Mund wurde schmal und hart. Der gutmütige blonde Junge verschwand, und Elin fand sich in das Gesicht eines Mannes blicken. Seine blauen Augen sahen in ihre, unverwandt und ohne mit der Wimper zu zucken. »Nein«, wiederholte er. »Ich bin mir der Gefahr bewußt. Sie bedeutet mir mehr als mein Leben – sie und das Kind. Ich würde es nie zulassen, selbst wenn sie mich darum gebeten hätte. Niemals. Nein. Niemals. Ich werde nicht schwören, Frau Elin, aber so wahr ich ein Mann bin, ich hätte mich eher in mein eigenes Schwert gestürzt, als vor Ablauf der geziemenden Zeit Hand an Elfwine zu legen.« Er senkte den Kopf. Seine Züge wurden wieder weicher, wurden wieder zu denen des blonden Jungen. »Elin, ich hab' solche Angst. Ich war krank vor Angst, als sie es mir erzählte. In Gottes Namen, wird sie wieder gesund?«

Elin sah in seine gequälten, angsterfüllten Augen und ergriff seine Hände. »Die Blutung ist unbedeutend. Vielleicht hat sie sich in den letzten Tagen überanstrengt. Wir werden sie ins Bett stecken. Anna und ich werden bei ihr wachen. Jetzt geh zum Tor. Godwin erwartet dich.«

Ranulf nickte, drehte sich um und schritt durch das große Tor auf den Platz hinaus. Elin und Anna begaben sich an den Herd, wo sie sich ungestört unterhalten konnten. Die Ritter saßen um den Tisch. Alfric erzählte ihnen mit gedämpfter Stimme eine Geschichte. Gekicher und leises Glucksen drangen von der Gruppe herüber. Elin vermutete, die Geschichte sei eine solche, die Alfric als für Damenohren unschicklich erachtete. »Ein heiligmäßiger Mann«, bemerkte Elin.

»Ein Heiliger, der erstaunlich viele zotige Geschichten kennt«, wandte Anna düster ein. »Elin, ich schwöre, daß ein Mann bei Elfwine gelegen hat. Und vermutlich ein Mann, der wesentlich gröber als Ranulf ist.«

»O Gott«, seufzte Elin und legte einen Finger auf Annas Lippen. »Psst, Anna. Sag so etwas nicht. Du nimmst doch nicht etwa an…«

»Ich nehme überhaupt nichts an. Ich weiß, was ich gesehen habe, als ich zwischen ihre Beine geschaut habe. Und was die Überanstrengung angeht, dieses Mädchen hat sich in ihrem ganzen Leben noch nicht überanstrengt. Rosamunde ist halb so groß und kann doppelt soviel Arbeit in der halben Zeit erledigen.«

»In Himmels Namen, Anna, hüte deine Zunge. Es würde Ranulf das Herz brechen. Er liebt sie abgöttisch.«

»Er sollte sie weniger lieben und mehr schlagen«, knurrte Anna. »Überlaßt sie mir, Elin. Ich prügele die Wahrheit mit der Reitpeitsche aus ihr heraus. Ich finde heraus, wer der Mann ist, und mache dem Ganzen ein Ende, bevor Ranulf herausfindet, was vor sich geht. Er ist nicht der Mann, der sich lächelnd Hörner aufsetzen läßt. Er wird sie und vielleicht sogar das Kind töten.«

Elin merkte, sie stand so nah am Feuer, daß die Hitze ihre Beine versengte. »Eine Reitpeitsche«, flüsterte sie. »Anna, ich könnte so etwas nicht gutheißen…«

»Bah, Elin. Ihr seid wie Godwin. Ich schätze, das ist das edle Blut in Euch. Viel zu weichherzig und zart besaitet.« Die alte Frau hakte die Daumen in ihren Gürtel ein und musterte sie mit grimmiger Belustigung. »Elin, ich bin in irgendeinem Gebüsch an einem Bachufer zur Welt gekommen. Meine Mutter trug den Halsring einer Leibeigenen. Stark der Kräftige, Owens Großvater, beanspruchte jedes lebend geborene Kind einer jeder Frau, der er beigewohnt hatte – wenn man ein so höfliches Wort für die Art und Weise meiner Zeugung benützen möchte. Mit ihrem dicken Bauch machte meine Mutter ihr Glück. Was ich sagen will, ist folgendes: Ich weiß, wie Schlampen wie Elfwine denken. Wenn irgend jemand ihr ein hübsches Geschenk oder genug Geld unter die Nase hält, ist sie auf und davon wie eine heiße Hündin und zeigt ihr Hinterteil jedem, der es sehen will.

Ob es Euch gefällt oder nicht, Ranulf ist ihr einfach nicht gewachsen. Wenn der Junge nicht so peinlich auf ihre Gesundheit Rücksicht genommen hätte, wäre sie wahrscheinlich zu Hause geblieben und hätte keine Dummheiten gemacht. Also überlaßt mir die Sache. Ich prügele ihr die Wahrheit aus dem Leib und mache der Sache ein Ende. Das ist Euch doch gewiß lieber, als daß die Angelegenheit mit Mord und Totschlag endet.«

Elin nickte. »Ja, aber nicht heute nacht. Das Mädchen ist zu krank. Ich möchte nicht, daß du sie ins Grab bringst.«

»Ha«, schnaubte Anna. »Mir würde es nichts ausmachen, sie ins Grab zu bringen. Die kleine Hündin sollte es besser wissen, als dem Haushalt in einer solchen Zeit Schande zu bereiten. Ich schlafe heute nacht neben ihr. Solange ich da bin, wird kein Mann in ihr Bett schlüpfen. Am Morgen nehme ich sie mit in den Stall und finde heraus, was sie im Schilde führt.«

»Wie wollen wir Ranulf die Striemen erklären?« gab Elin zu bedenken.

»Gar nicht«, meinte Anna. »Es wird keine Striemen geben. Die kleine Schlampe ist so schuldig wie Judas Ischariot. Sie wird jammern und gestehen, sobald sie die Peitsche in meiner Hand nur sieht!«

Als Elin Annas grimmiges altes Gesicht mit der Hakennase betrachtete, glaubte sie das gerne. Im selben Augenblick wurden die Runzeln und Falten in Annas Gesicht weicher. Sie lächelte. Sie legte den Arm um Elins Schulter, und gemeinsam gingen die beiden Frauen auf die Tür zu. »Dann bist du ja Owens Tante«, folgerte Elin.

»Das bezweifle ich«, gluckste Anna. »Meine Mutter war eine Frau mit einem großen Bekanntenkreis. Sie hatte fünf rechtmäßige Ehemänner und arbeitete gerade an dem sechsten, als ein Fieber sie zur Unzeit hinwegraffte. Darum sagte ich auch, daß ich Elfwine verstehe. Mutter hob ihre Röcke für jeden Mann, der ihr genügend bot. Und ich kann nicht behaupten, daß ich selbst in meiner Jugend besonders wählerisch war. Ich würde nicht mal einen Furz auf Elfwines Geilheit geben, wenn sie sich nicht den falschen Mann für ihre Spielchen ausgesucht hätte. Solange ich verheiratet war, habe ich mich stets benommen. Das sollte sie auch.«

»Zum Teufel mit Elfwine«, flüsterte Elin. »Zum Teufel mit all diesen unglücklichen Zufällen. Ich wünschte, ich wäre bei Owen. Es sind Zeiten wie diese, die mich bedauern lassen, daß ich als Frau geboren wurde. Ich wünschte, ich könnte gehen und an seiner Seite laufen. Kein Mond steht am Himmel, und die Sterne wirken so nah, daß du meinst, du könntest sie berühren, wenn du nur auf die obersten Äste eines Baums klettern würdest.«

Anna lachte. »Habt Ihr das schon einmal getan? Ich meine, auf einen Baum zu klettern, um zu sehen, ob Mond und Sterne näher kommen?«

»Als Kind, ja«, antwortete Elin.

»Ich auch«, gestand Anna. »Mein Gott, wie die Halle stinkt, Kochgerüche, ungewaschene Körper.« Sie schoß den um den Tisch versammelten Männern einen unfreundlichen Blick zu. »Und der verdammte Kamin qualmt.«

Elin zuckte die Schultern und stieß eine der beiden großen Flügeltüren der Halle auf. »Alle Kamine qualmen«, erklärte Elin schicksalsergeben.

Die Nacht wehte herein, kalt, klar und frisch. »Ich bleibe noch einen Moment auf der Treppe stehen und schaue zu den Sternen hoch«, ließ sie Anna wissen, »dann komme ich rein und gehe ins Bett.« Sie schlüpfte hinaus und blieb auf der breiten obersten Stufe stehen, von wo man den Platz überblickte. Anna gesellte sich zu ihr.

Die Schenke war noch hell erleuchtet, und auch in den Fenstern des Hauses der Witwe daneben brannte noch Licht. Weiter unten auf der Straße standen die Türen von Osberts Halle weit offen. Der Wind trug das Geschrei der fröhlichen Zecher in der Halle an Elins Ohren.

»Er feiert schon wieder mit den Bauern«, sagte Anna. »Und träufelt sein Gift in ihre Ohren.«

Elin schaute im Schein des auf die Straße fallenden Lichts zu Osberts Halle hinüber. Ihr Gesichtsausdruck war rätselhaft. Dann fiel ihr das Glühen am Horizont ins Auge. »Das kann noch nicht die Dämmerung sein«, flüsterte sie. »O mein Gott, mein Gott!« rief sie immer wieder gequält.

Dann stürzte sie von Anna fort, rannte vor die Kirche und von da die Rampe zur Brustwehr vor der Festung hinauf. Erst das Geländer gebot ihrem ungestümen Vorwärtsstürmen Einhalt, indem es ihr in die Taille schnitt. Von dort konnte sie weit über das dunkle Land schauen. Die Sterne über ihr wurden von dem Feuerschein verdunkelt, der aus dem Wald flußaufwärts aufstieg. Bald darauf gesellten sich Edgar, Anna und der Rest des Haushalts zu ihr.

»Seht«, schrie Elin. »Seht doch nur! Mein Gott! Owen! Mein Gott!« kreischte sie. »Der Wald brennt!«

KAPITEL 12

Enar roch den Rauch als erster. Die Unruhe plagte ihn schon seit mindestens einer halben Stunde; er hatte es im Gespür, daß irgend etwas nicht stimmte. Sie zogen schnell am Fluß entlang, die Waldleute voran. Der Weg, den sie nahmen, schien Enar ein unnötiger Umweg zu sein, aber er war klug genug zu wissen, daß sie vorsichtig sein und jeder menschlichen Behausung ausweichen mußten. Also ging er wortlos mit ihnen mit.

Aber er erinnerte sich an die Schlange. Er haßte Schlangen und achtete sie gleichzeitig. Sie waren Söhne des Drachen, der im Meer lebte. Des Drachen, dessen Kopf den Bug der Wikingerschiffe schmückte. Sie trugen ihrem Vater Geschichten zu und raunten sie ihm ins Ohr. Mit kalten Lippen und gespaltenen Zungen erzählten sie ihm vom Tun der Menschen. Sie waren seine Boten. Die drei Verschleierten, deren Namen er nicht aussprechen würde, bedienten sich ihrer auch. Die drei Herrinnen spannen den Lebensfaden eines Mannes von der Geburt bis zu seinem Tod und kappten ihn, wann es ihnen beliebte.

»Was ist los?« fragte Owen. Er lief neben Enar. Das Pferd folgte in einem leichten Trab, eher wie ein Hund auf der Pirsch.

»Die Schlange wußte etwas, Herr Christuspriester. Ich bin froh, sie nicht getötet zu haben. Ich habe Angst.«

»Du? Angst?« lachte Sibylla.

»Ich habe stets Angst«, erklärte Enar zögernd. »Vor allem, wenn ich nicht weiß, wovor ich Angst habe. Wenn sich die Gefahr zeigt und ich sehe, daß ich damit zurechtkomme, habe ich den Mut eines verwundeten Ebers.«

Sibylla sagte mit leiser Stimme etwas zu Tigg und Alshan, und sie hielten an. Sie befanden sich in der Nähe einer Stelle, wo ein kleiner Wasserlauf in den größeren Fluß mündete. Ein wirrer Haufen aus umgestürzten Bäumen, Ästen und anderem Abfall, den der Bach mitgeführt hatte, hatte die Einmündung fast vollständig verstopft und bildete ein Wehr, das sich hoch über ihnen auftürmte. Das Wasser des Nebenflusses trat in einer Reihe winziger Wasserfälle aus der Wand aus Zweigen und Baumstämmen heraus und erzwang sich den Durchgang zum Strom und weiter zum Meer.

»Was spürst du, Sachse?« wollte Alshan wissen.

»Ich weiß nicht«, gab Enar zurück. »Ich wünschte, wir hätten ein bißchen Licht. Mir stehen am ganzen Körper die Haare zu Berge.«

Es wurde dunkel. Über den Hügeln entlang des Flusses gab es noch etwas Licht. Es tauchte die Baumwipfel in Flammen. Das Flußtal jedoch lag im Schatten; es herrschte das grün-braune Dämmerlicht eines Winterwaldes.

»Es ist sehr still«, äußerte Sibylla schaudernd. »Ich kann keinen Laut hören. Alle Vögel schweigen. Ich bin sicher, der Sachse hat recht.«

»Ich rieche Rauch«, sagte Enar.

»Jemand macht ein Feuer«, meinte Owen.

»Nein.« Alshan schüttelte den Kopf. »In dieser Gegend leben keine Menschen.«

Der Hirsch schoß auf der anderen Seite des Treibholzwehrs aus dem Wald wie ein von einer Schlinge geschleuderter Stein. Sein Sprung trug ihn über die gewaltige Treibholzansammlung aus Bäumen und zerbrochenen Zweigen. Der mit einem Geweih gekrönte Kopf erhob sich über das Holz. Einen Augenblick lang suchten seine Hufe verzweifelt nach einem festen Halt, dann knickte sein Bein zwischen den abgebrochenen Zweigen um. Owen hörte den Knochen bersten.

Der Hirsch brüllte auf; seine Stimme klang in der Waldesstille wie Donnerhall. Und dann ging der Kopf mit dem Geweih zu Boden. Das Wasser färbte sich rot, als das Blut aus dem gebrochenen Bein floß. Der Hirsch röhrte noch einmal laut, bevor die letzte Stille ihn zu sich nahm. Danach hörte Owen ihn nicht mehr.

Eine Hirschkuh und ihr geflecktes Kitz, vorsichtiger als der

Hirsch, kraxelten über das Treibholzwehr und suchten sich ihren Weg über die aufgehäuften Äste. Sobald sie sicher auf der anderen Seite angelangt waren, flogen sie an Owen und den Waldleuten vorbei. Sie schenkten ihnen so wenig Beachtung, als wären sie nichts als fünf weitere Baumstümpfe.

Owen stürzte vorwärts. Ein einziger Satz brachte ihn auf den höchsten Punkt des Wehrs.

»Seid vorsichtig«, mahnte Enar. »Denkt an den Hirsch.«

Im Handumdrehen stand er wieder auf festem Boden. Jetzt wurde ihm klar, daß er das Feuer gesehen hatte, daß die Luft rauchvernebelt war. »Wir sitzen in der Falle«, keuchte er. »Das Feuer ist überall um uns herum. Unsere einzige Hoffnung ist der Fluß.«

Enar zeigte auf das Treibholzwehr. »Wenn es uns gelingt, einen der Baumstämme herauszuziehen, können wir uns auf ihm den Fluß hinuntertreiben lassen.«

Er hatte kaum ausgesprochen, als eine hohe Kiefer neben ihnen in Flammen aufging und vor ihren Augen zu einem Feuerball verglühte. In einem einzigen Auflodern verbrannten sämtliche Nadeln und ließen ein verkohltes, brennendes Baumskelett vor einem schwarzen Nachthimmel zurück. Owen und die anderen wichen rasch zum Fluß zurück, um dem Funkenregen glühender Harzklumpen zu entgehen.

Enar hängte sich in das Halfter des Fuchses, als das Pferd auf die Hinterhand stieg und dem Feuer mit einem trompetenden Wiehern seine Herausforderung entgegenzuschleudern schien. Bis zu den Knien im Fluß stehend, konnte Owen spüren, wie die Strömung an seinen Beinen zerrte. Ein Blick zurück in den Wald zeigte ihm, daß die ersten Flammen zwischen den verdorrten, vom Winter plattgelegten Schlingpflanzen und dem Unterholz hervorzüngelten. Im Bauch spürte er das schwache Kribbeln einer beginnenden Panik. An dieser Stelle konnten sie den Fluß nie und nimmer durchschwimmen. Das Wasser war zu tief, die Strömung zu reißend.

»Es ist wie immer«, hörte er Alshan sagen. »Als erstes fangen die Kiefern Feuer, dann geraten die Harthölzer in Brand, Eiche und Esche.«

»Und wenn es dazu kommt, werden wir bei lebendigem Leib geröstet«, fügte Tigg hinzu. »Oder gezwungen, ins tiefe Wasser zu gehen, wo wir ertrinken.«

Hinter ihm erscholl ein Schrei, und Owen fuhr herum und erblickte zwei Männer in einem schmalen Ruderboot. Sie hielten Fackeln in den Händen. Während er sie noch anstarrte, fast gelähmt vor Überraschung, hob einer von ihnen einen Bogen. Der Pfeil zielte auf ihn. Aus dem Augenwinkel sah er Enars Bewegung, sah den Stahl der Axt in seiner Hand aufblitzen.

Der obere Teil vom Kopf des Bogenschützen verschwand. Immer noch kerzengerade stehend, schlug der Mann ins Wasser wie ein gefällter Baum. In einer einzigen fließenden Bewegung zog sich Owen sein Kettenhemd aus und warf es Sibylla zu, die ihm von den Waldleuten am nächsten stand.

Wie ein Otter glitt er ins Wasser, sauber und ohne Wasserspritzer. Er spürte, wie die Berserkerwut von ihm Besitz ergriff, so wie Wolken vor einem Gewitter schlagartig den Himmel verdunkeln. Owen wußte, daß ihm kein Fehler unterlaufen würde. Neben dem Boot tauchte er auf. Der überlebende Mann im Boot schlug mit der Fackel nach ihm. Feuer versengte seine Wange, aber seine Hände schlossen sich bereits fest um das Dollbord. Das kleine Gefährt kenterte, und der Krieger fiel unter heftigem Platschen ins Wasser, so daß die Fackel erlosch. Der Mann trug eine Rüstung; er versank wie ein Stein.

Mit einer Hand schwimmend, zog Owen das gekaperte Boot ans Ufer. Wenige Sekunden später war Enar bei ihm, bis zur Hüfte im Wasser watend, und half, das Boot wieder aufzurichten.

»Die Ruder habe ich verloren.« Owen schnappte nach Luft. »Aber das Boot kann uns ans andere Ufer oder zu einer Furt bringen, wo wir das Feuer hinter uns lassen können.«

Enar sah ein Ruder in einem seichten Wirbel nahe dem Treibholzwehr treiben. Er stürzte sich darauf; eine gefährliche Aktion, da das Holz soeben Feuer fing. Naß, wie es war, schwelte es eher, als daß es brannte, und ließ Wolken dichten, schwarzen Qualms in den Nachthimmel aufsteigen.

»Was sollen wir denn mit einem Ruder anfangen?« rief Owen.

»Überlaßt das mir«, entgegnete Enar.

»Das Pferd«, keuchte Owen.

»Es kann fast so gut schwimmen wie Ihr, Herr Christuspriester«, brüllte Enar gegen das Tosen der Flammen an.

Sie standen inzwischen alle hüfttief im Wasser. Das Flußufer war ein einziges Flammenmeer, Bäume und Unterholz brannten lichterloh. Die Waldleute kletterten ins Boot und benützten die Ruderringe, um das Pferd mit den Zügeln am Heck festzubinden.

Enar kniete sich neben den Bug. Mit dem Ruder stieß er das Boot in die Strömung. Im selben Moment entdeckte Owen auch zwischen den Baumstämmen auf der anderen Uferseite flackernde Flammen.

Elin lag auf dem Bett, umgeben von ihren Frauen. Rosamunde wusch ihr das Gesicht mit einem feuchten Tuch ab. Gynnor, Sieferts Frau, weichte auf einem der Tische Kräuter in Wein ein. Anna stand vor dem Feuer und wärmte sich den Rücken. Ingund hielt Elins Kopf.

»Bringt mir meine Kleider, die, die ich im Wald getragen habe«, weinte Elin.

»Nein«, sagte Anna. »Haakon hat irgendwie herausgefunden, daß Owen die Stadt verlassen hat. Seine Männer werden flußauf, flußab sein.«

Rosamunde glitt von ihrem Platz an Elins Seite und sank neben dem Bett auf die Knie. Sie legte ihren Kopf in Elins Schoß und schlang die Arme um ihre Mitte.

Elin erkannte die Wahrheit. Sie hatten recht. Ihr blieb keine Wahl, als hier auszuharren. Er hatte ihr aufgetragen, die Stadt zu halten, und was immer auch geschah, sie mußte es schaffen. Ein Stich unaussprechlicher Trauer durchzuckte sie, scharf wie ein Speer. Mit dem Schmerz kam die Gewißheit, eine Gewißheit, so unumstößlich wie der Tod. Ich habe ihn verflucht, weil er zu ihnen gehört, dachte sie und erkannte die Ironie ihres Lebens. Auch ich gehöre zu ihnen. Ebenso sehr wie er, ja vielleicht in noch höherem Maße. Sie fordern meine Treue. Elin schwankte und stützte sich auf das Bett.

Im Türrahmen tauchte Judith mit einem abgedeckten Becher auf. »Ich habe hier einen Gewürzwein, Elin. Ihr werdet ihn trinken.«

Elin kapitulierte, und wie immer, wenn sie das tat, war ihre Kapitulation bedingungslos. Sie ließ zu, daß sie sie entkleideten und ihr das Haar kämmten. Sie trank den Gewürzwein und Gynnors in Wein getunkte Kräuter. Als sie vom Schlaf übermannt wurde, dachte sie wieder an Owen. Sie erinnerte sich, daß sie ihn einmal gebeten hatte, Teil seines Kampfes sein zu dürfen. Jetzt wußte sie, daß sie den einzigen Kampf anführen würde, der ihnen noch blieb – den letzten.

»Dieses Feuer ist nicht natürlichen Ursprungs«, schrie Enar Owen zu. »Haakons Kriegsschlangen werden auf dem Fluß sein.«

Er hatte den Satz noch nicht beendet, da kam das Drachenschiff in Sicht. Der Wald stand auf beiden Ufern in hellen Flammen, und das mächtige Schiff schien auf einem Fluß aus goldenem Licht dahinzugleiten. Der vergoldete, getriebene Kopf der Seeschlange glitzerte in dem blutroten Lichtschein, als bestehe er tatsächlich aus Edelmetall und nicht nur aus Farbe. Von den Fängen in dem aufgerissenen Rachen schien Blut zu tropfen.

Owen sah Haakon zum Bug hasten. Durch das prasselnde Feuer hörte er seinen Ruf. »Ergib dich, Owen. Ergib dich oder stirb.«

Enar drehte sich um und blickte Owen ins Gesicht. Er kniete im Heck, die Zügel des Pferdes in der Hand. Sein Gesicht war totenbleich, in den Augen funkelte der Irrsinn. Enar wußte, daß sie sich nicht ergeben würden.

In diesem Moment trieb eine Gegenströmung das kleine Boot auf die Uferuntiefen. Enar fühlte, wie die Feuersglut ihm die Haut versengte. Das Boot lief auf Grund, und der Hengst konnte wieder stehen. Er bäumte sich halb in dem seichten Wasser auf, wodurch Owen die Zügel entrissen wurden. Kurzfristig geriet das Tier ins Straucheln. Als es wieder sicher auf den Beinen stand, stürzte es sich, ohne zu zögern, in das Feuer.

Enar verfolgte voller Entsetzen, wie Owen und die Waldleute ihm hinterhersetzten. Enar riß sich den Umhang von den Schultern und tauchte ihn in den Fluß. Er nahm ihn wieder heraus und schlang ihn sich um Gesicht und Hals. Es war eines Mannes Pflicht, seinem Herrn zu folgen, und sei es in den Schlund der Hölle.

Er sprang aus dem Boot und fand es nicht ganz so schlimm vor, wie er befürchtet hatte. Das niedrige, trockene Gestrüpp, durch das er rannte, brannte zwar wie Zunder, aber der Boden unter seinen Füßen war kühl. Das Gras, feucht und mancherorts noch grün, hatte noch nicht Feuer gefangen. Die Kiefern um ihn herum brannten lichterloh, und er wußte, es würde nicht mehr lange dauern, bis die Harthölzer es ihnen gleichtun würden. Obwohl seine Augen von dem dicken Rauch tränten, der zwischen den Bäumen hing, sah er Owen und die Waldleute vor sich, die dem Hengst folgten. Mit einemmal verschwand das Pferd.

Enar beschleunigte sein Lauftempo und holte sie gerade noch rechtzeitig ein, um zu sehen, wie der Hengst auf den Hinterläufen die steil abfallende Böschung einer Schlucht herunterrutschte. Owen und die Waldleute taumelten hinter ihm her zu Tal. Enar rutschte auf seinem Hinterteil hinunter, und sie fanden sich auf der Talsohle eines schmalen Wasserlaufs wieder, der in den Fluß mündete.

Enar bahnte sich platschend seinen Weg zu Owen. Mit einem Ruck riß er sich den Umhang von Kopf und Schultern und stellte zu seinem Entsetzen fest, daß er fast trocken war. Er tunkte ihn in das Rinnsal im Talgrund und warf ihn sich wieder über. »Hier sind wir nicht sicher«, rief er.

In diesem Augenblick setzte das Pferd sich wieder in Bewegung, flußaufwärts, geradewegs in das Zentrum des Waldbrands. Owen, Enar und die Waldleute folgten ihm blindlings. Es schien, als führe sie jeder Schritt nur noch tiefer in das Flammenmeer. Je weiter sie vordrangen, desto heller wurde das Feuer.

Ein Stück weiter flußaufwärts waren auch die Harthölzer in Brand geraten. Sie liefen an einem weißglühenden, funkensprühenden, von einer Flammenwolke eingehüllten Buchenhain vorbei. Eine tote Kiefer, lichterloh brennend von den Wurzeln bis zur Krone, stürzte hinter ihnen in die Klamm. Der Stamm zerbarst in einem Freudenfeuer lodernder Einzelteile, das jede Rückzugsmöglichkeit vereitelte. Das Licht um sie herum war gleißender als die Sonne. Auf den Höhen der Uferböschung verwandelte sich der Wald in eine einzige Flammenwand, die einen tödlichen Feuerhauch verströmte. Das Pferd vor ihnen fiel in Galopp.

Plötzlich senkten sich die Abhänge der Flußschlucht, um in einem seichten Tümpel am Fuße eines Wasserfalls zu enden. Ein kleiner See, gespeist von einer Quelle. Ein Eichengehölz umgab den Tümpel. Die Bäume hatten Stämme, dicker, als ein Mann groß war. Die knorrigen Wurzeläste griffen in die Erde wie Finger, und die mächtigen Stämme bildeten einen Damm, der das Feuer weiter unten im Wald abhielt.

Der Hengst, bis zu den Knien im Wasser, blieb stehen. Enar watete in das kalte Wasser und spritzte es sich über Hände und Gesicht. Blasen bedeckten seine Wangen und seine Hände. Owen stand unbeweglich da, den Arm über den Pferderücken gelegt, Tigg an seiner Seite. Auf Owens Gesicht lag ein Ausdruck nackter Resignation.

»Dieser Ort war einst heilig«, sagte Tigg. »In einer längst vergessenen Zeit.«

Owen wußte, daß er recht hatte. Die Eichen waren so alt, daß einige von ihnen lange vor Julius Cäsars Kriegszug nach Gallien ihre ersten Keimblätter aus der Eichel gereckt haben mußten.

»Er ist achtlos und unbesonnen, dieser Haakon«, fuhr Tigg fort. »Sein Feuer entweiht alle Dinge. Er wird kein Glück damit haben.«

»Aber wir auch nicht«, versetzte Owen. »Wenn diese Eichen in Flammen aufgehen, wird dieser Tümpel zum Zentrum eines Infernos. Wir werden es nicht überleben.« Während er die Eichen betrachtete, begannen die Stämme der anderen Bäume zu dampfen. Die Blätter ihrer Kronen wurden schwarz, rollten sich zusammen, zerbröselten und füllten die Luft mit feiner Asche. Hohe Kiefern um den Eichenhain herum fingen allmählich Feuer. Sie explodierten mit lautem Knall und ließen einen Feuerregen aus glimmenden Splittern, kleinen Zweigen und Tannenzapfen über die Eichen niedergehen. Eine riß mit einem Geräusch wie Donnerhall mitten durch. Ihre lodernde Krone zerbarst und fiel zwischen die Eichen.

Dann wurde eine der dem Feuer am nächsten stehenden Eichen von den Flammen erfaßt. Enar sah voller Entsetzen zu, wie der ungeheure Stamm zuerst schwelte. Dann konnte er Licht durch die rauhe Rinde flackern sehen, als sie explosionsartig Feuer fing und eine dreißig Fuß hohe Feuersäule in den Himmel schoß.

Enar nahm das Pferd am Zaum und führte es unter den Wasserfall. Owen hatte recht: Die Eichen würden langsamer Feuer fangen, aber auch mit einer weißglühenden Intensität brennen, welche die Kiefern nie erreichen würden.

Alshan und Sibylla standen in einer flachen Nische, die der äonenlange Fluß des Wassers von oben ausgewaschen hatte. »Sachse!« rief Alshan in dringlichem Ton. »Preß deinen Rücken gegen diesen Stein.« Er deutete auf etwas, was wie die massive Rückwand der Nische aussah. »Stemm deinen Rücken gegen diese Wand und drücke!«

Enar, der sich mit Owen und den übrigen unter dem Wasserfall zusammendrängte, schaute zum Tümpel zurück. Das Wasser war ein strahlend heller, feuriger Spiegel, voller Flammen und nur teilweise von einer dicken, durch die Bäume wabernden Rauchglocke verdunkelt. Während er noch hinsah, begannen sich an den Rändern des Wassers Blasen zu bilden. Die Haare in seinem Nakken sträubten sich, als er erkannte, daß der Tümpel zu kochen begann.

Mit aus dem Entsetzen geborener Kraft stemmte er seine Schultern gegen den Fels in der Grotte. Seine Füße rutschten auf dem nassen Boden weg, aber der Fels ruckte leicht und bewegte sich. Enar wappnete sich und legte all seine Kraft in den nächsten Stoß.

Beinahe die gesamte Rückwand der Felsnische gab nach, und mit einem Aufschrei unbändigen Schreckens fiel er rückwärts in die Dunkelheit.

KAPITEL 13

Elin schlief lange am nächsten Tag. Beim Aufwachen stellte sie fest, daß ihr der Kopf dröhnte und die Ohren klingelten. Als sie sich bewegte, fand sie heraus, daß das Dröhnen sich in richtige Schmerzen verwandelte. Ihr schwindelte. Sie war aufgestanden und tauchte ihr Gesicht in kaltes Wasser, bevor sie merkte, daß ihr Mund wie der Boden einer Kloake schmeckte.

Als sie die Treppe herunterkam, fand sie Judith und Gynnor am Tisch in der Halle sitzen. Beide wirkten schuldbewußt. Anna schürte das Feuer.

Elin taumelte von der Treppe zum Tisch und ließ sich auf Owens geschnitzten Stuhl fallen. Sie hielt sich den Kopf und stöhnte. »Oh, mein Gott. Gynnor, was habt Ihr mir da gegeben?«

Gynnor vermied es, ihr in die blutunterlaufenen Augen zu sehen. »Ein bißchen von dem, was die Leute hier Lebenswasser nennen, und ein wenig Baldrian.«

»Jesus«, wimmerte Elin. »Anna, gibt es irgendein Mittel dagegen?«

Anna lachte in sich hinein. »Gegen das Lebenswasser und den Baldrian bestimmt, aber bei dem Opium, das Judith in den Würzwein gegeben hat, bin ich mir nicht sicher.«

»Wir wollten lediglich sicherstellen, daß Ihr eine angenehme Nacht habt«, verteidigte sich Judith.

»Tut mir leid, Elin. Ich wußte nichts von Judiths Arznei. Und sie wußte nicht, daß meine so heftig wirken würde«, erläuterte Gynnor. »Es tut uns beiden sehr leid.«

Anna schlug mit einem Holzlöffel auf die Außenseite eines ihrer schweren Kessel. Sowohl Judith als auch Gynnor zuckten zusammen. »Wäre sie nicht mit zumindest einem kleinen Lebenszeichen heruntergekommen, hätte ich dafür gesorgt, daß es euch noch viel mehr leid tut. Sehr schön, jetzt könnt ihr nach Hause gehen. Und ich erteile euch die Aufgabe«, fügte sie mit einem gehässigen Lachen hinzu, »euch in Zukunft um Haakons Gesundheit zu kümmern.«

Judith richtete sich grollend zu voller Größe auf. »Ich werde nicht hierbleiben und mich beleidigen lassen.« Sie warf einen prachtvollen blauen Umhang über ihr gelbes Leinengewand und stolzierte zur Tür.

Elin schaute ihr hinterher, während ihr mehrere Beschwörungen durch den Kopf gingen, von denen es hieß, sie brächten dem Opfer zumindest gelinde Beschwerden. Dann fiel ihr Blick auf Gynnors freundliches, reumütiges Gesicht, und ihre Rachsucht verebbte. »Bitte, Judith, geht nicht im Streit«, lenkte Elin ein.

Judith machte kehrt und schritt, umhüllt von einer Aura gekränkter Würde, an den Tisch zurück. Rosamunde kam mit einer Schale kalten Wassers und einem sauberen Tuch herunter. Sie legte Elin das kühle Tuch auf die Stirn.

Judith küßte Elin auf die Wange; Gynnor küßte sie auf die Stirn. »Wir haben uns Sorgen um Euch gemacht«, eröffnete Judith ihr.

»Ich glaube, ich bin in Ordnung«, beruhigte Elin sie. »Danke für Eure Teilnahme. Ich glaube, ich würde mich bereitwillig jeder von Euch als Ärztin anvertrauen, aber niemals beiden zusammen – bitte.« Die beiden Frauen verschwanden Arm in Arm in Richtung Marktplatz.

»Wahrscheinlich holen sie ein paar von Gynnors Honigkuchen«, sagte Anna.

»O Allmächtiger!« stöhnte Elin. »Du bist ekelhaft, Anna.«

Anna stellte einen Becher und eine Schale vor Elin auf den Tisch. Ihr Magen revoltierte, und sie würgte. »Zuerst«, befahl Anna, »trinkt Ihr den Becher aus, dann versucht Ihr die Suppe.«

Elin, die mit der einen Hand das feuchte Tuch auf ihrer Stirn festhielt, nahm einen kleinen Schluck aus dem Becher. Ihr Magen behielt die Flüssigkeit bei sich. Langsam trank sie auch den Rest. Sie fühlte sich besser. Dann machte sie sich über die Suppe her. Es handelte sich um eine leichte, klare Hühnerbrühe mit weißen, mit Petersilie gewürzten Fleischstückchen. Als sie aufgegessen hatte, legte sie den Löffel in die Schale. »Was war in dem Becher, Anna?«

»Ein Haar von dem Hund, der Euch gebissen hat«, gab Anna zurück. »Ingund hat die Hühnerbrühe gekocht. Sie meinte, Ihr könntet sie brauchen.«

»Wo sind denn alle?« fragte Elin und ließ den Blick durch den großen Raum schweifen. Sie und Anna waren die einzigen. Es kam nicht oft vor, daß die Halle tagsüber leer war.

»Godwin und die Ritter beraten sich mit Routrude.«

»Sie trinken in der Schenke, wolltest du sagen.«

»Godwin hat es nicht nötig, in die Schenke zu gehen, um zu trinken«, stellte Anna richtig. »Routrude sieht alles, hört alles, weiß alles und erzählt alles. Außerdem ist mir aufgefallen, daß er Ingund zum Haus ihres Vaters geschickt hat. Die halbe Stadt brabbelt und säuft in der Schenke; die andere Hälfte brabbelt und säuft in Gunthers Schmiede. Wenn Ingund zurückkommt und er mit Routrude fertig ist, weiß er darüber Bescheid, was Rauching sagt und wer ihm zuhört. Und er wird ebenfalls wissen, wer zuhört und der Meinung ist, man sollte Rauching auf der Stelle die Kehle durchschneiden.«

»Wer auf unserer Seite steht und wer nicht«, führte Elin aus.

»Genau. Alfric ist im Skriptorium und bemüht sich, Owens Rechnungsbücher in Ordnung zu bringen. Keine leichte Aufgabe. Eine ziemlich gewaltige Aufgabe, wenn Ihr mich fragt. Dieser Euer Gemahl gehört nicht zu der Sorte, die penibel über alles Buch führt. Denis beschäftigt sich in seinem Zimmer mit dem Bau einer weiteren Armbrust.«

Elin stand vom Tisch auf und schlenderte zur Tür. Sie bewegte sich behutsam. Ihr Kopf fühlte sich noch immer an wie ein rohes Ei, und wenn sie sich zu hastig bewegte, neigte der Raum dazu, sich um sie zu drehen.

Sie öffnete die Tür zum Platz. Ein kalter, grauer Regen fiel, langsam, stetig und trübe. Der Himmel war dunkelgrau, die Pflastersteine auf dem Platz waren grau, und selbst die farbenfroh gestrichenen Fronten der Läden und Wohngebäude wirkten fahl und ausgewaschen. »Uuuh«, schauderte sie.

»Ein guter Tag, um drinnen zu bleiben«, stellte Anna fest. »Alan und Ranulf schieben Wache an der Stadtmauer, und Ine heizt das Schwitzbad für Euch auf.«

»Für mich?«

»Ja. Ein Stündchen im heißen Dampf zu sitzen wird Euch unendlich guttun.«

Elin stützte sich mit der Hand gegen den Türrahmen und spähte zum nebelverhangenen Horizont jenseits der Stadt hinaus. Sie konnte nur den dunklen Umriß des Waldes in der Ferne ausmachen. Sie hatte noch immer Angst um Owen, war jedoch nicht mehr so verzagt, wie sie es noch letzte Nacht gewesen war. Bei Tage und in Annas tröstender Gegenwart übernahm ihr gesunder Menschenverstand wieder die Führung. Sie vertraute ihrem Volk. Nur selten hatte sie erlebt, daß sie irgend jemandem oder irgend etwas in die Falle gingen. Im Wald waren sie so daheim wie ein Mann in seinem Haus und eine Frau in ihrer Küche. Sie glaubte nicht, daß sie sich von Haakons üblen Tricks in die Enge treiben ließen. Sie war sicher, daß sie einen Weg gefunden hatten, Owen in Sicherheit zu bringen.

Es kostete sie einen langen, stillen Moment, ihre eigene Zuversicht in Frage zu stellen. Die Zuversicht war wie ein Ort der Ruhe in ihrem tiefsten Inneren. Ein Ort, wohin sie sich zurückziehen, wo sie Frieden finden konnte. Aber woher stammte ihre Gewißheit? Die Frage erhob sich erneut, und mit der Frage kam die Antwort. Zwischen ihr und Owen bestand ein Band, das Zeit und Entfernung trotzte. Sie hatte seine Pein gespürt in jener Nacht, als Osric ihn in den Käfig gesperrt hatte. Sie hatte seine Todesangst geteilt und sich mit ihm verbunden, um sie zu überwinden. Und nun verspürte sie dieselbe Gewißheit, daß er außer Gefahr und unter Freunden war.

Eine Bö versetzte den Regen in wellenförmige Bewegung. Er erinnerte sie an einen grauen Seidenvorhang, der zwischen Himmel und Erde wehte. Das Band zwischen Owen und ihr war so zart wie der Regen, aber so ewig wie die Liebe der Wolken zur grünen

Erde. Sie waren Teil ihres Seins, wie sie ein Teil von Owen war. Er war der Wind und der Regen, sie der blühende Baum.

Anna legte ihr einen schweren Umhang um die Schultern. »Es ist nicht gut, finster vor sich hin zu brüten«, mahnte die alte Frau.

»Er ist in Sicherheit, Anna. Ich weiß es. Ich würde es spüren, wenn dem nicht so wäre.«

Anna legte den Arm um sie. »Ich bin sicher, daß Ihr das würdet. Es heißt, das sei oft so bei Liebenden.« Dann drehte sie sie herum, schloß die Tür und begann, die immer noch leicht benommene Elin ins Schwitzbad zu führen.

Als sie am Herdfeuer vorbeikamen, hielt Elin inne, weil ihr ihre Pflichten als Hausfrau wieder einfielen. »Das Mittagsmahl«, sagte sie. »Wenn sie zurückkommen, werden sie so hungrig sein wie Wölfe.«

Anna zeigte auf das Feuer. »Ich habe einen Kessel mit Suppe auf dem Herd, und zum Abendessen haben wir etwas ganz Besonderes.« Sie wies auf einen gewaltigen Steinguttopf, der in der Holzkohle stand. »Ingunds berühmte Schweinelende, geschmort mit Honig, Wein und Wildpilzen. Osbert hat heute ein Schwein geschlachtet, und Ingund hat beide Lenden erstanden. Sie sind jetzt fast gar. Gleich nehme ich sie vom Feuer, damit Ingund die Sauce einkochen und abschmecken kann, sobald sie vom Haus ihres Vaters zurückkommt.«

Beruhigt, daß der Haushalt sich in so guten Händen befand, ließ Elin sich von Anna wegführen.

Die Hintertür fiel krachend ins Schloß, und die Halle stand für einen kurzen Augenblick leer. Bis sich Elfwine die Treppe herunterschlich. In der Hand hatte sie Rauchings Päckchen, und ihre Blicke waren unverwandt auf die beiden über dem Feuer hängenden Töpfe gerichtet.

Elin und Anna überquerten gerade den Hof in Richtung des Schwitzbades, als Elin an Elfwine dachte. »Was ist mit der Angelegenheit, über die wir vergangene Nacht gesprochen haben?« fragte sie.

»Ich hatte noch keine Gelegenheit, sie mir vorzuknöpfen«, antwortete Anna mit gedämpfter Stimme. »Ich war zu besorgt um Euch. Heute morgen ist sie frisch wie eine Rose aufgestanden und hat so getan, als könne sie kein Wässerchen trüben. Sie erzählte mir, die Blutung habe in der Nacht aufgehört. Und eilte von dannen, um Rosamunde beim Putzen zu helfen. Das ist das erste Mal, daß ich erlebt habe, daß sie etwas ohne ausdrücklichen Befehl von mir getan hat. Sie führt etwas im Schilde, soviel ist klar. Und nichts Gutes. Aber solange ich ein Auge auf sie habe, wird sie keinen Fuß aus diesem Haus setzen. Zerbrecht Euch deswegen nicht den Kopf. Genießt das Schwitzbad.

Wenn Ihr fertig seid, kommt zu mir in den Keller. Die Wagenladungen Getreide, die Judith angeschleppt hat, werden verfaulen, wenn wir sie nicht in saubere, trockene Säcke umfüllen. Ich habe Rosamunde aufgetragen, den ganzen Morgen lang neue zuzuschneiden und zusammenzunähen. Sie dürften fertig sein, wenn Ihr Euer Bad beendet habt.«

Als Elin aus dem Holzverschlag trat, der das Schwitzbad beherbergte, entdeckte sie, daß der Regen aufgehört hatte und eine steife Brise wehte. Der Himmel war noch immer schiefergrau, und eine noch dunklere Nebelbewölkung zog vom Meer heran.

Sie hüllte sich fest in ihren blauen Wollumhang und schritt auf den Keller zu. Just in diesem Augenblick kam Anna mit einem Stapel gefalteten Sacktuchs über dem einen Arm und einer Holzschaufel in der anderen Hand aus dem Stall.

Sie schloß sich Elin an und folgte ihr über eine kurze Treppenflucht in den großen Raum. Im Augenblick konnte man sich im Keller kaum noch umdrehen. Er war randvoll mit Vorräten, die Owen für eine mögliche Belagerung durch die Wikinger angelegt hatte.

Getreidesäcke stapelten sich bis hoch zur Decke, vier Reihen tief vor der Wand. Hunderte von Würsten hingen von den Deckenbalken herunter. In Kübeln an der gegenüberliegenden Wand türmten sich Rüben, getrocknete Äpfel, Zwiebeln und anderes Wurzelgemüse. Gewaltige Tonkrüge mit Öl nahmen die Vorderseite des Kellers zum Platz hin ein, sechs Reihen tief gestapelt. In der Mitte des Fußbodens, fast bis zur Höhe der Würste aufgeschichtet, lagerten Käselaibe und Fässer mit Bier, Met und Wein. Platz war nur noch um die Kellertür herum. Dort hatte man die Getreidesäcke auf einen Haufen gelegt.

Elin musterte sie bestürzt. Es bestand kein Zweifel daran, daß der Schiffskapitän, der sie Judith verkauft hatte, seiner Fracht keine Sorgfalt hatte angedeihen lassen. Die Säcke waren völlig verfault. Elin konnte sehen, daß in der Zeit, seit Ine sie dort abgeladen hatte, noch mehr von ihnen an den Nähten aufgeplatzt waren und ihren kostbaren goldenen Inhalt auf den Boden verstreut hatten.

»Ich frage mich nur, ob es die Mühe wert ist«, sagte Elin, die Hände in die Hüften gestemmt, während sie an die vor ihnen liegenden Stunden voller harter Arbeit und Rückenschmerzen dachte.

»Elin, wir ernähren im Moment über dreißig Familien«, mahnte Anna. »Bis das alles hier vorüber ist, brauchen wir dringend jeden Scheffel Weizen, den wir in die Finger kriegen können.«

»Ich halte die Säcke auf. Du schüttest.«

Sie machten sich an die Arbeit. Als der erste neue Sack gefüllt war, fuhr Anna mit den Händen durch das Getreide. Sie nahm eine Handvoll mit zu dem vergitterten einzigen Fenster, das Licht vom Hof oben hereinließ.

»Was meinst du?« fragte Elin.

»Nicht übel«, gab Anna zurück. »Ausgesprochen wenig Spreu und Staub. Die Aufbewahrung in den feuchten Säcken hat dem Korn bislang noch nicht geschadet. Wir haben –«

Elin vernahm ein leises Stöhnen. Sie drehte sich erschrocken um. »Hier ist jemand.«

Anna warf den Weizen in den Sack zurück. Der Keller hatte ein Dutzend Belüftungsschlitze, durch die Luft und ein wenig Licht von oben hereinkamen. Der größte Teil des Raums aber lag im Dunkeln.

Das Stöhnen erklang erneut.

Anna sah sich nach einer Waffe um und fand die Schaufel für diesen Zweck ideal.

Wieder dieses Stöhnen.

Elin ergriff einen langhalsigen Krug, der zum Abfüllen des Tischweins diente. Sie schwang ihn wie eine Keule. Das nächste Geräusch war ein schluchzender Schmerzenslaut.

»Bei den Bohnen, glaube ich«, sagte Anna. Sie stapfte auf die in Säcken neben den Wurzelfrüchten gestapelten Bohnen zu.

Sie fanden Ine. Er hatte sich auf dem groben braunen Sacktuch zu einer Kugel zusammengerollt. Zwischen dem Stöhnen winselte er wie ein Tier. Für Elin klang es erbärmlich wie ein Hund. Ein Hund, der einen brutalen Tritt erhalten hatte.

Anna warf die Schaufel verächtlich beiseite. »Schwachkopf!« keifte sie Ine an.

»Anna«, begütigte Elin mit mildem Vorwurf in der Stimme. Die Beleidigung war mehr als verdient.

Anna schenkte Elin keine Beachtung. Sie packte Ine am Ohr und zerrte ihn gewaltsam auf die Beine. Er leistete keinen Widerstand, sondern folgte ihrer Hand mit einem Schmerzensschrei. Jammernd und noch immer halb vornüber gebeugt ließ er sich von Annas gnadenlosem Griff durch den Keller schleifen. Anna zerrte ihn in die Ecke, wo sie ihre Kräuter aufbewahrte.

»Als wenn wir nicht schon genug Ärger hätten«, zeterte Anna lauthals, als sie ihn unter dem Fenster zum Hof zu Boden stieß.

»Er hat etwas Schädliches gegessen, Elin«, spuckte Anna. »Er frißt Sachen, bei denen selbst einem hungrigen Eber das Kotzen käme. Ich halte jede Wette, daß er sich über die getrockneten Bohnen hergemacht und damit vollgestopft hat.«

»Gütiger Gott«, flüsterte Elin. Voller Entsetzen starrte sie Ine ins Gesicht. Seine Haut war von einem häßlichen Grau, die Augen in ihren Höhlen waren halb nach oben weggedreht, und aus seinen schlaffen Mundwinkeln tropften lange Sabberfäden.

»Wenn die Bohnen aufquellen«, keuchte sie bestürzt, »kann ihn das umbringen.«

»Richtig«, stellte Anna fest. Sie krempelte sich hastig die Ärmel hoch. »Ich mische ein Brechmittel; ihr haltet ihm die Nase zu. Und haltet ihn gut an den Haaren fest.«

Keine der beiden Frauen ging besonders behutsam mit ihm um. Wenige Augenblicke darauf riß Ines sich aufbäumender Körper aus ihrem Griff frei und begann sich zu erbrechen. Brechkrämpfe rasten durch seinen Körper, während er sich die Eingeweide aus dem Leib kotzte.

Elin raffte ihre Röcke und wich hastig zurück, als die gelbbraune Flüssigkeit in ausgiebigen Mengen um ihre Füße zu spritzen begann. Sie brauchte einen Augenblick, um zu erkennen, daß es keine Bohnen waren, die Ine da ausspuckte. Doch dann wurde sie wieder abgelenkt, weil mit Ine etwas wahrhaft Furchtbares geschah.

Als das Brechen aufhörte, sackte er auf die Seite, um dann auf den Rücken zu rollen. Seine Augen verdrehten sich, bis nur noch das Weiße sichtbar war. Er stieß einen Laut ähnlich einem Schrei aus, als die Luft aus seinen Lungen wich. Dann bäumte sein Körper, der nur noch mit Nacken und Fersen den Boden berührte, sich auf und bildete eine Brücke.

Elin umklammerte voller Grauen Annas Arm. Anna schob sie weg. Sie stellte sich mit gespreizten Beinen über die Pfütze aus Erbrochenem, bückte sich und packte Ine am Gürtel. »Helft mir, ihn auf die Seite zu drehen, Elin, damit er nicht an seiner eigenen Zunge erstickt.«

Mit vereinten Kräften, Elin an Ines Knöcheln und Anna an seinem Gürtel, gelang es ihnen, ihn so umzudrehen, daß er auf die Seite zu liegen kam. Es schien Elin eine Ewigkeit zu dauern, bis die Brechkrämpfe nachließen. Aber zu guter Letzt hörten sie auf, und sein Körper, die Wange am Steinboden, entspannte sich. »Anna«, sagte Elin und krallte die Finger um eine Falte ihres Umhangs. »Anna, er atmet nicht mehr.«

»Ich wüßte nicht, was wir dagegen unternehmen könnten«, versetzte Anna. »Wir müssen abwarten und sehen, ob er wieder damit anfängt.«

Unmittelbar darauf tat Ine einen tiefen Atemzug, so wie man es inmitten eines unruhigen Schlafs tut. »Oh, Gott sei Dank«, sagte Elin ganz leise.

»Dankt ihm nicht zu früh«, meinte Anna, und Elin sah, daß Ines Körper sich erneut zu krümmen begann. Diesmal spie er einen Schwall Erbrochenes hervor, der ein dickes Bierfaß in fünf Fuß Entfernung von oben bis unten besudelte. Sein ganzer Körper bäumte sich wieder und wieder mit solcher Kraft auf, daß Elin seine Gelenke knacken hörte. Dann erschlaffte er.

Wieder wartete Elin mit geballten Fäusten, deren Nägel sich in ihre Handflächen gruben, und versuchte, mit reiner Willenskraft die Luft in Ines Lunge zu zwingen. Langsam holte er einmal tief Luft, dann noch einmal, und schließlich versank er in einen Zustand, der eine Art Schlaf zu sein schien. Elin wurde bewußt, daß ihre Hände zitterten und ihr Körper schweißgebadet war.

Anna ging in den Stall und kam mit einer Pferdedecke zurück. Sie zogen Ine von der Schweinerei auf dem Boden weg, wickelten ihn in die Decke und stopften ihm einen der sauberen Getreidesäcke als Kissen unter den Kopf.

»Sollen wir ihn etwa hier lassen?« fragte Elin.

»Ich wüßte nicht, wie wir ihn irgendwo anders hinbekommen sollten, bevor die Männer zurück sind«, antwortete Anna. »Zweifellos werden sie sich lautstark über die Aufgabe beklagen. Euch ist gewiß nicht entgangen, daß er sich beschmutzt hat. Er hat sich vollgepißt und auch seinen Darm entleert.«

Es war Elin nicht entgangen. Der Keller stank nach menschlichen Fäkalien und Erbrochenem. Sie ließ sich aufs Knie nieder und legte die linke Handfläche auf den Kellerboden. »Mutter«, sagte sie. »Dies ist nur ein armer Unschuldiger. Völlig unwichtig für alle, aber gib ihm Leben. Bitte, ich flehe dich an.« Dann richtete sie sich wieder auf. Sie bemerkte, daß sie zitterte. Der Schweiß auf ihrer Haut trocknete, sie fror. Sie wickelte sich fest in ihren Umhang.

»Elin, sprecht hier im Haushalt nicht solche Gebete«, warnte Anna sie. »Den Leuten könnten Zweifel kommen, an wen Ihr sie richtet.«

»Du hegst aber keine Zweifel, nicht wahr, Anna?«

»Nein. Nicht die geringsten.«

Anna stand mit gespreizten Beinen über der Lache auf dem Boden und begutachtete sie eingehend. »Das sind keine Bohnen. Es ist in diesem ekelhaften Zustand schwer zu sagen, aber ich würde meinen, daß Ine sich über Ingunds Schweinelende hergemacht hat.«

Elin schaute sich die Schweinerei ebenfalls an und stimmte ihr zu. In der Flüssigkeit auf dem Boden schwammen zweifellos fahle Fleischbrocken. »Ist es möglich, daß das Schweinefleisch verdorben war?«

»Nie und nimmer«, sagte Anna. »Das Schwein war frisch, heute morgen geschlachtet. Wir mußten das Fleisch erst abkühlen lassen, bevor wir es kochen konnten.«

»Was ist mit den Pilzen?«

»Unsinn. Ingund hat schon als kleines Mädchen an den Rockzipfeln ihrer Mutter die verschiedenen Sorten sammeln gelernt. Sie könnte sie mit verbundenen Augen unterscheiden. Außerdem wirken Pilze nicht so schnell, wie es Ine erwischt hat. Die einzige Möglichkeit für ihn, sich an dem Schmorbraten gütlich zu tun, war während Eures Schwitzbades. Als ich zurückging, nachdem ich Euch über den Hof gebracht hatte, traf ich ihn in der Halle an. Ich habe ihn sofort zurück in die Ställe gescheucht. Wie es aussieht, ist er aber statt dessen hierhin gegangen. Wenn man einen giftigen Pilz ißt, dauert es Stunden, bis die ersten Schmerzen einsetzen.«

Elin warf dem immer noch schlafenden Ine einen kurzen Blick zu. Sie spürte, daß sie eine Gänsehaut bekam. »Hier ist etwas Übleres am Werk als verdorbenes Fleisch oder ein giftiger Pilz«, stellte sie mit leiser Stimme fest. »Laß uns nach oben gehen und den Braten untersuchen.«

Die beiden Frauen benötigten ihre ganze Kraft, um den schweren Topf aus dem Feuer zu hieven, über den Hof zu schleppen und in den Keller zu schaffen. Der Topf verfügte über einen gerundeten Unterboden, eine zweckmäßige Form zum Kochen in der Holzkohle, eine weniger günstige zum aufrechten Hinstellen.

Elin und Anna lehnten den großen Topf an die Seite der Treppe. Als Elin den Deckel hob, rannen ein paar Tropfen der Flüssigkeit über den Rand und spritzten auf den Boden.

»Was jetzt?« fragte Elin.

»Die Katze dürfen wir nicht nehmen«, äußerte Anna. »Godwin nennt sie ›die Gräfin‹. Ihre Hoheit schläft in seinem Zimmer. Er behauptet, sie sei seine Lehnsherrin, und füttert sie vom Tisch. Er würde uns nie vergeben. Macht nichts, ich finde schon etwas.«

Anna ging davon, und Elin näherte sich dem immer noch besinnungslosen Ine. Seine Wangen bekamen allmählich wieder Farbe. Sein Atem ging gleichmäßiger und leichter.

Als Anna zurückkam, trug sie eine Schöpfkelle und eine Schale in der einen Hand. An der anderen führte sie einen Hund. Elin kannte ihn. Sie hatte ihn oft gesehen, wenn er auf dem Platz nach irgendwelchen Abfällen gesucht hatte. Das Tier war sehr alt. Seine Schnauze war grau, und auf seinen Augen lag ein milchig-trüber Film.

Anna stellte die Schale auf die Erde und schöpfte einen Löffel Schmortopf hinein. Er war noch heiß. Der Hund schnüffelte einmal daran. Seine Nase zuckte zurück, und er jaulte leise.

»Vielleicht bilden wir uns alles auch nur ein«, gab Elin zu bedenken.

»Dann«, entgegnete Anna, »schadet es auch niemandem. Wir stellen den Braten wieder aufs Feuer und verlieren kein Wort mehr darüber.«

Der Hund versenkte seine Nase in dem Schmortopf und verschlang ihn. Er leckte die Schale aus und verschmähte sogar die ein oder zwei Spritzer Flüssigkeit nicht, die von dem abgerutschten Deckel geflossen waren.

Nichts geschah. Der Hund ließ sich auf seine Hinterläufe nieder und grinste mit hechelnder Zunge zu Elin hoch. Er wirkte erwartungsvoll.

»Oh, schon gut«, sagte Anna. Sie füllte einen weiteren Löffel in die Hundeschale.

Elin entspannte sich erleichtert. Der Hund vertilgte die zweite

Portion Schmortopf. Elin nahm sich ein Tuch, stellte den Topf gerade und legte den Deckel wieder drauf. »Das ist genug, Anna. Ingund bringt uns um, wenn sie sieht, daß wir ihr kostbares Gericht an einen Hund verfüttern. Vielleicht hat Ine etwas anderes gegessen. Nach der Sauerei auf dem Boden kann man das nicht mehr beurteilen.«

Rundum gesättigt, streckte der Hund sich auf dem Fußboden aus, legte den Kopf auf die Vorderpfoten und schickte sich an, einzuschlafen. Sein Schwanz klopfte zweimal auf den Boden.

Anna ließ ihn noch immer nicht aus den Augen.

»Gott, was für eine Schweinerei«, seufzte Elin. »Ich hoffe, Ingund kommt nicht zurück, bevor wir den Schmortopf wieder nach oben geschafft haben. Und irgend jemand muß Ine versorgen, waschen und ins Bett stecken.«

Anna wandte sich von dem Hund ab. »Macht Euch um Ine keine Sorgen. Ich sage den Männern, sie sollen ihn in den Pferdetrog tauchen. Was den Boden angeht, Rosamunde putzt oben mit Eimer und Bürste. Wenn sie die Böden oben wischen kann, kann sie auch diesen hier wischen. Du da, komm her«, rief sie dem Hund zu. »Raus. Ich will in meinem Keller keine Flöhe haben.«

Sie schlug mit dem Kleid nach ihm. Mit einem Blick voller Ergebenheit rappelte der Hund sich auf und nahm die kurze Treppe zum Hof in Angriff. Für Elin sah es so aus, als knickten die Beine unter ihm weg. Der Hund rutschte die drei Stufen, die er bereits erklommen hatte, wieder hinunter und blieb reglos auf dem Kellerboden liegen. Seine Atmung setzte wie bei Ine aus. Der Körper bog sich von der Schnauze bis zum Schwanzende durch. Schaum trat ihm vor das Maul. Dann, als der Krampf nachließ, erschlaffte sein Körper wieder. Er zuckte ein-, zweimal, dann blieb er still liegen.

Elin schwankte auf die Kellertreppe zu. Sie setzte sich hin. Es war, als gehe ein Ruck durch das ganze Universum. Als Kind hatte sie sich einmal einen Arm gebrochen. Sie entsann sich, wie sie vom Baum gefallen war, ihr in einem merkwürdigen Winkel abstehendes Handgelenk angesehen und sich einen kurzen Augenblick lang nur gewundert hatte. Bis der Schmerz einsetzte. Genauso fühlte sie sich jetzt auch. Sie saß da und wartete, daß der Schmerz kam. Sie bedeckte in untröstlichem Kummer ihr Haupt mit dem Ende ihres Umhangs. Und saß ganz still da.

Anna hob die Hände und schlug sie sich kurz vors Gesicht. Dann taumelte sie zurück und ließ sich schwerfällig auf die ausgebauchte Seite eines Weinfasses fallen. »Ich habe ein langes Leben geführt«, sagte sie. »Mit viel Mühsal. Ich dachte immer, ich hätte schon alles gesehen, aber das…«

Bei Elin wich der Kummer nun blindem Haß und rasender Wut. Nicht auf die Person, die den Eintopf vergiftet hatte, sondern auf Haakon. »Warum kann er nicht weggehen und uns in Frieden lassen? Was ist es?« fauchte sie Anna an. »Irgendeine Krankheit in diesem Nordmännervolk, daß sie nie mit dem zufrieden sein können, was sie besitzen, sondern immer weiter rauben, kämpfen und morden müssen? Wegen ihm habe ich schon Owens Liebe verloren. Jetzt trachtet er mir nach dem Leben. Warum? Er hat Elsbeths Ländereien. Warum braucht er noch mehr? Warum genügt ihm das denn nicht?«

»Elin«, sagte Anna scharf.

Ihre Wut verrauchte. Sie erinnerte sich, wer sie war – die Herrin des Haushalts. »Anna«, befahl sie. »Geh und hol Godwin und Alfric.«

Anna raffte ihre Röcke und sauste an ihr vorbei die Treppe hoch und über den Hof. Elin blieben ein paar Minuten. Sie hörte ein summendes Geräusch und sah auf. Fliegen begannen sich auf dem Erbrochenen auf dem Boden zu sammeln. Ine schlief noch. Elin versuchte, nicht nachzudenken. Versuchte nicht darüber nachzudenken, wer um ein Haar allen im Haushalt so leichthin das Leben genommen hätte.

Godwin schritt an ihr vorbei. Er schaute den Hund und dann den großen Topf und zuletzt Ine an. Seine Miene blieb unbewegt.

»Hätten wir das Schweinefleisch gegessen, wären wir alle gestorben«, erklärte Elin.

»Ich weiß. Anna hat es mir schon erzählt.« Godwin wandte

sich an Alfric. »Holt Rosamunde. In aller Stille. Macht sie nicht mißtrauisch.«

Rosamunde kam wenig später die Kellerstufen heruntergehüpft, den Besen in der einen, den Eimer in der anderen Hand. Elin stand neben Godwin, Anna neben dem Schmortopf. Rosamunde fand sich von grimmigen Gesichtern umringt. Sie sah zu dem Topf mit Schweinefleisch, dann zu dem bewußtlosen Ine hinüber. Sie stellte Besen und Eimer ab, drehte sich um – und sah sich Godwin gegenüber.

Er verstellte ihr mit seinem Körper den Weg zur Treppe. Sein Mund war eine gerade, harte Linie, die dunklen Augen unter den schweren Lidern bohrten sich in sie.

Elin sah, wie das Mädchen dunkelrot anlief und ihre Brust sich heftig zu heben und zu senken begann. »Ich war's nicht!« kreischte Rosamunde.

»Das wissen wir«, sagte Godwin. »Wer war es?«

Sie versuchte an Godwin vorbeizuflitzen. Er packte sie an der Schulter und stieß sie mühelos zurück. Rosamundes Gesicht wurde kalkweiß. Sie zischte wie eine Schlange, und eine Sekunde später hatte sie ein Messer in der Hand. Godwins Hände bewegten sich. Die rechte schlug das Messer zur Seite, die linke landete hart auf ihrer Wange.

Sie flog rückwärts in den Kellerraum und landete aufrecht an einem Stapel Getreidesäcke. Wie zur Salzsäule erstarrt stand sie da und starrte ihn an. Die ineinander verschlungenen Hände lagen vorn auf ihrem Rock.

»Zieh nie wieder ein Messer gegen mich, Mädchen, oder ich zeige dir, wie man ein Messer benützt. Und Schluß mit dem Jammern und Winseln. So kräftig habe ich dich gar nicht geschlagen. Wenn ich es gewollt hätte, hätte ich dich töten können. Ich will die Wahrheit, Mädchen. Wer ist Elfwines Liebhaber?«

»Herrin!« schrie Rosamunde.

»Erwarte keine Hilfe von mir, Rosamunde«, beschied Elin mit harter Stimme. »Du wußtest hiervon und hast mir nichts erzählt.« Elin war selbst entsetzt über die rasende Wut in ihrer Stimme.

»Ranulf hätte sie umgebracht«, stieß Rosamunde schluchzend hervor. »Niemand kümmert sich darum, was ich tue, aber sie ist eine verheiratete Frau.«

»Ja«, sagte Godwin. »Recht und Sitte gestatten einem Mann, sein ehebrecherisches Weib zu töten. Aber es scheint«, fuhr er fort, während er den toten Hund mit der Stiefelspitze anstieß, »daß Ehebruch noch das geringste von Elfwines Vergehen ist. Rosamunde, sie wollte uns alle umbringen.«

»Nein«, jammerte Rosamunde. »Nein.«

»Hör auf damit, sofort.« Godwins Stimme knallte wie eine Peitsche.

Rosamunde schluckte ihr Schluchzen herunter, schnappte nach Luft und sagte: »Rauching.«

»Ja«, drängte Godwin. »Bitte fahr fort.«

»Eine der Damen der Witwe hat sie auf der Festung gesehen. Dann hat sie etwas zu Judith gebracht.«

»Was?« wollte Godwin wissen.

Rosamunde zuckte die Schultern. »Wer weiß? Judith ist nicht Routrude. Sie plaudert nichts Geschäftliches aus. Sie ist sehr verschwiegen, wenn sie es mit den Geheimnissen anderer Leute zu tun hat. Herrin«, wandte sich Rosamunde mit flehend ausgestreckten Händen an Elin, »ich mag Elfwine nicht, aber ich wollte nicht mit ansehen, wie Ranulf sie tötet.«

»Nein«, antwortete Elin müde. »Nein, das wollten Anna und ich auch nicht.«

»Eine Verschwörung der Frauen«, bemerkte Godwin kühl.

»Seid gerecht, Godwin«, schaltete Alfric sich ein. »Wer hätte gedacht, daß Elfwine etwas Derartiges tun würde?«

»Sie hätte es auch nicht getan«, wandte Anna leise ein, »wenn dieser Rauching nicht gewesen wäre. Er muß ihr das Gift gegeben haben ... ich bewahre etwas so Starkes nicht unter meinen Vorräten auf, und Frau Elin auch nicht. Er ist der Anstifter, der wahre Schuldige.«

Rosamunde drückte sich an der Wand entlang zu Elin hin und ergriff vorsichtig ihre Hand. Elin wurde sich bewußt, daß sie völlig verkrampft dastand. Langsam zwang sie sich dazu, sich zu entspannen, und nahm Rosamunde in die Arme. Rosamunde schloß die Augen und legte wortlos ihren Kopf an Elins Brust.

»Wird Ine wieder gesund?« erkundigte sich Godwin.

»Ich glaube, ja«, antwortete Elin mit gefaßter Stimme. »Ich glaube, Anna und ich haben ihn noch rechtzeitig gefunden.«

»Dank sei Gott«, stieß Alfric hervor. »Elfwine ist also nicht zur Mörderin geworden.«

»Ja«, merkte Godwin an, »aber nicht, weil sie es nicht versucht hätte. Elin, Ihr und ich sollten meiner Meinung nach jetzt hochgehen und sie uns greifen. Wir werden eine Entscheidung treffen müssen, wie mit ihr zu verfahren ist. Ranulf muß es erfahren.«

»Das übernehme ich«, erbot sich Alfric.

»Nein, ich werde es tun«, widersprach Godwin. »Rosamunde, wo hält Elfwine sich zur Zeit auf?«

Rosamunde löste sich von Elin. Sie zog einmal die Nase hoch und wischte sich mit dem Handrücken darüber. Elin entdeckte Blut auf ihrer Hand und erkannte, daß Rosamunde von Godwins Ohrfeige leicht blutete. Elin fiel wieder ein, daß dem Mädchen vor ein paar Wochen bei der Belagerung durch die Wikinger die Nase gebrochen worden war. Vielleicht war der Bruch noch nicht vollständig verheilt.

»Godwin«, sagte Alfric vorwurfsvoll. »Ihr hättet das Kind nicht so feste schlagen dürfen.«

Godwin betrachtete Rosamunde einen Augenblick mit undurchsichtigem Blick und ausdrucksloser Miene. »Hol ihr Messer«, wies er Anna an.

Anna suchte kurz, fand das Messer und überreichte es Godwin. Er zog Rosamundes Hand in Brusthöhe und knallte ihr den Griff in die Hand.

»Das«, sagte er, während er das Messer in der klassischen, von oben geführten Stoßweise hielt, wobei die Spitze auf seine Brust zeigte, »ist taktisch unklug.«

Rosamunde starrte ihn an, die kornblumenblauen Augen vor Schreck weit aufgerissen.

»Ich erteile dir eine Lehrstunde«, sagte er. »Also bitte etwas mehr Aufmerksamkeit.«

Sie nickte hastig.

»Gut. Besonders unklug ist es, wenn der Mann ein Kettenhemd trägt so wie ich.«

Er nahm ihre Hand herunter und plazierte das Messer so, daß man damit von unten nach oben zustoßen konnte, die Spitze war auf seinen Bauch gerichtet. »Das ist besser, aber immer noch ein heikles Vorhaben, wenn der Mann Rüstung trägt. Am besten gehst du noch weiter herunter und bohrst ihm das Messer in die Lenden. Eine Messerklinge an dieser Stelle wird die meisten Männer zum Innehalten bringen – vermutlich für immer.« Er prüfte die Schärfe der Klinge behutsam mit seinem Daumen. »Sehr gut«, lobte er sie. »Hast du es so scharf geschliffen?«

»Ja«, verkündete sie stolz. »Mit einem Wetzstein.«

Sachte steckte er das Messer in die Scheide an ihrem Gürtel zurück. »Zieh dieses verdammte Ding niemals«, donnerte er, »außer du bist in Todesgefahr und fest entschlossen, es auch zu benützen.«

Rosamunde huschte schnell zu Elin zurück.

»Und versuch so etwas nie, nie wieder mit mir. Verstanden?«

»Oh, ja. Ja. Jawohl«, versicherte Rosamunde und versteckte sich hinter Elin.

»Gut. Wo ist Elfwine?«

»In ihrem Zimmer«, flüsterte Rosamunde. »Sie hat sich hingelegt. Sie sagte, sie fühle sich schwach.«

»Anna, besorg ein paar Ketten«, trug Godwin der alten Frau auf. »Wir müssen sie in Gewahrsam halten, bis wir entschieden haben, wie wir mit ihr verfahren wollen. Elin, Ihr kommt mit mir. Wir haben eine äußerst unangenehme Aufgabe vor uns.«

Elins Erinnerungen an die nächste halbe Stunde sollten immer verschwommen bleiben. Elfwine mußte den Moment erahnt haben, in dem sie sie holen kamen. Sie mußte das Wissen um ihre Schuld in ihren Mienen gelesen haben. Das Baby lag in der Wiege. Elfwine lief zu ihm hin, aber Elin vertrat ihr den Weg. Elfwine stürzte sich auf Elin, die Hände wie Klauen nach ihrem Gesicht ausgestreckt. Godwin packte sie von hinten und drehte ihr den rechten Arm auf den Rücken.

Elfwine begann zu kreischen. Nicht vor Schmerz, denn Godwin tat ihr nicht mehr weh, als nötig war, um sie festzuhalten. Sie kreischte vor Haß und rasender Wut. Sie ignorierte Godwins Griff und schüttete ihr Gift über Elin aus. Die rachsüchtige, heruntergeschluckte Galle eines ganzen Lebens. Den konzentrierten Haß und Neid der Armen und Machtlosen auf die, die – in ihren Augen – das Spiel des Lebens gewonnen haben und alles besitzen, wonach es sie verlangt.

Wie betäubt hörte Elin zu und wußte, daß sie Elfwines Kreischen, ihre Feindseligkeit und Verzweiflung ihr Leben lang nicht vergessen würde. Allzeit würde sie sich daran erinnern, sie in ihren finstersten Alpträumen nachhallen hören. Sie hatte geglaubt, sie selbst könne hassen, sie sei rachsüchtig. Nun, dachte sie, eigentlich ist es nur gerecht, daß jetzt sie Niedertracht und Haß ins Gesicht geschleudert bekam. Ihr wurden die Augen für die ungeschminkte Häßlichkeit und Grausamkeit des Hasses geöffnet. Und, das Schlimmste von allem, für die völlige Sinnlosigkeit und Vergeblichkeit, Haß mit Haß und Unrecht mit Unrecht zu vergelten.

Godwin sah über Elfwines Raserei hinweg, als existiere sie nicht, und als sich Raserei in Hysterie und Hysterie schließlich in Tränen verwandelte, sah er auch darüber hinweg. Er schaffte die noch immer schreiende Elfwine die Treppe hinunter und in den Keller.

Anna hatte die Ketten an einem der steinernen Pfeiler befestigt, auf denen das Haus ruhte. Anna und Elin durchsuchten Elfwine und nahmen ihr alles ab, womit sie sich oder anderen Schaden zufügen konnte. Dann legten sie ihr eine Hand und einen Fuß in Ketten.

Sie schluchzte inzwischen; das tiefe, würgende Schluchzen eines Kindes, das sich in die völlige Erschöpfung weint. Sie setzte sich mit dem Rücken gegen den Steinpfeiler, während das Haar ihr übers Gesicht fiel, und weigerte sich, auch nur irgendeine von Godwins Fragen zu beantworten.

Alfric zog ein paar Getreidesäcke von der Wand herbei und bereitete sich einen Sitzplatz neben Elfwine. Dann nahm er sie in die Arme.

»Alfric, ich glaube, Ihr würdet die Seele des Teufels selbst zu retten versuchen, wenn es in Eurer Macht stünde«, staunte Godwin.

Alfric lächelte zu Godwin hoch, um dann betrübt auf Elfwine herunterzuschauen. Zu Godwins Erstaunen legte Elfwine ihren Kopf in Alfrics Schoß und verstummte schließlich. Er strich ihr über das Haar, während ihr Schluchzen langsam verebbte.

Elin und die übrigen wandten sich ab und gingen wieder in die Halle hinauf. Elin sank in Owens geschnitztem Stuhl zusammen und vergrub das Gesicht in den Armen.

Die Ritter – Gowen, Edgar und Wolf der Kurze – kamen herein, dicht gefolgt von Ingund. Godwin nahm sie beiseite und machte sie mit den Tatsachen vertraut. Er sprach mit gesenkter Stimme.

»Meine Schweinelenden!« empörte sich Ingund. »Sie hat meine Schweinelenden ruiniert!«

»Ach, um Gottes willen, Ingund!« rief Anna aus. »Ine wäre fast gestorben, Ranulf – ich will mir gar nicht ausmalen, was mit Ranulf geschehen wird. Und Rauching treibt sich immer noch da draußen herum und spinnt seine Ränke.« Sie zog den Suppenkessel vom Feuer weg. »Hier, Männer, einer von euch schnappt sich den hier und kippt ihn in den Fluß. Und ich würde nicht davon naschen, wenn ich ihr wäre. Wenn Elfwine den Schmortopf vergiftet hat, kann man nicht wissen, woran sie sich sonst noch vergriffen hat. Ich werde jeden Fitzel Nahrung im Haus wegwerfen müssen. Also hör schon auf, über deine Schweinelenden zu jammern.«

»Gowen, schütte die Suppe aus«, befahl Godwin. »Edgar, hol Judith her. Erzähl ihr die ganze Geschichte und bitte sie, das, was Elfwine bei ihr hinterlegt hat, mitzubringen. Ranulf wird ohne Beweis – ohne unwiderlegbaren Beweis – nichts Schlechtes über seine Frau glauben. Und ich denke, daß sich dieser Beweis aller Wahrscheinlichkeit nach in Judiths Obhut befindet.«

Elin hörte etwas. Sie hob den Kopf und versuchte, die Stimmen um sich herum in der Halle auszublenden. Sie sah zur Decke hoch, wo Elfwines Zimmer lag.

Die anderen schauten ihr ins Gesicht, und als auch sie das Geräusch vernahmen, verstummten sie.

Das Geräusch, das sie hörte, war ein hohes, dünnes Greinen. Das Baby. Das nach den Armen und der Brust seiner Mutter schrie.

Elin bemühte sich, ihre Tränen zu stillen, mußte jedoch einsehen, daß sie nicht dazu imstande war. Dann preßte sie die Hände auf die Ohren und versuchte, das Geschrei des Kindes auszublenden. Sie mußte feststellen, daß ihr auch das nicht gelang. Es ging weiter und weiter und weiter.

KAPITEL 14

Owen versetzte dem Pferd einen Klaps aufs Hinterteil. Es sprang vorwärts in den Spalt, den Enar für sie im Fels geöffnet hatte. Owen und die Waldleute folgten ihm.

Enar landete auf Händen und Knien. Der Fall war eigentlich nicht tief, ein oder zwei Fuß nur, aber er mußte rasch aus dem Weg krabbeln, um nicht von den anderen niedergetrampelt zu werden. Ganz schwach konnte er im Lichtschein des Feuers draußen erkennen, daß er über einen Steinboden kroch.

Als sie alle drinnen waren, packte Alshan ihn an den Schultern, bevor er sich vollständig wieder aufgerichtet hatte, und schüttelte ihn. »Schließ die Tür, Sachse.«

Enar erhob sich zu voller Größe und warf sich mit dem Rücken gegen den Fels. Er konnte den Rauch wie eine dicke schwarze Decke hereinwabern sehen. Er riskierte einen kurzen Blick auf den Tümpel. Der äußere Eichenring hatte Feuer gefangen und brannte lichterloh. Die Baumstämme des inneren Rings spien Wolken brühend heißen Dampfes aus, als das Holz sich erhitzte. Ein Luftstoß, der sich anfühlte, als komme er aus der Öffnung einer Esse, versengte ihm das Gesicht.

Der kleine Tümpel war eine Stätte des Todes. Rauch biß ihm in die Augen und blendete ihn. Er stemmte die Schultern gegen den Fels und drückte mit aller Kraft. Der Fels erbebte und fiel zurück.

Enar ließ sich erschöpft in die Hocke fallen. Owen entzündete mit Hilfe von Feuerstein und Wetzstahl ein Licht, und eine Fackel flammte in der Finsternis auf.

Enar blickte hoch. *»Argh!«* gellte er.

»Was ist denn?« erkundigte sich Owen.

Enar hatte sich halb aufgerichtet und die Hände vor die Augen geschlagen. Er lugte durch die Finger. Er merkte, daß Sibylla ihn mit einem Grinsen auf dem Gesicht musterte. »Dreht Euch ganz langsam um, Herr Christuspriester, und schaut hinter Euch«, forderte Enar ihn auf.

Owen blickte hinter sich, fuhr heftig zusammen und wich in Enars Richtung zurück. »Wir sind durch die Hölle gegangen, um die Toten zu besuchen.«

Gegenüber der Tür stand ein niedriger Altar, nicht mehr als ein dicker, grob in rechteckige Form gehauener Steinblock. Über dem Altar war eine Kuppel aus dem Felsgestein herausgemeißelt worden. In Reihen angeordnet, hingen sie in der Kuppel. Keine Schädel, sondern die Köpfe von Männern.

Owen näherte sich zögernd. Er fühlte etwas in sich zittern, eine Vibration wie die tiefste Saite einer Harfe, zu locker aufgezogen, um noch einen Ton von sich zu geben, aber etwas hervorbringend, das man nicht mehr hören, sondern nur noch im Bauch spüren kann.

»Bitte leuchtet woanders hin«, bat Enar. »Ich möchte sie gar nicht so genau sehen.«

Die Köpfe waren augenscheinlich irgendeinem Konservierungsprozeß unterzogen worden. Straff gespanntes Fleisch bedeckte noch fast überall die geschwärzten Knochen, die Lippen aber waren verdorrt, zurückgezogen, die Zähne zum letzten Lächeln gebleckt. Hier und da glomm bei denen, welche die Zeit am besten überstanden hatten, noch ein Auge in der Höhle, ausdruckslos und glänzend wie Stein. Über allen lag der Schleier des Todes, aber man konnte noch erkennen, daß einige blau und andere dunkel gewesen waren. Manche Köpfe trugen noch Helme mit jenen tief heruntergezogenen Wangenstücken, welche die Römer benützt hatten. Einer nahe der Mitte hatte einen mit einem Kamm versehenen Helm, an dem der Pferdeschwanz noch unversehrt, noch scharlachrot war.

Owen zog sein Schwert und entbot ihnen seinen Gruß.

Enar biß die Zähne zusammen, damit sie nicht klapperten.

Sibylla brach lachend zusammen. »Sachse«, gluckste sie vor sich hin. »Du hast eine Gesichtsfarbe wie frische Milch.«

Enar war beleidigt. Sibylla fand ihn seit einem bestimmten

Vorfall vor einigen Wochen, als die Frauen ihres Stammes ihn gefunden und geneckt hatten, ungeheuer komisch. »Ich bin nur einfach der Meinung, daß die Toten unter sich bleiben und die Lebenden in Ruhe lassen sollten.«

»Das tun sie doch«, versicherte ihm Sibylla. »Wir sind es, die in ihren Herrschaftsbereich eingedrungen sind und ihre Gastfreundschaft erbitten. Möchtest du lieber hinausgehen und schmoren?«

Enar wandte sich halb ab. Er brachte es nicht über sich, dem grausigen Altar den Rücken zuzuwenden, nicht ganz. Er legte seine Hand auf den Fels. Er war warm. Enar verspürte wenig Lust, sich Temperaturen vorzustellen, die durch zwei Fuß dicken soliden Fels dringen konnten. »Nein, wir sind hier drin eindeutig besser aufgehoben. Wo sind wir?« erkundigte er sich.

»Sie werden uns nicht behelligen«, versprach Alshan anstelle einer Antwort und zeigte auf die im Kreis über dem Altar aufgereihten Köpfe. »Die Schlachten, die sie geschlagen haben, sind längst vorbei. Die Männer, die sie getötet haben, sind längst zu Staub zerfallen und eins mit ihren Feinden. Es ist nicht mehr von Bedeutung, wer gewonnen und wer verloren hat.«

Owen steckte sein Schwert zurück, drehte sich um und trat neben Alshan. »Ich denke, damals war es von Bedeutung«, wandte er ein. »Wer sind sie?«

»Schwertleute. Ihr nennt sie Römer«, erläuterte Alshan. »Das Volk, das ihr Gallier nennt, gab den Fremden seine Herdstellen nicht kampflos preis. Der Kampf dauerte länger an, als die Menschen glauben. Sie kämpften aus den Bergen und den Wäldern heraus. Lange wanderten ihre Priester, die Druiden, zwischen den Bäumen einher und riefen die Jünglinge zum Kampf. Zwischen den Schlachten verbargen sie sich hier und nahmen den Gefangenen auf jenem Stein das Leben. Sie streckten sie nieder und lasen aus ihren Todeszuckungen die Zukunft.«

Enar schauderte. Getötet zu werden war eine Sache. Zu wissen, daß der eigene Tod auf eine solche Weise benützt wurde, eine andere. »Dies ist ein Ort des Grauens«, sagte er. »Ich kann spüren, wie es mir durch Mark und Bein dringt.«

»Die Köpfe derjenigen, die ihnen günstige Omen verhießen, hängten sie über dem Altar auf«, fuhr Alshan fort. »Dann feierten sie ein Fest und verschütteten Öl und Wein für ihre Geister. Alle Menschen achten einen tapferen Feind.«

»Am Ende haben sie verloren«, entgegnete Enar. »Dafür können wir alle dankbar sein.«

»Ich weiß nicht«, zweifelte Alshan. »Sie verstanden sich auf viele Dinge. Die Römer verstanden nichts. Nur Eroberung und Beute. Als ihre Eroberungen endeten, starben die Gallier vor Gram.«

»Worauf haben sie sich verstanden?« wollte Owen wissen.

Alshan spielte mit dem Schmuckstein um seinen Hals und hob den Blick zu den Köpfen. »Der Unterschied zwischen Freund und Feind ist nicht so groß, und die Toten wandeln stets unter den Lebenden, gerade wenn die Lebenden die Hand nach den noch Ungeborenen ausstrecken.«

»Der Unterschied zwischen Haakon und unsereins ist nicht annähernd groß genug«, stellte Enar fest. »Das hast du richtig gesehen. Wir können warten, bis das Feuer draußen von selbst ausbrennt, und dann diesen Ort verlassen.«

»Nein«, widersprach Alshan. »Das können wir nicht.«

Owen nickte. »Haakon wird den abgebrannten Wald nach uns absuchen lassen. Er will wenigstens unsere verkohlten Leichen haben, um sicherzugehen, daß wir tot sind.«

»Wir müssen tiefer in die Erde eindringen«, erklärte Sibylla, »versuchen, einen anderen Zugang zu finden, und uns unbemerkt davonstehlen.«

Alshan zeigte nach links. »Die Höhle weitet sich hier. Folgt mir.«

In dem größeren Teil der Höhle fanden sie an die Wand gelehnte Fackeln. Owen verstaute sie auf dem Hengst. Er blieb folgsam stehen und ließ zu, daß man ihn zu einem Packpferd herabwürdigte.

Am Ende der Höhle hatte man eine Treppe mit flachen Stufen in den Fels gehauen. Das Pferd erklomm sie wie eine Bergziege.

Die Stufen endeten an einem breiten, aus dem Fels herausgemeißelten Pfad entlang eines unterirdischen Flusses. Gemächlich strömte er dahin, tintenschwarz und wie Obsidian im Fackellicht glänzend.

»Ihr wußtet, daß es diese Höhle hier gab, nicht wahr?« wandte Owen sich an Alshan und Sibylla.

»Wir nicht«, stellte Sibylla richtig, indem sie auf Tigg und sich wies.

»Ja«, sagte Alshan schlicht. »Darum bin ich dem Pferd gefolgt. Es rannte in die richtige Richtung. Ich wollte nicht hierherkommen. Es ist, wie der Sachse sagt, ein Ort des Grauens und des Bösen – wenn auch nicht des absolut Bösen. Aber«, setzte er achselzuckend hinzu, »wir hatten keine Wahl.«

»Warum hast du es uns nicht vorher erklärt?« wunderte sich Enar.

»O ja, erklären«, höhnte Sibylla. »Stehenbleiben und gegen deine Ängste anreden, während das Feuer uns zu Holzkohle verbrennt. Es war schon gut so, daß er nichts erklärt hat. Womöglich hättest du kehrtgemacht und wärst geradewegs in die Flammen zurückgelaufen.«

»Wenn ich das hier gewußt hätte – mag sein«, knurrte Enar. Er konnte fühlen, wie die Dunkelheit auf ihm lastete. Die Fackeln flackerten unruhig, mal sehr hell, dann wieder knackend und zischend, als ständen sie kurz vor dem Verlöschen. Er war sicher, an den Rändern seines Sichtfeldes etwas zu sehen. Finstere, verhüllte Gestalten, die verblaßten, wenn er mit der Fackel in ihre Richtung leuchtete. Er spürte das Gewicht der Erdmassen über sich, das ihn zu erdrücken, lebendig zu begraben drohte.

Lange, so wollte es ihnen scheinen, folgten sie im Schein der Fackeln dem unterirdischen Fluß. Owen konnte sehen, daß der Pfad das Werk von Menschen war. Er konnte Meißelspuren in dem Kalkstein zu seinen Füßen erkennen sowie Stellen, wo im Weg befindliche Felsvorsprünge entfernt worden waren.

Hier und dort hatte man in Wandnischen Köpfe aufgehängt, vielleicht als Wächter. Den ersten erblickte Owen keine drei Fuß von seinem Gesicht entfernt, einen braunhaarigen Mann mit kurzgeschnittenem Bart. Er zuckte so heftig zurück, daß er beinahe in den Fluß gefallen wäre. Als er sich wieder in der Gewalt hatte, blieb er stehen. Er weigerte sich, der kalten Furcht, die ihm in den Knochen steckte, die Kontrolle über sich zu überlassen.

Bart und Schnurrbart des anderen bedeckten noch die Lippen, was dem Kopf ein fast lebendiges Aussehen verlieh. Die dunklen Augen waren unversehrt. Im Fackellicht besaßen sie den toten, steinernen Blick der Augen einer Statue. Auf dem Haar saß der Helm eines römischen Fußsoldaten.

»Sie hatten gern viele von ihnen um sich, nicht wahr?« sagte Enar boshaft.

»Dieser dort bezeichnet eine Grenze, Sachse«, klärte Alshan ihn auf.

»Tatsächlich?« staunte Owen. »Welche Grenze?«

»Wir nähern uns dem Ende des Pfades.«

»Und dann?« fragte Enar.

Alshan zuckte die Schultern. »Das weiß niemand.«

»Ich finde diese Antwort nicht sehr tröstlich«, beklagte sich Enar. Sein Unbehagen wuchs, als der Felsenpfad, dem sie bis zu dieser Stelle gefolgt waren, jählings endete.

»Bis hierher sind sie in die Höhle vorgedrungen«, eröffnete Alshan ihnen.

Der kleine Fluß, an dem sie entlangmarschiert waren, verschwand um eine weitere Biegung im Tunnel.

»Müssen wir weiter?« fragte Owen.

»Ja«, gab ihm Alshan zur Antwort. »Haakons Männer werden wie ein aufgestörtes Bienenvolk um den Fluß schwärmen, und wir haben keinen Wald mehr, der uns Schutz bieten würde.«

Enar entschloß sich, diese Einschätzung ihrer Lage nicht unwidersprochen hinzunehmen. »Wir können so lange warten, bis sie verschwinden.«

»Nicht, wenn es regnet«, wand Alshan ein. »Bei Regen füllt sich diese Höhle mit Wasser. Nicht bis an die Decke, aber das hilft uns auch nicht weiter. Die Strömung ist reißend und das Wasser eiskalt. Warum, glaubst du, haben sie die Köpfe wohl so hoch gehängt?«

Enar gab einen Laut von sich, als ersticke er, und Owens Gesicht nahm in dem rötlichen Fackelschein einen grimmig entschlossenen Ausdruck an. »Ich verstehe«, sagte Owen. »Ein Rennen gegen die Zeit. Wie tief ist das Wasser?«

»Im Augenblick wird es uns nur bis an die Knie reichen. Aber wenn, wie ich schon erwähnte, der Regen einsetzt...«

Enar watete vorsichtig voran, das Pferd am Zaum führend. Der Rest folgte ihm.

Die ersten paar Meilen war das Vorwärtskommen nicht schwer, obwohl der Tunnel sich verengte und der Lichtkegel der Fackeln nicht mehr bis zur Decke reichte. Das über die Jahrhunderte von den Frühlingshochwassern aus dem Fels gewaschene Bachbett bot ihren Füßen guten Halt. Alle schöpften Mut aus der Tatsache, daß der Untergrund kaum merklich anzusteigen schien. Näher an der Oberfläche hofften sie Luft und Licht zu finden.

Doch dann senkte sich die Decke unversehens. Enar knirschte mit den Zähnen und stapfte weiter. Owen bekam solche Angst, daß ihm übel wurde. Die Waldleute waren sehr schweigsam.

Enar bugsierte das Pferd behutsam durch die engste Stelle des Tunnels. Der Hengst paßte durch, doch Flanken und Widerrist streiften an der Felswand entlang. Der Gang weitete sich wieder, und Owen merkte, daß sie in einem großen Raum standen – einer Galerie, so gewaltig, daß das Fackellicht weder Decke noch Seitenwände berührte. Der unterirdische Bach, dem sie gefolgt waren, rauschte durch die Mitte der Höhle.

Owen schritt weiter vorwärts und folgte dem Flußlauf, bis er erkannte, daß das Wasser einfach in der Felswand verschwand. Sie waren einem blinden Tunnel gefolgt, und dies war das Ende.

KAPITEL 15

Wenige Augenblicke, nachdem das Baby zu schreien begonnen hatte, hörte Elin das Klacken von Denis' Holzbein von oben. Das Baby auf dem einen Arm und eine Armbrust unter den anderen geklemmt, kam er die Treppe herunter. »Wo ist Elfwine?« fragte er.

Es klopfte an der Tür, und Godwin klärte ihn auf, während Elin an die Tür ging.

Ranulf betrat die Halle. Er ließ den Blick reihum über die bestürzten Gesichter wandern. »Elfwine«, rief er und lief auf die Treppe zu.

Godwin fing ihn ab. Er stellte sich vor Ranulf, verlegte ihm den Weg und hielt seine Arme fest. Ranulf sah starr zu Godwin hoch. »Ich will dein Schwert«, sagte Godwin.

Der Junge begann zu zittern. »Sie ist tot«, sagte er hilflos.

»Wäre sie es nur!« sagte Ingund bitter.

Ranulf wandte ihr seinen waidwunden Blick zu.

»Ruhe«, brüllte Godwin. »Ich erledige das. Dein Schwert«, wiederholte er.

Ranulf griff an seinen Schwertgürtel und löste mit zitternden Fingern die Schnalle.

»Das Messer auch«, ordnete Godwin an und nahm es in Empfang. Er legte Ranulfs Waffen vor Elin auf den Tisch. Dann führte er Ranulf mit sich fort, durch die Hintertür in den Hof.

Draußen hörte Elin Ranulf schreien: »Nein!« Sie hörte Godwins leise auf ihn einredende Stimme. Erneut schrie Ranulf auf. Der Schrei war wortlos, aber Elin meinte ihn mit ihrem gesamten Körper zu hören. Dann herrschte Stille.

Rosamunde begann zu weinen. Ingund nahm Denis das Baby ab. Alle schauten sie Elin an. Sie erhob sich. Ihre Knie waren so weich wie Butter. Sie legte eine Hand auf die Rückenlehne des Stuhls. »Hat das Baby Hunger?«

»Nein«, antwortete Ingund. »Es braucht nur frische Windeln.«

»Dann wechsel sie«, wies sie Ingund an. Sie wandte sich Anna zu. »Wie sieht es mit dem Brot aus?«

»Wir haben vor vier Tagen gebacken. Ich denke nicht, daß sie sich daran zu schaffen gemacht hat«, entgegnete Anna.

»Dann haben wir also für heute abend etwas zu essen?«

»Ja«, meinte Anna.

»Gut. Wir können uns im Augenblick keine zusätzlichen Nahrungsmittel besorgen. Sonst hätten wir die ganze Stadt am Hals.« Rosamunde saß noch immer leise weinend auf ihrem Platz. Elin schloß sie in die Arme. »Psst«, machte sie freundlich. »Sei still. Alles wird gut. Ich weiß nicht wie, aber ich sorge dafür, daß alles wieder gut wird.«

Rosamunde verstummte. Alle begaben sich schweigend an die Arbeit. Das Baby bekam frische Windeln, verdächtige Nahrungsmittel wurden ausgesondert. Frischer Käse wurde geschnitten, eine neue Wurst auf den Tisch gebracht. Rosamunde, die Augen gerötet, das Gesicht tränenverschmiert, deckte den Tisch.

Elin beobachtete sie, wie sie ihren jeweiligen Aufgaben nachgingen, und mußte an ihre Mutter Wilsa denken. Elin hatte ihre Geschichte auf dem Schoß ihrer Mutter erfahren. Wilsa war von Elins Vater Roscius gerettet worden, als die Waldleute das verkrüppelte Kind zum Sterben zurückgelassen hatten. Sie war nur eine Dienstmagd im Hause ihres Vaters gewesen, als die erste Gemahlin ihres Vaters, Sophia, von einer verzehrenden Krankheit heimgesucht wurde. Alle Heilkünste Wilsas vermochten nichts gegen die Krankheit auszurichten. Am Ende jedoch, als Belohnung für ihre Bemühungen, schickte Sophia Wilsa in Roscius' Bett. Sie sagte Wilsa, das Leben im Haushalt müsse weitergehen, und sie wußte, daß Wilsa ihr nie Schande bereiten würde.

Elin hatte nie verstanden, wie Sophia ihre Welt so leicht einer anderen hatte überlassen können. Jetzt verstand sie es. Männer mochten Zeit haben, sich ihrem Kummer hinzugeben, Frauen nicht. Zu viele Bedürfnisse mußten Tag für Tag gestillt werden. Das Kind schrie; man mußte es füttern. Mahlzeiten mußten zubereitet, die Wäsche mußte gewaschen werden. Das Leben ging weiter, und die Frauen, die Hüterinnen des Lebens, mußten für seinen Fortgang sorgen. Das war ihre Bürde und ihre Ehre, eine endlose Verantwortung.

Sie waren fast fertig und schickten sich an, sich zum Abendessen hinzusetzen, als Edgar mit Judith die Halle betrat. Sie trug ein in ein Tuch eingeschlungenes Bündel.

»Holt Godwin«, befahl Elin.

Wolf der Kurze eilte fort. Godwin kam mit Ranulf zurück. Stumm versammelte sich der Haushalt um die Tafel. Elin sah Ranulf flüchtig in die Augen. Sie entdeckte blinden, verzweifelten Gram darin. Kurzfristig bedauerte Elin beinahe, daß Elfwines Heimtücke nicht zum Ziel geführt hatte. Der Tod wäre weniger grausam gewesen als dies. Elin dachte an Ranulf, wie er vorher gewesen war – ein Junge, glücklich in seiner Ehe, froh über seine Fortschritte beim Erlernen der Kriegskunst, außer sich vor Freude über seinen neugeborenen Sohn. Sie blickte in seine Augen und wußte, daß sie diesen Jungen nie wiedersehen würde.

Judith legte das Bündel auf den Tisch. Es war mit dem Emblem ihres Vaterhauses versiegelt. »Ihr versteht, daß ich dies hier nur unter Protest und auf schärfstes Drängen unseres Kriegsherrn hin preisgebe?«

»Ja«, antwortete Godwin.

»Laßt es uns hinter uns bringen«, flüsterte Ranulf mit mühsam beherrschter Wut. »Öffnet es.«

Godwin bedachte Ranulf mit einem harten Blick. »Sei ein Mann«, herrschte er ihn an. »Für Judith ist das ein Geschäft.«

»Ein Geschäft mit unserem Leben!« schrie Ranulf in höchster Pein.

»Selbst unter diesen Umständen«, rügte Godwin ihn, »werden wir die nötigen Formalitäten beachten. Bitte öffnet es, Judith.«

Judith warf einen Blick auf die finsteren Mienen um sie herum, brach das Siegel auf und öffnete das Päckchen. Die Goldkette funkelte und glitzerte im dämmrigen Licht der Halle.

»Billig hat er sie nicht bekommen«, sagte Godwin.

»Nein«, stimmte Judith ihm zu. Sie hob die Kette hoch und wog sie in einer Hand, um sodann die Rubine mit kundigem Auge zu schätzen. »Ich würde sagen, mindestes der Gegenwert eines Landguts, vielleicht zwei, ganz zu schweigen von einem schönen Stadthaus und ein paar Sklaven. Sie hatte vor, auf großem Fuß zu leben.

Ich nehme an«, setzte Judith hinzu, »daß dies jetzt Ranulf gehört.«

»Ich fasse das schmutzige Ding nicht an!« wehrte Ranulf mit zusammengebissenen Zähnen ab.

»Schmutzig würde ich nicht sagen«, murmelte Judith ironisch. »Gold ist das sauberste Metall, das ich kenne. Es rostet nicht. Und Blut bleibt nicht daran kleben.«

Die Halskette ging von Hand zu Hand die Tafel hinunter, bis sie unter schwerem Rasseln vor Ranulf zu liegen kam. Er setzte sich auf die Bank und vergrub sein Gesicht in den Händen.

Alfric betrat die Halle durch die Hintertür. Er näherte sich Godwin und stellte sich dicht neben ihn. »Ich habe mit Elfwine gesprochen«, berichtete Alfric. »Sie beteuert, nie und nimmer habe sie uns vergiften wollen.«

»Nein?« schnappte Godwin. »Was wollte sie dann?«

»Es scheint, als habe Rauching ihr ein wüstes Märchen aufgebunden, daß wir alle in Schlaf sinken sollten, während er Haakons Männer in die Stadt gelassen hätte.«

»Das kann sie unmöglich geglaubt haben«, warf Ranulf verbittert ein. »Was hätten denn ihrer Ansicht nach die Armbruster auf den Wällen und bei der Festung gemacht, wenn Haakons Männer sich in die Stadt zu schleichen versucht hätten?«

Godwin seufzte. »Du hättest es nicht geglaubt, ich hätte es auch nicht geglaubt. Aber sie ist eine Frau, und keine sonderlich kluge.«

»Die Frage«, sagte Judith, »ist doch wohl nun, was wir mit Elfwine machen.«

»Wir?« fragte Elin leise.

Judith warf ihr einen trotzigen Seitenblick zu. »Ganz recht, wir.«

Godwin zog es vor, nicht auf Judiths Einbeziehung der eigenen Person einzugehen. »Ranulf ist ihr Ehemann. Er hat das Recht, als erster das Wort zu ergreifen.«

Ranulf hob den Kopf. Ingund hielt das Baby noch immer im Arm. »Gib mir das Kind«, wies er sie an.

Ingund legte ihm den Kleinen in die geöffneten Hände. Er wiegte ihn hin und her und betrachtete sein schlafendes Gesicht, die geschlossenen Augen mit den winzigen blonden Wimpern, die auf seinen Wangen ruhten. Die kleinen, geballten Fäuste. Er schaute zu Anna hoch.

»Ist es meins?« fragte er.

»Gütiger Gott!« rief Anna aus. Sie verdrehte die Augen zur Decke und faltete die Hände wie zum Beten. »Was für eine Frage! Ja, wenn die Klatschbasen recht haben – und für gewöhnlich haben sie das –, ist es deins. Sie empfing nur wenige Tage, nachdem sie dich kennengelernt hatte, und alles tuschelte hinter vorgehaltener Hand, wie wohlanständig sie mit einemmal geworden sei, nachdem sie sich Bischof Owens Dienstmann geangelt hatte.«

»Wir können eine Amme für ihn suchen«, schlug Ingund mit steinerner Miene vor.

»Ich denke auch«, pflichtete Anna ihr bei. »Aber selbst die beste Amme ersetzt nicht eine liebende Mutter.«

»Findet eine Amme für das Kind«, sagte Gowen, »und tötet die Hure.«

»Nein«, sagte Wolf der Kurze.

Elin wunderte sich, daß der blonde sächsische Hüne das Wort ergriff. »Wenn ihr die Mutter erledigen müßt, dann erledigt auch das Kind. Meine Mutter wurde auf ähnliche Weise von meinem Vater beseitigt. Ich lernte, ihn zu hassen. Wenn das Kind am Leben bleibt, wird es dich auch hassen.«

Ranulf gab Ingund das Kind zurück. »Schaff es mir eine Zeitlang aus den Augen. Ich bestehe nur noch aus Wut und Kummer. Ich könnte ihm den Schädel zerschmettern. Es war gut, daß Godwin mir die Waffen weggenommen hat. Vielleicht hätte ich uns sonst alle drei umgebracht. Sie, das Kind und mich. Vielleicht sollte ich es immer noch tun.« Er begann erneut zu weinen, leise und hoffnungslos.

Alfric setzte sich neben ihn und ließ Ranulfs Kopf an seiner Schulter ruhen.

»Ich sehe noch nicht«, gab Judith zu bedenken, »wie ihr irgend etwas gegen Elfwine unternehmen wollt. Zumindest nicht ohne eine Auseinandersetzung, welche die ganze Stadt entzweit.« Am Tisch wurde protestierendes Murren laut. Judith redete unerbittlich weiter. »Elfwines Brüder werden diese Geschichte mit dem Gift nicht glauben. Sie werden behaupten, Ranulf sei, nachdem Herr Godwin ihn mit der Würde der Ritterschaft beehrt habe, Elfwines aufgrund ihrer niedrigen Herkunft überdrüssig geworden, wolle sie verstoßen und sich eine Frau mit mehr Vermögen suchen.

Herr Godwin, Rauching flüstert ihnen nun bereits seit Tagen seine Lügen ins Ohr. Euer Einfluß hängt an einem seidenen Faden. Manche werden sich auf Eure Seite schlagen, manche aber auch auf die von Elfwines Brüdern. Wenn die Bewohner der Stadt sich untereinander entzweien, wird der Faden reißen. Bestraft Elfwine, ob im verborgenen oder in aller Öffentlichkeit, und Ihr werdet nur Rauching in die Hände spielen. Genauso gut könntet Ihr Haakon die Stadt übergeben.«

Als Judith ihre kleine Rede beendet hatte, senkte sich tödliches Schweigen über die Halle.

»Es scheint«, begann Elin nach einer Weile erneut, »als hätten wir eine Entscheidung zu treffen.«

»Ich werde ihr Verteidiger sein, wenn Ihr es wünscht«, erbot sich Alfric.

»Sprecht«, sagte Elin.

Alfric hielt noch immer Ranulf umarmt. Er hob sein gramzerfurchtes Gesicht von der Schulter des kleinen Mannes. »Ich möchte nicht, daß sie leidet«, sagte Ranulf leise. »Bitte, Elin, laßt sie nicht leiden, was immer Ihr auch tut.«

»Nein, Ranulf«, versprach Elin und ergriff seine Hand. »Nein, ich gelobe dir, sie wird nicht leiden.«

Ranulf führte Elins Handrücken an seine Wange. Sie war feucht vor Tränen.

»Seid keine Närrin«, beschwor Ingund Elin. »Überlaßt sie mir – mir und Anna. In dem Topf ist noch ein wenig von der Schweinelende. Sie hat sie gewürzt. Es ist nur recht und billig, daß sie sie auch abschmeckt.«

Godwin schwieg. Er stand ein Stückchen abseits, die Hand auf dem Schwertgriff, und beobachtete Elin mit scharfem Blick.

Alfric löste sich von Ranulf. »Herrin«, setzte er an. »Das Mädchen hat Rauchings Lügen geglaubt. Sie ist jung und unerfahren – kaum dem Kindesalter entwachsen. Sie muß Wachs in den Händen eines Mannes wie Rauching gewesen sein. Er hat ihr das Gift gegeben. Er –« Godwin brach in Gelächter aus. »Bitte«, sagte Alfric. »Lacht mir nicht direkt ins Gesicht.«

»Ihr würdet die Laster in Ketten vor den Wagen der Gnade spannen, habe ich recht, Alfric?« sagte Godwin.

»Man könnte es wohl so ausdrücken«, erwiderte Alfric. »Das Mädchen bereut.«

»Elfwine«, erklärte Ingund, und jedes ihrer Worte war von beißender Klarheit, »bereut, daß sie erwischt wurde. Sie bereut, daß wir nicht alle tot sind. Sie bereut, weil wir sie auf die eine oder andere Weise bestrafen werden.«

»Ja«, antwortete Alfric mit einem milden Lächeln. »Sie hat eine Menge Gründe, bußfertig zu sein. Dies sind einige davon.«

»Alfric«, mischte Anna sich ein. »Es freut mich, daß Ihr zwar ein guter Mensch, aber kein vollkommener Narr seid.«

Es klopfte an der Tür. »O nein«, stöhnte Elin. »Kann Routrude hiervon schon Wind bekommen haben?«

»Da könnt Ihr Euch drauf verlassen! Die halbe Stadt hat Elfwines Gekreisch gehört. Die Neuigkeit von einem Aufruhr in Eurem Haus traf noch vor Edgar in meinem Kontor ein«, eröffnete ihnen Judith.

Godwin deutete auf die Halskette, die noch immer auf dem Tisch lag. »Schafft mir das Ding auf der Stelle aus den Augen!«

Anna nahm die Kette, legte sie auf die Anrichte und bedeckte sie mit einem Küchentuch.

Godwin ging zur Tür und stieß sie weit auf. Draußen standen Elfwines Vater und drei ihrer Brüder. In ihrem Rücken, als Unterstützung, Sensationslustige und Zuschauer, drängte sich die halbe Stadt. Hauptsächlich der männliche Teil derselben, obwohl auch Routrude inmitten ihres üblichen bierseligen Gefolges von Säufern nicht fehlte. Elfwines Vater scharrte mit den Füßen und wollte Godwin nicht in die Augen blicken.

»Ja?« fragte Godwin.

Elfwines Vater war ein großer Mann, muskulös, wettergegerbt und von harter Arbeit gestählt. Jeder einzelne Muskel, jede Ader, jede Sehne an seinem Körper schienen im Fackellicht hervorzutreten. Seine Haut hatte den leicht fettigen Glanz von jemand, der nicht häufig badet. Sein blondes Haar war schon vor langer Zeit ergraut.

Elin wurde voller Bestürzung bewußt, daß sie nicht einmal seinen Namen kannte.

Godwin schien nicht die Absicht zu haben, es ihnen leichtzumachen.

»Was habt ihr in diesem Haushalt zu suchen?« fragte er.

»Herr.« Elfwines Vater scharrte erneut mit den Füßen und stieß mit dem hinter ihm stehenden Sohn zusammen. Der junge Mann behauptete die Stellung und funkelte Godwin wütend an. »Herr.« Elfwines Vater räusperte sich und fuhr fort: »Uns sind schlimme Berichte über den Mann meiner Tochter, Ranulf, zu Ohren gekommen.«

»Was für Berichte?« fragte Godwin drohend. »Und von wem?«

Elfwines Vater schlug die Augen nieder, um sodann seinen Blick über den Platz wandern zu lassen, dorthin, wo Rauching stand. Er hielt sich ein bißchen abseits von den anderen, umringt von etwa einem Dutzend jener Bauern, welche die Belagerung in die Stadt gezwungen hatte. Rauching lächelte. Die Männer um ihn herum jedoch wirkten aufsässig und trotzig. Auch zwei von Rauchings Knechten standen bei ihm. Einer von ihnen war der junge

Mann, an den Elin sich erinnerte. Der andere war älter. Er schwankte und sah betrunken aus.

»Wir haben gehört«, fuhr Elfwines Vater fort, »daß ihr Ehemann sie verstoßen hat und plant, sich ihrer zu entledigen, weil er glaubt, sie sei nicht mehr gut genug für ihn. Wir haben gehört, daß er sie heute geschlagen hat und daß sie im Augenblick sogar eine Gefangene in diesem Haus ist.«

Elin schritt auf die Tür zu. Sie vernahm ein Scharren und Rascheln hinter sich und wußte, daß der gesamte Haushalt ihr Rükkendeckung gab.

»Daran täte er auch gut«, rief Rauching von da, wo er stand. »Dieser Bischof führt ein höchst loses Haus, und seine Frauen bringen sogar die Damen der Witwe zum Erröten.«

Von den Männern aus Rauchings Umkreis erscholl rauhes Gelächter. Godwin bemerkte, daß die übrigen Menschen auf dem Platz nicht mit einstimmten.

Elin fühlte, wie ihr das Blut aus dem Gesicht wich.

»Das sind sehr ernste Anschuldigungen«, erklärte Godwin ruhig, den Blick unverwandt auf Rauching und seine Männer gerichtet.

Rauching trat aus der Schar von Männern, in deren Mitte er stand, heraus und baute sich vor ihnen auf. »Für das Haus eines frommen Gottesmannes beherbergt der Bischof ein höchst unfrommes Hurenpack.«

»Huren!« hörte Elin Ingund durch zusammengebissene Zähne hindurch flüstern.

»Lügner!« schrie Ranulf. »Tretet vor, und ich will es Euch beweisen!«

»Halt den Mund!« donnerte Godwin ihn an.

»Nein!« schrie Ranulf zurück.

Elin war klar, daß der Gram des Jungen sich in rasende Wut verwandelt hatte. Sie drehte sich zu dem hinter ihr stehenden Ranulf um, aber wie üblich war Godwin schneller. Er wirbelte herum und schickte Ranulf mit einem einzigen Fausthieb zu Boden. Betäubt blinzelte der Junge zu ihm hoch.

»Bist du mein Mann?« fragte Godwin.

»Ja, ja«, stammelte Ranulf.

»Dann beweise es, indem du mir gehorchst. Halt den Mund.«

Ranulf richtete sich langsam wieder auf. Edgar faßte ihn unter und half ihm hoch.

Elin sah Rauching erneut ins Gesicht. Überall auf dem Platz entzündeten die Leute Fackeln. In dem zunehmenden Licht beobachtete Elin Rauching. Ihre Blicke folgten ihm, als er sich zu den Männern hinter sich umdrehte und ihnen ein paar leise Worte zuflüsterte. Elin spürte, daß die Situation auf Messers Schneide stand. Eine falsche Bewegung von einer der beiden Parteien mochte den Ausschlag geben.

Sie drehte sich zu Ingund um und wies sie mit gedämpfter Stimme an: »Geh Elfwine holen und sag ihr, wenn ihr ihr Leben lieb ist, soll sie sich ruhig verhalten und schweigen.« Elin konnte sehen und spüren, wie die ganze Stadt sie beobachtete.

Rauching, durch das kühn geworden, was er für eine Stärkung seiner Partei hielt, erhob erneut die Stimme. »Huren«, rief er. »Huren, jede einzelne von ihnen.«

Elin hörte, wie Anna hinter ihr zischend den Atem ausstieß.

»Seht sie euch doch an«, höhnte Rauching weiter. »Die Tochter des Schmieds, Ingund, macht sich mit einem Abenteurer gemein, einem Mann von Gott weiß woher. Sie nennt sich seine Ehefrau? Mir ist zu Ohren gekommen, sie habe ihrem Vater vor der Hochzeit wenig Ehre gemacht. Die Magd, Rosamunde, teilt für Geld mit den Rittern das Bett. Die Frau Elin hat ein Brötchen im Ofen, und niemand vermag zu sagen, ob der gute Bischof wirklich der Bäcker ist. Anna…«

Rauching wandte sich zu seinen Gefolgsleuten um. Er zwinkerte und stieß dem ihm am nächsten Stehenden spielerisch den Ellbogen in die Rippen. »Sie ist zu alt, um einem Mann noch Vergnügen zu bereiten, aber zweifellos verfügt sie über genügend Erfahrung, um die jungen Frauen in allen möglichen Lastern zu unterweisen.«

In diesem Augenblick erschien Ingund, die Elfwine am Arm

hielt. Das Mädchen wirkte verwirrt und abwesend, als stehe sie unter Schock. Ingund bahnte sich eine Gasse durch die Mitglieder des Haushalts, welche die Tür verstopften, und blieb an Elins Seite stehen.

»Endlich!« rief Rauching. »Die schöne Elfwine. Die Dame, die ich sich mit zweien meiner Knechte vergnügen sah – nicht mit einem, meine Freunde«, schrie er den Menschen auf dem Platz zu, »nein, mit zweien. Zwei«, wiederholte er und hielt zwei Finger in die Höhe, »gleichzeitig.«

Eine kurze Salve unbehaglichen Gelächters lief durch die Männer in Rauchings Umgebung, um sofort wieder zu verebben. Stille lag über dem Platz mit Ausnahme der knisternden Kohlenpfannen in den Händen der Menschen. Elfwine fiel in Ohnmacht. Zum erstenmal dachte Elin nicht, daß sie sich nur in Szene setzte. Elfwines helle Gesichtshaut war aschfahl, ihre Lippen waren blau. Elin konnte spüren, daß auch ihr Gesicht blutleer war, aber nicht vor Schrecken, sondern vor Wut.

»Die Anschuldigung ist in aller Öffentlichkeit erfolgt«, sprach Elin. »Daher werden wir sie auch in aller Öffentlichkeit entkräften. Morgen wird Elfwine, die eine treue Ehefrau ist, das heiße Eisen dreimal um den Stuhl des Bischofs tragen. Hier, vor den Augen der gesamten Stadt.«

»Und es wird ihr das Fleisch bis auf die Knochen wegbrennen!« johlte Rauching. »Geschminkte kleine Hure, die sie ist.«

Elin begann sich rückwärts in die Halle zurückzuziehen. Godwin und die Ritter folgten. Godwin kam als letzter herein. Er knallte die Flügeltür hinter sich zu und legte den Balken vor. Ingund brachte Elfwine halb zerrend, halb stützend zum Stuhl des Bischofs am Kopf der Tafel. Sie saß reglos da, und der blonde Kopf hing wie eine abgeknickte Blume schlaff herunter.

»Hure. Er hat mich eine Hure genannt«, empörte sich Ingund.

»Glaub nicht, du wärst etwas Besonderes!« versetzte Anna. Sie trat ans Feuer, legte ein weiteres Scheit nach und schürte die Flammen mit einem Holzspan. »Ich bin nicht besser davongekommen. Und Frau Elin auch nicht.«

»Anna«, sagte Ingund, während sie auf einer der Bänke am Tisch zusammensank, »war ich eine schlechte Ehefrau? War es meine Schuld, daß sie gestorben sind?«

Anna seufzte tief. »Nein.«

»Wer ist gestorben?« wollte Elin wissen.

»Ihre ganze Familie«, gab Anna zur Antwort. »Nahezu die gesamte Stadt kennt die Geschichte, aber das war vor Eurer Zeit.«

Elin ging zu Ingund hinüber und legte ihr die Hände auf die Schultern.

»Rauching hat sich vermutlich nur selbst geschadet, indem er Ingund in seine Beleidigungen mit einbezogen hat«, fuhr Anna fort.

Ingund hob ihr Gesicht in den Feuerschein. Elin konnte die Tränen sehen, die ihr über die Wangen rannen. »Als ich sechzehn war, heiratete ich einen Bauern«, begann Ingund zu erzählen. »Wir waren sehr glücklich. Wir hatten drei Kinder.« Ihre Zähne knirschten, und sie verstummte.

Annas Stimme nahm die Erzählung auf. »Sie lebten zusammen mit seinen Eltern und zwei seiner Schwestern. Ingund und ihr Mann besaßen einen der besten Höfe im Tal. Bis die Pest kam.

Gunther wurde allmählich unruhig, als einige Wochen vergingen und niemand aus der Familie in der Stadt gesehen wurde. Er ritt zum Hof. Gunther fand … sie waren alle tot. Es war klar, daß Ingund alle bis zum Letzten gepflegt hatte. Manche hatte sie begraben können, manche … nicht.

Als er sie fand, lag sie in den Wehen auf dem Boden; es war ihr viertes Kind. Gunther brachte sie in die Stadt zurück. Sie war nicht ganz richtig im Kopf. Das Kind war eine Totgeburt, ein Mädchen.«

»Du bist zu nachsichtig, Anna«, wehrte Ingund ab. »Ich war verrückt. Ich habe noch lange danach irres Zeug gefaselt. Zu guter Letzt kam ich wieder zu mir. Mein Vater ließ mich machen, was ich wollte. Vielleicht ein bißchen zu viel. Er verwöhnte mich. Er meinte, wenn Enar das sei, was ich haben will, dann solle ich Enar bekommen. Ich glaube, Rauching hat in meinem Vater nun einen erbitterten Feind.«

Elin wußte nicht, was sie sagen sollte. Sie senkte den Kopf und preßte ihre Wange an Ingunds. Ihre Hände verstärkten ihren Druck um Ingunds Schultern.

»Hure«, flüsterte Ingund. »Morgen werde ich ihn töten.«

»Nein«, sagte Godwin. »Das wirst du nicht. Ich werde es tun. Elin, ich glaube, Ihr habt Rauching genau dort hingetrieben, wo ich ihn haben will. Kann Elfwine dieses Eisen tragen?«

Elfwine kam zu sich; ihre Wangen nahmen wieder Farbe an. »Ich kann nicht…«, winselte sie. »Ich kann nicht… Bitte, zwingt mich nicht dazu!«

Elin wandte sich von Ingund ab und näherte sich Elfwine. Ihr Gesicht war wie der Einbruch der Nacht. Sie faßte Elfwine am Kinn und riß ihren Kopf hoch. Der Blick des Mädchens war leer und wild. »Du kannst, und du wirst. Ich zeige dir, wie.«

Elfwine schrie auf und schlug Elins Hände weg. Hektisch richtete sie sich auf, wobei sie den Stuhl hinter sich umwarf. »Ich kann nicht!« kreischte sie. »Ich kann nicht! Ich bin schuldig!« schrie sie mit schriller Stimme.

Ranulf trat aus dem Schatten und schritt an Elin vorbei. Die letzten Reste jugendlicher Unbekümmertheit waren aus seinem Gesicht verschwunden. Elin wußte, sie würde nie zurückkehren. Ein Mann, der all seiner Illusionen beraubt war. Er packte sie, und seine Hände ballten sich um ihre Oberarme zu Fäusten. Er schüttelte sie heftig. »Du bist mein Weib.« Er spuckte ihr die Worte ins Gesicht. »Mein Weib«, wiederholte er und schüttelte sie erneut.

Elfwines Augen blickten glasig, ihr Kinn hing vor Entsetzen schlaff herunter.

»Ja«, fuhr er mit derselben furchtbaren Stimme fort. »Du bist schuldig. Schuldig wie Luzifer, schuldig wie Judas. Aber du bist mein Weib, und ich werde nicht zulassen, daß Rauching mir irgend etwas von dem nimmt, was mir gehört. Du wirst tun, was Frau Elin dir sagt und was ich dir sage – bis in alle Ewigkeit.« Ranulfs Hände drückten zu. »Hast du mich verstanden?« brüllte er.

»Ja!« schrie Elfwine.

»Du wirst gehorchen.«

»Ja. Ja, ja«, heulte Elfwine. »Das werde ich. Bei Gott, das werde ich.«

Ranulf löste bewußt langsam den Griff seiner Finger und ließ sie los. Sie brach schluchzend zusammen, ein Häufchen Elend. Ranulf holte aus, als wolle er ihr mit dem Handrücken ins Gesicht schlagen.

»Nein«, hielt Godwin ihn zurück. »Genug. Sie wird dir wohl nie wieder ungehorsam sein.«

Ranulfs Hand sank herunter. »Ja«, erwiderte er still. »Ich glaube, Ihr habt recht. Ich hatte gehofft, zwischen uns würde es anders sein, aber nun sehe ich, daß es nicht so sein sollte.«

»Weißt du, warum ich dich vorhin auf dem Platz zum Schweigen gebracht habe?« fragte Godwin.

»Ja. Wenn ich versucht hätte, etwas gegen Rauching zu unternehmen, hätten seine Gefolgsmänner mich niedergemacht.«

»Genau«, nickte Godwin zustimmend. »Wir waren noch nicht bereit für ihn. Aber morgen werden wir es sein. Wenn Rauching aufkreuzt, um sich das kleine Schauspiel anzuschauen, das Frau Elin arrangiert hat, wird er feststellen müssen, daß er in die Falle getappt ist.«

Alfric versuchte eine schluchzende Elfwine zu trösten. »Alfric, Ihr werdet die Messe in der Kathedrale lesen und den altehrwürdigen Bischofsthron segnen. Dann werden wir ihn in einer Prozession auf den Platz tragen«, ließ Godwin sie wissen. »Wenn die Prozession die Kirche verläßt, will ich, daß du, Denis, die treffsichersten Armbrustschützen aussuchst und an den Fenstern im Obergeschoß des Bischofshauses postierst. Wenn Elfwine damit fertig ist, das Eisen zu tragen…« Godwin wandte sich an Elin. »Ich nehme doch an, sie wird erfolgreich sein?«

»Sie wird«, bekräftigte Elin.

»Sehr schön. Wenn Elfwine also damit fertig ist, das Eisen zu tragen, werdet ihr, Alan und Denis, das Feuer auf Rauching und seine Männer eröffnen. Tötet so viele wie möglich von ihnen.«

»Mein Gott«, warf Elin ein, »die Männer um Rauching sind Bauern. Sie stammen aus den Dörfern im Umkreis der Stadt. Sie haben Freunde und gehören in gewisser Weise zur Stadtbevölkerung. Ihr werdet einen erbitterten Zwist heraufbeschwören.«

»Was soll ich Eurer Meinung nach tun, Elin?« fragte Godwin.

»Überlaßt Rauching mir.«

Godwin setzte sich in seinen Stuhl vor dem Feuer. »Könnt Ihr das?« wollte er wissen.

»Ich glaube, ja«, versprach Elin.

Rosamunde stand an der Anrichte und schnitt Brot. »Rosamunde, was hältst du von Rauching?« wandte Elin sich an sie.

Das Brotmesser noch in der Hand, drehte Rosamunde sich um und sah ihr ins Gesicht. »Seine Worte waren wie eine Peitsche. Ich habe sie auf meinem Körper gespürt. In meinem Leben hatte ich keine Wahl. Ich war etwa dreizehn, als ich in die schändliche Sklaverei verkauft wurde.«

»Hör auf, aufs Brot zu flennen, Mädchen«, fuhr Anna sie an. »Keiner von uns liebt Rauching. Elin, was schwebt Euch vor?«

»Das wirst du morgen früh sehen«, gab Elin zurück. »Godwin, ich bitte Euch, befehlt Denis, sich zurückzuhalten, bis alles andere versagt hat.«

»Ranulf?« fragte Godwin. »Du bist die beleidigte Partei. Die Entscheidung liegt bei dir.«

Ranulf nahm Elins Hand und schaute ihr in die Augen. Sein gebrochener Blick war beinahe mehr, als sie ertragen konnte. Sie hob die Hand und berührte seine Wange. »Es tut mir leid, Ranulf«, flüsterte sie.

»Frau Elin, Rauching hätte ich ihr noch vergeben können. Es wäre mir schwergefallen, aber ich hätte es fertiggebracht. Was ich ihr nicht verzeihen kann, ist, daß sie uns umbringen wollte. Ich vermag mir nicht vorzustellen, daß sie Rauchings wahre Absichten nicht kannte. Ich möchte es glauben, aber es geht nicht. O Gott, ich kann es nicht! Was soll ich nur tun?«

Godwin antwortete an Elins Statt. »Lebe mit ihr und versuche, so etwas wie ein menschliches Wesen aus ihr zu machen. Es ist, wie ich sagte: Sie wird dir nie mehr ungehorsam sein. Vielleicht ist das alles, was du dir je von ihr erhoffen kannst. Vielleicht bekommst du irgendwann mehr, mit Barmherzigkeit und Geduld. Aber um des Kindes willen, ertrag den Schmerz. Sei ein Mann.«

Ranulf ließ Elins Hand fallen. Er trat einen Schritt zurück. »Ich werde tun, was Ihr verlangt, Frau Elin«, verkündete er. »Ich verabscheue es, jemanden zu töten – außer Rauching. Ich hasse ihn, und mit gutem Grund.« Als er sich zum Gehen wandte, warf sich Elfwine ihm schluchzend vor die Füße. Ranulf wich zurück, als fürchte er, durch ihre Berührung beschmutzt zu werden. Stöhnend und mit dem Gesicht auf dem Boden brach sie zusammen.

Ranulf betrachtete sie ein paar Herzschläge lang. In seinem Gesicht war nichts mehr übrig außer Verzweiflung. Alfric hob Elfwine auf und brachte sie rasch fort.

KAPITEL 16

Owen näherte sich mit erhobener Fackel der Wand am anderen Ende der Höhle. Der Bach schien durch einen Spalt im Felsgestein in einen kleinen Tümpel auf dem Boden zu tröpfeln. Enar verfolgte ihn durch die Höhle. Der Rest ging ebenfalls mit ihm. Alshan ging neben dem Tümpel in die Hocke und starrte in das schwarze Wasser. Sibylla ergriff eine Fackel und begann den Raum auf der Suche nach einem Nebeneingang kreisförmig zu durchkämmen. Tigg ließ sich neben Alshan auf die Fersen nieder.

»Uns bleibt noch immer genug Zeit, um denselben Weg zurückzugehen«, schlug Enar hoffnungsvoll vor.

»Nein, dem ist nicht so«, widersprach Alshan ruhig. »Siehst du nicht?« Er zeigte auf seine Füße herunter. »Vor kurzem hatten wir noch trockene Füße.«

Owen schaute bestürzt zu Boden. Es stimmte; der Tümpel dehnte sich aus. Zum zweitenmal in dieser Nacht warf Owen wilde Blicke um sich, ein Opfer blinder Panik. In Gedanken fügte er die nackten Tatsachen zusammen. Dieser Raum würde sich in einen gigantischen Strudel verwandeln und in den Tunnel ergießen, den sie entlanggekommen waren. Er und die anderen vier konnten sich schwerlich so lange am Leben halten, bis der Wasserpegel wieder sank. Die Strömung wäre zu schnell, das Wasser zu kalt. Selbst wenn sie sich eine Zeitlang über Wasser halten konnten, würden ihnen Erschöpfung und Eiseskälte am Ende den Garaus machen.

Enar hatte die Finger um den Halsausschnitt seines Hemdes gekrallt, die Augen fest geschlossen. Owen erkannte, daß er sein Entsetzen zu meistern versuchte.

Sibylla kehrte mit der Fackel zurück. »Nichts.«

Das Pferd, das ihre Furcht spürte, wieherte laut. Das Echo an den Felswänden klang wie Donnerhall. Enar schlug die Augen auf, und alle vier schauten ihn an.

»Es gibt«, sagte Owen, »eine letzte Möglichkeit. Ich habe nicht vor, zu sterben, ohne sie erprobt zu haben.«

Er sprang kopfüber in den Tümpel. Das Gewicht seines Kettenhemdes und Schwertes zog ihn sofort auf den Grund, half ihm aber auch, sich gegen die Strömung zu stemmen, die ihn zurückzutreiben drohte. Als er die Augen öffnete, sah er, wie seicht das Wasser war. Im Licht der Fackeln, die seine Freunde oben hielten, konnte er sehen, wenn auch sehr schlecht. Vor ihm gähnte ein schwarzes Loch.

Er stieß sich ab und tauchte hinunter. Die Strömung erfaßte ihn, drückte ihn an die Decke des Tunnels. Ihm wurde klar, daß er in einen unterirdischen Gang hinunterschwamm. Er konnte den Druck auf den Ohren spüren. Seine Lunge schmerzte und brannte. Aber verbissen warf er sich in den Gang. Vom Gewicht von Schwert und Rüstung auf den Grund gezogen, die Hände gegen die glitschige Decke gestemmt, kämpfte er sich langsam voran.

Es war ein Schock, als die Strömung ihn schlagartig entließ. Er hatte den tiefsten Punkt des Wassertunnels überwunden und befand sich auf der anderen Seite. Das Kettenhemd hielt ihn unten. Blindes Entsetzen umfing ihn wie ein Schraubstock. Er fühlte, wie sich seine Blase entleerte.

Als besäßen sie einen eigenen Willen, zerrten seine Hände an seiner Halsberge. Er brauchte Luft. Gott, Luft. Seine Füße suchten verzweifelt nach festem Halt, und er stand wieder aufrecht da und versuchte, sich die Halsberge über den Kopf zu ziehen.

Owen sog den Hauch der süßen Luft so gierig durch Mund und Nase ein, daß er fast an dem Wasser erstickt wäre, das ihm aus den Haaren über das Gesicht lief. Er stand in nicht mehr als zwei Fuß tiefem Wasser in einer zweiten Höhle. Um ihn drehte sich alles, und in seinen Ohren dröhnte es. Er brauchte einen Moment, um zu begreifen, was das für ein Geräusch war. Regen. Er befand sich nur dreißig Fuß von einer Höhlenöffnung entfernt. Draußen regnete es in Strömen.

Licht, da war zu viel Licht. Er rieb sich mit den Fingern durch die Augen und erblickte eine einsame Gestalt mit einer Fackel in der Hand neben dem Wasserbecken. Owen schloß aus der Kleidung, daß es einer jener Waldleute sein mußte, die er noch nie gesehen hatte. Ein Junge.

»Ein Seil!« brüllte er. »Hast du ein Seil? Die Höhle auf der anderen Seite läuft rasend schnell voll!«

Der andere zögerte keinen Augenblick. Er lief zum Höhleneingang und kam mit einem Stück Seil aus geflochtenem Rohleder zurück. Ein paar dunkle Stalagmiten säumten den Tümpel. Owen befestigte das Seil an einem von ihnen. Dann schnallte er sein Schwert ab und legte es auf den Boden.

Er zitterte am ganzen Leib vor Angst und Kälte. Die Versuchung, hier zu bleiben, war überwältigend. Er wußte, würde er sich zu viel Zeit zum Nachdenken erlauben, würde er seine Furcht nie meistern. Wenn er zurückging, würde er möglicherweise kein zweites Mal mehr entkommen können. Vielleicht war die Strömung schon zu stark.

Er griff sich das eine Ende des Seils und tauchte ins Wasser. Zurück ging es schnell. Das Gewicht seiner Halsberge ließ ihn wie einen Stein auf den Grund sinken, und die Strömung trieb ihn wie einen Korken in die andere Höhle zurück.

Er schlug schnell auf dem Grund des Tümpels auf. Aufrecht schoß er aus ihm heraus. Enar und die Waldleute umringten ihn mit Ausrufen der Freude. Das Wasser auf dem Höhlenboden reichte ihnen inzwischen bis an die Knöchel.

»Was ist auf der anderen Seite?« schrie Alshan.

»Ein Weg nach draußen«, keuchte Owen. »Haltet euch an dem Seil fest. Ihr müßt euch ein paar Fuß nach unten ziehen, aber dann wird der Gang breiter, und die Strömung läßt etwas nach. Beeilt euch. Mit jeder Minute läuft mehr Wasser in die Höhle. Die Strömung wird immer stärker. Noch ein paar Minuten, und niemand kommt mehr hier heraus.«

Alshan hastete los und verkeilte seine Fackel in einem Felsspalt. Die drei Waldleute sprangen ins Wasser und waren im Nu verschwunden. Owen ergriff die Zügel des Pferdes und führte es ins Wasser. Das Seilende knotete er am Halfter fest.

Mittlerweile standen sie bis zu den Knien im Wasser. Der ganze Höhlenboden war bedeckt, und die Wassermassen begannen unheilverkündend im Kreis herum zu wirbeln. Binnen weniger Minuten wäre die Höhle ein todbringender Mahlstrom.

»Du gehst zuerst«, befahl Owen. »Du mußt nichts tun, als dem Seil nach unten zu folgen. Wenn die Strömung nachläßt, schwimm.«

Enar blieb wie angewurzelt stehen, einen Blick nackten Entsetzens in den Augen. »Herr Christuspriester«, sagte er leise, fast entschuldigend. »Ich kann nicht schwimmen.«

Zum Diskutieren blieb keine Zeit. Owen spreizte alle zehn Finger und verflocht sie miteinander. Er riß diese Doppelfaust hoch und traf Enar mit voller Wucht unters Kinn.

Der Kopf des Sachsen schnellte in den Nacken, sein Blick wurde glasig, seine Knie knickten ein. Bevor er zu Boden fallen konnte, hatte Owen seinen Hals im angewinkelten Ellbogen eingeklemmt und beide Hände um das Seil geschlungen. Hand über Hand zog er sich herunter. Seine Lunge begann wieder zu brennen. Licht blitzte vor seinen Augen auf. Enars Körper war ein schlaffer, schwerer Sack. Die Strömung erschien ihm jetzt fast wie ein lebendiges, bösartiges Wesen, das ihm Enar zu entreißen versuchte. Dann nahm die Wirbelbewegung ab, und er merkte, daß die Strömung sich einen Augenblick beruhigte.

Owen wußte, irgend etwas weiter oben mußte den Fluß stauen. Er packte Enar am Kragen und schob ihn vorwärts. Er konnte die Fackeln durch das Wasser hindurch ausmachen und Enars Körper an die Oberfläche steigen sehen, als eine vom Wasser mitgerissene Schlamm- und Steinlawine ihm direkt ins Gesicht prallte und ihn blendete. Er wurde wieder den ganzen Weg zurückgerissen, durch den unterirdischen Tunnel und in die vollgelaufene Höhle dahinter.

Dunkelheit. Owen stand nach Luft schnappend auf der anderen Seite. Die Fackel, die Alshan in den Felsspalt gerammt hatte, hatte die steigende Flut gelöscht.

Das Wasser in der Höhle stand mittlerweile hüfthoch. Das Seil war fort. Es war ihm aus der Hand gerissen worden, als ihn der plötzliche Schwall in die Höhle zurückgetrieben hatte.

Dunkelheit. Das Pferd bäumte sich auf und wieherte. Die Echos verwirrten ihn. Das eine Seilende war mit dem Zügel verknüpft. Er wußte, das Seil würde straff gespannt sein. Auf der anderen Seite wären die Waldleute. Er wußte, kampflos würden sie das Pferd und ihn nicht aufgeben. Aber wie sollte er Pferd und Seil in dieser vollkommenen Schwärze finden?

Er konnte noch immer das gedämpfte Geräusch hören, das die Pferdehufe auf dem Steinboden verursachten. Owen rechnete sich aus, daß er noch eine Chance hatte. Wenn er wie Enar vor Schreck gelähmt stehenblieb, würde er mit Sicherheit ertrinken. Er tauchte ins Wasser ein, und seine Halsberge zog ihn hinunter, während er über den Boden schwimmend in die Strömung glitt. Erneut schrie das Pferd gellend auf. Der Hufschlag schien überall um ihn herum zu sein.

Owen stieß wieder an die Oberfläche, um Luft zu holen. Das Pferd schnaubte und trat um sich, als es in das tiefere Wasser gezogen wurde.

Owen zitterte am ganzen Leib vor Kälte, nackter Todesangst und schierer Erschöpfung. Er wußte, daß er noch einmal tauchen konnte, aber dieses eine Mal war alles, wozu er noch imstande war. Wenn er Pferd und Seil nicht fände, würde er hier sterben.

Alles ist dunkel, dachte er. Doch er würde noch einmal tauchen, für Elin.

Owen holte tief Luft. Das einzige, dessen er sich in der Dunkelheit gewiß sein konnte, war die Richtung der Strömung. Sie hämmerte ihm gegen die Brust. Er schwamm geradewegs in sie hinein.

Unter Wasser waren die Geräusche lauter. Jäh verstummte der donnernde Hufschlag auf dem Steinboden, und er erkannte, daß die Waldleute das Tier endlich in tieferes Wasser gezogen haben mußten.

Owen stürzte sich vorwärts, und irgend etwas streifte sein Gesicht. Einen kurzen Moment wehrte er sich wie wild gegen die Fasern, in denen er sich zu verfangen drohte, bis er begriff, daß es sich um den Pferdeschwanz handelte. Da hielt er sich an ihm fest. Ein Huf schlug aus und fügte ihm einen stechenden Schmerz in der Hüfte zu, aber er klammerte sich fest wie Gevatter Tod. Sein Kopf prallte gegen einen Steinvorsprung, und vor seinen Augen explodierte ein Funkenregen. Owen wußte, sie mußten in dem Tunnel zwischen den beiden Höhlen sein. Er war inmitten von Stille und Dunkelheit verloren. Alles, was er fühlen konnte, waren das Pochen in seinen Schläfen, das Brennen in seiner Lunge und die Wasserwirbel, die der wild um sich keilende Hengst vor ihm erzeugte.

Owen vergrub seine Finger in dem rauhen Haarwust des Pferdeschweifs und betete. Wie als höhnische Antwort auf sein Gebet traf ihn einer der Hufe mit voller Wucht in den Magen. Das bißchen Luft, das er noch in sich gehabt hatte, entwich in einem Schwall. Das also ist der Tod, dachte er, als seine tauben Finger von dem unsicheren Halt abrutschten. Eine Sekunde später sah er Licht. Eine Gegenströmung trug ihn an die Oberfläche.

Der Strudel am Eingang der zweiten Höhle wirbelte Owen wild im Kreis herum. Sein Körper war taub. Seine Arme und Beine schienen ihm nicht zu gehören. Er konnte Enar und die Waldleute am Rand stehen sehen, Fackeln in den Händen. Einer von ihnen rief etwas und zeigte auf ihn. Sie bildeten eine Menschenkette.

Owen fühlte, wie der Sog ihn nach unten zog. Doch einen Atemzug später schloß sich ein eiserner Griff um sein Handgelenk. Mit einem schmatzenden Geräusch gab der Strudel ihn frei. Er wurde fast von der Gewalt des im Kreis wirbelnden Wassers herausgeschleudert. Sie schleppten ihn ans Ufer. Keuchend, würgend und Wasser erbrechend taumelte er auf das graue Licht am Höhleneingang zu. Die anderen folgten ihm.

In dem anderen Raum watete der Hengst aus dem sich rasch füllenden Teich. Er stampfte einmal mit dem Huf auf und schnaubte zornig. Dann stürzte er im Galopp an Owen und den Waldleuten vorbei, hinaus in den Regen.

Owen erbrach noch mehr Wasser aus seinem Magen.

»Ich kann es ihm nicht verdenken«, stieß er atemlos hervor. »Wenn ich könnte, würde ich auch fortlaufen.«

Eine halbe Stunde später saßen sie unmittelbar hinter dem Eingang in warme Decken verpackt um ein Feuer in der Höhle und nippten an einer Suppe, die Sibylla zustande gebracht hatte.

»Was ist drin?« fragte Enar mit einem argwöhnischen Blick auf die Schüssel in seiner Hand.

Owen fischte mit den Fingern eine Miesmuschel aus der Schale und aß sie.

»Das möchtest du gar nicht wissen«, beschied ihn Sibylla.

»Nein, möchte ich nicht«, gab Enar zu.

»Nein«, sagte auch Owen. »Je weniger ich über bestimmte Dinge weiß, desto besser. Halt den Mund und iß.«

Enar fischte etwas aus seiner Suppe, kniff ein Auge zusammen und musterte es abschätzend. »Es sieht wie ein kleiner Oktopus aus«, meinte er.

»Es ist auch ein kleiner Oktopus«, versetzte Sibylla, während sie Enar das herunterbaumelnde Teil wegnahm und es verschlang.

Enar schüttelte sich.

»Wo sind wir?« fragte Owen.

»In Amajorkia. Ihr nennt es Bretagne«, antwortete Sibylla. »In der Nähe des grünen Hügels. Des Grabmals, wo der König dich mit deinem Schwertgurt beschenkte.«

Owen erinnerte sich. Hierher war er nach seiner Gefangenschaft bei Haakon geflohen, hier hatte er Zuflucht in einer Grabkammer gefunden. Owen betrachtete den goldenen Gürtel um seine Taille.

»Ich glaube, er ruft dich zurück, dieser König«, sagte Alshan.

Owen erhob sich und stellte sich in den Eingang. Die Abenddämmerung wirkte noch düsterer durch den unaufhörlich herabströmenden Regen.

Der größte Teil der inneren Höhle hinter ihm war überflutet. Ihr Feuer prasselte in einer zweiten nahe dem Eingang. Owen tat alles weh. Er entspannte sich und lehnte seine Schulter an den Felsen, während er durch den dichten Schlingpflanzenvorhang spähte, der die Höhlenöffnung verbarg.

»Kann Haakon uns hier finden?« fragte er.

»Nein«, beruhigte ihn Alshan.

»Deine Leute haben uns gefunden«, gab Owen zu bedenken.

Sibylla gluckste. »Oh, die meinst du«, lachte sie. »Wenn du glaubst, ich sei nahezu unsichtbar im Wald – nun, in ihr habe ich eine Ebenbürtige gefunden. Sie kennt die Höhlen und hat sie alle erforscht. Sie nahm an, wir würden aus Angst vor dem Feuer, das sie in der Ferne sah, vor ihnen unter die Erde flüchten.«

»Sie?« wunderte sich Owen. »Ich hielt sie für einen Jungen.«

»Mehr Mädchen als Junge«, sagte Tigg.

»Weder noch«, sagte Alshan.

Enar fischte ein Stück Fleisch aus seinem Eintopf und beäugte es mißtrauisch.

»Hühnchen«, versicherte Sibylla. »Irgend jemand hat zwei davon in der Nähe eines unserer Opfersteine zurückgelassen. Sie waren mager und zäh. Ich habe sie mit dem Rest in die Brühe gegeben.«

Enar trank die restliche Flüssigkeit in seiner Schale ab und machte sich daran, die festen Überbleibsel auf ihrem Boden einer sorgfältigen Prüfung zu unterziehen. »Wie kann jemand weder Mann noch Frau sein?« beschwerte er sich. »Jeder Mensch, dem ich bisher begegnet bin, war entweder Mann oder Frau.«

»Du bist vorher auch noch nie Leuten wie uns begegnet, nicht wahr?« meinte Sibylla.

»Nein«, entgegnete Enar. »Und ich könnte nicht sagen, daß mir die Erfahrung stets Freude bereitet hat.«

»Junge oder Mädchen«, mischte sich Owen wieder ein, »kann sie ein Pferd einfangen? Ich plane, morgen umzukehren und es noch einmal von vorne zu versuchen, mich zur Feste meines Vaters durchzuschlagen.«

Alshan stand auf. »Ja, sie kann das Pferd einfangen. Und sie wird am Morgen zurückkommen und uns erzählen, wo sie es versteckt hat. Aber du wirst nicht zum Haus deines Vaters gehen.«

Owen schwieg. Er musterte Alshan nachdenklich. »Denk an den Schwertgurt«, sagte Alshan.

Owen sah an sich hinunter. Er hatte sich mittlerweile daran gewöhnt, ihn zu tragen. Er bestand aus einem Strang feiner Kettenglieder in abgestuften Goldtönen, Weiß-, Gelb- und Rotgold, auf ganzer Länge von Schließen mit eingelegten Flechtbändern zusammengehalten. Owen dachte an den toten König in seinem Grab. Er hatte dem Herrscher eine Opfergabe dargebracht, und unmittelbar darauf war der Schwertgurt von der Totenbahre geglitten.

»Geschenk oder Diebstahl?« wollte er von Alshan wissen.

»Geschenk«, versicherte dieser. »Wir haben nichts anderes von seinem Grabschatz angerührt. Er wollte, daß du es nimmst und sein Gefolgsmann wirst. Nun hat er dich zu sich gerufen. Er hat etwas für dich zu tun.«

KAPITEL 17

Elsbeth wachte früh auf. Sie hatte den Waldbrand in der letzten Nacht voller Angst verfolgt, der Wind könnte umschlagen und das Dorf um ihre Festung herum zerstören.

Sie hatte mit dem Rest ihrer Gefolgsleute auf dem Erdwall hinter der Palisade gestanden, die ihre Feste umgab. Hatte dort gestanden, während sie krampfhaft einen der angespitzten Pfähle umklammert gehalten und zugesehen hatte, wie in der Ferne die Flammen aus den Bäumen schlugen. Mit dem Geruch des brennenden Holzes hatte sie den Gestank der Furcht eingeatmet. Die der anderen und die eigene.

Haakons Männer drängten sich in der Mitte des Burghofs. Sie hatten die ausgeweideten Rümpfe von drei Hirschen und zwei Schweinen gebraten, die ihnen auf der Flucht vor den Flammen in die Arme gelaufen waren. Sie schenkten ihrer Furcht und der ihrer Leute keine Beachtung und behaupteten, sie würden Gegenfeuer entzünden, sollte der Wind umschlagen und das Feuer auf das Dorf zutreiben.

Als einige ihrer Leute die Zerstörung beklagt hatten, hatten die Wikinger gelacht und gesagt, dann hätten sie eben um so mehr frisch gerodetes Land entlang der Flußufer zum Ausbringen der Frühlingssaat.

Je länger das Feuer wütete, desto grimmiger wurden die Mienen von Elsbeths Leuten. Sie kannte den Grund dafür. In der Halle aßen sie Rind, Reh, Ente und Hühnchen, ganz zu schweigen von dem auf der Jagd erlegten Wild. Aber in den Dörfern waren ihre Pachtbauern für ihren Wintervorrat an Fleisch auf die Schweine angewiesen, die sich ihre Nahrung in den Wäldern suchten.

Zu guter Letzt setzte der Regen ein. Zuerst war es nur ein feiner Sprühregen, der dann jedoch stärker und stärker wurde. Haakons Männer schnappten sich ihr Abendessen und zogen sich in die

Stallungen zurück. Manche machten das Zeichen gegen den bösen Blick. Andere, die Christen unter ihnen, begannen sich zu bekreuzigen und zu raunen, die Hexe von Chantalon greife ein, um ihren Herrn, den Bischof, zu beschützen.

Elsbeth aber blieb noch lange dort stehen, ließ den Regen über ihr Gesicht rinnen, ließ ihn ihren Umhang und das Leinengewand darunter durchnässen, bis sie die eisige Berührung des Winters auf ihrer Haut spürte. Es war das kühle, reine Gefühl der himmlischen Wohltat. Elsbeth haßte Feuer, aber war es nicht das, was Haakon darstellte? Ein in ihrem Körper entfachtes Feuer. Ein Feuer, das sich durch keinen irdischen Regen löschen ließe.

Nun, da sie vom Wall ihrer Feste Ausschau hielt, erinnerte sie sich an das Feuer, das sie von der Straße aus gesehen hatte.

Beim Anblick des Feuers, dessen Schein über den Bäumen sich vor dem Himmel abzeichnete, hatte sie ihrem Pferd die Sporen gegeben und es in gestreckten Galopp fallen lassen. Die Männer ihrer Eskorte waren zurückgeblieben aus Angst, ihre Pferde könnten auf der eisbedeckten Straße ausrutschen, aus Angst, sie könnten in einen Hinterhalt reiten, falls die Feste tatsächlich angegriffen wurde.

Sie jedoch galoppierte ungeachtet der Gefahr weiter, dachte nur an die Kinder. An Reinald hatte sie keinen einzigen Gedanken verschwendet.

Sie sprang aus dem Sattel, lief. Die großen Flügel der Hallentür standen offen. Die umgekippten Bänke und Tische ließen Anzeichen überstürzter Flucht erkennen. Die Luft war grau vor Rauch, gräßlich stinkendem Rauch.

Reinald war immer so stark gewesen. Vielleicht war das der Grund, warum sie, laut seinen Namen rufend, zuerst zu seinem Zimmer rannte. Sie stolperte über das schwere, eichene Bettgestell. So heiß das Feuer auch war, das Holz war nicht durchgebrannt, und als die Hitze von der schwelenden Eiche ihr die Knöchel verbrannte, schaute sie zu Boden.

Er war noch zu erkennen, gerade noch so. Hinterher wurde ihr das klar, aber damals hatte sie nicht gewußt, was sie da ansah, bis sie die Augen und die Zähne entdeckte. Die Zähne schimmerten, wo das Fleisch der Lippen weggebrannt war. Die Augen waren durch die Hitze zu einem schmutzigen Orange gebraten worden und glotzten aus dem verkohlten Bettgestell zu ihr hoch.

Elsbeths Kehle schnürte sich zu. Sie konnte nicht einmal mehr schreien. Das nächste, woran sie sich erinnerte, war, daß sie in der Halle stand und nach ihren Kindern rief. Der beißende Rauch in Kehle und Lunge machte ihre Schreie zu heiseren Krächzlauten. Sie fiel auf die Knie und schnappte in Bodennähe nach Luft.

»Mama?«

Erik kauerte im Schutz eines der schweren Böcke für die Tischplatte, den Arm schützend um seine Schwestern geschlungen.

»Mama?« flüsterte er, als sie sie mit verzweifelter Erleichterung an sich preßte.

»Mama, sei nicht böse.«

Dieser Satz brachte sie wieder zu Verstand. Schluchzend schlang sie ihren schweren Umhang um die Kinder und schob sie hastig nach draußen.

Die ungefähr ein Dutzend Männer, die sie zu Reinalds Schutz und Pflege zurückgelassen hatte, hatten sich aus dem Staub gemacht. Die Versuchung, die Reinalds Schatztruhe darstellte, hatte ihre Treue überfordert.

Bertrand wütete so entfesselt gegen diejenigen, die noch geblieben waren, daß die Frauen flohen und auch die Männer zornig zu murren begannen und drohten, sie ebenfalls zu verlassen.

Aus panischer Angst um die Sicherheit von Erik und seinen beiden Schwestern hatte Elsbeth die Soldaten mit ihrem Schmuck bestochen. Sie wußte, was für eine bemitleidenswerte Figur sie abgab, wie sie da in der bitteren Kälte stand, während der Eisregen ihr Haar und ihr zerrissenes Kleid durchnäßte und die Kinder sich mit großen runden Augen an ihre Röcke klammerten.

Bertrand vervollständigte ihre Demütigung, indem er auf sie losging und sie eine hilflose Närrin schalt, weil sie das wenige, was ihr von ihrem Besitz noch geblieben sei, an diese faulen Feiglinge vergeude.

Ihr so freigebig verteiltes Gold verschaffte ihr unterdessen wenigstens ein gewisses Ausmaß vorübergehender Loyalität. Die Männer bildeten eine vereinte Front gegen Bertrand, der sich in die verhältnismäßig bequeme Kirche außerhalb der Palisade zurückzog.

Ein Freisasse mit Namen Niethered übernahm das Kommando. Er führte Elsbeth und die Kinder in den Stall und bereitete ihnen im Scheunenstroh ein Bett. Er übernahm die widerliche Aufgabe, in die Halle zu gehen, um Reinalds Leiche zu bedecken, sowie genügend Nahrungsmittel und Getränke für ein bescheidenes Abendbrot zu besorgen.

Elsbeth aß nichts. Sie fütterte die Kinder und brachte sie ins Bett. Vor den Kindern tat sie ihr Mögliches, um sich zu beherrschen, aber nachdem sie eingeschlafen waren, gab sie sich der Woge der Verzweiflung hin, die aus dem Grunde ihres Herzens aufstieg. Bis kurz vor Mitternacht kauerte sie weinend und zitternd im Heu.

Der Sturm draußen verausgabte sich allmählich wie ihr Kummer, und dann lag sie nur noch da und starrte zu den wenigen verstreuten Sternen empor, die durch die Ritzen im Dach schienen. Sie war zu abgestumpft, um denken zu können, um Pläne zu schmieden.

Erik warf sich unruhig im Schlaf hin und her, schrie auf und strampelte die Decke weg. Elsbeth überwand ihre eigene Verzweiflung, um zu ihm zu gehen, sich neben ihn ins Stroh zu legen und seinen kleinen Körper in die Arme zu nehmen. Er wachte nicht auf. Welcher Alptraum es auch gewesen sein mochte, der seinen Schlummer gestört hatte, er ging vorüber. Sein Atem wurde gleichmäßiger, und er sank wieder in Tiefschlaf.

Sie aber lag noch recht lange wach, hielt ihn in den Armen, streichelte sein sanft gewelltes braunes Haar und atmete den süßen, unschuldigen Duft des Kinderkörpers ein.

Die Mädchen waren noch zu klein, um zu begreifen, was geschehen war, und Elsbeth war froh und dankbar darüber. Aber Erik war sieben; sie konnte sich nicht sicher sein, wieviel er von Reinalds Tod mitbekommen hatte, wieviel er wußte.

Sie drückte ihn fester an sich. Er entwand sich ihr, unabhängig sogar im Schlaf, und drehte sich von ihr weg. Von all ihren Kindern glich er ihr so sehr, daß er nichts von Reinald zu haben schien. Er war dunkelhaarig wie sie, hatte den gleichen sahnighellen Teint und dieselben braunen Augen wie sie. Ihrer Meinung nach hatte er auch viel von ihrem sanften Wesen geerbt, und deshalb sorgte sie sich um ihn, wußte sie doch, daß sie ihn schon bald in die Obhut von Fremden würde geben müssen, damit er seine Ausbildung zum Mann und Ritter antreten konnte.

Um die Mädchen hatte sie weniger Angst. Selbst im Alter von drei Jahren wirkten sie bereits wie stämmige, boshafte kleine Ausgaben von Reinald und schienen mit derselben inneren Härte gesegnet zu sein, die ihren Vater ausgezeichnet hatte.

Sie sah zu der Stelle hinüber, wo sie aneinandergeschmiegt schliefen, gemütlich in einen weichen Schal gekuschelt. Erik, neben ihnen zu einer Kugel zusammengerollt, war in den pelzgefütterten Umhang gewickelt, den sie in der Stadt getragen hatte.

Von unten konnte sie die gedämpften Stimmen der Männer hören, die sich um das Feuer kümmerten. Sein Licht warf ein zartes Schattenspiel auf die Dachbalken oben. Sie blickte zu ihm und den fernen Sternen darüber hinauf.

Da drängte sich ein neuer Schrecken in ihren abgestumpften Geist. Nur zu bald würde Niethered und den anderen klarwerden, daß ihre Ländereien und ihr Besitz ohne Schwierigkeiten an den Stärksten von ihnen fallen konnten. Sie fragte sich, ob sie einander nicht schon mißtrauisch beäugten und ihre Stärken und Schwächen abschätzten, bereit, im Spiel um die Macht ihr Glück zu versuchen.

Furcht, Kummer und selbst Verzweiflung waren ein Luxus, den sie sich jetzt nicht leisten konnte. Um jeden Preis mußte sie einen neuen Ehemann finden, den stärkstmöglichen, einen Mann, der imstande war, ihr Land und ihre Kinder zu schützen. Was auch immer sie durch seine Hand zu erdulden hätte, sie konnte es ertragen, wenn nur Erik und den Mädchen nichts geschehen würde.

Eine Hand lag im Stroh neben ihr, die andere auf ihrer Brust. Langsam ballten sie sich zu Fäusten. Wenn er das versprach, würde sie alles tun und ihm alles sein, was er von ihr verlangte. Gott war ihr Zeuge, nach neun Jahren Ehe mit Reinald wußte sie, wie man eine gehorsame Frau war.

Am Morgen ritt sie fort, um Niethereds Angebot der Gastfreundschaft anzunehmen, so daß die Halle instand gesetzt und Reinalds Leichnam bestattet werden konnte.

Im Gut ihres Freisassen badete sie. Sobald sie gesäubert war und das beste ihr noch verbliebene Gewand angelegt hatte, schickte sie Haakon eine Botschaft.

Von ihrem Fenster im Obergeschoß des Hauses sah sie bald eine nur kleine Schar von Männern aus dem schneebedeckten Wald jenseits des Gutshauses herbeireiten.

Niethered war hinausgegangen, um mit Haakon zu sprechen. Als sie ihm eröffnet hatte, wohin er den Boten schicken solle, hatten seine verschlagenen alten Augen sie lange und ernst gemustert.

»Vielleicht ist er die bestmögliche Wahl«, sagte Niethered schließlich.

»Ich bin ihm nie begegnet«, versetzte sie gelassen, »aber es heißt, er sei stark und halte sein Wort.«

»Wohl wahr«, stimmte er ihr zu, »aber wie ein Mann sich gegenüber anderen Männern verhält und wie er mit Frauen umgeht, sind oft zwei verschiedene Dinge.«

Sie nickte. »Ich weiß«, sagte sie und stieg wieder die Treppe hinauf, um Haakons Ankunft zu erwarten.

Schweigend stand sie am Fenster, während sie nervös die Fäuste ballte und wieder öffnete.

Ihr war, als sei Reinald schon seit Jahren tot. Wie lange war es her, seit er das letzte Mal in ihr Bett gekommen war? Irgendwann vor der Geburt der beiden Mädchen, und sie waren jetzt drei Jahre alt. Sie war eine zierliche Frau. Es war eine schwere Schwangerschaft gewesen.

Unter dem Vorwand der Rücksichtnahme hatte Reinald seine Gemächer auf die andere Seite der Halle verlegt und die großen Herren nachgeäfft, indem er ihren Flügel in eine improvisierte

Kemenate umgewandelt hatte. Er schlief nicht allein. Sie hatte nie gewußt und hatte nie wissen wollen, wie viele Frauen sein Bett geteilt hatten – wenn er sich überhaupt die Mühe mit einem Bett gemacht hatte, denn genauso oft hatte er seine Buhlen sofort im Stall oder hinter einer Heumiete bestiegen. Von diesem Zeitpunkt an hatte er nicht einmal den symbolischen Versuch unternommen, sie wieder wie seine Ehefrau zu behandeln.

Sie hatte nicht den Mut besessen, ihn auf seine Untreue anzusprechen, war sie doch der Meinung, ihr einziges Heil liege im Schweigen und in gespielter Gleichgültigkeit. Wenn sie geweint hatte, dann allein in der Nacht, wenn die Kinder im Bett lagen. Im Kerzenlicht war sie in ihrem Zimmer auf und ab gewandert bis in die frühen Morgenstunden, hatte keinen Schlaf gefunden, bis die Sonne wieder aufging, hatte ihren Kummer verborgen und ein tapferes Gesicht aufgesetzt, um die Welt zu täuschen – das alles in der Hoffnung, die Täuschung werde eines Tages Wirklichkeit werden und sie sich nicht mehr darüber grämen, was Reinald tat und mit wem.

Am bittersten von all diesen Tagen waren jene, an denen bestimmte Riten unter den grünen Garben des neuen Weizens oder dem bei der Ernte aufsteigenden Staub begangen wurden. Diese Tage waren kein Bestandteil des christlichen Festkalenders, sondern wurden jedes Jahr von neuem festgesetzt. Die Zeit war vorübergehend aufgehoben. Im Frühling brannten Freudenfeuer, und die Spitzen der Flammen tanzten hoch zu den Sternen hinauf. Die Nachtwinde waren lind und wohlriechend, dufteten nach Wildblumen und den Obstgärten, die allerorten in Blüte standen. Aus den Gehölzen am Waldrand drang das Lachen der Liebenden – und sie saß allein in ihrem Gemach.

Dann haßte Elsbeth Reinald, dann und wieder im Herbst, wenn ein großer, gelber Mond durch die Skelettäste der Bäume schien. Er schloß sie in der Kemenate ein, behauptete, sie sei eine zu zarte Dame für derartige Festlichkeiten. Hätte er doch nur gewußt, wie gern, wie bereitwillig sie mit ihm gegangen wäre! Sie hätte ihm das andere verziehen, alles; nichts von dem, was er tat, hätte für sie gezählt, hätte er ihr nur ihren rechtmäßigen Platz in seinen Armen eingeräumt, hätte er sie nur die erste sein lassen, der seine Umarmungen zuteil wurden, hätte er sie nur von den Feuern fortgetragen, in die Dunkelheit, vor allen anderen.

Aber er verweigerte ihr sogar dies angestammte Recht – ein Recht, das der Frau der Halle zustand. Verweigerte es ihr und setzte sie damit in den Augen ihrer Leute herab, wenn diese mit ansehen mußten, wie er sie kränkte und sie diese Kränkungen widerspruchslos hinnahm.

Gewiß, Haakon mochte vielleicht noch schlimmer sein. Aber zumindest wußte sie, was sie von ihm zu erwarten hatte.

Beim Klang seiner schweren Schritte auf den Stufen wandte sie sich um.

Haakon öffnete die Tür vorsichtig, die Hand auf dem Schwertgriff. Seine grauen Augen wanderten mißtrauisch durch den Raum. Was er sah, beruhigte ihn. Er war sparsam möbliert, so daß es kein Versteck für einen Feind gab.

Nachdem er sich vergewissert hatte, daß man ihn nicht in eine Falle gelockt hatte, trat er an den Tisch und widmete Reinalds Herrin seine ungeteilte Aufmerksamkeit.

Unmöglich, dachte er. Das Schicksal ist eine zu grimmige alte Vettel. Sie haßt mich zu sehr, um mir ein solches Glück in den Schoß zu werfen. Aber hier steht sie, Reinalds Herrin. Ich muß nur zugreifen. Bei allen Göttern, eine Blume, von Freyja noch im Leib ihrer Mutter gesegnet.

Die Frau vor ihm war schlank und dennoch so wohlproportioniert, daß sie größer wirkte, als sie es tatsächlich war. Ihre Beine waren lang. Schmale Hüften verengten sich zu einer Wespentaille; die Brüste waren zwei vollkommen gerundete Schalen; das Gesicht war außergewöhnlich schön: große, schmelzende braune Augen unter langen Wimpern. Das kastanienbraune Haar, aufgehellt von einem schwachen Schimmer matten Goldes, war so gewellt, daß es ihr in Ringellöckchen um die Wangen hing und dem silbernen Haarnetz, mit dem sie es zu bändigen versucht hatte, entwischt war. Die weichen Spitzen des weißen Pelzes, der ihren langen blauen Umhang säumte, liebkosten die Haut, die Haakon an eine Apfelblüte erinnerte, ein klares, durchscheinendes Weiß mit einem kaum merklichen Anflug von Röte.

Der kalte Hauch des nächtlichen Eissturms hing noch in der Luft, aber sie hielt den Umhang enger zusammen, als die Kälte es erforderte.

Haakon spürte, daß sie Angst vor ihm hatte. Um so besser, dachte er wild. Sie konnte ja so verräterisch wie ihr Gemahl sein. Ihre außergewöhnliche Schönheit machte sie um so gefährlicher, da es Zeiten geben würde, in denen er ihr würde vertrauen müssen. Sie war Fränkin, und Haakon kannte sich selbst gut genug, um sich einzugestehen, daß sie ihn einschüchterte.

Diese Franken schüchterten ihn alle ein. Die Häuser mit ihren geschlossenen Räumen, mit Glas in den Fenstern, geschnitzten Möbeln, Büchern, Wandgemälden; selbst die Speisen bei ihren Festen, die so abwechslungsreich schmeckten und dufteten und die man sich in seinem Land nicht hätte träumen lassen, hatten etwas Einschüchterndes. Und nun trat ihm diese parfümierte, feine Frau mit einem Gesicht, das wie eine Blume über ihrem blauen Umhang leuchtete, mit ihrer ganzen Fremdartigkeit entgegen – und mit ihrer Angst. Er konnte die Angst in ihren Augen lesen. Sie schaute ihn an, wie sie ein wildes Tier angeschaut hätte, das sie mit den Klauen bedrohte.

Sie ergriff als erste das Wort, atemlos. »Ihr seid … Haakon?«

Er verbeugte sich leicht. »Ich bin Haakon. Ihr habt nach mir geschickt.«

»Reinald ist tot«, sagte sie.

»Ich weiß«, antwortete er, »und Graf Anton auch. Reinald durch die Hand der Hexenfrau des Bischofs, Anton erschlagen von Owens Verwandtem, Godwin.«

Elsbeth nickte. »Habt Ihr ihn?«

»Wen, den Bischof?«

»Ja«, entgegnete sie. »Es heißt, Reinald habe ihn verkauft … gegen Geld.«

»Ja«, lachte Haakon unwirsch. »Die Geschichte ist nur zu wahr. Wir hatten ihn, und, ja, Reinald hatte ihn mir verkauft.«

Elsbeth schien in sich zusammenzusacken, als habe man sie geohrfeigt. »Ich hatte gehofft…«, sagte sie und wandte sich zum Fenster. »Ich hatte gehofft, die Hexe hätte gelogen. Er ist also tot?«

»Wenn dem so wäre, ginge es Euch und mir besser. Aber nein, er ist nicht tot, obwohl ich die Hoffnung hege, daß er es in Kürze sein wird. Ich habe meine Netze weit ausgeworfen, weiter, als er ahnt. Die traurige Tatsache ist, daß er fliehen konnte und sich im Augenblick schon wieder auf der Flucht befindet. Ich habe Spione in der Stadt. Sie berichten mir, er sei noch nicht zurückgekehrt. Wenn ich ihn als erster erwische, wird er auch nie zurückkehren.«

Sie schien ihn nicht zu hören, während sie hinaus in das grausame Funkeln des frosterstarrten Waldes schaute. »Ich glaube, ich habe die Wahrheit von Anfang an gekannt. Ich wollte es nicht glauben, nicht einmal von Reinald. Ich wollte glauben, die Hexe hätte ihn aus reiner Bosheit verflucht. Oh, er war falsch. Falsch zu mir, falsch zu seinen Freunden, treu nur seinem eigenen gierigen Herzen.«

Haakons Wangen erröteten. »Was soll das Jammern? Reinald hatte keine Freunde. Er war ein verräterischer, kaltherziger Bastard, gefühllos wie der Fuß eines Pflügers. Für ihn war jeder, ob Mann oder Frau, nur ein Objekt, das er zu seinem Vergnügen oder seinem Vorteil benützte. Und wehe dem, der ihm in die Hände fiel wie der Bischof. Reinald hat ihn dem für seine Barmherzigkeit berühmten Osric verkauft. Er sah ihn an, dann mich – und suchte sich den aus, von dem er meinte, daß er als Sieger aus dem Kampf hervorgehen würde. Genau wie Ihr, meine edle Dame, es nun tut.«

Haakon ging zum Tisch hinüber und ließ die Hand auf der Stuhllehne ruhen.

Elsbeth spürte die Kraft, die Stärke dieses Mannes selbst in der Art und Weise, wie die Bodendielen unter seinen Stiefeln knarrten. Sie mußte ihn dafür nicht einmal ansehen.

Sie hatte nicht damit gerechnet, soviel Angst vor ihm zu haben. Die Hand, die den Umhang unter ihrem Kinn zusammenhielt, verkrampfte sich. Sie spürte ihren Herzschlag, wie er in der Kehle pochte, in den Fingerspitzen flatterte.

Sie hatte ein wenig Höflichkeit zwischen ihnen erwartet, zumindest eine Spur geheucheltes Bedauern über Reinalds grauenhaftes Schicksal. Statt dessen hatte er ihre Beweggründe mit solch gnadenloser Scharfsicht offengelegt, daß es ihr Angst einjagte.

»Mein Bruder, Bertrand...«, flüsterte sie stockend, »er« – sie griff nach Strohhalmen – »hat es auch getan.«

Haakon lachte, ein Lachen, das so grausam knirschte wie ein Messer, das über Knochen schabt. »Bedeutungslos! Ihn fliehen die Menschen eher, als daß sie ihm dienen. Er hat Euch mehrere Männer gekostet, die Euch ansonsten treu geblieben wären. Ich stände nicht hier, wenn Ihr nicht jeglicher Stütze beraubt wärt.«

Elsbeth dachte an ihre Kinder und versuchte, wieder ein wenig Mut zu schöpfen. Aber, o Gott, was hatten ihre Kinder zu erhoffen, wenn ein solcher Mann dem Haushalt vorstand?

Bedächtig drehte sie sich zu ihm um und blickte ihm ins Gesicht, ein Abbild der Furcht mit ihren weißen Lippen und dem leicht bläulichen Schatten um den Mund. Ihre Wangen wirkten eingesunken, was die aschgrauen Ringe unter ihren dunklen Augen herausstrich. Der Stoff ihres blauen Umhangs bewegte sich unter dem schnellen, flachen Heben und Senken ihrer Brüste.

Ihre Schönheit ist verblaßt, dachte Haakon. Ich bin zu weit gegangen. Mit einemmal wollte er diese Schönheit wiederhaben. Er hatte nicht gewußt, wie zerbrechlich sie war, wie rasch er sie mit einigen wenigen Worten zum Erlöschen bringen konnte. Elsbeth sah einen ungläubigen Ausdruck über sein Gesicht huschen, gefolgt von einem leichten Stirnrunzeln. Plötzlich wurde seine Miene sanfter, und er sah beinahe gut aus. Die Narbe, die eine silberne Linie durch sein Haar zog und dann einmal quer über Wange und Nase verlief, lenkte nun nicht mehr von seinen ebenmäßigen Zügen ab, sondern verlieh ihnen Bestimmtheit und Schärfe. Der Körper unter dem goldenen Fischschuppenpanzer und dem schweren Pelzumhang war muskulös wie der eines gefährlichen Raubtiers, eines Wolfes oder Bären. Und er besaß die animalische Gabe flinker, sicherer Bewegungen, mühelos und kraftvoll.

Er schüttelte den Kopf, als sei er verwirrt. »Ihr habt vor mir Angst?«

»Ja. Lag das nicht in Eurer Absicht?«

»Nein, noch nicht.«

Ihre Wangen und Lippen bekamen wieder ein wenig Farbe. »Ich habe kein einziges Mal die Wahrheit Eurer Worte geleugnet.«

»Warum solltet Ihr auch?« meinte er. »Warum sollten wir beide uns Geschichten erzählen? Ihr habt nach mir geschickt und erlebt, wie schnell und eilfertig ich gekommen bin. Kommt mir nicht mit Reinald. Ich habe mit angesehen, wie er seinen besten Freund verkauft hat. Ihr wart jahrelang mit ihm verheiratet. Ich habe nie eine Frau getroffen, die ihren Ehemann nicht genau kannte.«

»Ich kannte ihn besser, als mir lieb war«, bekannte Elsbeth mit niedergeschlagenem Blick. Haakons merkwürdige Augen flößten ihr Angst ein. Dieser durchsichtig-klare Blick schien mit seiner kalten, selbstbewußten Klugheit geradewegs durch sie hindurch zu sehen.

»Genug der Worte.«

Haakon hob eine Hand, als wolle er sie näher winken. »Kommt her! Öffnet diesen Umhang. Laßt mich sehen, ob der Stengel ebenso lieblich ist wie die Blume, die er trägt.«

Elsbeths erste Reaktion war Erstaunen. Sie hatte nie besonders viel von ihren Reizen gehalten. Niemand hatte ihr jemals dazu Anlaß gegeben. Für ihren Vater war sie nichts als eine weitere Tochter gewesen, die man so vorteilhaft wie möglich unter die Haube bringen mußte. Reinald hatte ihr Äußeres völlig kaltgelassen. Dann verstand sie die Bedeutung von Haakons unvermittelter Freundlichkeit ihr gegenüber, die Intensität seines starren Blicks.

Langsam ging sie auf ihn zu. Unterdessen löste sie ihre Finger von den Falten des Tuchs, so daß der Umhang offen über ihre Schultern fiel.

Darunter trug sie ein schlichtes braunes Gewand, eingefaßt mit einer fortlaufenden gestickten Goldborte an Ärmeln und Halsausschnitt.

Elsbeth bewegte sich mit natürlicher Eleganz und Anmut. In einer freundlicheren Welt als dieser wäre sie vielleicht Tänzerin geworden. Jede ihrer Gesten und Bewegungen glitt mit der übergangslosen Geschmeidigkeit von fließendem Wasser in die nächste über.

Haakon fiel es mit einemmal schwer, seinen Atem zu zügeln.

Das weiche, fließende Gewebe des Gewandes betonte die Rundungen eines Körpers, der die aller anderen Frauen, die er je zu Gesicht bekommen hatte, ungestalt und grobschlächtig erscheinen ließ. Die Hand, die auf dem Schwertknauf geruht hatte, sank an seiner Seite herunter.

Ein paar Fuß vor ihm blieb sie stehen und hob den Blick zu seinem Gesicht.

Er legte seine Hände mit gespreizten Fingern, so als wolle er ihren Umfang messen, um ihre Taille und zog sie näher zu sich heran. Er bewegte sie mühelos wie eine Feder und schaute mit dem habgierig-taxierenden Blick eines Käufers auf sie herab. Langsam wanderten seine Augen an ihr herunter bis zu den Füßen, dann wieder hinauf, bis er ihrem Blick begegnete. Und er empfand denselben Schrecken, den er als Junge empfunden hatte, als er durch eine für sicher gehaltene Eisdecke gebrochen und kopfüber in das eisige Wasser gesunken war.

Ihre Miene kündete von nackter Resignation und Schicksalsergebenheit.

»Zumindest«, sagte er, »wissen wir jetzt, woran wir sind.«

Sie nickte. »Ihr träumt von Land, bewaldet und bestellt, von einer Feste, Ihr träumt davon, Herr zu sein über meine Leute, das Land durch meine Leute zu beherrschen. Aber« – sie fuhr sich mit der Zunge über die plötzlich trocken gewordenen Lippen – »es gibt Bedingungen.«

Jäh lösten sich seine Hände von ihrer Taille, und er sah mit distanzierter Belustigung auf sie herunter.

»Bedingungen«, schnaubte er. »Der Sieger diktiert die Übergabebedingungen, nicht der Besiegte.«

Elsbeth zuckte zurück, und in ihren Augen blitzte zum erstenmal, seit er den Raum betreten hatte, so etwas wie Zorn auf.

»Ich habe Kinder«, erklärte sie. »Meine Kinder. Ihr braucht mich«, fuhr sie fort, »und Ihr werdet meine Hilfe brauchen, um hier zu herrschen. Es sind meine Gefolgsleute, und einige, ein paar wenige zumindest, sind mir noch treu ergeben. Man sagt, Ihr wolltet die Stadt erobern. Inzwischen kennt jeder Eure Absichten, und ich glaube nicht, daß es Euch leichtfallen wird, eine Bresche in ihre Mauern zu schlagen, ganz gleich, welche Armee hinter Euch steht.

Dieser Vetter des Bischofs stammt aus dem Geschlecht des Teufels selbst. O Gott, er hat Anton getötet, als sei er ein Hund oder eine Ratte. Hat ihn nah genug an sich herangelockt, und dann –«

Sie brach ab, atemlos, war sich des wilden Schlagens ihres Herzens bewußt. Eine Hand fest auf die Brust gepreßt, wandte sie sich halb von ihm ab.

Haakons Hand lag wieder auf seinem Schwertgriff. Er warf Elsbeth einen bohrenden Blick zu. Seine Augen jagten ihr eine Gänsehaut über den Rücken.

»Ich frage mich nur«, entgegnete er bedächtig, während seine Finger mit dem Schwertknauf spielten, »ob Ihr einen Handel wert seid.«

Die Hand auf Elsbeths Brust zuckte unversehens zu ihrem Hals hoch. Sie lachte wild auf, um sich dann mit funkensprühenden Augen wieder zu ihm umzuwenden.

»Ich weiß nicht, ob ich es wert bin. Ich kann Euch nur anbieten, was eine Frau einem Mann bieten kann. Für meine Kinder werde ich Euch mein Land, meine Treue, meinen Körper, mein Leben geben.«

Haakon fuhr fort, sie mit diesen fremdartigen Winteraugen anzustarren. »Nie und nimmer«, versetzte er ruhig, beinahe verächtlich.

»Doch!« Wild schrie sie ihm das Wort ins Gesicht.

»Was wollt Ihr für diese Eure Kinder?« fragte er.

Elsbeth entspannte sich und fuhr sich mit einer Hand über die Stirn. »Daß die Mädchen mit einer guten Mitgift ausgestattet und standesgemäß verheiratet werden, wenn die Zeit kommt.«

Haakon nickte. »Das dürfte nicht schwierig sein. Männer werden sich gegenseitig die Gurgeln für die Ehre durchschneiden, eine meiner Ziehtöchter zu heiraten. Und der Junge?«

»Ich weiß nicht…«, antwortete Elsbeth zögernd. »Ich hatte daran gedacht, ihn zu einem meiner Verwandten in der Nähe von Paris zur Pflege zu schicken … aber jetzt –«

»Nein.« Haakon schüttelte den Kopf. »Eine solche Reise kommt nicht in Frage, jedenfalls für den Augenblick nicht.«

Er sah verwirrt aus; er runzelte die Stirn und fuhr sich mit einer schnellen, nervösen Geste durch die Haare.

Elsbeth war überrascht. Der furchterregende Anführer der Plünderer schien ehrlich bemüht, ihr Gerechtigkeit widerfahren zu lassen. Er sah an ihr vorbei nach draußen, tief in Gedanken versunken, zu der eisklaren Schönheit des Himmels jenseits des Fensters.

Dann schnippte er mit den Fingern. »Ich hab's. Ich werde ihm die Wahl lassen. Land und eine Feste oder ein Langschiff und eine Besatzung. Das ist ein Geschenk von unschätzbarem Wert, meine Dame. Ich weiß nicht, ob Ihr Euch darüber im klaren seid, wieviel es kostet, ein Schiff auszurüsten und eine tüchtige Mannschaft anzuheuern, die es zu segeln versteht. Sollte keins von beidem sein Interesse wecken, mag er Gold im Wert von einem der beiden Angebote nehmen.

Ich kann nicht erwarten, daß der Junge mich liebt, aber ich werde ihm auch keinen Grund geben, mich zu hassen. Wie findet Ihr das?« wollte er wissen.

»Habe ich Euer Wort?« fragte sie. Er war großzügig, zu großzügig. Das weckte ihren Argwohn.

»Ja«, bekräftigte er mit fester Stimme, »Ihr habt mein Wort. Aber«, lachte er unvermittelt und sah mit einem kalten Lächeln auf sie herab, »Ihr glaubt mir nicht.«

»Nein«, sagte sie verbittert. »Versprechen, die Männer Frauen geben, sind leicht gegeben und noch leichter gebrochen.«

Eine seiner Hände schoß auf sie zu, faßte sie am Kinn und zwang sie, ihm ins Gesicht zu sehen. »Ich hatte meine Zweifel, ob Ihr einen Handel wert seid, armes kleines Vögelchen.«

In seiner Stimme schwang ein Anflug von wütendem Spott mit, der seine mitfühlenden Worte Lügen strafte.

»Armes Täubchen, zappelst in den Klauen eines Falken. Was für Sicherheiten könnte ich dir wohl geben? Bei welchen Göttern könnte ich wohl schwören? Ich, ein Heide. Wir haben keine gemeinsamen Götter, du und ich.

Ich habe deinem König nicht den Treueid geleistet. Um ehrlich zu sein, ich habe nicht einmal meinem eigenen König einen solchen Eid geschworen. Als verachteter Vogelfreier, als Ausgestoßener habe ich mein Land verlassen. Gejagt von meinen Brüdern. Geschmäht von meinem König. Männer aus demselben Mutterschoß, der mich geboren hat, von demselben Samen, der mir das Leben geschenkt hat, haben mich zu vernichten gesucht.

Ich kann dir nicht einmal den Schutz meiner heimatlichen Sitten, meiner eigenen Gesetze anbieten. Daran magst du ermessen, wie wenig deine mir bedeuten, mein flatterndes Täubchen.« Haakons Stimme war seidenweich, aber während er sprach, schlich sich eine ungeheure Drohung in seine Worte.

Elsbeth versuchte sich ihm zu entziehen, aber die Finger an ihrem Kinn hielten sie unerbittlich fest. Seine Augen verengten sich, und eine brennende, stechende Kälte lag in ihnen.

»Aber«, stieß er flüsternd zwischen zusammengebissenen Zähnen hervor, »ich habe keinen Grund, überhaupt mit dir zu verhandeln. Reinalds Leichnam ist noch nicht ganz steif. Sein Fleisch schwelte noch, da erhielt ich von Spitzeln unter den Menschen, mit deren Treue du dich brüstest, Nachricht von seinem Tod. Damals hätte ich losreiten und dir das Haus über dem Kopf anzünden und dich und deine Brut töten können, ich hätte mir dein Land und deine Leute nehmen und herrschen können, wie es mir gefiel.

Wäre ich der ehrlose Verräter, für den du mich hältst, wäre es geschehen, noch bevor ich ausgesprochen hätte.«

Seine Finger sanken von ihrem Kinn herunter. Er versetzte ihr einen leichten, fast verächtlichen Schubs.

Elsbeth schaute zu ihm hoch, noch immer im Bann dieses zwingenden Blicks, der sie durchbohrte.

Ich habe ihn verletzt, dachte sie. Ich habe seine Gefühle verletzt.

In all den Jahren, die sie mit Reinald verbracht hatte, hatte sie nie auch nur einen Augenblick lang das Gefühl gehabt, sie könne ihn mit irgend etwas, was sie sagen oder tun mochte, verletzen.

»Ich sehe«, antwortete sie, »daß ich mich, wenn schon auf sonst nichts, auf Euren Stolz verlassen kann.«

»Stolz!« rief er aus. »Stolz, so nennst du es also, Schattenfrau? Reinalds Schatten, der mir jetzt so demütig andient, in meinen zu kriechen? Gibt es in dir irgend etwas, das so stark ist wie das, was du meinen Stolz nennst? Hast du irgendeine Tugend, in die ich mein Vertrauen setzen könnte?«

Seine Augen waren von einem Schmerz überschattet, so nackt, so tief, so alt ... und so nutzlos, eine endlose, beschwerliche Einsamkeit.

»Neun Jahre lang«, fuhr sie zögernd fort, »war ich Reinalds Ehefrau. Ihr wißt, was seine Versprechungen wert waren ...«

»Ich sagte, ich sah ihn einen Freund verkaufen«, gab Haakon zurück. »Obwohl ich ihn beobachtete und lächelte – ich mußte lächeln, Elsbeth, sein Verrat diente meinem Vorteil –, wunderte ich mich doch, daß er es über sich brachte. Nichts und niemand beherrscht mich.«

Haakon warf den Kopf zurück, und Elsbeth erblickte in seinem Gesicht den Stolz der Verdammten. Er glühte in den grauen, verbitterten Augen, der wettergegerbten Haut, die sich über seinen Wangenknochen spannte. Das Blut pulsierte in der Narbe, die über Stirn und Nase verlief; dann verblaßte sie zu einer scharfen weißen Spur auf seinem Fleisch.

»Vor langer Zeit, als ich ausgesetzt wurde wie ein Vogel, den man aus dem Nest wirft, gelobte ich, daß es eines geben würde, dem ich immer treu bleiben würde, und dieses eine war ich selbst. Nie habe ich Gutgläubigkeit und Treue mit Verrat und Arglist vergolten. Was ich verspreche, halte ich. Anderenfalls kämen mir die Worte nicht über die Lippen. Ich erweitere meinen Schutz für Euch auf Eure Kinder und biete Eurem Sohn einen gerechten Anteil von dem, was hier zu gewinnen ist, sobald er ein Alter erreicht hat, in dem man ihn einen Mann nennen darf. Ihr könnt Euch darauf verlassen. Ich bin kein Mann raffinierter Listen –«

Elsbeth mußte lachen, doch das Lachen blieb ihr im Hals stekken. Ihre Stimme war tränenerstickt. »Herr Haakon, Ihr seid so subtil wie ein Donnerschlag.« Sie schüttelte den Kopf. »Das vermag sogar ich zu erkennen.«

Eine unvermittelte Wärme trat in seine Augen, der Anflug eines Lachens, das sie sowohl durch seine bloße Existenz als auch durch sein blitzartiges Verschwinden in Erstaunen versetzte.

»Seid unbesorgt, meine Dame. Ich werde mein Wort halten. Nun ist es an der Zeit, daß Ihr das Eurige haltet.«

Elsbeth blickte ihn zunächst verständnislos an, weil sie nicht begriff, was er wollte. Dann begriff sie es. »Was! Hier! Jetzt!« Mit jedem Ausruf wich sie einen Schritt weiter zurück. »Er ist noch nicht unter der Erde, ist noch keinen Tag tot. Ich werde nicht … ich kann nicht.«

Haakon musterte sie mit verblüffter Miene. »Ihr könnt nicht?« fragte Haakon. »Seid Ihr schwanger? Ist es Eure Zeit im Monat? Blutet Ihr?«

Elsbeth starrte zurück, schaute in das harte, narbenbedeckte Gesicht, auf die mächtigen Schultern, spürte den Hauch des winterstarren Waldes, den er mit sich trug. Der Geruch frischer, kalter Luft hing in jeder Falte seines schweren, pelzgefütterten Umhangs.

Sie konnte sich eine Ausrede einfallen lassen, um ihn zu vertrösten. Irgendeine Ausrede, egal welche, um ihn nur zu vertrösten. Aber die Furcht davor, was er tun mochte, wenn er herausfand, daß sie log, ließ sie schaudern.

»Es ist unschicklich«, wand sie ein.

»Unschicklich?« wiederholte Haakon. »Warum unschicklich?«

Sie gestikulierte in Richtung des Fensters hinter ihr.

»Es ist hellichter Tag, die Sonne scheint … und ich … bin nie im Tageslicht mit einem Mann zusammengewesen. Selbst Reinald ist des Nachts zu mir gekommen, im Dunkeln.«

Haakon verdrehte ungehalten die Augen zur Decke. »Was ist

das für eine Narrheit? Habt Ihr irgendeine Mißbildung an Euch, irgend etwas Verborgenes und Geheimes, das ich nicht sehen soll?«

»O nein!« stieß Elsbeth bestürzt hervor. »Meine Gestalt ist wie« – sie suchte nach Worten – »wie die aller anderen Frauen.«

»Nein!« widersprach Haakon mit anerkennendem Blick. »Wesentlich besser.«

»Es geht zu schnell!« flehte sie.

»Zu schnell? Was?« fragte er. »Fürchtet Ihr, die Leute im Haus könnten Euch auslachen? Falls sie das tun, falls sie auch nur den Anflug eines Lächelns zeigen, bringt sie zu mir; dann wollen wir sehen, wie lange sie über meine Faust lachen können.«

Er hielt seine rechte Hand in die Höhe, groß wie ein Streitkolben, und ballte sie zur Faust.

Wie sie ihn so vor sich stehen sah, fühlte sich Elsbeth merkwürdigerweise versucht, zu lächeln.

»Ich stimme Euch zu«, sagte sie. »Eure Faust ist nicht zum Lachen. Aber müßt Ihr so stürmisch sein? Wäre heute nacht nicht früh genug?«

»Nein! Wenn heute nacht, warum dann nicht jetzt?«

»Es ist kalt in dem Zimmer.«

»Reizt mich nur noch mehr durch Euren Widerstand«, sagte Haakon mit gefährlich ruhiger Stimme, »und es wird Euch schnell sehr warm werden.«

Er bereute seine Worte auf der Stelle. Ihre Augen schienen größer und dunkler zu werden, als ihr Gesicht um sie herum erbleichte. Sie war zu leicht zu ängstigen.

Er wandte sich mit einem Ausruf des Widerwillens ab. »Ein gutes Bad verschwendet!«

»Was?« fragte Elsbeth verwirrt.

»Hier stehe ich«, erklärte Haakon. »Kaum hatte ich Eure Botschaft erhalten, als ich auch schon in die eiskalten Fluten des Flusses springen mußte – zu ungeduldig, um zu warten, bis meine Männer Badewasser erhitzt hatten. Ich dachte mir, wenn du dieser fränkischen Dame schon nicht gefallen kannst, dann kannst du wenigstens verhindern, daß du ihre Nase beleidigst. Alle anderen standen derweil am Ufer und lachten mich aus. Ich weiß, daß ich keine Schönheit bin, aber diese übertriebene Schüchternheit...«

Da lächelte Elsbeth und bekam reizende Grübchen.

»Es ist also komisch, daß ich in einen Fluß gesprungen bin, ohne vorher einen Blick auf Euch geworfen zu haben?« meinte Haakon. »Schöne Dame, ich würde frohen Herzens in zehn Flüsse springen, wenn ich Euch dadurch besser gefiele.«

Er machte ihr den Hof. Elsbeth konnte nicht verhindern, daß sie sich geschmeichelt fühlte.

Aha. Das ist also der Weg, dachte sich Haakon.

Die Morgensonne schien in den Raum. Elsbeth, auf die das Licht fiel, sah hinreißend aus.

Der eng am Körper anliegende, weiche Faltenwurf des braunen Kleides stand ihr viel besser als der steife Goldbrokatstoff, den sie gestern getragen hatte. Gerade die düstere Farbe hob die Reinheit ihrer Haut hervor, und die dunkle, mit einem kupfernen Schimmer überhauchte Masse ihres Haares stellte einen prachtvolleren Schmuck dar als jedes Diadem.

Er konnte sehen, daß sie müde war, aber selbst die Züge der Erschöpfung um ihren Mund und die schwachen Schatten unter ihren Augen schienen nur die süße, sanfte Rundung ihrer Lippen zu unterstreichen und ihre Augen in tiefe Teiche samtweicher Schatten zu verwandeln.

Bei allen Göttern! Neun Jahre mit Reinald. Wie hat sie das ausgehalten? Sie ist dazu geboren, geliebt zu werden. »Komm«, sagte er und streckte wie schon zuvor seine Hand nach ihr aus.

Und sie kam, nicht von seiner Stimme gerufen, sondern fasziniert von dem, was sie in seinen Augen erblickte. Selbst als sie vor ihm stand, schloß er sie nicht sogleich in die Arme. Er löste nur das Netz, das ihre Haare hielt, und ließ die weiche, dunkle Masse über ihre Schultern fallen. Dann drehte er sie um und begann, das Kleid auf ihrem Rücken zu öffnen. Als er es über ihre Schultern zu streifen begann, stieß sie einen kurzen, scharfen Schrei aus.

»Könnten wir uns nicht ein Schlafgemach suchen?«

Seine Lippen streiften über ihren Nacken. »Solch ein Verlangen nach Dunkelheit.«

Sie schüttelte den Kopf. »Bei Tage bin ich noch nie mit einem Mann allein gewesen.«

»Ah, wieder die Unschicklichkeit«, meinte Haakon. »In meinen Augen bestände die Unschicklichkeit darin, solche Schönheit wie die Eure im Dunkeln zu verstecken.«

Sie preßte das Kleid gegen ihre Brüste, während er sich seiner Rüstung entledigte, den Schuppenpanzer abstreifte und ihn sowie seinen Schwertgurt auf den Tisch legte. Darunter trug er eine Tunika aus elfenbeinfarbener Seide, an Ärmeln und Hals mit blauen Blumen verziert.

Sie gab einen leisen Laut des Erstaunens von sich.

Er lächelte. »Es ist, wie ich sagte. Ich habe sofort gebadet und meine besten Kleider angelegt, als der Reiter mir Eure Einladung überbrachte.«

Dann fuhr er damit fort, ihr das Kleid über die Schulter zu streifen.

»Könnte ich es nicht anbehalten?« fragte sie mit klagender Stimme.

»Nein!« Seine Stimme hatte den scharfen Klang eines Befehls.

Sie ließ die Arme sinken und das Kleid auf ihre Füße fallen.

Dann setzte er sich in einer einzigen fließenden Bewegung auf den Stuhl und zog sie auf seine Knie.

Sie trug eine seidene Brustbinde und ein seidenes Tuch zwischen den Beinen.

Er schälte sie aus dem Brusttuch.

Elsbeth schloß die Augen und vergrub ihr Gesicht an seiner Schulter. Ihre eigene Nacktheit verstörte sie mehr, als sie gedacht hätte.

Aber er streichelte zärtlich ihren Hals und ihren Rücken. »Was ist los?« fragte er geduldig.

»Ich schäme mich«, gestand sie leise. »Ich schäme mich, daß Ihr mich so seht.«

»Oh«, gab er zurück. Seine Stimme war abwesend und träumerisch. »Ich habe dich schon oft so gesehen, seit meiner frühesten Jugend.«

Elsbeth hob den Kopf, um ihn überrascht anzusehen. »Wo?«

Haakon liebkoste mit der einen Hand ihren Hals, während die andere ihre Brüste und ihren Bauch streichelte. »Dieser Hals.« Seine Hand bewegte sich, und ein köstlich entspannender Schauder glitt über ihre Schultern und die Wirbelsäule hinunter. »Dieser Hals, stolz wie der geschwungene Anstieg meines Schiffsbugs, anmutig wie der Sprung eines Delphins, ich habe ihn oft gesehen und berührt.«

»Und deinen Körper.« Seine Stimme bebte vor Verlangen. »Ah, den kenne ich vom Vorfrühling, von frühester Zeit an. Ich stieg auf Schneeschuhen zu den Hochweiden auf dem Land meines Vaters empor und sah Gebirgsblumen durch den Schnee stoßen. Die zarten Blütenblätter mit Schnee bestäubt, von Frostkristallen glitzernd, und dennoch jede einzelne von exquisiter Schönheit, das Erröten des Frühlings über einer froststarren Erde.«

Seine Hand fand ihren Weg zwischen ihre Beine. Sachte streichelte er sie durch die Seide.

Elsbeth lehnte sich über seinen Arm zurück. Seine Stimme war hypnotisch, besänftigte all ihre Ängste, spann sie in eine träumerische Verzückung der Lust ein.

Dann blickte sie auf und sah ihm ins Gesicht, und all ihre Lust schwand dahin. Seine Augen, kalt wie der weiße Frost, der die Traufe draußen umklammert hielt, verschlangen sie mit raubtierhafter Intensität.

Er will, daß ich ihn liebe, dachte sie. Plötzlich hatte sie Angst. Der Atem stockte ihr. Sie hatte Reinald nicht geliebt, und doch hatte er sie ihres Stolzes und ihrer Selbstachtung beraubt, indem er sie in ihrem eigenen Haushalt zu einem Niemand herabgesetzt hatte. Was würde dieser Mann ihr antun? fragte sie sich.

Mit einer raschen Bewegung zog er ihr die letzte Bahn Seide vom Leib und bettete sie auf die Bank.

Seine Kleider fielen neben ihren zu Boden.

Sie verspürte eine warme, lustvolle Aufwallung, als er in sie eindrang. Das war alles, was sie bei Reinald je empfunden hatte, alles, was zu empfinden sie erwartete.

Ihre Beine schlangen sich auf gewohnte Weise um seine Hüften, und sie entspannte sich.

Das besiegelt den Handel, dachte sie. Er ist am Ende doch nicht anders als andere Männer. Ist das mein ganzes Leben? Zuerst Reinalds Umarmungen. Dann wechsle ich von seinen in die Arme des nächsten Mannes und von diesem vielleicht zu noch einem weiteren?

Sie sah in Haakons Gesicht hoch und fragte sich, ob es wohl etwas Einsameres gab als dieses Ding, was man Liebe nennt. Auch er wirkte abwesend und unnahbar, auch wenn sich auf seinem Gesicht die Anstrengungen der Lust widerspiegelten. Seine Augen schienen sie aus großer Ferne zu beobachten, als beurteile er ihre Darbietung. Sie schloß die Augen und suchte seine Lippen mit den ihren und hoffte, ein wenig Zärtlichkeit zu finden – wenn schon nicht Liebe, so doch eine vorübergehende Freundlichkeit für die Lust, die ihr Fleisch ihm verschaffte –, hoffte, ihr bliebe zumindest diese Erinnerung, wenn er, wie Reinald, fort wäre.

Aber sein Gesicht wandte sich von ihr ab. Sein Atem beschleunigte sich. Die Geschwindigkeit seiner Stöße nahm zu, und er beendete den Geschlechtsakt.

Sie fühlte, wie die Zuckungen der Lust durch seinen kraftvollen Körper pulsten. Seine Muskeln verkrampften sich, lockerten sich und verkrampften sich ein letztes Mal, bis er still zwischen ihren Schenkeln liegen blieb, den Kopf auf ihrer Brust.

Nach ein paar Augenblicken stand er auf und ließ sie los. Elsbeth setzte sich mit gesenktem Kopf auf. Sie wollte nicht in diese eigenartig kalten Augen schauen. Sie griff nach ihrem Kleid.

Seine Hand schloß sich um ihr Handgelenk und hielt sie davon ab. Sein Griff war fest und, wenn auch nicht schmerzhaft, so doch unwiderstehlich.

»Es ist kalt«, beschwerte sie sich.

»Ja«, gab Haakon zurück. »Das habe ich gespürt.«

»Laßt mich gehen«, bat sie ihn mit flehentlicher Stimme.

»Nein, nicht bis Ihr Euren Teil des Handels eingelöst habt.«

Sie warf ihm einen verstohlenen Blick durch die Wimpern hindurch zu, bevor sie die Augen wieder niederschlug.

»Ich habe ihn doch eingelöst«, entgegnete sie verzweifelt.

»Nein«, widersprach er. »Ihr habt mir Euer Land, Eure Treue, Euren Körper, Euer Leben versprochen. Ich will sie alle. Ich will eine Ehefrau«, rief er, »nicht eine Hündin, die liebt wie eine Hure.«

»Hure!« schrie sie gellend. Mit einer schnellen Bewegung entwand sie sich seinem Griff. Trotzig stand sie ihm gegenüber, während sich Furcht, Wut und Verzweiflung in ihrem Kopf zu einem einzigen blendend roten Blitz vereinten. »Hure, du Bastard? Ich gebe dir Huren. Du bist derjenige, der als Hure zu mir gekommen ist. Für dich bin ich nicht mehr eine Frau als für Reinald. Sieh mich an«, kreischte sie. »Ich bin das Land, ich bin eine Festung. Ich habe dich gekauft. Ich kaufe dich. Nicht andersherum.«

Mit gebleckten Zähnen, die Augen vor Zorn sprühend, ging er auf sie los. Beide Hände schlossen sich mit eisernem Griff um ihre Gelenke.

Sie stürzte erst von ihm weg, dann auf ihn los, versuchte ihm mit den Nägeln das Gesicht zu zerkratzen. Er jedoch hielt sie mühelos fest, während sie auf Armes Länge um sich trat, kratzte und sich wand, bis ihre Wut verraucht war und sie nur noch da stand, mit wogendem Busen, restlos verausgabt, keuchend vor ohnmächtigem Zorn, und ihm nur noch Verwünschungen ins Gesicht speien konnte.

»Du gottverfluchter … In der Hölle sollst du … verdammt …«

»Ich bin der Käufer«, sagte Haakon. Seine Stimme bebte vor Zorn. »Ich bin der Käufer, Elsbeth. Nicht du.«

Ihre Schultern sackten herunter. Sie hörte auf, sich gegen seinen Griff zu wehren. Unter Tränen lachte sie. »Haakon, du würdest mich doch nicht nehmen, wenn ich dir zum Verkauf angeboten würde.«

Er empfand die prickelnde Erregung reinen Triumphes. Ich

habe sie, dachte er mit wilder Begeisterung. Bei allen Göttern, meine Schöne, jetzt bringe ich dich dazu, mich zu lieben.

»Du weißt es also nicht?« sagte er. Seine Stimme war sanft und voller Staunen. »Du weißt nicht, wie schön du bist? Weib, du bist Freyja selbst, aus Asgard herniedergestiegen, zwischen Blumen wandelnd, um den Halsschmuck der Zwerge zu kaufen. Wenn sie aussah wie du, muß dieses magische Geschmeide ihnen als ein geringer Preis für eine unsterbliche Liebesnacht erschienen sein.«

Elsbeth wandte ihm ganz langsam das Gesicht zu. Ihre Augen waren vom Weinen geschwollen, ihre Wangen tränennaß. Und doch lag etwas in ihrem Gesicht, etwas Zaghaftes, gerade erst Geborenes, das Haakons Augen so prachtvoll wie ein Sonnenaufgang erschien.

»Weib, du bist ein Feld voller Weizen, dessen Ähren sich unter den schweren Spelzen beugen, Weizen, der auf die starken Arme der Schnitter wartet.«

Ganz langsam zog er sie auf sich zu. »Ein Obstgarten voller reifer Früchte, süß und saftig, die einem auf die bloße Berührung hin in den Schoß fallen.«

Er ließ ihre Handgelenke los und faßte sie statt dessen um die Oberarme, um sie noch näher an sich heranzuziehen. »Ich wünschte, du wärst gekauft und bezahlt zu mir gekommen. Dann hättest du keinen Grund gehabt, an der Leidenschaft zu zweifeln, die du in mir geweckt hast. Einmal habe ich dich gehabt, aber das war nichts.« Er schüttelte sie sachte. »Nichts, sage ich dir. Beleidigungen von deinen Lippen sind süßer als das Liebesflüstern anderer Frauen.«

Sie sah ihm in die Augen. Das Eis war getaut. Statt dessen wogte es in ihnen wie Sturmwolken. Sie konnte die Hitze seines Körpers an ihren Brüsten fühlen. Seine Haut brannte vor Begierde.

»Ich wünschte, irgendein Händler hätte dich mir verkauft. Ich kann den Mann sehen, sein großspuriges Auftreten, die sichere Überzeugung in seinem Gesicht, daß er in Kürze wesentlich reicher sein wird.

Er hat mich am Arm beiseite genommen und raunt mir etwas

ins Ohr, denn Schönheiten wie du werden nicht vor einem Lager lüsterner Narren feilgeboten. ›Kommt‹, würde er zu mir sagen.« Haakons Stimme war leise, fast noch intimer als die Berührung durch seine Hände. »›Kommt, aber bringt für diese exquisite Schönheit all Euer Gold mit. Diese Kriegsbeute wird das höchste Gebot erzielen.‹ Ich würde kommen und nicht enttäuscht werden. Du würdest in seinem Zelt auf mich warten, entkleidet, gebadet und parfümiert, wie du es nun bist. Diese zarten Augenlider sind gesenkt, die langen Wimpern liegen auf den Wangen, voller Furcht, was für eine Sorte Käufer du wohl durch die Tür treten siehst.«

Elsbeth hatte die Augen geschlossen. Ihr Körper preßte sich auf ganzer Länge gegen den seinen, während er ihr Gesicht mit einer Hand streichelte. Seine Fingerspitzen strichen zärtlich über ihre Lider.

Sie fühlte sich völlig hilflos. Die animalische Hitze seines Körpers schien auf sie überzuspringen. Der Klang seiner Stimme in ihren Ohren schwoll an wie das Donnern eines tosenden Flusses, der die Welt, die Vergangenheit, die Zukunft versinken ließ. Gütiger Gott, wohin entführte er sie?

»Der Händler würde mit der Schönheit deiner Haare beginnen, würde mich auffordern, ihre seidige Vollkommenheit zu berühren.«

Er vergrub beide Hände in ihrem Haar, wobei er ihren Kopf langsam und unwiderstehlich zurückbog.

»Ah, die Farbe und Weichheit von feinstem Zobel. Männer sterben zwischen den blauen Eisschollen, kommen in schrecklichen Winterstürmen um, nur um die unbezahlbare Kostbarkeit einiger weniger dieser Pelze zu erringen.

Und deine Lippen…«

Elsbeth schlug die Augen auf. Sie sah mit starrem Blick zu ihm hinauf, halb fasziniert, halb entzückt von der Glut, die in seiner Stimme bebte, von seinem Gesicht, von diesen sturmgepeitschten Augen.

»Lippen, so rosig wie die Frühlingsblüte der wilden Rose, so süß auf meinen Lippen wie ihre scharlachrote Herbstfrucht.«

Und indessen zweifelte Elsbeth nicht mehr daran, daß er sie

gekauft und voller Entzücken benützt haben würde, nicht anders, als er es jetzt tat.

Haakon drängte sie behutsam auf die Bank, dann auf den Rükken. Ungeachtet ihres schwachen Protests erkundeten seine Hände ihren Körper ohne Scham. Ihre Hände begegneten immer wieder den seinen, schienen jedoch nicht zu verhindern, daß er die Dinge mit ihr machte, die er machte.

»Natürlich«, sagte Haakon, »würde der Mann deine Abstammung herausstreichen.«

»Meine Abstammung?« Elsbeth wimmerte beinahe.

»Ja, deine Abstammung«, bekräftigte Haakon wild. Er war jetzt entfesselt. Elsbeth fühlte, daß sich so etwas wie rasende Wut in ihm aufbaute. In welche Welt der Begierde er sie auch entführt haben mochte, er war mit ihr dort.

»›Seht her‹, würde er sagen. ›Beachtet die Schlankheit der Handgelenke und der Fesseln, das Weiß ihrer Haut, hell wie die Blüte des Schlehdorns. Berührt sie‹, würde er mich auffordern, aber ich hätte längst von diesem Vergnügen Gebrauch gemacht, würde insgeheim das Geschwätz des Mannes verfluchen, würde ihn nur weit weg wünschen, wäre bereit, meine Börse ganz weit zu öffnen und jeden Preis zu zahlen, den er verlangt.

Denn dich anzufassen, das wäre so, wie es jetzt ist, als würde ich mit den Fingern über feinste Seide streichen. Nein, nicht Seide. Weicher, noch weicher. Es ist, als streichelte man über junge Weidenkätzchen.«

Seine Finger stellten Sachen mit ihrer Brust an, die … o Gott, es gab keine Worte dafür. Sie fühlte sich wie damals, als sie ihre Kinder unter dem Herzen getragen hatte – als ob ihr Körper in der Gewalt einer dunklen Macht stünde und unaufhaltsam auf eine unvorstellbare Erfüllung zu getrieben werde…

»Oh, aber der Mann würde einfach weiterplappern. ›Ach, habt Mitleid mit der armen Dame, die geboren wurde, um die Gefährtin von Fürsten und Königen zu sein, und nun als Spielzeug eines Piratenhäuptlings endet. Euer Spielzeug, Haakon.‹«

Sein Knie schob sich zwischen ihre Beine und spreizte sie.

»Und du wärst mein Spielzeug, denn ich würde dem Mann mein ganzes Gold zu Füßen legen und ihm noch einen Batzen obendrauf geben, damit er uns umgehend allein läßt.«

Seine Hand wanderte bedächtig, sachte über ihren Bauch, sank tiefer und tiefer.

»Und du würdest wissen, erst voller Scham, dann voller Lust, daß dieser Tempel der Freyja, dieser Born der Liebe, dieser intimste Teil deines Leibes, mir gehört.«

Sie erschauerte unter den Liebkosungen seiner Hände und seiner Stimme vor Wollust.

»Und ich würde dich so oft nehmen, wie es mir gefällt, und so lange in dir bleiben, wie ich es wünsche. Nicht nach deinem, sondern nach meinem Belieben.«

Er drang in sie ein. Die Empfindung war spannungsgeladen, an der Schwelle zum Schmerz.

Ihr Körper bäumte sich in einer ersten Zuckung der Lust unter dem seinen auf.

»Aaahh«, seufzte Haakon. »Du bist eine Honigwabe, strotzend gefüllt mit der konzentrierten Essenz Tausender Sommerblumen.«

Elsbeth warf den Kopf hin und her und stieß ein schluchzendes Stöhnen aus, als seine Bewegungen eine wundervolle Hitze in ihrem Schoß entfachten.

Ihr Körper gehörte ihm. Sie hatte keine Gewalt mehr über ihn. Ihre Hüften hoben sich ihm entgegen, um ihren Körper bis zum Heft auf seine hengstgleiche Männlichkeit zu pfählen. Sie wand sich, um die heiße Lust zu genießen, die seine Bewegungen ihr bereiteten. Ihre Brüste kribbelten jedesmal vor Lust, wenn sie an den harten Muskeln seiner Brust vorbeistrichen. Ihre Hände wanderten über seinen Körper, liebkosten, schlugen, drängten, spornten ihn an.

»Du bist die Erde«, raunte Haakon, »die Erde nach einem leisen Frühlingsregen, warm, sanft, bereit, ihre Gaben dem harten Horn des Pfluges zu gewähren.

Ach, Freyja, o meine Göttin, o meine liebliche, liebliche Frau und Göttin, Elsbeth. Dieser dein Körper, dieses wundervolle Instrument, es singt mir etwas vor. Ich werde dich vergöttern, dich all die herrlichen Künste der Wollust lehren. Meine Hände, meine Lippen werden jeden Zoll von dir streicheln, bis dein Fleisch unter meiner Berührung vor Lust dahinschmilzt, bis du im Sinnenrausch vergehst, wenn ich mich dir nähere.«

»O Gott«, schrie Elsbeth und schlang ihre Arme um seinen Hals. »Sterbe ich? Was geschieht mit mir?«

Ihre Körper schienen zu verschmelzen.

Haakon fühlte den Beginn ihrer brennenden, weiblichen Liebkosung, die Liebesberührung, die aus dem Schoß aufwallt, und die ihn mit sich zum Höhepunkt zog, ins weißglühende Feuer der Freude.

»Nein, nicht der Tod«, rief sie aus, ein Schrei der Hingabe und des Triumphes zugleich. »Das Leben…!«

Als die Erinnerung verblaßte, hatte sie zu weinen begonnen. Ihre Frauen zogen sie von der hölzernen Palisade fort und führten sie schluchzend zu Bett. Sie machten leise, beruhigende Geräusche. »Kommt, der Regen wird die Feuer löschen, meine Süße«, versprach Bettena. »Es friert. Ihr holt Euch noch den Tod.« Keine von ihnen kannte den wahren Grund für ihre Tränen.

Auch als sie schon warm und trocken im Bett lag und langsam in den Schlaf sank, konnte sie noch die düstere Vorahnung spüren, die ihr Bewußtsein überschattete. Sie werden ihn vernichten, dachte sie. Er sah ihr Volk lediglich als folgsame Kreaturen, geboren, um von Menschen wie ihm benützt und beherrscht zu werden. Er begriff nicht, daß sie ihre eigene Art von Macht besaßen. Hätte er bestimmte Grenzen eingehalten, hätten sie ihn als ihren Herrn anerkannt – selbst wenn er mit Gewalt herrschte. Gott weiß, dachte sie, sie und ich, wir haben mit Reinald viel Erfahrung sammeln können, wie es ist, unter einem Gewaltherrscher zu leben. Als Haakon jedoch den Wald verwüstet hatte, aus dem sie einen großen Teil ihrer Nahrung bezogen, hatte er die Grenzen ihrer großen Geduld überschritten. Er gefährdete ihr nacktes Überleben. Sie mußten unbedingt fliehen oder … ihn zähmen.

Elsbeth wälzte sich auf den Rücken. Das Gemach war in Dunkelheit getaucht. Der Mond ließ sein geisterhaftes Licht an den Rändern der geschlossenen Fensterläden vorbei in den Raum fallen. »Ihn zähmen«, flüsterte sie.

In ihren Gedanken nahm in Umrissen eine Idee Gestalt an. Nur in Umrissen, gewiß, aber von den Grundzügen her klar und deutlich.

Ich bin eine Frau, dachte sie. Ich habe Macht. Reinald hatte versucht, ihr diese Macht vorzuenthalten. Er hatte sie in seiner sogenannten Kemenate eingeschlossen und von ihrem Volk isoliert. Die Leute wußten, was Reinald ihr angetan und was sie zu ihrem und zum Wohl ihrer Kinder ertragen hatte.

Sie warteten ab, wie nur sie abwarten konnten. Oft genug hatte sie diese lauernde Wachsamkeit in ihren Augen gesehen.

Jetzt war Reinald fort. Und Haakon. Dieses prachtvolle Mann-Tier war so unwissend wie ein Säugling, wenn es um die uralten Mächte ging, in deren Händen die Herrschaft über das Land lag. Und das schon wie lange? Vor den Römern, ja vielleicht schon vor den Kelten war das Land seinem Volk geweiht gewesen. Sie war ihre Nachfahrin, die Hüterin der Flamme.

Ist die Frau Macht, fragte sie sich. Stets hatte sie Mann und Macht gleichgesetzt. Der Krieger, der Schlächter, der Eroberer. Der mit der eisernen Faust.

Ihr Volk jedoch hatte von Beginn an der Frau das Land übereignet. Der vom Herd, der Sanften, Friedensbringerin, Kindgebärerin, Liebenden, Lebensspenderin.

Sie überließen es ihr, den Mann zu wählen, der in ihren Armen liegen würde. Ihr Leib heiligte ihn mit Unsterblichkeit. *Sie* traf die Wahl. Sie konnte dafür sorgen, daß dieser Haakon nur ein kurzes Gastspiel in ihrem Bett geben würde, jemand, an den man sich erinnern würde wie an Reinald, den man aber nicht beklagen würde. Oder sie konnte ihn erwählen und ihn retten.

Draußen verdunkelte eine kleine Wolke den Mond. In dem Zimmer wurde es stockfinster.

Die Augenlider sanken Elsbeth herab. Sie seufzte einmal tief auf. Das bewußte Denken mit all seinen Fragen und Zweifeln erlosch – sie schlief ein.

KAPITEL 18

Es dauerte ein bißchen, bis ihr die Stille im Haus zu Bewußtsein kam. Dann sprang das ungute Gefühl in Bestürzung um. Sie hatte nicht damit gerechnet, daß es so schnell Ärger geben würde. Die drei Kinder, die das große Bett mit ihr teilten, schliefen noch. Sie stand auf, nackt, in der eiskalten Morgenluft zitternd, und eilte zum Fensterschlitz.

Die Sonne ging auf. Ihre rote Feuerkugel schien in den Zweigen der Bäume festzuhängen. Elsbeth wußte, eigentlich sollten sie die Geräusche des erwachenden Haushalts umgeben, das Klappern der Töpfe in der Küche, das Schnauben der Pferde im Burghof, die zu ihrem Tagewerk aufs Feld geführt wurden, das Geschwätz der Stalljungen und Küchenmägde. Aber sie hörte nichts.

Sie kleidete sich an und hastete aus ihrem Zimmer. In der Halle fand sie die Böcke an die Wand gelehnt, die Tischplatten daneben. Die schmutzigen Binsen vom Vorabend knisterten unter ihren Schritten. Sie wußte, sie hätten in den Hof gefegt und durch frische ersetzt sein müssen. Zumindest ein paar Fackeln hätten an den Wänden brennen sollen. Keine einzige war angezündet. Die Halle war dunkel und von lastendem Schweigen erfüllt.

Sie lief in die Küche. Ein paar Sklaven einschließlich des Mädchens Clara kauerten neben einem kleinen Feuer im Kochherd. Elsbeth blieb nach Luft schnappend stehen. Sie krochen vor ihr weg, alle mit Ausnahme des Mädchens, das mit kaltblütiger Unverschämtheit zu ihr hochsah. Elsbeth weigerte sich, sich durch eine Frage nach dem Verbleib des restlichen Haushalts zu erniedrigen. Im übrigen wußte sie ganz genau, wo sie steckten. Und weil sie es wußte, pochte ihr Herz vor Entsetzen.

»Hoch mit euch, ihr faulen Trottel!« fuhr sie sie an. »Du, Clara, kümmerst dich um meine Kinder. Weck sie nicht auf, aber sorge dafür, daß sie nicht weglaufen, sobald sie wach sind.«

Clara begann sich in aller Seelenruhe aufzurichten, wobei sie Elsbeth mit unveränderter Geringschätzung weiter anstarrte. In Elsbeths Schädel explodierte rotglühende Wut. Sie packte einen der Schürhaken und zog ihn Clara über den Rücken. Clara kreischte wesentlich lauter, als der Schlag es Elsbeths Ansicht nach rechtfertigte. Dann rannte das Mädchen in das Gemach, wo die Kinder schliefen.

»Freut mich zu sehen, daß noch ein Funken Leben in dir steckt«, murmelte Elsbeth.

Dann wandte sie sich, den Schürhaken noch in der erhobenen Hand, den anderen zu und gab Anordnung, das Essen vorzubereiten und das Wasser für Haakons Bad zu erhitzen, sobald er zurückkäme. Nachdem sie sich in einen schweren Umhang gehüllt hatte, verließ sie die Halle.

Elsbeths Feste war auf einer Insel inmitten eines flachen Sees errichtet worden, der einstmals ein Seitenarm des Flusses gewesen war. Ein schmaler, aus Erde aufgeschütteter Dammweg verband sie mit den umliegenden Feldern und den Weiden. Elsbeth überquerte den Damm, änderte die Richtung und schlug den Weg zum Fluß ein.

Ein kleines, aber solides Haus stand auf dem oberen Teil der Uferböschung, kurz bevor sie zum Fluß hin abfiel. Der Boden war naß, und ihre Schritte glucksten im Morast, ein Geräusch, das in der Morgenstille ungebührlich laut wirkte. Als sie das Haus erreichte, wischte sie sich die feuchten Handinnenflächen an ihrem Umhang ab und klopfte an die Tür aus Holzplanken.

Durch ihr Klopfen ging die Tür auf. Sie war nicht verriegelt gewesen. Sie spähte in den dunklen Innenraum. Das Haus erhielt Licht von einem mit Pergament bespannten Fenster und dem schräggestellten Rauchabzugsloch im Dach. Der Herd unter dem Rauchloch war rußüberzogen, aber leer und saubergefegt. Kein Feuer brannte in ihm. Die Vorhänge, welche die Schlafecke vom Rest des Hauses trennten, waren fort, und Elsbeth konnte sehen, daß das riesige Bett mit seinen Lederriemen ebenfalls leer war. Decken und Bettzeug fehlten. In einer Ecke war Stroh aufgehäuft. Ansonsten war das Haus verlassen.

»Nein«, wisperte Elsbeth. »Nein! Jesus, das kann nicht wahr sein. Gott, laß nicht zu, daß es wahr ist. Bitte.«

Sie trat von der Tür zurück und rief: »Corwin. Bettena. Wo seid ihr?«

Sie machte kehrt, ging um das Haus herum und schaute zum Waldrand hinüber.

»Corwin. Bettena. Bitte!« rief sie. »Kommt heraus. Antwortet mir.«

Ihre Stimme hallte durch die morgendliche Stille. Ein schmächtiger Mann trat aus dem Wald heraus. Seine Haut war dunkelbraun, von der Sonne Tausender von Tagen im Freien wie mit Firnis überzogen. Sein Haar und sein Bart jedoch waren grau. Tief hatten sich die Furchen in seine Wangen eingegraben. Elsbeth wußte, daß er die meisten seiner Backenzähne verloren hatte, aber die Vorderzähne waren so weiß und ebenmäßig wie die eines Jünglings.

»Corwin«, seufzte sie leise. »Ihr seid also nicht fort. Ich hatte solche Angst...«

Bettena richtete sich auf und kam hinter ihrem Ehemann her auf Elsbeth zu. Sie war eine matronenhafte, grauhaarige Frau, die einen leichten weißen Schleier trug. Sie näherte sich Elsbeth und umarmte sie.

Corwin hockte sich hin und schaute zu Elsbeth hoch.

»Bettena«, flüsterte Elsbeth. »Die Kinder werden dich vermissen.«

Bettena wich zurück, wobei sie aufschluchzte und sich mit dem Schleier durch die Augen wischte.

»Was ist denn los?« fragte Elsbeth.

»Herrin«, entgegnete Corwin leise, »das wißt Ihr doch.«

»Haakon«, sagte sie mit ruhiger Stimme.

Corwin nickte. »Er hat keine Achtung vor uns, dieser Euer Mann. Als wir ihn das erste Mal sahen, wie er mit Euch nach

Hause kam, entschlossen wir uns, zunächst abzuwarten. Wir dachten, er könnte ein guter Lehnsherr für uns sein, selbst wenn er ein Fremder ist. Und zuerst schien es auch so. Er ließ nicht zu, daß einer seiner Männer unsere Frauen beleidigte. Er hatte sie gut im Griff. Damit nicht genug, er schien auch ernsthafter zu sein als Reinald. Er war sehr schnell damit bei der Hand, die Fleißigen unter uns zu belohnen. Aber jetzt hat er den Wald niedergebrannt.«

Corwin streckte Elsbeth die Hände entgegen. »Seit urdenklichen Zeiten«, sprach er, »haben wir dieses Land heiliggehalten. Es gibt uns Leben; wir geben ihm unser Leben zurück. Es saugt das Blut von unseren rissigen und blutenden Füßen auf, wenn wir pflügen. Zur Pflanz- und zur Erntezeit sickert der Schweiß von unserer Braue in das Land. Wenn wir sterben, löst es unser Fleisch auf und wiegt unsere Gebeine in seinem Schoß. Wir salben seine heiligen Steine mit Honig und Öl. Wir lassen Brot und Wein an den heiligen Quellen zurück. Doch er, ein Fremder, kommt hierher, und in seinem Zorn auf den Bischof versengt er den Wald mit seiner Rache.«

»Der Wald wird nachwachsen«, wand Elsbeth in flehendem Tonfall ein. »Üppiger als vorher. Der neue Pflanzenwuchs wird gutes Futter für die wilden Tiere abgeben, für eure Pferde, Rinder und Schweine. Aus der Asche werden junge Schößlinge hervorsprießen, und in wenigen Jahren wird alles wieder wie vorher sein.«

»Wir wissen, daß die Erde sich selbst heilt, wenn sie verwundet ist. Nein, Herrin, es sind nicht die Folgen seiner Tat, die wir fürchten, aber sie zeigt uns sein achtloses und grausames Herz.«

»Aber so ist er nicht«, beschwor Elsbeth ihn verzweifelt, »er ist nicht achtlos oder grausam. Mir ist er ein besserer Ehemann, als Reinald es jemals war, und euch ein besserer Herr. Er war verärgert.« Sie wollte schon hinzufügen, er habe sich vor dem Bischof und seinem gefährlichen Hauptmann Godwin gefürchtet, aber sie brachte es nicht über sich, Haakons Furcht vor diesen Leuten einzugestehen. Um jeden Preis mußten sie ihn für stark halten.

Elsbeth sah zum Waldrand hinüber und entdeckte, daß sie,

Bettena und Corwin nicht mehr allein waren. Wenigstens zwanzig andere, vielleicht mehr, standen stumm zwischen den Bäumen. Sie beugte sich herab, nahm Corwin bei der Hand und führte ihn ein Stück abseits. »Ja, ihr könnt gehen«, sagte sie zu ihm. »Ihr könnt weglaufen und diesen Ort aufgeben. Ich weiß.«

»Gemeinhin gilt das als unmöglich«, machte er mit einem stillen Lächeln geltend. »Leibeigene gehören ihrem Herrn und sind ihm auf Gedeih und Verderb ausgeliefert.«

»In diesem Fall nicht, und das wissen wir beide«, widersprach Elsbeth. »Einige von euch werden zugrunde gehen, aber die meisten werden eine neue Heimat finden, wo man sie willkommen heißt. Obwohl es schwer ist, in deinem Alter noch einmal ganz von vorne zu beginnen.«

Corwin nickte mit ernster Miene.

»Ich flehe dich an«, sagte Elsbeth, »laß Bettena mit mir in die Halle zurückgehen, damit sie sich wieder um die Kinder kümmern kann, wie sie es stets getan hat. Ich will mit meinem Gemahl reden und sehen, ob ich ihn zu einem besseren Verständnis bewegen kann. Ich weiß, du bist ein einflußreicher Mann in unserem Volk. Versuch sie zu überzeugen, daß sie noch ein Weilchen mit dem Weglaufen warten.«

Corwin ließ den Blick über die in der Morgensonne glänzenden Felder schweifen. Über den Ackerfurchen lag ein leuchtend hellgrüner Hauch von frischem, jungem Wuchs, darüber hingen langgestreckte Schleier des Bodennebels.

»Wir wissen«, fuhr er ruhig fort, »daß Ihr großen Einfluß habt auf diesen Mann, Haakon. Reinald hat Euch beleidigt, aber Haakon tut das nicht. Mehrere von den Dienstmägden haben versucht, sich bei ihm einzuschmeicheln. Er hatte keinen Blick für sie übrig. Wenn er hierherkommt, sucht er zuerst Euer Zimmer auf, und Bettena bringt rasch die Kinder fort. Sein letzter Besuch, bevor er geht, gilt Euren Gemächern.«

»Ja«, bestätigte Elsbeth. Sie schaute hinaus über die Felder.

Corwin warf ihr einen forschenden Blick zu. »Es ist fast an der Zeit, die Scholle für die Wintersaat vorzubereiten.«

Elsbeth sah ihn wieder an. Ihre Augen begegneten sich. Sie wußte, was er dachte, aber nicht aussprach.

»Bertrand wird sich in der Kirche verstecken, laut jammern und für unsere Seelen beten, wie er es in solchen Zeiten stets zu tun pflegt«, fuhr Corwin fort.

Elsbeth straffte die Schultern und reichte Corwin ihre Hand. Behutsam umfing er sie mit seinen Händen. Elsbeths Finger versteiften sich.

»Warum habt ihr das nie von Reinald erbeten?« wollte sie wissen.

»Er hat Euch mißachtet«, gab Corwin ihr zur Antwort. »Wir konnten ihm nicht vertrauen. Das meiste haben wir vor ihm verborgen gehalten.«

»Versucht, ihm nicht allzu sehr weh zu tun«, bat Elsbeth.

Corwin beugte sich über ihre Hand und küßte sie. »Der neue Weizen wird in deinen Fußstapfen keimen«, sagte er.

KAPITEL 19

Elin zerrieb im Licht einer blakenden Öllampe Kräuter im Keller, keine leichte Aufgabe, wie sie fand. Christi Botschaft von Vergebung und Liebe hatte in ihrem Herzen nie Wurzeln geschlagen. Nach Veranlagung und Temperament neigte sie eher zur Rache. Sie wollte Elfwine töten.

Neben ihr erklang eine Kinderstimme. »Keine von denen sind giftig.«

Elin schrak hoch und sah, daß eine aus ihrem Volk auf einem Stapel Sackleinen saß, das Anna und sie zur Aufnahme von Judiths Weizen vorgesehen hatten. Sie kannte das Kind, Ilo.

»Was tust du hier?« fragte sie und dachte dabei an Owen.

»Warten, daß du kommst«, antwortete das Kind. »Ich bin schon lange hier, aber immer war irgend jemand bei dir. Ich habe mitbekommen, was geschehen ist. Sie hat versucht, euch umzubringen.« Das Kind flog in Elins Arme. »Ich habe Angst. Vorher hatte ich keine Angst, aber jetzt ja.«

Elin schloß die Arme noch fester um das kleine Mädchen und küßte es auf die Stirn.

»Was tust du hier?« wiederholte sie.

Das Kind hob den Blick zu ihr. Dunkle Locken lugten aus der Lederkappe hervor, die sie auf dem Kopf trug. Ihre Augen wirkten im Schein der Lampe wie zwei mitternächtliche Seen. »Alshan hat mich hier gelassen, damit ich auf Reinalds Herrin acht gebe, aber jetzt ist sie nicht mehr Reinalds Herrin, ihr Liebhaber ist nämlich Haakon.«

Elin schürzte die Lippen. Obwohl sie wußte, daß Kinder in ihrem Volk häufig mit viel verantwortlicheren Aufgaben betraut wurden als in Owens Volk, mißbilligte sie es. »Das ist kein Auftrag für ein Kind«, sagte sie.

»Alshan meinte, ich sei die einzige, auf die er verzichten kann.

Außerdem war ich nicht in Gefahr, bis Haakon den Wald niedergebrannt hat.«

Elins Umarmung wurde noch enger. »Warst du etwa da draußen?«

»Ja«, erwiderte die Kleine leise. »Bis ich bei einer alten Frau Unterschlupf fand, die am Rand des Brandherds lebt. Heute morgen habe ich mich von ihrem Hof davongestohlen und bin hergekommen. Aber nachdem ich gesehen habe, was Elfwine getan hat, bin ich mir nicht mehr sicher, ob ich bleiben soll. Wirst du sie vergiften?«

»Nein«, erklärte Elin. »Erzähl mir, was Haakon unternimmt.«

»Er hat eine Menge Ärger«, gab das Kind zurück. »Elsbeths Leute sprechen davon, ihn zu verlassen. Elsbeth kann sie vielleicht zum Bleiben überreden. Ich weiß nicht, ob sie es schafft.«

Elin nahm das Kind an der Hand und führte sie zum Fuße der Treppe. »Anna!« rief sie.

Eine oder zwei Minuten später kam Anna vom Hof herunter. »Gütiger Himmel«, stieß sie hervor, »wo kommt die denn her?«

»Laß es gut sein«, besänftigte Elin sie. »Bring sie in die Halle und gib ihr etwas zu essen.«

»Bleibt sie über Nacht?«

Elin kannte ihr Volk. Es war unmöglich, sie einzusperren. Entweder flohen, oder, wenn ihnen das nicht gelang, starben sie. Das Mädchen würde nur so lange bleiben, wie sie wollte. »Ich weiß nicht«, meinte Elin, während sie zu der Kleinen heruntersah. »Willst du?«

»Ja, wenn ich bei dir schlafen darf.«

»Du darfst«, entschied Elin.

Das Kind nickte, ergriff vertrauensvoll Annas Hand und folgte ihr. Elin widmete sich wieder ihren Kräutern. Dann gab sie die zerriebenen Kräuter in eine Schüssel mit Wasser.

Eine lange, schmale, freigeräumte Gasse führte durch die eingelagerten Vorräte. Elfwine saß mit dem Rücken an eine der Säulen gelehnt, auf denen das Haus ruhte. Sie stillte das Baby, flankiert von Alfric auf der einen und Ingund auf der anderen Seite.

Elfwines Gesicht war verquollen, ihre Augen waren vom Weinen gerötet.

Als Elin mit der Schüssel in der Hand näher kam, nahm Elfwine den Säugling von der Brust und reichte ihn widerwillig an Ingund weiter. Sie schien wieder ein bißchen Mut gefaßt zu haben und blickte Elin trotzig entgegen. Sie reckte das Kinn in die Höhe.

»Ist es mein Tod, den Ihr da tragt?« fragte sie.

»Nein«, versetzte Elin. »Es würde mir nicht die geringste Mühe bereiten, deinen Tod ohne jeden Aufwand herbeizuführen, wenn ich das wollte.«

»Wie steht es also um mich?« verlangte Elfwine mit bebender Stimme zu erfahren.

»Ich halte dich für eine bösartige kleine Hündin«, gab Elin zurück. »Aber ich will nicht erleben müssen, daß die Stadt wegen dir durch eine Blutfehde entzweit wird. Dein Vater und deine Brüder würden deine Schuld niemals eingestehen. Sie würden lieber so viele Verwandte um sich scharen, wie sie zusammenbekommen, und bis zum bitteren Ende deine Unschuld beteuern. Sobald Ranulf dich verstoßen hätte, würde auch er seine Partei finden. Die beiden Gruppen würden sich bis auf den Tod bekämpfen und uns andere vermutlich mit hineinziehen. Das kann ich nicht zulassen. Morgen wirst du zum Beweis deiner Unschuld dreimal das Eisen um den Bischofsthron tragen. Ich bin hier, um dir zu zeigen, wie.«

Widerstrebend löste Elfwine ihren Blick von Elin und sah unschlüssig zu Alfric hinüber. »Er sagt, wenn ich meine Sünden wahrhaftig bereue, dann wäre es so, als hätte ich sie nie begangen. Mein Herz wird rein sein.«

Alfric kniete nieder. »Ja, meine Schwester«, versicherte er ihr leise. »Gott ist die Vergebung und die Gnade. Er wird dein Herz für das Gottesurteil reinigen, das du morgen bestehen mußt. Hab Vertrauen in seine Gnade; biete ihm deine ehrliche Reue dar. Nun, meine Schwester, laß uns beten.«

Elin und sogar Ingund neigten die Häupter zu einem stummen Gebet, als Elfwine im Flüsterton ihre Beichte vor Alfric abzulegen begann. Nach einer Weile hob er die Hand und erteilte ihr wortlos die Absolution.

Elin kniete neben Elfwine nieder und wies sie an, ein paar Schluck aus der Schale zu trinken. Dann machte sie sich ans Werk. Elfwine erwies sich als schwierige Schülerin. Es war schon spät, als Elin fertig war. Die Stadt lag totenstill, und sie und Elfwine saßen allein in der tiefen, mitternächtlichen Stille. Elfwines Kopf ruhte in Elins Schoß. »Ich glaube nicht, daß Alfric mit meinen Sünden recht hat, Elin.«

Elin strich ihr freundlich über das flachsfarbene Haar. »Warum nicht?« fragte sie.

»Ich empfinde keine echte Reue. Ich bin mir nicht sicher, ob ich nicht dasselbe noch einmal tun würde, wenn ich die Gelegenheit dazu hätte. Wißt Ihr, Elin, ich habe einfach Angst, auf der Seite des Verlierers zu stehen.«

Elin fühlte, wie Elfwine bei diesen Worten ihre Nägel tief in ihr Bein grub. »Alfric sagt, es ist falsch, zu lügen«, fuhr Elfwine fort. »Na ja, im Augenblick bin ich nicht zum Lügen aufgelegt. Haakon ist viel stärker als Ihr. Er wird gewinnen, und was wird dann aus mir?«

»Wenn die Nordmänner die Stadt erobern, werden sie vermutlich Ranulf töten, das Baby mit dem Kopf gegen die Wand schlagen und dich als Sklavin verkaufen.«

»Wie ich sehe, haltet Ihr auch nicht viel vom Lügen«, entgegnete Elfwine.

»Nein«, stimmte Elin ihr zu.

»Ich hatte nicht geglaubt, daß Ranulf mich so lieben würde«, seufzte Elfwine. »Ich dachte, er wäre mir wegen des Kindes auf den Leim gegangen. Ich habe nicht geglaubt, daß jemand einen anderen Menschen so lieben kann, wie er mich liebt. Ach, Frau Elin, habe ich ihn verloren?«

Elin lehnte sich an die Säule zurück und schloß die Augen. Sie war tief in Erschöpfung und Kummer versunken. Kummer um sich selbst, um Owen und um das Mädchen, dessen Kopf in ihrem Schoß ruhte. Ein Mädchen, das so wenig von der Liebe wußte, daß es sich nicht darüber im klaren gewesen war, welch kostbares Geschenk man ihm gemacht hatte. Sie hatte nicht zu würdigen verstanden, was sie besaß.

»Ich bin kein guter Mensch«, fuhr Elfwine fort. »Was Ihr mir sagt, tue ich nur, weil ich nicht sterben will. Ich will nicht so sterben, wie sie eine Ehebrecherin töten – nackt durch die Stadt geschleift, dann erdrosselt und in einen Sumpf geworfen.«

»Und auch Ranulf will nicht, daß du stirbst«, sagte Elin. »Ich glaube nicht, daß du ihn verloren hast. Der erste Schritt, seine Liebe zurückzugewinnen, wird darin bestehen, dich morgen gut zu halten. Er möchte an dich glauben. Er möchte, daß du zuläßt, daß er dich liebt. Er möchte stolz auf dich sein, auf deine Ehre als Frau. Wenn du nicht für Gott tapfer sein kannst, dann sei es für Ranulf.«

Elfwine hob ihren Kopf aus Elins Schoß und sah zu ihr hoch. »Ich verstehe nichts von Gott, Elin, aber Ranulf verstehe ich. Ich habe ihn mehr verletzt als alle anderen.«

Elin richtete sich schwerfällig auf. »Verlaßt mich nicht, Elin«, bettelte Elfwine. »Ich weiß nicht, was ich tue, wenn ich hier allein bleiben muß.«

Elin nahm die Schüssel vom Boden und hielt sie dem Mädchen hin. »Trink das aus«, befahl sie. »Es garantiert dir einen festen Schlaf. Komm mit. Du kannst heute das Bett mit mir teilen.«

Sie traf Ilo in der Halle an. Das kleine Mädchen hatte es sich auf Godwins Schoß gemütlich gemacht. Sie schlief, die Lederkappe saß schief auf ihren dunklen Locken. »Ich beginne zu begreifen, woher Ihr soviel wißt, Elin«, sprach Godwin sie an, als er ihr das Kind hochreichte. »Sie hat mir jede Menge interessanter Dinge über Haakon erzählt.«

Dann ließ er einen flüchtigen Blick über Elin und Elfwine gleiten. Sie erinnerten ihn an zwei Kämpen, die bis zum bitteren Ende gefochten hatten und doch nicht imstande gewesen waren, einander umzubringen. Nun, da ihr Haß sich verausgabt hatte, waren sie beinahe Freunde.

Elin nickte und drückte die Kleine fest an sich. Sie regte sich schlaftrunken, wachte aber nicht auf. »Sie gehört zu meinem Volk«, sagte Elin. »Sie braucht jetzt Schutz und Obdach.«

»Es gab eine Zeit, da ich mich gefragt habe, ob Euer Volk überhaupt menschlich sei«, fuhr Godwin fort. »Jetzt sehe ich, daß ihr nur allzu menschlich seid. Sie hat große Angst vor Haakon.«

»So wie jeder hier«, versetzte Elin trocken. Dann führte sie, das Kind auf dem Arm, Elfwine die Treppe hinauf.

KAPITEL 20

Owen erwachte voller Sorge um das Pferd. Das Tier bedeutete ihm Siegesbeute und Talisman zugleich. Enar und die Waldleute schliefen noch, als er aus seinen Fellen schlüpfte und vorsichtig zum Höhleneingang schlich.

Der junge Mann, der ihm vergangene Nacht geholfen hatte, tauchte aus dem Nebel auf. Owen verspürte einen Moment lang gelinde Verwirrung, konnte er doch nicht ganz glauben, was seine Augen ihm sagten. Der Junge war kein Junge, sondern eine Frau, eine Frau, die er zudem gut kannte.

Plötzlich ließ sie sich nach vorn fallen und machte einen Handstand. »Ceredea, die Akrobatin«, staunte Owen. »Wir sind uns schon begegnet. Du hast oft meines Vaters Gäste unterhalten.«

Er entsann sich des hohen, schrillen Flötenklangs, des rhythmisch schlagenden Tamburins. Owen hatte mit den anderen im Takt der Trommel geklatscht, während er zugeschaut hatte, wie Ceredea mit akrobatischer Anmut scheinbar unmögliche Verrenkungen absolvierte, sprang und radschlug, wie ihre biegsamen Glieder im gelblichen Feuerschein glänzten.

Sie lachte, vollführte einen Überschlag nach hinten und landete wieder auf den Füßen. »Ja«, bestätigte sie, »dies ist mein Volk.«

»Wie seltsam«, wunderte sich Owen, »daß du und deine Freunde, ganz gleich, wie unsicher die Zeiten waren, stets nach Belieben kommen und gehen konntet.«

Sie lächelte. »Jetzt weißt du es.«

Owen blickte um sich. »Ich kann kaum den Boden unter meinen Füßen sehen. Wie willst du in diesem Nebel das Pferd finden?«

Owen konnte sich nicht erinnern, je einen Wald gesehen zu haben, der so dicht war wie dieser, beherrscht von Eichen und völlig unberührt von Menschenhand. Die Zweige breiteten sich weit und hoch über ihnen aus. Die Baumwipfel verschwanden in den tiefhängenden weißen Nebelschwaden, die allenthalben wogten, den Himmel verdunkelten und alles, was mehr als ein paar Fuß vor ihnen lag, zu Schatten verschwimmen ließ.

Owen wußte, die Sonne mußte bereits hoch am Himmel stehen, denn der Nebel war milchig trüb. Vor dem weißen Dunstschleier hoben sich die schwarzen Baumstämme riesengroß und drohend ab, über und über mit Flechten überwuchert, die scharlachrote, braune und dunkelgrüne Muster bildeten.

Über ihren Köpfen verzweigten sich die Bäume zu Ästen, die beinahe ebenso dick wie ihre Stämme waren, geschmückt mit dichtem Laubwerk. Zwischen den Blättern traten die langen, fahlen Stengel von Misteln hervor, hellgrün auf den frischen, jadegrünen Oberflächen der Eichenblätter und überzogen mit Beeren so weiß wie der Nebel selbst.

Die wenigen Lichtungen, auf die sie trafen, mußten umgangen werden. Sie waren völlig mit Brombeergestrüpp und den langen Kriechranken der Wildrosen überwuchert.

Owen blieb am Rand einer solchen Schneise stehen und hob vorsichtig den Stengel einer Rose an, um sich nicht an den scharfen schwarzen Dornen zu stechen. »Sie blühen noch immer«, staunte er, »obwohl es Winter ist.«

»Ein paar Blüten halten sich das ganze Jahr über«, erklärte Ceredea. »Es wird hier nicht besonders kalt.«

Die zarten Blüten, safrangelb in der Mitte, waren von einem blassen, mit Weiß gesäumten Rosa. Die zerbrechlichen Blütenblätter hielten Tautropfen in ihren Herzen fest. Owen ließ den Zweig wieder sinken und blieb einen Augenblick still stehen. Der Wald war verstummt. Kein Vogelruf, kein Insektensummen. Der Nebel dämpfte alles. »Wie still es hier unter den Bäumen ist«, flüsterte er.

»Dies ist unser Wald«, gab Ceredea leise zurück. »Alshan kennt viele Lieder über den Anbeginn aller Dinge. Über diesen Wald jedoch gibt es keine Lieder, außer daß es heißt, hier sei der erste Baum gewachsen. Als er das Alter erreicht hatte, um Früchte zu tragen, vom Sonnenlicht gesegnet und vom Regen verwöhnt, wurden alle lebendigen Wesen in seinen Zweigen geboren.«

»Eine heidnische Geschichte«, verwahrte sich Owen, »und ketzerisch dazu.« Das Wort hatte einen seltsamen Klang in seinen Ohren, und zu seinem großen Entsetzen wurde ihm bewußt, daß er Bertrand zitiert hatte.

Ceredea wandte sich ihm zu. Er begegnete ihrem Blick. In diesem Licht wirkten ihre Augen grün, stumpfgrün wie die Flechten, welche die Baumstämme bedeckten. »Steht in euren Christengeschichten vom Beginn der Welt nicht auch etwas von einem Baum?« erkundigte sie sich.

»Ja«, sagte Owen leise, mehr zu sich selbst, als zu Ceredea. »Eva, die Mutter aller Menschen, pflückte die Frucht vom Baum der Erkenntnis. Zuerst aß sie davon, dann reichte sie sie Adam, auf daß er ihren Sturz teile. Gott vertrieb sie für ihre Sünde aus dem Paradies.«

»Sie stahl den Göttern Wissen und gab es der Menschheit?« fragte Ceredea stirnrunzelnd.

»Das Wissen um Gut und Böse«, gab Owen zur Antwort. »Der Baum war ihnen verboten.«

»Wie kann ein solches Wissen verboten sein?« wunderte sich Ceredea. »Wüßten die Menschen nichts von Gut oder Böse, wie könnten sie da leben? Sie würden ins Feuer fallen, weil sie es für ungefährlich hielten, wüßten nicht, was nahrhaft ist und was giftig. Wie sollten sie wissen, wen sie lieben, wen sie hassen sollen? Wer ihnen Gutes getan und wer ihnen Schaden zugefügt hat? Für mich hört sich das an, als sei die Frau zu klug für diesen Gott gewesen und er habe sie deswegen gehaßt.«

»Davor«, erläuterte Owen, »waren die Menschen die Söhne Gottes, und er beschützte sie.«

Ceredea zuckte die Schultern. »Dann muß dein Gott sich einen toten Sohn gewünscht haben. Mir will es scheinen, als habe der erste Mann gut daran getan, auf die Frau zu hören. Sie hat ihm die Mittel in die Hand gegeben, sich selbst zu schützen.« Dann drehte sie sich weg und setzte ihren Weg fort. Ihre Schritte auf dem dikken schwarzen Teppich abgestorbener Blätter, der den Waldboden bedeckte, waren lautlos.

Owen folgte ihr, wobei er an seine eigene Reaktion auf die Schöpfungsgeschichte denken mußte, als er sie in dem Kloster zum erstenmal in der Bibel gelesen hatte. Er war froh, daß Ceredea nicht mehr gesagt hatte, denn auch er hegte gewisse Zweifel.

Der Gott, der Adam und Eva aus dem Paradies vertrieben hatte, war ihm nicht als der liebende und allwissende Vater erschienen, als der er galt, sondern als despotisch und rachsüchtig. Owen versuchte, diese Überlegungen aus seinen Gedanken zu verbannen, brachte es jedoch nicht fertig. Daß Gott offenbar Angst empfunden hatte – Angst vor der Menschheit. Einfache Geschöpfe, deren Trachten jedoch so hoch reichte, daß sie der Gottheit selbst die Stirn bieten würden, um es zu erfüllen.

Vor Ceredea ragte etwas Gewaltiges aus den gespensterhaften Nebelschwaden auf. Die mächtigen schwarzen Umrisse gehörten der größten Eiche, die Owen je erblickt hatte. Drei Männer hätten ihren Stamm nicht mit ausgestreckten Armen umfassen können. In alle Richtungen breiteten sich die niedrigen Zweige aus, die den Boden wie die Beine einer Riesenspinne zu streifen schienen.

Eine im eigenen Netz gefangene Spinne, fuhr es Owen durch den Kopf. Die unteren Zweige waren mit einem Gestrüpp aus Brombeeren und Wildrosen überwachsen. Weitere Schling- und Kriechpflanzen wuchsen in einem fast undurchdringlichen Dikkicht um den Baumriesen herum.

Ceredea führte ihn unter die Zweige, entlang eines gewundenen Pfades unterhalb der lebenden Last der gespreizten unteren Zweige, auf den Stamm zu.

Als sie ihn erreichten, wurde Owen klar, daß die ungeheure Eiche so gut wie tot war. Zu irgendeinem Zeitpunkt in der Vergangenheit war sie von einem Blitzschlag getroffen worden, der den Stamm nahezu in zwei Teile gespalten hatte.

Der Baum lebte noch, wie aus Trotz gegen diesen Befehl des Himmels, zu stark zum Sterben, selbst nachdem er von einer so gewaltigen Naturkraft gesprengt worden war. Der vom Blitz versehrte Teil verfaulte jedoch und hatte einen großen Hohlraum in dem Stamm entstehen lassen. In diesem Hohlraum war das Pferd untergestellt.

Als der Hengst Owen und Ceredea erblickte, warf er den Kopf hoch und kam auf sie zu. Owen sah, daß Ceredea eine Art Geschirr aus Seilen geknüpft und eine Hirschhaut über seinen Rükken gebreitet hatte, um ihn vor Kälte und Regen zu schützen.

Der Hengst blickte Owen aus seinen braunen Augen mit den langen Wimpern an, schnaubte einmal leise und gab ihm dann einen Pferdekuß auf die Wange. Zärtlich strichen die samtweichen Nüstern über seine Haut.

Plötzlich hob der Hengst den Kopf und lauschte mit aufgestellten Ohren. Er zerrte an den Zügeln und versuchte sich aufzubäumen. »Hooo!« machte Owen und zog ihn am Halfter nach unten.

Der Hengst stieg trotzdem auf die Hinterhand. »Jesus!« rief Owen. »Er versucht sich loszureißen!«

Das Pferd stürmte vorwärts. Owen, der sich in die Zügel hängte, wurde mitgeschleift. In weiter Ferne hörte Owen ein hohes, flötendes Wiehern. Owen zog die Hirschhautdecke herunter und schwang sich auf den Pferderücken.

»Nein!« schrie Ceredea. »So hast du keine Kontrolle über ihn.«

Wieder erklang der Pferderuf aus dem wallenden Nebel. Der Hengst stürmte durch den schlingpflanzenüberwucherten grünen Tunnel, durch den Ceredea ihn über die Lichtung zu dem Baum geführt hatte.

Owen beugte sich tief über den Widerrist des Pferdes, den Kopf seitlich an seinen Hals gepreßt, um nicht von niedrighängenden Zweigen oder einer Efeuranke heruntergestreift zu werden. Das Pferd nahm den schmalen Laubengang im Kanter, um sich dann, als sie den offenen Wald erreichten, zu einem gestreckten Galopp zu steigern.

Die Sonne zerteilte allmählich den Nebel und erfüllte den Wald mit einem prächtig-goldenen Licht. Der Hengst rannte mit einer gelösten, unbewußten Kraft, die Owens Herz vor Freude singen ließ – eine so mühelose Gangart, daß das Pferd eher dahinzugleiten als zu laufen schien. Nur flüchtige Blicke auf düstere, blitzschnell vorbeirasende Baumstämme erlaubten Owen, ihre Geschwindigkeit einzuschätzen.

Als Owen die Überzeugung gewann, der Hengst habe nun seine überschüssige Kraft abgearbeitet, begann er am Zügel zu ziehen. Diesmal reagierte der Hengst auf den Befehl. Er fiel in Trab, dann in Schritt.

Sie hatten den Wald hinter sich gelassen und befanden sich in offenerem, vereinzelt mit Buchen- und Pappelgehölzen durchsetztem Gelände. Ihr Laub flammte blutrot und golden vor dem flekkig-grauen Nebel auf. Owen versuchte den Hengst zum Stehen zu bringen oder ihn wieder zurück in den Wald zu lenken, aber das Pferd widersetzte sich. Owen mußte feststellen, daß Ceredea recht gehabt hatte. Ohne Gebißstange hatte er nur begrenzte Gewalt über das Tier.

Dann blieb der Hengst ohne Vorwarnung stehen. Er wieherte leise, und eine schwarze Stute tauchte aus dem Nebel auf und trabte auf ihn zu. Owen sah auf den Hengst herunter und sagte mit strenger Stimme: »Soso!« Der Hengst senkte den Kopf und schüttelte seine lange rote Mähne auf eine Weise, die man fast als eine freundliche Geste der Entschuldigung hätte deuten können.

Die Stute trug Zaumzeug und Sattel aus rötlichem, mit Gold abgesetztem Leder. Sie war beinahe genauso schön wie der Hengst und offenbar jemandes heißgeliebter Augenstern. Ihr Fell war so lange gestriegelt und gebürstet worden, daß es glänzte wie schwarze Seide. Mähne und Schweif waren mit scharlachroten, zu ihrem Geschirr passenden Bändern durchflochten.

In der Ferne hörte Owen eine Stimme rufen: »Juwel? Oh, mein Juwel, wo bist du? Komm zurück! Bitte komm zurück!« Die Stimme gehörte einer Frau, und selbst auf die Entfernung konnte Owen ihre Sorge heraushören. Er bückte sich, ergriff die Zügel der Stute und ritt in Richtung der Frauenstimme.

Das Mädchen stolperte allein umher und weinte so bitterlich, daß sie ihn nicht sah, bis er den Hengst neben ihr zum Stehen brachte. Und selbst da hatte sie nur für die schwarze Stute Augen.

Sie wischte sich die Tränen ab und lief auf das Pferd zu, schlang die Arme um seine glatte Kruppe und vergrub das Gesicht in seiner Mähne. »O Juwel, du böses, böses Mädchen. Warum hast du mir solch einen üblen Streich gespielt?« Schließlich wandte sie ihre Aufmerksamkeit Owen zu, der noch immer die Zügel der Stute festhielt. Ihre Augen weiteten sich furchtsam. Ihr Griff um den Sattel der Stute verkrampfte sich, als sie den Blick zu ihm hob.

Zuerst hielt Owen sie für ein Kind. Bei näherer Betrachtung erkannte er jedoch, daß sie dem Kindesalter entwachsen war, wenn auch noch nicht lange. Sie war, entschied er, vielleicht vierzehn Lenze alt und ausgesprochen schön. Sie erinnerte ihn an eine Blume, deren feine, zarte Blütenblätter sich im ersten Sonnenlicht des Lebensmorgens entfalten.

Ihre Haut hatte jene samtige Frische, welche die Natur nur den ganz Jungen verleiht. Dunkles Haar floß über ihre Schultern und ihren Rücken; die Feuchtigkeit kräuselte ihre Haarspitzen zu einem Wust kastanienfarbener Löckchen. In ihren braunen Augen unter den langen Wimpern, die klar und strahlend waren, lag eine friedliche Unschuld.

»Oh!« rief sie aus. »Ihr seid ja gar keiner von den Jägern. Seid Ihr ein Wegelagerer?« fragte sie atemlos. »Falls ja, Herr, bitte nehmt meine Brosche. Sie ist aus Gold und sehr wertvoll, viel wertvoller als mein Pferd.« Sie griff sich schnell an die Brust und begann die Brosche loszunesteln. Ihre Finger zitterten vor Angst und Hast.

Die Brosche hielt einen dunklen Wollumhang zusammen, der ein langes, grünes und mit Zobel gesäumtes Reitkleid bedeckte. Die Brosche selbst bestand aus einem goldenen, mit Smaragden besetzten Halbmond und sah tatsächlich wertvoller aus als das Pferd.

Owen wurde klar, daß die Stute nicht der einzige heißgeliebte Augenstern sein dürfte, der sich im Wald verlaufen hatte. Seine Blicke erforschten die nebelverhüllte Umgebung. Wo steckten ihre Begleiter? Wenn er sich nicht sehr irrte, war das Mädchen nicht nur aus gutem, sondern sogar aus adligem Hause und sollte nicht ohne Begleitung an solch einem einsamen Ort umherreiten.

Sie hielt Owen die Brosche vorsichtig mit einer Hand hin und stand weiterhin zwischen ihm und der Stute, offenbar blind gegenüber der Tatsache, daß er die Zügel der Stute festhielt.

»Ich bin kein Dieb, meine Dame«, antwortete Owen höflich und in dem Bemühen, ihr die Angst zu nehmen. »Ich will weder Eure Brosche noch Euer Pferd. Hier.« Energisch drückte er die Zügel in die Hand, welche die Brosche hielt. »Gebt acht, daß sie Euch nicht noch einmal davonläuft.«

Das Kind starrte, noch immer verdutzt, zu ihm hoch. »Wenn Ihr nicht zu den Jägern gehört und auch kein Wegelagerer seid, wer seid Ihr dann? Oh!« Sie schnappte nach Luft und wich, die Stute hinter sich herziehend, überstürzt vor ihm zurück. »Ihr müßt einer vom guten Volk sein.« Ihre Stimme und Miene hielten das perfekte Gleichgewicht zwischen Entsetzen und Vergnügen. »Natürlich seid Ihr es«, fuhr sie fort. »Welcher Sterbliche würde ein Roß wie dieses reiten, ohne Sattel, nur mit einem Halfter? Und Euer Gewand gleicht auch dem ihren.«

»Nein.« Owen lächelte kopfschüttelnd. »Ich bin kein Waldgeist. Mit Eurer Erlaubnis, liebenswerte Herrin, mache ich mich jetzt wieder auf den Weg.« Seine Finger schlossen sich fester um die Zügel, als in seinem Rücken eine Stimme ertönte.

»Ihre Erlaubnis habt Ihr, meine nicht. Bleibt, wo Ihr seid. Mein Armbrustbolzen zielt genau auf Euer Herz.«

Obwohl die Stimme von hinten kam, erahnte Owen sowohl links als auch rechts von sich eine Bewegung. Er blieb vollkommen regungslos sitzen und achtete darauf, seine Hand vom Schwert fernzuhalten.

»Wenn Ihr weder Dieb noch Geist seid«, fuhr die Stimme fort, »dann habt Ihr im Wald meiner Herrin nichts zu suchen. Nennt mir Euren Namen und was Euch hergeführt hat. Tut es schnell. Und lügt mich nicht an. Mit Lügnern mache ich kurzen Prozeß, so kurz wie die Straße zur Hölle. Wenn ich Euch bei einer Lüge ertappe, schicke ich Euch mit einer winzigen Fingerbewegung am Abzug dieser Armbrust auf diese Straße. Euren Namen, Herr!«

Autorität und Selbstbewußtsein klangen aus seiner Stimme. Owen zog es kurz in Erwägung, sich eine überzeugende Lüge zurechtzulegen, vergeudete einen weiteren kurzen Moment damit zu bedauern, daß er kein guter Lügner war, und antwortete dann: »Owen, Sohn von Gestric. Herr und Bischof von Chantalon.«

Der Mann hinter ihm entgegnete nichts. Die Haut an Owens Rücken prickelte dort, wo seiner Befürchtung zufolge der Bolzen in die Wirbelsäule eindringen würde. Der Mann in seinem Rücken lenkte sein Reittier jedoch um den Hengst herum, pflanzte sich zwischen ihm und dem Mädchen auf und zielte mit der Armbrust auf Owens Herz.

Wäre er zu Fuß oder unbewaffnet gewesen, hätte Owen ihn unter Umständen für einen Bauern oder gar Sklaven gehalten. Er war ebenso groß wie Godwin, aber sogar noch hagerer und hohlwangiger und im Besitz einer noch ausgeprägteren Hakennase. Sein glattrasiertes Gesicht war dunkel, die Augen waren schwarz. Sein Schädel sah aus, als könne auch er kahlrasiert sein, was für Owen aber schwer zu entscheiden war, da er mit einer enganliegenden, bis über die Ohren reichenden Lederkappe bedeckt war.

Er trug eine grobe, schwarze Wolltunika, die auf Vorder- und Rückseite geschlitzt war; ihre Seiten bedeckten seine Beine und hingen bis auf seine Knöchel hinunter. Ein einziger leuchtend roter Streifen säumte Ärmel und Kragen. Er ritt kein Pferd, sondern das größte Maultier, das Owen je zu Gesicht bekommen hatte. »Sehr schön«, teilte er Owen mit, »damit wäre die eine Hälfte meiner Frage beantwortet. Und nun zur anderen: Warum seid ihr hier?«

»Ich versuchte, meines Vaters Feste zu erreichen. Ich brauche Männer, die mich in einem Kampf unterstützen sollen.«

Der hagere Mann ließ die Armbrust sinken und sagte nachdenklich: »Owen, Gestrics Sohn. Ich habe von Euch gehört.«

Owen entspannte sich, allerdings nicht so vollständig, daß er seinen Händen gestattet hätte, in Richtung Schwertgriff zu wandern. Er warf einen raschen Blick nach links und rechts und war froh, daß er sich weder zur Flucht noch zum Kämpfen entschieden hatte. Neben ihm standen zwei der größten Männer, die er je erblickt hatte. Sie sahen nach Ärger aus, Herr Übel und Herr Noch-Übler. Jesus Christus, staunte Owen insgeheim. Ihre Hälse sind ja dicker als ihre Köpfe.

Beide waren mit Speeren, Schwertern, Äxten, Messern und Armbrüsten ausgerüstet. »Es ist nicht gut«, erklärte Owen liebenswürdig, »unbewaffnet durch die Gegend zu reiten.«

»O nein!« dröhnte Herr Übel zu seiner Rechten.

Herr Noch-Übler zu seiner Linken fügte hinzu: »Dieser Wald kann sehr gefährlich sein.« In Owens Augen glichen sie einander wie ein Ei dem anderen.

»Das ist mir auch schon aufgefallen«, stimmte Owen ihm zu. »Die Stute ging durch. Ich brachte sie der Dame zurück. Ich tat nichts Böses und führte auch nichts dergleichen im Schilde.«

Übel und Noch-Übler tauschten Blicke. Es war, als schaue der eine in einen Spiegel. Sie hatten beide schwarze Vollbärte und schwarzes Haupthaar, das ihnen lang über den Rücken fiel. Passenderweise trugen sie beide Bärenhauthemden. »Glaubst du, er sagt die Wahrheit, Elutides?« wollten sie von dem Glattrasierten mit der Armbrust wissen.

Elutides fuhr sich mit einem Finger die Lippen hinauf und hinunter. Seine scharfen Augen schätzten Owens Kleidung und Haltung ab. »Ja«, sagte er.

Plötzlich erklang das Geräusch von Hufschlag, und jemand schrie mit schriller Stimme: »Brr! Brr! Brr! Verdammtes Vieh! Bleib stehn!« Der Reiter brach aus dem Nebel hervor. Das Pferd hielt gehorsam neben Elutides' Maultier an. Der Reiter fuhr fort zu schreien: »Bleib stehn! Bleib stehn! Bleib stehn!«

»Es bewegt sich doch gar nicht«, meinte Elutides.

Das Pferd schnappte entrüstet nach dem Fuß seines Reiters, verfehlte ihn und rollte mit den Augen. »Dieser Gaul haßt mich«, klagte der Reiter. Es handelte sich um einen beleibten, grauhaarigen Mann mit fleischig-rotem Gesicht und einer riesigen scharlachroten Knollennase. Er trug Reitkleidung aus grünem Samt, die mit den Überresten der letzten fünfzehn oder mehr Mahlzeiten bekleckert war, die er zu sich genommen hatte.

Elutides grinste. »Darf ich Euch König Ilfor vorstellen?«

König Ilfor musterte Owen. »Wer ist das? Was hat er in meinen Wäldern zu schaffen? Werdet Ihr ihn niederschießen, Elutides? Falls ja, tut es sofort, damit ich mit meiner Jagd fortfahren kann. Obwohl ich mir nicht vorstellen kann, warum Ihr Euch die Mühe machen solltet, ihn zu erschießen. Schließlich kann man ihn nicht essen. Oder doch? Gestatten Eure Regeln das?« König Ilfor fand die Vorstellung offenbar sehr erheiternd, denn er brach in ein unbändiges Gelächter über seinen eigenen Witz aus, um dann seine Frage zu wiederholen. »Wer ist das, Elutides?«

Bevor ein anderer etwas sagen konnte, streckte Elutides die Hand aus und griff in den Zügel von Owens Pferd. »Unser Gast«, verkündete er rasch.

»Bin ich das?« fragte Owen, um, nachdem er die Warnung in Elutides' Augen gelesen hatte, rasch hinzuzufügen: »Ich meine, das bin ich!«

»Ist er das?« grölten Übel und Noch-Übler im Chor.

Elutides fuhr gewandt fort: »Prinzessin Gynneth lud den Fremden aus Dankbarkeit für die Rückgabe ihres Pferdes zu unserem Fest ein.« Er drehte sich zu dem Mädchen um, das noch immer hinter ihm stand und die Zügel der schwarzen Stute umklammert hielt.

»O ja!« bekräftigte sie liebenswürdig. »Das habe ich. Denn mehr als all meine Falken und Jagdhunde liebe ich mein Juwel!« Sie streichelte den Hals der Stute und schenkte Owen ein Lächeln, hinreißend wie ein Sonnenstrahl.

»Prinzessin«, sagte er und neigte den Kopf.

»Dies sind meine Söhne«, ließ Elutides ihn wissen, während er auf die beiden riesenhaften Krieger zeigte. »Cador und Casgob. Casgob ist der Hübsche.«

Owen schaute nach links und dann wieder nach rechts. Der auf der linken Seite hatte eine von einem früheren Bruch in der Mitte abgeknickte Nase und zwei Blumenkohlohren. Der auf der rechten Seite nicht. Beide lächelten Owen an, wobei sie eine blendende Phalanx großer, stumpfer weißer Zähne entblößten. Ihr Lächeln beruhigte ihn nicht im geringsten. Sie sahen so aus, als seien sie imstande, ihn zum Abendessen zu verspeisen, bevor oder nachdem Elutides ihn erschossen hatte.

Mehr und mehr Leute trafen ein, zu Fuß oder zu Pferd. Die meisten trugen erlegtes Wild. Owen zählte mindestens ein halbes Dutzend Hirsche.

Eine rothaarige Frau galoppierte aus dem Nebel und brachte ihr Reittier schwungvoll neben Owen zum Stehen. »Ein Fremder!« jauchzte sie vergnügt, küßte Owen auf den Mund und rief: »Willkommen in unserem Königreich!«

Owen fiel auf, daß die Frau gut gepolstert war. Kurz darauf, als er fast in ihrer Umarmung erstickte, erkannte er, daß sie es an den richtigen Stellen war. Er erwiderte den Kuß bereitwillig.

Sie gab Owen frei und rief: »Laßt uns auf unsere neue Freundschaft trinken!« Sie schwang einen Weinschlauch von ihrer Schulter und spritzte Owen Wein über das ganze Gesicht. Der größte Teil des Weins fand seinen Weg in Owens Augen, Nase und Lunge. Er stieß pfeifende Keuchlaute aus, hustete und spuckte.

»Ertränk den Mann nicht, Aud!« polterte Cador.

»Was, Aud?« kreischte König Ilfor empört. »Willst du den Mann noch im Sattel vernaschen?« Das Pferd des Königs bäumte sich auf und hätte seinen Reiter um ein Haar abgeworfen. »Elutides!« gellte der König. »Hilfe!«

Elutides machte den Arm lang, griff dem Pferd in den Zaum und zog es behutsam wieder herunter. »Ich weiß, ich weiß«, sprach Elutides beruhigend auf das Tier ein. »Sei trotzdem brav. Es ist nur für eine kurze Weile. Er reitet nicht gern!«

Owen erkannte, während er sich den Wein aus den Augen wischte, daß Elutides nicht mit dem König, sondern mit dem Pferd sprach. Und das Tier schien ihm zuzuhören, denn es senkte seinen Kopf und blieb ruhig stehen.

»Meine Tante«, klärte Gynneth Owen mit gesenkter Stimme auf, »Königin Aud.«

»Ja«, erwiderte Owen mit heiserer Stimme. Er bekam gerade wieder Luft, nachdem er fast an dem Wein erstickt wäre. »Ich dachte mir schon, daß sie eine Art Verwandte sein muß.«

Aud lehnte sich zurück, ganz zurück. Ihr Körper bog sich über den Hinterzwiesel des Sattels, so daß ihr Hinterkopf den Pferderumpf berührte. »Ob das wohl möglich wäre im Sattel? Bei Gott, es wäre. Was für eine fidele Körperertüchtigung!«

»Nicht für das Pferd«, versetzte Elutides düster.

Aud spritzte sich einen kräftigen Strahl Wein in den Mund. »Sschtimmt«, meinte sie, während sie sich wieder aufsetzte. Dann sah sie den Hengst an. »Bei Gott, was für eine Schönheit. Elutides, ich muß ein Fohlen von ihm haben. Ich hoffe, daß wenigstens eine meiner Stuten rossig ist.« Sie klang, als sei sie unter Umständen bereit, den Hengst selbst zu übernehmen, falls ihre Stuten sich als unwillig erweisen sollten. »Bei Christus und allen Heiligen, was für eine Gelegenheit. Aber wahrscheinlich werden alle meine Damen kalt und abweisend sein«, klagte sie. »Elutides, ich verstehe die Pferde einfach nicht.«

Sie warf die Arme hoch. »Ich bin immer rossig. Warum hat Gott meinen Stuten nicht dieselbe Gabe verliehen? Elutides, wir müssen ihn hierbehalten, bis ich wenigstens mit ein paar Fohlen rechnen kann.« Sie schaute in Owens Richtung, aber er war sich nicht sicher, ob sie ihn oder den Hengst meinte.

»Aber Herrin, ich muß –«, platzte Owen los.

»Seid still«, zischte Elutides ihm leise zu. »Auf, reiten wir zum Fest!« sagte er mit lauter Stimme. Um mit leiserer Stimme, an Owen gewandt, hinzuzufügen: »Kommt, Ihr steht unter meinem Schutz. Einen stärkeren gibt es nicht in diesem Land, obgleich ich glaube, daß Ihr möglicherweise nicht umhin kommen werdet, den Hengst auszuleihen.«

»Wir werden ein großartiges Fest feiern«, krähte Ilfor glücklich. »Alles Wild, was wir heute erlegt haben, wird heute abend verzehrt!«

»Darauf trinke ich«, kreischte Aud vergnügt und bediente sich erneut des Weinschlauchs.

»Du trinkst auch auf alles«, sagte Ilfor.

»Ich trinke auf nichts«, antwortete Aud, während sie Owen zuzwinkerte. »Ich brauche keinen Vorwand.«

Die Menge um sie herum wuchs weiterhin, da immer mehr Jäger aus dem Wald herbeigelaufen kamen. Die nicht berittenen Jäger trugen eine beeindruckende Vielfalt an kleinerem Wild herbei – Waldschnepfen, Fasane, allerlei Enten, Wildgänse, Schwäne sowie zahllose Hasen und Kaninchen.

Aud wendete ihr Pferd, hängte sich den Riemen des Weinschlauchs wieder über die Schulter und blies ein lautes Signal auf dem Horn. Sechs Männer, an deren Tragstangen drei Keiler baumelten, marschierten auf die Lichtung. Mit der neben ihnen her reitenden Aud führten sie den Jagdzug an.

Owen spielte mit dem Gedanken, zu fliehen, aber Cador und Casgob ritten unmittelbar hinter ihm. Der Hengst war schnell, aber er brauchte einen guten Vorsprung, und Owen glaubte nicht, daß er den bekommen würde.

»Besser Gast als Gefangener«, merkte Elutides an.

»Ja«, stimmte Owen ihm zu, »aber wohin reiten wir?«

»In unsere Stadt, Idris«, klärte Elutides ihn auf. »Ihr werdet an dem Fest teilnehmen. Es ist ein wichtiges Fest.«

Gynneth ließ traurig den Kopf hängen. »Ich soll verlobt werden.«

»Nein, nicht unbedingt«, widersprach Elutides. Cador und Casgob lachten.

»Aber Onkel.« Gynneth sah mit gequältem Blick zu Elutides hinüber. »Wenn der König zugestimmt hat, was können wir dann noch…«

Elutides lachte wissend vor sich hin. »Ilfor stimmt allem und jedem zu«, sagte er. »Hab Vertrauen. Hast du nicht zugehört, als ich dem Fremden sagte, mein Schutz sei der stärkste, den es in diesem Land gibt? Habe ich etwa gelogen?«

»Nein«, antwortete Gynneth leise.

»Na also. Und jetzt lächele und mach deinen alten Onkel glücklich.« Gynneth schenkte ihm ein bezauberndes Lächeln.

Jemand drückte Owen einen Weinschlauch in die Hand. Mindestens zwanzig davon gingen in der Menge herum. Er nahm einen Schluck und reichte den Schlauch an Elutides weiter. Die

Anspannung begann von Owen abzufallen. Der Wein glühte in seinen Adern und wärmte ihn. Elutides hatte recht. Besser Gast als Gefangener. Er ritt auf ein Fest. Vielleicht konnte er Königin Aud und König Ilfor nach dem Fest loswerden und sich wieder auf den Weg machen. Und überhaupt, dachte Owen bei sich, wer kann an einem Tag wie diesem lange niedergeschlagen bleiben?

Obwohl der Nebel stellenweise noch undurchdringlich war, begann die Sonne zu scheinen, und die Gesellschaft ritt durch Flecken warmen Lichts. Das Gras der Wiese war lang und grün und so hoch, daß es an den Pferdebäuchen und Owens Steigbügeln entlangstreifte.

Die Bäume und Sträucher waren mit diamantenen Tautröpfchen übersät. Die feuchte Luft um ihn herum war erfüllt von einer Myriade von Düften, von Holz, frischem Grün und Herbstblumen.

Ein neben Owen marschierender Jäger sagte: »Der Wein ist nichts. Versucht das hier.« Er reichte ihm eine derbe, in Leder eingeschlagene Flasche aus Baumrinde hoch.

Owen trank zuerst vorsichtig, dann mit Begeisterung und Vergnügen. Met! Met vom Feinsten, erfüllt vom dunklen, süßen Duft des Wildhonigs, der Essenz des Waldes mit seinen undurchdringlichen Dickichten und unberührten, von Blumen leuchtenden Wiesen.

Er nahm einen tiefen, langen Schluck und schien zu fühlen, wie die Flüssigkeit in jede Faser seines Körpers eindrang. Sein Blut schäumte vor Freude. Seine Finger und Zehen prickelten von der Hitze, mit der sich die Flüssigkeit in seinem Körper verbreitete.

»He, jetzt reicht es; das Zeug steigt einem zu Kopfe«, rief ihm der Mann, der ihm den Met gereicht hatte, gutmütig zu.

Owen verschloß die Flasche mit einem Seufzer des Bedauerns und gab sie ihrem Besitzer zurück. Er war ein dünner, dunkelhäutiger Mann, in Leder gekleidet wie der Rest der Jäger. Er trug eine Doppelschnur voller Waldtäubchen über der Schulter. Als er die Vögel zur Begutachtung in die Höhe hielt, zählte Owen mindestens fünfzig, wenn nicht mehr, der kleinen, wohlschmeckenden graugefiederten Tiere. Der Waidmann leckte sich die Lippen. »Für das Fest.«

»Ihr seid auch dort?« fragte Owen.

»Jeder ist dort!« brüllte Cador.

»Sterbende erheben sich von ihren Betten und schicken den Priester weg, um zu den Festen zu kommen, die wir geben!« rief der Jäger mit durchdringender Stimme.

»Schwangere springen mitten in den Wehen auf!« übertrumpfte ihn Königin Aud. »Sie klopfen sich kurz auf den Bauch, sagen ›Warte noch ein Weilchen!‹ und kommen angerannt!«

»Ehemänner verlassen ihre Frauen, Frauen verlassen ihre Liebhaber, um mit uns zu feiern!« rief König Ilfor.

»Trauernde lassen die Totenbahre stehen«, krähte der Jägersmann, »und ein- oder zweimal ist sogar bezeugt, daß die Leiche ihnen gefolgt ist!« Daraufhin brach alles in schallendes Gelächter aus, und Owen, gut vom Met gewärmt, hielt sie für eine angenehme und lustige Gesellschaft. Immer noch lachend kamen sie aus dem Sonnenlicht in eine fahle, gespenstische Nebelbank.

Der Hengst scheute, als vor ihm ein Pfahl aufragte. Das Ding auf der Spitze besaß noch einen Großteil seines langen, schwarzen Haares, aber das Gesicht bestand nur noch aus Knochen. Der Unterkiefer war abgefallen, nur die obere Zahnreihe war noch vorhanden.

Owen zügelte den Hengst, die übrige Gesellschaft jedoch ritt unbeeindruckt weiter. »Was hat er getan?« wollte Owen wissen.

König Ilfor brachte sein Pferd zum Stehen und kratzte sich am Kopf. »An den kann ich mich nicht mehr erinnern. Aber was immer es war, er wird es nicht noch einmal tun«, gluckste der König. »Wer war er, Aud?«

Auch sie zügelte ihr Pferd. »Ich kann es dir nicht sagen«, antwortete sie mit einem gleichgültigen Achselzucken. »Dafür ist nicht mehr genug von ihm übrig.« Dann setzte sie den Weinschlauch an ihren Mund, nahm einen Schluck, wischte sich die blutrote Flüssigkeit von den Lippen und ritt weiter.

Der nächste Kopf, den sie erreichten, hatte noch das meiste von seinem Haar und Bart, aber keine Nase und keine Augen mehr. Seine Haut war von einem fauligen Grün. »Er hat eine meiner Stuten gestohlen«, erklärte Aud.

»Pferdediebstahl sehen wir hier äußerst ungern«, versetzte König Ilfor geziert.

»Das läßt sich nicht übersehen«, sagte Owen.

Sie kamen noch an weiteren Pfählen vorbei, aber Owen wandte den Blick ab und stellte keine Fragen mehr.

Sie ritten nun durch offenes Gelände, über Weideland; die Sonne stand hoch am Himmel, und der Nebel hatte sich aufgelöst. Vor ihnen erhob sich eine Stadt, die auf den Meeresklippen thronte.

König Ilfor machte eine weit ausholende Geste in ihre Richtung. »Idris, die größte Stadt in der ganzen Bretagne, und die schönste dazu.«

Owen wollte schon einwenden, daß es da wohl noch ein paar andere Orte in der Bretagne gebe, die Anspruch auf diesen Ruhmestitel erheben dürften. Dann entsann er sich der Köpfe an den Pfählen und entschloß sich, besser Idris' Lob zu singen. Gott allein wußte, was der König als todeswürdige Beleidigung auffassen mochte. »Was für eine wundervolle Stadt«, erwiderte er wahrheitsgemäß.

Wie eine Schimäre schwebte Idris in dem vom Meer einfallenden Licht. Die Mauern und Dächerspitzen erglühten in der aufgehenden Sonne in einem warmen Rosé. Sie wirkte wie ein Hort des Lichtes: zwischen die Kiefer der schwarzen Felsen gebettet, um sie herum das Braun der weiten Felder, die sich ringsum erstreckten, unten das smaragdgrüne Meer. Eine mächtige, quadratische Römerfestung krönte den Fels, und überall an und unter dem mit Felsbrocken übersäten Hang zu ihren Füßen wucherten die Häuser bis zu einer hölzernen Palisade wie der von Chantalon. Aus der Ferne sah die Festung, die das Tal am Ozean beherrschte, majestätisch aus, aber als sie näher kamen, wurde die Verwahrlosung offenkundig.

Die Festung war eine Ruine, von der mindestens die Hälfte eine

Steilklippe hinunter ins Meer gestürzt war. Nur wenige der Häuser besaßen noch ihre ursprünglichen Ziegeldächer; die meisten waren strohgedeckt. Die ordnungsliebenden Römer hatten selbst auf dem Steilhang ein gitterförmiges Straßennetz anzulegen versucht, die späteren Bewohner mißachteten es jedoch unbekümmert. Sie hatten Räume und ganze Häuser an bereits existierende Gebäude aus Holz und Lehmflechtwerk angebaut, wodurch sie aus den ehemals breiten Hauptverkehrsstraßen enge, gewundene, in Morast versinkende Gassen gemacht hatten.

Dennoch war die Stadt seit dem Weggang der Römer gewachsen, und auch wenn sie einen armseligen und schmutzigen Eindruck erweckte, herrschte doch geschäftiges Treiben. Menschen liefen zum Tor, um die heimkehrende Jagdgesellschaft zu begrüßen und nach Hause zu geleiten. Nahezu alle hatten noch mehr Wein bei sich, und hier und dort tauchte ein mit Met gefülltes Behältnis wie das des Jägers auf.

Als sie durch das Tor ritten, stellte sich ein Mädchen in Owens Steigbügel. Sie bot ihm einen Kuß und einen weiteren Schluck Met an. Owen nahm beides an, wobei er, an Elutides gewandt, sagte: »Schön zu wissen, daß ich nicht vor Durst sterben werde.«

»Nein«, gab Elutides zurück, »an etwas anderem vermutlich, aber nicht vor Durst.«

Schweine und Kinder suhlten sich in der schlammigen Straße. Nicht immer konnte man sie auseinanderhalten. Hühner gackerten und schlugen mit den Flügeln, während sie den Pferdehufen auszuweichen versuchten. Einmal mußte die ganze Gesellschaft anhalten, weil eine Kuh gemächlich aus einem der Häuser vor ihnen stakste und ihnen den Weg versperrte. Sie blieb stehen, drehte den Kopf und musterte sie nachdenklich mit ihren großen, feuchten Kuhaugen.

Königin Aud redete in schmeichelndem Tonfall auf die Kuh ein. »Komm, Esther, du versperrst die Straße. Geh weiter, los. Sei ein braves Mädchen.«

Die Kuh blieb wie angewurzelt stehen. Schreie und Flüche erschollen, und der Hengst wurde von hinten angerempelt, als einige Jagdteilnehmer weiter hinten herauszufinden versuchten, was die Verzögerung verursachte.

»Verdammt, Aud«, rief König Ilfor, »versetz ihr einen Hieb mit deiner Reitgerte.«

»Was!« kreischte Aud. »Die beste Milchkuh der Christenheit mit einer Reitgerte traktieren? Nie und nimmer.« Die Kuh war eine cremefarbene Schönheit von recht knochigem Körperbau, jedoch mit den prallen Eutern und rosigen Zitzen einer ausgezeichneten Milchkuh.

Ilfor brüllte: »Elutides!«

»Beherrscht Euch, Ilfor«, riet Elutides. »Über kurz oder lang bewegt sie sich weiter.«

»Redet mit ihr, Elutides!« verlangte Ilfor in flehentlichem Ton.

»Ich habe keinerlei Einfluß auf dieses Tier«, erklärte Elutides. »Sie ist überaus selbstsicher und sich ihres Wertes voll bewußt.«

»Sprechen wir gerade über den Verstand dieser Kuh?« wunderte sich Owen.

»Warum nicht?« versetzte Elutides. »Sie haben Verstand und einen eigenen Willen. Manche hören auf mich, andere nicht.«

Die Jagdgesellschaft starrte die Kuh an. Die Kuh schlug mit dem Schwanz nach einer Fliege. Plötzlich hob sich der Schwanz, und die Kuh bereicherte den Schlamm zu ihren Füßen; zweimal platschte es laut und vernehmlich. Dann schritt sie in aller Seelenruhe durch die Tür des gegenüberliegenden Gebäudes.

In der nächsten Straßenbiegung gesellte sich ein Ackergaul zu ihnen, der freundschaftlich mit den anderen Pferden mittrottete. Königin Aud versetzte ihm einen Klaps auf die Flanke und begrüßte ihn liebevoll mit Namen.

Owen war dankbar über die Verträglichkeit des Hengstes. Behutsam bahnte er sich seinen Weg durch Kinder und Schweine, ohne eines von beiden zu treten oder ihm auf die Füße zu steigen oder zu scheuen, wenn ihm ein Huhn ins Gesicht flatterte.

Zweimal mußte Owen ihn davon abhalten, irgendwelche Häuser zu betreten. Er schien der Meinung zu sein, ein Pferd könne kommen und gehen wie die Menschen, und wirkte erstaunt und beleidigt, daß man ihn daran hinderte. Mit leicht gekränktem Blick sah er sich zu Owen um, als wolle er ihn fragen, warum er sich nicht Gesellschaft unter den Menschen suchen dürfe. Er schien Menschen für nichts anderes als eine wenn auch kleinere Unterart der Gattung Pferd zu halten.

Aud behandelte sowohl Owen als auch den Hengst auf eine besitzergreifende Art und ließ ihn nie weit weg von sich, eine Tatsache, die der Menge nicht entging.

Eine Frau, die sich aus einem Fenster im Obergeschoß lehnte, zeigte auf den Hengst und rief Aud etwas zu, etwas, das Owen nicht sogleich verstand. Als er es dann verstand, fühlte er, wie sein Gesicht bis über beide Ohren zu glühen begann.

Aud bog sich im Sattel vor Lachen, um der Sprecherin dann etwas noch Wüsteres zuzurufen.

Owen wandte den Blick von beiden Frauen ab und starrte in tödlicher Verlegenheit in den Straßenkot.

König Ilfor rammte Owen den Ellbogen in die Rippen, während ihm Tränen der Heiterkeit aus den Augen strömten. »Habt Ihr das mitbekommen? Gott, war das komisch!«

Da der derbe Scherz erhebliche Zweifel auf Keuschheit und eheliche Treue der Königin warf, war Owen um eine Antwort verlegen. »Ich nehme an, daß…«, stammelte er unschlüssig. Seine Zurückhaltung schien den König nur noch mehr zu belustigen.

»Bei Gott, noch so ein Nordmann mit hölzernem Gesicht! Es muß das Klima in diesem höllischen Land da oben sein«, grölte der König. »Neun Monate im Jahr sitzen sie herum und starren auf Eis und Schnee, frieren sich Finger und Zehen ab, rülpsen und furzen von dem Bier, das sie in sich hineinschütten, um sich warm zu halten. Es heißt, ihre Frauen seien im Bett so kalt wie ihre Herzen und beinahe so kalt wie ihre Hände. Man hat mir berichtet, daß sie nur zwei Monate im Jahr miteinander schlafen – nämlich im Juni und Juli, wenn ein Mann seine Frau gefahrlos umarmen kann, ohne Angst haben zu müssen, daß er sich eine tödliche Erkältung holt.

Zu essen haben sie nichts außer Fisch – gesalzenen Fisch, getrockneten Fisch, im Eis eingefrorenen Fisch, den man zwei Stunden vor dem Kochen über einem Feuer auftauen muß, geräucherten Fisch – und schimmligen Käse. Ein schreckliches Leben«, seufzte der König. »Sie müssen verflucht sein, weil sie so nah an der Hölle wohnen und Heiden sind.«

Owen wand sich innerlich. In ihrer leisesten Tonlage entsprach König Ilfors Stimme dem Geschrei gewöhnlicher Menschen. Owen schätzte, daß seine Bemerkungen noch eine halbe Meile weiter zu hören waren. Er hoffte inständig, keiner der erwähnten Nordmänner möge in Hörweite sein.

Wieder bohrte sich des Königs Ellbogen in Owens Seite, so daß ihm fast die Luft wegblieb. »Habt keine Angst, mein Junge. Bleibt lange genug bei uns, und dann werdet Ihr bald wie Eure anderen Freunde sein und über alles lachen!«

Eine barbrüstige Frau lehnte sich aus einem Fenster oberhalb des Königs und ließ eine Blumengirlande über seinen Kopf fallen. Dann beglückwünschte sie Ilfor zu seinen männlichen Attributen und fügte am Ende, damit auch ja niemand mißverstand, welche sie meinte, die genauen Maße hinsichtlich Länge und Dicke hinzu.

Ilfor warf ihr eine Kußhand zu, revanchierte sich für das Kompliment, indem er sie seine Inspiration nannte, und schloß mit einer kurzen, aber bildreichen Beschreibung der Art von Aktivität, die ihn am besten inspirierte.

Owen war erstarrt, als Ilfor seine »anderen Freunde«, die Nordmänner, erwähnt hatte. Während Ilfor mit der Frau beschäftigt war, lenkte Owen den Hengst neben Elutides.

»Was für ›Freunde‹ habe ich hier? Was hat der König gemeint?« fragte er ihn.

»Ah«, flüsterte Elutides, »unter unseren Gästen befindet sich einer mit Namen Ivor Halbtroll sowie zwölf seiner Gefährten, die sich Berserker nennen.«

»Berserker?« zischte Owen zwischen zusammengepreßten Zähnen.

»Fürwahr«, entgegnete Elutides. »Diese Gäste dehnen ihren Besuch ein wenig zu lange aus, aber niemand wagt es, sie zum Gehen zu bewegen.«

Owen bekam plötzlich ein mulmiges Gefühl im Magen, direkt unter dem Brustkorb.

»Ich folgere daraus«, fuhr Elutides fort, »daß der König sich geirrt hat. Ivor und seine Kumpane sind keine Bekannten von Euch?«

»Nein«, gab Owen zur Antwort.

»Seltsam«, meinte Elutides. »Sie kennen aber Euch. Ivor hat mir noch gestern abend beim Nachtmahl eine Beschreibung von Euch geliefert und eine überaus hohe Belohnung versprochen. Eine Belohnung, die in Gold ausbezahlt würde für, wie ich vielleicht hinzufügen sollte, Euren Kopf.«

Ceredea folgte der Jagdgesellschaft so lange, bis sie sich sicher sein konnte, daß Owen nicht fliehen würde. Dann kehrte sie zu den anderen zurück.

Enar saß am Feuer und sah mit starrem Blick durch die Flammen zu Sibylla hinüber. Ceredea hockte sich neben sie. »Er ist gefangengenommen worden«, sagte sie.

Enar griff nach dem Bier. »Das ist ein Scherz. Du machst dich über mich lustig?« erwiderte er. »Sag mir, daß es ein Scherz war.«

»Nein«, bedeutete ihm Ceredea. »War es nicht.«

Enar starrte in die Flammen, um dann einen tiefen Schluck Bier zu nehmen.

Ceredea erzählte weiter: »Königin Aud und ihr Priester haben ihn in die Stadt mitgenommen. Er ist einigermaßen friedfertig, aber nicht freiwillig mit ihnen gegangen. Er braucht deine Hilfe.«

»Nicht meine«, wehrte Enar ab, während er einen weiteren tiefen Schluck nahm.

»Er ist dein Herr«, machte Ceredea geltend.

»Nein«, widersprach Enar mit steinerner Miene. »Nicht mehr, denn von diesem Augenblick an kündige ich ihm den Dienst auf. Ich will nichts mehr mit ihm zu schaffen haben.«

»Du hast einen Schwur geleistet«, erinnerte ihn Ceredea.

»Einen heidnischen Schwur«, sagte Enar. »Jetzt, wo ich vorhabe, Christ zu werden, ist dieser Schwur nicht mehr bindend.

Selbst er würde mir zustimmen und nie von mir verlangen, ihm zu folgen. Und das ist vermutlich der Grund, weshalb ich es doch tue«, seufzte er. Er schaute aus dem Höhleneingang hinaus. »Ist es kalt draußen?«

»Nein, feucht«, antwortete Ceredea.

»Regen?« fragte Enar.

»Nebel«, entgegnete Ceredea.

»Du weißt, wo die Stadt liegt?«

»Ja.«

»Wie verhalten sie sich Fremden gegenüber?« wollte Enar wissen.

»Die Frauen dürften eine größere Gefahr für dich darstellen als die Männer.«

Enars Miene hellte sich auf. »Ich glaube, damit werde ich fertig.«

Jeder einzelne Muskel in Owens Gesicht spannte sich an, als ihm die volle Bedeutung von Elutides' Worten aufging. Alles Blut wich aus seinem Gesicht, und der Schlachtenwahnsinn kam über ihn. Alles außer Elutides' Gesicht verschwamm vor seinen Augen. Seine Erwiderung war leise, besaß aber das bedrohliche Kratzen von Schlangenschuppen auf Stein. »Ich werde mich nicht noch einmal in ihre Gewalt begeben – lebend.«

»Bitte, Vater, ängstige ihn nicht«, raunte Cador leise von hinten. Seine Worte überraschten Owen, weil es sich um eine Bitte handelte.

Dann überraschte ihn Casgob noch mehr, indem er hinzufügte: »Selbst wenn nur die Hälfte aller Geschichten über ihn wahr sind, ist er ein sehr gefährlicher Mann.«

Owen entspannte sich ein wenig und machte sich klar, wenn Elutides es auf seinen Kopf abgesehen hätte, hätte er ihn sich schon bei ihrer ersten Begegnung nehmen können.

»Wir wollen Euch nichts Böses«, erklärte Elutides, während er Owen mit einem so eindringlichen Blick musterte, daß dieser das Gefühl bekam, der hagere Mann versuche nicht nur zu ergründen, was er war, sondern auch, was er gewesen war und was er einmal sein würde.

Owen beantwortete die unausgesprochenen Fragen. »Ich versuche meine Stadt zu retten. Nicht mehr, nicht weniger. Ich vermag mir nicht vorzustellen, was Ihr für Geschichten gehört habt…« Er verstummte, als sie den Hauptplatz der Stadt erreichten.

Die gepflasterte Straße war hier reinlicher. In der Mitte des Platzes sprudelte ein Brunnen, aus dem sich klares Wasser in ein Becken ergoß. Jenseits des Brunnens erhob sich die hohe, weiße Säulenreihe eines römischen Portikus. Einst hatte die leicht einwärts geschwungene Säulenreihe einen weiten, offenen Marktplatz umfaßt, der den Eingang zu dem prachtvollen Gebäudekomplex einer uralten Villa rahmte. Das Gebäude mußte zusammen mit der verfallenen Festung oben auf dem Felskegel die Stadt und ihre Umgebung beherrscht haben – ein Gebäude, das darauf angelegt war, die unterworfenen Barbaren dieser armen, rückständigen Provinz durch die Unantastbarkeit der römischen Ordnung und die Macht der römischen Waffen zu beeindrucken. Ein Gebäude, das jetzt weitaus weniger beeindruckend wirkte, da die rückständigen Barbaren es in Besitz genommen hatten.

Die Bretonen hatten die Freiräume zwischen den Säulen mit Ziegelsteinen zugemauert und so eine solide Wand geschaffen sowie den ehedem zum Himmel offenen Platz mit einer gewaltigen, kegelförmigen Überdachung aus mit Lehm beworfenem Flechtwerk versehen.

Ilfor und Aud ritten auf die Tür zu. Die übrigen folgten ihnen. Vor dem Eingang blieb Owen stehen, um abzusitzen.

»Nein«, beschied ihn Aud. »Bringt ihn sofort herein. Wir wollen sehen, wie er ihr gefällt.«

So lenkte Owen den Hengst schulterzuckend über die drei flachen Marmorstufen und ritt hinein.

Für Owen waren die Römer eine hehre Legende. Man glaubte allgemein, daß es mit der Welt seit ihren Zeiten stetig bergab gegangen sei und sie bis zu ihrem endgültigen Sturz am Tage des Jüngsten Gerichts weiterhin dem Abgrund entgegentaumele.

Owen fragte sich, was die ordnungsliebenden einstigen Eroberer der Welt von dem Anblick gehalten hätten, den ihr Erbe nun bot, und gelangte zu dem Ergebnis, daß er es lieber nicht wissen wollte.

»Wir haben wunderschöne Mosaike«, brüstete Königin Aud sich voller Stolz, »überall auf dem Boden.«

Owen senkte den Blick. Jegliche Mosaike waren von einer hohen und verdächtig lebendigen Schicht aus Binsen bedeckt. Darüber hinaus war es in dem riesigen Raum düster. Das Rauchabzugsloch im Dach ließ nur wenig Licht hereinfallen.

Selbst in der Dunkelheit konnte Owen den fahlen Schimmer der weißen Säulen sehen, die einen Teil der Wand bildeten. Der sanft geschwungenen Krümmung der Säulenreihe folgend, hatte man Tische und Bänke entlang der Wand aufgestellt. In der Raummitte, unter dem Rauchabzug, diente ein quadratisches marmornes Fischbecken als Feuergrube.

»Wartet, bis Ihr es in der Nacht seht«, sagte Aud, während sie auf die Feuergrube zuging, »mit den prasselnden Herdfeuern und den Fackeln, die an den Wänden brennen. Unsere Halle ist die schönste und behaglichste in der ganzen Bretagne.«

Ihre Reitgerte zischte, und ein Schwein sprang aus der Feuergrube heraus und flitzte mit einem quiekenden Schmerzensschrei unter den Tisch in die rettende Dunkelheit der Kolonnade. »Bist du von allen guten Geistern verlassen?« schrie Aud dem Schwein hinterher. »Willst du vor deiner Zeit gebraten werden? Wein!« rief sie. »Schichtet das Feuer auf! Entbietet unserem Gast ein freundliches Willkommen!«

Niemand überschlug sich, um ihren Befehlen Folge zu leisten. Statt dessen drängte sich alles um den Hengst. Sollte Owen noch irgendwelche Zweifel bezüglich der Identität des verehrten Gastes gehegt haben, so wurden sie in diesem Moment ausgeräumt. Er wurde praktisch übersehen, während die Experten für Pferdefleisch den Körperbau des Hengstes in einer mit Fachausdrücken gespickten Sprache erörterten. Andere, die der Meinung anhingen, die Ästhetik wiege schwerer als so banale Dinge wie Knochenbau und Haltung, sangen ein Loblied auf Farbe und Fellbeschaffenheit, die fließende Eleganz seiner Bewegungen und die Feinheit seines Benehmens.

Der Hengst bog den Hals durch, hob den Schwanz und scharrte grazil in den Binsen unter seinen Hufen, wobei er es schaffte, fast wie ein Mädchen auszusehen, das sich in einem Spiegel bewunderte.

»Du bist eitel«, flüsterte Owen ihm zu.

»Er hat allen Grund dazu«, tadelte Aud Owen streng. »Wie kommt es, daß ein so schmuddeliger Bursche wie Ihr ein so schmuckes Tier sein eigen nennt?«

»Aud!« sagte Elutides. »Holt die Stute.«

»Die Stute!« gellte Aud. »Beinahe hätte ich die Stute vergessen!« Sie drehte sich um und lief auf den schattigen Bereich vor der Säulenreihe zu, in dem das Schwein Zuflucht gesucht hatte.

Owen stieg vorsichtig ab. Die Binsen unter seinen Stiefeln gaben federnd nach. Er sank tief ein. Irgend etwas Kleines sauste unter dem Gewicht seines Fußes durch die lockere obere Schicht davon und bestätigte so seinen anfänglichen Verdacht, daß nicht alles in diesen Binsen friedlich und tot war.

»Wie lange ist es her, seit wir die Binsen gewechselt haben, meine Süße?« rief Ilfor Aud hinterher.

»Ich weiß es nicht«, rief Aud ihm über die Schulter hinweg zu. Sie hatte die Säulenreihe erreicht. Das leise Wiehern eines Pferdes begrüßte sie.

»Sollten wir es nicht bald wieder einmal tun?« fragte Ilfor in klagendem Tonfall.

»Nein«, schrie Aud zurück. »Nicht vor dem Frühling. Es ist eine überaus dreckige Arbeit. Wenn sie einmal gewechselt sind, bleibt immer noch das Problem der Beseitigung. Wir haben sie ins Meer geworfen, aber dann haben sich die Fischer beschwert, so daß ich befohlen habe, sie auf dem Platz zu verbrennen. Da bist du und alle anderen mit zugehaltener Nase herumgelaufen und habt mir die Ohren wegen des Gestanks vollgejammert.« Sie führte die Stute um den langen Tisch herum zu Owen. »Außerdem stört es die Mäuse auf, wenn wir sie wechseln. Sie fallen hordenweise über den Haushalt her, wimmeln einem dauernd um die Füße herum und nagen alles an. Eine Nacht habe ich fünf von ihnen in meinem eigenen Schlafzimmer erlegt. Ich kann nicht gut schlafen, wenn sie über meine Bettdecke rennen.«

»Mäuse!« murrte Ilfor. »Wenn das so weitergeht, bekommen wir noch Ratten!«

»Nein«, widersprach Aud. »Du brauchst dir keine Sorgen wegen Ratten zu machen. Die Hunde bringen sie um.«

Bei dem Wort »Hunde« kam Bewegung in einen ziemlich großen, undefinierbaren Haufen in Nähe der Feuergrube. Owen sah genauer hin und fand sich in genügend gelbe Augenpaare für ein mittelgroßes Wolfsrudel blicken.

Owen nahm dem Hengst den Sattel ab. Die beiden Pferde starrten einander an. Einen kurzen Augenblick lang wollte es scheinen, als passiere gar nichts.

Owens Augen hatten sich an das dämmrig-fahle Licht der Halle angepaßt. Die länglichen Strahlen bläulichen Tageslichts fielen durch den leichten Rauchdunst aus der Feuergrube herein.

In dem Dämmerlicht war der Hengst ein Pferd aus Bronze, die Stute ein dunklerer Schatten neben Königin Aud. Dann schnaubte der Hengst und stampfte lautlos mit den Hufen auf die dicke Binsenschicht. Sein Hals bildete einen prachtvollen Bogen, und sein Schweif trug als Banner einen Wirbel seidiger Fäden. Seine Nüstern blähten sich, als sie Witterung von der Hitze der Stute aufnahmen. Die Adern, welche die Konturen seines Gesichts nachzeichneten, standen heraus, als das Blut in sie schoß. Die Menge wich zurück, um ihm Platz zu machen.

Verhalten begann er auf die Stute zuzutänzeln. Die Bewegung seiner Fesselgelenke und Beine war so flüssig, daß er wie auf Federn zu schreiten schien.

Ein ehrfürchtiges Raunen stieg aus der Menge auf.

Elutides an Owens Seite bemerkte leise: »Er ist prächtig, wahrscheinlich der prächtigste, den ich je zu Gesicht bekommen habe. Woher habt Ihr ihn?«

»Aus dem Lager der Nordmänner«, gab Owen zurück. »Er hat mir das Leben gerettet.«

»Die Geschichte ist also wahr«, flüsterte Elutides. »Manche behaupten, die Götter hätten ihn geschickt, um Euch zu dienen…«

»Nein«, sagte Owen. »Ich glaube, er wurde als gehätscheltes Lieblingstier im Haushalt seines Herrn aufgezogen. Er ist an Menschen gewöhnt, betritt und verläßt ihre Wohnstätten nach Lust und Laune. Er –«

Der Hengst bäumte sich unter lautem Wiehern auf. Die Stute folgte ihm, machte einen Satz vorwärts und riß Aud ihr Führseil aus der Hand, um ihm dann wild hinterherzustürzen, durch die Tür und auf den Platz hinaus.

»Als Mann und Weib schuf er sie«, flüsterte Elutides.

Aud sprang mit einem Lustschrei in die Luft. »Sie ist bereit.«

Owen und die Menge liefen den Pferden hinterher zur Tür. Seite an Seite galoppierten die beiden über den Platz. Die Stute war fast ebenso schön wie der Hengst – ein blutroter Brauner von der Farbe polierten Holzes mit dunkleren Beinen und dunklerem Gesicht. Sie rempelten sich mit den Schultern an, als wollten sie ihre Stärke erproben, und bissen sich spielerisch in die Hälse.

Dann wurde der Galopp mit einemmal zu einem ernsthaften Wettrennen. Die Stute streckte sich mit wehender Mähne und Schweif, doch der Hengst holte auf und hielt ihre Geschwindigkeit Schritt für Schritt; dann übernahm er die Führung.

Am Ende des Platzes machten sie kehrt und donnerten zurück, vorbei an den Zuschauern, um den Brunnen herum. Dort kamen sie zum Stehen. Ohne weiteres Getue bot die Stute dem Hengst ihr Hinterteil dar, und er bestieg sie.

»Hei, das ist ein wunderbarer Anblick!« keuchte Aud.

Elutides seufzte.

»Sie dürfte ein Fohlen davon empfangen«, äußerte Owen.

Sie zogen sich ein Stück zurück – weg von den jubelnden Bewunderern des Hengstes an der Tür.

Elutides warf ihm einen unbehaglichen Blick zu. »Erst das Pferd und dann der Reiter.«

»Was meint Ihr damit?« versetzte Owen.

»Ihr wißt ganz genau, was ich damit meine«, erwiderte Elutides. »Aud wird nicht lange brauchen, um Euer drahtiges, gutes Aussehen zu bemerken. Oder das feurige Versprechen dieser hungrigen dunklen Augen.«

»Wenn mich nicht alles täuscht«, gab Owen zurück, »hat sie mich soeben einen schmuddeligen Burschen und so etwas ähnliches wie einen Pferdedieb genannt.«

»Pah!« Elutides winkte müde ab. »Wie lange, glaubt Ihr wohl, wird sie brauchen, um unter der verschlissenen Kleidung den Mann zu entdecken, einen Helden, der aus der aufgehenden Sonne geritten kam, um –«

»Held!« zischte Owen. »Seid Ihr von Sinnen? Ich bin kein –«

»Er ist bescheiden, Onkel«, ergriff Gynneth das Wort. Er war sich nicht darüber im klaren gewesen, daß sie unmittelbar hinter ihm stand.

»Bescheiden? Nein«, wehrte Owen ab. »Glaubt mir, meine Dame, ich habe allen Grund nicht nur zur Bescheidenheit, sondern zur Demut. Ich habe mein Volk auf üble Weise enttäuscht, und –«

»Kein Held?« staunte Casgob. »Mann, an der ganzen Küste erzählt man nur noch von Euren Heldentaten. Geschichten, wie Ihr eine wilde Waldhexe gefangen, sie in Euer Bett und ihre Leute auf Eure Seite gebracht habt, um dann Osric in seiner eigenen Halle abzuschlachten. Das Wikingerlager selbst war nicht stark genug, um Euch zu halten.«

»Ich habe Elin nicht gefangen«, verwahrte sich Owen. »Ich habe sie befreit. Und sie hat mich aus freien Stücken in die Stadt begleitet.«

»Das erhöht nur Euren Ruhm«, merkte Elutides an. »Immerhin eine Befreiung einer hochherzigen und schönen Frau aus den Fängen der wilden Nordmännerwut.«

Owen erinnerte sich daran, wie Elin bei ihrer ersten Begegnung ausgesehen hatte, und mußte fast lachen. Die Situation war völlig lachhaft. Er fühlte sich, als sei er in einen Sumpf gestolpert, stecke bereits bis zu den Knien im Morast und sinke mit jeder Sekunde tiefer ein.

»Was Osric anbelangt«, fuhr Owen stur fort, »als ich aus seiner Gefangenschaft floh, wußte ich nicht, daß meine Freunde mir auf der Spur waren. Ich glaubte, ich sei allein, und faßte den Entschluß, lieber tapfer zu sterben als wie ein wildes Tier gejagt und zur Strecke gebracht zu werden. Deshalb steckte ich die Halle in Brand und –«, Owen brach verwirrt ab, als ihm bewußt wurde, daß sie wie hingerissen an seinen Lippen hingen.

»Aud wird ihn haben wollen«, erklärte Gynneth, während sie zustimmend den Kopf schüttelte.

»Ist der König eifersüchtig?« wollte Owen wissen.

Gynneth neigte den Kopf zur Seite und fragte: »Warum sollte er eifersüchtig sein?«

»Es ist gefährlich, Aud zu enttäuschen«, warnte Elutides. »Sie herrscht hier ebenso oder mehr als der König.« Elutides lachte auf, als Owen sich an den Hals faßte. »Ja, jeder von ihnen kann Euren Kopf von Eurem restlichen Körper trennen und an einen Pfahl nageln lassen.«

Owens Blick glitt über sie: Gynneth, das zierliche Mädchen, die neben den beiden Kriegern stand; Elutides, schmal wie eine Schwertklinge und, wie Owen befürchtete, fast genauso gefährlich. »Ihr habt mich hierhergebracht. Warum?« fragte Owen mit gesenkter Stimme. »Oder gab es überhaupt keinen Grund außer dem Jagdfieber, so wie man einen Hasen mit Hunden hetzt?«

»Wir haben Euch hierhergebracht, weil wir Euch brauchen«, verkündete Elutides. »Aber in diesem Augenblick brauche ich erst einmal eine Ablenkung für die Königin.«

Owen ließ seinen Blick über den Platz wandern. Er sah Enar und Ceredea, die auf sie zukamen.

Königin Auds Blick fiel nur wenige Sekunden später als Owens auf Enar. Über die Rücken der sich paarenden Pferde hinweg sah sie ihn näher kommen. Ein Funke erwachenden Interesses glomm in ihren Augen auf.

Elutides lächelte sehr bedächtig. »Ist das Euer Gefährte, der Axtkämpfer?«

»Mein Freund«, sagte Owen. »Enar. Ein guter Freund. Ich würde es sehr übelnehmen, wenn ihm etwas zustieße.«

Ceredea zwängte sich durch die Menge, den Blick auf die Pferde gerichtet, und küßte Elutides auf die Wange.

Enar folgte ihr mit unbehaglicher Miene. Aud folgte Enar. Sie musterte ihn von Kopf bis Fuß, dann schaute sie wieder zu den kopulierenden Pferden hinüber. »Ach«, flüsterte sie. »Könnte das menschliche Leben doch auch nur so einfach sein!« Dann schlang sie ihm die Arme um den Hals und küßte ihn. »Welches Vergnügen, zwei so gutaussehende Fremde in unserer Stadt willkommen heißen zu dürfen.« Dann wich sie sehr schnell von ihm zurück. »Er sieht aus wie ein Gott, riecht aber wie ein Ziegenbock. Beim heiligen Erbo, es juckt mich schon, wenn ich ihn nur ansehe. Elutides!« rief sie.

»Ja, Herrin, keine Sorge. Ich kümmere mich auf der Stelle darum.«

Die Pferde waren mittlerweile fertig, standen Seite an Seite da und rieben die Köpfe aneinander. Aud ergriff das Führungsseil der Stute und führte sie wieder in die Halle, zu ihrem Platz an der Kolonnade. Der Hengst trottete voll frommer Zuneigung hinterher.

Elutides gab Cador und Casgob ein Zeichen. »Badet ihn«, trug er ihnen auf, während er auf Enar deutete. Enar zog die Schultern hoch. Er sah aus, als würde er es möglicherweise auf einen Kampf ankommen lassen.

Owen suchte seinen Blick und schüttelte den Kopf. Enar seufzte und ließ die Schultern wieder hängen.

»Überall«, präzisierte Elutides, »Haare, alles, und verbrennt seine Kleider. Räuchert ihn aus.«

»Äh, wartet…«, begann Enar empört.

Owen drängte sich an Casgob vorbei, legte einen Arm um Enars Schultern und flüsterte ihm ins Ohr: »Hast du die Bewohner dieser Pfähle vor der Stadt gesehen?«

»Allzu genau habe ich sie mir nicht angeschaut«, versetzte Enar. »Ihr Aussehen lud nicht dazu ein.«

»Sie haben sich das Mißfallen der Königin zugezogen«, erläuterte Owen.

»Ohooo«, meinte Enar, während ihm die Augen aufgingen, »haben sie das? Wie unklug von ihnen.«

»In der Tat«, sagte Owen. »Du möchtest der Königin doch nicht mißfallen, oder?«

»O nein!« beteuerte Enar ernsthaft. »Nein, nein, nicht im mindesten, nicht um alles in der Welt möchte ich es an Höflichkeit gegenüber der guten Dame fehlen lassen.«

»Dann bade«, ordnete Owen an, »und laß sie deine Kleider verbrennen.«

»Aber, Herr Christuspriester«, fuhr Enar ziemlich bekümmert fort, »ich habe oft sagen hören, daß es ungesund ist, am ganzen Körper naß zu werden. Ich ziehe das Schwitzen bei weitem vor.«

»Wir werden Euch das Tepidarium zeigen«, erklärte sich Casgob zu Enars Linken bereit.

»Darf ich dir Cador und Casgob vorstellen«, sagte Owen. »Casgob ist der Hübsche.«

Enar sah erst nach links, dann nach rechts. »Hübsch«, fragte er, »im Vergleich womit?«

Casgob packte Enars Arm und erleichterte ihn seines Dolches, wobei er sagte: »Ein kluger Bursche, Bruder.«

»Ja«, stimmte Cador ihm zu, während er Enars anderen Arm umfaßte, »aber es ist so, wie die Königin sagte. Er ist schmutzig.« Er entfernte die Axt aus Enars Gürtel.

»In der Tat«, urteilte Cador. »Ich ziehe ihn aus, Bruder. Du greifst dir seine Kleider und verbrennst sie rasch, bevor sie wegkriechen und sich verstecken können.«

Enar sah nach links und dann wieder nach rechts. Seine Reaktion auf Cador und Casgob war dieselbe wie Owens. »Ach, na ja«, meinte er und kratzte sich die Seite, »ich hab' mich schon lange auf ein gutes Bad gefreut.«

KAPITEL 21

Es war kurz vor Einbruch der Dämmerung, als Haakon mit donnernden Hufen in den Hof einritt. Er war rußgeschwärzt und vom Regen der letzten Nacht bis auf die Haut durchnäßt.

Er wußte, daß es Ärger gab. Die Dörfer, durch die er und seine Männer auf dem Weg zur Feste geritten waren, waren verlassen. Vom Tor bis zur Burg konnte er alle Gehöfte sehen. In keinem von ihnen brannte Licht.

Haakon blieb kurz stehen. Er zitterte im Nachtwind, mehr aus Wut als aus Furcht. Und die Furcht, die er verspürte, schürte noch seine Wut. Dann schritt er in die Halle; seine merkwürdigen Augen blickten eiskalt und starr. Seine Männer hatten an den nahezu leeren Tischen Platz genommen. Nur einige wenige Fackeln brannten an den Wänden. Die Männer aßen schweigend.

Als er die Halle durchmaß, erhob sich Tosi, sein bester Freund, und zupfte ihn am Ärmel. »Haakon, geh nicht so zu ihr«, bat Tosi ihn. »Warte, bis deine Wut sich ein wenig abkühlen konnte.«

Haakon wandte sich ihm zu und funkelte ihn an. Tosis Hand glitt von seiner Schulter, und Haakon setzte seinen Weg zu Elsbeths Gemach fort. Er trat die Tür nicht ein. Er stieß sie ruhig auf.

Elsbeth beugte sich gerade über einen dampfenden Badezuber. Ein leichter Abendimbiß für zwei war auf einem Tisch in der Nähe gedeckt. An den Wänden flackerten mindestens ein Dutzend Fackeln.

Nachdem er Reinalds Herrin für sich gewonnen hatte, hatte Haakon seinen Reichtum freizügig im Haushalt verteilt, besonders in Elsbeths Schlafgemach. Zwischen den Fackelhaltern an der Wand hingen leuchtend bunte Behänge, die Kriegsbeute aus einer namenlosen iberischen Stadt. Die Bettdecke bestand aus Hermelin und Zobel. Die Möbel waren aus Zedernholz, von Hand poliert und mit Elfenbein eingelegt. Es war seine Absicht gewesen, den

Ort zu einer Fassung für einen kostbaren Edelstein zu machen. Der Edelstein, den er enthielt, war Elsbeth.

Nun jedoch starrte er sie durch einen schmutzigroten Schleier aus ungezügelter Wut an. Er trat völlig ruhig ein und verschloß bewußt langsam die Tür hinter sich. »Was geht hier vor?«

Elsbeth näherte sich ihm vorsichtig. »Herr«, sagte sie leise, »laßt mich Euch entwaffnen.«

Er schob sie weg. Elsbeth taumelte rückwärts gegen das Bett und sah zu ihm hoch. Haakon faßte den dampfenden Badezuber und den für zwei gedeckten Tisch ins Auge. »Ich verstehe«, sagte er. »Herrin.« Rasend vor Zorn, spuckte er die Worte förmlich hervor. »Ein nettes Bad, ein kleines Abendessen, und dann, was werdet Ihr dann tun? Mir Euren Körper darbieten? Möglicherweise entgeht mir ja dann, daß zwei Drittel Eurer Leute verschwunden sind!«

Elsbeth sank in die Knie. Sie zitterte heftig. Haakon stand da und musterte sie mit seinen eiskalten Augen. Elsbeth fürchtete sich zu sehr, um etwas sagen zu können, ja sie fürchtete sich fast zu sehr, um noch denken zu können. »Laßt mich Euch entwaffnen«, wiederholte sie. Sie hob den Arm, und ihre Hand legte sich auf Haakons Schwertgriff. Das Schwert war eine prachtvolle Waffe, sein silberner Griff war mit Edelsteinen besetzt.

Haakons Faust schloß sich mit voller Absicht um ihre. Er drückte ihre Finger um Metall und Edelsteine zusammen. Elsbeth schrie nicht. Sie war nicht mehr dazu in der Lage. Haakons Griff war zu furchtbar. Sie sank zu Boden, den einen Arm ausgestreckt, während ihre Finger von Haakons gegen den Schwertgriff gepreßt wurden. Nach einer Zeitspanne, die ihr wie eine Ewigkeit vorkam, ließ er sie los.

»Faßt nie wieder«, zischte er zwischen seinen Zähnen hervor, »nie wieder eine meiner Waffen an. Und jetzt«, fuhr er fort, während er begann, sich seiner Halsberge zu entledigen, »mögt Ihr tun, was Euch beliebt. Heult, lauft weg, schneidet Euch die Pulsadern auf oder hängt Euch auf, aber was immer Ihr tut, tut es leise.«

Elsbeth raffte sich mit aschfahlem Gesicht auf. Sie blieb stehen, hielt das Handgelenk ihrer verletzten Hand umklammert und starrte ihn an. Er zog sich die Halsberge über den Kopf und warf sie ihr zu. Als sie das schwere Teil auffing, geriet sie unter dem Gewicht von Leder und Metall ins Wanken.

»Ich verstehe«, wiederholte er. »Tut nicht so, als wäret Ihr zu Tode verwundet. Breitet es auf dem Bett aus. Ich will nicht, daß das Metall zu rosten beginnt.«

Das Lederfutter unter den einander überlappenden Metallplättchen war feucht. Sie fühlte es, während sie das Kettenhemd sorgfältig auf dem Bett ausbreitete.

»Da«, sagte er und warf ihr auch sein schmutziges Leinenhemd zu. »Das gefällt mir schon besser. Süße Unterwürfigkeit steht Euch gut zu Gesicht, Elsbeth.«

Seine Hosen und Leinenstrümpfe waren ebenfalls feucht und schlammverkrustet. Auf seinem Gesicht lag eine dicke Schweißschicht, von Ruß streifig und geschwärzt. Der Blick seiner blassen Augen war schrecklich anzusehen. Als er fertig war, stand er nackt vor ihr.

Sie wich seinen Augen aus, als seien sie glühendes Eisen, das ihr die Haut verbrennen würde. Ein feiner persischer Seidenteppich bedeckte den Boden vor dem Bett. Elsbeth schaffte die schmutzigen Sachen fort und schichtete sie in der Ecke zu einem Haufen, damit sie den kostbaren Läufer nicht besudelten. Als sie damit fertig war, drehte sie sich wieder um und ging mit niedergeschlagenen Augen zu ihm zurück.

Etwas wie eine rote Mohnblume schien in dem komplizierten Knüpfwerk des Teppichs zu blühen. Darauf richtete Elsbeth ihren Blick, während sie versuchte, sich zu beruhigen. Ihr war schlecht vor Angst, nicht nur vor Haakon, sondern vor dem, was seine Worte bedeuteten.

Als sie bei ihm stand, packte er sie am Mieder ihres Gewandes. Er schüttelte sie einmal, ganz leicht, wie eine tödliche verspielte Katze eine sterbende Maus schütteln mag. Er setzte nur wenig Kraft ein, genug jedoch, daß ihr Kopf in den Nacken schnellte.

Als sie ihm ins Gesicht blickte, wußte sie, daß dieser Anblick für viele Männer das letzte gewesen war, was sie auf dieser Welt gesehen hatten. Seine Lippen waren zurückgezogen, die Zähne gebleckt, straff spannte sich die Haut über den Wangenknochen. Seine eisigen Rauhreifaugen waren wie stille, zugefrorene Brunnen. Er sah aus wie ein Mann, der mit dem Schwert in der Hand ausholt, um einen Feind niederzustrecken.

»Heute nacht«, flüsterte er, »wenn ich mein Bad beendet habe, werdet Ihr Euch zum Ausreiten ankleiden. Ich will, daß Ihr seht, welche Früchte die Bäume tragen werden. Die Eiche wird keine Eicheln tragen; die Esche wird nicht ihre geflügelten Samen ausschicken. Nein, sie werden mit Gehängten geschmückt sein. Und Ihr«, er schüttelte sie wieder ganz sachte, »Ihr, meine Süße, werdet zusehen – wie – jeder – einzelne – japsend – sein – Leben – aushaucht. Verräterische Hündin, verräterisch und untreu wie dein ganzes Volk. Meine Männer werden sie jagen, am Fluß und im Wald und am Ufer. Jeder zweite von denen, die ich fange, soll hängen. Der Rest wird ausgepeitscht! Sie werden erfahren, wie auch Ihr, wer hier der Herr ist.« Er schleuderte sie beiseite.

Elsbeth stürzte und blieb auf der Seite liegen, die Wange in den seidigen Flor des Teppichs gepreßt. Sie hörte, wie das Wasser aufspritzte und Haakon einen behaglichen Seufzer ausstieß, als er in den Zuber glitt. Sie streichelte über den Teppich, in Gedanken bei ihren Kindern. Sie hatte sie in Bettenas Obhut gegeben. Falls sie heute nacht umkam, würde Bettena sie fort und in Sicherheit bringen.

Um ihren einzigen Sohn, Erik, trauerte sie mehr als um die beiden Mädchen. Frauen fanden offenbar stets irgendwelche Männer, die für sie sorgten und sie beschützten, und kamen irgendwie über die Runden. Außerdem waren die beiden Mädchen zu klein, um sich an sie zu erinnern. Aber Erik würde sich an sie erinnern und leiden. Er würde wissen, daß er einmal ein Erbe und eine ihn liebende Mutter besessen hatte. Als sie an ihn dachte, verspürte sie einen schmerzlichen Stich, der eine fast körperliche Intensität hatte. Dann verbannte sie die Erinnerung an ihre Kinder aus ihren

Gedanken, damit sie nicht die rasende Wut vertrieb, die sie empfinden mußte – die blinde Wut, die sie zum Handeln treiben würde.

Haakon wusch sich das Gesicht. Das Schwert lehnte in seiner Scheide am Badezuber. Er hatte noch Wasser in den Augen, als er das seufzende Zischen hörte, das ihm sagte, daß es gezogen wurde. Er rieb sich das Wasser aus den Augen, sah hoch und erblickte Elsbeth.

Sein Schwert mit beiden Händen umfaßt haltend, stand sie vor ihm. Die Spitze befand sich nur wenige Zollbreit von seiner Brust entfernt. Ihr Gesicht sah so gräßlich aus wie vor wenigen Minuten seins. Ihre Haut war blutleer und aschfahl, und ihre dunklen Augen waren Tunnel, die in die ewige Nacht führten.

Ich bin ein toter Mann, dachte er. Sein Rücken lag im gerundeten Kopfende der Badewanne. Wenn er sich auf sie zubewegen würde, würde er sich selbst auf der Klinge aufspießen. Wenn er dagegen nach hinten auszuweichen versuchte, konnte er sich beim Herausspringen aus dem Zuber leicht ausweiden. Er fühlte sich wie ein Mann, der in der Überzeugung in ein Dickicht eindringt, einen Hasen aufzustöbern, und sich von Angesicht zu Angesicht mit einer Wölfin wiederfindet.

Wohlüberlegt schob Elsbeth die Klinge noch ein wenig weiter auf ihn zu, bis die Schwertspitze leicht sein Brustbein berührte. Ein winziger rubinroter Blutstropfen trat auf die Haut. »So.« Atemlos stieß sie die Worte hervor. »So. Und jetzt wirst du mir zuhören. Ich bin dazu erzogen worden, die ehrbare Gattin eines Edelmanns zu sein. Seit frühester Jugend hat man mir eingeschärft, nie vor Schmerz zu schreien. Stumm habe ich meine Kinder geboren. Nie habe ich geschrien, wenn Reinald mich geschlagen hat, auch wenn ich vor Angst über seine Grausamkeit geweint habe. Ich habe keine Angst vor dir, weder vor dir noch vor der Todesart, die du über mich verhängst.«

Er konnte spüren, wie das Schwert vor Zorn zitterte. »Wenn Reinald zu betrunken oder zu beschäftigt mit seinen Weibern war, ritt ich hinaus und legte Fleisch auf den Tisch der Leibeigenen.

Und dabei schreckte ich vor nichts zurück, nicht vor dem Geweih des Hirschs, nicht vor den Hauern des wilden Keilers und nicht vor den Fängen eines in die Enge getriebenen Wolfs. Ich ertrage deine Schläge, schweige, wenn du mich verwünschst, wende den Blick ab von deiner Brunst, und wenn ich am Leben bleibe, gebäre ich deine Kinder, indem ich während der Wehen auf einen Lappen beiße, um dich nicht zu stören, wenn du deinen Rausch ausschläfst. Aber ich nehme nicht die Schuld für deine Dummheit auf mich!

Laß es dir gesagt sein, wenn du wirklich mit dem Hängen anfängst, dann wird das Grauen nie enden, nicht für mich und nicht für meine Kinder. Oh, schon gut, ich weiß, daß nicht alle meine Leute entkommen werden. Ein paar wirst du erwischen. Aber der Rest wird fortgehen. Und sie werden irgendwoanders ein Zuhause finden. Einige von ihnen sind tüchtige Handwerker. Chantalon wird sie mit Kußhand willkommen heißen. Andere Herren werden die Hände nach Männern und Frauen ausstrecken, die ihre Äcker bestellen und ihren Reichtum mehren.«

Elsbeth holte einmal tief Luft, und Haakon staunte über ihre Fähigkeit, sein schweres Schwert so ruhig zu halten. Er begann Hoffnung zu schöpfen, daß er möglicherweise doch mit dem Leben davonkommen würde. Er konnte sehen, daß wieder Farbe in ihre Wangen kam, und ihre Augen hatten nicht mehr diesen Blick einer Wahnsinnigen. Er bewegte sich kaum merklich von der Schwertspitze weg.

»Keine Bewegung«, flüsterte sie und stach mit der Spitze nach ihm. »Ich bin noch nicht fertig.« Ihre Stimme bebte, die leise Warnung eines Schlangenzischens.

»Wenn du mit dem Hängen anfängst, werden deine Felder in einem Jahr nur noch Disteln und Unkraut hervorbringen. Stechginster wird dort wuchern, wo einst Häuser standen. Deine hochgelobten Männer sind besser beim Saufen als beim Pflügen, besser beim Stehlen als beim Arbeiten, besser beim Töten als dabei, der Scholle ihren Lebensunterhalt abzuringen. Sie werden deine Hungerfeste verlassen und sich auf die Suche nach wohlhabenderen Anführern begeben. Und du wirst allein und verlassen zwischen

Ruinen sitzen.« Elsbeth senkte das Schwert. Sie ließ die Breitseite der Klinge auf dem Rand des Badezubers ruhen.

Erneut verspürte Haakon eine Aufwallung des Entsetzens. Die Wanne war am Fußende höher als am Kopfende. Wenn sie den Griff losließ, würde das herunterfallende Schwert ihn zerteilen. Trotzdem konnte er jetzt erkennen, daß die heiße Wut, die sie bislang angetrieben hatte, der Erschöpfung wich.

In ihren Augen standen Tränen. »Ich habe dich nicht um deine Liebe gebeten«, sagte sie traurig. »Ich hatte nicht erwartet, auch nur ein halbes Leben mit dir zu haben. Jetzt kann ich mir ein Leben ohne dich nicht mehr vorstellen. Doch wenn du mein Volk vernichtest, säst du nur brennenden Haß in meinem Herzen. Du wirst mich töten müssen, und zwar schnell, bevor ich einen Weg finde, dich zu töten. Und ich möchte lieber heute nacht deinen Stahl in meinem Körper spüren, als mit ansehen, wie du in deiner Verbohrtheit alles zerstörst, was ich liebe.«

Mit diesen Worten zog sie das Schwert zurück und warf es von sich. Mit einem klirrenden Geräusch, das beinahe wie ein Schrei des Bedauerns klang, fiel es neben dem Bett auf den Teppich. Dann wandte sie ihm den Rücken zu und entfernte sich von ihm.

Haakon stieg aus dem Zuber. Er zitterte zu gleichen Teilen vor Erleichterung, Entsetzen und, wie er zu seinem nicht geringen Schrecken feststellte, Stolz. Er konnte seine Bauchmuskeln flattern fühlen, fühlte, wie die Mischung von warmem Wasser und Blut an seinem Bauch herunterlief.

Mit zwei Schritten war er bei Elsbeth und packte sie mit der linken Hand am Haar. Er zog nicht daran, noch riß er ihr den Kopf zurück. Er ließ sie nur die Kraft seines Griffs spüren. Sie wandte ihm den Kopf zu. In ihrer Miene las er nur blanke Resignation.

Er hob seine rechte Hand, ballte sie zur Faust und schüttelte sie vor ihrem Gesicht. »Ich kann einen Mann mit einem einzigen Hieb töten«, sagte er. »Als ich jung war, wußte ich das noch nicht. Ich fand es auf meiner ersten Fahrt heraus. In dem einen Moment war er ein Mann, der vor mir stand und mich herausforderte, im nächsten ein Lumpenbündel, das in der Bilge dümpelte. Auch du bist nichts anderes als ein Lumpenbündel, allerdings eins aus Seide und Samt. Seidenes Haar, samtige Haut, mit einem Korb voller glühender Kohlen dort, wo deine Beine sich gabeln.«

Elsbeths Augen schlossen sich langsam. Ein Ausdruck des Triumphs verklärte ihr Gesicht. Sie war nackt. Haakon wußte nicht, wie sie es angestellt hatte, sich so rasch ihrer Kleider zu entledigen, aber nackt war sie. Er warf sie aufs Bett.

Er zögerte kurz, dachte, daß er ihr keine Gewalt antun wollte, und dann merkte er, daß ihre Schenkel und Beine ihn in die Zange nahmen und ihn herunter und in sie hineinzogen. Sie war so bereit für ihn wie er für sie. Die Lust trug ihn höher und höher, fast bis an die Schwelle des Schmerzes. Dann wurde das Verlangen für ihn das, was eine sich brechende Welle für einen Ertrinkenden ist. Der Strudel der elementaren Befriedigung zog ihn hinab, hinab, hinab.

Auf dem Kissen nach Luft schnappend, kam er wieder zu sich. Sie lag ausgestreckt unter seinem Körper. Er konnte das ruhige Heben und Senken ihrer Atmung an seiner Brust spüren. Seine Lippen und sein Gesicht waren in dem langen, seidigen Gewirr ihres Haares vergraben. »Ich habe einen Fehler gemacht«, sagte er. »Ich hätte dieses Feuer nie legen dürfen.«

»Du bist so warm«, entgegnete sie. »Heiß, um genau zu sein.« Ihre Arme umschlangen ihn, eine Hand lag auf seinem Nacken. Die andere streichelte zärtlich seinen Rücken.

»Ich bin eine schwere Bettdecke«, sagte er.

»Du hältst mit Sicherheit die Kälte ab«, meinte sie.

»Ich habe einen Fehler gemacht«, sagte er erneut.

»Keinen, der nicht wiedergutzumachen wäre«, beruhigte sie ihn. »Alles, worum sie sich sorgen, sind die Schweine.«

»Was?« rief Haakon, während er sich hochstemmte und von ihr herunterwälzte. »Es waren nur die Schweine, die verdammten Schweine?« brüllte er.

Jemand klopfte an der Tür. Elsbeth erkannte Bettenas Stimme. »Alles in Ordnung«, antwortete sie. Sie glitt aus dem Bett, hob ihr Kleid auf und schlüpfte hinein.

»Herrin!« Bettena klopfte erneut voller Sorge.

»Keine Angst«, knurrte Haakon. »Dein kleiner Falke kann sich gut allein behaupten. Ich verstehe jetzt, warum das Falkenmännchen nur eine halbe Portion ist. Geh!«

Als Bettenas Schritte sich eilig entfernten, setzte Elsbeth sich kichernd auf das Bett.

»Die Schweine«, murmelte Haakon, während er eine Kleidertruhe durchstöberte und eine saubere karierte Hose, Strümpfe und ein Hemd hervorholte.

»Für dich mögen die Schweine eine unbedeutende Kleinigkeit sein«, fuhr Elsbeth fort, während sie ihr Haar zu kämmen begann. »Aber für die Dorfbewohner stellen sie den Wintervorrat an Fleisch dar.«

»Ich verstehe«, sagte Haakon.

»Wirklich?« zweifelte Elsbeth.

Er zog sich das Hemd über den Kopf. »Ja«, bekräftigte er. »Das tue ich. Ich mag ein paar mit dem Feuer getötet haben, aber in den Flußniederungen müssen noch mindestens hundert oder mehr von ihnen im Matsch wühlen. Ich kann meinen Männern befehlen, sie zusammenzutreiben, und ich verspreche dir, in ein paar Tagen hat jeder Haushaltsvorstand ein fettes Mastschwein auf dem Tisch. Glaubst du, das würde sie zurückbringen?«

Elsbeth nickte, während sie ihr Haar hochsteckte. »Ja«, erwiderte sie nachdrücklich. Sie hielt kurz inne und schaute in den silbernen Spiegel vor sich. »Gott«, flüsterte sie. »Das war ja schwerer als eine Geburt. Muß man dir immer erst ein Messer an die Kehle halten, um dich zur Vernunft zu bringen?«

Haakon hob sein Schwert auf. Er schwang es in der Hand, um die Klinge nach Wasserflecken und die Spitze nach Spuren seines eigenen Bluts abzusuchen. Es war sauber. Er schob es in die Scheide. »Du bist ein furchtbares Risiko eingegangen«, erklärte er. »Als ich aus dem Bad stieg, hätte ich dich um ein Haar getötet.«

»So, wie du den Mann in dem Langboot getötet hast?« wollte sie wissen. »Mit deiner Faust?«

»Ja.«

»Wie ist es dazu gekommen?« fragte sie, während sie letzte Hand an ihre Frisur legte.

Haakon zuckte mit den Schultern und ging auf sie zu. Er sah über ihre Schulter in den Spiegel. »Wir waren viele Tage auf See«, erzählte er. »Für die Anführer gab es an Bord bessere Unterkünfte, aber ich gehörte nicht zu denjenigen, die solche Vergünstigungen genossen. Ich war ein Geächteter, ein landloser Mann, gejagt von meiner eigenen Sippe, nichts als ein Paar Arme mehr, um die Ruder zu bedienen. Ich besaß nicht einmal ein Schwert.

Tagsüber ruderte ich mit den anderen. Nachts schlief ich an Deck. Nach einer ziemlich langen Zeit auf See war uns immer kalt und naß, und wir hatten Hunger. Jeder war gereizt und brauste leicht auf.

Als wir uns der englischen Küste näherten, hatten wir nur noch ein wenig Haferbrei und ein bißchen Brot. Ich legte meinen Brotkanten neben mich, um meinen Haferbrei zu schlürfen, und als ich aufblickte, sah ich, wie er ihn herunterschlang. Die übrigen begannen mich auszulachen. Ich schmetterte ihm meine Faust ins Gesicht. Ich glaube, ich habe ihm das Genick gebrochen. Ich kann mich nicht mehr an seinen Namen erinnern – wenn ich ihn je gekannt habe.«

Elsbeths und sein Blick trafen sich im Spiegel. »Aber du hast daraus gelernt, nicht zuzuschlagen, ohne vorher nachzudenken.«

Haakon lächelte. Sein seltenes Lächeln überraschte sie immer wieder. Dieses Lächeln schien seine Züge zu erhellen und verlieh ihnen einen gutmütigen, ja jungenhaften Anstrich.

Er drückte leicht ihre Schulter. »Ja«, sagte er. »Alle waren beeindruckt. Mir schien es ein schlechter Tausch zu sein – das Leben eines Mannes für ein Stück Brot. Bis zu diesem Zwischenfall hatten die anderen mich einfach übersehen. Danach überbot sich der hungernde Pöbel an Bord darin, mir aus dem Weg zu gehen, um mich nicht zu reizen. Die Hurensöhne waren beeindruckt. Tosi behauptet immer, an jenem Tag hätte ich den ersten Schritt auf der Straße zum Erfolg zurückgelegt, zum Befehlshaber. Vorausgesetzt, man hält den Oberbefehl über einen Haufen Halunken, dem man durch eine unbedachte Tat Respekt eingeflößt hat, für eine Errungenschaft. Ich weiß nicht einmal, ob ich meine Männer wirklich führe. Wenn das Glück oder die Weisheit mich verlassen, werden sie mir wahrscheinlich die Kehle durchschneiden, mich in den Fluß werfen und sich einen neuen Anführer aussuchen.« Abrupt drehte er sich um und sagte: »Niemand liebt einen Tyrannen. Meine Männer würden nie einem Tyrannen folgen, und nun sehe ich, daß dein Volk es genausowenig täte.« Haakon richtete den Blick auf den Tisch und die abgedeckten Teller darauf.

»Du hast meinen Plan vollkommen durchschaut«, gestand Elsbeth. »Ein Bad, ein kleiner Abendimbiß, und dann hätte ich dir meinen Körper angeboten.«

»Den Abendimbiß haben wir ausgelassen«, meinte Haakon. »Ich vermute, das Essen ist inzwischen kalt.«

»Nein, darum ist es ja zugedeckt«, erwiderte Elsbeth, während sie auf den Tisch zuging.

Haakon setzte sich ihr gegenüber. Der Tisch stand auf einem anderen von Haakons feinen Seidenteppichen. Er vergrub seine nackten Füße in dem Flor. Er seufzte genüßlich, als Elsbeth einen gespickten Kapaun mit einer Füllung aus Brotkrumen, Butter und schwarzen Pilzen aufdeckte. Sie zückte ein glänzendes Tafelmesser und begann den Kapaun zu zerlegen.

Nachdem Elsbeth den Vogel tranchiert hatte, legte sie ihm Fleisch und Füllung auf den Teller. Haakons Tischmanieren konnten sich sehen lassen. Er saß aufrecht am Tisch, aß die Füllung mit einem Löffel, und wenn er trank, benützte er die Serviette, um den Becher abzuwischen, den er und Elsbeth sich teilten. »In deiner kleinen Ansprache vorhin, als du mich im Badezuber in der Falle hattest, hast du viel Aufhebens um deinen adligen Stand gemacht. Stört es dich sehr, daß ich ein Niemand bin?«

Elsbeths niedergeschlagene Lider hoben sich, und sie sah ihm unverwandt ins Gesicht. »Ganz gleich, welcher Herkunft du bist, du bist kein Niemand. Und nein, es stört mich nicht. Ich wollte dir nur zeigen, daß auch ich meinen Stolz habe.«

Haakon nickte. »Warum hast du mich nicht getötet? Meine

Männer hätten meine Abwesenheit bis morgen früh nicht bemerkt. Möglicherweise nicht einmal dann. Ich schätze, die meisten von ihnen sind schon weit damit vorangekommen, sich bis zur Besinnungslosigkeit zu besaufen. Bis zur Morgendämmerung hättest du weit weg sein können. Ein Großteil meines Reichtums befindet sich in diesem Raum. Du hättest alles mitnehmen können.«

»Hast du denn gar nichts von dem verstanden, was ich dir gesagt habe?« fragte sie bitter. »Ohne dich bedeutet mir das Leben nichts. Dich zu töten wäre mir genauso schwergefallen, wie mich selbst zu töten. Vielleicht hätte ich es sogar getan. Ich wäre auch gestorben.«

Haakon hörte auf zu essen, stützte die Ellbogen auf den Tisch und verschränkte die Hände. »Bevor ich dir begegnet bin«, sagte er, »habe ich von dir geträumt. Manchmal, wenn ich das Lager satt hatte, pflegte ich ans Ufer zu gehen und am Fluß entlang in den Wald zu wandern. Im Wald ist es nie wirklich still. Vögel singen. Die Bäume sprechen miteinander, wenn der Wind in sie fährt; manchmal flüstern sie nur. Dann wieder seufzen sie zufrieden; vielleicht spüren sie die warme Sonne, die klare, kühle Luft. Selbst im Schlaf habe ich den Willkommensschrei gehört, mit dem sie ein Sommergewitter begrüßt haben, wenn es seine schwarzen Wolken über sie hinwegrollen läßt.

Dann wanderte ich immer zwischen ihnen umher, lauschte ihren Stimmen und träumte. Manchmal nahm ich die fette schwarze Erde in die Hand und spürte das Rascheln des Eichenlaubs vom letzten Winter in meiner Handfläche. Und ich dachte immer, das möchte ich mein eigen nennen. Mein eigen und das meiner Söhne, für immer. Aber wie kann ich diesen Traum verwirklichen? Dann, eines Tages, hörte ich, Reinald sei tot. Noch bevor ich deine Botschaft erhielt, bereitete ich mich zum Handeln vor.

Als ich dich sah, konnte ich mein Glück nicht fassen. Vielleicht war ich deshalb heute nacht so zornig auf dich. Immer suche ich nach dem Wurm im Apfel, dem Getreidekäfer im Brot, den Maden im Fleisch. Vielleicht wird mir ja dieser Becher, aus dem ich all meine Wünsche trinke, noch von den Lippen weggeschlagen.«

»Du hast Owen nicht gefangen«, sagte sie.

»Nein«, gab Haakon zu. »Elsbeth, weißt du, daß sie in meinem Volk sagen: ›Lieber ein Narr und Feigling mit Glück als ein weiser Mann ohne Glück‹? Soviel steht fest, mit dem Bischof habe ich kein Glück.«

»Er mit dir aber auch nicht«, versetzte Elsbeth. »Es mag gut sein, daß es euch einfach nicht bestimmt ist, euch ins Auge zu sehen. Irgendeine Laune des Schicksals verhindert, daß ihr euch begegnet. Das muß nicht bedeuten, daß du die Stadt am Ende nicht doch eroberst.«

Haakon nickte und aß weiter. »Mit Verrat in meinem Rücken kann ich es nicht.« Als er an die verlassenen Dörfer dachte, fühlte er wieder blinde Wut in sich aufsteigen.

»Was du siehst, ist kein Verrat«, entgegnete Elsbeth ernst und beschwörend. »Es ist nur ein Protest, weil du ihre Sorgen außer acht läßt. Sie werden morgen zurückkommen. Ich verspreche es. Wenn du mir nur versprichst, daß keinem von ihnen ein Haar gekrümmt wird und die fetten Mastschweine auf ihrem Tisch liegen werden.«

Haakon hatte zu Ende gegessen. Er knallte den Löffel auf den Teller, erhob sich und begann im Zimmer auf und ab zu gehen. »Ich verspreche es. Ich werde keinen aufhängen«, erklärte er.

Elsbeth stand ebenfalls auf. »Das ist eine billige Ausflucht«, fuhr sie ihn an. »Sie wäre Bertrands würdig. Du hast noch nichts von Auspeitschen, Brandmarken oder…«

Haakon blieb wie angewurzelt stehen, und sie erkannte, daß sie ihn erneut erzürnt hatte. Die Narbe, die von seinem Haar quer über die Stirn bis zur Nasenwurzel verlief, flammte gefährlich auf. »Billige Ausflüchte sind nicht meine Art, aber wenn Ihr es vorzieht, meine Dame, werde ich Euch ein allgemeiner gefaßtes Versprechen geben. Niemandem wird ein Haar gekrümmt werden.«

Elsbeth schloß die Augen. Ein tiefer Seufzer der Erleichterung entrang sich ihr. »Gott sei Dank«, flüsterte sie. »Nun«, fuhr sie fort, »da wäre noch etwas.« Sie schlug die Augen auf und sah, daß Haakons schlechte Laune verflogen war. Mit einem Grinsen auf dem Gesicht näherte er sich ihr.

»Noch ein Gefallen...?« fragte er, während er sie in seine Arme nahm.

»Gib ein kleines Fest für sie«, quiekte sie. Er hob ihre Arme hoch.

»Oh, ein kleines Fest, ach ja?« Er rieb die Nase an ihrem Hals.

»Ja, es ist fast an der Zeit, die Wintersaat auszubringen.«

»Ich gebe ihnen alle Feste, die sie haben wollen«, versprach Haakon. »Und jetzt kein Wort mehr davon.« Seine Nasenflügel waren geweitet. Er atmete schwer.

Sie konnte das Heben und Senken einer mit stählernen Muskeln gepanzerten Brust spüren, die sich gegen ihren Busen preßte. Sie war nackt. »Lösch die Fackeln«, wisperte sie.

»Warum willst du nur immer das Zimmer verdunkeln?« beschwerte er sich. Seine Finger machten wundervolle Sachen mit ihren Brüsten.

»Es ist verrucht, es bei Licht zu tun.« Plötzlich fand sie sich von ihm weggestoßen. »Was...«, flüsterte sie. »Habe ich etwas falsch gemacht?«

»Nein«, sagte Haakon. Seine Augen waren dunkel wie Gewitterwolken und seine Wangen gerötet von Begierde. »Leg deine Juwelen an.«

»Du möchtest, daß ich mich ankleide?« wunderte sie sich in liebenswerter Verwirrung.

»Nein«, sagte Haakon. »Vergiß das Kleid. Nur deine Juwelen. Bis jetzt habe ich nur mit dir gespielt. Aber bevor ich dich morgen früh wieder verlasse, wirst du erfahren, was Verruchtheit wirklich bedeutet.«

KAPITEL 22

Nachdem Cador und Casgob Enar weggeführt hatten, nahm Gynneth Owens Arm. »Kommt«, erbot sie sich, »laßt mich Euch die Villa zeigen. Sie ist sehr alt und wunderschön.«

»Ich werde Euch begleiten«, kündigte Elutides an. Nach der ersten Hälfte der Führung kam Owen zu dem Schluß, daß die Villa von ihren Erbauern nie als Wohnstatt gedacht gewesen war. Sie mußte einst das prunkvolle Verwaltungszentrum einer römischen Provinz gewesen sein.

Die wenigen noch bewohnbaren Zimmer waren geräumig und verschwenderisch ausgestattet, mit in Bronze eingefaßten Marmorfußböden, die für eine stärkere Beanspruchung gedacht waren als die, der sie in einem privaten Wohnhaus ausgesetzt gewesen wären.

Das Gemach der Königin war kreisrund. Glasstöpsel in der Kuppeldecke ließen Licht herein. Die Wände schmückte ein Gemälde des Gottes Pan, der in einem Garten jungen Mädchen nachjagte. Owen begutachtete das Bild eingehend. »Sehr ... anziehend«, urteilte er schließlich.

»Ach, aber leider völlig unpassend, findet Ihr nicht auch?« gab Gynneth leise zurück. »Um es geradeheraus zu sagen: Um Aud rundum zufriedenzustellen, müßten doch die Jungfrauen ihn jagen.«

Owen warf ihr einen raschen Blick zu, aber ihre Miene war ein Muster süßer Unschuld und mädchenhafter Reinheit.

»Kluges Mädchen«, lachte Elutides.

Sie schlenderten vom Gemach der Königin in das Atrium hinaus. Der Garten war weiterhin gepflegt worden, auch wenn die blumenliebenden Römer einige Ecken wohl ziemlich merkwürdig gefunden hätten. Zwiebeln, Lauch und Rüben drängten sich um die Marmorsockel von Göttern und Göttinnen. Erbsen rankten an den dorischen Säulen empor, die das Dach der Vorhalle trugen. In den Beeten um das Becken in der Mitte des Gartens reckten sich pralle Kohlköpfe der Sonne entgegen.

Die einzigen noch verbliebenen Blumen waren Kräuter: die hochgewölbten gelben Körbchen der Schafgarbe, die lila Ähren des blühenden grauen Salbei, weiß-goldene Kamillen und die blauen Bürsten der Pfefferminze. Selbst in dem Becken erhoben sich süßduftende Schwertlilien über Kissen mit den buttergelben Blüten der Wasserkresse. Niedrige Polster von Thymian wuchsen büschelweise zwischen den Steinplatten auf dem Weg hervor. Ihr Duft lockte die Bienen an und parfümierte die warme Luft.

Owen fand es entspannend und wunderschön. Nur die Statuen störten ihn etwas. Er erachtete ihre grazile Nacktheit als anstößig und heidnisch.

Elutides blieb vor einer Statue stehen. Der Bildhauer hatte die Göttin der Liebe als ganz junges Mädchen dargestellt, dessen sanft gerundete Brüste gerade zu knospen begannen. Leicht umfaßte sie die eine mit der linken Hand und bot einer Taube, die auf ihrer Rechten hockte, eine Brustwarze dar.

»Ihr seid Christ?« fragte Owen Elutides unvermittelt.

»Ja«, antwortete der, während er fragend die Augenbraue wölbte. »Warum?«

»Ich würde meinen, daß Christen sich solcher Dinge zu entledigen trachten.«

»Oh«, wunderte sich Elutides, »die Ansicht kann ich beim besten Willen nicht teilen. Betrachtet ihr Gesicht. Wäre es nicht eine Schande, solche Schönheit zu zerstören?«

Owen hob den Blick zum Antlitz der Statue. Ringellöckchen umgaben das blasse Marmoroval. Haar und Gesichtszüge waren so fein gemeißelt, daß sie beinahe lebendig wirkten. Mit heidnischer Sanftmütigkeit lächelte sie auf ihn hernieder. Owen riß den Blick los und schritt schnell weiter.

Elutides und Gynneth folgten ihm.

»Ja«, sagte er zu Elutides, »sie ist wunderschön, zu schön. Ein Gemälde ist flach. Es liegt auf einer Wand auf. Sie aber sieht aus, als könne sie zum Leben erwachen und jederzeit zu sprechen beginnen.«

Elutides lachte leise vor sich hin. »Ich glaube, das könnte das Problem sein. Sie spricht zu Euch und noch dazu über Dinge, die Ihr lieber vergessen möchtet.«

»Mein Volk wurde nie von den Römern erobert. Mir fällt es schwerer als Euch, sie zu bewundern«, versetzte Owen.

»Möglicherweise«, sinnierte Elutides, »ist Euch da etwas entgangen.«

Gynneth lachte. »Streitet nie mit meinem Onkel; er hat immer das letzte Wort.«

»Psst, Mädchen«, sagte Elutides grinsend. »Beleidige unseren prüden Helden nicht. Wir brauchen ihn.«

Owen hielt an. Sie näherten sich dem Ende des langgestreckten Gartens. Jenseits des marmornen Säulengangs konnte er den offenen Himmel sehen und das Rauschen und Donnern der Brandung hören. Er merkte, daß seine Wangen scharlachrot brannten. Elutides hatte ihm eine Rüge erteilt wie ein weiser älterer Mann einem vorwitzigen Kind, und er spürte den Stachel des Tadels. »Prüde bin ich also?« entgegnete er in beißendem Tonfall. »Ja, das bin ich wohl. Ich finde es anstößig, daß solche Lieblichkeit auf so unfeine Weise zur Schau gestellt wird, dem Auge jedes vorübergehenden Gaffers ausgesetzt. Als ich sie betrachtete, fühlte ich…« Owen stockte.

»Lust ließ Euer Fleisch sich regen«, beendete Elutides den Satz für ihn. »Das ist bei einem jungen Mann nur natürlich. Ich wünschte, ich wäre selbst noch einmal so jung. Sie ist wunderschön.«

»Mehr als das«, widersprach Owen. »Sie ist eine Erinnerung daran, was sie waren und wir nicht mehr sind. Sie erbauten Paläste, um darin zu wohnen –«

»Nicht für alle«, wand Elutides ein.

Aber Owen war nicht zu halten. »Sie haben ein Reich erobert. Und ich vermag nicht einmal die Sicherheit einer einzigen Stadt und der paar Gehöfte in ihrem Umland zu gewährleisten. Sie –«

»– säten Wind«, sagte Elutides, »und wir haben Sturm geerntet.«

Das ließ Owen aufhorchen und innehalten. Er war es gewohnt, daß die Theorien, die Bertrand ihn gelehrt hatte, in jedem Gespräch als unbestrittene Tatsachen vorausgesetzt werden konnten. »Wie das?« wunderte er sich.

»Indem sie jeden mächtigen Staat in ihrem Umkreis zerstört«, antwortete Elutides, »und so der Barbarei Tür und Tor geöffnet haben.«

Nun war Owen vollends verwirrt. »Dann glaubt Ihr nicht, daß unsere derzeitigen Schwierigkeiten Teil von Gottes Plan sind?«

Elutides schüttelte den Kopf. »Im Gegenteil, ich bin der Überzeugung, daß alles Teil von Gottes Plan ist. Aber...« Er hob die Hand. »Ich bezweifle, daß ich oder irgendein anderer Mensch die Pläne des Allmächtigen begreifen kann. Und jeder, der behauptet, er könne das, ist ein Lügner.«

Owen klappte den Mund auf, dann wieder zu. Er war zutiefst bestürzt.

Gynneth jedoch ergriff freundschaftlich seinen Arm. »Komm, Onkel«, sagte sie geziert. »Er ist ein Held. Helden müssen nicht denken. Sie sollen kämpfen, und nach allem, was man sich erzählt, kann er das sehr gut, nicht wahr?« fragte sie, während sie Owen einen Blick rückhaltloser Bewunderung unter langen Wimpern zuwarf.

»Ihr habt mich gerade beleidigt«, bemerkte er, »und ich habe es nicht einmal gespürt.«

»Habe ich das?« entgegnete Gynneth treuherzig. »Das kann ich mir gar nicht vorstellen. Alles, was ich aus Eurer Reaktion auf die römische Schöne herauslese, ist Achtung vor dem weiblichen Geschlecht. Ist das etwa eine schlechte Eigenschaft an einem Mann? Aber kommt, Ihr habt den besten Teil unserer Villa noch nicht gesehen, unseren Wandelgang am Meer.« Sie führte ihn aus dem Garten hinaus durch den Säulengang in die Sonne.

Der hochgelegene Wandelgang, in dem er nun stand, folgte dem Verlauf des Klippenrandes über dem Ozean. Auch der Boden hier bestand aus Mosaiken, ein wundervolles Muster aus fruchttragenden Weinstöcken. Die gläsernen Mosaiksteinchen der verschlungenen Weinranken glänzten in dem warmen Licht, die tief amethyst- und scharlachfarbenen Früchte leuchteten auf dem Hintergrund des grünen Weinlaubs.

Den Abschluß des Wandelgangs bildete eine hüfthohe, gemauerte Balustrade, die winzige korinthische Marmorsäulchen trug, auf denen wiederum ein leichtes Dach aus Gitterwerk ruhte. Die Bedachung ließ genügend Licht einfallen, hielt aber das Schlimmste der stechenden Mittagssonne ab.

Durch die Latten konnte Owen die verfallene Festung sehen, die sich drohend über ihnen gen Himmel reckte. Unten ließen die Wellen das Wasser zu einem changierenden Smaragdgrün und Aquamarinblau zwischen Felsschründen, schwarz wie Ebenholz, aufschäumen.

Der Wind blies kräftig, trug aber dennoch die frisch-kühle Liebkosung mit sich, welche nur jene Luft besitzt, die lange über offenem Wasser gewesen ist. Sie war vom süßen Duft endloser Freiheit erfüllt.

Gynneth trat an das Geländer und schaute, den einen Arm um eine Säule geschlungen, hinunter auf die See. »Manchmal«, erzählte sie, »wenn ich hier über der nächtlichen Flut stehe, kommen die Wellen so hoch, daß ich die Gischt auf meinen Lippen schmecke und fühlen kann, wie sie mein Haar benetzt. Sagt, ist dies nicht der schönste Teil der ganzen Villa?«

»Ja«, gab Owen ihr recht, aber er schaute sie an, nicht das Meer.

Die Brise preßte ihr das Gewand an den jungen Leib und überhauchte ihre Wangen mit dem Anflug eines Errötens, schwach wie das erste Licht der Morgendämmerung. Ihm wurde bewußt, warum die junge Göttin inmitten der Blumen nicht nur seine fleischliche Begierde, sondern auch seinen Beschützerinstinkt geweckt hatte. Als er sie betrachtet hatte, hatte er nicht ein Mädchen aus kaltem Marmor, sondern ein nacktes, sehnsüchtig wartendes lebendiges Mädchen gesehen, das darum bat, geliebt zu werden. Ein Mädchen wie Gynneth.

Elutides unterbrach seine Tagträumerei. »Ihr habt eine Ehefrau?« fragte er.

»Ja«, erwiderte Owen.

»Das ist ein Problem«, sagte Elutides.

»Warum?« wunderte sich Owen. »Ich suche keine andere.«

Eine hohe, vom Wind gepeitschte Welle brach sich an den Felsen zu ihren Füßen. Ein kleines Mörtelstückchen von der Säule, an der Gynneth lehnte, bröckelte ab und fiel ins Meer. Der dünne Marmorschaft der Säule geriet mit einem knirschenden Geräusch ins Rutschen.

Owen stieß einen Schrei der Besorgnis aus und zog sie vom Rand zurück. »Es ist gefährlich hier.«

Ein heftiger Windstoß erfaßte Elutides' Umhang und blähte das Gewebe mit einem Geräusch zerreißenden Stoffes auf. »Ja«, pflichtete er ihm lächelnd bei, »in mancherlei Hinsicht. Dieser Wandelgang wird bald ins Meer stürzen wie schon so vieles vor ihm. Kommt, ich zeige es Euch.«

Er geleitete Owen den Wandelgang entlang, bis sie eine marmorne Treppenflucht erreichten, die in einer langgeschwungenen Kurve hinunter ans Meer führte. Die smaragdgrüne See war durchsichtig im Sonnenschein, so daß Owen die Stelle sehen konnte, wo das Mosaik am Fuße der Treppe wieder begann. Weinlaub und Trauben, purpurfarben und grün selbst mit dem flachen Wasser darüber, setzten sich weiter und weiter in die Meerestiefen hinab fort.

Die rollenden Wogen kamen zwischen zwei Wellenkämmen zur Ruhe, und durch die glasklare Oberfläche konnte Owen die Umrisse von Gebäuden und Höfen sehen, Schatten nur noch, auf immer verloren in der wechselhaften Dünung des Ozeans.

»Ja«, äußerte Elutides, »mit der Zeit wird all dies vergehen. Sagt, mögt Ihr Gynneth?«

»Ich mag sie sehr gern«, entgegnete Owen, »aber…«

»Gut«, schnitt Elutides ihm das Wort ab. »Ich brauche einen Gemahl für sie, und der Mann muß ein Held sein. Ihr kommt von allen, die mir in letzter Zeit über den Weg gelaufen sind, einem Helden am nächsten.«

Owen merkte, wie ihm am ganzen Leib der kalte Schweiß ausbrach. Er hatte den Verdacht gehegt, Elutides könne gefährlich sein. Jetzt war er sich dessen gewiß. Der hochgewachsene alte Mann in seiner schwarzen Robe mit dem blutroten Streifen wirkte in der Sonne wie die Verkörperung des Todes. Sein hageres Gesicht mit den hohlen Wangen nahm in dem grellen vom Meer einfallenden Licht die harten Konturen eines Totenschädels an.

Owen wußte nicht, ob er sich seinen Weg aus diesem Palast freikämpfen konnte, aber die besten Aussichten hätte er, wenn er den alten Teufel jetzt überrumpelte. Der Gedanke an Enar versetzte ihm einen Stich der Reue, aber die Königin mochte ihn, und der starke Sachse war in der Lage, für sich selbst zu sorgen.

Seine linke Hand senkte sich auf seine Schwertscheide, während seine rechte sich langsam auf den Griff zu bewegte. »Nein«, sagte er. »Ich habe eine Frau, und sie gefällt mir.«

Elutides wich eine der beiden Treppenstufen zurück.

Owen war gespannt wie eine Bogensehne. Straff lag die Haut über seinen Wangenknochen.

»Denkt einen Augenblick nach, mein Held, bevor Ihr mich erschlagt«, riet Elutides ihm in ruhigem Ton. »Ich bin kein so schlechter Gastgeber, wie Ihr argwöhnt. Wenn Ihr wirklich ›nein‹ meint, lasse ich es dabei bewenden. In ein oder zwei Tagen dürft Ihr Euch wieder auf den Weg machen. Und Gynneth wird einem Berserker zufallen.«

»Einem Berserker?« flüsterte Owen.

Elutides nickte. »Ein großer Liebhaber der Schlachtengötter ist er, ihr Verehrer. Sie haben ihn als den ihren gekennzeichnet.«

Owen sank gegen den Fels neben der Treppe.

»Er ist das personifizierte Grauen«, beeilte Elutides sich fortzufahren. »Ich sähe sie lieber tot, als daß ich zuließe, daß er sie umarmt.«

»Alter Mann«, flüsterte Owen zurück, »für wen haltet Ihr mich? Alexander? Karl Martell? Selbst wenn ich ein so furchtbarer Krieger wäre wie jene Schlächter, wie sollte ich sie besiegen können?

Ich habe nur mein Schwert und sonst weder Waffen noch Rüstung.«

»Ein nebensächliches Problem«, winkte Elutides ab. »Da ist rasch Abhilfe geschaffen. Ihr müßt mir nur vertrauen und –«

»Euch vertrauen?« zischte Owen. »Vor einer Stunde kannte ich Euch noch nicht. Laßt das Mädchen. Viele, die nicht minder unschuldig und schön waren als sie, hat ein schlimmeres Schicksal ereilt, und mit weniger Aufwand. Wir leben in unruhigen Zeiten. Vielleicht wird es irgendwie noch eine gute Ehe«, schloß er lahm.

»Unmöglich«, beschied ihn Elutides. Sein Mund verhärtete sich. Er schaute starr übers Meer. »Dieser Mann ist in den Tod vernarrt. Die Todesgöttin ist seine einzige Geliebte. Wenn Ihr ihn seht, werdet Ihr mich verstehen. Gynneth ist eine mehr als gute Partie. Die Stadt und die reichen Ländereien in ihrer Umgebung sind ihre Mitgift. Darum will er sie haben. Im selben Moment, in dem sie verheiratet sind, schickt Haakon seine Wikinger, um die Stadt zu übernehmen. Es wird unser aller Ende sein – und das Eure ebenfalls. In der Nähe gibt es einen Hafen, in dem er seine Langschiffe stationieren kann. Wie lange wird Euer Volk dann noch gegen ihn bestehen können?«

»Sie halten noch andere Häfen entlang der Küste«, wehrte Owen ab. »Und trotzdem behelligen sie uns kaum oder gar nicht. Nein, meine Stadt braucht mich. Und jetzt tretet beiseite und laßt mich vorbei.«

Drei Stufen höher ragte drohend Elutides' hagere Gestalt über ihm auf, scharf umrissen vor dem weißen Marmor. »Feigling! Ich biete Euch ein Königreich und mehr als das: eine Gelegenheit, Eure Männlichkeit in Taten unerhörten Mutes zu beweisen, und was tut Ihr? Zitternd und zagend steht Ihr vor mir und heult vor Heimweh! Ihr schaut die letzten Reste römischer Größe und würdet sie aus barbarischer Prüderie zerstören, weil sie Euch zeigen, wie armselig Ihr in ihren Augen gewesen wärt.

Wie wenig Ihr doch davon begreift, wie diese römische Größe erkauft und bezahlt wurde – von den Risiken, die sie eingegangen sind, von dem Blut, das vergossen wurde für gewonnene und verlorene Siegespreise!«

Seine Worte trieben Owen beinahe zur Weißglut. »Nur zu bereitwillig, alter Mann, habt Ihr diese meine barbarische Prüderie ausgenützt, um mich zu überreden, Eure Schlachten zu schlagen, für eine Frau zu kämpfen, die –«

Gynneth tauchte am oberen Treppenabsatz auf. »Streitet Ihr etwa?« fragte sie. »Ihr streitet Euch doch nicht wegen mir?«

»Nein«, versetzte Elutides und bedachte Owen mit einem Blick voller Verachtung, »ich erhalte eine Lektion. Der Herr Owen erteilt mir eine Lektion in wehleidiger Schwäche und klugem Eigennutz.«

Gynneth sagte nichts. Statt dessen spielten ihre Finger mit einer Locke ihres langen Haars, während sie betrübt von einem Mann zum anderen schaute. »Er weigert sich, uns zu helfen, Onkel, nicht wahr?« fragte sie still, einen Ausdruck trauriger Resignation im Gesicht.

Owen rief sich ins Gedächtnis, wie er sie im ersten Schimmer des Tageslichts unter der Eiche hatte stehen sehen, mit Taujuwelen im Haar, und er dachte an die blasse heidnische Maid im Garten – Jugend auf der Schwelle des Lebens, vom Genie eines alten Bildhauermeisters für immer im Marmor eingefangen.

Er rief sich ins Gedächtnis, was er über Berserker wußte, diese blutrünstigen Verehrer der Finsternis. Sie würden die Schönheit, die dort in dem klaren, hellen Meereslicht stand, so einfach zerdrücken, wie ein Mann einen Schmetterling in seiner Hand zerquetscht.

Owen senkte den Kopf und stützte sich mit der Hand gegen den schwarzen Felsen der Klippe neben ihm. »Es gibt«, sagte er langsam, »Abarten der Feigheit, die mehr Mut verlangen, als ich ihn aufbringe. Ich werde tun, was ich kann, um Euch zu helfen, alter Mann, aber ich denke, Ihr überschätzt mich. Ich kann nicht allein gegen zwölf Männer kämpfen. Sie würden mich erschlagen wie ein Milchkalb. Sie wird diesem Ivor in die Hände fallen ... trotz allem, was in meiner Macht steht.«

Gynneth sah zu ihrem Onkel hinüber. »Ist das wahr?«

»Nein«, behauptete Elutides. Er fixierte Owen, doch der wich seinem Blick aus. »Wir haben Cador, Casgob, mich und deinen großen Freund, den Axtmann Enar«, sagte Elutides.

Owen riß den Kopf hoch. »Berserker!« spuckte er. »Zwölf davon, alter Mann! Sie sind uns immer noch zwei zu eins überlegen! Was ist mit deinen übrigen Leuten? Sind keine Männer mehr darunter, die willens wären zu kämpfen?«

»Wir haben unter denselben Wikingerüberfällen gelitten wie Ihr«, entgegnete Elutides. »Die meisten unserer Krieger sind fort. Sie reiten mit unserem König. Er kämpft an den Grenzen unseres Landes. Selbst wenn es in meiner Macht stünde, sie zurückzurufen, gäbe ich keine Gewähr, daß sie rechtzeitig zurückkehren würden.«

»Diese…«, Gynneth' Stimme bebte, »diese … Ausgeburten der Hölle haben uns erst vor drei Tagen heimgesucht. Bis jetzt konnte Aud noch ausweichen. Sie schmeichelt ihrem Anführer und veranstaltet Festessen für ihn. Ilfor macht Versprechungen und schielt mit gierigen Blicken auf ihr Gold. Als ich Euch im Wald erblickte, dachte, hoffte ich zuerst, Ihr wäret einer vom guten Volk, gekommen, um mich fortzubringen … mich zu retten, zu…« Ihr Gesicht verzerrte sich, und ihr Atem ging schneller und schneller. »Oh, Onkel«, keuchte sie, »ich weiß, Ihr habt mir gesagt, ich solle tapfer sein, aber…« Jetzt schluchzte sie. Die Tränen strömten ihr die Wangen hinunter. »Oh, Onkel! Ich erniedrige mich vor unserem Gast. Ich werde mit ihm schlafen, Onkel. Lieber will ich ihn heiraten, als tapfere Männer sterben zu sehen.« Sie drehte sich um und lief weg.

Owen neigte müde den Kopf. Er starrte auf die Stufen zu seinen Füßen und erkannte, daß die Steinblöcke, die sie gebildet hatten, zerbrochen waren und verstreut umherlagen. Die Spalten zwischen ihnen waren mit Algen überzogen, nachdem die See auch sie langsam zurückzufordern begonnen hatte.

»Ich kann mir nicht vorstellen«, fuhr Elutides in gefaßtem Ton fort, »daß dieses Ungeheuer mit ihr schlafen will. Ich bezweifle, daß sie die Hochzeitsnacht überlebt. Keiner von uns wird überleben, wenn er erst einmal seinen Willen hat.«

Owen hob den Kopf und schaute in den blauen Dunst über dem Horizont hinaus, schaute über den Ozean, der in diesem wunderbar klaren Licht badete, das Zeit und Entfernung zu leugnen scheint, indem es jedes Abbild einer Möglichkeit zu etwas Nahem und Wirklichem macht. Dann wandte er sich um, schlug mit der Faust gegen den harten Fels der Klippe und legte seinen Kopf auf den Arm. »Was wird mit meiner Stadt, wenn ich Euch helfe? Was wird aus meiner Stadt, wenn ich sterbe?«

»Was wird aus Eurer Stadt, wenn Haakon meine übernimmt?« fragte Elutides im Gegenzug. »Was wird aus Eurer Stadt, wenn die Berserker Euch durch das Land jagen?«

Owen drehte sich langsam um, um dem schwarzgekleideten Mann auf der Stufe über ihm ins Gesicht zu blicken. Er sah Kraft und eine alterslose Gewißheit in den dunklen Augen brennen.

Elutides lächelte. »Wie lange würdet Ihr überleben?«

»Lange genug, daß Elin und Godwin ihre Pläne zum Abschluß bringen können«, sagte Owen.

»Ich verspreche Euch, selbst wenn Ihr fallt, werdet Ihr so lange am Leben bleiben, wie Eure Leute brauchen, um die Stadt und ihre Bewohner zu verteidigen, die täglich Eure Rückkehr erwarten.«

»Wie das?« zweifelte Owen.

Elutides beugte sich herunter und umfaßte Owens Arm mit festem, klauengleichem Griff. Owen war plötzlich froh, daß er nicht den Versuch unternommen hatte, sich an ihm vorbeizukämpfen. Elutides zwang Owen förmlich die Treppe hoch und zog ihn in höchster Eile den Wandelgang entlang, wobei er im Gehen sagte: »Wir haben keine Zeit zu verlieren. Kommt. Ihr werdet sterben, wenn ich Euch nicht beibringen kann, was Ihr seid.«

»Jedenfalls kein Berserker!« protestierte Owen, während er sich ärgerlich aus dem stählernen Griff zu befreien versuchte.

Elutides bedachte ihn mit einem Blick eisiger Verachtung. »Nein! Die Berserker haben von uns gelernt, wie man den Schlachtenwahn für seine Zwecke benützt! Und jetzt hört auf, mit mir zu streiten. Ihr habt Euch entschieden, Gynneth zu helfen. Ich habe es deutlich in Eurer Miene gelesen, als Ihr sie angeschaut habt, als Ihr ihren Kummer, ihre Verzweiflung gesehen habt. Ihr seid einer von jenen Menschen, denen Arglist und Täuschung nahezu unmöglich sind. Das ist ein Charakterzug, der Euch das Leben zu zeiten schwermachen wird, fürchte ich, aber auch einer, der…« Er brach ab, als sie einen Raum betraten, der auf den Atriumgarten hinaussah.

Elutides' Höhle war der merkwürdigste Raum, in den Owen je seinen Fuß gesetzt hatte. Von der Decke hingen getrocknete Kräuter herab wie in seinem eigenen Keller, an den Wänden jedoch lagen mehr Bücher aufeinandergestapelt, als Owen in seinem ganzen Leben auf einem Fleck versammelt gesehen hatte. Glasbecher und Flaschen voller Flüssigkeit, die dunkel und abscheulich wirkten, leisteten ihnen Gesellschaft. Weitere Krüge standen auf dem Tisch. Die meisten von ihnen waren aus Steingut, undurchdringlich für seine Blicke. Mumifizierte Fledermäuse und Mäuse und sogar das starre Auge einer Schlange starrten ihn aus dem Dunkel heraus an.

Auf einer Bank neben dem langgestreckten Tisch saß Ceredea und tröstete Gynneth. Bei ihrem Eintreten erhob sie sich, einen ängstlichen Ausdruck im Gesicht, die Augen weit aufgerissen, die Lippen geöffnet. »Hast du ihn überzeugt?« fragte sie.

»Nicht ich, du!« stellte Elutides richtig. Gynneth sank zurück auf die Bank und in Ceredeas Arme. Elutides drehte Owen um und drückte ihn auf einen Stuhl an der Wand.

»Ja, und ein um so größerer Narr bin ich«, antwortete Owen.

»Ganz gleich, was geschieht«, hauchte Gynneth, »Ivor wird nicht siegen.«

»Nicht, wenn ich lange genug am Leben bleibe, schöne Prinzessin«, sagte Owen. Er ließ den Blick durch den Raum schweifen. »Wo steckt Enar?«

»Im Bad«, entgegnete Ceredea und sah auf ihre Knöchel herunter.

»Immer noch?« wunderte sich Owen.

Ceredea kicherte. »Die Königin hilft ihm.«

»Oh!« rief Owen aus.

»Es war sehr lustig«, erzählte Ceredea. »Casgob sagte: ›Ausziehen!‹ Dein Freund knurrte und grummelte, gehorchte aber. Cador trug seine Kleider mit folgenden Worten zu dem Ofen, der das Bad heizt: ›Ich schätze, wir sollten die hier schnellstens vernichten, damit die Bewohner nicht in Panik geraten und ihr Heil in der Flucht suchen.‹

›Mörder!‹ versetzte dein Freund, während er das Wasser mit dem großen Zeh prüfte, ›schämt Ihr Euch denn gar nicht, so viele unschuldige Leben zu vernichten?‹

›Nein‹, entgegnete Casgob und schubste deinen Freund ins Wasser. Er richtete sich auf und sagte: ›Nun, zumindest ist es warm.‹ Dann richtete sich die Königin auf und rief: ›Überraschung!‹, dein Freund stieß einen schrillen Schrei aus und duckte sich bis zum Kinn ins Wasser.

Also sprang Aud auf seinen Rücken und tauchte ihn unter. Und da streckte er spuckend und prustend wieder den Kopf aus dem Wasser und kreischte, sie würde ihn ertränken. Sie jedoch hockte auf seinen Schultern, sagte nette Sachen über seine Größe und Stärke und entflocht und wusch seine Zöpfe, während Cador und Casgob wohlriechende Öle ins Badewasser gossen.

Als ich ging, schrubbte sie ihn gerade ab. Er gab noch immer Töne von sich, aber angenehmere, und schien nichts mehr dagegen einzuwenden zu haben, daß er am ganzen Körper naß war.«

»Der König?« fragte Owen.

Ceredea wirkte verdutzt. »Er besucht die Dame, die ihm duftende Girlanden umhängt«, erklärte sie.

Elutides wischte einen Teil des Plunders auf dem Tisch beiseite und schuf so Platz um einen großen Eisenmörser und einen Stößel.

»Sagt mir«, wandte er sich an Owen, »laßt Ihr Euch immer so schnell dazu überreden, Selbstmord zu begehen?«

»Oh, Onkel!« stieß Gynneth bestürzt hervor.

Owen sprang auf. »Alter Mann, Ihr seid mir ein Rätsel. Ihr widersprecht Euch mit jedem Atemzug. In dem einen Moment lobt Ihr die Römer in den Himmel. Wenig später behauptet Ihr, sie trügen die Schuld an all unseren Schwierigkeiten. Vor nicht allzu langer Zeit habt Ihr mich um meine Hilfe gebeten. Jetzt bin ich auf einmal ein Narr…«

»Setzt Euch hin!« donnerte Elutides. Owen stellte fest, daß er sich brav hinsetzte. »Ich habe nicht gesagt, Ihr wärt ein Narr«, murmelte Elutides, während er Ingredienzen aus mehreren Beuteln und Flaschen auf dem Tisch abzumessen und in den Mörser zu füllen begann. »Ich habe mich nur über Eure Bereitschaft gewundert, Euch mit Leib und Leben zwischen uns und unsere Probleme zu stellen.« Die Augenbrauen des hochgewachsenen Mannes zogen sich zu einem Stirnrunzeln zusammen.

»Ich hörte, wie Ihr das alte Imperium gepriesen habt«, versetzte Owen. »Besaßen jene Römer nicht auch ihre barbarischen Hilfstruppen, die gewillt waren, für sie zu kämpfen, angelockt vom Gold und der schimmernden Pracht einer Zivilisation, die sie kaum verstanden? Ich glaube, auf diese Weise sind die ersten Franken hierhergekommen.«

Elutides lachte. »Zyniker.«

»Ja«, gab Owen zu. »Betrachtet mich also als Eure barbarische Hilfstruppe.«

Elutides warf ihm schnell ein zustimmendes Grinsen zu. »Ihr verfügt über eine gewisse Bildung«, stellte er fest.

»Meine Mutter hat mir von den Römern erzählt«, gab Owen zur Antwort. »Von Cäsars Eroberung Galliens und vom Buch Gregors, des Bischofs von Tours, der über die fränkischen Könige und ihre Taten geschrieben hat.«

»Nicht nur Gutes«, warf Elutides ein.

»Nein«, bestätigte Owen, »aber sie waren ja auch wilde, ungebildete Menschen, die nichts zu ihrer Verteidigung vorbringen konnten. Während Cäsar sein eigenes Buch verfaßte, in dem er kaum etwas für ihn Abträgliches geschrieben haben dürfte.«

Elutides warf den Kopf in den Nacken und brach in schallendes Gelächter aus. »Oh, wie gern ich Euch doch als Schüler annehmen würde«, sagte er, während er sich die Tränen aus den Augen wischte.

»Seid Ihr denn ein Lehrer?« fragte Owen.

»Ja, unter anderem«, antwortete Elutides und begann, die Mixtur in dem Mörser mit dem schweren Eisenstößel zu zerstampfen. »Eure Mutter muß eine fränkische Herrin von Stand gewesen sein.«

»Ja«, pflichtete Owen ihm bei, »Clothilde war von vornehmer Abkunft. Sie sagte uns, wir müßten zwar geschickt im Umgang mit den Waffen werden, sollten aber auch vor den fränkischen Herren oder irgendeinem anderen Mann von höherer Bildung den Kopf hochtragen können.«

»In der Tat, eine große Dame«, sagte Elutides, »und verheiratet mit einem Mann, der aus derselben Sippe wie dieser Ivor stammen könnte, der uns so viel Ärger bereitet.«

Owen war im Handumdrehen aufgesprungen. »Alter Mann, treibt es nicht zu weit mit Euren Beleidigungen! Und erwähnt nie wieder meinen Vater und Herrn, Gestric, in einem Atemzug mit diesem Abschaum der Menschheit. Mein Vater ist ein anständiger Christ, maßvoll, gerecht und großzügig. Er ist die Geißel seiner Feinde, schützt seine Leute mit starkem Arm und ist Trost und Stütze für seine in Not geratenen Freunde. Wie auch immer seine Abstammung aussehen mag –«

Elutides schlug heftig mit dem Stößel gegen die Außenwand des Mörsers. Das Metall dröhnte wie eine Glocke und bereitete Owens Lobeshymne ein vorübergehendes Ende. »Ach, setzt Euch. Spart Euch Eure Kraft für Ivor. Wittert nicht überall Beleidigungen, wo keine sind. Ich bin ganz Eurer Meinung, wie auch immer Eures Vaters Abstammung aussehen mag, sein Sohn gereicht ihm zur Ehre und ist tapfer und ihm treu ergeben.« Owen, durch diese Worte besänftigt, wollte sich schon hinsetzen, als Elutides fortfuhr: »Aber auch stolz, starrköpfig, aufbrausend und eigensinnig.«

»Wenn Ihr wollt, daß ich für Euch kämpfe, alter Mann, dann hört auf, mich zu reizen«, fuhr Owen ihn an.

Ceredea, die neben Gynneth auf der Bank saß, stieß ein schallendes, silberhelles Lachen aus. »Unmöglich.« Mit einem behenden Satz sprang sie in einen Handstand auf dem Tisch und begann ihn der Länge nach auf den Händen abzulaufen, wobei sie sich geschickt ihren Weg durch den Plunder bahnte, bis sie dort ankam, wo Elutides die Mischung in dem Mörser zerstampfte. »Wann?« verlangte sie von ihm zu wissen.

»Heute nacht«, antwortete er, »auf dem Fest. Ich begleiche meine Rechnungen gern sofort.«

Während seiner Unterhaltung mit Owen hatten Freundlichkeit, Zuneigung und Mitgefühl in seinem Gesicht gestanden. Dies alles verschwand nun aus seinen Zügen. In seinen schwarzen Augen lag die erbarmungslose Kälte einer Winternacht. Seine Lippen hatten den grimmigen Zug des Scharfrichters, der das Flehen der Verurteilten hört, bevor er ohne eine Spur von Erbarmen die Axt niederfahren läßt.

Und Owen wußte, wie auch immer sein persönliches Schicksal aussehen mochte, Ivor würde in dieser Nacht sterben. »Ihr seid kein Mann der Leidenschaft«, bemerkte Owen.

»Nein«, gab Elutides zurück, »Leidenschaften sind schließlich nur die Diener des Willens. Mein Wille ist zu stark, um ihnen freien Lauf zu lassen.«

»Außerdem«, warf Ceredea ein, »wird Owen es eilig haben, zu seiner Hexenkönigin heimzukommen.« Sie sprang auf den Boden und wiegte sich in anzüglichen, wellenförmigen Bewegungen. »Du weißt doch, wie Frauen ihrer Art die Männer betören.«

»In der Tat«, stimmte Elutides ihr zu. »Erstaunlich ist nur, daß sie sich diesen kreuzehrlichen Franken ausgesucht und es nicht vorgezogen hat, den Wikingerhäuptling Haakon anzulernen.«

Owen kochte vor Wut. »Alter Mann, Ihr seid mein Gastgeber, und ich bin Euer Gast, aber stellt meine Langmut nicht allzu sehr auf die Probe. Erst beleidigt Ihr meinen Vater, dann meine Gemahlin.« Mit diesen Worten machte er auf dem Absatz kehrt und stolzierte aus dem Raum, über den Hof und zu dem Wandelgang über dem Ozean. Er stützte sich mit den Händen auf die Balustrade und schaute hinaus aufs Meer, bis er einen Seufzer vernahm.

Gynneth stand neben ihm. Sie schwieg mit gesenktem Blick. Der Wind zauste ihr langes Haar.

»Was soll das?« fragte Owen wütend. »Hat Euer Onkel Angst, daß ich weglaufe? Hat er Euch geschickt, um mich zurückzuholen?«

»Nein«, erwiderte sie und hob den Blick, »aber er trug mir auf, mich neben Euch zu stellen, so daß Ihr mich betrachten könnt.«

Owen durchschaute Elutides' Absicht glasklar. Er wollte Owen einen Vergleich zwischen ihrer unschuldigen Schönheit und Elin nahelegen.

Nein, dachte Owen. Elin war nicht unschuldig. Sie hatte nichts Unschuldiges an sich. Wie alt sie den Jahren nach auch sein mochte, Elin war nie so jung wie dieses Mädchen gewesen.

Er rief sich ins Gedächtnis, wie er sie das erste Mal gesehen hatte – nackt, auf den Wolfsfellen vor dem Feuer kniend. Der goldene Feuerschein unterstrich ihren Teint, die Farbe reifen Weizens, eine Bräune, die ihr das Volk ihrer Mutter vererbt hatte. In den Tiefen ihrer blauen Augen schien sich das Licht des Himmels zu sammeln.

Er hatte sie gefragt, warum sie die Tür nicht verschlossen hatte. Er war schüchtern. Stolz, wie Elutides gesagt hatte. Starrköpfig, vor allem, wenn es um Frauen ging. Wenn sie ihre Tür verschlossen hätte, wäre er umgekehrt. Enttäuscht, verbittert, zornig wäre er vermutlich gewesen, aber er hätte es nicht erzwungen. In seinen wildesten Träumen hätte er sich so etwas nicht vorstellen können. Doch sie hatte die Tür nicht verschlossen. Im Gegenteil, sie hatte ihm die Arme entgegengestreckt und vom Leben geredet.

Ihre Worte hatten ihn mitten ins Herz getroffen. Sie hatte ihren mißhandelten, von den Spuren ihrer Gewalt gezeichneten Körper seinen Händen anvertraut, und er hatte ihr Vertrauen nicht enttäuscht und war ihr mit Zärtlichkeit und Liebe begegnet. Auch er hatte die schlimmsten Qualen und die äußerste Erniedrigung erlitten, die ein menschliches Wesen einem anderen abgesehen vom Tod zuzufügen vermag. In der tiefsten Finsternis hatte er, nicht anders als sie, das Leben gewählt.

Und, Jesus, es war eine Finsternis gewesen! O Gott, welche Finsternis! Er hatte in der Zelle gelegen, in die Bertrand ihn gesperrt hatte, und in die Schwärze gestarrt, die seine Augen versiegelt hatte wie der Deckel eines Sarges. Aus tiefster Seele hatte er sich nach einem Funken Licht gesehnt, hatte darum gebetet, nur um ihn daran zu erinnern, daß es irgendwo Morgen war, daß irgendwo die Sonne noch schien und Menschen ihrer Arbeit nachgingen und ihre Tage glücklich dahinbrachten.

Er hatte in der Dunkelheit gelegen und in der klammen Kälte der steinernen Zelle gezittert, hatte den modrigen Geruch der Kleider gerochen, die an seinem Körper verfaulten, den Gestank seiner eigenen Ausdünstungen. Am Ende hatte er sich wieder und wieder selbst beschmutzt, da er nicht mehr Kraft noch Willen besaß, um aufzustehen und seinen hinfälligen Körper von dem Dreck zu säubern.

Und dennoch hatte auch er sich ans Leben geklammert, selbst in seinem letzten Sturz in den blanken Wahn, als er fast vergessen hatte, wer er war, was er war oder daß er je ein Mensch gewesen war. Selbst in dieser äußersten Not hatte er am Leben festgehalten. Selbst eine Wüste endloser Pein war besser als das Nichts.

Neben Elin war Gynneth trotz all ihrer Schönheit nur ein blasser Schatten.

In seiner Jugend hatte er die Gewitter geliebt, die sich zur Erntezeit über dem Horizont auftürmten. Wenn er mit den Männern seines Vaters auf dem Feld gearbeitet hatte, hatte er stets die Sense niedergelegt, um sie heraufziehen zu sehen, schwarz gegen das Gold des reifenden Weizens, die Kämme der hohen Wolken fast kristallin in ihrer Reinheit vor dem Blau des Himmels, während sie weiter unten von der düsteren Wut des Regens brodelten, durchzuckt von prächtigen Blitzen.

Er liebte Elin so, wie er diese Stürme geliebt hatte. Sie war eine wilde Frau. Ihr Geist hatte ihn in jenem Käfig aufgesucht. Das war kein Traum gewesen. Jetzt war er sich dessen gewiß. Sie hatte die Hände nach ihm in die Dunkelheit ausgestreckt, hatte sich geweigert, ihn sterben zu lassen, hatte ihn mit ihrer Kraft erfüllt und sich nicht darum geschert, ob die Geister, die sie gerufen hatte, aus der Hölle oder aus dem Himmel stammten. Sie hatte den Schlachtengott zu Hilfe gerufen und ihn auf Owens Seite gebracht. Sie griff seine Feinde mit allen Mächten an, die ihr zur Verfügung standen, und vernichtete sie. Sie hatte Owen ihr Wort gegeben und würde die Stadt bis zum Tod halten.

Elutides' Stimme unterbrach seine Gedanken. »Ihr wißt doch sicher, daß Ihr eine solche Frau wie Elin nicht ehelichen könnt? Wenn Elin denn ihr richtiger Name sein sollte. Möglicherweise hat sie in dem Punkt gelogen. Eine wilde Waldhexe würde vermutlich in diesem wie in vielen anderen Punkten lügen. Ihr seid nicht ihr erster Mann und werdet nicht ihr letzter sein.«

Owen wirbelte herum, einen Wutschrei auf den Lippen. So zwangsläufig, wie er atmete, schloß sich seine Hand um den Schwertgriff. Ein Fuß Stahl verließ die Scheide. Dann griff Elutides ein, ein mildes Lächeln auf den Zügen. Seine Hände schlossen sich unvermittelt um Owens Handgelenke. Owen mußte feststellen, daß er sich nicht mehr bewegen konnte.

Elutides hielt ihn so mühelos fest, wie ein starker Mann ein kleines Kind festhält, mitten in der Bewegung erstarrt, das Schwert halb aus der Scheide heraus. Owen hörte den abgerissenen, krächzenden Atemzug, der ihm aus Mund und Nase entwich, während sie stumm miteinander rangen. Elutides' dunkler Blick war merkwürdig sanft, genau wie seine Worte: »Tut das nicht. Ihr werdet es bereuen.«

Owen bereute es bereits. Seine Hände waren taub. Der zermalmende Druck von Elutides' Griff nahm mit jeder Sekunde weiter zu. Er verlagerte sein Gewicht in dem Bemühen, ihn umzuwerfen. Ein Fehler. Unmittelbar darauf fand er sich selbst, den Arm auf den Rücken gedreht, gegen das Mauerwerk des Geländers gepreßt und auf die um die zerklüfteten Felsen schäumende See tief unten blicken.

»So«, sagte Elutides in unverändertem Plauderton. »Glaubt Ihr jetzt, daß ich Euch etwas beibringen kann?«

»Ich hoffe«, entgegnete Owen, während er das Felsengewirr am Fuße der Klippe beäugte, »daß ›ja‹ die richtige Antwort ist.«

Elutides lachte in sich hinein. »Wie ich sehe, verläßt der Sinn für Humor Euch selbst in den ausgefallensten Lebenslagen nicht.« Er ließ ihn los.

Owen drehte sich um und musterte den hochgewachsenen Mann eindringlich. »Elin hat bis jetzt jedes Versprechen gehalten, das sie mir gegeben hat. Von Euch vermag ich das nicht zu behaupten.«

»Mit anderen Worten, versprechen kann man viel.« Elutides gluckste. »Ich sehe, daß Ihr bereits ein gewisses Urteilsvermögen entwickelt habt und Menschen eher nach ihren Taten als nach ihren Worten beurteilt.«

»Schon wieder Komplimente«, wehrte Owen ab. »In der einen Minute steht Ihr im Begriff, mich ins Meer zu stürzen, und in der nächsten…«

»O nein«, widersprach ihm Ceredea. »Er hätte dich nie auf die Felsen unten geworfen. Vielleicht hätte er dir den Arm gebrochen oder die Schulter ausgerenkt, aber getötet, nein, getötet hätte er dich nicht. Elutides ist ein gerechter Richter und würde nie eine Strafe verhängen, die in keinem Verhältnis zu dem Vergehen steht.«

»Ich hatte nichts von alledem im Sinn«, beruhigte ihn Elutides. »Ich wollte Euch nur zeigen, daß ich ein Mann bin, den man nicht unterschätzen sollte. Und wenn die Zeit gekommen ist, gegen Ivor anzutreten, kann ich mehr als nur reden.«

»Zu schade aber auch«, entgegnete Owen. »Ich wollte gerade Enar holen. Ich hatte gehofft, daß der unglückliche Ivor sich zwischen Euch beiden zu Tode grämen würde, ohne die traurige Notwendigkeit, ein Schwert ziehen zu müssen.«

Elutides warf den Kopf in den Nacken und brüllte vor Lachen.

Ceredea lächelte. »Da stimme ich dir zu. Elutides könnte ohne Probleme jeden zu Tode reden.«

Gynneth rief: »Bitte, Onkel! Ich habe Angst.« Sie schauderte. »Diese Männer bei Ivor. Jedesmal, wenn ich sie sehe, überfällt mich ein solcher Schrecken, daß ich kaum noch atmen kann.« Sie verbarg ihr Gesicht kurz in den Händen, um dann herumzuwirbeln und Elutides anzustarren, während sie mit ihren beiden kleinen Fäusten seinen Umhang umklammert hielt. »Onkel, bitte! Ceredea sagt, ich kann mit ihr in den Wald gehen und mich bei ihren Leuten verstecken.«

Das Lachen verschwand aus Elutides' Gesicht. An seine Stelle trat ein Ausdruck zärtlicher Besorgnis. Er legte seine beiden großen Hände über ihre winzigen. »Mein Kleines«, sagte er sanft, »habe ich dich nicht immer beschützt?«

Gynneth sah mit bleichem Gesicht einen Augenblick stumm zu ihm hoch, dann nickte sie bedächtig. »Ja«, antwortete sie, »aber Ceredea…«

»Unmöglich«, erklärte Elutides. Er warf Ceredea einen scharfen Blick zu. »Setz ihr nicht solche Flausen in den Kopf. Sie kann nicht dein Leben führen. Es ist zu hart für sie.«

»Vielleicht«, erwiderte Ceredea. »Wir kennen viele Verstecke. Bei uns wäre sie in Sicherheit.«

»Unmöglich«, wiederholte Elutides. Er hielt inne. »Nur als letzte Möglichkeit. Wenn ich umkomme, dann fliehe mit Ceredea. Und nun dreh dich um und sprich mit deinem Kämpen.« Er legte eine Hand auf Gynneth' Rücken und drehte sie behutsam herum, so daß sie Owen ins Gesicht blickte.

Der alte Teufel, dachte Owen. Er sah das stumme Flehen in den Augen des Mädchens, als sie langsam auf ihn zukam.

Alles, was Owen in dem entzückenden jungen Gesicht vor sich sah, war der Tod. Es gab so viele Hindernisse! Wie sollte er sie je überwinden? Die schattenhafte Gestalt Ivors ragte drohend vor ihm auf. Hinter den Berserkern lag die Stadt, seine kampfbereite Stadt. Haakon würde soweit sein, den Angriff in die Wege zu leiten. Und wenn sie Haakon überlebten, wartete immer noch der lange, harte Winter mit seinem Eisregen und seinem kalten Wind auf sie.

Einen kurzen Augenblick lang starrten ihn alle Widerstände, die Mensch und Natur gegen ihn aufgefahren hatten, an, widergespiegelt in diesen beiden klaren, schönen, verzweifelten Augen, die ihn so fragend ansahen.

Dann löste sich das Trugbild auf, und Owen verstand das Wunder und den Schrecken aller Schönheit und aller menschlichen Vollendung. Sie waren geschaffen aus dem Lehm des Leidens und aus dem Blut jener Menschen, die sie nicht untergehen ließen, gleichgültig, was sie zu erdulden oder zu tun hatten.

»Ich habe von der Liebe geträumt«, begann Gynneth leise, »von zärtlicher und inniger Liebe, der Liebe eines Mannes, der das für mich empfinden würde, was jene Krieger aus alten Tagen für ihre Herrinnen empfunden haben, ein Arthur oder ein Tristan.«

Owen hob die Hände und barg ihr Gesicht in ihnen. »Edle Dame.« Er stockte. »Das Leben ist kein Gedicht und keine alte Geschichte, vorgetragen von Barden in einer Halle. Ich habe Leid gesehen, das zu beenden ich mein Leben, ja meine Seele gegeben hätte. Vieles von diesem Schmerz kann ich nicht heilen«, flüsterte er. »Aber das wenige, das ich zu lindern vermag, muß ich lindern, weil…« Er zögerte für die Zeitspanne, die ein langer Atemzug dauert, dann fuhr er fort: »Weil es das ist, was Gott meiner Ansicht nach von mir verlangt. Wenn ich mich also zwischen Euch und Ivor stellen kann, will ich es tun. Was auch geschieht, er soll mir nicht entkommen.«

Er sah, daß sie ihm glaubte. Leben und Farbe kehrten in ihre Wangen zurück. Über die Schulter schaute er Elutides an. »Ich denke«, sagte Owen, »wir haben ein paar wichtige Dinge zu besprechen.«

KAPITEL 23

Elin wachte noch vor der Morgendämmerung auf. Im Haus war es sehr still. Das Feuer im Kamin war bis auf die Glut heruntergebrannt und glomm nur noch hier und da durch den grauen Aschenüberzug hindurch. In dem Bemühen, Ilo und Elfwine nicht zu stören, stand sie leise auf, zog ein dunkelblaues Kleid an und schlang ihr langes Haar im Nacken zusammen. Sie fand Godwin schweigend mit Edgar, Wolf dem Kurzen und Gowen nahe dem Feuer in der Halle.

Ranulf stand etwas abseits von ihnen und wärmte sich die Hände über dem Feuer. Die Augen des Jungen waren aufgedunsen und verquollen. Seine Nase war rot, seine Miene jedoch heiter und gelassen. Er trug einen dunklen Umhang.

»Ich habe an meine angeheiratete Verwandtschaft appelliert, Elfwines Familie«, erklärte er, als Elin an den Herd trat. »Ich habe ihnen mein Wort gegeben, daß ich nicht vorhabe, Elfwine zu verstoßen. Mein Sohn ist immer noch mein Sohn. Und sie meine Ehefrau. Sie haben mir geglaubt.«

»Ahnen sie die Wahrheit?« fragte Elin.

Godwin lachte. »Was ist schon Wahrheit?«

»Pilatus' Frage«, gab Elin zurück. »Möchtet Ihr ein wenig Wasser, um Eure Hände darin zu waschen?«

»Nein«, erwiderte Godwin. »Rauching ist nicht Christus. Er stirbt heute.«

»Gewährt ihm nicht die Ehre des Todes«, meinte Elin, während sie auf die Tür zum Platz zuging. »Überlaßt ihn mir.«

Sie entriegelte das Tor, öffnete es, blieb stehen und schaute über die schweigende Stadt hinweg. Sie dachte an Owen, und eine Woge heftigen Verlangens durchströmte ihr ganzes Sein. Sie konnte sein Gesicht sehen: die eindringlichen dunklen Augen, den harten und doch sinnlichen Mund, die Kappe feinen, dunklen Haars.

Ihre Augen schlossen sich, und es war, als könne sie seine Hände auf ihrem Körper spüren, spüren, wie er sie drängend an sich zog. Sie erschauerte. Die Knie wurden ihr weich. Ihre Lippen öffneten sich. Elin war plötzlich froh, daß sie mit dem Rücken zur Halle stand. Keiner der Männer konnte ihr Gesicht sehen. Sie bewegte sich kaum merklich. Ihr Gewand rieb sachte über die Spitzen ihrer Brüste. Irgendwo, irgendwie liebte Owen sie. Das uralte Dreieck der Lust flammte in ihrem Körper auf, von ihrem Schoß hoch zu den beiden Brustwarzen.

Elin lehnte die Schulter gegen den Türrahmen. Sie fühlte sich hilflos. Die erste Explosion verlief von unten nach oben durch ihren Körper. Dann, fast unerträglich intensiv, eine zweite und eine dritte. Elin erschauerte und biß sich heftig auf die Lippen, um nicht laut aufzustöhnen. Dann erstarb das Feuer allmählich und ließ sie schlaff und erschöpft gegen den Türrahmen gelehnt zurück.

Sie erinnerte sich an Owens Worte an jenem Morgen auf dem Platz, bevor er sich auf seine Fahrt gemacht hatte. Sein Versprechen, er werde nicht zulassen, daß sie ihn jemals verließe. Nun begriff sie die volle Bedeutung dieses Versprechens.

Er würde immer bei ihr sein, und sie wußte, selbst wenn sie alterte, wenn ihr Körper vertrocknen und nutzlos werden würde, wäre er in der Lage, den Geist der Jugend und die vielen Augenblicke der Liebe zurückzurufen, die sie miteinander geteilt hatten. Über die Meilen hinweg, die sie trennten, streckte er die Hände nach ihr aus, und so würde er auch die Jahre und das Alter überbrücken und das Blut in ihren Adern in flüssiges Feuer verwandeln. Sie konnte, so weit sie wollte, in die gewaltigen Wälder des Nordens fliehen, die ihr Herz lockten, aber er würde ihr überallhin folgen. Ihre Blicke würden einander über das Lagerfeuer hinweg begegnen, seine Arme und Küsse sie in die Dunkelheit entführen.

Sie hörte ein leises Geräusch hinter sich, und Godwins Stimme erklang: »Elin?« fragte er. »Geht es Euch gut?«

»Ja«, gab sie zur Antwort, um dann festzustellen, daß ihr Tränen über die Wangen rannen. Sie trocknete ihre Augen mit dem Umhang. »Nein, ich vermute, nicht.«

»Es ist zu traurig«, entgegnete er. »Ich kann nicht einmal meinen Arm um Euch legen. Die Gefahr ist zu groß, daß jemand es sehen und denken könnte, ich würde mir die Herrin des Bischofs nehmen.«

»Ich weiß«, sagte Elin, während sie sich noch einmal mit dem Umhang über die Augen fuhr. »Vielleicht ist es besser so. Denn wenn Ihr es tätet, würde ich womöglich den ganzen Tag nicht mehr aufhören zu weinen. Owen befindet sich in Sicherheit.«

Godwin zweifelte ihre Gewißheit nicht an. Er nahm ihre Bemerkung mit einem Kopfnicken zur Kenntnis, dann drehte er sich um. »Ine!« brüllte er.

Ine tauchte auf. An einem gewaltigen Knochen kauend, kroch er unter dem Tisch hervor.

»Wie ich sehe, hat er sich wieder erholt«, stellte Elin fest.

»Mehr als das«, sagte Godwin. »Er ist in prächtiger Verfassung. Ich habe ihn mit einem Besuch bei der Witwe über seine vorübergehende Unpäßlichkeit hinweggetröstet.« Godwin wandte sich Ine zu. »Mach Badewasser heiß. Deine Herrin wird ein Bad nehmen wollen und die anderen Damen auch.«

Als Ine eilfertig zum Kamin hastete, wandte Godwin sich mit gedämpfter Stimme an Elin. »Ich habe bereits mit Judith gesprochen. Sie und die anderen Frauen sind emsig dabei, eine prachtvolle Feier für einen späteren Zeitpunkt des Tages vorzubereiten. Sie hat Euer Gewand ausgesucht. Elfwine wird Weiß tragen. Rauching und seine Gefolgsleute werden die Kirche nicht betreten.«

Godwin bleckte kurz die Zähne. »Er hat Geschichten darüber gehört, was ich in der Kirche mit Graf Anton angestellt habe. Also versteckt er sich zwischen den Stadtbewohnern. Kluger Junge. Er wird mich nicht in seine Nähe lassen. Mich nicht und keinen meiner Männer.«

»Er hält sich für ungeheuer klug«, flüsterte Elin zurück. »Wenn das, was Ihr sagt, wahr ist, ist er verloren.« Dann sprach sie mit lauter Stimme: »Ine, heiz das Schwitzbad für mich! Ich werde alleine baden. Ich muß ungestört sein.«

»Was habt Ihr vor?« erkundigte sich Godwin.

Ihre Tränen waren versiegt. Ihr Blick wirkte gefaßt, und in ihren Augen lag ein seltsamer, abwesender Ausdruck. »Godwin, welches Schicksal erwartet den falschen Ankläger?« fragte sie.

Godwin wich ein Stückchen zurück und schenkte ihr ein halbherziges Lächeln. »Es ist Sitte, daß er bestraft wird. Die Strafe fällt unterschiedlich aus. Manchmal muß er ein Sühnegeld zahlen; manchmal verliert er eine Hand. Dann wieder –«

»Ich brauche kein Gesetzbuch, Godwin. Eine Bestrafung ist in Ordnung, nicht wahr?«

»Ja.«

»Sehr gut«, freute sich Elin. »Da Ihr der Herr seid, wird geschehen, was Ihr sagt. Er wird seine Strafe erhalten.«

Elsbeth erwachte früh. Im Gemach war es kalt, und Haakon war gegangen. Er war in das Lager weiter flußaufwärts zurückgekehrt, wo die meisten seiner Männer sich aufhielten. Er hatte sie geweckt, um ihr einen flüchtigen Abschiedskuß zu geben. Dann fiel ihr wieder ein, was geschehen war, nachdem er versprochen hatte, ihr etwas über Verruchtheit beizubringen. Sie spürte, wie das Erröten ihren ganzen Körper überzog. Gott, wo hatte er nur diese Einfälle her? dachte sie. Einiges von dem, was sie getan hatten, ließ sie noch jetzt erbeben und erschauern, aber nicht vor Entsetzen. Sie fuhr sich mit der Zunge über die Lippen. Beim bloßen Gedanken daran wurde ihr heiß.

Sie schlüpfte aus dem Bett und zog sich ein altes Kleid über. Sie hüllte sich in einen dunklen Umhang, dann hastete sie nach draußen. Vor der Tür zu dem Zimmer, in dem ihre Kinder schliefen, blieb sie stehen. Eine einsame Fackel brannte in der Halle. In ihrem Licht konnte sie die aneinandergekuschelten Gestalten von Bettena und den drei Kleinen im Bett sehen.

Sie betrat den Raum und berührte Bettena leicht an der Schulter. Bettena wurde wach, löste sich vorsichtig von den Körpern der Kinder und folgte Elsbeth aus dem Zimmer. In der Halle standen sich die beiden Frauen im Schein der flackernden Fackel gegenüber. Bettena blinzelte sich den Schlaf aus den Augen, Elsbeth hatte eine stolze Haltung angenommen.

»Ich nehme an, Ihr habt bei ihm Erfolg gehabt...«, begann Bettena.

»Ich lebe noch«, erwiderte Elsbeth. »Aber es war äußerst knapp.«

Bettena zitterte vor Furcht. »Wenn er ahnen würde, was wir vorhaben ... er würde uns alle töten.«

Elsbeth nahm Bettenas Hand und drückte sie. Die Fackel über ihren Köpfen brannte herunter, die Flamme wurde bläulich. Keine der beiden Frauen konnte in der plötzlich einsetzenden Dunkelheit noch das Gesicht der anderen erkennen. »Entweder wird er die Prüfung bestehen oder nicht«, erklärte Elsbeth. »Falls er sie besteht, schön und gut. Falls nicht, muß er sterben, und wir müssen alle fliehen. Ich weiß nicht, ob ich entkommen kann. Falls nicht, mußt du dich um die Kinder kümmern. Bitte.«

Die Fackel flackerte noch einmal auf und erhellte die Nische so weit, daß Elsbeth Bettenas Gesicht flüchtig sehen konnte. »Ja«, versprach Bettena. »Die Kinder. Sie sind unschuldig. Die Rache der Nordmänner darf sie nicht treffen. Ich werde jetzt gehen und die Parole verbreiten. Sie erwarten mich am Waldrand.«

Elfwine und Elin befanden sich allein in Elins Schlafgemach. Elfwine atmete den Rauch der Kräuter ein, die Elin auf die Kohlenpfanne warf. Sie fühlte sich schwindlig und wie auf Wolken schweben, als gehöre ihr Körper nicht mehr ihr. Ihre Hände und Füße waren taub. In der von der Glut aufsteigenden Hitze richtete sie ihren Blick über die Kohlenpfanne hinweg auf Elin. Elins Gesicht schien zu flimmern, als versuche es, sich aufzulösen.

»Hast du Angst?« fragte Elin sie.

»Nein«, beteuerte Elfwine. »Ich spüre scheinbar gar nichts mehr.«

Elin lächelte, ein grimmiges, hartes Lächeln.

»Werde ich sterben, Elin?« fragte Elfwine.

»Nicht, wenn ich es verhindern kann«, versprach Elin.

»Ich weiß, ich werde das heiße Eisen fallen lassen«, sagte Elfwine. »Ich weiß es. Ich bin schuldig.«

»Nein, das wirst du nicht«, widersprach Elin. »Wenn du das Sakrament erhältst, bist du von jeglicher Schuld reingewaschen. Diejenigen, denen Gott vergeben hat, sind frei von Sünden.«

»Es heißt«, fuhr Elfwine fort, »die heilige Hostie in einen schuldigen Leib aufzunehmen, sei die schlimmste Sünde überhaupt. Man hat mir erzählt, einst habe eine höhnische Ehebrecherin ihren Gemahl von ihrer Unschuld überzeugen wollen und habe das heilige Sakrament mit Bosheit im Herzen zu sich genommen. Als der Leib Gottes ihre Zunge und ihre Lippen berührte, verdorrten sie, als habe Feuer sie verbrannt. Sie starb auf den Altarstufen, und die Teufel holten ihre Seele und zerrten sie in die Hölle.«

»Vielleicht wird das geschehen«, entgegnete Elin. »Vielleicht auch nicht. Falls nicht, magst du es als ein Zeichen von Gott nehmen, daß dein Herz durch Reue gereinigt worden ist.«

Elins Gesicht schien in der Ferne zu verschwimmen, aber ihre Stimme war nur allzu nah. Und als Elfwine sich umdrehte, wurde ihr klar, daß Elin an ihrer Seite stand und sie aus dem Gemach zur Kirche führte. Hin zu den grauenvollen Zeremonien, die dort stattfinden würden.

Alfric gesellte sich am oberen Treppenabsatz zu ihnen und stützte Elfwines anderen Arm.

»Ich habe jeden Kunstgriff angewandt, den ich kenne«, hörte Elfwine Elin zu ihm sagen, »bin mir ihrer aber trotzdem nicht sicher.«

»Ich bin keine starke Frau«, sagte Elfwine traurig, »und mein Herz ist nicht rein.«

»Gott vermag es zu reinigen«, versuchte Alfric sie zu ermutigen.

»Warum sollte er sich die Mühe machen?« zweifelte Elfwine.

»Ich weiß es nicht«, gab Alfric zurück. »Aber für gewöhnlich tut er es, wenn man ihn darum bittet. Bittest du darum, Elfwine?«

Sie schien nicht imstande zu sein, die Stufen unter ihren Füßen zu finden. Sie schwebte mehr wie ein Gespenst herunter, als daß sie die Treppe wie eine Frau aus Fleisch und Blut hinunterging.

Alfrics Frage hallte in ihrem Kopf. Sie fragte sich, ob sie wirklich jene Reinheit der Seele erstrebte, die Alfric verhieß. Ihr ganzes Leben lang hatte sie sich damit zufriedengegeben, Heiligkeit und Heldenmut anderen zu überlassen. Sie war weder mutig noch edel und wollte es auch gar nicht sein. Und doch schienen Alfrics Worte zu bedeuten, daß sie sich möglicherweise beides zu eigen machen mußte, wenn sie überleben wollte.

Sie mochte ihre Laster. Die Wollust. Es hatte ihr Spaß gemacht, seit sie herausgefunden hatte, wie es ging. Spaß. In vollen Zügen hatte sie es genossen. Rauching war ein besonderes Vergnügen gewesen. Doch nach allem, was er auf dem Platz getan, nach den Beleidigungen, die er ihr an den Kopf geworfen hatte, haßte sie sich dafür, daß sie ihn begehrt hatte.

Trägheit. Elfwine war entsetzlich faul. Aufgewachsen mit der brutalen Notwendigkeit, das Land zu bestellen, mit jener unaufhörlichen Mühsal, die sich vom ersten Pflügen bis zur Erntezeit erstreckt, haßte sie den bloßen Gedanken an Arbeit. Sie war überglücklich, wenn es ihr gelang, andere herumzukommandieren oder geschickt zu beeinflussen oder auch nur so lange zu jammern, bis diese verzweifelt die Hände hochwarfen und an ihrer Statt die Hausarbeit erledigten.

Habgier. O Gott, sie war mehr als nur ein wenig habgierig. Sie erinnerte sich an längere Perioden des Hungers, so intensiv, daß es weh tat. Seit sie im Haushalt des Bischofs lebte, stellte der Luxus, daß sie jeden Tag genug zu essen bekam, einen Triumph dar, der ihre wildesten Träume übertraf.

Schmerzlich war sie sich der Tatsache bewußt, daß dies die Sorte von Herz war, das sie Gott darbieten mußte. Sie war heute in Weiß gekleidet, aber ihre Seele war schwarz wie die Sünde.

Sie merkte, daß sie vor Entsetzen zitterte bei dem Gedanken, Gott könnte sie auf dieselbe Art auf den Altarstufen niederstrekken, wie er die Frau in der Geschichte vernichtet hatte, die sie Elin soeben erzählt hatte. Beinahe hoffte sie, er würde es tun. Wenigstens ginge es schnell. Durch die Straßen der Stadt gepeitscht, erdrosselt und in einen Graben geworfen zu werden wäre erniedrigend und gräßlich schmerzhaft. Ihr Fleisch schrak vor der Peitsche zurück, und all ihre Gedanken sträubten sich gegen die Vorstellung, wie es sein würde, wenn einem ein Seil den Hals zuschnürte.

Ihr Magen war zwar leer, aber wenn sie zu eindringlich daran dachte, war es gut möglich, daß sie Schande über sich brachte, indem sie sich hier vor dem ganzen Haushalt auf den Fußboden übergab. Heute zu versagen bedeutete den Tod. Ihr Vater und ihre Brüder würden sie womöglich eigenhändig erwürgen. Wenn sie versagte, wären auch sie ruiniert. Die einträgliche Verbindung mit dem Haushalt des Bischofs wäre dann beendet.

Zweimal hatte Elfwine befürchtet, ihr Vater werde sie umbringen. Das erste Mal war, als er sie in flagranti mit einem der Jäger des Grafen erwischt hatte, der ihr ein paar Hasen geschenkt hatte. Sie hatte entsetzlichen Hunger gehabt. Ihr spärlicher Nahrungsmittelvorrat von der letzten Ernte war aufgebraucht, die neue Ernte noch nicht eingebracht.

Als ihr Vater sich in jener Scheune über sie beugte, nachdem er ihren Liebhaber davongejagt hatte, hatte sie in seinen Augen den Tod gesehen. Er hatte sie mit seinem Gürtel und dann mit den Fäusten geschlagen, bis sie das Bewußtsein verloren hatte.

Dasselbe war passiert, als sie mit dem Weinhändler aus Paris durchgebrannt war. Eine Tochter war das Eigentum ihres Vaters und durfte sich nicht ohne seine Erlaubnis einem Mann hingeben. So erntete sie nur wenig Mitgefühl, und niemand versorgte ihre Verletzungen, obwohl beide Augen vollkommen zugeschwollen waren und ihr Mund so zerschlagen, daß man ihn kaum noch erkennen konnte.

Wenn man sie jetzt zu ihrem Vater zurückbringen würde, wäre eine solche Tracht Prügel noch das Beste, was sie sich erhoffen durfte. Nein, ihre einzige Hoffnung lag in Gott. Und in Elins Tricks.

Alfric und Elin führten sie durch die Sakristei und in die Kirche. Elfwine versuchte sich loszumachen, aber Elin zwang sie vor den Altar, wo man einen Freiraum für sie gelassen hatte.

Elfwine sah sich um. Sie schien alles mit einer strahlenden, unnatürlichen Deutlichkeit wahrzunehmen. Fast die gesamte Stadt hatte sich in der Kirche eingefunden. Nachdem Rauching dem Haushalt des Bischofs so unverblümt den Fehdehandschuh hingeworfen hatte, wollte niemand dies hier verpassen.

Der Bischofsthron stand auf Tragstangen vor dem Altar. Zwischen Altar und Bischofsthron lag ein Kissen. Elfwine begriff. Dort sollte sie niederknien.

In ihrem Rücken fühlte sie Elins Hand, bereit, sie vorwärtszustoßen, falls sie zögern sollte. Aber sie zögerte nicht. Statt dessen glitt sie mit demselben Gefühl des Schwebens, das sie schon auf der Treppe verspürt hatte, nach vorn und kniete nieder.

Kurz darauf erschien Alfric am Altar. Das leise Stimmengewirr in der Kirche erstarb, und die Messe begann.

Elfwine hatte das Gefühl, jedes Auge in der Kirche sei auf sie gerichtet. Sie allein trug Weiß. Das schlichte weiße Gewand hüllte sie vom Hals bis zu den Füßen ein. Elin hatte dafür gesorgt, daß die Ärmel ihre Arme vollständig bedeckten, damit niemand die blauen Flecken von Ranulfs hartem Griff sah.

Die von Alfric gelesene Messe schien wie im Traum vorüberzugehen, bis schließlich der Augenblick kam, in dem sie das Sakrament empfangen sollte. Elfwine hob den Kopf. Jetzt hatte Gott die Gelegenheit, sie niederzustrecken.

Sie erinnerte sich an das wutverzerrte Gesicht ihres Vaters, an den harten Ledergürtel in seiner Hand. Dann dachte sie an Ranulf, seine Freundlichkeit und den Schmerz und die Verzweiflung in seinen Augen, als er sie letzte Nacht angesehen hatte.

Alfric stand vor ihr, die Hostie in der Hand, bereit, sie auf ihre Zunge zu legen. Einen flüchtigen Moment lang zögerte sie, und ihre Lippen waren wie versiegelt. Die gewaltige Menge in der Kirche hinter ihr schien wie ein Mann den Atem anzuhalten.

Ihr Vater hatte sie nicht geliebt. Sie war nichts als sein Eigentum. Frau Elin liebte sie nicht. Sie mühte sich verzweifelt, die Stadt gegen die Wikinger zusammenzuhalten. Von allen Menschen, die sie jemals gekannt hatte, hatte nur Ranulf sie geliebt.

Hatte Gott Ranulfs Gesicht?

Es tut mir leid, dachte sie. Aber du mußt mich nehmen, wie ich bin. Sie schaute tief in ihr eigenes Herz und rief sich Rauchings Lüge ins Gedächtnis, das Gift sei nur ein Schlaftrunk. Ja, dachte sie als letzte Opfergabe ihrer Aufrichtigkeit, ich wußte, daß er log, aber ich wollte es nicht wissen.

Dann teilten sich ihre Lippen, und sie nahm das Sakrament in den Mund. Sie schluckte das trockene Stück Brot herunter, dann nahm sie einen Schluck von dem Wein, den Alfric ihr darbot. In ihrem Rücken erklang ein leiser kollektiver Seufzer.

Alfric trat wieder an den Altar und intonierte die Gebete, die das Ende der Messe verkündeten. Elfwine rutschte von dem Kissen herunter und warf sich, die Arme in Kreuzform ausgebreitet, zu Boden.

Elin stand neben ihr. Aufgeregt und ängstlich biß sie sich auf die Lippe. War die Geste zu dramatisch? Würde sie Elfwine die Sympathie der versammelten Menge kosten? Dann entdeckte sie die Tränen, die der jungen Frau über die Wangen rannen, und ihr wurde klar, daß ihre Handlungsweise von Herzen kam.

Elin stieß einen Seufzer der Erleichterung aus und fing an zu beten. In ihren Augen beherrschte eine Hierarchie von Mächten die Welt. Manche konnte man kaufen, anderen befehlen, aber die höchste Macht stand über aller menschlichen Vernunft und ließ sich nicht beeinflussen. Für Elin war sie zweifellos weiblich. Die Welt, die Frau, Bewahrerin und Erhalterin allen Lebens, fruchtbar wie der knospende Frühling. Schrecklich wie ein Wintersturm, der vom Meer übers Land braust, der mit Regen, Eis und Schnee alles vor sich her treibt. Die, die in sich die letzten Wahrheiten von Geburt und Tod vereint und alle lebenden Wesen in eine ungewisse Zukunft trägt. Zu ihr betete Elin. Du schuldest mir Rache. Ich bin dein Werkzeug. Gib Rauching in meine Gewalt.

Elfwine fühlte Alfric mehr über sich stehen, als daß sie ihn sah. Sie hob den Kopf und sah seine Hand den Segen vollenden. Er hatte eine purpurfarbene Dalmatika gewählt, um das heutige Meßopfer zu feiern. In diesem Purpur lag mehr als nur eine Andeutung von Blut.

Elfwine richtete sich bedächtig auf und wandte sich mit dem Gesicht zur Kirchengemeinde.

»Muß ich dich stützen, Elfwine?« raunte Alfric ihr zu.

»Nein«, antwortete sie atemlos, »ich werde allein gehen. Mein war die Sünde; die Sühne soll es auch sein.«

Elfwines Brüder traten aus der Menge heraus. Sie hatten gebadet und ihren ziemlich verschlissenen Sonntagsstaat angelegt. Die vier Männer hoben die Tragstangen unter dem schweren Bischofsthron an. Sie bahnten ihrer Schwester einen Weg durch die Menge hinaus auf den Platz.

Elfwine schritt an Judith vorbei, die sie anschaute, als wolle sie sagen: »Du befindest dich in der größten Gefahr, der eine Frau sich gegenübersehen kann, aber bleib stark, und alles wird gut werden.« Neben Judith stand weinend Bretwala, die die ersten Botschaften zwischen Rauching und Elfwine überbracht hatte. Kleine Hündin mit dem Spatzenhirn. Ihre Zunge stand nie still. Sie kannte die Wahrheit und hatte es sicher nicht verabsäumt, sie in der gesamten Stadt zu verbreiten.

Elfwine reckte das Kinn in die Höhe. Sie mußte sich so verhalten, daß die Wahrheit wie eine Lüge aussah. Tat sie das nicht, konnte dies hier ihrer aller Untergang bedeuten. Für ihren Vater und ihre Brüder, für ihren Mann und ihr Kind.

Mut, dachte sie. Das ist Mut. Ich habe Mut. Gewiß, Mut ist ein furchtbares Ding, geboren aus unerträglicher Pein und Verzweiflung, aber jetzt habe ich ihn, und ich werde gewinnen.

Elfwines Brüder trugen den Thron die Kirchenstufen hinunter und stellten ihn in der Mitte des Platzes ab. Elfwine nahm neben ihm Aufstellung, während die Menge aus der Kirche quoll und sie umringte.

Rauching befand sich auf der gegenüberliegenden Platzseite, umgeben von seinen Freunden unter den Bauern. Sie lachten und rissen Witze, und Elfwine wußte, daß Rauching ein paar Runden aus den Biervorräten des Schankwirts ausgegeben haben mußte. Sie konnte Rauchings dreisten Blick auf sich ruhen spüren.

Gunther stand an einem Feuer neben der Schenke. In den glühenden Kohlen lag ein schwerer Eisenstab. Elin hatte ihr erzählt, daß ein Trick dabei war. Gunther, als Schmied ein Fachmann in Metallkunde, verstand es, einen Stab so herzustellen, daß die Enden kühl blieben, auch wenn die Mitte bis zur Weißglut erhitzt wurde. »Du bedeckst die kühlen Enden mit deinen Händen«, hatte Elin ihr eingeschärft. »Die Mitte des Stabes glüht, die Leute sehen es und denken, das Metall sei bis in die Spitzen heiß. Ja, du erleidest ein paar Verbrennungen, aber nichts, was eine entschlossene Person nicht aushalten könnte. Ja, es wird ein wenig weh tun, und du mußt es ertragen. Ich werde dir helfen.«

Elfwine konnte die Hitze der Sonne auf ihrem Rücken spüren. Sie schien aus einem wolkenlos blauen Himmel hernieder.

Elin näherte sich ihr. »Ich werde den Stab von Gunther holen und in deine Hände legen.«

»Er starrt mich an«, flüsterte Elfwine zurück.

»Vergiß Rauching und sieh deinen Mann an«, zischte Elin leise.

Elfwine warf einen raschen Blick zu den Treppenstufen zurück und merkte, daß ihre Knie vor Entsetzen zu schlottern begannen. Sie waren alle da. Anna hatte das Baby auf dem Arm. Ingund stand an ihrer Seite. Rosamunde klammerte sich an Ingunds Arm. Hinter ihnen hatten Godwin und seine Ritter Aufstellung genommen. Noch eine Reihe dahinter, auf der obersten Stufe zur Halle, standen ein Dutzend Armbruster; ihre Waffen zeigten zu Boden, waren jedoch gespannt und einsatzbereit.

Rauching muß verrückt sein, dachte sie. Sie hatte den Gedanken noch nicht zu Ende gedacht, als sie erkannte, daß dem keinesfalls so war. Er und seine Männer hatten sich unter die Stadtbewohner gemischt. Falls Godwin seinen Armbrustschützen befahl, in die Menge zu feuern, würde er Freund und Feind töten. In einer so kleinen Stadt wie Chantalon, wo jeder mit jedem durch Bluts- oder Heiratsbande verwandt war, würde man ihm das nie verzeihen. Auch Angehörige der Schützen befanden sich unter der Zuschauermenge auf dem Platz. Sie bezweifelte stark, ob sie überhaupt schießen würden, auch wenn sie den Befehl dazu erhielten.

Ranulf stand neben den Armbrustern. Die Spuren des Kummers waren aus seinem Gesicht gewichen. Er war blaß, gefaßt und still. Ihre Blicke begegneten sich. Sie sah weder Trauer noch Vorwürfe in seinen Augen, nur stahlharte Erwartung. Die Erwartung, daß sie ihr Bestes geben würde.

Elfwine legte eine Hand auf die Rückenlehne des Bischofsthrons. Es war ein uralter, ehrwürdiger Gegenstand, geschnitzt aus einer heiligen Eiche, die von den ersten christlichen Missionaren, welche dieses Tal betreten hatten, gefällt worden war. Es ging die Mär, der erste Bischof von Chantalon habe sich auf ihn gesetzt und ihn so von seinen heidnischen Ursprüngen erlöst.

Kraft schien aus dem alten, geschwärzten Holz in Elfwines Hand zu fließen.

Gunther holte das glühende Eisen aus dem Feuer und legte es in Elins Hände. Sie hielt es an beiden Enden fest und wandte sich der Menge zu. Selbst für Elfwine, die den Dreh kannte, war der Eindruck überwältigend. Elin schien einen rotglühenden Eisenstab in ihren Händen zu halten und doch keinerlei Schmerz zu verspüren. Sie trug ihn zu Elfwine und legte ihr die beiden Enden in die Hände. Einen schrecklichen Augenblick lang begegnete Elfwines Blick dem von Elin. Sie schien in ihm zu ertrinken.

»Du wirst keinen Schmerz empfinden«, raunte Elin.

Und so war es.

Elfwine begann ihre Runde um den Thron. Der Gang schien eine Ewigkeit zu dauern. Das erste Mal war leicht. Sie hatte die Menge vergessen; sie hatte die Welt vergessen. Die einzige Wirklichkeit war der Gegenstand in ihren Händen. Die zweite Thronumrundung war schlimmer. Elfwine konnte ihr eigenes Fleisch brennen riechen, und sie war sich der absoluten Stille um sie herum bewußt, so absolut, daß sie die Flammen hören konnte, die aus Gunthers Feuer schlugen.

Elfwine strauchelte, als sie zum zweitenmal an Elin vorbeikam. Der Schmerz begann durch Elins Drogen zu dringen, und vor lauter Pein konnte sie nur mit Mühe ihren gemessenen Schritt beibehalten. Als sie zum drittenmal an Elin vorbeikam, war es nahezu unerträglich. Aber aus einem Ort in ihrem Innern, von dessen Existenz sie bisher nichts geahnt hatte, nahm sie die Kraft, ruhig vor Elin stehenzubleiben und das Eisen in ihre Hände zu legen.

Elin nahm den Stab entgegen und flüsterte: »Es ist vollbracht.« Sie trug den Stab unter den Blicken der Zuschauer zur Platzmitte. Elfwine wankte auf die Hallentreppe zu. Sie fühlte einen Arm um ihre Schulter, der sie aufrichtete, und erkannte, daß es Ranulfs war.

»Elfwine hat die Stärke einer tugendhaften Ehefrau an den Tag gelegt«, rief Elin, während sie den Stab hoch über ihren Kopf hielt. Sie stand im Begriff zu rufen: »Der Ankläger möge vortreten!«, aber Rauching stürzte aus der Gruppe seiner Gefolgsleute herbei und pflanzte sich vor ihr auf.

»Es ist ein Trick!« schrie er. Er zeigte auf Gunther. »Das Eisen ist nicht heiß. Es ist ein Trick, laßt es euch gesagt sein.« Er zeigte noch immer auf Gunther. »Der Schmied steht im Sold der Hexe des Bischofs!«

Ihm blieb noch die Zeit zu erkennen, daß er einen schweren Fehler begangen hatte, denn er sah, wie ein Ausdruck wilden Triumphes Elins Gesicht verklärte. »In meine Gewalt bist du gegeben«, flüsterte sie, während sie das weißglühende Mittelstück des Stabs gegen Rauchings Wange preßte. Es gab ein lautes Zischen und einen beißenden Gestank, als das heiße Eisen sich durch seine Haut bis auf den Knochen hinunter brannte.

Rauching begann zu kreischen und sank in die Knie. Die Frauen des Haushalts stürzten sich auf ihn. Rauching schaffte es, wieder auf die Beine zu kommen. Er versuchte, in den Schutz der Menge zu fliehen, aber zwischen ihm und der Rettung stand Gunther. Gunthers Fausthieb traf Rauching auf die unverletzte Wange und schleuderte ihn in die Arme der Frauen zurück.

»Meine Tochter eine Hure nennen, ja?« brüllte Gunther. »Kein Weib war ihrem Mann je treuer als Ingund!«

Elin trat beiseite und beobachtete, wie Rauching sich kreischend unter den Nägeln, Fäusten und Füßen der Frauen wand. Einige seiner Anhänger stürmten vorwärts. Ranulf hob den Arm. Die Armbruster brachten ihre Waffen in Anschlag.

»Bleibt, wo ihr seid!« rief Ranulf. »Jeder Mann hat sein Ziel im

Blick! Rauching ist ein Verleumder und erhält seine gerechte Strafe.«

Als Rauching nackt war, nur noch schluchzte und aus Dutzenden von Wunden blutete, welche die Frauen ihm zugefügt hatten, gebot Godwin Einhalt. Rauching lag auf dem Bauch und übergab sich auf die Straße, unfähig, ein Wort hervorzubringen.

Ranulf stand bei Elfwine. Sie schwankte leicht und sah auf die Verbrennungen an beiden Handflächen um die Daumen herum herab.

Er stützte sie mit einem Arm. »Tut es weh?« fragte er.

Sie schaute zu ihm hoch und nickte. Sie wirkte abgestumpft. Abgestumpft und gebrochen wie ein Tier, das so viel Leid durch die Hände grausamer Menschen erfahren hat, daß es nie mehr den Mut aufbringen wird, aufzubegehren, ganz gleich, wie schwere Lasten man ihm aufbürdet. Elfwine, dachte er, mochte so für den Rest ihrer Tage umhergehen, mit gesenktem Haupt, eine Ausgestoßene, für immer verachtet.

»Du wußtest es?« fragte er.

»Ja«, nickte sie. »Ich wollte dir nie wieder in die Augen sehen müssen ... und erkennen, wie sehr ich dich verletzt habe.« Sie schaute zu ihm auf. Ihre Blicke begegneten einander und verschränkten sich... Sie war gebrochen, und er begriff, was sie gebrochen hatte.

Der Schmerz, dachte er. Das ist der Grund, warum durch Gottes Hand der Schmerz in das Universum gekommen ist – wegen seiner reinen, rohen, wirkungsvollen, grausamen Macht, die Menschen zu lehren. Der Schmerz erreicht uns nicht über unseren eher schwachen Verstand, sondern trifft uns direkt in den Bauch, läßt uns das Blut in den Adern und das Mark in den Knochen gefrieren.

Und die Lektion, die er Ranulf erteilte, war die: Wie achtlos Liebe auch gegeben werden mag, sie kann nie zurückgenommen werden. Er hatte seine Liebe bei einem Gerangel im Heufeld weggeworfen, einem Akt, der ihn auf den Gipfel einer so unglaublich mächtigen schieren Fleischeslust getragen hatte, daß sie sogar die

Sonne für ihn verdunkelt hatte. So war er in die Arme einer Frau getrieben worden, die er nicht im mindesten kannte … für immer. Das Geschenk war von seinen Händen in die ihren gewandert, ihre verbrannten Hände. Sie hatte ihm rückhaltlos ihre Schuld gestanden. Sie hatte seinen Tod geplant. Sie war ihm auf Gedeih und Verderb ausgeliefert.

Ranulf stieß sie beiseite. Sie lehnte sich mit dem Rücken gegen die Mauer neben dem Tor zur Halle des Bischofs. In ihrem Gesicht stand nichts mehr, nicht einmal Verzweiflung.

»Warte hier«, befahl er ihr.

Die Frauen waren mit Rauching fertig.

Ranulf entriß einem von Denis' Männern die Armbrust. Er schritt die Stufen hinunter und blieb vor Rauching stehen.

Der hatte inzwischen seine Stimme wiedergefunden und winselte und bettelte um Gnade.

»Rauching!« Ranulf sprach laut genug, um die Schmerzens- und Entsetzensschreie des anderen zu übertönen. Rauching wandte ihm einen Blick zu, in dem mehr Verdruß als sonst etwas lag. Der gaffenden Menge war klar, daß Rauching mehr Angst vor Godwin und den Frauen hinter Ranulf als vor dem jugendlichen Ehemann seiner Buhle hatte.

»Rauching«, fuhr Ranulf fort, »diese Geschichten, die Ihr über Elfwine und die anderen Frauen im Haushalt meines Herrn verbreitet habt – das waren Lügen, nicht wahr?« Ranulfs Stimme klang ausdruckslos, ohne jede erkennbare Gefühlsregung. Es war beinahe so, als würde er sich mit Rauching über ein besonders schweres Unwetter unterhalten.

Rauchings gehetzte Blicke wanderten von Ranulfs Gesicht fort zu den Umstehenden. Und Ranulf begriff, daß die boshafte kleine Schlange fieberhaft nach einem Ausweg aus dieser Situation suchte.

»Rauching!« wiederholte Ranulf.

»Ja, ja«, wimmerte Rauching. »Ja, ich vermute, es war gelogen.«

»Danke«, versetzte Ranulf ruhig … und schoß.

Godwin, der das Drama aus unmittelbarer Nähe verfolgte,

merkte, wie er vor Überraschung mit dem ganzen Körper einen Ruck nach vorn machte.

Der Menge stockte der Atem.

Der Armbrustbolzen riß Rauching von den Knien mehrere Fuß hoch in die Luft, wo er sich um die eigene Achse drehte, um schließlich mit dem Gesicht nach unten auf dem Steinpflaster liegenzubleiben. Der Bolzen ragte, nachdem er seinen Körper durchschlagen hatte, aus dem Rücken heraus, bedeckt mit Fetzen von Rauchings Fleisch.

Godwin nahm erstaunt und recht erfreut zur Kenntnis, daß niemand, nicht einmal er selbst, bemerkt hatte, daß die Armbrust auf Rauchings Brust zielte und daß Ranulfs Gesichtsausdruck sich nicht einmal ansatzweise verändert hatte und nicht die geringste Gefühlsregung in seinen sanften, haselnußbraunen Augen aufgeflackert war. »Sehr gut«, lobte er ihn.

Ranulf gab dem Armbruster seine abgefeuerte Waffe zurück. Er kehrte an Elfwines Seite zurück.

»Elfwine.« Ranulf sprach zu den Menschen auf dem Platz, besonders zu den Männern, die Rauching unterstützt hatten. »Elfwine ist meine Ehefrau!« erklärte er mit lauter Stimme. Er ließ den Blick über den Platz schweifen und begegnete einem merkwürdigen Phänomen: Niemand wollte ihm in die Augen sehen. »Ich werde jeden Mann«, fuhr er fort, »der meint, sich Freiheiten mit der Person oder dem Ruf meiner Frau herausnehmen zu dürfen, auf dieselbe Reise schicken wie dieses Stück Aas dort.« Er wies auf Rauching. »Und an denselben Bestimmungsort. Das werde ich tun, ohne Rücksicht darauf, was es mich kostet. Und wenn mein Leben selbst der Preis ist.«

Dann wandte er sich ab, hob Elfwine auf und trug sie auf seinen Armen in die Halle.

KAPITEL 24

Haakons Männer verfluchten ihn dafür, daß er sie zu Schweinehirten degradierte. Er fluchte nicht minder gewandt zurück, und dann fragte er sie, ob sie Land und Frauen wollten. Sie beantworteten seine Frage mit einem stummen »Ja« und jeder Menge Einsatz, soviel Einsatz, daß sie genug Schweine für mehrere Monate zusammentrieben.

Der Burghof von Elsbeths Halle war erfüllt von Schweinequieken und dem Gebrüll von Männern und Frauen, die damit beschäftigt waren, die Tiere zu schlachten und das Fleisch einzupökeln.

Weiter flußabwärts in der Nähe der Tenne waren die Vorbereitungen für das Fest im Gange. Mehrere der fettesten Keiler brutzelten auf Spießen über dem Feuer. Fässer mit Met und Apfelwein wurden herbeigerollt, um den Durst von Wikingern und Dörflern gleichermaßen zu löschen. Es herrschte eine ziemlich trügerische Stimmung der Verbrüderung und Fröhlichkeit, gewürzt mit einem Hauch froher Erwartung auf seiten von Haakons Männern. Eine Reihe recht lasziver Gerüchte kursierten über die Dinge, die Elsbeths Leute zu tun pflegten, um die Fruchtbarkeit der Felder sicherzustellen.

Elsbeth war überrascht, Haakon allein in der großen Halle sitzen zu finden, einen Weinbecher vor sich. In der fast fensterlosen Halle herrschte tagsüber ein schummriges Dämmerlicht. Haakon lümmelte sich mit dumpf brütender Miene auf dem großen Hochsitz, der Reinald gehört hatte, und blickte starr auf das helle Lichtrechteck in der Tür. Sein Gesicht lag in tiefem Schatten.

Elsbeth erschrak leicht, als sie ihn im Dunkeln ausmachte. »Herr«, sprach sie ihn verwundert an, »solltet Ihr nicht das Schlachten draußen überwachen?«

»Ein Schwein zu töten ist nicht weiter schwierig«, erwiderte er.

»Deine Leute kennen sich ausgezeichnet damit aus. Sie brauchen keine Hilfe von mir. Ich verabscheue die Viecher. Oh, ich esse auch Schweinefleisch, wenn es nichts anderes gibt, aber im allgemeinen ziehe ich das Fleisch jedes anderen Tiers, ja selbst Fisch oder Geflügel, dem des Schweins vor.«

»Das ist mir schon aufgefallen«, sagte Elsbeth, während sie sich dem Tisch ein Stückchen näherte.

Haakon nickte. »Ja«, bekräftigte er. »Du scheinst eine Menge Dinge zu bemerken, über die du kein Wort verlierst. Was noch?«

Elsbeth musterte ihn mit ernsten, dunklen Augen. »Mir ist aufgefallen, daß Ihr fast so etwas wie Angst vor meinem Sohn Erik zu haben scheint.«

Haakon lachte leise, unfroh. »Elsbeth, ich wurde von einem Mann gezeugt, der mich haßte. Meine Mutter starb bei meiner Geburt. Mein Vater erzählte mir, meine breiten Schultern hätten ihr den Schoß zerrissen, und darum sei sie verblutet.«

»Mein Gott«, flüsterte Elsbeth entsetzt. »Was ist das für ein Mann, der seinem Sohn solche Geschichten erzählt? Du hast schließlich nicht um dein Leben gebeten.«

Haakon rückte unbehaglich auf seinem Stuhl hin und her. »Wenn meine Schwester Asa mich nicht zwischen den Beinen meiner Mutter weggeholt, die Nabelschnur durchtrennt und mich an ihre Brust gelegt hätte, hätte mein Vater mir auch das bald wieder genommen. Weißt du, was ein ›Eisgrab‹ ist?«

Elsbeth schüttelte kaum merklich den Kopf. »Ich habe das Wort nie gehört, aber ich glaube, ich verstehe, was es bedeutet.«

»Ja«, fuhr Haakon fort. »Das unerwünschte Neugeborene wird in eine Wiege aus Eis gelegt, seine ersten Schreie werden mit einem Mundvoll Schnee zum Verstummen gebracht. In der Kälte unserer nördlichen Länder endet so das Leben nur wenige Minuten nach der Geburt. Weißt du, was mein Vater sagte, als er mich an der Brust meiner Schwester sah?«

»Wie könnte ich?« flüsterte sie.

»Rate, Elsbeth«, drängte er sie höhnisch. »Rate.«

Sie sah ihm geradewegs ins Gesicht. »Ich glaube, er könnte etwas gesagt haben wie: ›Danke, daß du mir mehr Zeit gibst, um meine Rache auszukosten.‹«

Die Narbe in Haakons Gesicht pulsierte und wurde erst rot und dann weiß. »Du verstehst es, dich in die Gedanken des alten Scheusals hineinzuversetzen. Es waren nicht genau seine Worte, sie kommen ihnen aber recht nah. Er sagte: ›Du hast ihm Zeit gegeben. Zeit zum Leiden. Zeit, um all die Sühnegelder zu bezahlen, die ich von ihm einfordern werde.‹ Und, bei allen Göttern, das tat ich. Ich war kaum sechzehn, da konnte ich schon härter arbeiten als meine Brüder und alle Sklaven. Ich schätze, ich könnte jeden deiner Leute bei der Feldarbeit in Grund und Boden schuften. Meine Hände und der Pflug sind alte Bekannte. Beim Bäumefällen gehöre ich zu den Besten, ich kann Gestrüpp roden, graben, bis mir das Kreuz durchbricht, und ein frisch gerodetes Feld von Steinen und Baumstümpfen befreien. Ich habe mich deiner hohen Überredungskunst gestern nacht nicht nur aus Liebe gefügt. Du hast mir die Seele deines Volkes gezeigt, und ich habe in ihr einen Spiegel meiner eigenen gesehen.

Auch ich habe Hunger kennengelernt, Hunger, der nicht bloßer Appetit ist, sondern der weh tut. Auch ich habe die Peitsche auf meinem Rücken gespürt und die Verwünschungen des Sklaventreibers gehört. Aber laß es dir gesagt sein, Elsbeth, wäre da nicht deine hohe Überredungskunst gewesen, hätte es auf dem Burghof mehr Geschrei als Schweinequieken gegeben, und nicht alles vergossene Blut wäre Tierblut gewesen.«

Haakon erhob sich. Er schob den Stuhl zurück, schritt um den Tisch herum und kam von dem Podest herunter, um Elsbeth gegenüberzutreten.

Sie wich vor ihm zurück und senkte den Kopf.

»Was ist denn, Elsbeth? Habe ich dir etwa angst gemacht?« Er streckte den Arm aus und drehte sie mühelos zu sich herum, so daß sie ihn ansehen mußte. »Was ist das für ein Mummenschanz? Du siehst aus, als wärst du für eine Beerdigung angezogen. Ist es meine?«

Elsbeth ließ den Blick an ihrem dunklen Gewand und ebensolchen Umhang herunterwandern, um dann irgend etwas in ihrem Haar gerade zu rücken.

Haakon erkannte, daß sie eine fein geflochtene Krone trug. Er griff danach, berührte sie und zog seine Hand mit einem Ausruf des Schmerzes wieder zurück.

»Die Dunkelheit spielt deinen Augen einen Streich, Haakon«, versetzte sie. »Mein Gewand ist nicht schwarz, sondern braun. Und der Umhang ist grau.«

»Die Krone?« verlangte Haakon zu wissen, während er an seinem Finger lutschte.

Elsbeth lachte. »Disteln und Stechpalme. Ich bin als Winterkönigin verkleidet, auch wenn ich nicht die alte Vettel bin, die sie sein soll.«

Haakon wich vor ihr zurück. »Du hast mir nicht erzählt, daß es sich um diese Art von Fest handelt.«

»Es gibt keine anderen Arten.«

Haakon fiel die kaum merkliche Anspannung in ihrer Stimme auf. Das Geschrei von draußen drang an sein Ohr. »Die Winterkönigin?« fragte er. »Begehren nicht alle Männer die Winterkönigin?« Seine Stimme war vor Wut heiser.

Elsbeth wurde vor Erleichterung schwach. Er ist nur eifersüchtig, dachte sie. Sie hatte kurzfristig befürchtet, er könne etwas ahnen.

»Nein. Nichts dergleichen passiert. Ich weiß nicht, was für Geschichten dir und deinen Männern zu Ohren gekommen sind, aber alles geschieht nur im Spaß. Nebenbei bemerkt, niemand liebt die Winterkönigin. Sie wird verehrt. Sonst nichts. Mein Volk hätte Angst, sie nicht zu ehren. Ich bin für die Aufgabe gekleidet, sie zum Fest zu rufen; dann endet meine Rolle als Winterkönigin. Bei Sonnenuntergang stoße ich in ein Horn.«

Haakon ging auf sie zu und umarmte sie. »Ich weiß nicht, warum du eine solche Finsternis in meiner Seele weckst, aber du tust es«, flüsterte er. »Es muß wohl so sein, weil du mich an Asa erinnerst. Ich habe nicht viele Menschen in meinem Leben geliebt, aber Asa war eine von ihnen. Sie gab mir ihre Brust. Sie gab mir das Leben. Sie war mir Schwester und Mutter. Die weise Frau, die mich von zu Hause fortschickte, sagte, das doppelte Band sei zu stark und würde mich immer beherrschen, wenn ich ihm nicht entfliehen würde. Die Ironie daran ist, daß ich ihm entflohen bin, um in deinen Armen zu landen.«

Elsbeth legte den Kopf an seine Brust. Haakon fühlte, wie ihn die Krone durch sein Hemd hindurch stach. »Tut das nicht weh?« fragte er voller Sorge um sie.

»Nur ein bißchen«, gab sie zu. »Mein Haar hält das meiste ab. Was hat die weise Frau dir sonst noch gesagt, Haakon?«

Er hob ihr Kinn an, so daß er ihre Augen und ihr Gesicht in dem Dämmerlicht sehen konnte. Es wirkte wie ein Janusgesicht – die eine Seite in Schatten getaucht, die andere in Licht. »Sie hat mir gesagt, ich würde maßlos lieben, wenn ich liebe. Sie hat mir gesagt, ich solle auf der Hut sein. Sonst könnte ich den Fluch, den mein Vater mir aufgebürdet hat, an meine Söhne weitergeben. Ich bin das Wagnis eingegangen, dich zu lieben, Elsbeth. Jetzt zittere ich vor Furcht, daß mir der Becher mit allem, was ich mir in meinem Leben je erträumt habe, von den Lippen weggeschlagen wird. Du hast gesagt, ich hätte Angst vor Erik. Ja, das habe ich. Ich habe Angst, ich könnte für ihn der Wolf sein, der mein Vater für mich war. Und wenn ich dich berühre, fürchte ich den Zorn der Götter, die mich hassen. Ich kann einfach nicht glauben, daß du mich am Ende nicht betrügen wirst. Ich kann nicht glauben, daß du nicht so heimtückisch bist wie Reinald. Du warst nur allzu bereit, nach seinem Tod in meine Arme zu kommen.«

Sie löste sich von ihm und schritt auf die Tür zu. Die Spätnachmittagssonne schien herein und bildete auf dem Boden einen See goldenen Lichts.

In diesem Lichtschein stand sie, und er konnte das braune Gewand und den grauen Umhang erkennen. Den einzigen Farbtupfer stellten die Stechpalmenbeeren dar, die in ihrer Krone aus Eberwurz glühten.

»Nicht die Götter hassen dich, Haakon«, sagte sie. »Dein Vater hat dich gehaßt.«

Die Worte hingen zwischen ihnen im Raum. Haakon wurde sich plötzlich der Stille bewußt. Der Lärm vom Burghof war verstummt.

Elsbeth, ins Licht der Spätnachmittagssonne getaucht, war eine Ehrfurcht gebietende Erscheinung. Ihre Gesichtszüge leuchteten über dem braunen Gewand und dem weichen grauen Umhang. Sie schien überlebensgroß zu sein, eine Feenfrau, die aus dem finstren Wald trat und einem Wandersmann den Weg versperrte.

»Nicht die Götter entscheiden unser Schicksal«, sagte sie, »sondern wir selbst. Und, Haakon…« Ihre Worte waren kaum mehr als ein Hauch, und doch hörte er sie überdeutlich. »Haakon, die Götter erwarten dich heute nacht.«

Haakon saß still in der dunklen Halle, krank vor Furcht und einem düsteren Schuldgefühl, das ihm wie ein Klumpen im Magen lag. Er wußte, was Elsbeths Worte bedeuteten. Er wußte, er sollte besser seine Männer rufen und fortreiten, sich in seine sichere Inselfestung im Fluß zurückziehen.

Ihre Worte waren eine so deutliche Warnung, wie sie ein Mann nur erhalten konnte. Doch er erhob sich nicht vom Tisch. Nur seinen Weinbecher leerte er ein- oder zweimal.

Sie hatten die Fässer mit Met und Apfelwein im Hof vor der Feste aufgestapelt. Er hörte die Freudenschreie seiner Männer, als sie den kostbaren Inhalt der Metfässer zu vernichten begannen.

Haakon wußte, daß er entweder fliehen oder kämpfen sollte. Wenn er jedoch floh, würde er Elsbeth früher oder später verlieren – so sicher, wie die Sonne jeden Morgen aufging. Und was das Kämpfen anging, wie konnte ein Mann sich gegen jene Mächte behaupten, mit denen sie im Bunde stand?

So blieb er also ruhig sitzen und sah zu, wie die Abendschatten sich im Garten zusammenzogen, bis er schließlich aufstand und in den Burghof ging. Auf der anderen Seite des Flusses versank der Rand der untergehenden Sonne hinter den Baumwipfeln.

Viele seiner Männer waren bereits besinnungslos, die übrigen stockbetrunken.

Tosi stand am Feuer in der Mitte des Hofs. Als Haakon sich zu ihm gesellte, sagte er: »Das ist Verrat. Sieh sie dir an, Haakon. Das sind Männer, die etwas vertragen können. Ich habe manche von ihnen schon ganze Nächte durchsaufen sehen, aber ein paar Becher von diesem Zeug, und sie sind völlig berauscht und kippen um.«

Haakon nickte.

»Bist du verrückt?« rief Tosi. »Wir müssen hier weg!« Er ergriff Haakons Arm und schüttelte ihn. »In wenigen Minuten sind auch die, die jetzt noch stehen können, vollends hinüber. Hol dein Pferd. Wir müssen sofort losreiten!«

»Nein«, entschied Haakon.

»Sie! Dieses Weib! Ihr Volk! Sie führen etwas im Schilde, in diesem Augenblick. Vergiß die Narren dort. Ich habe versucht, sie zu warnen. Sie sind den Met nicht gewöhnt. Ich habe sie beschworen, sie sollten es langsam angehen lassen. Wenn sie umkommen, ist es ihre eigene Schuld.«

Haakon fuhr sich mit der Hand durchs Gesicht. »Nein«, wiederholte er. »Die Leiche ihres Mannes war noch warm, als ich sie in meine Arme nahm. Ich habe die Wälder niedergebrannt, um den Bischof zu fangen. Ich habe ihr Land und ihre Leute genommen. Sie hat gesagt, die Götter würden mich heute nacht erwarten. Ihre Götter, ihr Land.«

Er packte Tosi am Hemd und hob ihn fast vom Boden hoch. »Ich will sie. Ich will ihr Land. Ist mein Herz so schwach und so verzagt, daß ich ihnen nicht gegenübertreten kann, um sie zu gewinnen?«

Tosi wich taumelnd zurück. »Schön und gut«, seufzte er. »Ich bin immer dein Freund gewesen. Ich bleibe bis zum Ende bei dir. Schick mich nicht weg.«

»Nein, das tue ich nicht, aber du kannst auch nicht mit mir kommen.« Haakon verspürte mit einemmal eine eisige Ruhe, als seien all seine Zweifel hinweggespült worden. Er würde sein Leben dem Schicksal anheimstellen, ohne Furcht und ohne Reue. »Bleib hier. Sorg dafür, daß das Feuer immer brennt. Halte Wache und warte auf meine Rückkehr.«

»Und was ist, wenn du nicht zurückkehrst?« fragte Tosi.

Haakon rückte das Schwert an seiner Seite zurecht. »Dann magst du tun, was dir als das Beste erscheint.« Und mit diesen Worten schritt er durch das Tor hinaus.

Er überquerte den Damm, der zu den Gehöften führte, und hielt auf die Felder zu. Dann blieb er stehen, denn er erblickte Elsbeth.

Sie ging ein Stück vor ihm über das Ackerland, noch immer als Winterkönigin verkleidet. Ihr Schritt war königlich, und in der Hand trug sie das gewundene Horn eines Widders. Haakon begriff. Sie würde ihn zusammen mit den anderen zum Fest rufen.

Im Westen berührte die Sonne den Hügelkamm. Der blutrote Feuerball schien in dem filigranen Astwerk gefangen zu sein. Eine leichte Brise fächelte Haakons Gesicht. Sie war kalt, die Ankündigung einer klaren Winternacht.

Hoch über seinem Kopf begannen einige frühe Sterne das dunkle Blau des Firmaments aufzuhellen. Er ließ sich auf seine Fersen nieder und fühlte, wie sich die dicken Erdklumpen vom ersten Pflügen an seine Fußsohlen preßten.

Es wird ein zweites Pflügen brauchen, bevor man mit dem Säen beginnen kann, dachte er. In der Ferne hörte er das leise, endlose Rauschen des Flusses zwischen seinen hohen Uferbänken. Aber andererseits, dachte Haakon, ist der Winter eine Zeit der Stille. Der Stille und des klaren Lichts. Ein Licht, das die Umrisse eines jeden Gegenstands klar hervortreten läßt, die Bäume nackt auszieht und selbst in die dunkelsten Winkel der Seele zu schauen scheint. Winter ist die Stille, die unsere erschöpften Körper nach der Liebe durchdringt. Die Stille einer Verzweiflung, die so tief ist, daß sie selbst in einem Meer von Tränen oder Blut ihren Schmerz nicht zu stillen vermag. Die Stille starrt mich an, dachte er. Die Stille und das Licht. Sie zeigen mir, wonach ich hungere, was ich ersehne. Wie einfach, wirklich. Der Fluß, der sein ewiges Lied singt, der Wald, den ich mit meinen Händen entweiht habe, die Frau, die ich vielleicht nie besitzen kann, und die Erde. Die Erde, die ich so gut kenne, daß ich ihre Bedürfnisse durch die Sohlen meiner Stiefel hindurch erspüren kann. Ich will diese Dinge. Und wenn ich heute nacht dafür mein Leben wage, was soll's? Der Preis ist nicht zu hoch. Wenn ich versage, nur ein kleiner Schmerz, und ich bin für immer eins mit der Stille und dem Winterlicht. Wenn ich siege, habe ich eine Welt errungen.

In der Ferne erreichte Elsbeth eine hohe Klippe über dem Fluß. Auf den Hügeln dahinter war die Sonne nur noch ein letztes Aufglühen vor dem Zwielicht der Dämmerung.

Sie wartet, dachte Haakon, auf die Mächte. Sie haben ihre Wohnstatt im Augenblick des Übergangs zwischen Nacht und Tag, Sonnenlicht und Schatten, Meer und Land, Leben und Tod.

Die Sonne versank endgültig, auch wenn ihre Strahlen noch vor dem Himmel leuchteten.

Elsbeth stieß in das Horn.

Als Haakon die Frau erreichte, die auf der Uferbank über dem Fluß stand, war er nicht sicher, ob es sich um Elsbeth handelte. Sie trug noch die Gewänder und die Krone, die Elsbeth getragen hatte, ihr Antlitz jedoch verbarg sie hinter einer Maske aus Holz und Leder. Die Maske trug die Züge einer alten Vettel – vor Wut verzerrt und vom Alter gezeichnet, ganz Runzeln und vorstehende Zähne und welke Haut.

Ihre Stimme aber war die von Elsbeth. »Du kannst nicht behaupten, du seist hintergangen worden.«

Das Winterdämmerlicht um sie herum war bläulich. Eine vom Fluß hereinstreichende Brise erfaßte die langen grauen Strähnen, die seitlich an der Maske befestigt waren, so daß das grausame Gesicht vorübergehend verhüllt wurde. Solcherart gewandet und maskiert, stellte Elsbeth das abstoßende Zerrbild einer Frau dar. Und doch lag Macht in dem Gesicht, das sie aufgesetzt hatte – die Macht des Winters, die Berge in Ketten aus Eis zu schlagen, den Strom des Saftes in den Bäumen zum Erliegen zu bringen, die Saat in der Erde in Knospenruhe zu versetzen. Etwas Altes und Instinktives in Haakon beugte sich vor dieser Macht.

»Bist du du selbst, Elsbeth?« fragte er.

»Heute nacht«, flüsterte sie mit dem Anflug eines boshaften

Altweiberkrächzens in der Stimme, »bin ich mehr als ich selbst. Aber sogar die Winterkönigin konnte dich nicht ohne Vorwarnung hierherkommen lassen. Du weißt, was du auf dich nimmst?«

»Ich weiß es«, antwortete Haakon. »Das Mädchen empfängt den Samen, die Frau trägt das Kind, die Vettel als Hebamme holt es auf die Welt.«

Elsbeth klatschte in die Hände, ein Geräusch, das in der Stille um sie herum so laut klang wie die Posaunen des Jüngsten Gerichts. In der Ferne hörte Haakon einen Dudelsack und den Schlag des Tamburins.

»Leg Schwert und Messer ab«, verlangte Elsbeth. »Sie sind hier fehl am Platz.«

»Nur für Elsbeth lege ich meine Waffen ab«, erwiderte Haakon. »Sie richtete einmal das Schwert auf meine Brust und tat mir doch nichts zuleide. Nicht für die Vettel. Für Elsbeth.«

»Die Vettel bindet, die Jungfrau löst, die Mutter vollendet den Kreis. Wir sind drei, wir sind eine. Wir sind Elsbeth. Gib uns dein Schwert.«

Haakon legte die schwere Scheide und den Griff des Schwertes in ihre Hände.

Sie schritt auf die Tenne zu, als die Tänzer aus dem Wald kamen.

Angeführt wurden sie vom Herrn des Tanzes persönlich. Er trug das hörnerbewehrte Haupt des Stiers der Wälder. Zwischen seinen Beinen baumelte sein riesiger Phallus. Er sprang und hüpfte mit dem befehlsgewohnten Gehabe desjenigen herbei, welcher der Befruchter aller Dinge ist.

Die Dudelsackweise war ein einziger Freudenschrei. Sie schien die Tänzer mitzureißen. Ihre Füße hüpften zu seiner Melodie.

Die Männer trugen, anders als Elsbeth, ganz gewöhnliche Ledermasken, die allerdings genug von den oberen Gesichtspartien verdeckten, um sie unkenntlich zu machen. Die Frauen tanzten kühn heran, mit entblößten Gesichtern und sprühenden Augen, Fackeln in der Hand.

Die Vettel legte Haakons Waffen auf einer Seite der Tenne ab und erwartete die Ankunft der übrigen, die sich tanzend über das Ackerland auf sie zubewegten.

Haakon schaute zu Boden und erkannte, daß die Tenne aus gewaltigen Steinplatten bestand, die ohne Mörtel so dicht gefugt waren, daß nichts von dem kostbaren Weizen verlorenging, wenn die frisch geschnittenen Garben gedroschen wurden.

In den vier Ecken des Dreschbodens und in seiner Mitte waren Feuer aufgeschichtet, die noch auf die Fackel warteten.

Die Musik, die der Dudelsackspieler in der Ferne spielte, berührte Haakons Herz. Er meinte, ihr Pfeifen und Wimmern schon einmal vernommen zu haben – in seinen Träumen. Vielleicht hatte jener Dudelsack klagend in seinen Träumen gespielt, während er bei unruhiger See auf irgendeinem Schiff geschlafen hatte, eine Hand gegen das Schlingern des Boots um die Spiere geklammert.

Das Dröhnen der begleitenden Trommel war sein Herzschlag in dem Augenblick kurz vor einer Schlacht – das Pulsen und Pochen eine unablässige Herausforderung, die er dem Tod entgegenschleuderte. Wie dem auch sei, dachte er, aber ich habe sie schon gehört, und mein ganzes Leben lang habe ich auf den gehörnten Tänzer gewartet, den gehörnten, maskierten Priester, der die Gabe des Lebens mit sich führt.

Dann war der gehörnte Tänzer auf der Tenne und hielt seine Fackel an das aufgeschichtete Holz.

Die Menschen drängten sich auf dem Dreschboden, abseits von Haakon und Elsbeth auf der anderen Seite. Die Musik verstummte, und die einzigen Geräusche waren das Glucksen und Rauschen des Flusses unten und die schwache nächtliche Brise, die im Unterholz am Flußufer raschelte.

Zu Haakons Überraschung beachteten die Menschen ihn gar nicht. Es war, als befinde sich dort, wo er stand, ein leerer Fleck. Und dann begriff er, daß er der Prüfling war, der Außenseiter, gekommen, um Zeuge eines geheiligten Rituals zu werden, ein Fremder, der um Aufnahme in ihre Welt gebeten hatte.

Elsbeths Leute bildeten einen Kreis um das Feuer in der Mitte des Dreschbodens.

Stille! Sie schwiegen. Auch sie wurden Teil der Winterstille. Eine ewige Stille, nicht die Stille des Todes, sondern die Stille des Waldes und des Himmels vor dem Erwachen. Die Stille des Augenblicks vor der Morgendämmerung.

Dann bahnten sich die Vettel – Elsbeth – und der gehörnte Tänzer einen Weg durch die Menge in die Mitte des Kreises. Sie begannen zu tanzen. Elsbeth tanzte entgegen dem Lauf der Sonne linksherum, der Priester rechtsherum, als wolle er den Sommer herbeirufen. Der Dudelsack setzte wieder ein. Diesmal war es ein hohes, dünnes Winseln – ein Schrei abgrundtiefer Trauer.

Elsbeth und der gehörnte Priester tanzten gemessen aneinander vorbei – die Vettel auf der Innenseite, nahe am Feuer, der Gehörnte auf der Außenseite, mit dem Rücken zu ihr, der grotesk dicke Schwanz eine prahlerische Behauptung seiner Männlichkeit.

Dann begannen die jüngeren Frauen aus der Menge sich allmählich eine nach der anderen zur Melodie des Dudelsacks Elsbeth anzuschließen. Einander an den Händen haltend, fingen sie an, das Feuer in einem Reigen zu umkreisen.

Dann traten die jungen Männer vor und verschränkten die Hände mit dem stierköpfigen Tänzer, und auch sie tanzten, die Gesichter den Frauen zugewandt, wobei sich die Frauen linksherum und die Männer in entgegengesetzter Richtung drehten.

Die Musik veränderte sich. Das Wimmern des Dudelsacks verwandelte sich nun in einen fröhlichen Tanz. Gelächter und Fröhlichkeit perlten in der Musik.

Plötzlich erkannte Haakon, daß einer der Tänzer zu seinen Gefolgsleuten gehörte – ein junger Mann mit Namen Kalt, landlos und arm. Er hatte sich Haakon vor einigen Monaten angeschlossen. Offensichtlich hatten nicht alle seine Männer an dem Saufgelage teilgenommen. Wenn es schlecht für ihn lief, hatte er in ihm vielleicht wenigstens einen Anhänger.

Eine Sekunde später wurde seine Hoffnung zunichte gemacht.

Die Musik brach ab. Ein junges Mädchen trat aus dem Reigen der anderen Frauen hervor. Schamlos umarmte sie Haakons jungen Freund. Kalt schaute kurzfristig bestürzt und verblüfft drein, aber das Mädchen war ausnehmend hübsch, klein und dunkel mit langem Seidenhaar und braunen Rehaugen, die von weichen, geschwungenen Wimpern gesäumt wurden.

Kalt faßte sich umgehend, begriff sein Glück und packte das junge Mädchen. Gemeinsam flohen sie in die Dunkelheit um die Feuer.

Der Tanz setzte von neuem ein. Diesmal sah Haakon das Zeichen. Ein Mädchen hob den Arm. Dieser junge Mann war nicht so begriffsstutzig wie Kalt. Im Nu schnappte er sich das Mädchen, warf es sich über die Schulter und verschwand mit ihm in der Nacht, begleitet von jeder Menge Gekicher und schallendem Gelächter aus den Reihen der Zuschauer.

Als der Tanz wieder begann, drehten sich die Tänzer schneller und schneller im Kreis. Noch zweimal hielten sie an, und Frauen wählten ihre Partner.

Der Dudelsack schraubte sich zu schrillen Höhen empor. Die Tänzer blieben regungslos stehen, die verschränkten Hände erhoben, so lange der hohe Dudelsackton anhielt. Dann ließen sie die Arme fallen.

Die Männer traten vom Feuer zurück und mischten sich unter die übrigen Frauen.

Mit einemmal wurde Haakon klar, daß die Frauen verschwunden waren. Ihm wollte es scheinen, als hätten sie sich einfach in Luft aufgelöst. Später begriff er, daß einige von ihnen sich bereits während des Tanzes unbemerkt zurückgezogen haben mußten, während der Rest das Feuer zwischen sich und die Männer gebracht und sich nach dem Ende des Tanzes davongeschlichen hatte.

Haakon verspürte einen Stich von Wut. Von eifersüchtiger Wut. Wo war Elsbeth?

Er hatte nichts dagegen, daß sie diese Spielchen spielte, aber wenn sie sich mit diesem stierköpfigen Tänzer in die Büsche geschlagen hatte, dann würde er…

Aber nein, der Gehörnte stand vor dem Feuer – eine furchteinflößende Silhouette.

Die Maske war aus Hörnern und Schädel eines Auerochsen, des wilden Stiers der Wälder, gefertigt. Jedes der Hörner war ganze drei Fuß lang. Das Gesicht des Schädels hatte man mit der getrockneten Haut überzogen, die Nüstern scharlachrot bemalt. Es wirkte beinahe lebensecht. Das übrige Fell umschloß als steife Hülle die Beine des Tänzers. Er trug sie wie einen Panzer. Penis und Hoden, die zwischen den Beinen des Tänzers hingen, waren die des Stiers, gegerbt und zu einer vollständigen Erektion ausgestopft.

Nein, dachte Haakon, der Stiertänzer ist noch hier, aber die Frauen sind fort. Warum?

Er riß seinen Blick von dem Tänzer los und schaute sich reihum die anderen Männer an. Sie waren alle maskiert. Haakon verschränkte die Arme vor der Brust. Er begriff, wie allein er war. Seine Männer schliefen ihren Vollrausch aus. Tosi würde ihm möglicherweise zu Hilfe eilen, aber gegen diese Überzahl konnte er beim besten Willen nichts ausrichten. Auf der Tenne waren mehr als vierzig große, starke Männer versammelt. Sie konnten jeden Angriff eines einzelnen Mannes durch ihre schiere Übermacht abschmettern.

Haakon war fest entschlossen, sich keinerlei Furcht anmerken zu lassen. Falls er heute nacht starb, würde er mit Würde sterben.

»Ich grüße dich, Mann, der über uns herrschen will«, ergriff der Stiertänzer das Wort.

»Ich grüße dich«, antwortete Haakon und neigte das Haupt wie vor einem Gleichgestellten, auch wenn er wußte, daß der Mann, der ihm da gegenüberstand, tagsüber ein Leibeigener war – oder sogar noch tiefer stand, vielleicht ein Sklave war. Er begriff instinktiv, daß sie hier, zwischen den Feuern, alle gleich waren.

»Wer bist du?« verlangte der Stierkämpfer zu wissen. »Und ich warne dich: Antworte aufrichtig.«

Haakon war aufrichtig. »Ich bin ein Niemand. Der Name, den ich trage, ist nicht der, den mein Vater mir gab. Den habe ich schon vor langer Zeit abgelegt. Ich komme als Wanderer und sehne mich danach, wonach sich jeder Wanderer sehnt … einem Zuhause.«

»Die Erde weist dich zurück, Wanderer … Landloser«, sagte der Stiertänzer, »weil du ihr nicht dein Herz gegeben hast. Träumst du noch immer vom Meer? Vom Rudern? Von Silber und Gold, das du mit deinem Schwert eroberst?« Der Stier schüttelte im Feuerschein seine gewaltigen Hörner. »Du kannst die Herrschaft über die Erde nicht mit einem Schwert erringen.«

Haakon war sich im klaren, daß sein Leben von der Antwort abhing. Er ballte die Fäuste, schloß die Augen und suchte in seinem Herzen nach der Wahrheit. Niemand sollte je sagen können, Herr Haakon sei mit einer Lüge auf den Lippen gestorben.

Er schlug die Augen wieder auf. Seine Hände hingen fast hilflos an seiner Seite herunter, als er antwortete: »Die See schickt mir keine unruhigen Träume. Die Straße der Wale ist ein gefährliches Pflaster. Sie fordert ihren Tribut von den wilden Seeräubern und behält ihn. Ja!« rief er mit dröhnender Stimme. »Ich träume von Gold: Felder, leuchtend von gelbem Weizen, weißes Gold im Sonnenlicht. Und von Silber: Wald, Fluß und Traumwiesen, Frieden unter dem Mond. Meine Felder, mein Weizen; meine Frau neben mir in meinem Bett. Dies ist mein Sieg und all mein Begehr, meine Sehnsucht, meine Freude, mein Leben.«

Der Stiertänzer röhrte und schlug Kapriolen. Die Hörner und das wüste Symbol des Lebens zwischen seinen Beinen glänzten im Feuerschein.

»Bist du dann willens, den Preis zu zahlen?« brüllte er.

»Ja!« brüllte Haakon zurück. »Jetzt und in alle Ewigkeit. Ja!« Haakon spürte die Hände der Männer auf sich, die ihn zu Boden zogen.

KAPITEL 25

Elutides schickte Ceredea und Gynneth los, damit sie Cador und Casgob ausrichteten, sich bereit zu halten. »Und sag ihnen, sie sollen nicht zulassen, daß Aud diesen großen Nordmann so betrunken macht, daß er nicht mehr kämpfen kann!«

Owen sträubten sich die Haare, als er Enar einen Nordmann nennen hörte. »Enar ist Sachse!«

»Tatsächlich«, entgegnete Elutides mit einem Ausdruck gespielter Verwunderung. »Woher wißt Ihr das?«

»Er hat es mir gesagt.«

»Erstaunlich«, gab Elutides zurück. Er wandte sich wieder seinem Mörser und Stößel auf der Bank zu. »Glaubt Ihr alles, was die Leute Euch sagen?«

Owen spürte, wie seine Wangen vor Zorn zu brennen begannen, machte sich aber rasch klar, wie sinnlos es war, Enars Ehre vor Elutides zu verteidigen. Er schüttelte den Kopf und lachte. »Ich habe keine Ahnung, wo er herkommt, und es kümmert mich auch nicht.« Ernster fuhr er fort: »Doch solange er mir treu dient, darf er sich als das bezeichnen, was ihm am besten gefällt.«

Elutides, der bei seiner Arbeit mit dem Mörser langsam ins Schwitzen kam, nickte. »Sehr weise«, merkte er an.

Owen ging zur Tür und blieb in dem Rechteck aus Licht stehen, das die Sonne in den schwach beleuchteten Raum warf. Er schaute in Elutides' Garten hinaus.

»Sie hat ihn zu mir gebracht«, sagte Owen. »Er hat sich als mehr als ein Diener erwiesen – als ein guter Freund.«

»Sie?« erkundigte sich Elutides.

»Elin«, klärte Owen ihn auf. »Wie seltsam das Leben uns doch manchmal mitspielt. Als wir uns begegneten, sagte ich zu ihr: ›Du hättest mir bessere Geschenke mitbringen können.‹ Jetzt...« Er verstummte, tief in Gedanken versunken.

Elutides hörte auf zu stampfen und prüfte die Mixtur im Mörser vorsichtig mit einem Finger.

Als Owen merkte, daß das stetige Stampfen verstummt war, drehte er den Kopf zu ihm um. »Was tut Ihr da eigentlich?« fragte er. »Ist es ein Geheimnis?«

»Nein«, gab Elutides zur Antwort. Er ließ den Mörser stehen, ging um den Tisch herum und nahm in Owens Nähe Platz. »Ihr würdet nicht verstehen, was ich tue, nicht ohne ein langes Studium der Künste, von denen Ihr nichts wissen könnt. Aber ich bereite eine kleine Überraschung für unseren Freund Ivor vor. Ich hoffe, daß es eine sehr häßliche, endgültige und tödliche Überraschung sein wird. Ihr gehört auch dazu, genau wie die Mixtur in dem Mörser.

Ich beabsichtige, sie ihm auf dem Fest heute abend zu kredenzen. Die Mischung erhitzt sich, wenn sie zerrieben wird, also muß ich sie jetzt eine Weile ruhen lassen, damit sie sich nicht entzündet.«

Elutides beugte sich vor und sah Owen stirnrunzelnd an. »Ihr nennt Elin immerzu Eure Gemahlin. Ihr wißt doch sicher, daß Ihr eine solche Frau nicht heiraten könnt.«

Owen lehnte sich mit dem Rücken an den Türrahmen und richtete den Blick auf eine Statue von Mysaris, die sich fast in einem Dickicht langer Rosenranken verlor. Zwischen den glänzenden, herzförmigen Blättern ragte das Geschlecht des Satyrs kerzengerade aus dem gelockten Marmorhaar der Lenden hervor. Die Lippen der Statue kräuselten sich zu einem Lächeln uralter Lust.

Owens Nasenflügel weiteten sich angesichts des berauschenden Blumendufts, den ein warmer Wind vom Garten hereintrug. »Meine Gemahlin ist meine Gemahlin«, verkündete er.

Elutides seufzte. »Ein Mann muß seine Frau beherrschen, und Ihr könnt sie nicht beherrschen. Sie hat Euch Enar gebracht, diesen Heiden, und was sonst noch? Antwortet mir, Mann, was hat sie Euch sonst noch mitgebracht?«

Owen straffte sich. Seine Hände umklammerten den Schwertgurt, bis die einzelnen Kettenglieder ihm ins Fleisch schnitten.

»Als ich gefangen in dem Wikingerlager lag, folterte mich Osric, der Mann, den ich später tötete. Er versuchte nicht, meinen Körper zu brechen, denn das ist schnell und leicht getan, sondern meinen Geist.« Owen sah zu Boden. »Ich wurde, ganz wie er es wünschte, verrückt vor Schmerz und Leid.« Er warf den Kopf zurück, um die Tränen in seinen Augen zu verbergen. Es fiel ihm schwer zu sprechen, beinahe so, als würden die Worte ihm eins ums andere aus der Kehle gerissen. »Denn wisset, alter Mann, all dies ist mir schon einmal angetan worden, von...« Er konnte den Namen nicht aussprechen. »Von jemand anderem.

Ich wollte sterben, sterben und der Schmach entfliehen. Denn das ist das Schlimmste. Die Schmach. Die Schmach, daß dein Stolz, dein Herz so leicht gebrochen werden können.« Owen holte ein paarmal tief Luft, um dann fortzufahren: »Aber sie kam. Damals meinte ich zu träumen. Sie brachte den ... Gott der Schlachten mit. Ich sah ihn und sprach mit ihm, dem Einäugigen mit seinem Umhang und seinem Stab. Wir standen zusammen im Frühling. Elin hatte Blumen in der Hand und wies auf ihn, der am Waldrand wartete. Er zeigte mir, wie ich entfliehen konnte, zuerst meinem Leid und dann dem Käfig.«

»Wie ich es mir dachte«, sagte Elutides versonnen und mit leiser Stimme. »Ihr habt den Schlachtenwahn gemeistert.«

»Nein!« verwahrte sich Owen und vollführte eine Geste, als wolle er etwas von sich wegschleudern. »In meiner Verzweiflung sündigte ich. In meiner rasenden Wut gegen Osric sündigte ich. Zur Buße habe ich Christus mein Leben angeboten. Er hat es nicht haben wollen, aber ich hoffe, Er hat mir vergeben, denn Er ist mein wahrer König, und nur Ihm will ich dienen.«

»Ich weiß«, beschwichtigte ihn Elutides. »Ich habe gehört, was Ihr zu Gynneth gesagt habt. Eure Worte waren die eines Liebenden, aber nicht an das Mädchen gerichtet. Ich glaube, Ihr würdet sie verteidigen, wenn sie ein buckliges altes Weib wäre.«

»Das will ich hoffen«, entgegnete Owen.

Elutides erhob sich. Er ging zur Tür, wobei er sich nachdenklich sein ausgeprägtes Kinn rieb. »Wenn ich mit der Mixtur auf dem Tisch fertig bin, könnte ich Euch einiges über Euch selbst lehren, vorausgesetzt, Ihr wollt es erfahren.«

»Das will ich nicht«, versetzte Owen. »Ich bin ein Mensch, und als Mensch werde ich Ivor gegenübertreten.«

Elutides, der neben Owens Schulter stand, wandte den Kopf herum und sah dem Jüngeren einen langen Augenblick in die Augen.

»Ihm gegenübertreten und sterben?« fragte Elutides.

»Wenn es sein muß«, antwortete Owen. »Ich wurde kein Geschöpf des Einäugigen, und ich werde nicht einem Feind Christi meine Seele verpfänden, nur damit ich im Kampf stark bin!«

»Warum muß es nur so sein, daß das, was das Edelste im Menschen ist, auch gleichzeitig das Gefährlichste ist? Ich finde das äußerst verwirrend. Egal.« Elutides begann im Raum auf und ab zu gehen. Seine langen Beine trugen ihn quer durch das Gemach und zu Owen zurück. Er rieb sich noch immer das Kinn, ein Stirnrunzeln auf dem Gesicht. »Odin und Christus, he?« murmelte Elutides. »Ihr stellt es so dar, als müßtet Ihr eine Wahl treffen.«

»Muß ich das denn nicht?« fragte Owen.

Elutides blieb stehen. »Nein! Denn ich glaube nicht an viele Götter. Es gibt nur einen Gott. Das Universum hat keinen Platz für mehr als eine solche allmächtige Intelligenz. Das, was nah und transzendent, allgegenwärtig, allwissend und ewig ist, ist notwendigerweise auch« – Elutides grinste und hob triumphierend den Finger – »allein.«

»Christus –«, versuchte Owen einzuwenden.

»Nein!« rief Elutides aus. »Wir sind sterblich und begreifen nur, was unsere Sinne uns vermitteln, und daher muß er uns mit einem Antlitz gegenübertreten, das wir verstehen. Wenn uns jener Born des Lichts berührt, welcher der Heilige Geist ist, erfahren wir seinen Glanz, verstehen ihn aber nicht.«

Owen wandte den Blick von Elutides ab und schaute in den sonnendurchfluteten Garten hinaus. Heftiger Widerwillen regte sich in ihm. »Wollt Ihr etwa behaupten, der Einäugige sei vom selben göttlichen Geist wie Christus? Das kann ich nicht glauben!« schloß er empört.

Sein finster brütender Blick fiel auf die Statue eines nackten gallischen Kriegers, der über seinem Schild starb, den Kopf gesenkt; das Schwert war ihm aus der Hand geglitten. Um den Sockel der Statue wucherten dicke, holzige Rosmarinstöcke. Ein gelb-schwarzer Schmetterling besuchte die winzigen blauen Blüten, die sich zwischen den dunkelgrünen Nadeln des Strauches versteckten.

Elutides trat an seine Seite und zeigte auf die Statue. »Was seht Ihr?«

»Einen besiegten Krieger«, gab Owen verbittert zur Antwort.

»Nein!« widersprach Elutides. »Das ist nur ein Ding aus Stein. Ich meine das lebendige Geschöpf.«

»Einen Schmetterling«, antwortete Owen achselzuckend.

»Wie entstehen Schmetterlinge?« fragte Elutides.

»Wollt Ihr mich aufs Glatteis führen?« argwöhnte Owen. Er drehte sich zu Elutides um. »Jeder Bauer weiß, daß sie sich aus den ekelhaften Raupen entwickeln, welche die Blätter der Pflanzen fressen.«

»Aha«, meinte Elutides, »und wie kommt es dazu, daß ein Geschöpf sich in ein anderes verwandelt? Könnt Ihr Euch auch in Seide hüllen und mit den Vögeln fliegen?«

»Nein, natürlich nicht. Das liegt nicht in der Natur des Menschen.«

»Aha, na dann«, sagte Elutides, während er die Hand auf Owens Schulter legte. Sein zwingender, dunkler Blick ruhte erwartungsvoll auf Owens Gesicht. »Ihr wißt also, wie die blätterfressende Raupe sich in den Schmetterling verwandelt, der zwischen den Blumen umherflattert. Dann, ich bitte Euch, erklärt mir dieses Phänomen, denn ich verstehe es nicht.«

»Ich habe nicht…«, stammelte Owen.

Der Schmetterling verließ den Rosmarinstrauch und flog zu dem Thymianbüschel hinunter, das zwischen den Steinplatten des Gartenwegs wuchs.

Owen betrachtete ihn verwirrt und verhaspelte sich noch mehr. »Der Schmetterling ist eine andere Art von Lebewesen als…«

Der Schmetterling hatte einen feuchten Fleck zwischen den Pflastersteinen des Wegs gefunden, entrollte nun seinen langen Insektenrüssel und senkte ihn auf die Erde. Unter rhythmischem Öffnen und Schließen der Flügel trank er.

Owen verstummte, seufzte tief auf und flüsterte dann: »Was für ein kompliziertes Geschöpf, und doch so unbedeutend. Aber Ihr habt recht. Ich weiß nichts von ihm.«

Owen fühlte sich benommen. Das Sonnenlicht im Garten schien mit einemmal zu grell für ihn.

Er taumelte nach hinten. Elutides fing ihn auf, um ihn dann behutsam zu der Bank am Tisch zu führen. In dem kühlen, dunklen Raum gewann Owen seine Fassung zurück.

Elutides schüttete etwas in einen Steingutbecher und reichte ihn ihm. »Met«, erläuterte er, »von mir selbst gebraut. Er beruhigt den Geist und verschafft dem betrübten Herzen Linderung.«

Owen trank. Das duftende Getränk schien schwächer als dasjenige zu sein, das er auf dem Weg in die Stadt genossen hatte, doch kurze Zeit darauf spürte er, wie sich eine tiefe Entspannung in seinem Körper ausbreitete. Mißtrauisch beäugte er den Met.

»Was ist da drin?«

»Eisenkraut und Holunderblüten«. klärte Elutides ihn auf.

Obschon Owens Kenntnisse auf dem Feld der Kräuterkunde begrenzt waren, erschien ihm das doch als eine recht harmlose Mischung. Er trank langsam und in kleinen Schlucken, während ihm der Duft der in Honigwein aufgebrühten Blumen in die Nase stieg.

»Ich gebe zu«, wandte er sich an Elutides, »daß Ihr meinen Glauben an Bertrands Lehrsätze hinsichtlich der alten Götter erschüttert habt, aber…«

»Bertrand!« rief Elutides aus. »War er derjenige, der Euch so bitteres Leid zugefügt hat?«

Owen gab keine Antwort. Mit steinerner Miene starrte er an

Elutides vorbei in das Sonnenlicht im Garten. Der Stolz versiegelte seine Lippen.

»Ihr braucht nicht zu antworten«, sagte Elutides. »Ich kann die Wahrheit in Euren Augen lesen.«

Er berührte behutsam Owens Stirn, wobei er die Haut sanft mit den Fingern streichelte. »Wie kann er es wagen, eine solche Dunkelheit in den Geist eines jungen Menschen zu pflanzen?«

In Elutides' Stimme schwangen so viel Empörung und Mitgefühl mit, daß Owen beinahe die Haltung verlor. Er bedeckte kurz die Augen mit einer Hand, bevor er Elutides wieder ansah.

»Möchtet Ihr meine eigenen Gedanken zu dem Thema erfahren?« fragte Elutides.

»Ja«, bat Owen den Älteren. »Ich vermag zu erkennen, daß Eure Meinungen etwas wert sind. Ich wünschte, Ihr wärt mein Lehrer gewesen und nicht Bertrand.«

Elutides sah sowohl besorgt als auch überrascht aus. »Ich fürchte sehr, Ihr würdet auch in mir keinen weichherzigen Lehrer finden«, sagte er. »Aber ich habe Euch die Wahl gelassen: geht oder bleibt.«

»Ich bleibe«, entschied Owen.

»Nun gut.«

Elutides trat einen Schritt zurück und zeigte auf ein Lederfutteral an der Wand am Ende des Raums. »Seht Ihr meine Harfe? Geht und holt sie mir und spielt mir ein Lied Eures Volkes vor. Singt mir etwas über Karl oder Roland.«

Owen warf ihm einen erstaunten Blick zu. »Ein Lied! Ich soll Euch etwas vorsingen und für Euch auf der Harfe spielen? Ich kann kaum eine Melodie auf einer hölzernen Flöte spielen. Ich verfüge leider nicht über die Fähigkeiten eines Barden.«

Elutides nickte. »Die Menschen sind nicht alle gleich, sondern besitzen verschiedene Begabungen. Erzählt mir, teilt Euer Freund Enar Eure Wildheit in der Schlacht?«

»Nein«, gab Owen zurück. »Obwohl er tapfer ist, glaube ich doch, daß er im Kampf einen kühleren Kopf bewahrt als ich.«

Elutides nickte. »Läge es dann nicht im Bereich des Möglichen«, überlegte er, »daß diese Taten, die Ihr vollbracht habt, in der Leidenschaft Eures eigenen Herzens gründen, Teil von Gottes gewaltiger Schöpfung, Euch in die Hände gegeben, damit Ihr damit verfahren könnt, wie es Euch beliebt?«

»Nein«, widersprach Owen hartnäckig. »Elin hat den Einäugigen zu mir in den Käfig gebracht. Ich habe ihn gesehen. Ich habe sie gesehen. Ich kann nicht an ihren Kräften zweifeln. Sie hat Reinald getötet, hat ihn verwünscht und ins Grab getrieben. Sie hat einem Mann die Stirn geboten, einem starken Mann, und ihn ganz allein vernichtet.« Er leerte den Becher und stellte ihn mit einem lauten Knall auf den Tisch. »Erklärt das, wenn Ihr könnt!«

Elutides machte zwei schnelle Schritte auf die Tür zu, um sich dann wieder zu Owen umzuwenden. Er stand in dem Licht, das vom Garten hereinfiel. Der scharlachrote Streifen leuchtete auf dem düsteren Schwarz seines Gewandes. »Sehr wohl«, begann er mit sanfter Stimme. »Daß ein solcher Fluch einen Mann töten oder zu furchtbarem Leiden verurteilen kann, daran zweifle ich nicht, denn ich habe dergleichen erlebt und selbst schon ein paar Flüche gebrochen. Aber...« Er hob die Hand. »Daß es ausschließlich das Tun der Hexe war, das glaube ich nicht.«

»Sie hat ihn getötet«, bekräftigte Owen. »Er ist gestorben. Sie –«

»Sie, sie!« rief Elutides. »Ich höre nur immer ›sie‹. Was ist mit ihm?« Er warf vor Zorn und Überdruß die Hände hoch. »Owen, unser ganzes Leben lang kämpfen wir gegen unsere eigene Minderwertigkeit an. Gebt es zu.« Elutides zeigte mit dem Finger auf Owen. »Gebt es zu. Würdet Ihr Euch jetzt nicht gerne davonmachen, in Elins Arme zurückkehren, in die tröstliche Gesellschaft Eurer Gefolgsleute in Chantalon?«

Owen sah zu Boden. »Ich schätze...«, setzte er an.

»Keine Vermutungen«, fuhr Elutides ihm über den Mund. »Würdet Ihr?«

»Ja«, gestand Owen, »aber damit würde ich mein Wort brechen, das ich sowohl Euch als auch Gynneth gegeben habe.«

Elutides lächelte bedächtig. »Soso«, sagte er. »Warum brecht

Ihr das Versprechen nicht? Ich werde Euch nicht aufhalten. Lauft! Der Hengst ist in der Halle. Holt Enar aus Auds Bett. Lauft!« Elutides winkte mit dem einen Arm in Richtung des freien Himmels und des Sonnenscheins in seinem Rücken. »Lauft! In Sicherheit! In die Freiheit! Lauft weg!«

Owen sprang auf. Sein Herz pochte wie wild vor Zorn. Seine Hände hielten krampfhaft das Schwert an seinem Gürtel umklammert.

Dann fielen ihm Elutides' Schnelligkeit und Geschicklichkeit wieder ein.

Der hochgewachsene Mann stand angriffsbereit da, die Beine leicht gespreizt, das Gewicht auf den Fußballen.

»Alter Mann«, erklärte Owen wild, »ich glaube gerne, daß Ihr ein mächtiger Gegner seid, im Krieg und beim Disput. Aber Ihr stellt meine Geduld auf eine harte Probe. Jetzt zu fliehen hieße, meine Ehre zu verwirken. Ich würde den Makel der feigen Tat für immer in meinem Herzen tragen. Ich könnte Gynneth nie vergessen. Ihre Augen würden mir überallhin folgen, wohin ich mich auch wenden würde.«

»Wäre es denkbar«, fragte Elutides leise, »daß Ihr Euch selbst beurteilen und dabei erkennen würdet, daß dieses Selbst unzulänglich ist, so wie Reinald es tat?«

Owens Wut verrauchte und ließ ihn matt und mit einem flauen Gefühl im Magen bei dem Gedanken an Reinalds Qualen zurück.

»Er hat über seine eigenen Taten zu Gericht gesessen«, fuhr Elutides fort, und seine Stimme klang sehr sanft. »Wer weiß, was er gefunden hat? Nun, das Ergebnis kennen wir jedenfalls.«

»Dann war Elins Fluch gar nicht von Bedeutung?« fragte Owen.

»O doch, das war er!« gab Elutides zurück. »Sein Verbrechen geschah im Verborgenen, im Schutz der Dunkelheit. Als Elin ihn verfluchte, stand er vor allen Menschen als der Schuldige da. Ich versuche es mir vorzustellen. Erblickte er seinen Verrat und seine Arglist im Spiegel ihrer Augen? Hörte er die leisen Veränderungen in ihren Stimmen, als der Zweifel sich in ihre Herzen schlich?

Malte er sich aus, was die anderen denken mußten? Daß der Herr Bischof sein Freund gewesen war und er ihn trotzdem verkauft, ihn bei lebendigem Leib Folter und Tod überantwortet hatte? Mußte sich nicht jeder fragen: Was wird er mir antun, falls ich wie Owen sein Mißfallen errege?

Herr Owen, entsinnt Euch des Schmetterlings und bedenkt, wenn Ihr mögt, wie unendlich viel komplizierter das Wirken des menschlichen Herzens ist.«

Elutides ging zu den Bücherregalen an der Wand und holte einen Band heraus. Er legte das Buch in Owens Hände. »Hier«, sagte er. »Führt Euch das zu Gemüte, während ich meine kleine Überraschung für Ivor fertigstelle.«

Owen trug das Buch zur Tür, schlug es auf und begann im Licht von draußen die Seiten zu lesen.

Elutides wandte sich wieder seinem Mörser zu, betrachtete die Zutaten eine Weile nachdenklich und suchte schließlich noch ein paar weitere Flaschen von den Borden in seinem Rücken zusammen. Aus einer jeden von ihnen fügte er ein wenig hinzu, um sich sodann wieder ans Zerstampfen zu geben.

»Ihr tut nichts ohne Sinn und Zweck, alter Mann«, meinte Owen, als er von den Buchseiten aufblickte und Elutides ansah. Er gestikulierte mit dem Buch. »Was sind Sinn und Zweck von dem hier?«

»Wer ist der Verfasser dieses Buches?« fragte Elutides.

»Boëthius«, gab Owen zur Antwort. »Es heißt ›Vom Trost der Philosophie‹.«

»Wie starb er, dieser Boëthius?« wollte Elutides wissen.

Owen schloß das Buch und starrte auf den Einband hinunter, einen Einband aus geprägtem Leder, mit Edelsteinen geschmückt. »Unter der Folter«, antwortete er. »Der Scharfrichter brach ihm alle Knochen im Leib, bevor er starb.«

»Wieviel Trost, meint Ihr, schöpfte er in diesem Moment aus seiner feinen Philosophie?«

Owen kehrte zum Tisch zurück und warf das Buch hin. Mit lautem Knall landete es auf der Platte. »Überhaupt keinen«, versetzte er. »Ich vermag mir nichts und niemand vorzustellen, das oder der einer armen Seele in solchen Qualen beistehen könnte.«

»Ich hätte es gekonnt«, behauptete Elutides. »Ich hätte ihm beibringen können, wie er seine Schmerzen hätte lindern können. Und ich kann Euch zeigen, wie Ihr Ivors Fähigkeiten gegen ihn selbst kehren und die Berserker besiegen könnt, wenn Ihr mich nur laßt!«

Tief in Gedanken versunken, starrte Owen auf das Buch auf dem Tisch.

Die Berserker! In dem Gemach war es warm, aber seine Haut fühlte sich kalt an. Er war noch nie einem begegnet, aber die Geschichten, die er von ihnen gehört hatte, waren dergestalt, daß sie ihn bis ins Mark frösteln ließen.

Sie warfen sich nackt oder nur mit einem Hemd bekleidet gegen den Feind, lebende Opfer des Schlachtengottes. Von einem Wahnsinn ergriffen, den ihnen der Gott verliehen hatte, besaßen sie eine Stärke und Wildheit, die jeden, der ihnen gegenübertrat, mit tödlichem Entsetzen erfüllte. Sie kannten keine Frauen, weigerten sich sogar, ihre weiblichen Gefangenen zu vergewaltigen, und töteten alle Gefangenen zum Ruhme ihres Gottes mit Strick und Keule.

Ein Angriff von nur einem Dutzend Berserkern konnte die Halle in Schutt und Asche legen. Elutides und seine Leute würden sterben, denn willentlich ließen sie kein lebendes Wesen hinter sich zurück, sondern töteten und töteten, bis sie selbst erschlagen wurden.

Und dennoch war Elutides bereit, ihm zu zeigen, wie er sich einem solchen Angriff entgegenstellen und sie besiegen konnte!

»Wie?« fragte Owen und hob den Kopf.

»Für den großen Boëthius«, erzählte Elutides, »war die Philosophie eine schöne Jungfrau, die heiter und gelassen in ihrem Tempel saß, während das Licht der Vernunft ihre Braue umspielte.« Er beendete die Arbeit am Mörser und schüttete die Mixtur in eine Schale. »Aber die Menschen werden nicht von der Vernunft beherrscht. Menschen werden von Kräften getrieben, vor denen die Vernunft eine zerbrechliche Barke ist, umhergeworfen auf den turmhohen Wellen einer stürmischen See.

Kommt«, forderte er Owen auf und führte ihn zur Tür. »Ich habe erlebt, daß Männer mir Vergehen gestanden haben, die sie gar nicht begangen, und nach Strafen riefen, die sie nicht verdient hatten. Den größten Teil meines Lebens bin ich der Herrscher dieser Stadt gewesen. Ich, nicht Ilfor oder Aud, habe jene Schädel an die Pfähle vor der Stadt nageln lassen.

Aber viele habe ich mit einer leichteren oder überhaupt keiner Strafe fortgeschickt, weil die Taten, die sie bekannten, nur in ihrem Kopf existierten. Im Laufe meines Lebens bin ich zu der Einsicht gelangt, daß ich selbst nicht minder fest in den Klauen der Unvernunft gefangen bin wie jene, die auf so sinnlose Weise mit ihrem Leben spielten. Aber das ist alles Philosophie, und wir müssen jetzt über das bloße Reden hinausgelangen.«

Elutides deutete auf die Statue des gefallenen gallischen Kriegers. »Seht den Tribut, den der Eroberer selbst der Herrlichkeit des Besiegten zollt, sogar in der Niederlage. Vor langer Zeit lernten Männer wie ich, Kriegern den Schlachtenwahn einzupflanzen und ihnen beizubringen, wie man ihn für seine Zwecke benützt.«

»Sie scheiterten«, sagte Owen.

»Ach ja?« versetzte Elutides. »Ich glaube nicht. Die Heere der Gallier belagerten die Römer auf den Hügeln Roms. Wären sie nicht zu großmütig gewesen, um die Besiegten zu versklaven, und nicht zu habgierig, um die Gelegenheit zum Plündern verstreichen zu lassen, wäre ihnen der Sieg zugefallen, weil sie die Kräfte des Geistes und des Willens beherrschten, die mächtiger sind als das Fleisch.«

Die Sonne hatte den Zenit überschritten. Der steinerne Krieger war zwischen den Schatten der römischen Vorhalle gefangen.

Owens Blick folgte der Rundung der muskulösen Schulter, der Schwellung der Unterarmmuskeln bis zu den Fingern, denen in just diesem Moment, gekrümmt und mit der Handinnenfläche nach oben, das Schwert entglitten zu sein schien. Ein barbarisches Mysterium, schön sogar im Augenblick der Zerstörung.

»Begingen sie einen Irrtum«, fragte Owen, »indem sie sich weigerten, alle Früchte ihrer Tapferkeit einzusammeln? Sind ihre Siege nicht größer als der schnöde Gewinn von Land und Sklaven? Wenn der Sklave an den Herrn gekettet ist, so ist doch auch der Herr durch den Sklaven gefesselt.

Was könnte größer sein als das Streben nach Selbstbestimmung? Ein Leben des Kampfes und des Abenteuers, gelebt in der Wonne der Freiheit und der freien Entscheidung. Eine Suche, die weder im Sieg noch in der Niederlage ihr Ziel erreicht. Ich verstehe Euch, Elutides, und ich gebe mich als williger Schüler in Eure Hand. Lehrt mich, was Ihr wollt.«

Elutides lächelte glücklich. Er klopfte Owen auf die Schulter und führte ihn zum Tisch. Er schob einen Teil des Plunders beiseite und entzündete eine Kerze.

Owen nahm auf der Bank Platz.

»Wir fangen sofort an«, beschied ihn Elutides. »Ich werde jeden Schritt eingehend erläutern und nichts tun, was Ihr nicht begreift.«

Die Sonne sank tiefer am Himmel, und die Schatten im Hof wurden länger und dunkler. Der Schmetterling flatterte noch eine Zeitlang übermütig zwischen den Blumen umher, kostete die verschiedenen Geschmacksrichtungen des Nektars und flog schließlich davon.

Als Owen und Elutides fertig waren, tanzten Leuchtkäfer über den Kräutern im Garten, und der Marmor der Statuen schimmerte weiß im blauen Dämmerlicht. Die Kerze vor ihnen auf dem Tisch war bis zu einem Stumpen im Kerzenhalter heruntergebrannt.

Ceredea kam herein. Sie steckte Fackeln in die Halter an der Wand, um die Dunkelheit zu vertreiben. Sie erhellten den Raum mit einem warmen Licht.

Als sie wieder gegangen war, fragte Owen: »Ist Ceredea Eure Dienerin?«

»Ich habe keine Diener«, führte Elutides aus, während er sich von der Bank am Tisch erhob, »nur Schüler und Freunde.«

»Ihr habt seltsame Sitten«, staunte Owen, »hier geht es ganz anders zu als in der übrigen Welt.«

Elutides nahm seinen Umhang von dem Stuhl an der Wand

und schlang ihn um sich, da die abendliche Kälte in das Gemach kroch. »Es gab nie viele von uns, Owen«, sagte Elutides. »Heute ist unser Orden nahezu ausgelöscht, er schwindet dahin wie dieser wundervolle Ort. Unser Wissen, entweder vergessen oder einem gemeineren Nutzen zugeführt, wird von den Gezeiten der Jahrhunderte verschlungen wie diese Villa vom Meer.«

»Je älter die Welt wird, desto schlimmer wird sie auch«, ließ Owen verlautbaren, während er den Kerzendocht mit zwei Fingern ausdrückte. »Ordnung weicht dem Chaos. Alles, was schön ist, geht durch die Hände von Barbaren wie Ivor zugrunde.«

»Das glaube ich nicht«, warf Elutides ein. »Ich überlasse mich nicht der Verzweiflung, und ich hoffe, auch Ihr tut das nicht. Nun erhebt Euch«, befahl er ihm freundlich. »Nehmt ein letztes Mal meine Hand, bevor wir gemeinsam in den Kampf ziehen.«

Unter der Berührung von Elutides' Fingern fühlte Owen eine große Ruhe über seinen Geist kommen. Es war eine tiefe Gelassenheit, still wie die Schönheit des Gartens im Abendschein, einfach und rein wie das klare, helle Licht vom Meer.

Frieden schien von Elutides' dunklen Augen auszustrahlen. Es war die Gewißheit eines Lebens, das aus purer Freude am Leben gelebt wurde, eine grenzenlose Hinnahme von Schmerz und Lust gleichermaßen als den beiden gleich wichtigen Bestandteilen des menschlichen Abenteuers, die Gewißheit eines Menschen, der weder Sklaven noch Herren brauchte, sondern, sogar unter seinen Feinden, nur Gleiche, nur Brüder sah.

»Was seid Ihr?« fragte Owen. »Wer seid Ihr?«

»Nein«, sagte Elutides und ließ seine Hand los. »Fragt mich auf dem Fest heute nacht, dann will ich Euch antworten.«

»Nun gut«, meinte Owen. »Seht, daß Ihr dies Versprechen haltet und das andere – daß ich weiterlebe, selbst wenn ich im Kampf sterbe – auch.«

»Wenn ich die eine Frage beantworte, werde ich auch die andere beantworten«, gab Elutides mit einem Lächeln zurück. »Nun überlaßt mir Eure Verzweiflung. Ich möchte nicht, daß Ihr diese Bürde in die Schlacht mitnehmt.«

»Wie sollte ich das wohl anstellen, alter Mann?« fuhr Owen ihn an.

»Indem Ihr daran glaubt, daß das Gute weiterlebt und bis in alle Ewigkeit fortbesteht.«

»Wo?«

Elutides' Hand näherte sich Owen und fuhr leicht mit den Fingern über seine Brust. »Nun, hier in Eurem Herzen, durch Euch, Gottes Werkzeug auf Erden. Und hier.« Er berührte Owens Stirn. »In Eurem Geist, durch größeres Verständnis – und Liebe.«

Owen trat hastig zurück, geschmeichelt, wenngleich ein bißchen verlegen. »Sehr aufmunternd«, sagte er, »aber in Anbetracht der Tatsache, daß wir vorhaben, einen Mann zu töten, weiß ich nicht, ob das die richtige Empfindung ist.«

»Warum nicht?« Elutides lachte. »Vielleicht tötet er uns. Denkt daran, daß wir zahlenmäßig unterlegen sind. Ich habe den Mann gesehen. Wäre er allein, wir wären immer noch unterlegen.«

»So schlimm?« fragte Owen.

»Schlimmer!« meinte Elutides.

Owen ging ein Stück beiseite und besah sich die wüste Sammlung auf dem Tisch, die Bücher auf den Regalen an der Wand. »Ihr habt mir viel beigebracht, aber ich bin immer noch beunruhigt. War es Illusion oder Wirklichkeit?«

»Das kann ich nicht sagen«, antwortete Elutides. »Zuerst müßte man sich auf eine annehmbare Definition von Wirklichkeit einigen. Ich halte sie für einen sehr schwammigen Begriff.

In Augenblicken wie diesem beneide ich jene Griechen, Sokrates, Platon, Aristoteles, die durch die angenehmen Haine von Athen lustwandeln konnten. Ich wünschte, ich hätte mehr Zeit mit Euch verbringen können. Wir hätten Zeit gehabt für Studium, Diskussion und Streitgespräche. Statt dessen«, Elutides' Blick ruhte liebevoll auf Owen, »muß ich meinen Meisterschüler in die Schlacht führen. Ich habe Euch mit dem wenigen Wissen gewappnet, über das ich verfüge. Mehr kann ich nicht tun.«

Flankiert von Cador und Casgob, betrat Gynneth vom dunklen Garten her das Gemach. Sie trug Weiß, ein mit Veilchen besticktes

Seidengewand. Ihr Haupt war unbedeckt. Ihr langes, offen fallendes dunkles Haar hatte im Fackelschein einen samtgleichen Schimmer. Sie war mit Blumen und Kräutern aus Elutides' Garten bekränzt – blühendem Rosmarin, blauen Pfefferminzblüten und süß duftender Kamille, darein geflochten die zarten Kelche des lilafarbenen, wohlriechenden Salbeis.

Sie trug einen goldenen Becher in den Händen. »Das Fest wird in einer Stunde beginnen«, sagte sie.

Gynneth bot Owen den Becher an.

Owen sah sie an und wurde erneut an die Göttin inmitten der Blumen erinnert. Die Statue bestand aus kaltem, bleichem Marmor, aber Gynneth' Gesicht war das einer warmen, lebendigen Frau. Weiche rosige Lippen, die bebten, Augen so klar wie der Tau zwischen den Blütenblättern einer Rose.

Ihre Finger schlossen sich um das kalte Metall des Bechers. Das Gold war mit einem umlaufenden Flechtband aus Golddraht versehen, dessen Stränge so meisterhaft ineinander verschlungen waren, daß das Auge weder Anfang noch Ende ausmachen konnte. An Sockel und Rand waren blasse Mondsteine eingelassen.

Er dachte an Elin. Sie hatte ihm einmal einen Becher kredenzt, und er hatte nicht gewußt, ob er Gift enthielt oder nicht.

In einem Anfall von Trauer, daß sie ihn so sehr hassen konnte, hatte er ihn heruntergestürzt. Sie hatte geweint über sein Vertrauen und seinen Mut. Elutides hatte behauptet, er könne sie nicht beherrschen; aber auf der anderen Seite hatte auch sie niemals versucht, ihn zu beherrschen. In Freiheit kamen sie zusammen, und wenn die Zeit der Trennung kam, würden sie auch in Freiheit voneinander scheiden. Owen hob den Becher. »Die erste Lektion, die jeder Soldat lernt, ist, daß man im Krieg und in der Liebe alles gibt oder nichts. Bei meinem Leben und meinem Geschick, ich lege Euch alles zu Füßen, liebreizende Dame, und behalte nichts zurück.«

Er leerte den Becher und gab ihn Gynneth zurück.

Elutides nahm ihn aus ihren Händen entgegen und wandte sich Gynneth zu. »Nun geh«, sagte er, »und wappne deinen Kämpen.«

KAPITEL 26

Haakons erste Reaktion war, zu kämpfen, aber er beherrschte sich. Er hatte sein Schwert abgegeben. Sie verletzten ihn nicht. Sie zogen ihn nackt aus. Als sie damit fertig waren, wurde er auf die Füße gezerrt. Die übrigen entzündeten Fackeln an den Feuern.

Sie führten ihn zu dem Pflug und legten seine Hände um die Griffe. Die Fackelträger umringten ihn. Eine Peitsche knallte, und der vor den Pflug gespannte Ochse begann zu ziehen.

Haakon straffte seine Schultern und stieß die Pflugschar in die Erde, wobei er daran denken mußte, daß damals vor langer Zeit selbst sein gnadenloser Vater nie behauptet hatte, er könne keine gerade Furche ziehen. Im Schein der Fackeln sah Haakon, wie die schwarze Erde gewendet wurde, aufgeworfen von der Pflugschar.

Der Stiertänzer begann mit zurückgeworfenem Kopf einen ekstatischen Tanz vor dem Pflug und heulte den aufgehenden Mond an.

Beim ersten Hieb von hinten mit einem Zweig zuckte Haakon zusammen und verbiß sich einen Schmerzensschrei. Es überraschte ihn, da er nicht ein Mann war, der sich leicht vom Schmerz überwältigen ließ.

Der Sprechgesang setzte ein. Haakon verstand die meisten Worte nicht. Er fragte sich, ob selbst die Männer um ihn herum sie verstanden. Er war sich sicher, daß die Worte alt waren, alt wie die Welt vielleicht, und mündlich vom Vater auf den Sohn überliefert wurden. Die Musik hinter den Worten jedoch kündete von einer Macht, die Worte allein nie vermitteln konnten.

Es war ein Schrei der Sehnsucht, der in einem Ozean der Schmerzen versank, um sich dann zu einem Jubellied zu erheben. Dieser Kreislauf wurde ein ums andere Mal wiederholt, und jedesmal wenn der Kreis sich schloß, ging ein neuer Hieb auf ihn nieder.

Haakon fühlte, wie das warme Blut an seinen Beinen herunterlief und in die Erde der Furche sickerte, die er zog.

Zweige von allem, was noch grünt, wenn alles andere im Wald längst abgestorben ist – Korkeiche, Stechpalme und Mistel – strichen zwischen den Schlägen über seinen Rücken. Damit versprengten die um den Pflug gescharten Sänger Haakons Blut über die Felder.

In einem tiefen, kühlen Teil seines Gehirns, einem Teil, der nicht an seiner Plackerei beteiligt war, wisperte eine Stimme: »Sie übereignen dich der Erde. Werden sie zu guter Letzt auch dein Fleisch und Gebein ihrer großen Mutter geben?«

Nein, dachte er. Jedenfalls noch nicht jetzt.

Die Hiebe auf seinen Rücken zielten nicht darauf ab, ihn zu verstümmeln. Zwar floß sein Blut unter der Berührung der leichten Dornenranken, aber ihm wurde kein dauerhafter Schaden zugefügt. Darüber hinaus empfand er kaum Schmerz, da er ganz und gar in ihr sonderbares altes Lied vertieft war.

Fetzen dieses Gesangs habe ich schon gehört, dachte er. In den Schreien der Ruderer im Langschiff, im letzten Schrei einer Gebärenden – ein Schrei, der in einem Seufzer der Erleichterung und einem freudigen Aufschluchzen endete –, in der einsamen Flötenmelodie eines Schafhirten, der mit seiner Herde mit dem Wind über eine Hochalm im Gebirge zieht.

Sie sangen vom Leben. Nicht vom Leben eines einzelnen Mannes oder einer einzelnen Frau mit all seinen einzigartigen Erfahrungen und Anstrengungen, sondern von der Reise, die uns allen bevorsteht, dem erhabenen, traurigen, schönen und oft tragischen Weg, den nicht nur jeder Mann, sondern jedes menschliche Wesen von der Geburt bis zum Tod zurücklegt. Der Frühling mit seinen Stunden voll wilder, allumfassender Lust, die mit den ersten verstohlenen Umarmungen neuer Liebhaber in den Wiesen beginnt, im hohen Gras oder im grünen, knospenden Wald. Hin zu den zärtlichen Momenten der ersten Liebe, wenn selbst die Lust vor dem Herzensbedürfnis verblaßt, anzubeten und angebetet zu werden. Und weiter noch, um diejenigen Bande zu schaffen, die unseren gewundenen Lebensweg hinfort bestimmen werden.

Die warmen Tage und der Sommer ziehen herauf, der Weizen wächst. Wir hoffen, daß unser Leben Frucht trägt wie das reifende Korn, wie der Obstgarten, wenn die Frühlingsblüten zu Äpfeln, Pfirsichen und Quitten heranwachsen, schwellend am Zweig. Kinder umringen uns. Unsere Fleisch gewordene Leidenschaft oder Reue, Frucht einer flüchtigen Lust, von Pflicht, Gewalt oder Gewohnheit, wird unsere Unsterblichkeit.

Der Sommer gleitet in den Herbst hinüber. Wir ernten die Früchte der Frühjahrsmühen, der Sommerplackerei. Was immer wir gegeben haben, in Liebe und Arbeit, wird zurückerstattet, um unsere Tische zu zieren. Die Farben der Freudenfeuer füllen die Bäume, ein letztes Aufflackern von Licht vor dem Ende.

Der Winter überrascht. Zweige, unlängst mit Scharlachrot, Gelb und hellem Grün geschmückt, sind nun braun und kahl. Rauhreif liegt über dem Gras und glitzert in der fahlen Sonne. Auf der Schwelle zum Schlaf hören wir das Heulen des Windes zwischen den Welten, der uns zuruft: Faßt Mut, wendet euch ab von den Gaben des Lebens und schließt euch der langen Prozession in die Dunkelheit an.

Ja, dachte Haakon, ich habe all das schon zuvor gehört, aber nie als ein vollständiges Ganzes gesungen, durchdrungen von solcher Ergebenheit und solchem Frieden.

Nach dem dreizehnten Hieb hörten die Schläge auf. Haakon blieb still stehen und richtete sich hinter dem Pflug auf. Der Gesang um ihn schwoll an und verklang in einem Aufschrei ekstatischer Freude.

Von weit weg vernahm er Glockengeläut.

Haakon schüttelte den Kopf und wischte sich den Schweiß aus den Augen. Der gehörnte Tänzer hatte den Pflug weit hinaus in die Flur und dann zurück zur Tenne geführt.

Die fackeltragenden Männer um Haakon herum geleiteten ihn auf den Dreschboden. Aus seiner Umgebung stieg ein Seufzen auf – ein Seufzen und Stöhnen, als pfeife der Wind durch eine Gebirgsschlucht.

»Siehe«, sagte der Stiertänzer, »die Sommerkönigin.«

Sie ritt im Damensitz auf einem weißen Maultier, ganz in Weiß gekleidet. Nicht länger die braun-graue Winterhexe, trug sie eine Krone aus Weizen und Gerste und eine geflochtene Garbe als Zepter.

Die Wirkung, die ihre Gegenwart auf ihn hatte, wurde ihm erst bewußt, als eine der Maiden, die das Maultier führten, ihre Weizengirlande abnahm und sie über sein steifes Glied warf wie einen Ring über einen Stab.

Dröhnendes Gelächter stieg von den Männern auf dem Dreschboden und den Frauen um Elsbeths Maultier herum auf.

Zum erstenmal nach vielen Jahren merkte Haakon, daß er errötete. Seine Erektion brach in sich zusammen wie ein welkes Blatt, und mit ihr senkte sich die Girlande, bis sie ihm auf die Knie herunterhing.

Dem Stiertänzer mußte man mit einigen Klapsen auf den Rükken helfen, damit er nicht an seinem Anfall von Lachhusten erstickte.

»Heil der Sommerkönigin!« rief irgend jemand.

Der Rest nahm den Ruf auf. »Heil der Sommerkönigin!«

Haakon faßte Elsbeth an der Hand und geleitete sie in die Mitte der Tenne. Um sie herum erklang das schrille Geklimper der Handglocken, lauter und lauter, um dann jäh zu verstummen.

Die Leute bildeten einen Kreis um Haakon, Elsbeth und den Stiertänzer. Sie reichten sich die Hände und bildeten tief gestaffelte konzentrische Kreise um die drei im inneren Kreis. Niemand sprach. Niemand gab einen Laut von sich.

Um sie herum zischten und prasselten die Feuer. Ein Ast zerbarst und ließ eine Kaskade glühender Funken in den Sternenhimmel aufsteigen.

Haakon war sich seiner Nacktheit nicht bewußt. Er sah nur eins … Elsbeth.

Sie war nicht eine Frau, sondern *die* Frau. Die Rundung ihrer Brust unter dem Gewand war der vollkommene Kamm einer sich brechenden Woge. Ihre Augen hatten den braunen Glanz von

Eicheln vor einem regennassen Himmel. Die Form ihres Körpers unter dem Gewand war der schimmernde Schwung eines reifen Kornfeldes, das sich vor dem Wind beugte. Sie stand im Feuerschein wie eine Göttin, die in einem Lichtstrahl über den Waldboden schreitet.

Haakon wollte es scheinen, als könne der Wind sie mit sich nehmen. Als könne sie verlorengehen wie ein Spiegelbild des Himmels in einem stillen Tümpel, das unter der Berührung eines Fingers zerbricht und sich auflöst.

Dieser Augenblick ist der Wendepunkt meines Lebens, dachte Haakon. Er führt mich entweder zum Ruhm oder ins Verderben. Die drei grauen Herrinnen, die den Faden des Lebens spinnen, haben die Macht und den Schmerz dieses Augenblicks in den Wandteppich meiner Tage eingewoben. ›Wähle dein Schicksal, Haakon‹, sagen sie. Er sah Elsbeth an. Und ich habe dich gewählt.

»Ich habe dich gewählt«, wiederholte er laut, aber mit belegter Stimme.

Elsbeth erwiderte nichts, sondern trat einen Schritt zurück, damit der Stiertänzer zwischen ihnen Aufstellung nehmen konnte. Dann streifte sie den weißen Ärmel ihres Gewandes von ihrem Unterarm zurück und streckte dem Stiertänzer den Arm hin.

Er hielt ein Steinmesser in der Hand. »Dies ist das höchste, feierlichste Ritual«, erklärte er. »Wenige unterziehen sich ihm. Wenige wagen es. Bei allen Dingen dieser Welt bindet ihr euch aneinander, bei allen Blutsbanden. Verletzt das Ritual, verratet das Land, laßt einander im Stich, und ihr seid verflucht.«

Das Wort »verflucht« dröhnte dumpf in der Stierschädelmaske des Tänzers.

»Ich fürchte mich nicht«, sprach Elsbeth. Ihr Blick brannte sich in Haakons Augen.

»Ich habe nie etwas gesehen, vor dem ich mich gefürchtet hätte«, sagte Haakon. »So sei es.«

Ein tiefes Seufzen stieg von all jenen um sie herum auf, und der Kreis weitete sich.

Der Stiertänzer schnitt ein tiefes Winkelzeichen in Elsbeths Arm.

Haakon fuhr kaum merklich zusammen, als er Blut fließen sah, aber Elsbeth zuckte nicht einmal mit der Wimper.

»Bei der Erde«, sagte der Stiertänzer, »weil wir alle aus ihr kommen.« Er ritzte ein zweites Zeichen. »Bei der Luft, weil der Atem Leben ist.« Das Messer fuhr durch die Haut und schuf ein drittes Zeichen. »Beim Feuer, weil wir ohne es zugrunde gehen.« Wieder senkte sich das Messer in Elsbeths Arm. »Beim Wasser, weil wir schwimmend im Meer des Lebens im Schoß unseren Anfang nehmen.«

Ein wenig benommen bemerkte Haakon, daß die Spitzen der Winkel auf Elsbeths Körper zielten.

Er streckte seinen Arm aus. Mit denselben Worten ritzte der Stiertänzer dieselben vier Zeichen in seinen Arm. Diesmal zeigten ihre Spitzen, wie Haakon auffiel, jedoch auf seine Hand.

Dann legte der Stiertänzer ihre Arme zusammen, und die Schnitte paßten perfekt aufeinander.

»Auf das Herz der Frau«, intonierte der Stiertänzer, »auf daß sie treu und fruchtbar sein möge. Auf die Hand des Mannes, auf daß sie stark sei.«

Jemand reichte dem Stiertänzer einen Streifen von einem Leintuch. Er band ihre Arme zusammen.

»Blut zu Blut«, donnerte der Stiertänzer. »Leben zu Leben, Tod zu Tod. Seid eins!«

Haakon blieb inmitten des atemlosen Schweigens wie angewurzelt stehen. Durch Elsbeths an ihn gefesselten Arm konnte er ihren ganzen Körper zittern fühlen. Ihr Gesicht war fast völlig blutleer. Er schaute sich schnell um und sah, daß der Stiertänzer verschwunden war. Sie standen allein inmitten eines Kreises aus gespannt blickenden Gesichtern.

»Gibt es noch etwas?« flüsterte er.

Elsbeth nickte.

»Dann bring es hinter dich«, raunte Haakon. »Ich folge deiner Anleitung.«

»Haakon – Vater, Bruder, Sohn, Ehemann!« rief Elsbeth laut mit silberheller, klarer Stimme.

»Elsbeth – Mutter, Schwester, Tochter, Ehefrau.« In seiner Stimme schwang ein scharfer, herrischer Unterton mit.

»Es ist vollbracht«, sagte Elsbeth und sank in seine Arme; sie war nun keine Göttin mehr, sondern eine zitternde, verängstigte junge Frau.

Haakon löste ungeschickt mit der linken Hand den Leinenstreifen. Er ließ ihn fallen, und Elsbeth umklammerte ihn mit beiden Armen und bohrte ihre Nägel in seinen Rücken. »O Gott!« flüsterte sie. »Was habe ich getan?«

Einen ganz kurzen Augenblick lang meinte Haakon, er sei plötzlich erblindet. Dann wurde ihm klar, daß man etwas mit den Feuern gemacht hatte. In wenigen Sekunden waren sie gelöscht worden. Er stand in vollkommener Dunkelheit. Das einzig Wirkliche in der Welt war die Frau in seinen Armen.

Er hob Elsbeth hoch, ein Federgewicht in seinen Armen. Nicht mehr vom Feuerschein geblendet, stellten seine Augen sich allmählich auf die Dunkelheit ein. Eine niedrig hängende Wolke verdeckte die Mondsichel; die Wolkenränder wurden von ihrem Licht silbrig angestrahlt.

Seine Füße fanden die Ackerfurche, die er mit dem Pflug gezogen hatte, und er trug sie, ihr folgend, immer tiefer und tiefer in die Dunkelheit.

Ihre Arme lagen um seinen Nacken. Er spürte die seidige Sturzflut ihrer Haare auf der nackten Haut von Brust und Rücken. Ihre Lippen befanden sich ganz nah an seinem Ohr.

»Du kannst noch immer fliehen«, sagte sie.

»Ich bin schon geflohen«, gab er zurück. »Einmal auf ein Langboot. Als junger Mann häufig in besinnungslose Trunkenheit unter Männern. Ich bin nicht mehr auf der Flucht.«

»Du verstehst nicht«, sagte sie.

»O doch, ich verstehe.«

»Nein!« schluchzte sie. Ihre Tränen netzten seine Wange. »Sie stimmen unter sich darüber ab. Ich habe dich belogen! Heute nacht, hier im Dunkeln, steht ihnen das Recht der Wahl zu. Ich hätte es dir sagen müssen.«

»Ich habe deine Warnung in der Halle gehört«, widersprach er. »Und ich habe verstanden, was du gemeint hast. Dennoch bin ich gekommen. Nicht, weil ich ein tapferer Mann wäre, nicht einmal, weil ich dich liebe. Einmal – erinnerst du dich noch – habe ich dir gesagt, ich wäre ein Niemand.«

»Ja.«

Eine dunkle Wolke zog vor den Mond, und absolute Finsternis breitete sich über sie. Haakons Füße schritten weiter in der tiefen Ackerfurche aus. Er spürte die warme, weiche und doch kompakte Masse der Erde zwischen seinen nackten Zehen.

»Ich kam, weil ich wie sie ein Sohn der Erde bin. Ich kam, weil ich mein ganzes Leben lang kein Zuhause hatte. In meiner Jugend war ich ein Sklave auf dem Gehöft meines Vaters. Als junger Mann ging ich, wohin der Wind mich wehte. Der Erfolg von Raub und Töten war wie Asche in meinem Mund. Jetzt sehe ich, daß nicht alle Siege Siege des Schwertes sind. Zerstörung ist nicht der einzige Weg. Diese Erkenntnis gibt mir meinen Wert zurück, meine Träume, etwas aufzubauen, nicht zu zerstören. Meine Träume vom Leben, nicht vom Tod.

Dies vor dir zuzugeben, Elsbeth, bereitet mir den tiefsten Schmerz, den ich je in meinem Herzen gefühlt habe. Der Schmerz, den ich empfinde, ist fast schlimmer als der Tod, aber ich werde mich jetzt nicht mehr abwenden, weder von ihm, noch von dir. Also erteile mir deinen Befehl.«

Elsbeth schlug ihn mit der Faust auf die Schulter. »Nimm mich hier in der Furche, die du mit der Pflugschar gezogen hast. Falls der Tod jetzt kommt, soll der Speer unser beider Herzen durchbohren.«

Die frisch aufgeworfene Erde war warm unter seinen Händen und ihrem Rücken. Er konnte die Wärme der Furchenränder an seinen Schultern spüren.

»Sie scheint uns willkommen zu heißen«, flüsterte er.

»So wie ich«, entgegnete Elsbeth, als er in sie eindrang.

Ihre Körper bewegten sich in einem Einklang, den Elsbeth noch nie erfahren hatte.

»Dies ist der Tanz«, hörte sie sich sagen, ob mit Worten oder lautlos, wußte sie nicht. »Der Tanz, vor dem alle anderen Tänze nichts als blasse Trugbilder sind. Der Tanz des Lebens.«

Dann überschritten sie die Grenze, jenseits derer keine Sprache mehr ist, wo selbst zärtliche Worte nicht mehr genügen. Und waren nicht mehr zwei, sondern eins.

Haakon kam wieder zu sich, die Wange auf der warmen Erde, während Elsbeths Hand in seinem Haar gegen die Narbe auf seiner Stirn drückte. Er wartete in der nachtschwarzen Finsternis auf den Todesstoß und dachte, wie passend es doch sei, daß ihre Hand dort lag, an diesem Mal übler Erinnerung.

Elsbeth stieß einen abgehackten Schrei aus und zeigte in die Ferne, um dann vor Erleichterung in sich zusammenzusinken. »Du hast gewonnen«, sagte sie. »Dort ist der Beweis deines Sieges. Ich konnte nicht sicher sein, daß die Abstimmung nicht zu deinen Ungunsten ausgefallen war, bis ich das da gesehen hatte.«

Haakon hob den Kopf und sah einen Käfig aus Weidenruten am Flußufer vor dem dunklen Nachthimmel brennen. In seinem Innern befanden sich zwei sich umarmende Strohfiguren, die vom Feuer verzehrt wurden.

»Das hätten wir beide sein können?« fragte er.

»Ja«, seufzte sie, während sie versuchte, ihn ganz fest an sich zu pressen, so wie sie es mit einem kleinen Kind tun würde.

»Weißt du«, murmelte er, während eine Woge geistiger und körperlicher Erschöpfung seine Sinne benebelte, »ich bedaure fast, daß es nicht dazu gekommen ist.«

KAPITEL 27

Gynneth und Casgob führten Owen in die römischen Badeanlagen im anderen Gebäudeflügel. Ein klares, blau gefliestes Becken, gefüllt mit sauberem warmem Wasser, war für ihn bereitet.

Owen entkleidete sich, glitt ins Wasser und betrachtete seinen übel zugerichteten Körper. Ich habe mich soeben dazu überreden lassen, gegen zwölf Berserker zu kämpfen. Ich frage mich nur, was Enar dazu sagen wird. Er begann zu lachen und sich gleichzeitig zu waschen.

Er schrubbte sich gründlich ab und zog sich rasch wieder an. Im Vorzimmer des Bades warteten Gynneth, Cador und Casgob auf ihn.

Gynneth wappnete ihn mit einem Ringpanzerhemd und bedeckte es mit einer schweren, karmesinroten Seidendalmatika.

Owen griff nach seinem Schwert.

»Nein«, sagte Elutides. Er stand in der Tür, eine Fackel in der Hand. »Gynneth muß das Schwert in Eure Hand legen und Euch sodann damit gürten.«

Sie holte das Schwert.

Mit Elutides' Fackel und der Hängelampe im Vorzimmer war es strahlend hell.

»Was, um alles in der Welt …?« murmelte Elutides vor sich hin, als Gynneth die Kettenglieder durch ihre zarten Finger gleiten ließ.

»Wie schön«, hauchte sie mit unschuldiger Bewunderung.

»Zieh das Schwert und reiche es ihm dar!« befahl Elutides.

»Nehmt Eure Waffe entgegen, Herr«, sagte Gynneth, als sie das Schwert zog und es Owen hinhielt.

Das mit Mustern verzierte Silber der Klinge schimmerte wie klares Wasser gegen das Weiß ihres Gewandes und die sonnenbeschienene Vollendung von Schwertgurt und -gehänge. Owen meinte die wellenförmigen Bewegungen von Tausenden von Schlangen im Stahl zu sehen.

»Euer Vater hat einen der besten Schwertschmiede gewählt«, bemerkte Elutides anerkennend.

»Mein Vater gab mir das Schwert«, versetzte Owen. »Meine Mutter suchte den Schmied aus.«

»Aha«, meinte Elutides. »So soll es sein. Frauen geben einem Mann Waffen. Die Frau schafft den Mann. Ohne sie würde er nicht existieren.«

»Ohne den Mann würde auch die Frau nicht existieren«, warf Owen ein.

»Da wäre ich mir nicht so sicher«, sagte Elutides.

Gynneth kniete zu Owens Füßen und befestigte den Schwertgurt an seiner Taille. Er blickte auf sie herab, das nackte Schwert in der Hand und einen eigenartig hilflosen Ausdruck im Gesicht.

Gynneth hob flüchtig den Blick zu ihm. Owen sah jeden Zoll wie ein Krieger aus. Das Panzerhemd ließ seine Schultern breiter erscheinen, und die langen, kräftigen Arme strotzten vor Muskeln und Sehnen. Das Rot der Dalmatika betonte seine dunkle Haut und das Gesicht mit den ausgeprägten Wangenknochen. Tief in den Höhlen liegende Augen mit einem beinahe gehetzten Ausdruck starrten sie an.

»Ohne Streit geht es bei euch beiden nicht ab«, sagte sie leise, als Owen sie an den Ellbogen aufrichtete. »Die Frau kann vielleicht ohne den Mann existieren«, fuhr sie fort, »aber ich bin mir sicher, sie wäre nicht glücklich dabei.«

Sie umarmte ihn, und Owen roch unter dem leichten Blumenduft ihres Kräuterkranzes einen Hauch von Jugend und Leben.

»Süßer Bruder«, wisperte sie, ihre Lippen an seinem Ohr, »wirst du mein Geliebter sein?«

Owen gab keine Antwort. Das Herz zu Tode betrübt, fand er keine Worte. Er wollte sie von sich stoßen, brachte es aber nicht über sich.

»Wenn Ihr mich nicht lieben könnt«, fuhr sie fort, »grämt Euch nicht. Ich werde den Helden meines Herzens erkennen, wenn er zu mir kommt, weil ich Euch begegnet bin.«

Ihre Lippen berührten ihn so zart, wie ein Windhauch die Blütenblätter einer Blume liebkost; dann trat sie zurück.

»Ich glaube«, äußerte Elutides, während sein Blick prüfend über die Gruppe glitt, »wir sind alle gut für das Kommende vorbereitet.«

Cador und Casgob waren bis an die Zähne bewaffnet. Owen, der die beiden eingehend musterte, stellte fest, daß sie persönlicher Sauberkeit größere Bedeutung beimaßen als die Franken. Ihr langes schwarzes Haar und ihre Bärte waren frisch gewaschen und glänzten im Lampenlicht. Ihre Körper verströmten denselben unverkennbaren Geruch frischgewaschener Haut, den Gynneth gehabt hatte. Ihre Bärenhauthemden waren weich. Der Pelz schimmerte fettig-schwarz.

Elutides' hohlwangiges Gesicht trug die kleinen Schnitte und Kratzer einer jüngst erfolgten Rasur. Er hatte eine frische Tunika angelegt. Braun und mit Schlitzen an den Seiten wie die vorige, war sie nur mit ein wenig Gold um den Halsausschnitt und der gleichen roten Borte geschmückt.

Rot, ging es Owen da auf. Rot oder Purpur? Er zeigte auf den Streifen. »Seid Ihr...?«

»Ja«, dröhnte Cador stolz. »Die Familie unseres Vaters besitzt senatorischen Rang.«

»Senatorischen Rang!« Owen brachte die Worte nur stammelnd hervor, trotz all seiner Zweifel verdutzt und beeindruckt. Es handelte sich um ein Geschlecht von gewaltigem Ruhm, das seine Auszeichnung von den Römern selbst erhalten hatte. Seine Männer und Frauen waren noch immer geachtet und für hohe Posten in der Kirche begehrt, weil sie in der rauhen Gegenwart das Wissen der Vergangenheit bewahrten. Sie waren Hüter der Flamme, Mentoren der Barbarenkönige.

»Wagt es nicht, mir übertriebenen Respekt zu zollen und so ein schlechtes Beispiel für meine Nichte und Söhne abzugeben«, knurrte Elutides. »Wenn ich morgens in den Spiegel schaue, sehe ich nichts Besonderes. Meine Ahnen, verschlagene Bastarde, die sie waren, haben lediglich dafür gesorgt, daß die Römer einen Verwendungszweck für sie hatten – in etwa denselben, den die Gallier für uns hatten, ehe die Römer kamen.

So«, schloß er. »Jetzt geleitet Gynneth zum Fest. Ich leuchte Euch.«

Owen nahm den Arm des Mädchens. Elutides schritt durch die Eingangshalle in den Wind hinaus und führte sie mit der Fackel in der Hand zur Halle. Cador und Casgob bildeten die Nachhut.

Als sie die Halle erreichten, hielt Elutides inne. Die Nacht um sie herum war pechschwarz. Die Flammen der Fackel wurden von dem unablässig wehenden Wind waagerecht gepeitscht. In dem gelblichen Licht wirkten seine Augen wie schwarze Höhlen, und sein Antlitz war eine rätselhafte Maske. »Stellt mir beim Festmahl die Frage, die Ihr mir heute nachmittag gestellt habt, und ich werde Euch beantworten, wer und was Elutides ist. Ich verspreche Euch eine befriedigende Antwort.« Dann wandte er sich wieder um, und gemeinsam betraten sie die Halle.

Owen fand das düstere Gebäude aus mit Lehm beworfenem Flechtwerk vollständig verwandelt vor. Ein gewaltiges Feuer aus duftendem Apfelbaumholz loderte in dem ehemaligen Fischteich. Süße Kräuter, die man einer neuen Schicht Binsen auf dem Fußboden beigemischt hatte, verbreiteten einen angenehmen Geruch.

An jeder Säule der umlaufenden Kolonnade steckte eine Fakkel. Zwei mächtige, geschwungene Tische folgten dem Verlauf der Säulenreihe durch den Raum, ein oberer und ein unterer.

Cador und Casgob nahmen auf Bänken Platz, während Gynneth und Owen die Ehre zweier Stühle mit hoher Rückenlehne zuteil wurde, die der Tür gegenüber im Mittelpunkt der Hochtafel standen.

»Ihr macht mich zur Zielscheibe, alter Mann«, raunte Owen.

»Klassisches Ablenkungsmanöver«, belehrte ihn Elutides. Er setzte sich auf eine Bank neben Owens Stuhl. »Ivor hält die Insignien der Macht – das prächtige Drum und Dran – für sie selbst. Ich will, daß er Euch bemerkt. Nicht mich.«

Zum erstenmal wurde Owen da bewußt, daß Elutides ein

Schwert trug. Die ziemlich armselig wirkende Waffe mit einem schlichten, unverzierten Eisengriff steckte in einer Scheide aus Rindsleder. »Ich hätte gedacht, ein Mann Eures Ranges würde etwas Beeindruckenderes tragen.«

Elutides lachte vor sich hin. »Seht Euch den Griff genau an.«

Owen tat, wie geheißen. Das Eisen war zu zwei Schlangen geschmiedet worden, die sich um einen Stab ringelten. Owen fühlte, wie es ihm im Nacken kribbelte. »Der Bote des Lebens trägt eine Schlange. Der Bote des Todes zwei«, sagte er.

»Genau«, bestätigte Elutides. »Mein Schwert bedeutet den sicheren Tod.«

Die ganze Stadt strömte durch das Portal herein. Alle trugen ihre besten Kleider und rauften sich um einen Platz auf den Bänken. Die Zuspätkommenden würden mit den Binsen vorliebnehmen müssen.

Owen roch Rosen. Enar und die Königin torkelten im Zickzack in die Halle, aufeinander gestützt und lachend. Sie ließen sich auf der Bank neben Gynneths' Stuhl nieder. Owen rümpfte die Nase.

Enar warf Owen einen verschämten Blick zu und stieß auf. »Sie hat zuviel des Guten getan«, erklärte er. »Was das Rosenwasser betrifft.«

Aud brach in schallendes Gelächter aus. »Ich wollte sicherstellen, daß ich ihn wiederfinde, wenn ich ihn im Dunkeln verliere«, kreischte sie.

»Meines Erachtens würde Euch das mühelos gelingen«, versetzte Owen. »Ihm schwebt ja eine ganze Dunstwolke voraus.«

»Aud«, sagte Elutides vorwurfsvoll, »er stinkt wie ein ganzes Hurenhaus.«

»Ich stinke schlimmer als ein Hurenhaus«, berichtigte ihn Enar. »Bin schon in vielen gewesen.«

»Bah«, machte Aud. »Du riechst besser als vorher.« Sie küßte Enar leidenschaftlich, ließ ihn dann abrupt los und rief: »Mehr Wein, ich verlange mehr Wein!«

Wie gewöhnlich, bemerkte Owen, riß sich niemand ein Bein aus, um ihrem Befehl nachzukommen.

»Bitte erzählt Ingund nichts davon«, flehte Enar Owen mit gedämpfter Stimme an.

»Wer ist Ingund?« wollte Aud wissen.

»Aud«, mischte Elutides sich ein, »es ist besser, die Dinge nicht unnötig zu verkomplizieren. Stellt nicht so viele Fragen.«

»Scchhtimmt«, pflichtete sie ihm bei, während sie sich an Enar aufzurichten versuchte.

Owen flüsterte in Enars Ohr: »Bist du betrunken?«

Aud glitt rückwärts von der Bank, dem Fußboden entgegen, bis Enar sie mit einer Hand packte und ihr einen Schubs nach vorn versetzte. Aud brach mit glasigem Blick auf dem Tisch zusammen.

»Zuviel Wein«, sagte Owen.

»Zuviel von allem«, sagte Enar, der ebenfalls ein wenig schwankte. »Wir beide.«

»Wie betrunken?« fragte Owen.

»Mäßig«, antwortete Enar mit einer vagen Geste. »Angenehm. Nicht so betrunken wie die Königin. Warum?« Offenbar hellhörig geworden, setzte er sich etwas gerader hin.

»Wir sind in einen Kampf verwickelt«, klärte Owen ihn auf.

Enar saß aufrecht wie ein Menhir. »Gegen wen?« flüsterte er.

»Ivor Halbtroll und zwölf seiner … äh, Männer«, gab Owen zurück.

»Seine ›Äh-Männer‹?« wiederholte Enar. »Was für eine Sorte ›Äh-Männer‹ hat Ivor Halbtroll denn, Herr Owen, Bischof von Chantalon, Christuspriester?«

»Er versucht es dir auf die sanfte Art beizubringen«, meldete Aud sich zurück. »Mit einem Wort: Berserker.«

»Berserker?« quiekte Enar. Er räusperte sich. »Ihr seid ein streitsüchtiger Geselle, Herr Christuspriester.«

»Als wir uns begegneten, hast du selbst gesagt, daß ich Feinde hätte«, erinnerte ihn Owen.

»Ich hatte nicht mit so vielen gerechnet«, klagte Enar. »Wo ich mich auch hinwende, stets heißt es, sich entweder in die Hosen zu machen oder den Dienst aufzukündigen. Und ich möchte noch hinzufügen, daß Eure Freunde nicht weniger besorgniserregend sind als Eure Feinde. Sehr merkwürdige Freunde, die Ihr da habt. Sie stellen sich in Gräbern zwischen den Knochen von Toten unter. Oder zum Beispiel diese Dame neben mir, die ein paar Kunstgriffe kennt, die einen jungen Mann zum Krüppel machen und einen alten glatt umbringen können.«

»Was!« rief Aud. »Du beschwerst dich, daß man dich liebt?«

»Ein dutzendmal!« empörte sich Enar.

Aud kippte seitwärts weg, auf die leere Bank zu ihrer Linken. Enar richtete sie wieder auf.

»Elf«, lallte Aud. »Er ist dumm. Kannich zählen.«

»Dann habe ich mich eben verzählt«, verteidigte sich Enar. »Ich war zu beschäftigt, um mitzuzählen.«

»Nicht du warst es, der am Ende um Gnade gebettelt hat!« sagte Aud. Dann brüllte sie: »Mehr Wein!«

»Jetzt«, fuhr Enar fort, »wo ich erschöpft und ausgelaugt bin und das bißchen Verstand, das ich habe, vom Wein benebelt ist, jetzt erzählt Ihr mir, ich solle mich auf einen Kampf gefaßt machen…«

Ivor Halbtroll betrat den Raum, gefolgt von seinen Männern.

»O … mein … Gott«, flüsterte Enar in ehrfürchtigem Tonfall.

Ivor war der größte Mann, den Owen je gesehen hatte, und der häßlichste dazu. An die sieben Fuß hoch und dementsprechend breit, war er bereits bei seiner Geburt keine Schönheit gewesen. Er hatte mächtige Kinnbacken und eine niedrige, fliehende Stirn, und seine Brauen waren ein über seinen Augen hervortretender Knochenwulst. Irgendwann in seiner Vergangenheit hatte ihn ein Schwerthieb getroffen, der einen Teil seiner Stirn und seinen Wangenknochen eingedellt und ihn eine nicht unerhebliche Anzahl Zähne gekostet hatte. Es hatte sein Aussehen nicht verbessert.

Unterhalb der Gürtellinie trug er die gängige Kleidung, Hosen und lederne, eisenverstärkte Beinschienen an den Unterschenkeln, über den Schultern nichts als ein Bärenfell. Sein nackter Oberkörper war mit weißen, runzligen Schlachtnarben übersät.

Sein unverletztes Auge wanderte forschend durch die Halle.

Aus dem anderen, milchig-trüb und blind, sickerte Eiter in den Krater, wo sich einmal sein Wangenknochen befunden hatte. Das Auge verweilte kurz auf Owen an Gynneths' Seite am Hochtisch, doch darüber hinaus ließ er kein Anzeichen von Verärgerung oder Überraschung erkennen. In Türnähe suchte er einen Platz am Hochtisch für sich und seine Gefolgsleute aus.

Diejenigen, die bereits dort saßen, machten ihnen Platz – umgehend.

»Satan, Luzifer, Baal und alle Fürsten der Finsternis«, keuchte Enar. »Seine Männer haben sich ihr Aussehen in demselben Laden besorgt wie er!«

Ivor war lediglich der Beeindruckendste und am wildesten Wirkende der Horde. Der Rest konnte jedoch durchaus mithalten.

Der eine besaß nur noch einen Teil seines Haupthaars; an einigen Stellen sah man den nackten Schädelknochen. Ein anderer, dem die linke Hand und ein Teil seines Unterkiefers abhanden gekommen waren, trug eine Kette aus getrockneten menschlichen Ohren. Wieder ein anderer hatte keine Nase, keine Ohren und keine Vorderzähne mehr.

»Verstümmelt«, murmelte Elutides. »Irgend jemand muß wirklich nicht gut auf ihn zu sprechen gewesen sein. Schade, daß sie ihn nicht getötet haben. Vielleicht haben wir heute nacht mehr Glück.«

Noch ein anderer, der seinen rechten Arm bis zum Ellbogen verloren hatte, hatte sich einen großen Eisenhaken an den Stumpf gebunden. Die übrigen verfügten noch – die eine Nase, das eine oder andere Ohr und ein paar Finger nicht eingerechnet – über sämtliche Körperfortsätze. Keiner war unter sechs Fuß groß. Jede nackte Brust zeigte wie die von Ivor ein Gespinst von Kampfnarben.

Owen sah Elutides an. »Ich habe Eure Anmerkung zu leicht genommen, alter Mann. Nun glaube ich, daß ich mich möglicherweise zum Selbstmord habe überreden lassen.«

»Ich glaube«, wandte Enar ungläubig ein, »daß ich mir gerade in die Hosen gemacht habe.«

»Hast du mir auch schon den Dienst aufgekündigt?« wollte Owen wissen.

»Nein«, gab Enar zurück, »aber fragt nicht, warum. Im Augenblick fällt mir nämlich kein überzeugender Grund dafür ein. Ich habe schon Alpträume gehabt, die viel, viel netter anzuschauen waren als das da!«

»Trink nichts mehr«, mahnte Owen Enar. »Bewaffne dich. Bleib nüchtern.«

Casgob knurrte: »Ivor ist nicht blöd. Trotz seiner Körpergröße bewegt er sich äußerst flink. Nehmt Euch in acht!«

»Danke«, sagte Enar. »Da ich mehr Angst als je zuvor in meinem Leben habe, sind Eure Warnungen überflüssig. Owen, ich würde das Ding da nicht unbedingt einen Mann nennen. Warum sollten wir dagegen kämpfen? Und ich warne Euch, wenn Ihr nicht sehr gute Gründe habt, steht Ihr allein da. Ich mag ja treu und tapfer sein, aber ich bin nicht – ich wiederhole: nicht – verrückt. Ich bin mir schon geraume Zeit darüber im klaren, daß Eure Lampe kein Öl hat. Daß Euer Würfel ein paar leere Seiten hat. Daß Ihr mit nur einer Spore reitet. Aber ich dachte immer…«

»Er dient Haakon«, führte Owen aus. »Haakon hat einen Preis auf meinen Kopf ausgesetzt.«

»Der Körper interessiert ihn nicht?« fragte Enar.

»Nein«, antwortete Owen. »Ich denke, er hätte gerne, daß die beiden getrennt werden.«

»Und«, flüsterte Aud, »er will Gynneth heiraten.«

Enar blieb der Mund offenstehen. Er sah zu Gynneth hinüber, die auf ihrem Stuhl kauerte und Ivor und seine Spießgesellen mit der Faszination des Grauens anstarrte.

Enar legte sich die Hand über die Augen. »Nein, das werden wir nicht zulassen. Das Schicksal hat mich ereilt. Herr Christuspriester, erteilt mir die Absolution, bevor ich diese grausame Welt verlasse. Wenn man ihn dazu bewegen kann, ein bißchen näher heranzukommen, vermag ich ihn leicht zu töten. Ich habe noch nie gesehen, daß ein Berserker es überlebt hätte, wenn ihm das Gehirn aus dem Schädel fließt. Und wenn Freund Casgob mir eine Axt – oder auch zwei oder drei – leiht, ist es so gut wie vollbracht.

Mehr als drei schaffe ich nicht. Dann werden seine Freunde über mich herfallen, und alles ist vorbei.«

»O nein«, widersprach Elutides, »noch nicht. Geduldet Euch. Keine Angst. Genießt das Fest. Ich habe einen Plan.«

Königin Aud schlang beide Arme um Enars Hals und flüsterte ihm etwas ins Ohr.

Enar verdrehte die Augen in Elutides' Richtung. »Ein Magus«, murmelte er alles andere als unhörbar, während er Owen die Hand entgegenstreckte.

Owen umfaßte sie mit festem Griff.

König Ilfor traf in Begleitung der Dame ein, die ihm die Girlande über den Hals geworfen hatte. Sie war die am üppigsten ausgestattete Frau, die Owen je zu Gesicht bekommen hatte. Sie trug ein so tief ausgeschnittenes Seidenkleid, daß die Ränder ihrer Brustwarzen zu sehen waren.

Aud kicherte. »Sie hat ein unscheinbares Gesicht.«

»Sie hat ein Gesicht?« fragte Enar. »Ist mir noch nicht aufgefallen. Es ist nicht gerade das, was den Blick auf sich zieht.«

Aud lachte erneut. »Es heißt, sie habe Schwierigkeiten beim Aufstehen.«

»Ich bin sicher, das stört den König nicht im geringsten«, entgegnete Enar.

»Ich habe mir sagen lassen«, merkte Aud liebenswürdig an, »sie kommt am besten im Liegen zur Geltung, auf allen vieren oder vor ihm kniend…«

Im Klang von Glocken, Flöten und Trommeln im Verein mit lauten Jubelrufen ging der Rest von Königin Auds Ausführungen unter.

König Ilfors Eintreffen gab offenbar das Zeichen für den Beginn des Festes.

Zu Owens Erstaunen führte Sibylla die Prozession an, die nun durch das Eingangsportal trat. Bekleidet mit enganliegenden Lederhosen und einem kurzen, rückenlosen Oberteil, Glöckchen an den Fesseln und Handgelenken, drehte sie radschlagend ihre Kreise um das Feuer. Alshan und die übrigen Waldleute folgten ihr flötend und trommelnd. Hinter ihnen wurden die Speisen hereingetragen, mehr, als Owen in seinem ganzen Leben gesehen hatte.

Es gab ganze geröstete Ferkel, Hirsche, Fasanen, Hähnchen, Enten, Gänse, Kampfhähne, Waldschnepfen und Tauben. Sie waren auf jede erdenkliche Art zubereitet – gebraten, gedämpft, gekocht und in Öl gesotten. Die knusprigen Häute glänzten unter Saucen aus Pfeffer, Kümmel, Wein und Lorbeerblättern. Manche waren in Pasteten eingebacken oder in lockeren Brotteig gehüllt.

Ausrufe des Entzückens begrüßten die Suppe. Gewaltige Kessel wurden hereingeschleppt, gefüllt mit gehaltvollen Brühen aus Bohnen, Schinken, Rindfleisch, Kaninchen und Huhn, in denen Klöße, Gemüse und Zwiebeln schwammen.

Es gab Platten mit gedünstetem Fisch, Garnelen, Miesmuscheln und Krabben, jeweils mit einer eigens dazu angerichteten Sauce.

Als letztes wurde eine reiche Auswahl an Brot, Brötchen, Kuchen und allerlei Pasteten hereingebracht.

Die Menschen an den Tischen fielen wild und hemmungslos über die Speisen her. Die Einhaltung von Tischmanieren war freiwillig. Eßbesteck wurde improvisiert. Fast jeder führte ein langes, scharfes Messer mit sich.

Elutides zog einen einschneidigen Sax aus seinem Gürtel, legte den Griff auf den Tisch, leckte sich die Lippen und setzte ein breites Lächeln auf.

Die Platten mit den Speisen begannen ihre Reise am einen Ende des hufeisenförmigen Tischs und wurden von Hand zu Hand weitergereicht. Die ersten waren rasch geleert, aber es würden noch viele weitere kommen.

Ein Schneidebrett mit Broten schoß an Owen vorbei. Er griff sich eins. Ein Turm hölzerner, gefährlich schwankender Suppenschalen folgte. Die Suppe wurde wie bei einer Eimerkette von Hand zu Hand weitergereicht.

Alle Speisen wurden von Ausrufen des Lobes, der Begeisterung und der puren Lust begleitet.

Königin Aud verhinderte das weitere Vorrücken eines Krugs Dunkelbier, eines ganzen Spanferkels sowie eines Tellers mit Garnelen. Enar sicherte sich eine Geflügelpastete und einen drei Fuß langen Fisch, mit Krabbenfleisch und Rosinen gefüllt, mit Öl bepinselt und über dem offenen Feuer gegrillt. Elutides eroberte den größten Teil eines Wildschweins sowie eine immense Wachtelpastete.

Nachdem Owen herausgefunden hatte, daß in diesem Spiel Schnelligkeit das Entscheidende war, schnappte er sich eine Schale mit Kümmel und Lorbeerblättern gewürzter Krabben, ein in einer Rosmarinsauce gekochtes Rebhuhn und etwas, das wie ein mit Schweinefleisch und Walnüssen gefülltes Eichhörnchen aussah. Gynneth hatte es als ihr Lieblingsgericht bezeichnet.

Gynneth lächelte und bediente sich gesittet, wobei sie sich das Schneidebrett unter ihr Kinn hielt, um ihr Gewand nicht zu beschmutzen.

»Haselmaus«, ließ sie Owen wissen.

Owen betrachtete das kopflose Nagetier, das von ihren Fingern herunterhing, zuckte mit den Schultern und aß. Es war zart, die Farce überaus schmackhaft.

Eine Herde Weinkrüge wanderte an Owen vorbei. Er reduzierte ihre Anzahl um drei, zwei mit Weißem und einen mit Rotem. Eine Gruppe von Bierkrügen folgte, von denen Elutides mehrere einbehielt. Jeder nahm Platz, um sich einem genüßlichen Kauen und Mampfen zu widmen, das nur von gelegentlichen lauten Komplimenten an Köche und Schankmädchen unterbrochen wurde.

Sibylla sprang vom Boden auf den ersten Tisch, dann behende auf den zweiten und setzte sich mit untergeschlagenen Beinen vor Elutides hin.

Er begrüßte sie mit einem Kuß und einem Krug Wein.

»Du bist auch Akrobatin«, staunte Owen.

»Als ich noch jünger war«, sagte sie mit einem verschämten Blick an ihrem Körper herunter. »Ehe und Kinder ruinieren die Figur.«

»Wo ist Ceredea?« erkundigte sich Elutides.

Sibylla wirkte besorgt. »Sie ist zu Elin gegangen. Das solltest du aber wissen. Du hast sie schließlich hingeschickt.«

Elutides zuckte entschuldigend die Schulter und machte sich über eine dicke Scheibe Wildschweinbraten her, der um eine Füllung aus in Wein gegarten Trüffeln gewickelt war. »Niemand schickt Ceredea irgendwohin«, sagte er. »Ich habe lediglich vorgeschlagen…«

Sibylla schnaubte. »Ich kenne deine Vorschläge.«

Owen hörte nur mit halbem Ohr hin. Er studierte Ivor, der ihm gegenüber am anderen Hallenende in Nähe der Tür saß. Ivors einziges Auge fixierte ihn unablässig.

Ivor hob seinen Becher, entblößte, was von seinen Zähnen noch übrig war, und trank Owen zu. Er hielt den Becher hoch empor. Seine Finger schlossen sich darum, und das Metall zerknitterte in seiner Faust zu einem Klumpen.

Owen verzog den Mund zu einem feinen, höhnischen Lächeln.

Gynneth verschränkte ihre Finger mit den seinen. Owen hob seinen Becher, küßte den Rand und bot ihn Gynneth dar. Sie trank von der Stelle, die seine Lippen berührt hatten. Als sie den Becher absetzte, beugte Owen sich über die Armlehnen der Stühle, drehte ihr Gesicht behutsam zu seinem herum und küßte sie. Sie fuhr ganz sachte mit der Zungenspitze über seine Lippen.

Er hatte gar nicht bemerkt, daß Sibylla die Halle verlassen hatte, bis sie hinter seinem Stuhl rief: »Die Königin des Fests möge den König krönen.« Sie überreichte Gynneth einen Blumenkranz.

Lachend sank Owen vor ihrem Stuhl aufs Knie. Sie erhob sich und drückte die Blumenkrone auf seine Locken.

»Schöllkraut«, flüsterte Owen, als er Gynneths Hand küßte, »und Schafgarbe. Überaus passend. Möglicherweise brauche ich sie.«

»Wie das Gold und Grün auf Eurer dunklen Haut leuchtet«, beobachtete Gynneth, als er sich wieder erhob. »Ihr seid wahrhaftig ein wunderschöner Jüngling. Ivor muß Euch aus tiefstem Herzen hassen, scheußlich, wie er ist.«

»Einen Trinkspruch auf den König und die Königin von Liebe und Schönheit!« rief Aud.

Owen küßte Gynneth. Fröhliche Jubelrufe klangen ihm in den

Ohren. Ein wahres Freudengeheul stieg aus der Gästeschar auf, als er sie umarmte.

»Ich frage mich, als was wir Ivor erscheinen«, murmelte Owen, während er in ihr reizendes Gesicht schaute.

Gynneth streichelte leicht mit dem Finger über seine Wange und lächelte zu ihm hoch, doch in ihren Augen lag der grenzenlose Kummer der Verschmähten. »Wie alles, was er nicht besitzt«, antwortete sie. »Jugend, Schönheit, Glück und Liebe.«

Owen konnte sehen, wie sich Ivors Züge vor Wut verzerrten. Die Feuer der Hölle schienen in seinem einen Auge zu brennen.

»Jeder weiß, daß er um meine Hand angehalten hat«, wisperte Gynneth. »Wir demütigen ihn in aller Öffentlichkeit. Wir treiben ihn in den Wahnsinn.«

»Das ist gefährlich für uns«, sagte Owen.

»Ja«, gab Gynneth zurück. »Er will mich, aber das würde ihn nicht davon abhalten, einen Strick zu nehmen und mich seinem Gott zu opfern, wenn er sein Vergnügen mit mir gehabt hat.«

Owens Hand schloß sich fest um ihre, als sie beide wieder auf ihren Stühlen Platz nahmen. »Gynneth, wer und was ist Elutides?«

»Wie ich sehe, habt Ihr die Frage nicht vergessen«, merkte Elutides an.

»Nein«, gab Owen zurück.

Gynneth antwortete nicht, und Sibylla, die neben Owens Stuhl stand, sprang wieder auf den Tisch, setzte sich und bediente sich an Enars Fisch. »Ihr steht im Begriff, eingeweiht zu werden«, sagte sie. »Fragt jemand anderen.«

Owen wandte sich an König Ilfor. Der König leckte sich die Finger ab und zog furchtsam den Kopf ein. »Ich kenne niemanden dieses Namens.«

Seine Gespielin legte die Hände auf ihre ausladenden Brüste und wandte schockiert den Blick ab, als habe Owen etwas Unanständiges gesagt.

»Der Mann, der neben mir sitzt«, sagte Owen zu Königin Aud.

Sie führte einen Becher Wein an die Lippen und trank, sagte jedoch nichts.

Owen starrte Elutides an, dessen Grinsen mit jeder Minute breiter wurde.

»Ist dieser Platz leer?« fragte Owen Cador und Casgob. Er zeigte auf Elutides.

»So ist es«, erwiderten sie im Chor.

Owen nahm Gynneth am Arm. Sie schlug die Augen nieder. Sie biß sich auf die Lippen und ballte die Fäuste im Schoß.

»Enar!« drängte Owen.

Enar kostete von Owens Rebhuhn.

»Herr«, sagte er, »Ihr solltet etwas davon probieren. Es ist köstlich.«

»Du auch!« rief Owen aus.

Enar warf ihm einen finsteren Blick zu. »Ich lege Widerspruch ein. Ich weiß nichts über diese Leute und ihre Sitten. Ich ziehe es vor, mich aus diesem Gespräch herauszuhalten. Einen Kampf nach dem anderen, bitte, Herr Christuspriester.«

»Ich werde eine treue Ehegattin sein«, verkündete Gynneth, »und jede Nacht werden Eure Waffen und Eure Rüstung auf diesem Stuhl an meiner Seite ruhen, während Eure Wunden heilen, Herr.«

»Ich verstehe.«

Owen sah wieder zu Ivor hinüber. Die rasende Wut war aus seinem Gesicht gewichen, aber Ivors einziges Auge musterte ihn mit unerbittlicher Gewißheit. Der Schleim aus dem anderen schlängelte sich seine zerstörte Wange hinunter wie eine irisierende Schneckenspur.

»Meine Wunde wird heilen, selbst wenn ich die eine empfange, die nie heilt.«

»Hic jacet«, versetzte Elutides. »Es ist schon vorher vollbracht worden. Ich kann es vollbringen.«

»Für eine Weile«, sagte Owen, während er sich zu Gynneth hinüberbeugte. Er lächelte sie an. Seine Augen waren dunkle Seen voller Traurigkeit. »Aber nicht für immer.«

»Ich verpfände Euch mein Wort für so lange, wie Herr Godwin und Elin brauchen, um Haakon zu vernichten. In Finsternis und Verzweiflung, in Kampf und Tod, wir sind eins«, sagte sie.

»Hic jacet«, gab Owen zurück, *»rex quondam rexque futurus.«*

»Die Toten sind nicht immer vergessen, Owen«, belehrte ihn Elutides. »Manche Männer sind zu wichtig, als daß sie einfach so sterben dürften. Manche Männer sind zu wichtig für die Menschheit, als daß wir sie jemals sterben lassen dürften.«

Owen warf Enar einen Blick zu. Der Sachse hatte nichts mehr getrunken und nur mäßig gegessen. Im Gesicht des großen Mannes lag etwas Häßliches.

Aud kreischte plötzlich auf und rief: »Was! Bist du verrückt?«

Enar sabberte auf ihren Hals. »Nein«, entgegnete er, »aber ich will, daß Ivor das denkt.«

Kichernd fügte sie sich. Sie wälzten sich zusammen auf der Bank.

»Drei Äxte?« fragte Casgob. »Könnt Ihr wirklich drei auf einmal benützen?«

»Aber ja«, antwortete Enar, während er Aud kitzelte, bis sie ihm mit den Fäusten auf die Ohren trommelte. »Gebt mir drei Äxte, und ich liefere Euch drei tote Berserker. Falls nicht, dürft Ihr mich mit einer vierten köpfen.«

»Abgemacht«, sagte Cador.

Sibylla steckte Enar unauffällig die drei Äxte und ein paar weitere scharfe Waffen zu, während sie vorgab, Enar noch etwas von seinem Fisch zu stibitzen.

Owen zuckte zusammen.

»Was ist?« fragte Gynneth.

»Ich weiß nicht«, meinte Owen, den Blick starr aufs Feuer gerichtet. »Einen kurzen Augenblick lang meinte ich, Gesichter in den Flammen zu sehen.«

Elutides und seine Söhne sahen einander an.

»Nun«, begann Elutides, während er sich erhob. »Bringt mir ein wenig Wasser. Owen, Ihr habt mich gefragt, wer und was ich bin, nicht wahr?«

Owen nickte.

»Ich werde Eure Frage beantworten, weil ich der einzige in der Stadt bin, der das tun kann oder wird.«

Er wusch sich die Hände in dem Wasserbecken, das Casgob ihm hinhielt, und trocknete sie sich ab. »Ich bin nur ein armer Barde und Geschichtenerzähler, der von halbvergessenen Legenden um Liebe und Krieg singt, die Geschichte und die Träume meines Volkes.«

Cador drückte ihm die Harfe in die Hände.

»Als König des Festes«, sprach Elutides, »liegt die Wahl des Liedes bei Euch, Owen. Wie soll das Thema lauten, Liebe oder Krieg?«

Owen wandte sich an Gynneth. Ihr Gesicht war blaß, die Haut unter der Krone aus Blumen durchscheinend. Er hob die Hand, die seine so fest umklammert hielt, und küßte sie.

»Wer würde in Eurer Gegenwart von etwas anderem als Liebe singen?« sagte er.

»Dann also Liebe«, bekräftigte Elutides.

»Liebe und Frühling«, fuhr Owen fort, den Blick noch immer auf Gynneths' Antlitz gerichtet.

»Das ist dasselbe«, urteilte Elutides.

»Wie viele sind wir?« fragte Enar.

»Fünf«, unterrichtete ihn Aud.

»Ungefähr zwei zu eins«, meinte Enar.

Elutides hob seine Harfe und begann sich einen Weg um die Tafel herum zu bahnen. »Nicht«, sagte er, »wenn einer eurer Waffenbrüder Elutides heißt.«

Als er die Mitte der Halle erreicht hatte und sich vor das Feuer stellte, verstummten alle Gespräche. Das Zischen und Knacken der tosenden Lohe in der Feuergrube wirkte mit einemmal sehr laut.

Enar, der ein neues Gericht erspäht hatte, leckte sich noch die Lippen nach dem Rebhuhn.

»Psst«, machte Aud nachdrücklich.

Enar schaute verdutzt hoch.

»Er singt jetzt nicht mehr oft«, erklärte sie ihm. »Ich will keine einzige Note verpassen.«

Elutides' Finger begannen die Saiten zu liebkosen. Er fing leise an, so leise, daß Owen sich über die Stille der Menge wunderte.

Aber so leise die Musik auch war, die Melodie begann ihn in ihren Bann zu schlagen, ihn aus seiner Zurückhaltung zu locken. Ihre Schönheit und Traurigkeit gingen ihm ans Herz.

Elutides' Stimme wob sich um die zarten Sphärenklänge der Saiten, während er die Geschichte von zwei zum Untergang verurteilten, schuldhaft Liebenden erzählte, die durch einen schwarzen Liebestrank aneinandergekettet waren. Von einer boshaften Wendung des Schicksals in die Falle einer verbotenen und tragischen Leidenschaft gelockt, waren sie im Bann einer Leidenschaft gefangen, den keiner von ihnen zu brechen vermochte. In ihrem verzweifelten Drang, die verbotene Süße erfüllter Lust zu kosten, verrieten sie eine nach der anderen die heiligsten Pflichten von Treue, Verwandtschaft und Ehegelöbnis. Über jedem peinvollen Augenblick ihres Glücks hing das unerbittliche Schwert der letztendlichen Vergeltung und des Todes. Und dennoch, im magischen Kreis ihrer Umarmung erlangten sie eine Schönheit, von der gewöhnliche Sterbliche nicht einmal träumen können.

Denn Liebe ist nicht, sang die Musik, die bloße Verbindung von Fleisch mit Fleisch, sondern die Vereinigung von Geist und Willen, die über das Leben der Liebenden hinaus währt. Stets ist sie von Dunkelheit umschlossen wie ein Lagerfeuer in schwärzester Nacht, einer Dunkelheit, in der alle Liebe endet.

Aber, so jubilierte und klagte die Melodie zugleich, diejenigen, die wahrhaft lieben und sich aus freien Stücken das Schwert ihrer Qualen in die Brust bohren, diejenigen, die alles, was sie besitzen, für diese Liebe dahingeben, gewinnen eine Art von Ruhm, indem sie in der flüchtigsten aller menschlichen Leidenschaften einen Widerhall der Ewigkeit finden.

Sie allein erreichen die höchste Erfüllung ihres Menschseins, indem sie die äußersten Gipfel der Freude und die tiefsten Abgründe der Verzweiflung durchmessen. Vielleicht gelangen nur sie zu wahrer Unsterblichkeit und gehen ein ins Reich der Legende, wandeln durch die Träume, die wir uns weben, die uns sagen, was wir sind und warum.

Elutides hörte auf zu singen und ließ nur noch die Musik zu jedem Herzen in der großen, totenstillen Halle sprechen.

Denn wenn die Liebenden auch sterben, die Liebe währt ewiglich, kehrt wieder und wieder zurück und erneuert sich unablässig wie die Erde selbst.

Owen erschienen die Harfenklänge wie der silbrige Regen, der am Anbeginn der Erde zwischen den Blumen tanzte; wie Sonnenlicht, das durch junges, grünes Laub fällt, welches aus den Ästen hervorsprießt; wie das feine Netz neugeborener Blüten über einer Wiese, die ihre Kelche dem Dämmerlicht eines Frühlingsmorgens öffnen. Ein Frühling, den er, dessen war er gewiß, nicht mehr erleben würde.

Das Lied endete so leise, wie es begonnen hatte. Owen wurde bewußt, daß sein Gesicht mit Tränen bedeckt war, die in seinem Mund salzig schmeckten.

Er rührte sich, und seine Muskeln verkrampften sich. Eine kleine Weile hatte er seinen Körper vergessen, und der protestierte nun gegen seine Vernachlässigung.

Enar seufzte tief. »Kein Wunder, daß es heißt, der Sänger sei vom Geist eines Gottes besessen. Solche Schönheit ist Fluch und Segen zugleich. Etwas, das wir nie richtig vergessen und nie richtig erinnern können.«

Ivor prostete Elutides zu und warf ihm eine Handvoll Silber vor die Füße.

Ein allgemeiner Aufschrei des Entsetzens erhob sich von den Festgästen.

»Was für eine Beleidigung!« flüsterte Aud.

Ivor erhob sich. »Ihr bückt Euch nicht, um sie aufzuheben. War es nicht genug?« fragte er verächtlich.

Er schleuderte Elutides noch eine Handvoll Münzen entgegen. Einige von ihnen trafen ihn am Körper, prallten ab und blieben glänzend zwischen den Binsen zu seinen Füßen liegen.

Das Schweigen in der Halle war ein lebendiges Wesen, mit Händen greifbar, bedrohlich.

Cador, der an Elutides' Seite stand, nahm ihm die Harfe ab und verstaute sie wieder in ihrem Futteral.

Dann nahm er ein Holzscheit vom Stapel neben der Feuerstelle und schleuderte es ins weißglühende Zentrum des Feuers.

Es schien fast auf der Stelle Feuer zu fangen.

Zu schnell, dachte Owen.

Das Freudenfeuer in der Grube loderte noch höher empor. Die Flammenspitzen leckten an dem Rauchloch in dem hohen Dekkengewölbe.

Elutides, die Hand am Schwertgriff, wich vor Ivor zurück.

»Du wagst es, mich herauszufordern?« brüllte Ivor mit einer Stimme wie eine eherne Kriegstrompete. Das Dach aus Flechtwerk und Lehm schien unter ihrem lauten Klang zu erbeben.

»Wie kannst du es wagen, Dichter«, spuckte er ihm verächtlich ins Gesicht, »mich, einen Krieger, herauszufordern!« Er schlug sich mit der flachen Hand gegen die Brust. Sie dröhnte wie ein Tamburin. »Was sind das nur für Männer in diesem Land, die sich von Sängern und Frauen beherrschen lassen?«

Mit zornigem Funkeln wanderte sein eines Auge über die Bänke, während er sich mit dem Handrücken den Speichel von seinem zerschlagenen Mund wischte.

Enar seufzte. »Jetzt kommt die Prahlerei.«

»Ich bin ein Mann. Wo ich entlanggegangen bin, wächst sieben Jahre kein Gras mehr. Ich sehe einen Baum an, und er wirft sein Laub ab. Ich muß trockenes Holz nur anschauen, und es fängt Feuer. Ich habe Wölfe und Adler mit dem Fleisch von tausend Feinden gefüttert.«

Sibylla sprang mit den Füßen auf den Tisch. »Und mit dem einen oder anderen Bröckchen von deinem eigenen Fleisch!« schrie sie.

Ivor richtete die mörderische Glut seines einen Auges auf sie und lachte.

»Höre ich da das Summen einer Schmeißfliege?« Er winkte Sibylla zu. »Komm her, und ich schlage dich tot wie die Fliege, die du bist!«

Seine Faust fuhr schmetternd auf den Tisch nieder und teilte die Eichenplatte mit einem lauten, berstenden Geräusch in zwei.

Unverzagt drehte Sibylla sich um, sprang hoch in die Luft und mit einem Salto rückwärts von der Hochtafel auf den niedrigeren Tisch und von dort auf den Boden.

»Fliegen haben Flügel«, erklärte sie, als sie neben Elutides auf den Binsen landete.

»Fürchtet mich!« donnerte Ivor. Er schüttelte die Fäuste gegen all die schweigenden Menschen an den Tischen. »Weil ich lebe, beklagen tausend Mütter ihre toten Söhne und tausend Frauen ihre Ehemänner.«

Sibylla wandte ihm ihre Kehrseite zu und wackelte mit dem Hinterteil vor seiner Nase. »Und sind dennoch froh, daß du weder ihr Ehemann noch ihr Sohn bist.«

Zu Owens Überraschung lachte Ivor mit den anderen über Sibyllas Witz.

Auch sein nächster Zug kam überraschend. Trotz seiner Körpergröße war er beinahe ebenso flink wie Sibylla.

Mit einem Satz sprang er über beide Tische, den hohen und den niedrigen. Die Berserker hingen ihm an den Fersen und stürzten sich, eine einzige erbarmungslose Flutwelle, auf Sibylla und Elutides.

KAPITEL 28

Haakon erwachte mit der Morgendämmerung. Er lag noch in der Furche, mit Elsbeth an seiner Seite. Irgend jemand hatte ihre Kleidung neben sie gelegt und sie beide mit seinem Umhang zugedeckt. Er setzte sich auf und begann sich anzuziehen.

Das Licht war grau, der Nebel so dicht, daß die Festung seinen Blicken entzogen war.

Als er seinen Schwertgurt anlegte, stand Elsbeth auf und hüllte sich in ihren grauen Umhang. Keiner von ihnen sagte etwas. Es war, als hätten sie Angst davor, die Stille oder dieses eigenartige Gefühl von Frieden und Dauerhaftigkeit zu brechen, das sie verspürten. Als könnten Worte der Verbundenheit, die sie füreinander empfanden, keinen Ausdruck verleihen. Haakon ergriff ihre Hand, und gemeinsam machten sie sich auf den Rückweg zur Halle.

Als sie durch das Tor traten, sprang Tosi mit einem Freudenschrei auf. »Haakon! Du bist am Leben! Du bist unversehrt!«

»Natürlich«, entgegnete Haakon. »Hast du je etwas gesehen, das mich brechen könnte?«

»Ach, ich weiß nicht«, meinte Tosi sarkastisch. »Ein-, zweimal war es ziemlich nah dran.«

Haakon ließ den Blick über den Hof schweifen. Seine Männer schliefen noch. Wie hingegossen lagen sie über den Strohballen. Manche schnarchten bäuchlings im Stall inmitten des Viehs. »Gut, daß wir heute nacht nicht kämpfen mußten. Sind schon welche von ihnen wach geworden?«

»Ein paar«, antwortete Tosi. »Ich habe sie in die Halle geschickt. Hab' ihnen erzählt, es hätte Musik und Tanz und obendrein viele schöne und willige Frauen gegeben. Unglücklicherweise scheint sich keiner von ihnen daran erinnern zu können.«

Elsbeth begann hemmungslos zu kichern.

»Hör auf damit!« befahl Haakon. »Mach dich nicht über meine Männer lustig. Lach ihnen jedenfalls nicht ins Gesicht.«

»Ach ja«, seufzte Tosi und verdrehte die Augen. »Stramme Kerle allesamt. Mächtig in der Schlacht. Jetzt schlagen sie sich mit ihren dröhnenden Schädeln herum.«

»Was war in dem Met?« verlangte Haakon von Elsbeth zu erfahren.

Sie zuckte mit den Achseln. »Nichts Giftiges. Nur das Wasser des Lebens. Ein Getränk, das meine Leute in den Wintermonaten für den Eigenbedarf brauen. Es wärmt wunderbar.«

»Das Wasser des Lebens«, sagte Haakon. »Es hat einen wohlklingenden Namen. Ich habe es schon gekostet. Als es meine Kehle herunterrann, dachte ich zunächst, ich sterbe. Ein wahres Höllengebräu, aber hinterher ist es das reinste Paradies. Maßvoll genossen.«

Tosi ließ den Blick über die über den Hof zerstreuten Wikinger wandern. »Sie waren aber nicht maßvoll. Die wenigsten werden vor Mittag zu gebrauchen sein.«

»Dann müssen sie ihren Kopf eben noch länger unter kaltes Wasser halten«, sagte Haakon. »Ich habe heute Arbeit für sie.«

»Soso.« Tosi drehte sich um und blickte flußabwärts in Richtung der Stadt.

»Genau«, antwortete Haakon. »Ich werde das tun, was ich schon vor Rauchings Besuch vorhatte.«

»Rauching.« Nachdem Elsbeth den Namen ausgesprochen hatte, spuckte sie in den Schlamm zu ihren Füßen. »Lebt er denn noch?«

Haakon gluckste stillvergnügt in sich hinein. »O ja, er lebt. Grün und blau geprügelt, schwer verletzt, naß wie eine ersäufte Ratte, versengt und gedemütigt – aber er lebt.«

»Schade«, meinte Elsbeth.

»Er hat gegen Godwin und die Hexe des Bischofs den Kürzeren gezogen«, berichtete Tosi. »Seine Mission war ein Fehlschlag.«

»O nein!« widersprach Haakon. »Kein Fehlschlag. Ich wollte, daß er die Stadtbewohner für mich weichklopft, und genau das hat er getan. Heute nacht bereite ich den Todesstoß vor. Morgen werden wir anfangen. Zu guter Letzt, wenn ich fertig bin, werden sie mir eigenhändig die Tore öffnen. Nun, da der Bischof fort ist und meine halben Versprechungen in ihren Köpfen arbeiten, ist der Sieg zum Greifen nah.« Er wandte sich vom Fluß fort und begab sich, gefolgt von Elsbeth und Tosi, in die Halle.

Haakon fand den Boden gekehrt, die Tische aufgestellt, die Feuer angezündet vor und neue Fackeln an den Wänden brennen. Seine Leute und die von Elsbeth versammelten sich, um ihr Fasten zu brechen. Elsbeth folgte ihm mit niedergeschlagenen Augen.

Im Schlafgemach angekommen, wuschen sie sich beide und kleideten sich für den Tag an. An der Tür nahm Haakon Elsbeths Arm, um sie als seine Herrin herauszuführen, aber sie drehte sich zu ihm um und legte ihm die Hand auf die Brust.

»Diese Versprechungen, die Rauching den Stadtbewohnern gemacht hat – waren das halbe Wahrheiten oder halbe Lügen?« fragte sie ihn.

Haakon blickte auf sie herab. Sie sah die Narbe auf seiner Stirn rot pulsieren und dann bleich auf seiner gelbbraunen Haut leuchten. Sie konnte sein Stirnrunzeln im Dunkeln spüren.

»Halbe Lügen«, antwortete er. »Meine Männer werden sich ihren Sold in der Stadt holen.«

»Dann wird nichts übrigbleiben. Mein Gott, mein Gott. Die armen Menschen«, hauchte sie.

»Aber ja«, sagte Haakon, »es wird noch etwas übrigbleiben. Und es wird mir gehören. Von deiner Feste bis zur Küste wird meine Herrschaft reichen.« Er stieß die Tür auf und führte sie durch den Flur in die Halle.

Still saß sie am Kopfende der Tafel und führte den Vorsitz über das Mahl. Sie schwieg und stellte keine weiteren Fragen, solange sie aßen.

Elsbeths Leute sprachen den Speisen und Getränken herzhaft zu. Haakons Leute neigten dazu, bei lauten Geräuschen zusammenzuzucken, und widmeten den Getränken mehr Aufmerksamkeit als den Speisen. In ihre Wangen war jedoch wieder Farbe gekommen, und sie sahen einigermaßen arbeitstauglich aus, als Haakon sich erhob, um zu ihnen zu sprechen. Seine Stimme ließ jedes Gespräch im Raum verstummen.

»Ihr habt die Maschine gesehen, die ich im Lager gebaut habe. Morgen bringen wir sie vor die Stadt. Wenn ich fertig bin, werden sie uns um Gnade anflehen!«

Er zog sein Schwert. Es glitt aus der Scheide, aber dann löste sich die Klinge vom Griff und fiel mit einem klirrenden Geräusch vor ihm auf den Tisch, während er mit dem Griff in der Hand dastand und verblüfft auf die Schneide herabsah.

Elsbeths Leute erhoben sich wie ein Mann. Außer dem Füßescharren und Bänkerücken gaben sie nicht den geringsten Laut von sich, aber Haakon konnte in ihren Augen und Mienen lesen, daß dies ein Zeichen war, das sie erwartet hatten. Ein Unterpfand seines Schwurs und seiner Verpflichtung ihnen gegenüber.

Einen Augenblick lang funkelte er sie wütend an, da er Opfer einer List geworden zu sein wähnte. Aber nein, dachte er, während er auf den nackten Griffzapfen starrte. Das ist keine List. Die beiden dicken Kupfernägel, die den Griff an der Schneide befestigten, waren mit Grünspan überzogen. Das weiche Metall war mit der Zeit korrodiert. Merkwürdig, daß es sich gerade diesen Moment ausgesucht hatte, um endgültig auseinanderzufallen.

Dann ließ er rasch den Blick über seine eigenen Männer gleiten. Sie waren blaß vor Angst. Einige Christen bekreuzigten sich. Die Heiden schlugen Zeichen gegen den bösen Blick.

»Dummköpfe!« brüllte er. Dann umfaßte er das Schwert ungeachtet des Schmerzes, den ihm die schartigen Metallkanten bereiteten, als sie in seine Handfläche schnitten. Er hob das Schwert und schmetterte es einhändig auf die Tischkante.

Die Klinge schnitt durch die Eichenbretter, und der Tisch fiel in zwei Teilen von den Böcken und stürzte krachend zu Boden.

»Dummköpfe!« brüllte er noch einmal und schwang erneut sein Schwert. »Selbst mit einem zerbrochenen Schwert kann ich noch zuschlagen. Und härter als jeder andere Mann!«

KAPITEL 29

Sie unternehmen irgend etwas am Waldrand«, eröffnete Denis Godwin, als dieser seine Runde machte. Es war stets das Letzte, was er vor dem Schlafengehen tat, um sicherzustellen, daß die Stadt bis zum Morgengrauen gut geschützt war. Denis und ein Dutzend seiner Armbruster bewachten das Tor.

Zwei Fackeln brannten in eisernen Körben an den Torpfosten, und oben am Firmament funkelten Myriaden von Sternen. Es war Neumond. Dunkelheit umgab die Stadt. Auf der gegenüberliegenden Talseite schimmerten am Waldrand Fackeln wie weit entfernte Glühwürmchen.

Godwin und Denis entfernten sich entlang der hölzernen Palisade von den Fackeln, damit sich ihre Augen an die Dunkelheit gewöhnten.

»Aber was?« fragte Godwin. »Einen Nachtangriff? Die Berserker lieben es, nachts zu kämpfen, aber ich glaube nicht, daß Haakon viele von diesen Wahnsinnigen bei sich hat. Wenn sie vorhaben, die Wälle zu stürmen, kann ich mir nicht vorstellen –«

Feuer flammte im Tal ganz in der Nähe der Stadt auf, flog dann in hohem Bogen durch die Luft, zischte über ihre Köpfe hinweg und schlug auf dem Platz hinter ihnen auf.

Im selben Augenblick sah Godwin ein Freudenfeuer in dem offenen Gelände vor der Stadt aufflackern. Der Feuerschein ließ die Umrisse von Haakons triumphierend umherhüpfenden Männern und dem Katapult hervortreten.

Denis und seine Männer brachten ihre Armbrüste in Anschlag.

»Nein!« rief Godwin. »Verschwendet keine Munition. Sie befinden sich außerhalb unserer Schußweite. Bleibt auf euren Posten. In der allgemeinen Verwirrung versuchen sie vielleicht einen weiteren Angriff auf die Stadt.« Und mit diesen Worten machte er kehrt und lief die Straße zum Marktplatz hinauf.

Schreie und Kreischen aus dem Haushalt rissen Elin unsanft aus dem Schlaf. Sie zog sich hastig das Kleid über den Kopf und rannte mit den anderen nach unten.

Als sie die Tür zum Platz aufstieß, vermochte ihr schlaftrunkener Verstand kaum zu fassen, was ihre Augen sahen.

In der Mitte des Platzes brannte ein Stapel Reisigbündel. Sie waren fast weißglühend und zerfielen in ihrer eigenen Glut zu kleinen Stücken.

Irgend jemand kreischte.

Elin drehte sich um und sah Routrude neben der Schenke stehen. Erzürnt schritt Elin auf die Frau zu. Ihre Hand landete mit einem Klatschen so scharf wie brechendes Holz auf der Wange des Lästermauls. »Hört auf zu schreien!« herrschte Elin sie an. »Holt einen Eimer und bildet eine Kette. Wir stehen unter Beschuß und müssen uns verteidigen.« Sie packte Routrude am Handgelenk und zerrte sie zum Brunnen.

Über sich hörte Elin ein pfeifendes Zischen.

Das Geschoß traf die Arkaden über den Läden in unmittelbarer Nähe des Bischofshauses. Das trockene Holz fing augenblicklich Feuer.

Elin und die anderen Frauen stürzten sich wie die Furien auf das Feuer, schöpften Wasser aus dem Brunnen und reichten es von Hand zu Hand bis zum Brandherd weiter. Innerhalb von Sekunden waren die Flammen gelöscht.

Doch über ihnen flog eine dritte Feuerkugel in hohem Bogen durch die Luft. Diese landete auf dem Dach von Osberts Haus nahe am römischen Tor.

Godwin schnauzte die ängstlich durcheinanderwimmelnde Menschenmenge auf dem Platz an: »Ihr Männer! Wir haben keinen Wassermangel in der Stadt. Verteilt euch. Tränkt jedes Dach und jede Häuserfront. Weckt jeden Mann in jedem Haushalt auf. Jeder ist für sein eigenes Haus verantwortlich. Durchnäßt jedes Dach und jede Wand. Holt das Stroh von den Dächern, wenn es sein muß. Wir können und werden diesen Angriff abwehren.«

Das Stroh auf Osberts Dach brannte noch immer.

Gunther hämmerte mit den Fäusten gegen die Tür und schrie: »Wacht auf! Ihr seid in Gefahr!«

Die Türen flogen auf. Menschen und Tiere stürzten auf den Platz hinaus.

Helvese, fuhr es Elin durch den Kopf, während sie mit ihren Blicken die Menge absuchte. Wo ist Osberts Frau? Die Nachtluft war eiskalt, Elins Gewand völlig durchnäßt. Ihre Hände waren bereits aufgesprungen und blasenübersät von der Schinderei, einen Eimer nach dem anderen aus dem Brunnen zu ziehen. Sie mußte etwas unternehmen. So konnten sie nicht weitermachen.

»Dieser Dummkopf von Osbert sorgt sich mehr um sein Vieh als um seine Frau«, grollte Anna, während sie das lichterloh brennende Dach des Hauses in Augenschein nahm.

Osbert tanzte zwischen seinen Rindern und Pferden umher und rief irgend jemand zu, er solle ihm helfen, sie zusammenzutreiben.

Ein bockender Einjähriger neben Elin zerstreute die Menge. Elin langte hoch, bekam ihn am Zaum zu fassen und zog ihn herunter. Sie begann ihn zu der Platzecke zu führen, wo Osbert einen provisorischen Pferch errichtet hatte, als aus der Menge um sie herum ein Aufschrei puren Entsetzens aufstieg.

Ein weiteres brennendes Bündel pfiff über ihre Köpfe hinweg und traf die Steinsäule, die das Kirchenvordach trug. Es zerbrach in seine Einzelteile und brannte auf den Kirchenstufen aus.

»Gott sei Dank«, flüsterte Anna, »aber Haakon wird nicht immer danebentreffen. Bis zum Morgen könnte die ganze Stadt in Schutt und Asche liegen!«

Elin hatte das ungebärdige Füllen gebändigt und Osbert beinahe erreicht, als sie ihn aufschreien hörte: »Helvese! O mein Gott, Helvese!« Er fiel auf dem Steinpflaster auf die Knie.

Elin folgte seiner Blickrichtung.

Das Mädchen stand auf dem obersten Balkon des brennenden Gebäudes, den Rücken gegen das Geländer gepreßt und sich mit einer Hand daran festhaltend. Mit der anderen drückte sie ihr Kind an sich.

Elin glitten die Zügel des Fohlens aus der Hand, während sie wie gebannt dastand und zu ihrer todgeweihten Freundin hochblickte. Osberts Haus war eins der höchsten in der Stadt, und vom obersten Stockwerk war es ein Fall aus vierzig Fuß Höhe bis hinunter auf den Platz.

Die Flammen hüllten Dach und Obergeschoß bereits vollständig ein. Die Dachsparren und Tragbalken des Gebäudes traten deutlich hervor – ein weißglühendes Skelett. Die Fenster des Geschosses darunter glühten wie die Tore zur Hölle, während das Feuer wütete, sich von oben nach unten fraß und von innen heraus explodierte.

Osbert sprang auf und raste auf das flammende Gebäude zu.

Ein halbes Dutzend Männer stürzte herbei, um ihn zurückzuhalten, aber es war Gunther, der ihn als erster erreichte. Elin sollte nie den Ausdruck düsteren Mitleids im Gesicht des Schmiedes vergessen, als sein Faustschlag Osbert bewußtlos niederstreckte.

Helvese sah nach unten, die Hand noch immer am Geländer. Die Flammen züngelten nach ihrem Rock, aber dennoch war ihre Miene gefaßt und ruhig. Es war, als blicke sie dem Tod ins Auge und ergebe sich ihm.

»Bitte, jemand soll das Baby auffangen!« flehte sie. Ein Teil des Daches gab nach, und ein lauter Krach zerriß die Luft. Der Balkon schwankte und bebte.

Godwin trat aus der Menge hervor in die Rauchwolken, die aus der Eingangstür hervorquollen, und stellte sich unter den Balkon. Er reckte Helvese die Arme entgegen. »Alfric, stützt mich!« Der schmächtige Priester stemmte sich gegen Godwins Rücken.

Godwin schrie: »Helvese, springt!«

Sie schaute herunter, sah Godwins geöffnete Arme, wandte sich um und schlug dann bedächtig und langsam das Kreuzeszeichen.

Dann brachte sie ihren Körper zwischen das Kind und die Steinplatten unten, preßte es fest an die Brust, schloß die Augen und ließ sich rückwärts herunterfallen.

Godwin fing sie auf. Die Wucht des Aufpralls fegte Alfric beiseite. Godwin überschlug sich, und sein Kopf landete mit einem vernehmlichen Aufschlag auf der gepflasterten Straße.

Alfric rappelte sich inmitten der Menge auf.

Helvese richtete sich langsam in eine sitzende Stellung auf.

Godwin nicht.

Helvese begann hastig das Baby zu untersuchen, um zu sehen, ob es sich verletzt hatte. Offensichtlich war das nicht der Fall, denn es begann aus voller Kehle zu brüllen und so seinen Beitrag zu dem Heidenlärm auf dem Platz um Elin herum zu leisten.

Elin bahnte sich einen Weg durch die Menge und sank neben Godwin auf die Knie. Sie konnte sehen, daß er blaß und ohne Besinnung war, aber noch atmete. Sie rang die Hände. Godwin war ihre Hauptstütze und größte Hilfe. Was sollte sie tun, wenn es ihn nicht mehr gab?

Eine Sekunde später war Edgar bei ihr. »Schluß damit, Elin«, befahl er. »Ihr überzeugt mich fast davon, daß Ihr doch nur eine gewöhnliche Frau seid!«

»Ich werde gleich hysterisch«, antwortete sie.

»Tut das nicht. Godwin ist nicht ernsthaft verletzt.« Edgar tastete den Schädel des Älteren behutsam mit den Fingern ab. »Es hat ihn schlicht umgehauen. Er wird wieder aufwachen. Ihm ist nichts passiert.«

Elin hörte ein weiteres Zischen und Flammenprasseln. Sie hielt sich die Ohren zu. Die Menschenmenge auf dem Platz wimmelte umher wie eine verängstigte Schafherde.

Dieses Reisigbündel zerplatzte in der Luft und deckte die Zuschauer mit einem Funkenregen ein. Die Menge wogte in dem Bemühen, den Flammen zu entkommen, von einem Ende des Platzes zum anderen, aber Elins aus dem Stegreif gebildete Frauenbrigade hielt. Sie brachten auch das kleinste brennende Ästchen zur Strecke und löschten es.

Ein Blick über die Dächer um den Platz zeigte Elin, daß die Bürger ihr Eigentum verteidigten. Die Hausbesitzer durchnäßten die Strohdächer und Flechtwerkwände mit Eimern voller Wasser.

Osberts Haus brannte lichterloh, doch die Männer auf dem

Dach des angrenzenden Gebäudes hatten dieses so gründlich mit Wasser benetzt, daß es nicht so aussah, als werde das Feuer um sich greifen.

Osbert, noch immer halb benommen von Gunthers Fausthieb, umarmte seine Frau mit verzweifelter, fassungsloser Freude, obgleich gerade das Erdgeschoß seines Hauses in Flammen aufging.

Elin richtete sich auf. »Edgar, bringt Godwin in die Halle. Osbert, Gunther, helft ihm.«

Zusammen schafften sie den Bewußtlosen zur Halle des Bischofs. Elin hastete hinter ihnen her.

Aus Richtung der Schenke erklang Lärm, gefolgt von einem gellenden Schrei. Im Flammenschein sah Elin, wie Arn, der Schankwirt, sich im Griff zweier Männer wand. Mehrere andere reichten Bier- und Weinkrüge zu der johlenden Menge heraus.

Kaltes Entsetzen umklammerte ihr Herz. Ein betrunkener Aufruhr konnte die Stadt so sicher zerstören wie die Plünderer vor den Mauern.

Sie stürmte vorwärts und schnappte sich einen Wassereimer von Anna.

»Seid Ihr von Sinnen?« fragte Anna, als sie ihr den Henkel aus der Hand riß. »Diese Männer da sind nicht mehr zurechnungsfähig. Sie werden Euch umbringen!«

Elin beachtete sie nicht, sondern lief statt dessen auf die Schenke zu und kippte den Streithähnen den Eimerinhalt ins Gesicht, während sie »Hunde!« schrie.

Sie wollten sich auf sie stürzen, erstarrten dann jedoch mitten in der Bewegung, als ihnen klar wurde, daß sie der Zauberin gegenüberstanden.

»Was seid ihr?« schrie sie von neuem. »Hunde – sich hiermit abzugeben, während um euch herum die Stadt brennt!«

Die Augen, die ihren Blick erwiderten, waren kalt und von eisigem Zorn erfüllt. Sie wußte, daß sie nicht zu ihnen durchdringen konnte. Im nächsten Augenblick würden sie sie beiseite stoßen, und die Stadt würde in einem Taumel der Zerstörung untergehen.

Einer der stärkeren Männer, der Arn an seiner Tunika festhielt, sprach es unumwunden aus. »Herrin, geht uns aus dem Weg. Das ist das Ende. Wir können nicht gewinnen. Wenn wir nicht in den Flammen umkommen, gehen wir an Hunger und Kälte zugrunde. Gönnt uns wenigstens dies kleine Vergnügen, bevor wir unsere Knochen in den Trümmern lassen.«

Elin war versucht, ihn zu beschimpfen, tat es aber nicht. Statt dessen richtete sie sich zu voller Größe auf und besann sich auf ihre Würde, eine gebieterische Gestalt im Licht von Osberts brennendem Haus. »Ich werde nicht aufgeben, sondern bis zum letzten Atemzug kämpfen! Und ich bin nur eine schwache Frau. Trotzdem würde ich mich schämen, zuzulassen, daß diese Teufel da draußen über meine Schwäche lachen!«

Der Mann schüttelte betrübt den Kopf. »Ach, Herrin, wir haben Herrn Godwin fallen sehen. Das ist das Ende.«

Wenn Owen doch nur hier wäre, dachte Elin. Ein Mann würde wissen, wie er andere Männer erreichen kann.

Hinter ihr gab es einen ohrenbetäubenden Krach. Sie wandte sich um und sah, daß Osberts Haus zu einem Freudenfeuer brennender Balken zusammengebrochen war. Blutrotes Licht beleuchtete den Platz. Von oben war das mittlerweile vertraute Zischen und Pfeifen zu hören. Dieses Geschoß traf auf die Häuser in der Nähe des Platzes, und das plötzliche Aufflammen des brennenden Dachstrohs erhellte den Nachthimmel.

Einer der Männer vor der Schenke stieß Elin mit den Worten »Verschwindet, oder Euch passiert was!« grob beiseite.

»Hunde!« tönte es hinter ihr. Gowen trat aus dem Rauch hervor. Eine ungeheure, archaische Gestalt, gerüstet für die Schlacht, überragte er Elin und jeden Mann um sie herum um Haupteslänge.

»Hunde seid ihr!« wütete er. »Haakon hat euch mit Stahl begrüßt. Ihr habt ihn zurückgeschlagen. Dann hat er Rauching mit glattzüngigem Verrat und Gold geschickt. Nackt hat er den Heimweg angetreten, auf dem Rücken eines Maultiers. Jetzt schickt Haakon Feuer. Was! Ihr wollt euch besaufen, bis ihr nicht mehr pissen könnt, und ihn gewähren lassen? Legt noch einmal Hand an eure Herrin, und ich sorge dafür, daß das Herz von jedem einzelnen hier aufhört zu schlagen. Gibt es jemand, der bezweifelt, daß ich dazu imstande bin?«

Der Mob beruhigte sich und wich ein Stück zurück, um ihm Platz zu machen. Der Mann, der Arn am Hemd gepackt hatte, ließ ihn los.

»Ich verspreche euch«, rief Elin in das jäh eingetretene Schweigen. »Ich verspreche euch, daß ich Haakon eigenhändig Einhalt gebieten werde.«

Gowen stieß einen gellenden Triumphschrei aus. »Wollt ihr jetzt den Schwanz einziehen? Wollt ihr, daß es heißt, Männer hätten feige gekniffen, während Weiber gekämpft haben? Freunde, was ist schon ein kleines Feuer? Er wird müde werden, die Brandgeschosse herüberzuschleudern, bevor wir müde werden, sie zu löschen.«

Gowen bahnte sich mit Gewalt einen Weg durch die Menge und legte einen Arm um die Schultern des Schankwirts. Arn sah nicht so aus, als finde er Gowens gewaltigen Arm tröstlicher als die Hand des Plünderers an seiner Tunika. »Unser lieber Freund hier«, rief Gowen, »wird ein paar Schlucke Bier beisteuern, damit unsere Kehlen nicht zu sehr austrocknen. Nicht wahr?« fragte er, während er auf Arn herabsah.

Aus der rebellischen Menge stiegen Jubelrufe auf, auch wenn einige ziemlich unglücklich dreinschauten, als klar wurde, daß Gowen den Bierausschank höchstpersönlich zu überwachen gedachte.

Ein weiteres Feuerbündel fiel vom Himmel und traf das römische Tor. Dank Gowens Einsatz und der Bemühungen der neu gebildeten Feuerwehr war das Vorgehen gegen die Flammen diesmal geordneter.

Elin überließ Gowen das Kommando und hastete in die Halle, um zu sehen, wie es Godwin ging.

Er lag auf dem Boden, den Kopf in Rosamundes Schoß, während sie ihm nasse Tücher auf die Stirn legte.

»Wie geht es ihm?« wandte Elin sich an Edgar.

»Besser«, antwortete er. »Er fängt an, zu stöhnen und vor sich hin zu murmeln. Zweifellos wird er bald wieder zu Bewußtsein kommen.«

»Diesem Haakon muß Einhalt geboten werden«, erklärte Elin.

»Oh, da stimme ich völlig mit Euch überein«, entgegnete Edgar gewandt, »aber ich wüßte nicht, wie. Habt Ihr eine Idee, Frau Elin?«

»Die Männer auf den Wällen. Könnt Ihr sie nicht zu einem Angriff auf dieses Katapult führen?«

Edgar seufzte leise. »Elin, Godwin ist der Meinung, Ihr wärt verständiger als die meisten Frauen. Und die meisten Männer, um ehrlich zu sein. Setzt Euch, und ich werde es Euch erklären.«

»Was erklären?« fuhr sie ihn verärgert an. »Es ist wohl wahr, daß Gowen sie aufgerüttelt hat, aber er und die anderen sind über Arns Vorräte hergefallen. Bis zur Dämmerung dürfte es in der Stadt keinen einzigen Mann mehr geben, der noch nüchtern genug ist, um Feuer und Asche auseinanderhalten zu können. Aber Haakon wird noch da sein, und er wird auch noch diese gräßliche Maschine betätigen.«

»Der Vorschlag ist ziemlich abwegig«, führte Edgar aus. »Weil Haakon mindestens hundertfünfzig Mann bei sich hat, wäre es Selbstmord, die Männer für einen Angriff von den Wällen abzuziehen. Das Katapult wäre immer noch im Einsatz, und die Stadt würde fallen.«

Elin sank auf der Bank am Tisch zusammen und bedeckte ihr Gesicht mit den Händen. Ihr war schlagartig kalt, und sie fühlte sich naß und schmutzig. Das Gewand klebte an ihren Armen. Ihre Hände waren dreckig und bluteten dort, wo der rauhe Eimerhenkel in die Haut eingeschnitten hatte. Sie konnte die Rußschicht fühlen, die auf ihrem Gesicht lag.

Da war sie wieder, die Versuchung, wegzulaufen, aus dieser Stadt zu fliehen. In einer Truhe oben in ihrem Zimmer bewahrte sie die Kleidung ihres Volkes auf. Sie konnte sie anziehen und unbemerkt aus der Stadt schlüpfen. Selbst Haakon und seine Männer stellten keine große Bedrohung für sie dar, wenn sie allein und im Schutz der Dunkelheit ging.

Hinter ihren Händen schlug Elin die Augen auf. »Teufel!« flüsterte sie. »Wir sind wie Schatten in der Nacht. Unsichtbar.« Ihre Fäuste krachten auf den Tisch. »Ich habe da draußen gelobt, daß ich Haakon Einhalt gebieten werde, und genau das werde ich auch tun. Verdammt. Das werde ich.« Sie drehte sich zu Edgar um. »Ich werde ein wenig Hilfe brauchen. Ich benötige zwei Pferde. Ich nehme Ranulfs Stute, aber ich brauche noch ein zweites.«

Edgar äugte zu Godwin hinüber, dessen Kopf noch immer in Rosamundes Schoß ruhte. »Nehmt Godwins. Es ist fast genauso zäh wie der Mann, der es reitet. Ein brutales Vieh mit einem Maul wie aus Eisen, aber schnell und stark.«

Sie nickte. »Rosamunde, hör auf, Godwin anzuschmachten, und hilf Edgar, ihn nach oben ins Bett zu bringen. Dann holst du Judith her. Ingund, borge dir ein paar von Enars Kleidern und zieh sie an.«

»Was habt Ihr vor?« fragte Edgar.

»Das wollt Ihr gar nicht wissen«, beschied sie ihn.

Edgar nickte. »Richtig. Es ist schon immer meine Überzeugung gewesen, daß es Dinge gibt, die ein Mann besser nicht weiß, und ich glaube, daß in Eurer Person mehrere dieser Dinge zusammentreffen könnten.«

Während Ingund forteilte, um sich umzuziehen, stellten Edgar und Rosamunde den noch immer benommenen Godwin auf seine Füße und halfen ihm die Treppe hinauf.

Als Rosamunde wieder herunterkam, drückte ihr Elin eine Nachricht in die Hand. »Bring das zu Judith. Los jetzt!«

Anna pflanzte sich vor Elin auf. »Was habt Ihr vor? Wenn Ihr es ihm nicht sagen wollt, sagt es wenigstens mir.«

»Als erstes«, eröffnete ihr Elin, »werden wir eine Grabstätte schänden.«

KAPITEL 30

Ivor griff mit gezücktem Schwert an. »Abscheulicher alter Narr!« kreischte er. Sein erster Schlag kostete Elutides beinahe den Kopf.

Owen und Enar sprangen über die Tische in die Hallenmitte.

Enar schrie vor Freude laut auf, als der Kopf eines der Berserker verschwand, fein säuberlich über den Augen abgetrennt. Die zweite Axt warf er nach Ivor.

Ivor parierte mit seinem Schwert. Die Klinge schlug die Axt unter lautem Scheppern zur Seite und schleuderte sie ins Feuer. Ivor ragte turmhoch über allen anderen auf wie der leibhaftige Tod. Sein verzerrtes Gesicht war das pure Grauen.

Die Menschen in der Halle spritzten auf der Flucht vor Ivors Männern in alle Richtungen auseinander. Die Berserker strotzten vor Waffen, gräßlich wie die Heerscharen der Hölle.

Ivor stellte sich Owen mit hoch erhobenem Schwert entgegen, um ihm den Schädel zu spalten.

Owen riß sein eigenes Schwert hoch, obwohl er wußte, daß es beiseite gefegt werden würde wie ein trockenes Zweiglein.

Elutides warf etwas ins Feuer.

Einer der Berserker machte einen Satz auf ihn zu, aber Elutides hatte sein eigenes Schwert in der Hand. Einen kurzen Augenblick lang erweckte das Feuer den Anschein, als wolle es ganz erlöschen. Den nasenlosen Berserker schien die unvermittelte Dunkelheit zu verwirren. Elutides zog ihm das Schwert über den Arm.

Nichts, dachte Owen voller Bestürzung.

Der Berserker schlug zu Boden. Sein Rücken bog sich durch. Seine Fersen trommelten auf die Binsen.

Ivor ließ sein Schwert niedersausen. Owen sprang zur Seite. Ein Hieb, der ihn bis zur Hüfte gespalten hätte, schwirrte an ihm vorbei.

Owen machte einen Ausfall auf Ivors Brust zu, indem er mit einem gerade geführten Stoß auf sein Herz zielte. Er fühlte, wie die Spitze durch Fleisch drang, doch Ivor lachte nur. Er hatte die nackte Schneide mit der Hand abgefangen. Blut spritzte aus seiner Faust hervor. Er riß Owen, der den Schwertgriff nicht losgelassen hatte, mit einem Ruck auf sich zu und in seinen nächsten Schlag hinein.

Zischend entwich sämtliche Luft aus Owens Lunge. Seine Rippen bogen sich durch, als Ivors Schwert ihn seitlich durch das schwelende Feuer traf. Er ließ sein Schwert gerade noch rechtzeitig los, daß er nicht halbiert wurde, und rollte sich in den Binsen ab. Kaum gelandet, richtete er sich mühsam auf.

Enar rang mit einem weiteren Berserker, demjenigen mit einem Haken anstelle der Hand. Enar hatte das Axtblatt bis zur Hälfte in seiner Brust versenkt, aber der Berserker kämpfte weiter. Sein Haken steckte in Enars Schulter. Elutides schlitzte das Bein des Berserkers mit seinem Schwert auf. Endlich ging auch er zu Boden.

Enar riß sich los und starrte Elutides mit einem Ausdruck an, der Entsetzen recht nahekam.

»Das sind keine Männer, das sind Hexer!« schrie Ivor.

Die überlebenden Berserker sammelten sich und stürzten sich mit vereinten Kräften auf Elutides.

Das Feuer schien fast ausgegangen zu sein. Die dicken Holzscheite waren schwarz, dichte Rauchschwaden stiegen von ihnen auf. Nur die Fackeln erhellten jetzt noch die Halle.

Als die Berserker ihn angriffen, warf Elutides etwas in die Luft, und die Fackeln brannten bläulich.

Ivor bleckte die Zähne. Sein eines bösartiges Auge starrte Owen an. Seine Züge verzerrten sich zu der grotesken Parodie eines Lachens. Mit erhobenem Schwert stürmte er über die ausgebrannten Holzscheite auf ihn zu.

Da explodierte das Feuer.

Ivor kreischte auf und sprang heraus. Er brannte. Die Hosen, die er trug, das Bärenfell, sein Haar – alles stand in Flammen.

Das Licht war so gleißend, als scheine die Sonne in den Raum.

Selbst die Berserker wichen davor zurück. Elutides schlitzte dem ersten, der ihn erreichte, mit dem Schwert das Gesicht auf. Der Berserker fiel, doch ein anderer schlug Elutides' Schwert mit einem meisterhaften Hieb zur Seite, so daß es in hohem Bogen über die Tische flog.

Enar war in einen Zweikampf verwickelt. Eine Hand war am Hals seines Gegners, die andere an seinem Schwertarm, den er ihm auf den Rücken drehte.

Casgobs Kontrahent wurde halbiert und fiel in eine untere und eine obere Hälfte auseinander. Cador, der sein Schwert in einem anderen gelassen hatte, machte gerade seine Axt bereit.

Flammen liefen über Owens Haut. Er glühte vor Feuer, brannte aber nicht.

Wieder explodierte das Feuer. Die Flammen spien weißglühende Hitze hervor, die am Rauchloch oben in der Hallendecke leckte.

Owen machte einen Satz auf das Schwert eines gefallenen Berserkers zu. Seine Finger schlossen sich um den Griff. Er bekam es gerade noch rechtzeitig frei, um es in den Berserker zu stoßen, der Elutides würgte. Der Mann drehte sich mit dem in ihm steckenden Schwert um. Das Gesicht ein bluttriefender Alptraum, begann er samt Klinge auf Owen zuzugehen. Elutides schnitt ihm die Kehle durch und warf noch etwas ins Feuer.

Diesmal schleuderte die daraus entstehende Explosion Owen, der noch immer das Schwert umklammert hielt, über die Tische.

Zwischen sich und dem Feuer sah er einen wie zur Statue erstarrten Enar, der seinen Gegner weiterhin in seinem erbarmungslosen Griff festhielt. Ein anderer Berserker hatte die Axt erhoben, um Enar den Schädel zu spalten.

Owen bewegte sich wie im Traum. Alles verlangsamte sich. Es war, als sei die Luft in der Halle Wasser, und sie lieferten sich eine Schlacht unter der Meeresoberfläche.

Drei Männer standen zwischen ihm und der Sonne. In dem bläulichen Licht schienen ihre Silhouetten von einer Strahlenaureole umgeben zu sein.

Owen warf sich auf den, der die Axt über Enars Kopf schwang. Er hörte das metzgerbeilartige Schmatzen, als sein Schwert durch Fleisch schnitt, das Knacken des brechenden Knochens, als seine Klinge dem Axtkämpfer den Arm vom Körper trennte.

Der Mann drehte sich mit unendlicher Langsamkeit zu ihm um, den Mund weit zum Schrei aufgerissen. Der aus dem Armstumpf spritzende Blutschwall bedeckte Owens Gesicht.

Casgob kämpfte mit zwei Berserkern. Owen lief auf einen der beiden zu, das Schwert gerade vor sich ausgestreckt haltend. Noch immer bewegte er sich in dieser trägen Alptraumgeschwindigkeit. Seine Füße fühlten sich an, als wateten sie gegen eine dunkle Strömung an, die ihn herabzog.

Die Wucht seines Angriffs führte dazu, daß sein Schwert durch den Körper des Berserkers glitt wie ein Messer durch weiche Butter. Sie riß den Mann von Casgob los und schleuderte sowohl ihn als auch Owen ins Feuer und auf der anderen Seite wieder hinaus, immer noch ineinander verkrallt, da Owen den Schwertgriff nicht losließ.

Die Hand des Berserkers krachte gegen Owens Brust. Beider Kleidung schwelte. Das erhitzte Eisen des Panzerhemds versengte Owens Haut. Das Schwert trat wieder aus dem schreienden Mann heraus, wobei es den größten Teil seiner Eingeweide in langen, gewundenen Schlingen mit herauszog. Er ging in die Knie und versuchte, sie zurückzuhalten.

Die Berserker waren überall um Owen herum. Das Feuer war ein Springbrunnen. Die glühenden Kohlen stiegen in einer Säule empor und fielen wie Sprühregen auf die Kämpfer herunter.

Sie bewegen sich so langsam, dachte Owen. Ein Kinderspiel, ihren Schlägen auszuweichen.

Einer hieb mit der Axt nach seinem Kopf. Owen sah fasziniert zu, wie die Kante silbern wurde. Der alte Stahl darunter war zerkratzt und von winzigen Kratern zernarbt, von denen jeder das Licht in seine Augen reflektierte.

Owen sank auf ein Knie und fühlte, wie das Blatt über ihn hinwegzischte. Es berührte sein Haar. Er bohrte dem Mann, der die Axt schwang, sein Schwert in die Lende.

Das schmerzhafte Verkrampfen des Körpers seines Feindes, die rubinrote Farbe des Bluts, das sich über seine Finger ergoß, war ein weiteres Ding der Schönheit ... und des Grauens.

Plötzlich packte Ivor seinen Arm, und Owen flog durch die Luft. Welch köstliche Freiheit! Er fühlte sich wie ein Falke, der hoch über der Erde dahingleitet. Er drehte sich um die eigene Achse, eine Feder im Wind. Schließlich landete er weich auf den Füßen, auf den Kohlen im Zentrum des Feuers.

Owen sah Ivor durch einen Flammenvorhang hindurch an, und er lachte.

Wußte der Narr denn nicht, daß überall Wasser war? Es füllte die Halle, füllte die Welt. Es würde nicht zulassen, daß er verbrannte.

Er schwamm aus dem Feuer, wobei er einen niederstreckte, der sich viel zu langsam umdrehte. Er versuchte, ihn im Nacken zu treffen. Owen durchtrennte seine Wirbelsäule. Er war tot, bevor er auf den Boden aufschlug, einen erstaunten Ausdruck auf dem Gesicht.

Das Wasser war überall, blau und schillernd vor Licht. Ein Regen aus Gold fiel langsam aus dem Himmel oben herab.

Um Owen herum bevölkerten die Geister der römischen Erbauer der Villa die Sitze eines Amphitheaters. Sie verlangten grölend Owens Tod.

Owen war ein Gladiator, und er kämpfte gegen Ivor und den Berserker mit der halb abgetrennten Kopfhaut, dessen Schädelknochen teilweise freilag.

Ivor zog das Schwert gerade und ohne Schnörkel herunter.

Owen stieß sich mit den Zehen vom Boden ab. Er ließ sich von der Wucht des Schlags wegtreiben. Der Narr sollte eigentlich wissen, daß man unter Wasser nicht so hart zuschlägt.

Er plazierte seinen Schlag sorgfältiger, zielte auf den Daumen der Schwerthand, die an seinem Gesicht vorbeitrieb. Er trennte den Daumen ab, so daß das Schwert Ivors Hand entglitt und sich überschlagend in das Blau um sie herum davontrudelte.

Ivor sprang an Owen vorbei, als er seinem Schwert nachsetzte.

Enar kämpfte gegen den Kahlköpfigen. Das Hemd hing ihm in verkohlten Fetzen von den Schultern. Brust und Gesicht waren mit Brandwunden übersät, Hände und Arme eine blutige Masse. Einige seiner Fingernägel waren ihm ausgerissen worden. Aber er hielt die Kette aus Ohren fest und erdrosselte den Berserker mit bloßen Händen.

Ivor brüllte. Das Geräusch erfüllte die gesamte Halle. Die Wände erbebten unter der Macht seines Zorns. Das schützende Wasser floß ab und nahm die Geister der Römer mit sich. Es bildete Wirbel, glättete sich wieder und verschwand schäumend über eine Ebene aus Steinen.

Owen lief vor der brechenden Flut. Der Riese Ivor, dessen Kopf den Himmel berührte, ragte drohend hinter ihm auf. Seine Schritte ließen den Boden unter Owens Füßen erbeben. Die Blutstropfen aus seinem abgetrennten Daumen schlugen hart auf die Erde auf, spritzende Tropfen, die rubinrote Tröpfchen in der Luft zerstreuten.

Ich bin tot, dachte Owen. Das ist Walhall. Am Morgen werden mich die Jungfrauen, die auf den Wolken reiten, zu einem neuen Kampf wecken. Bis in alle Ewigkeit.

Owen stolperte. Er fing sich und rannte weiter. Ivor blieb ihm brüllend auf den Fersen. Der Stein unter seinen Füßen riß auf wie Lehm, den die Trockenheit der sommerlichen Sonne eisenhart gebrannt hat.

Dann war Owen so winzig, daß er von Plateau zu Plateau springen und große Sätze über die tief eingeschnittenen Schluchten machen mußte. Er war nicht größer als eine Maus. Er sah sich um. Ivor war ein Berg, der zwischen seinen Augen und der Sonne aufragte.

Er strauchelte, fiel in eine der Schluchten und rollte den Steilabfall hinunter in den weichen Staub im Schluchtgrund. Er kauerte sich zusammen wie ein Tier, das von einem größeren gejagt wird. Ivors Schatten verdunkelte den Himmel über ihm.

Owen stützte sich mit einer Hand gegen die Wand der Schlucht und schloß die andere fest um das Schwert.

Ivors Schwert stach in den Spalt neben ihm hinunter. Die Spitze füllte ihn mit Stahl aus.

Ivors Gelächter polterte wie ein Erdbeben. Seine Worte waren wie Donnerhall. »Ich werde dich zertreten wie ein Insekt!«

Owen rannte über den Grund der Schlucht. Sandkörner wurden zu schimmernden Felsbrocken, deren scharfe Kanten im Sonnenlicht funkelten, winzige Schmutzklumpen zu Klippen, die erklommen werden mußten.

Überall stach Ivors Schwert wild herum. Es traf nur einen Zollbreit daneben und löste einen Erdrutsch aus, der Owen um ein Haar unter sich begraben hätte. Eine noch tiefere Schlucht tat sich vor ihm auf. Owen sprang hinein und folgte ihr. Die Felswände wurden immer höher, und seine Füße platschten durch einen Bach.

Er hielt an und duckte sich erneut. Es war so still, daß es in seinen Ohren dröhnte. Sein Körper zitterte wie einst im Käfig. Er preßte die Hand auf seine Rippen. Sie taten weh. Darunter hämmerte sein Herz wie rasend. Mit offenem Mund schnappte er nach Luft und bemühte sich, so leise wie irgend möglich zu sein, damit das Ungeheuer, das ihn verfolgte, ihn nicht hörte.

Der Griff seiner Finger um den Schwertgriff in seiner Hand verstärkte sich. Sein Geist leerte sich völlig. Nur noch ein Gedanke. Er mußte Ivor töten oder selbst sterben.

Owen zwang sich dazu, erneut loszulaufen. Die Wände seiner Lehmschlucht senkten sich wieder, und er kletterte über Quarzsplitter und klebrige Körnchen nach oben.

Ivors Fersen lagen vor ihm, nur hundert Stocklängen oder weniger entfernt. Er zerhackte systematisch die gerissene Erde vor ihm, indem er sein Schwert wie einen Spaten in sie hineintrieb.

Um ihn zu töten, mußte Owen dieses offene Gelände überwinden. Er sah auf seine schmutzigen, blutbedeckten Hände hinab, spuckte in beide und umfaßte das Schwert. Er mußte es jetzt tun, solange der Riese vor ihm abgelenkt war. Er rannte los, zwang seine Beine zu einem wahnsinnigen Geschwindigkeitsausbruch bis hin zu den Knöcheln, die sich wie die Säulen des Himmels vor ihm erhoben. Ein Fußpaar, das ihn zu einem roten Fleck im Staub zerstampfen konnte, ragte drohend vor ihm auf.

Er hackte auf den Knöchel ein – so wie ein Mann ausholt, wenn er einen Baum fällen will. Das Schwert durchtrennte die Sehne und überraschte sein gequältes Gehirn durch die Leichtigkeit, mit der es hindurchglitt. Dann, als die gewaltigen Massen des Ungeheuers rückwärts zu Boden stürzten, tiefer und tiefer, lief er davon.

Owen schrie, ein Geheul aus voller Kehle, als der gesamte Himmel herabstürzte, um ihn zu zermalmen.

Plötzlich wurde ihm bewußt, daß er in Enars Armen schrie und um sich schlug. Er sah sich in der zerstörten Halle um. Ivors Körper lag vor seinen Füßen.

»Herr«, schnaufte Enar, »es ist vorbei. Wehrt Euch nicht so. Jesus, wie Euer Herz hämmert. Es wird noch zerspringen. Macht dem ein Ende!« schrie er in Elutides' Richtung.

Elutides, der in den Binsen neben einem zu Boden gestürzten Casgob kniete, deutete auf Owens Gesicht.

»Seht, das Rauschmittel weicht bereits aus seinem Körper. In seinen Augen dämmert das Verstehen.«

Enar stieß einen tiefen Seufzer der Erleichterung aus. »Ruht Euch jetzt aus. Ruht Euch aus, Herr. Ruht, ich bitte Euch. Es war eine gewaltige Schlacht, die heute ausgetragen wurde, aber nun ist sie vorüber. Wir sind die Sieger.«

Aud drückte Enar eine Steingutflasche in die Hand. Sie stellte sich neben ihn. Ihr Kleid war zerrissen, in der Hand hielt sie einen Streitkolben. Sie trat Ivor in die Rippen. »Seht den glücklichen Bräutigam!« sagte sie lachend.

Owen lag nach Luft schnappend auf dem Rücken, während Enar Bier aus der Flasche trank.

Gynneth half Elutides mit Casgob.

Andere kehrten in die Halle zurück. Sie fielen über die Gefallenen her, schnitten ihnen die Köpfe ab und zogen das, was übrigblieb, an den Füßen heraus.

Zwei lebten noch – der, den Owen ausgeweidet hatte und der

nun mit blutigem Schaum vor dem Mund in der Nähe des Feuers lag, und Ivor.

Elutides blickte von Casgobs Wunde hoch, musterte den ausgeweideten Mann eine Sekunde lang und sagte dann: »Schneidet ihm die Kehle durch.«

Owen wandte den Blick ab.

Enar nahm einen tiefen Schluck aus dem Bierkrug. »Ich werde Euch nie begreifen, Herr Christuspriester.«

»Fürs erste«, ließ Owen ihn wissen, »habe ich von dem Gemetzel genug. Ich könnte noch nicht einmal sagen, ob ich noch heil und ganz bin.«

»Das seid Ihr«, gab Enar ihm zur Antwort. »Alles ist noch dran und läßt sich ordnungsgemäß bewegen. Ich vermag das zu beurteilen, denn Ihr seid wie entfesselt auf mich losgegangen, nachdem Ihr Ivor gelähmt hattet.«

»Tut mir leid«, entschuldigte sich Owen. »Ich habe dich nicht erkannt.«

»Das kann man wohl sagen«, pflichtete Enar ihm bei. »Eure Augen hatten den Blick eines Wahnsinnigen. Aber ich hatte keine Angst, weil Ihr Euer Schwert fallen gelassen habt, nachdem Ivor zu Boden gegangen war. Ich habe Euch festgehalten, damit Ihr Euch nicht selbst verletzt. Ich habe so meine Erfahrungen mit Männern, die nicht mehr ganz bei Trost sind. Mein Onkel Wilderbrand liebte das Trinken zu sehr und sah dann Drachen. Eine kleine Schwäche, die wenig Aufsehen erregt hätte, wenn er die Biester nicht regelmäßig mit Axt und Schwert gejagt hätte.«

»Lästig«, stimmte Owen ihm zu.

»Sehr«, bekräftigte Enar, »besonders für sein trautes Eheweib. Sie verließ ihn, nachdem er einen auf ihrer Schulter sitzen sah. Ein Glück, daß sie schnellfüßig war. Er jagte sie die Straße hinunter an unserem Haus vorbei, während die gesamte Nachbarschaft in vollem Lauf hinter ihm her rannte und ihn einzufangen versuchte. Es war sein Pech, daß meine Mutter diejenige war, der das schließlich gelang. Nachdem seine Rippen geheilt und der gebrochene Arm wieder zusammengewachsen war, kam man wesentlich besser mit ihm aus.«

»Deine Mutter hatte diese Wirkung auf Leute?« meinte Owen.

»Häufig, in der Tat«, bestätigte Enar grinsend.

»Hat er weiterhin Drachen gesehen?« erkundigte sich Owen.

»O ja!« gab Enar zurück. »Manchmal, wenn man ihn darum bat, beschrieb er sie einem sogar. Es waren aber sehr gewöhnliche Geschöpfe ohne hervorstechende Merkmale.«

Das brachte Owen ins Grübeln. »Gewöhnliche Drachen?«

»Schlangen mit Beinen und Zähnen eben«, führte Enar aus, »sowie rosa und grünen Schuppen.«

»Sie haben kein Feuer gespien?« fragte Owen.

»Nicht doch«, entgegnete Enar. »Es waren ganz gewöhnliche sächsische Drachen. Nur ausländische Drachen speien Feuer.«

Elutides verließ Casgob und kniete sich neben Owen hin. »Wie geht es ihm inzwischen?« fragte er.

»Ausgezeichnet«, eröffnete ihm Owen. »Wir erörtern die Volkszugehörigkeit von Drachen.«

»Was Ihr nicht sagt!« gab Elutides zurück, während er Owen eindringlich in die Augen sah und seinen Kopf hin und her wendete. »Drachen? Habt Ihr einen Schlag auf den Kopf bekommen?«

»Wahrscheinlich seit seiner Kindheit nicht mehr«, feixte Enar.

»Ich bin enttäuscht, daß sie kein Feuer speien«, ließ Owen sie wissen. »Aber andererseits«, fügte er hinzu, »was kann man schon von einem sächsischen Drachen erwarten?«

»Das stimmt«, versetzte Enar trübselig. »Wir sind ein schlichtes, bodenständiges Volk ohne viel Phantasie. Daraus folgt, daß unsere Drachen genauso sind.«

»Seht Ihr diese Drachen im Augenblick?« erkundigte sich Elutides.

»Nein, tue ich nicht«, sagte Owen. »Aber das ist nicht Euer Verdienst.«

»Wir unterhielten uns über die Drachen meines Onkels Wilderbrand«, erläuterte Enar.

»Aha!« meinte Elutides. »Die, die aus dem Becher kriechen.«

»Es waren ganz gewöhnliche Drachen«, klagte Owen. Dann rollte er sich auf der Seite zusammen und begann zu weinen.

»O nein!« rief Enar aus. Er stellte den Bierkrug fort und streckte die Hand nach Owen aus.

»Es ist nichts«, beruhigte ihn Elutides. »Das ergeht vielen so, nachdem sie dem Tod so nahe waren.«

»Mir nie«, behauptete Enar.

»Nein«, fuhr Elutides ihn an, »statt dessen plappert Ihr über Drachen. Setzt ihn auf die Bank. Gebt ihm reichlich zu essen und zu trinken, vor allem zu trinken. Morgen früh wird er wieder der Alte sein.«

Gynneth verließ Casgob, der sich aufsetzte. Seine Hüfte war verbunden.

Sie legte sich den einen, Enar den anderen Arm von Owen um die Schulter. Mit ihrer Hilfe konnte er sich hinknien, fürchtete jedoch, es nicht weiter zu schaffen. Seine Beine versagten ihm den Dienst.

Ivor stöhnte.

Owen sprang auf.

Aud hob den Streitkolben mit beiden Händen über ihren Kopf. »Ich habe nicht hart genug zugeschlagen.«

»Nein!« sagte Owen.

Aud ließ den Streitkolben wieder sinken. »Er ist ein Ungeheuer. Die Mäuse in den Binsen verdienen eher Gnade als er.«

»Ich frage mich«, erwiderte Owen, »wie viele so gedacht haben.«

»Er wird es Euch nicht danken«, verkündete Enar, während er zu seinem Tisch zurückschwankte. »Er würde es als Beleidigung auffassen, wenn Ihr ihn nicht tötet.«

»Ich kann es nicht!« gab Owen zurück.

Gynneth bot Owen von dem Met an. Er küßte sie auf die Stirn und stützte sich beim Trinken auf ihre Schulter.

»Elutides!« sagte Aud. Verärgert stampfte sie mit dem Fuß auf.

Elutides ließ sich neben Ivor auf die Knie fallen. Er untersuchte den verletzten Fuß des Riesen.

»Er wird nie mehr gehen können. Jedenfalls nicht wie ein normaler Mann.« Er hob das Lid seines einen Auges an. »Er wird beizeiten zu sich kommen, ziemlich bald, denke ich.«

Er legte eine Hand flach auf Ivors Brust und schloß die Augen. Ein Schatten glitt über sein Gesicht. Es verhärtete sich, dann wurde es blaß. Sein Mund verzog sich wie der eines Mannes, der Schmerzen leidet. Dann zog er rasch die Hand zurück, hockte sich auf seine Fersen und sah Owen an.

»Ihr habt recht«, erklärte er. »Ich will sein Blut nicht an meinen Händen haben. Fesselt ihn. Wenn der Morgen kommt, bringt ihn an die Grenze unseres Landes. Jagt ihn fort und verbietet ihm bei Todesstrafe, zurückzukehren.«

Aud zuckte mit der Schulter, setzte den Weinkrug an den Mund und schlenderte fort.

Die Halle hatte sich mittlerweile fast gänzlich wieder gefüllt, und jeder schien gleichzeitig zu reden.

Da die Schlacht in der Hallenmitte stattgefunden hatte, war der größte Teil der Speisen auf den Tischen geblieben. Die Stadtbewohner wogten durcheinander und versuchten, ihre früheren Plätze wieder einzunehmen.

Zwischen zwei Männern kam es wegen der Sitzordnung zu einem Faustkampf. Aud, den Streitkolben immer noch hinter sich herziehend, schlenderte müßig hinüber, um sich zu den Zuschauern zu gesellen und unterhalten zu lassen.

Einer der Kontrahenten warf den anderen zu Boden. Er blieb flach auf dem Bauch liegen, bis er mittels eines über seinem Kopf ausgeschütteten Bierkrugs wiederbelebt wurde.

Ivor wurde von Cador und mehreren Männern fortgeschafft, während Gynneth und Owen auf ihren Hochsitz zurückkehrten.

»Ich habe ihn gewarnt«, bemerkte König Ilfor.

»Habt Ihr das?« versetzte Elutides, der neben Owen Platz nahm.

Der König aß noch immer, seine gut ausgestattete Freundin neben sich.

»Nie hört mir jemand zu, wenn ich etwas über Euch sage, Elutides. Ich habe mich gefragt, wie Ihr mit Ivor verfahren würdet. Ich muß schon sagen, das war einer Euer unterhaltsamsten –«

Seine Gefährtin drehte sich zu ihm um und hieb ihm einen gebratenen Hähnchenschenkel über den Kopf. »Hört auf, darüber zu reden, oder Ihr bringt uns eine perfekte Pechsträhne!«

Aud zog Enars Kopf in ihren Schoß herunter und begann Garnelen zu pulen, um ihn damit zu füttern.

»Ihr seid der König?« staunte Owen.

»Ja«, antwortete Ilfor, »das bin ich, aber Elutides...«

Seine Freundin zog ihm erneut die Hähnchenreste über den Kopf und brachte ihn so zum Schweigen.

»Aud ist Eure Königin?« fragte Owen weiter.

Aud schob einen Teller mit Schweinefleisch in Weinsauce vor Owen. »Hier, eßt«, forderte sie ihn auf. »Ihr müßt ja am Verhungern sein. Ich bin nicht seine Königin. Ich bin Königin.«

»Ihr seid nicht Mann und Frau?« fragte Enar vorsichtig.

»Nein«, antwortete Aud, schälte eine weitere Garnele aus ihrem Panzer, tunkte sie in die Sauce und stopfte sie Enar in den Mund. »Du beleidigst mich. Dieses Faß Schweineschmalz!«

»Faß Schweineschmalz?« gellte Ilfor.

»Seid still«, mahnte Elutides. »Es ist unschicklich, sich in der Öffentlichkeit Beleidigungen an den Kopf zu werfen. Außerdem stört es meine Verdauung, und davon habe ich für diese Nacht genug.«

»Danke, daß Ihr mir Ivors Leben geschenkt habt«, sagte Owen.

»Ihr wußtet doch sicher«, entgegnete Elutides, »daß ich Euch nichts abschlagen würde.«

»Ihr habt mich benützt, alter Mann!«

»Das habe ich«, räumte Elutides ruhig ein. »Und Ihr sollt die Belohnung für Eure Tapferkeit erhalten.«

»Ich will keine Belohnung«, verwahrte sich Owen. Er aß das Schweinefleisch, ohne etwas zu schmecken. Nun, da die Raserei in ihm nachließ, verkrampfte sein Magen sich schmerzhaft. Er zitterte am ganzen Leib. Das hochgewölbte Dach über ihm hatte die Neigung, sich zu drehen, wenn er zu ihm hochsah. Er empfand Abscheu vor Elutides, Enar und jedermann um ihn herum, weil sie sich so schnell wieder der Völlerei ergaben. Weil sie das Grauen vergaßen, das vor so kurzer Zeit über ihn hergefallen war.

»Ich will heimgehen«, flüsterte er. »Heim. Heim.«

Hohläugig starrte er auf den Boden der Feuergrube, in die Flammen, die den hoch aufgetürmten Stapel geschwärzter Reisigbündel verzehrten, und auf die Gestalten, die, angeführt von Sibylla und von Alshan auf der Flöte begleitet, ausgelassen im Kreis um das Feuer hüpften.

»Männer sind vor nicht einmal einer Stunde gestorben«, sagte Owen, »und sie tanzen am Ort des Gemetzels.«

»Herr«, sagte Enar in beschwichtigendem Tonfall, »überall sterben Männer. Wenn Lachen und Feiern wegen des Todes aus der Welt verschwinden würden, wären wir alle für immer ... trübsinnig.«

Owen ging wütend auf Enar los. »Und würdest du auch lachen und feiern, wenn ich anstelle von Ivor gefallen wäre?«

Enar sprang auf. »Herr Christuspriester, ich habe für Euch gekämpft, um Euch zu beschützen, und war an Eurer Seite, seit dieses Abenteuer seinen Anfang nahm. Aber eins werde ich nicht tun, und das ist, mich Eurer Trauer um Ivor anzuschließen. Ja, wäret Ihr gestorben, hätte ich gelacht. Ich lache über den Tod, trotz des Todes und vielleicht wegen des Todes. Warum nicht, Herr Christuspriester? Der Tod lacht ja auch über uns, und er hat viel mehr Zeit zum Lachen als wir!«

Auch Owen sprang auf und schoß Enar einen Blick puren Hasses zu. Dann machte er auf dem Absatz kehrt und stolzierte aus der Halle. Er schritt durch den leeren Palast, und die Festgeräusche hinter ihm verklangen, bis er die lange Wandelhalle über dem Meer erreichte.

Der Himmel war klar. Die Sterne standen zu Tausenden über ihm am Firmament. Er konnte das schwarze Wogen des Ozeans unter sich nicht sehen, aber die endlosen Stimmen der Wellen hören und den Schimmer aufspritzender Gischtschleier ausmachen, wenn sie gegen die Felsen brandeten.

Owen lehnte seinen Kopf an eine der kühlen Marmorsäulen und ließ zu, daß das rhythmische Geräusch zuerst seine Ohren und dann seinen Geist durchdrang, bis seine zerrütteten, bloßliegenden Nerven sich beruhigten. Er spürte, daß jemand hinter ihm stand.

»Wer da?« fragte er.

»Elutides. Wie ich sehe, habt Ihr das auch.«

»Was habe ich?« fragte Owen teilnahmslos.

»Die Fähigkeit, die Nähe anderer zu erspüren«, sagte Elutides.

»Ist das so ungewöhnlich?«

»Nein«, meinte Elutides, »aber nützlich.«

Owen nickte.

»Der Nordmann liebt Euch«, fuhr Elutides fort, »aber er wird nie zulassen, daß Ihr ihm das Herz schwermacht oder seinen Mut brecht.«

Owen seufzte. »Ich würde ihm keins von beiden antun wollen. Sagt ihm das. Sagt ihm, daß es mir leid tut.«

»Er weiß es«, beruhigte ihn Elutides. »Euer Freund ist ein Philosoph.«

»Enar?« lachte Owen. »Enar ein Philosoph? Wie das?«

»Er begreift«, führte Elutides aus, »eine tiefe Wahrheit, die selbst Pythagoras Mühe hatte zu erklären. Die Götter gewähren den Menschen weder Zeit noch Ewigkeit. Nur...« Elutides hielt inne, und Owen wandte ihm das Gesicht zu.

»Nur was?« fragte Owen.

»Nur den Augenblick«, sagte Elutides.

Das Sternenlicht schien auf Elutides' Gesicht, so daß seine Augenhöhlen zu dunklen Löchern wurden. Er erinnerte Owen so stark an den König im Grab, daß er rasch wegsah.

»Ich bin nicht Enar«, erklärte er.

»Ich weiß«, gab Elutides zurück.

Er sagte nichts mehr, sondern stand nur da und wartete mit diesem Totenkopfgesicht im Schatten.

»Ich muß meine Stadt retten«, sagte Owen.

»Ja«, stimmte Elutides ihm zu.

»Selbst wenn es mich meine Seele kostet?« zweifelte Owen.

»Das Wohlergehen seines Volkes ist die höchste Pflicht eines Herrschers. Eine andere hat er nicht«, antwortete Elutides.

»Diese Dinge haben den Schwefelgestank der Verdammnis an sich!« schrie Owen der Nacht und den Sternen entgegen.

»Geht und nehmt ein Bad«, riet Elutides. »Gynneth erwartet Euch.«

Owen beachtete ihn überhaupt nicht.

»Wir haben nicht in dieser Welt gekämpft«, stellte er fest, »sondern in einer anderen.«

»Ich habe nicht gesehen, daß Ihr zu fernen Zielen aufgebrochen wärt«, versetzte Elutides. »Ich sah Euch kämpfen. Sah, wie Ihr ihn niederstrecktet. Das Gefecht war so schnell, daß meine Augen dem Schlagabtausch kaum zu folgen vermochten. Nie habe ich solche Schnelligkeit bei zwei Männern gesehen. Ich dachte, sein letzter Angriff würde Euch erledigen. Doch dann ließt Ihr Euch mit einer der kühnsten Finten, die ich je gesehen habe, auf ein Knie fallen. Er konnte nicht mehr anhalten und lief an Euch vorbei, wobei er fast über Euch stolperte. Eure Klinge durchschnitt seine Achillessehne, und er ging zu Boden. Aud zog ihm den Streitkolben über den Schädel.«

»Das ist nicht das, woran ich mich erinnere«, entgegnete Owen.

»Woran erinnert Ihr Euch denn?« erkundigte sich Elutides.

Owen wirbelte herum und starrte aufs Meer hinaus.

»Wir fochten auf der aufgerissenen Erde einer Wüste. Ich war allein. Ich hatte keinerlei Hilfe.«

»Das Mittel verleiht Euch Stärke und Schnelligkeit, aber manchmal bewirkt es noch andere Dinge im Verstand desjenigen, der es einnimmt«, gab Elutides zu.

»Er füllte den Himmel aus«, rief Owen. »Die Erinnerung läßt mich nicht mehr los!«

»Dann wehrt Euch nicht gegen sie!« schrie Elutides zurück. »Besiegt Eure Angst! Wenn Ihr lernen wollt, wie man solche Waffen benützt, dann beschwert Euch nicht, wenn Ihr beizeiten ihre Schärfe zu spüren bekommt.«

Owen schwieg, teils, weil er darauf nichts zu erwidern wußte, teils, weil er den klagenden Unterton in seiner eigenen Stimme gehört hatte. Er verachtete sich selbst für seine Feigheit.

»Dies hat Euch nicht viel gekostet, alter Mann«, sagte Owen verbittert.

»Eine Wunde im Körper eines meiner Söhne. Für mich ist das viel«, versetzte Elutides und drehte sich um. »Geht baden. Gynneth erwartet Euch.«

Cador trat aus dem Schatten heraus. »Kommt«, sagte er ruhig.

Owen folgte ihm.

Zum zweitenmal fand er sich an diesem Tag in warmem Wasser sitzen.

Eine lila anlaufende Prellung auf der einen Seite bedeckte sechs seiner Rippen. Seine Hände befanden sich in dem schlimmsten Zustand, in dem er sie je gesehen hatte. An manchen Stellen auf seiner Brust und seinem Rücken hatte sich das Muster des Ringpanzers in seine Haut eingebrannt.

Das Bad vertrieb die Steifheit aus seinen Muskeln und Gelenken. Er gelangte zu dem Schluß, daß er am nächsten Morgen vielleicht nicht ganz so zerschlagen sein würde wie damals, als er in dem Grab erwacht war.

»Das Leben als Bischof hat mich verweichlichen lassen«, sagte er.

Über die mit Marmor und Porphyr eingelegte Decke des Bades tanzten die gleißenden Spiegelungen des Lichts auf dem Wasser.

»Gynneth erwartet Euch«, wiederholte Elutides.

Owen war schläfrig. Sein Nacken ruhte auf dem Alabasterrand des Beckens, während er das Spiel des Lichts auf der Decke betrachtete und zu einer Entscheidung in bezug auf Gynneth zu gelangen versuchte.

Er dachte an Elin. Ihr Gesicht trat vor sein geistiges Auge wie damals in dem Käfig. Er wußte instinktiv, daß seine Treue ihr, abgewogen gegen seine Überlebenschancen, nichts bedeuten würde. Sie würde wollen, daß er alles Notwendige tat, um die Stadt zu retten und am Leben zu bleiben.

Als er aus dem Bad stieg und sich abtrocknete, reichte Cador ihm ein langes, weißes Leinengewand und führte ihn in Gynneths' Gemach.

Gynneths' Schlafzimmer hatte Blick übers Meer. Eine aus Säulen und Bogen bestehende Wand führte auf eine kleine Veranda. Von dort hörte Owen das Wispern und Zischeln der Wellen.

Ein Mosaik aus springenden Delphinen umgab das Bett in der Mitte des Fußbodens.

Die anderen drei Wände waren bemalt. Diejenige neben der Tür mit Frauen. Sie waren mit Lorbeer bekränzt und trugen dunkle Girlanden. Alle weinten und waren gramgebeugt.

Auf der Wand hinter dem Bett war eine Prozession abgebildet. Schattenhafte Gestalten, die allesamt Tierköpfe trugen, geleiteten einen, dessen Gesicht halb von den anderen verdeckt wurde. Er allein hatte ein menschliches Gesicht.

Auf die Wand gegenüber dem Fuß des Bettes waren Felder in vier Farben gemalt. Ein rotes, ein weißes, ein blaues, ein schwarzes. In der Mitte eines jeden Feldes befand sich eine Blume.

Der Raum wurde von nur einer Lampe erhellt. Das Licht brannte in einer mit Gold abgesetzten Kristallschale.

Die Kristallfacetten brachen die Flammen zu Tausenden kleiner Lichtblitze von prismatischer Helligkeit, welche die Wände und die Kuppeldecke mit Regenbogen sprenkelten.

In dem sonderbar wechselhaften Licht schienen sich die Gemälde auf den Wänden zu bewegen. Die Tücher und Schleier der Gestalten schienen sich aufzubauschen und in dem unablässigen Windhauch vom Meer, der durch die Veranda hereinzog, zu flattern.

Auf dem Bett lag Gynneth. Sie schlief. Sie trug ein beinahe durchsichtiges Gewand aus Seide und Spitzen.

Owen fühlte, wie die Begierde in seinem Körper aufstieg.

Er hob den Blick zu dem Gemälde hinter dem Bett. Das einzige Wesen mit menschlichem Antlitz darin schaute bleich inmitten der Männer mit den Tiermasken aus dem Bild heraus.

Der Kopf war zur Seite gedreht. Die großen, dunklen Augen sahen Owen mit einem merkwürdig wachsamen und wissenden Blick an.

Die Seide, die sich wie eine zweite Haut um ihre schöne Gestalt schmiegte, und die duftige Spitze über Gynneths' Brüsten waren betörender als nacktes Fleisch.

Owen verlangte es danach, die Seide zu zerreißen und das warme, süße Fleisch darunter zu besitzen. Er schloß seine Augen. Der Sturm, der durch seinen Körper toste, ließ ihn schwindeln.

»Sie ist noch Jungfrau.« Elutides' Stimme erklang aus dem Schatten hinter ihm.

»Ich weiß«, antwortete Owen. »Warum bietet Ihr sie mir an?«

»Weil«, sagte Elutides, »Ihr ein großer König sein werdet. Vertraut Euch nur meiner Führung an.«

»Nein«, lehnte Owen ab. »Mein Fleisch ist in Aufruhr versetzt. Ich begehre sie mehr als Nahrung, mehr als Freude, mehr als Hoffnung, fast mehr als das Leben selbst, aber ich kann sie nicht nehmen.«

Das Schwert und das Panzerhemd lagen auf dem Fußende des Betts.

Owens zitternde Finger fanden den Griff. Er zog das Schwert, dann hielt er es in die Höhe, die Fäuste um die Parierstange geschlossen. Er drehte es herum und hob es, den kreuzförmigen Griff nach oben, zwischen sich und Elutides hoch.

Der alte Mann hatte einen goldenen Becher in der Hand. Owen erkannte die Schlangenmuster wieder, die ihn überzogen.

Elutides hielt den Becher mit beiden Händen in die Höhe, so wie ein Priester den Meßkelch emporhebt, aber von sich weg und zu Owen hin. »Nehmt und trinkt.«

»Welche berauschenden Kräuter wollt Ihr mir nun verabreichen, alter Mann?« stieß Owen zwischen den Zähnen hervor.

»Kräuter der Liebe, vollkommen und ewig. Trinkt, und dann weckt sie. Ich werde den Becher erneut füllen. Trinkt und genießt die Wonnen des Paradieses miteinander.«

»Ist es das, was die Liebenden in Eurem Lied getrunken haben?«

»Ja«, antwortete Elutides, »aber die Hüterin des Tranks versäumte ihre Sorgfaltspflicht. Die Liebenden wußten nichts von der Macht des Trankes. Alle drei haben teuer bezahlt. Doch dies ist eine gesetzmäßige Verbindung, in allen Ehren gebilligt. Trinkt!«

»Nein!« rief Owen aus.
»Ihr setzt durch Eure Weigerung Euer Leben aufs Spiel.«
»Um so mehr Grund, mich zu weigern.«
»Die Gemälde um Euch herum, würden Euch, hättet Ihr nur Augen dafür, darüber belehren, was Ihr riskiert, wenn Ihr Euch mir widersetzt.« Elutides hielt Owen den Becher vor die Brust. »Trinkt!«
»Ich habe sie gesehen, und ich verstehe«, sagte Owen. »Es ist die wilde Jagd, wenn die Tiere Menschen jagen. Bis zu diesem Moment hielt ich es lediglich für eine alte Legende.«
»So erwählen wir unseren König«, erklärte Elutides.
»Ihr habt es überlebt. Das kann ich auch«, hielt Owen dagegen.
Elutides' Zähne blitzten in seinem hohlwangigen Gesicht auf. »Wenn ich es will, werdet Ihr es nicht überleben«, sagte er. »Ich verspüre nicht den Wunsch, ersetzt zu werden.«
»Und ich verspüre nicht den Wunsch, Euch zu ersetzen«, versprach Owen.
»Und doch fordert Ihr mich heraus, wie Ivor es getan hat. Nicht auf dieselbe Weise, aber nicht minder gewiß.«
»Die Herausforderung existiert nur in Eurer Einbildung«, behauptete Owen. »Macht keinen Fehler. Ich werde niemandem gehören, nicht Euch, nicht dem Gott, nicht Gynneth, sondern nur mir selbst. Wenn ich König sein soll, dann werde ich es wahrhaft sein.«
Owen wandte sich dem schlafenden Mädchen auf dem Bett zu. Die Spitze des Schwertes in seinen Händen schwebte über ihren Brüsten.
Owen begegnete Elutides' Blick und wußte, würde er es auf ihren hilflosen Körper herabfallen lassen, würde Elutides keine Anstalten machen, ihn davon abzuhalten. Aber er verspürte nicht den Wunsch dazu. Er legte es behutsam auf den Platz neben ihr, wo er hätte liegen können, und sagte: »Jedes Band zwischen uns sei für immer durchtrennt.«
Im selben Augenblick brach sich das rasende Verlangen, das er empfand, Bahn. Er fuhr ruckartig in die Höhe, den Rücken durch-

gebogen, und stieß einen rauhen Schrei aus, während sein heißer Samen gegen das Leinengewand spritzte und an seinen Schenkeln hinunterlief.

Elutides stieß einen gedehnten, langsamen, müden Seufzer aus. »Ihr habt gewählt. Ich vermag nichts mehr zu tun. Jetzt müßt Ihr Euch dem Gottesurteil stellen. Weil Ihr so viel für mich getan habt, gebe ich Euch die Möglichkeit, es zu überleben, eine faire Chance. Weniger kann ich nicht tun. Aber mehr werde ich nicht tun. Ihr werdet Euch der großen Dunkelheit stellen müssen. Allein.«

KAPITEL 31

Judith traf wenige Minuten später ein. Sie fand Elin und Ingund, beide wie Männer gekleidet, auf sie warten. In Wahrheit war Elin lediglich wie eine Frau ihres Volkes gekleidet, mit losem Überwurf und Lederhosen.

Judith wirkte ehrlich entrüstet. »Ingund, Ihr seht ja aus wie Euer Gemahl. Gewiß heißt die heilige Kirche es nicht…«

»Ich meine nicht, daß Ihr die Kirchenväter zitieren solltet«, mischte Anna sich ein.

»Bitte sehr.« Judith stemmte die Hände in die Hüften. »Elin, ich bin stets der Ansicht gewesen, daß man den Krieg am besten den Männern überläßt.«

»Ich habe keine Zeit dafür, Judith«, beschied sie Elin. »Nehmt eine Fackel und kommt mit!«

Die Frauen folgten ihr in die Krypta der Kirche.

»Das gefällt mir nicht«, beschwerte sich Judith.

»Was?« flüsterte Ingund. »Gefiele es Euch denn, wenn die Stadt über Eurem Kopf niederbrennen würde? Bald sind Gowen und seine Männer zu betrunken, um die Brände noch wirkungsvoll zu bekämpfen. Was dann?«

»Frau Elin, glaubt Ihr, ich könnte mein Leben ändern? Eine tugendhafte Frau werden, meine ich?« mischte sich Rosamunde ein.

Judith hielt die Fackel, während Elin die Jahreszahlen auf den Gräbern begutachtete. »Wir nehmen lieber keinen erst vor kurzem Bestatteten«, sinnierte Elin. »Er könnte ein bißchen zu reif sein.«

Anna beantwortete Rosamundes Frage. »Mädchen, du stehst mit beiden Beinen im Berufsleben. Warum willst du jetzt unbedingt tugendhaft werden?«

»Alfric hat mir von Maria Magdalena erzählt«, gab Rosamunde zurück. »Christus selbst hat sie von ihrem schlechten Lebenswandel bekehrt.«

Elin huschte in den ältesten Teil der Krypta.

»Gütiger Himmel«, stöhnte Judith, »wie finster es hier unten ist!«

»Maria Magdalena«, schnaubte Anna verächtlich. »Zuerst erzählen einem diese Priester von der Heiligen Jungfrau. Dann, wenn ein Mädchen das einzig Vernünftige tut und Geschenke anzunehmen beginnt, lassen die Idioten sich über Maria Magdalena aus. Mädchen, es ist meine feste Überzeugung, daß Maria Magdalena entweder verhungert ist oder in derselben Nacht, in der Jesus die Stadt verließ, ihr Gewerbe wieder aufgenommen hat.«

»Meine Knie schlagen gegeneinander«, verkündete Judith. »Ich mache mir gleich in die Röcke. Warum stehen wir hier und reden über Maria Magdalena?«

Ingund gluckste in sich hinein. »Weil Rosamunde dabei ist, sich in Godwin zu verlieben.«

Sie hielten alle inne und starrten das junge Mädchen an. Sie errötete.

»Liebe«, gackerte Anna. »Du meine Güte, das ist etwas anderes.«

»Ja«, stimmte Elin zu. »Ich nehme an, du solltest sofort mit dem guten Benehmen anfangen. Bleib nachts in Annas Zimmer. Ich lasse mir ein paar Ausreden für die Ritter einfallen.«

»Er ist ein guter Fang«, urteilte Judith.

»Ein halb verfaulter Fang«, hielt Ingund dagegen. »Höchstwahrscheinlich wird er in der nächsten Schlacht, in die er zieht, aufgespießt. Aber er wird dir einen adligen Namen und vermutlich ein wenig Besitz vermachen. Deine Aussichten auf eine Wiederverheiratung dürften exzellent sein.«

Rosamunde setzte sich auf ein niedriges Grab und begann zu weinen.

Elin knirschte mit den Zähnen. »Hör auf zu flennen, Rosamunde.«

»Genau«, sagte Anna giftig. »Und du, Ingund, quäl sie nicht mehr! Godwin ist ein alter Wolf, aber seine Zähne sind noch so lang und scharf wie je. Er wird nicht so einfach fallen. Er hat eine Menge Männer unter die Erde gebracht, die dachten, ihm den Garaus machen zu können.«

»Das stimmt«, sagte Rosamunde und richtete sich beruhigt wieder auf. »Aber könnte er mich lieben?«

Elin blieb vor einem der Sarkophage stehen. »Helft mir, den Deckel zu entfernen!«

Sie stemmten sich gemeinsam dagegen. Es gab ein knirschendes Geräusch von Marmor auf Marmor.

Judith weigerte sich hinzusehen. Sie hielt die Fackel in das Grab und wandte ihr Gesicht ab.

»Vermoderte Knochen«, sagte Elin. »Nicht gut.«

Sie schoben die Steinplatte wieder zurück und setzten ihre Suche fort.

»Könnte er mich lieben?« wiederholte Rosamunde.

Alle fünf Frauen scharten sich um den nächsten Sarkophag.

»Worüber reden wir hier überhaupt?« fragte Judith. »Liebe oder Heirat?«

»Egal«, winkte Anna ab. »Rosamunde würde durch die Verbindung entschieden gewinnen. Er ist nicht der Mann, der eine Frau aufgabelt und wieder ablegt wie einen Laib Brot, nachdem er einmal abgebissen hat.«

»Wohl wahr«, sinnierte Judith.

»Wie ich bereits sagte«, fuhr Anna fort, »ist er ein sehr alter Wolf und wird sich nicht so leicht in die Falle locken lassen, aber ich habe Grund zu der Annahme, daß er den Köder bereits bemerkt hat.«

»Wirklich?« fragte Rosamunde aufgeregt und schneuzte sich in ihre Schürze.

Anna schlug ihr die Schürze aus der Hand. »Du bist ekelhaft!«

Rosamunde zog die Nase hoch.

Judith reichte ihr ein Taschentuch.

»Wir müssen eine Dame aus ihr machen«, wandte Anna sich an Judith. »Für den Anfang habe ich keine schlechte Arbeit geleistet. Zuerst habe ich sie davon überzeugt, sich diese widerliche Schminke abzuwaschen. Jetzt haben wir sie aus den Betten der Ritter rausbekommen. Sie schneuzt sich nicht mehr in die Finger. Ihre Tischmanieren bessern sich. Ich kann mich schon nicht mehr daran erinnern, wann sie sich das letzte Mal die Fettfinger am Kleid abgeputzt oder Knorpel auf den Boden gespuckt hat.«

»Die Ritter…«, setzte Rosamunde trotzig an.

Anna klebte ihr eine. »Du bist kein Mann«, erklärte sie. Das Jammern des Mädchens überging sie. »Denk immer daran. Godwin hat keine Lust, einen Ritter zu heiraten. Ich glaube, bei ihrem Anblick dreht sich sogar Edgar ein wenig der Magen um, und er ist dem männlichen Geschlecht im allgemeinen sehr gewogen. Und Godwin würde ihr Benehmen nicht an seiner Gattin sehen wollen.«

»Seiner Gattin?« Rosamunde straffte sich.

»Ja«, sagte Anna, »halte dich nur dafür, und du kannst nichts falsch machen.«

In der Dunkelheit jenseits des Lichtkegels der Fackel huschte etwas davon. Judith stöhnte auf und preßte die Hand gegen ihre Brust.

»Nur eine Ratte«, erklärte Anna wegwerfend.

»Seid nicht so zimperlich, Judith. Ihr habt doch schon Ratten gesehen, oder?« meinte Ingund.

Judith überhörte ihren Spott und wandte sich an Elin. »Was tun wir hier?«

»Ich suche einen Leichnam«, klärte Elin sie auf, während sie eingehend die Ziffern auf einem weiteren Sarkophag studierte. »Der Rest von euch ist offenbar dabei, Rosamunde unter die Haube zu bringen.«

»Für welche Art von Zauber könntet Ihr wohl einen Leichnam brauchen?« murrte Judith. »Nebenbei bemerkt, wir haben mehrere perfekt erhaltene Leichen gefunden, und Ihr habt sie alle abgelehnt.«

Elin ging, vor sich hin murmelnd, an mehreren Gräbern vorbei. Zu guter Letzt blieb sie vor einem offensichtlich kostbaren und reich verzierten Sarkophag stehen.

»Denkt nicht einmal daran!« sagte Judith warnend. »Das ist Bischof Calixtus!«

Selbst tief unten in der Krypta hörte Elin das häßliche Zischen und Prasseln vom Platz, gefolgt vom Lärm einer in Panik geratenen Menschenmenge.

Die Frauen drängten sich näher aneinander.

»Soso, Bischof Calixtus«, meinte Elin. »Helft mir, den Deckel wegzuschieben. Jetzt alle zusammen!«

Die schwere Deckplatte des Grabmals knirschte und klemmte, gab am Ende jedoch nach. Diesmal gewann Judiths Neugier die Oberhand. Sie neigte die Fackel und riskierte einen raschen Blick ins Grab.

»Ihhhhhh!« schrie sie gellend auf.

Elin riß ihr die Fackel aus der Hand und begutachtete die sterblichen Überreste von Bischof Calixtus. »Perfekt. Hoffentlich fällt er nicht auseinander.«

»Nein!« kreischte Judith und wiederholte das Wort etwa fünfzehn- bis zwanzigmal, um schließlich auf dem Boden zusammenzubrechen.

Anna sah hinein und erbleichte.

Rosamunde wich zurück und starrte Elin an. Ihr Blick war voller Entsetzen.

Judith umklammerte Elins Knie.

Ingund leuchtete mit ihrer Fackel in das Grab. »Wundervoll! Ich glaube, er hat sogar leichte O-Beine.«

»Judith, hört auf, diese grauenvollen Laute auszustoßen«, befahl Elin. »Was ist los mit Euch? Ich brauche Eure Hilfe.«

Anna setzte sich auf ein niedriges Grab und fächelte sich mit ihrem Rock Kühlung zu. »Wir möchten aber nicht dabei sein, wenn Ihr ihn wiederbelebt.«

»Ich werde ihn nicht wiederbeleben«, versetzte Elin.

Judith kroch von Elin fort und setzte sich neben Anna auf das Grab. »Gott sei Dank«, hauchte sie.

Ingund griff in den Sarkophag. »Seht«, forderte sie die anderen auf, »er ist trocken wie Stroh und ganz steif. Ich kann ihn mit einer Hand hochheben.«

Elin begegnete Edgar, als sie die Halle durch die Hintertür verließ. Sie trug zwei große Flaschen, eine in jeder Hand. Ingund folgte ihr, angetan mit all ihren Waffen einschließlich des Helms mit den Eberhauern. Den nur teilweise von einem schwarzen Umhang verdeckten Bischof Calixtus trug sie über der Schulter wie ein Scheit Brennholz.

Edgar konnte im schwachen Licht des Herdfeuers lediglich einen flüchtigen Blick auf den Toten werfen, wofür er überaus dankbar war. »Heilige Jungfrau Maria«, sagte er. »Elin, dürfte ich Euch fragen, was Ihr hier tut?«

»Nein«, versetzte Elin. »Das dürft Ihr nicht. Haltet Ingund die Tür auf. Wir möchten doch nicht, daß Bischof Calixtus uns entzweibricht.«

Elin und Ingund führten die Pferde rasch zu der Stelle, wo die hölzerne Palisade am Fluß endete. Bischof Calixtus saß hoch zu Roß, während die beiden Frauen zu Fuß gingen.

»Er ist tatsächlich ein wenig spröde«, sorgte sich Ingund. »Ein Glück, daß er O-Beine hat, sonst hätten wir ihn nicht auf das Pferd bekommen. Ich hoffe, es klappt.«

Elin erschauerte und sah zu den Sternen hoch. In ihrem Licht konnte sie zumindest zwei flackernde Brandherde in der leidgeprüften Stadt ausmachen. »Was immer auch passiert, Ingund, laß dich nicht lebend gefangennehmen«, sagte sie.

»Was ist mit Euch?« fragte Ingund.

»Ich kann sterben, wann ich will – wenn es sein muß. Um dich sorge ich mich mehr.«

»Ich habe einen Dolch«, ließ Ingund sie wissen. »Ich weiß, wie man ihn benützt. Gegen mich selbst, falls nötig, aber lieber gegen jemand anderen.«

Sie kamen am Ende der Palisade an. Sie reichte durch Dornengestrüpp in den Fluß hinaus.

Die beiden Frauen wateten in den Fluß und umrundeten das Ende der hölzernen Mauer. Sie bahnten sich mühsam ihren Weg durch einen dichten Vorhang aus Weiden und Pappeln, die das Flußufer überwucherten. Die Zweige der Bäume waren kahl, aber die stockähnlichen Zweige bildeten eine nahezu undurchdringliche Barriere. Ingund machte den Weg für Elin und die beiden Pferde frei, indem sie die schweren Rohrstöcke mit Gewalt auseinanderbog, bis sie sich gegenüber der Stelle befanden, wo das Katapult stand.

Vorsichtig bewegten sie sich durch die Bäume, bis sie auf ein freies Feld hinaussahen.

Ein Kreis aus Feuern umgab das Katapult. Im Innern des Kreises herrschte Festatmosphäre. Die Wikinger waren gekommen, um sich zu vergnügen. Sie lümmelten herum und bedienten sich aus zahlreichen Wein- und Bierfässern. Mehrere Ochsen rösteten auf Spießen über den zahlreichen Feuern.

Haakon, eine schimmernde Gestalt in goldenem Helm und Brustpanzer, überwachte eigenhändig das Laden des eisernen Korbs. Er entzündete die mit Pech getränkten Reisigbündel mit Hilfe eines brennenden Astes aus einem der Feuer, welche die gräßliche Vernichtungsmaschine umgaben.

Dann, nachdem er seinen weißen Hengst ein paar Schritte hatte zurückgehen lassen, verfolgte er, wie der Feuerball sich in die Lüfte erhob, in hohem Bogen hinüberflog und auf die Häuser derjenigen niederfiel, die so vermessen waren, ihm zu trotzen.

Elin kniete sich in den Schlamm und beobachtete ihn. »Haakon der Prächtige«, murmelte sie.

»Das ist er«, stimmte Ingund ihr zu.

Elin vernahm Jubelrufe und Schreie. Ein dumpfer Schlag, und ein weiterer Feuerball flog durch die Luft.

Ihr Blick folgte der Flugbahn des brennenden Bündels am Himmel. Tränen des Zorns und des Kummers brannten in ihren Augen. Trotz aller Anstrengungen von seiten Gowens und der Stadtbewohner loderten zwei außer Kontrolle geratene Brände in der Stadt, einer in der Nähe des Platzes und der andere in Flußnähe.

Elin ging im Uferschlamm in die Hocke, während sie den Blick von dem Feuerschein abwandte, in dem Haakon und seine Männer sorglos agierten. Sie wartete, bis ihre Augen sich an die Dunkelheit angepaßt hatten.

»Was mit mir geschieht, ist unwichtig«, erzählte sie Ingund. »Ich bin hier, um ihnen Angst einzujagen. Du gehst hinein und übernimmst die Zerstörung.«

Über ihnen ächzte der Wind in den kahlen Ästen. Er stieg zu

einem hohen, klagenden Pfeifen an, um dann wieder zu einem Rasseln zu verebben. Die winternackten Zweige klapperten wie Knochen.

Der Wind trug Haakons gebrüllte Befehle an Elins Ohr. »Schneller!« donnerte er. »Schneller, ihr faulen Dummköpfe. Der Wind frischt auf. Bevor die Dämmerung hereinbricht, ist die Stadt ein einziges Flammenmeer!«

»Bastard!« flüsterte Ingund. Dann spuckte sie in den Schlamm zu ihren Füßen.

»Sei still«, zischte Elin. »Sieh nicht zu ihnen herüber. Das Licht der Feuer würde dich nur blenden.« Mit diesen Worten entzündete sie eine Laterne mit einem Hornschirm, die zwischen den Rippen des dahingeschiedenen Prälaten hing. Der Bischof ritt auf Godwins Braunem.

»Ooh«, schauderte Ingund. »Er ist so entsetzlich, daß er selbst mich das Fürchten lehrt. Wenn ich nicht wüßte, daß es eine List ist, würde ich schreiend davonlaufen.«

Elin trat ein Stück zurück und versuchte die Wirkung einzuschätzen, welche die Gestalt im Sattel auf die ahnungslosen Wikinger haben würde. »Es wird funktionieren, wenn er beim Galopp nicht auseinanderfällt.«

Der verblichene Bischof war, luftdicht in seinem Sarg eingeschlossen, weniger verwest als mumifiziert. Sein langes Haar war noch vollständig vorhanden und wehte von seiner elfenbeinernen Stirn. Es umrahmte die leeren Augenhöhlen und die weiß glänzenden Zähne seines Schädels. Die noch verbliebene Haut war zu Pergament verdorrt und spannte sich straff über geschrumpften Muskeln und Knochen.

Die Laterne hing dort, wo sie nahezu unsichtbar war. Sie verbreitete nur einen schwachen, gespenstischen Lichtschimmer zwischen den Rippen, auf denen noch genügend mumifizierte Haut klebte, um die Lichtquelle zu verdecken. Dennoch war sie dünn genug, daß auch das Gesicht des Bischofs beleuchtet wurde.

Elin rückte ihren Gürtel zurecht und überprüfte den Sitz ihres Messers. Es handelte sich um eins von Annas Küchenwerkzeugen und besaß eine schmutziggraue Eisenklinge. Die Waffe war nicht länger als ihr Unterarm, aber schartig und messerscharf. »Denk dran, nichts außer dem Katapult zählt«, zischte sie Ingund zu.

Ingund streckte ihre Hände aus und ergriff Elins. »Viel Glück, Herrin. Jagt die Bastarde zur Hölle!«

Elin schwang sich hinter der Inkarnation des Todes in den Sattel. Sie zog an den Zügeln, um zu sehen, ob sie Godwins Schlachtroß beherrschen konnte. Zu ihrer Überraschung reagierte der Hengst bereitwillig. Er neigte den Kopf und stampfte mit den Hufen.

Ingund saß inzwischen auch im Sattel. »Gebt mir das Zeichen«, verlangte sie.

Elin blickte hoch. Der Mond war eine Sichel geisterhaften Lichts, das durch die hoch oben dahintreibenden Wolken schimmerte. Sie wartete, bis eine große Wolke ihn vollständig verdeckte und alles um sie herum in Dunkelheit tauchte. Sie ließ dem Braunen die Zügel schießen und trieb ihm die Fersen in die Flanken, während sie gleichzeitig ein wildes Flüstern ausstieß: »Reiten wir!«

Flanke an Flanke stürmten Ingunds Reittier und der Hengst in die Schwärze.

Haakon hatte das Katapult mit einem doppelten Feuerkranz umgeben. Elin ließ den Braunen im gestreckten Galopp gehen, bis sie den äußeren Ring erreicht hatte; dann verlangsamte sie zu einem Handgalopp.

Überall am äußeren Kreis waren Wachtposten aufgestellt. Einer, der nur wenige Fuß von Elin entfernt stand, setzte gerade ein Trinkhorn an die Lippen.

Elin riß an den Zügeln, so daß sie den Hengst fast zum Stehen brachte. Das Pferd wurde langsamer, warf aus Protest, daß der schöne Ritt unterbrochen wurde, den Kopf hin und her und wieherte laut.

Das Trinkhorn noch an den Lippen, sah der Wachtposten zu dem Ding hinauf, das da über ihm aufragte. Im schwachen Mondlicht wirkte der Braune beinahe blau. Von seinem Rücken blickte das verkörperte Grauen auf den Wachtposten herunter. Der Wind wehte das lange Haar des Toten in sein Knochengesicht. Die Zähne grinsten auf den Nordmann herab, und die leeren Augenhöhlen starrten ihn an.

Er kreischte. Das Trinkhorn flog in die eine, der rennende Wachtposten, der nicht aufhören wollte zu kreischen, in die andere Richtung.

Nun, dachte Elin. Jetzt ist mir ihre Aufmerksamkeit gewiß. Sie riß an den Zügeln und brachte den Hengst auf den Hinterhänden zum Stehen. Sie stieß einen langgezogenen, klagenden Schrei aus, einen Schrei, der für die Männer, die sich an den Feuern räkelten, von den fleischlosen Lippen eines Toten zu kommen schien.

Hoch über ihnen aufgebäumt, schien der Hengst reglos in der Luft zu stehen, während der leibhaftige Tod auf sie herabsah und sie rief.

Elin stöhnte, lockerte die Zügel, hämmerte dem Hengst ihre Fersen in die Flanken und ließ ihn unmittelbar auf Haakon zustürzen.

Sie sah, wie der Wikingerhäuptling vor Entsetzen die Augen aufriß, trotzdem jedoch die Zügel seines Pferdes in die eine Hand nahm und mit der anderen sein Schwert aus der Scheide zog.

Haakons Männer glaubten, der Tod höchstpersönlich ritte einen Angriff auf ihren Anführer. Heulend stoben sie auseinander.

»Blöde Bastarde!« brüllte Haakon. »Kommt zurück, ihr Esel. Es ist nur ein Trick!«

»Verflucht soll er sein!« schimpfte Elin. »Er ist zu mutig.« Sie duckte sich hinter den Leichnam. Vor sich sah sie das glitzernde Aufblitzen von Haakons Schwertklinge.

Sie konnte nichts mehr tun außer zu hoffen, daß sie genügend Ablenkung für Ingund geschaffen hatte. Selbst sie wagte es nicht, sich Haakons Schwert auszusetzen.

Elin ließ die Zügel fallen und packte den toten Bischof am Rückgrat. Sie schleuderte ihn Haakon ins Gesicht. Die Mumie war nicht schwer, aber ihre Stirn prallte gegen Haakons, und ihr Gesicht legte sich auf das seinige.

Haakon zuckte vor Schrecken und schierem Ekel zurück. Er

verlor die Zügel, schlug aber beidhändig mit seinem Schwert zu. Die sterblichen Überreste des Bischofs lösten sich um ihn herum in einen Knochenregen auf.

Etwas, das ein Bestandteil der Nacht zu sein schien, zischte an Haakon vorbei. Die zu Tode geängstigten Wachtposten sahen den Eindringling nicht einmal kommen. Mit einem lauten Knall explodierte etwas am Arm des Katapultes. Überall um Haakon herum röhrte die Nacht gleißend hell auf.

Haakon versuchte verzweifelt, die Zügel zu fassen und sein panisches Pferd wieder in die Gewalt zu bekommen. Die fliehenden Wikinger hielten inne, mit offenem Mund glotzend.

Das Naphtha, das Elin von Judith erhalten hatte, breitete sich über Haakons Katapult aus, und unlöschbare Flammen schlugen zum Himmel empor.

Elin saß zwischen dem lodernden Katapult und den entsetzten Wikingern in der Falle. Als sie Haakon den Leichnam ins Gesicht geschleudert hatte, hatte sie die Zügel verloren. Nun, als der Hengst sich aufbäumte, konnte sie sich nur noch am Sattelknauf festklammern und sehen, daß sie nicht herunterrutschte.

Haakon zeigte auf sie. »Die Hexe!« rief er. »Gottes Fluch über dich! Mögen alle Götter dich verfluchen!« schrie er seine Männer an. »Jetzt haben wir sie! Tötet sie! Das Gewicht ihres Kopfes in Gold für den Mann, der ihn ihr abschlägt.«

Durch die grelle Helligkeit der Flammen verängstigt, die aus dem dem Untergang geweihten Katapult hervorschlugen, machte der Braune einen Satz nach vorn und schoß über die gepflügten Felder davon, weg von den Ausdünstungen menschlicher Angst und dem Gestank des Naphtha.

Elin kauerte sich auf seinem Rücken zusammen, die Finger um den Sattelknauf gekrampft. Die rauhe Mähne peitschte ihr ins Gesicht und nahm ihr jegliche Sicht. Sie hätte nicht einmal zu sagen gewußt, in welche Richtung der Hengst lief. Sie spürte, wie das Pferd langsamer wurde und dann strauchelte, als seine Hufe in die weiche Erde eines frisch gepflügten Ackerstreifens traten.

Nein, dachte Elin. Nein. Sie fühlte, wie das Tier unter ihr wegglitt. Ihr letzter Gedanke, als sie kopfüber in die Dunkelheit katapultiert wurde, war: Das also ist der Tod.

Ingund ließ das brennende Katapult hinter sich und galoppierte wie verrückt zur Stadt zurück. Als sie sich dem Tor näherte, schrie sie: »Nicht schießen! Nicht schießen! Ich bin's, Ingund.«

Zu ihrer Überraschung begannen die Torflügel aufzuschwingen, als sie in Schußweite kam. Das Pferd flog hindurch, und sie brachte es so abrupt zum Stehen, daß es sich aufbäumte. Die Männer hinter dem Tor schlugen es wieder zu. Dann schickten sie noch ein paar Bolzen in die Dunkelheit, um mögliche Verfolger abzuschrecken.

Vom Pferderücken lugte Ingund ängstlich über das Tor. »Wo ist Elin?«

Edgar, der neben Ingunds Pferd stand, schaute zu der grellen Feuerlohe hinaus, die einmal das Katapult gewesen war. »Ich sah ihr Pferd stürzen.«

»Nein!« rief Ingund aus. Sie streckte die Hand aus und riß den Torriegel zurück, doch zu spät. Edgar hatte ihr Pferd am Zaum gepackt, und Ranulf hielt sie am Gürtel fest und zog sie aus dem Sattel. Sie trat und schlug wild um sich.

»Ingund!« brüllte Edgar. »Seid vernünftig. Wenn Haakon Euch fängt, bringt er Euch um. Was nützt Elin Euer Tod?«

Rosamunde stand, eine Laterne in der Hand, zwischen den Armbrustschützen. »Ich hole Godwin!« erbot sie sich und rannte auch schon die Straße hinauf. »Er wird wissen, was zu tun ist.«

Godwin erwachte mit einer brennenden Kerze zu seinen Füßen und einer zweiten neben seinem Kopf. Das Letzte, woran er sich erinnerte, war der Schlag gegen seinen Kopf. Eine Weile brachte er damit zu, sich zu fragen, ob er wohl tot sei.

Alles in allem verspürte er Erleichterung, es auf diese verhältnismäßig schmerzlose Weise hinter sich gebracht zu haben. Dann ging er von Erleichterung zu Verwunderung über. Was genau hatte ihn umgebracht? Er begann eine Bestandsaufnahme.

Du liebe Güte, dachte er, ich bin ja ganz entzückend aufgebahrt. Die Kleidung ordentlich, der Kopf auf einem Kissen, die Hände gefaltet. Er kratzte sich mit links am rechten Handrücken. Wenn ich tot bin, habe ich keine Veranlassung mehr, mich zu bewegen. Er begann mit der rechten Hand umherzutasten. Keine schwere Wunde an seinem Oberkörper. Dann untersuchte er seine Kopfhaut. Vorne, nicht übel. Dann die Rückseite. »Jesus, tut das weh!«

Just in diesem Augenblick platzte Rosamunde in sein Gemach. Nach Luft schnappend blieb sie stehen, von ihrem Lauf vom Tor hierher außer Atem.

Godwins Augen schwenkten zu ihr herüber. Er war sich sicher, nicht tot zu sein. Er verspürte Ärger und eine leichte Enttäuschung.

Rosamunde näherte sich ihm vorsichtig. »Seid Ihr wach?«

»Ich bin nicht mehr ohnmächtig«, antwortete er.

»Oh, gut«, hauchte sie. »Frau Elin braucht dringend Eure Hilfe. Ihr Leben ist in Gefahr.«

»Warum ist Frau Elins Leben in Gefahr?«

»Weil sie allein mit Bischof Calixtus draußen ist.«

Kurz darauf traf Godwin mit Rosamunde im Schlepptau am Tor ein. Unter Androhung des Todes oder doch schwerster körperlicher Züchtigung hatte er Rosamunde auf dem Weg hierher eine Erklärung der Ereignisse entlockt. Nun erörterte er mit Edgar, Ranulf und Ingund die Lage.

»Euer Pferd traf kurz nach Ingund ein«, berichtete Edgar. »Der Sattel war leer.«

»Haben sie sie gefunden?« fragte Godwin.

»Ich glaube nicht«, meinte Ranulf.

Godwin nickte bedächtig. Ihm dröhnte noch immer der Schädel. Er wandte sich zu den Armbrustern um, die sich hinter ihm scharten. »Ich brauche fünf tapfere Männer.«

»Was wollt Ihr tun?« fragte Ingund.

»Ich werde mit den Wikingern Verstecken spielen.«

Haakon stand da und betrachtete das Katapult. Ihm war nicht einmal bewußt, daß er fluchte. Das Gerät war inzwischen ein Klumpen glimmender Holzkohle. Völlig zerstört. Auf der Erde daneben lag ein Häufchen verstreuter Knochen. Haakon ging hin, bückte sich nach dem Schädel des Leichnams und wirbelte ihn an seinem langen Haar herum.

»Überlistet«, brüllte er, »überlistet von einer Frau!« Er schleuderte den Schädel in die Dunkelheit fort.

Der Wind wehte inzwischen böig und peitschte die Flammen der Feuer, die das Katapult umgeben hatten. Die Flammen schienen fast über den Boden zu kriechen.

Haakon drehte sich zur Stadt um. Die meisten der durch das Katapult verursachten Brände schienen mit Ausnahme eines dumpfen Glühens in Hafennähe gelöscht zu sein. Die einzigen Lichter, die von der Stadt herüberschienen, waren die beiden Fakkeln am Tor.

Haakon hätte am liebsten geschrien. Ihm fiel keine Verwünschung ein, die für Elin schrecklich genug wäre. Er wollte etwas töten. Er hatte das Gefühl, daß der nächste Mann, der ihn ansprach, sterben würde.

Die Männer, welche die Mordlust in seinem Gesicht sahen, hielten sich zurück, bis Tosi in den Feuerkranz trat. Sogar ihn verließ angesichts des Blicks in Haakons Augen fast der Mut, doch ohne zu zögern, ging er auf ihn zu. Als er nur noch wenige Fuß von ihm entfernt war, flüsterte er: »Haakon, bist du verrückt, dich vor den Männern so gehen zu lassen? Wer bist du denn, daß du dich so von einem unglücklichen Zufall beeindrucken läßt – von einer Frau?«

Haakon erstarrte. Er bekam sich wieder in die Gewalt.

»Die Hexe ist im Ackerland vor der Stadt gestürzt. Ich habe ihr Pferd straucheln sehen«, sagte Tosi. »Wahrscheinlich liegt sie bewußtlos in irgendeinem Graben. Sie wartet nur auf den Mann, der sie findet und das Vermögen in Gold einfordert, das du auf ihren Kopf ausgesetzt hast.«

Diese Worte rissen Haakons Männer aus ihrer Untätigkeit. Sie entzündeten Fackeln, schrien durcheinander und liefen aufs offene Feld hinaus, um Elin zu finden.

Elin erwachte mit der Wange im Matsch. Ihre Augen öffneten sich in völliger Schwärze. Das einzige, was sie sehen konnte, waren sich hin und her bewegende Lichtpunkte in der Ferne, begleitet von Stimmen. »Irgendwo hier steckt sie!« rief jemand.

Sie blieb ganz still liegen, hatte Angst, sich zu rühren. O Gott, nein, dachte sie und wälzte sich auf den Bauch. Von Brechreiz geplagt und von Blut und Schlamm in ihren Augen halb geblendet, wurde ihr klar, daß die Männer sie jagten.

Sie waren in einer Kette ausgeschwärmt wie Treiber, die wilde Tiere aufscheuchen wollen. Jeder von ihnen trug eine Fackel, und sie hatten sich gerade so weit aufgefächert, daß nichts durch die Lichterkette der Fackeln hindurchschlüpfen konnte.

Ein rascher Blick in Richtung Stadt sagte ihr, daß sie nicht einmal ansatzweise nah genug dran war, um sich mit einem schnellen Sprint in den Schutz der Mauern zu flüchten. Sie befand sich mindestens hundert Stocklängen außerhalb der Schußweite der Armbruster auf der Palisade. Der flache Graben, in dem sie lag, bildete die Grenze zweier Felder.

Sie hatte nur zwei Möglichkeiten. Die eine war ein schneller Lauf – in ihrer augenblicklichen Verfassung jedoch, so entschied sie widerstrebend, würde sie es wohl kaum schaffen. Der Brechreiz und die Benommenheit von ihrer unsanften Landung blieben ihr treu. Die andere war, still liegenzubleiben und so zu tun, als sei sie nichts als eine weitere Erdscholle. Sie trug schwarze Kleidung und war vermutlich schlammbedeckt, so daß es nicht schwerfallen würde, sie für einen Bestandteil des Ackers zu halten.

Die Treiberkette kam näher und näher. Sie konnte das Glucksen und Schmatzen ihrer Stiefel in der frisch gepflügten Erde hören. Der Graben wurde schwach vom Licht der Fackeln erhellt.

Zitternd wagte sie eine kleine Bewegung. Sie legte die eine Hand auf den Knauf des Messers in ihrem Gürtel und lockerte es in der Scheide. Hinter sich hörte sie den schmatzenden Hufschlag eines im Schritt gehenden Pferdes. Haakons Stimme rief dem Kordon der Fackelträger zu: »Schaut genau hin!« schrie er. »Gebt acht, daß ihr sie im Dunkeln nicht überseht. Tretet gegen jeden verdächtig aussehenden Erdklumpen!«

Elin erschauerte. Sie waren sehr nah.

Einer der Männer rief Haakon zu: »Wenn wir sie fangen, lassen wir sie dann noch ein Weilchen leben?«

»Tut, was ihr wollt«, antwortete Haakon lakonisch. »Ich will nur ihren Kopf, und das ist alles, was ich nehmen werde. Ich habe ihr Gesicht auf den Wällen gesehen, als wir die Stadt angriffen. Irgendwo habe ich diese Augen schon gesehen. Man vergißt sie nicht so leicht. Ich will sie tot sehen.«

Die Fackelträger erreichten den Grabenrand. Die Fackel schien ihr in die Augen und blendete sie. Ein Wikinger trat auf ihr Bein. Er bückte sich und zerrte sie an den Haaren hoch auf die Knie. Er blieb stumm, während er die Fackel fallen ließ. Zischend verlosch sie auf der feuchten Erde. Ihr Haar fest umklammert, griff er nach seinem Schwert.

Noch auf den Knien, zog Elin ihr Messer im selben Augenblick wie er sein Schwert.

Sie wußte, sie würde nicht mehr lange genug leben, um auf die Füße zu kommen. Sie begriff, warum der Mann keinen Laut von sich gab. Im nächsten Augenblick hätte er ihr den Kopf von den Schultern getrennt, und die Belohnung würde ihm gehören. Elin zielte nach seinen Beinen und mußte verzweifelt feststellen, daß die Messerschneide an ledernen Beinschienen abglitt.

Er zerrte ihren Kopf in die Höhe, um ihren Hals für den Schwerthieb zu strecken, als sie über seiner Schulter gebleckte weiße Zähne und schwarze Augenhöhlen sah.

Einen kurzen Moment lang ergriff sie tödliches Entsetzen, glaubte sie doch, Bischof Calixtus sei zurückgekehrt, um Rache zu fordern. Ein Messer blitzte in der Dunkelheit auf und schnitt dem Mann die Kehle von einem Ohr zum anderen durch. Er fiel ohne den geringsten Laut auf den Rücken, und Elin erkannte, daß sie in

Godwins nacktes Todesgrinsen geschaut hatte. Er zog sie auf die Beine und hielt sie fest umarmt.

Die Treiberkette bewegte sich weiter, heraus aus dem Graben und auf die Stadt zu.

Elin konnte sehen, daß Godwin zwei oder drei Männer bei sich hatte. In ihren Augen waren es nur Schatten in der Dunkelheit, aber sie konnte genug erkennen, um zu wissen, daß sie alle Armbrüste trugen.

»Psst«, machte Godwin. »Laßt sie sich noch einen Moment weiter entfernen, dann werden wir …«

Sie sollte nie herausfinden, was Godwin vorhatte. Sie prüfte die Standfestigkeit ihrer Beine und war zufrieden. Sie konnte stehen, ohne daß ihr schwindlig wurde. Mit starrem Blick schaute sie zu Haakon hinüber, einer immer noch im Licht der Fackeln, das von seiner Rüstung reflektiert wurde, prächtig anzusehende Gestalt.

»Verflucht seist du!« flüsterte sie. »Du kennst meine Augen, ja? Ich werde dir einen Grund geben, sie nie wieder zu vergessen.«

Im selben Moment zügelte Haakon sein Pferd. »Ein Mann fehlt!« rief er. Die Männerkette blieb ebenfalls stehen, geriet in Verwirrung und begann, ziellos durcheinander zu laufen.

Elin riß sich aus Godwins Umarmung los, schnappte sich die Armbrust des ihr am nächsten stehenden Schützen und lief auf Haakon zu.

Er schaute zu Boden und sah ihr Gesicht aus dem Dunkeln auftauchen. Ihre Augen waren blaue Flammen in dem totenbleichen Gesicht. Sie versenkte ihr Messer bis zum Griff hinter dem Vorderbein des Pferdes.

Das Pferd bäumte sich auf, wobei es einen Schrei des Entsetzens und der Qual ausstieß. Haakon griff nach seinem Schwert, aber Elin riß die Armbrust hoch und feuerte den Bolzen ab.

Die Wucht des Aufpralls schleuderte Haakon über die Kruppe des Pferdes und zu Boden. Elin hatte sich noch nicht ganz umgedreht, als Haakons Männer auch schon auf sie zustürzten. Zwei hatten sie beinahe erreicht, als sie mit einem Bolzen in der Brust starben. Der nächste starb mit Godwins Schwert in seiner Kehle.

Godwin wirbelte Elin herum und stieß sie auf das Stadttor zu. »Sterben könnt Ihr allein«, schnauzte er sie an, »ich habe noch nicht vor, Euch Gesellschaft zu leisten. Lauft!«

Elin taumelte. »Schneller«, brüllte Godwin und zog ihr sein Schwert mit der Breitseite über den Rücken. Elin verbiß sich einen Aufschrei. »Lauft!« befahl Godwin, und Elin lief wie der Wind.

KAPITEL 32

Enar erwachte mit einem Mund, der wie der Boden eines Weinkellers schmeckte, einem Kopf, der sich äußerst zerbrechlich anfühlte, und einer Reihe faszinierender Erinnerungen.

Owen stand am Fenster und beobachtete das wunderbare Farben- und Lichtspiel eines Sonnenaufgangs über dem Ozean.

Enar bewegte probeweise den Kopf. »O Gott!« flüsterte er. Sein Kopf fühlte sich nicht mehr zerbrechlich an, sondern tat weh.

Ohne sich umzuwenden, sagte Owen: »In dem Krug auf dem Tisch neben dir ist Met, und du würdest besser daran tun, Christi Namen anzurufen, damit er auch weiß, daß er es ist, den du ehrst.«

Enar setzte sich auf, indem er seinen Kopf mit beiden Händen festhielt. »Ihr seid ein nachtragender Mensch, Herr Christuspriester, und vergeßt auch nicht die kleinste Kränkung.« Er öffnete die Augen, und die Morgensonne schien ihm direkt hinein. Er schloß sie schnell wieder. »O Jesus Christus!« Er schlug die Augen wieder auf, tastete nach dem Krug und trank ein wenig Met.

Das Meer draußen war ruhig, es herrschte Ebbe. Die Wellen liebkosten die Felsen tief unten und raunten leise.

Enar schüttelte seinen Kopf ganz langsam und bedächtig. »Die Königin ist eine sonderbare Frau«, sagte er. »Würdet Ihr mir nicht zustimmen, Herr Christuspriester, daß ich ein in allen Sünden des Fleisches wohlbewanderter Mann bin? Für mich sind das ausgetretene Pfade.«

Owen nickte, den Blick immer noch aufs Meer gerichtet. »Es gibt wenig neue Spielarten«, pflichtete er ihm bei.

Enar ließ noch mehr Met seine Kehle hinunterrinnen. »Sie hat zumindest eine erfunden.«

Owen wandte sich vom Fenster ab. »Das muß ich hören!«

»Wir haben es auf dem Rücken eines Pferdes getrieben.«

»Nein!«

»Doch!« stöhnte Enar, sich den Kopf haltend. »Lacht nicht.«

»Darf ich lächeln?« fragte Owen.

Enar sah zu ihm hoch, die Augen gegen das Licht zusammengekniffen. »Ihr seid nicht nur nachtragend«, klagte er, »Ihr seid grausam.«

Owen hielt den Krug schräg und schenkte ihm Met nach. Enar seufzte und trank dankbar. »Ich verzeihe Euch«, bemerkte er schließlich. »Ja, ich beginne gar, Euch erneut zu lieben. Als Ihr das Fest verlassen habt, fühlte ich mich zurückgewiesen, und so wandte ich meine Aufmerksamkeit Königin Aud zu.«

»Ich meine mich zu erinnern, daß sie dir nicht gleichgültig war«, warf Owen ein.

»Ihre Zärtlichkeiten erregen etwas anderes als Gleichgültigkeit«, gab Enar zurück. »Nachdem wir uns satt gegessen hatten, verließen wir gemeinsam das Fest und begaben uns in ihre Gemächer. Diese Leute hier verstehen sich auf die Kunst der Liebe. Sie hatte ein wenig Met...« Enar schaute auf den Becher in seiner Hand herunter und runzelte die Stirn. »Nicht wie der hier. Er hatte einen ganz besonderen Geschmack. Nachdem ich davon gekostet hatte, eröffnete sie mir, ich solle mich nicht darüber wundern, was ich sehen oder hören würde, weil wir nun gemeinsam diese Welt verlassen und durch eine andere reisen würden.«

»Und?« fragte Owen.

»Die Umgebung hat sich nicht sehr verändert«, erzählte Enar, »aber die meisten Veränderungen fanden, so glaube ich, in mir statt. Dann schlug sie das mit dem Pferderücken vor. Also schlenderten wir hinaus auf die Felder. Sie suchte ein robustes Tier mit einem breiten Rücken aus. Wir setzten uns einander gegenüber.« Enar schüttelte wieder den Kopf. »Ich weiß nicht mehr, was mich dazu bewogen hat, etwas so Verrücktes zu tun. Wir waren beide, nein, alle drei nackt, sie, ich und das Pferd.«

»Ich kann mir nicht vorstellen, daß selbst ein sehr großer Sattel genügend Platz für eine solche Betätigung bieten würde.«

»Nein«, gab Enar zu. »Zuerst stritten wir uns. Ich erinnere mich düster daran. Ich weigerte mich, mich mit dem Gesicht nach hinten zu setzen, also nahm sie diese Stellung ein. Ich schaute nach vorn. Sie gab dem Pferd einen Klaps auf den Hintern. Es setzte sich in Bewegung und ging im Schritt. Das war nicht übel. Ich umarmte Aud und hielt mich an der Mähne fest. Wir paarten uns. Sie setzte ein Jagdhorn an die Lippen und blies hinein. Das verdammte Pferd begann zu traben. Es ging überallhin, hoch und runter, kreuz und quer, und wir wurden kräftig durchgerüttelt.

Das muß ihr gefallen haben. Ich hoffe es jedenfalls. Mir gefiel es überhaupt nicht. Herr Christuspriester, ein Pferderückgrat ist eine spitze Sache; es hat sich grausam in mein Fleisch gebohrt, da, wo ich für gewöhnlich drauf sitze. Außerdem ist Pferdehaar, so glatt es auch aussehen mag, eine borstige Angelegenheit.« Enar seufzte. »Sie schien es jedenfalls zu genießen und entlockte dem Horn ein weiteres Signal. Das Vieh fiel in Galopp. Himmel und Erde flogen nur so an mir vorbei. Ich wollte meine Augen schließen, fürchtete jedoch, der Tod könnte im Dunkeln zu mir kommen. Ich krallte mich mit beiden Händen in die Mähne. Wir näherten uns einem Bächlein. Sie stieß ein drittes Mal in das Horn, und das Biest sprang.« Enar verstummte, eine Miene feindseligen Abscheus im Gesicht.

»Und?« drängte Owen.

»Und«, fuhr Enar fort, »ich fand mich in einem Rosenbusch wieder. Ich kann nicht sagen, wie es passiert ist. In der einen Minute saß ich noch auf dem Pferd, in der nächsten wand ich mich jammernd in den Dornen.«

»Was war mit Aud?« fragte Owen.

»Sie fand es komisch«, sagte Enar. »Ich schrie vor Schmerzen, während ich mich zu befreien versuchte. Sie stand brüllend vor Gelächter über mir.«

Owen sog verzweifelt die Wangen ein.

»Überanstrengt Euch nicht, Herr Christuspriester!« sagte Enar. »Man kann sich einen Bruch holen, wenn man das Lachen zu stark unterdrückt.«

Owen lächelte. »Tun die Kratzer noch weh?«

Enar bediente sich diesmal selbst an dem Metkrug. »Die Kratzer hielten sich in Grenzen. Mein Geschrei lockte Hilfe herbei – Elutides und ein Dutzend Männer mit Fackeln. Sie schnitten mich aus dem Rosengestrüpp frei und gaben mir etwas zum Anziehen. Ich vermag mich nicht mehr an viel zu erinnern, außer daß ich mich weigerte, noch einmal auf einen Pferderücken gesetzt zu werden, aber Elutides kannte kein Erbarmen.«

Enar sah sich in dem Raum um. Er enthielt zwei Betten und einen Tisch. Auf einigen Silbertellern auf dem Tisch lagen die Überreste einer Mahlzeit. »Ich muß nach draußen«, erklärte Enar.

»In der Ecke.« Owen deutete auf einen Nachttopf.

»Ich würde aber lieber nach draußen gehen«, beharrte Enar. »Das Saufen bringt meine Gedärme ganz schön durcheinander.«

»Das ist nicht möglich«, eröffnete ihm Owen und kehrte ans Fenster zurück.

Enar langte nach dem Krug und nahm einen herzhaften Schluck Met zu sich. »Ich werde mich beherrschen und bis später warten«, versprach er. »Aber, Herr Owen, Sohn des Gestric, Bischof von Chantalon, Fürst der Kirche, Weber und Löser von Magie, Christuspriester, warum sind wir eingesperrt?«

»Ich hatte eine Auseinandersetzung mit Elutides.«

Enar schluckte den Rest des Mets herunter, um sich dann hinzulegen und das Gesicht zu bedecken. »Ich hoffe, sie töten mich bald. So wie mein Schädel sich anfühlt, muß es eine Erlösung sein, zu sterben.«

»Ich denke nicht, daß sie dir Schaden zufügen werden«, meinte Owen.

»Warum habt Ihr Euch mit Elutides gestritten?« fragte Enar, die Stimme durch die Kissen gedämpft.

»Er wollte, daß ich Gynneth heirate«, antwortete Owen.

Enar nahm die Kissen wieder von seinem Gesicht. »Ich kann Euch deswegen nicht schelten; ich besitze nicht die Kraft dazu. Aber wenn ich meine Tugend schon Königin Aud opfern mußte, konntet Ihr dann nicht auch ein klein wenig von der Euren opfern? Dieser Elutides ist ein mächtiger Mann.«

»Es war nicht die Hochzeit, gegen die ich Einwände hatte«, fuhr Owen fort, »sondern die Art und Weise, wie sie vonstatten gehen sollte. Jetzt muß ich die wilde Jagd überleben.«

Enar bedeckte sein Gesicht wieder. »Ich bitte Euch um die Erlaubnis, Euch den Dienst aufzukündigen.«

»Diese Erlaubnis hattest du schon immer«, gab Owen zurück, »und meinen Dank für deine treuen Dienste.« Er nahm sein Schwert mit Scheide und Gurt daran, ertastete Enars Hände unter der Bettdecke und schloß seine Finger darum.

Enar zog die Bettdecke langsam herunter, bis seine grauen Augen hervorschauten. Bekümmert blickte er zu Owen hoch.

»Nimm dies«, sagte Owen. »Dies ist der Geldwert von zumindest einem Landgut. Such dir einen Herrn, der deine fröhlichen Geschichten ebenso zu schätzen weiß wie ich. Ich möchte nicht mit dem Gedanken in den Tod gehen, daß du dir als Landstreicher dein Brot erbetteln mußt.«

Er hatte noch nicht ausgesprochen, als man den Klang zurückgeschobener Riegel und umgedrehter Schlüssel hörte. Die Tür flog auf, und Elutides betrat den Raum.

Enars Hand legte sich um den Schwertgriff. Er hatte gezogen, noch bevor er ganz aus dem Bett heraus war, schob Owen beiseite und rief: »Wer meinen Herrn als erster anrührt, der stirbt!« Das Netz verließ Elutides' Hand wie ein schwarzer Schatten. Es schlang sich um Enars Oberkörper; dann wurde er von vier Männern zu Boden gedrückt.

Elutides trug eine Wolfsmaske. Sein Gesicht starrte Owen aus dem Maul hervor an, vorbei an Reihen scharfer Zähne. Die gelben Augen funkelten bösartig oben auf dem Kopf; spitze Ohren standen aus der struppigen Halskrause hervor, die sein Gesicht umgab.

Ilfor war als Bär herausgeputzt. Die Schnauze verdeckte sein Gesicht. Der vollständige Balg hing ihm über Schultern und Rükken. Die langen Klauen waren an seine Handschuhe angenäht. Aud ging als Füchsin, mit rotem Pelz über Schultern und Armen. Enar gab alle Gegenwehr auf. »Sie sind verrückt geworden!« flüsterte er.

Owen näherte sich Elutides mit geöffneten Händen. »Tut ihm nichts. Mit mir mögt Ihr verfahren, wie es Euch beliebt, aber ihn laßt gehen. Er hat hiermit nichts zu schaffen.«

»In zwei Tagen«, antwortete Elutides, »werden wir ihn zur Grenze führen und ihn seines Weges ziehen lassen.«

Owen ging mit ihnen. Die Tür fiel hinter ihm zu.

Enar lag gefesselt auf dem Boden. Er seufzte tief und schloß wieder die Augen. »Diese verdammten Kopfschmerzen«, klagte er. »Ich habe immer Kopfschmerzen, wenn das Unglück über mich hereinbricht. Das sollte mich lehren, der Trunksucht abzuschwören.«

Er schlug die Augen auf und mußte feststellen, daß die Morgensonne über den Fenstersims geklettert war. Sie schien ihm direkt ins Gesicht. Er kniff die Augen zusammen, aber zuvor hatte er noch das Schwert erblickt, das dort lag, wo es hingefallen war, halb unter einem der Feldbetten. Er begann mit Schultern und Fersen Zoll um Zoll zu der nackten Klinge hinzurobben, wobei er vor sich hin murmelte: »Nein. Ich sollte der Nüchternheit entsagen. In nüchternem Zustand«, stieß er keuchend zwischen den Zähnen hervor, »ist mir noch nie etwas Gutes widerfahren.«

Owen folgte Elutides in den Gang. Er hallte von Klagen und schrillem Gekreisch von Weibern wider. Sie waren wie die Frauen auf den Wandgemälden in Schwarz gekleidet, und sie trugen schwarze Girlanden.

Unter ihnen befand sich Gynneth, das Antlitz von einem dünnen, schwarzen Seidenschleier verhüllt. In der Hand hielt sie einen irdenen Henkelkrug. Selbst durch die dunkle Gaze, die ihre Züge verdeckte, konnte Owen sehen, daß ihre Miene düster war. Sie trat vor ihn hin. »Es ist uns bestimmt, dich zu deinem Schicksal zu führen«, sagte sie und zerschmetterte den Krug vor seinen Füßen.

Owen sah auf die Scherben herab und dann wieder hinauf zu ihr. »Es tut mir leid, daß er Euch zu einem Teil von all dem hier gemacht hat.«

Gynneth gab keine Antwort, und die Frauenschar umringte

Owen. Cador und Casgob flankierten ihn. Cador war als Adler ausstaffiert. Der aufgerissene Schnabel ragte über seinem Kopf auf, die Schwungfedern bedeckten seine Schultern. Casgob war ein wilder Eber, dessen Schnauze von seiner Stirn herunterbaumelte, während die Hauer sich an seinen Wangen hochbogen.

Die beiden ergriffen Owens Arme, aber er schüttelte sie ärgerlich ab. »Was immer mein Schicksal ist, ich kann ihm allein entgegentreten.«

Die Frauen erhoben ein Geschrei, ein durchdringendes Heulen, zerkratzten sich die Gesichter und stöhnten. Aber das Schlimmste von alledem war, daß keine von ihnen seinem Blick begegnen wollte, nicht einmal Gynneth, mit Ausnahme der einen Sekunde, als sie den Henkelkrug zerbrochen hatte.

Owen mußte an den einen Gefangenen mit menschlichem Gesicht auf dem Wandgemälde denken, und wußte nun, warum dessen umschattete Augen die seinen gesucht hatten. Auch er war allein.

Gynneth führte ihn in die Halle. Es war dunkel wie an dem Tag, als Owen sie zum erstenmal betreten hatte. Die Menge um Owen herum wich zurück und ließ ihn neben dem erkalteten Herdfeuer stehen. Der Herd war ein Haufen fahler Asche in der Düsternis, doch tief in seinem Herzen glommen noch ein paar Kohlen. Rauchfetzen stiegen durch die Strahlen bläulichen Tageslichts auf, die von oben hereinfielen.

Allein, dachte Owen und ließ seinen Blick forschend über die Menge um ihn herum gleiten, sah reihum in Gesichter, deren Augen sich immer noch weigerten, ihn anzusehen, bis er zu Gynneth kam.

Sie erwiderte seinen Blick. Ihre Augen begegneten den seinen nicht nur, sondern bohrten sich förmlich in sie und wollten sie nicht mehr loslassen. Sogar durch den Schleier hindurch konnte er erkennen, daß ihre Miene nicht nur düster, sondern verzweifelt war. »Warum konntest du mich nicht lieben?« fragte sie.

»Herrin«, antwortete Owen traurig, »jegliche Liebe, die ich Euch hätte anbieten können, wäre eine Lüge gewesen.«

Ein leises Seufzen lief durch die Versammlung um ihn herum. Sie wichen noch weiter vor ihm in die Dunkelheit zurück.

»Ich bin hier die Verliererin«, sagte sie. »Dein Sieg bringt meinem Onkel den Tod, sein Sieg bringt dir den Tod.«

Ilfor, der Bär, watschelte in den leeren Raum um Owen herum und bewegte sich mit erhobenen Klauen auf ihn zu. Owen wich zurück. Da trat der Eber Casgob vor und stieß ihn auf die drohend erhobenen Klauen des Bären zu.

Eine Pfote fuhr über Owens Brust, zerriß sein Leinenhemd und hinterließ fünf blutende Striemen auf seiner Brust.

Eine Sekunde später befand er sich in der Umklammerung des Bären und roch den moschusartigen Tiergestank der halbgegerbten Haut, während die elfenbeinernen Klauen sich tief in seinen Rücken gruben.

Owen schrie auf und schlug mit den Fäusten auf ihn ein. Er fühlte, wie Ilfors Wanst unter dem Bärenfell nachgab. Der Bär taumelte zurück und gab ihn frei. Owen sah sein Blut von Ilfors Klauen auf den schmutzigen Binsenteppich zu seinen Füßen tropfen. Inmitten des Käfigs aus Zähnen in der Bärenschnauze erhaschte Owen einen flüchtigen Blick auf Ilfors Gesicht, aschfahl und offenbar angeekelt von dem, was er gerade getan hatte.

Dann stand Owen wieder allein neben der Feuergrube.

»Hattet Ihr geglaubt, wir würden nur scherzen?« knurrte Elutides' Stimme hinter der Wolfsschnauze. Er streckte die Hände nach Owen aus. Er hielt einen Becher in ihnen, aber nicht den goldenen der letzten Nacht. Dieser war irden, die Flüssigkeit in ihm war schwarz. »Nehmt ihn und trinkt.«

Die Männer und Frauen mit den Tiermasken hatten einen Kreis um Owen geschlossen. Sie bildeten die erste Reihe der Menge. In dem Dämmerlicht schienen sie wirklich Tiere zu sein. Es gab noch andere neben Elutides, Casgob, Cador und Aud. Im Schatten entdeckte Owen die lange Schnauze eines Dachses, das ausladende Geweih eines Hirsches sowie den gelben Schnabel und die glänzend schwarzen Federn einer Krähe. Neben ihnen sah er die abstoßenden Überreste einiger weiterer Wölfe und den fahlen

Schimmer der Waffen, die dem wildesten und erbarmungslosesten aller wilden Tiere gehören, dem hauerbewehrten Keiler.

»Ihr wußtet, was Ihr tatet, als Ihr Gynneth zurückwiest«, verkündete Elutides. »Nun mögt Ihr den Sturm, den in einen Berggipfel einschlagenden Blitz, den über die Ufer tretenden Fluß oder den herabstürzenden Baum um Gnade anflehen. Von ihnen könnt Ihr eher Gnade erwarten als von diesen hier, meinen Gefährten.«

Owen ergriff den Becher und umschloß ihn mit beiden Händen. Die Menge und die Tiermasken in der ersten Reihe waren still, so still, wie es ein Stein ist, der einen Erdrutsch auslöst, wenn er auf der Schwelle zum Sturz bebt. Owen konnte spüren, wie sich die Spannung in der düsteren Halle aufbaute, spürte den Willenskampf zwischen ihm selbst und Elutides.

Er schaute in die schwarze Flüssigkeit in dem Becher und sah sein eigenes Gesicht darin gespiegelt. Es erschreckte ihn zutiefst, denn es war das Gesicht eines Fremden – bleich, mit zusammengepreßten Lippen, die Augen zwei dunkle Höhlen, in denen ein geisterhafter Lichtschimmer lag – ein Gesicht, das sagte: Ich füge mich, ich muß mich fügen, aber ich beuge mich nicht und werde es niemals tun.

Er sah den Wolf an, das im Schatten liegende Gesicht hinter der Maske, die schwarzen und unauslotbaren Augen, fast verloren in dem Wolfsfell.

»Fügt Euch und laßt Euch beherrschen. Trinkt und steht allein.«

Owen wußte nicht mehr, ob er oder Elutides die Worte sprach. Er wußte nur, daß er sie laut klingen hörte, daß sie in seinen Ohren, seinem Gehirn und Teilen seines Bewußtseins nachhallten.

Und Owen betete, wie er gebetet hatte, als Osric und Haakon ihn gefangengenommen hatten. Laß mich gut sterben. Und mit diesem Gebet leerte er den Becher bis zur Neige.

Das Zeug hatte einen üblen Geruch und einen noch übleren Geschmack. Owen taumelte, sank aufs Knie und würgte. Aus allen Poren brach ihm der Schweiß aus.

»Also beginne«, rief Elutides, »die Reise des Königs. Von diesem Augenblick, von dieser Stunde an von der ganzen Menschheit gehaßt, von der Schöpfung ausgestoßen, von jedem lebendigen Wesen verachtet, hebe dich hinweg…«

Owen rappelte sich auf. Er drehte Elutides den Rücken zu. Vor ihm stand Gynneth. Ihr Gesicht war abgewendet, sowohl von einem Arm als auch von dem schwarzen Schleier verdeckt, als sei er etwas Unreines, auf das ihr Blick nicht fallen durfte. Mit ausgestrecktem Arm wies sie auf die Tür. Hinter sich hörte Owen ein Wutgeheul von allen in der Halle Versammelten aufsteigen – einen Schrei der Raserei und des Hasses.

»O ihr Tiere, nun mit der Welten Macht gekrönt«, deklamierte Elutides, »bringt den Mensch zur Strecke!«

Owen verfiel in einen schwankenden Laufschritt in Richtung Tür, dem Licht entgegen. Es schien nur Sekunden zu dauern, bis er den Platz überquert hatte und über eine kotbedeckte Straße aufs Stadttor zuflog. Die wenigen Leute, denen er begegnete, flohen vor ihm, stürzten zurück in ihre Häuser, bedeckten ihre Gesichter und wandten sich ab, als könne sein bloßer Anblick töten, als würde seine Berührung eine unerträgliche Verunreinigung bedeuten.

Er lief durch das Tor in den Morgen hinaus. Seine Beine trugen ihn über die gepflügten Felder zum Weideland und weiter auf den Wald zu. Als er sich den ersten Bäumen näherte, erkannte er, daß sein schneller Lauf ihn erschöpft hatte. Seine Stiefel waren schlammverkrustet. An einer Holzfällerhütte verlangsamte er seine Geschwindigkeit und sah sich um. Niemand verfolgte ihn. Als er über die Schulter zurückblickte, sah er, daß das Stadttor offenstand und die Straßen menschenleer schienen.

Er ließ sich vom Laufen in einen schnellen Gehschritt zurückfallen. Bei der Hütte befand sich ein hohler Baumstamm, der als Pferdetrog diente. Owen hielt an, beugte sich darüber, wusch sich das Gesicht und trank.

Die Bauersfrau kam schreiend aus der Hütte gerannt und warf mit Erdklumpen nach Owen. Owen duckte sich, hatte seinen Durst aber noch nicht gelöscht. Er versuchte, die Stellung zu behaupten. Dann kam ein Mann, offenbar der Gatte, der Frau zu Hilfe und begann Feuerholz in seine Richtung zu schleudern. Ein schweres Scheit prallte von seiner Schulter ab. Er gab auf und floh vom Hof.

Dem Geschoßhagel glücklich entronnen, drehte er sich um und sah sie an. Sie bedeckten beide ihre Gesichter und wandten ihm den Rücken zu. Das Schlimmste für Owen war die Hausfrau; schluchzend brach sie in den Armen ihres Mannes zusammen und verhüllte ihr Gesicht mit der Schürze.

Natürlich, dachte Owen. Gastfreundschaft war eine heilige Pflicht, eine Gefälligkeit, die selbst dem Geringsten, dem Gejagten, dem Verlorenen gewährt wurde. Indem sie Owen fortgejagt hatte, hatte sie sie gebrochen.

Er blickte zur Stadt zurück. Die Jagdgesellschaft quoll aus dem Tor – dunkle, berittene Gestalten. Weit weg hörte Owen Hunde bellen.

Hunde! Jesus Christus, den Hunden würde er nie entkommen! Owen machte kehrt und stürzte in den Wald.

Enar hatte noch nicht die geringsten Fortschritte mit dem Schwert gemacht, als Gynneth und Sibylla den Raum betraten, begleitet von Königin Aud. Die Königin hatte einen seltsamen Ausdruck in den Augen; sie schüttelte den Kopf und sprach mit sich selbst. Gynneth, noch immer in Schwarz, hielt ein Messer in der Hand.

»Sanfte Herrin?« sagte Enar fragend.

»Du hoffst, daß sie eine sanfte Herrin ist«, spottete Sibylla.

»Immer, wenn wir uns begegnen«, beschwerte sich Enar, »scheine ich in einer mißlichen Lage zu stecken.«

»Dreht Euch auf die Seite«, forderte Gynneth ihn auf.

Da er an Händen und Füßen gefesselt und vollkommen hilflos war, hatte Enar das Gefühl, er könnte ihrer Aufforderung genausogut nachkommen und tat, wie ihm geheißen. Gynneth schnitt ihn los.

»Kommt«, sagte sie.

Enar folgte ihr. »Was haben sie mit ihm gemacht?«

Gynneth ging vor Enar her zur Halle. »Die Jagd hat begonnen. Sie haben seine Fährte aufgenommen, aber ich habe meinem Onkel zwei Vergünstigungen für ihn abgerungen. Ich schicke ihm den Hengst und Euch hinterher, und er darf sein Schwert haben.«

»Das Schwert!« rief Enar aus und wirbelte herum.

Sibylla hatte es mitgenommen. Enar griff danach, aber sie sprang beiseite. »Nein«, beschied sie ihn. »Ich kann ihn schneller finden.« Sie schlang sich den goldenen Schwertgurt über die Schulter.

»Sie hat recht«, wandte Aud sich an Enar. »Ihr Volk gehört zum Wald wie der Hirsch. Wenn irgend jemand ihn aufspüren kann, dann sie.«

Auf Enar wirkte die Königin geistesabwesend. Selbst während sie mit ihm sprach, irrten ihre Blicke durch den Gang.

»Kommt«, drängte Gynneth ungeduldig. »Wir müssen uns beeilen. Das Pferd ist in der Halle.«

Als sie die Halle betraten, machte die Königin »Iiiih!« und zeigte mit zitterndem Finger auf die im Dunkeln liegende Kolonnade, die sie umgab. »Habt ihr das gesehen?«

Enar spähte mißtrauisch in die Dunkelheit um die Säulen. »Nein«, entgegnete er. »Ich sehe gar nichts.«

»Dank sei Gott.« Die Königin stieß einen bebenden Stoßseufzer aus. »Ich hatte gehofft, daß es nicht wirklich da wäre.«

»Ist es auch nicht«, versetzte Enar. »Zumindest hoffe ich das, was auch immer es ist.« Er drehte sich um und wandte sich an Gynneth: »Was ist mit ihr los?«

»Sie gehört zur Jagd und hat einen Trank genommen.«

Enar blieb stehen und ließ die Schultern hängen. Fast hätte er sich an Ort und Stelle in die Binsen gesetzt. »Ich muß etwas finden, was ich Christus geben kann. Er hat uns auf dieser Reise mit Sicherheit gute Dienste geleistet.«

Gynneth hielt ebenfalls inne. »Inwiefern?«

»Liebreizende Herrin«, gab Enar zurück, »sollten die Jäger auch nur einen von diesen Tränken genommen haben, die Elutides so freigiebig verteilt, so ist es meine feste Überzeugung, daß sie bald Mühe haben werden, sich auch nur gegenseitig zu finden. Und was ihre Beute betrifft, werden sie höchstwahrscheinlich an meinem Herrn vorbeilaufen, weil sie ihn für einen Baumstumpf oder etwas Ähnliches halten. Wenn die Abenddämmerung hereinbricht, dürfte unser größtes Problem darin bestehen, sie einzufangen, bevor sie über eine Klippe stürzen oder ins Meer hinausspazieren und ertrinken.«

»Oh«, sagte Gynneth, »Ihr glaubt also, meines Onkels Ritual sei bedeutungslos.«

Enar wandte rasch den Blick ab. »Das habe ich nicht gesagt…«, versuchte er sich herauszureden.

»Der Trank wirkt äußerst merkwürdig auf mich«, stellte Aud fest. »Er entfaltet bei mir nicht seine volle Wirkung. Aber diejenigen auf seiner Fährte glauben, daß sie die Tiere sind, deren Haut sie tragen, und wenn sie ihn stellen sollten…«

»Von denen, die das versuchen, was er heute versucht«, führte Sibylla aus, »sterben mehr, als überleben.«

Enar spreizte in hilfloser Wut die Hände. »Warum versuchen sie es dann?«

»Höchste Gewalt!« erwiderte Gynneth. »Wissen!«

»Liebe würde ihn nicht zufriedenstellen«, intonierte Aud.

»Macht würde ihn nicht zufriedenstellen«, flüsterte Gynneth.

»Ehre ihn nicht befriedigen, Lust schal werden«, setzte Sibylla fort.

Enar spürte, wie die Kälte in einer Welle über seine Haut kroch. »Ihr seid ja alle verrückt, verrückt wie Owen und Elutides. Holt das Pferd!« rief er. »Ich folge ihm, ich versuche, ihn zu retten.«

»Wenn wir verrückt sind, Sachse«, fragte Gynneth, »warum seid Ihr dann hier?«

Enars Augen suchten die weite, dunkle Halle ab. Er sah die drei Frauen an, die neben der Feuergrube standen, sah das Schwert an, das im Zwielicht funkelte. »Nie habe ich meine Hand und mein Wort einem Mann gegeben und sie dann zurückgezogen«, gab er zur Antwort. »Das ist alles, was mir noch bleibt. Alles andere habe ich verraten. Ich habe nur noch meine Ehre.«

»Aber hat die Ehre Kleidung? Beine, um über die Erde zu gehen?« fragte Gynneth. »Hat sie starke Arme? Ein Schwert? Wie kann sie Euch zu etwas zwingen?«

Enar sann kurz darüber nach, um dann zu antworten: »Für mich genügt es, daß sie es tut. Ihr seid Eures Onkels Nichte, ein überaus seltsames Mädchen. Nichts anderes hätte ich von Euch erwartet.«

»Ich bin zur Königin geboren!« gab sie zurück, dann fuhr sie Aud an: »Aud, hol das Pferd!«

»Und ich bringe ihm das Schwert«, erklärte Sibylla und schoß in schnellem Lauf durch die Tür.

Auch Owen lief, aber langsamer. Um Kräfte zu sparen, behielt er eine gleichmäßige Geschwindigkeit bei. Er wußte nicht, wie lange und wie weit er an diesem Tag noch würde laufen müssen. Er hatte den Wald erreicht, doch er bot ihm nur wenig Schutz. Die hohen Bäume ließen kaum Licht durchfallen, so daß der Boden unter ihnen fast nackt war, brauner, lehmiger Mutterboden, auf dem außer den gewaltigen Eichen kaum etwas gedieh. In der Ferne konnte er die kläffende Meute hören. Er wußte, er mußte rasch ein Versteck finden, oder sie würden ihn zur Strecke bringen. Der einzige Ort, der Owen einfiel, war das Grabmal, und so lief er in Richtung des Strandes.

Sibylla trat, sein Schwert in der Hand, hinter einem Baum hervor. Owen kam schwankend zum Stehen. Die Bäume um ihn herum verschwammen. Er rieb sich die Augen und konnte nun wieder deutlich sehen. War das die Wirkung des Rauschmittels, das Elutides ihm verabreicht hatte, oder nur der Schweiß, der ihm in die Augen lief?

»Folge mir«, flüsterte Sibylla. »Beeil dich! Ich führe dich an einen sicheren Ort.«

»Das Hügelgrab?« fragte Owen.

»Nein«, sagte sie kopfschüttelnd. »Er kennt das Grab. Nicht viele wissen davon, aber er schon. Diesen Ort kennt er auch, aber er wird länger brauchen, bis es ihm einfällt.«

Dann wandte sie sich um und führte Owen tiefer und tiefer in den Wald hinein. Owen folgte ihr, bis er den gespaltenen Baumriesen vor sich aufragen sah, die vom Blitz getroffene Eiche, die als provisorischer Stall für den Hengst gedient hatte.

Als Sibylla den Tunnel aus Schlingpflanzen betrat, der zu dem Baum führte, waren die Hundestimmen nur noch ein leises Raunen in weiter Ferne. Kurz vor dem Baumstamm drehte sie sich zu ihm um und überreichte ihm das Schwert.

Als er es in den Händen hielt, durchflutete ihn ein unaussprechliches Gefühl von Zuversicht, Erleichterung und wiedergewonnenem Selbstvertrauen. Die Finger seiner Rechten schlossen sich um den Griff, seine Linke legte sich um die goldene Scheide.

»Eines Mannes Waffe ist sein Leben«, eröffnete er Sibylla.

Sibylla zeigte auf die Höhlung in dem Baumstamm. »Versteck dich dort«, sagte sie. »Er wird dich nicht finden.«

»Versteck dich und geh in die Falle, meinst du wohl.«

»Nein«, versicherte Sibylla. »Fürs erste sind die Jäger wilde Tiere. Sie können nicht denken. Sie müßten einer nach dem anderen gegen dich kämpfen. Der Baum würde deinen Rücken und deine Flanken decken. Vielleicht finden sie dich auch gar nicht, und für alle Fälle hast du dein Schwert. Wir haben im Innern ein Bett aus süßen Gräsern für das Pferd bereitet. Da kannst du dich ausruhen.«

Owen untersuchte den geborstenen Baum. Die Höhlung in seinem Stamm war geräumig. Über den dicken, knorrigen Wurzeln, die sich wie Adlerklauen in die Erde bohrten, lag sie dunkel und beschattet da, dort mit dicken Heuballen ausgepolstert, wo sie das Pferd eingestellt hatten. Auf der Lichtung war es jetzt totenstill, und Owen erkannte, daß die Jagd eine andere Richtung eingeschlagen haben mußte.

Plötzlich wurde ihm bewußt, wie müde er war. Die Vorstellung, in das weiche Heu zu sinken, zog ihn fast hypnotisch weiter.

Sibylla stand neben ihm und zeigte auf den hohlen Baum. Owen taumelte in die Richtung, die ihr Finger ihm wies. Als er den Baum betrat, gab der Boden unter ihm nach, und er fiel. Er ließ sein Schwert los, um sich an der Erde festzuhalten, die an ihm vorbeiglitt, und schrie: »Sibylla!«

In der Dunkelheit vernahm er ihre Stimme von weit, weit her. »Du hättest Elutides besser zuhören sollen, Owen. Für die Dauer der Jagd sind wir alle deine Feinde.«

Er rutschte immer schneller. Die Erde, in die er sich zu krallen versuchte, entglitt ihm, zerbröselte unter seinen Fingern. Erst verschwand das Licht, dann verschwanden die fernen, gedämpften Geräusche des Eichenwaldes. Er landete hart auf dem Rücken, auf Felsgestein, umhüllt von Schweigen und tiefster, uranfänglicher Schwärze.

Owen richtete sich zu einer knienden Stellung auf. Er zitterte am ganzen Leib. Er wollte schreien, gestattete es sich jedoch nicht. Er biß sich so fest auf die Lippen, daß er Blut schmeckte. Er hatte sein Schwert klirren hören, also mußte es seinen Sturz in die Finsternis geteilt haben. Als er tastend die Hand nach ihm ausstreckte, fühlte er, wie etwas über seinen Knöchel kroch.

Diesmal schrie er. Sein Schrei kam, wahnsinnigem Gelächter gleich, als Echo zu ihm zurück, von fernen Wänden zurückgeworfen.

Jetzt konnte er sie hören, die gleitenden Reptilienbewegungen, ein leises, beinahe unmerkliches Rascheln in der Dunkelheit. Er hatte Angst, sich zu bewegen, Angst, die Hand auszustrecken und nach seinem Schwert zu tasten. Die lange, glatte Windung eines Körpers streifte sein Knie. Er spürte, wie sie unendlich langsam vorbeiglitt, bis die Bewegungen der Schlange sie zu den anderen Tümpeln kalten Lebens in diesem stygischen Reich brachten.

Die Galle kam ihm hoch. Er konnte ihn riechen, den feuchten, stickigen Reptiliengestank. Owen übergab sich, ein hartes, grausames Würgen, das seinen Körper mit wilden Krämpfen schüttelte, bis sein Magen leer und seine Haut schweißnaß war. Das Rascheln und Schlängeln um ihn herum wurde lauter.

Jesus, dachte er. Gott Christus, wo ist mein Schwert? Ich darf sie nicht stören. »Darf sie nicht stören«, murmelte er mit zusammengebissenen Zähnen.

Langsam begann er seine Hände in Kreisen über dem Steingrund zu bewegen, erst die rechte, dann die linke. Er berührte etwas. Seine Finger tasteten vorsichtig. Es bewegte sich, muskulös und bedächtig, von ihm fort.

Wieder würgte er, aber seine Hände setzten ihre Erkundungen fort, während sein halb gelähmtes Bewußtsein sich zu erinnern mühte, wo das Schwert hingefallen war. Endlich schlossen sich seine Finger um den Griff. Er zog das Schwert zu sich, umschlang es mit beiden Armen und preßte es fest an seinen Körper. Vor Erleichterung schluchzend versuchte er, mit seinen Blicken das Dunkel um ihn herum zu durchdringen.

Vor sich schien er einen Lichtpunkt auszumachen. Er begann seine in der Scheide steckende Waffe wie einen Besen zu benützen, mit dem er den Boden vor sich fegen wollte, und auf das Licht zuzukriechen. Er war blind ... blind wie eine Wurzel, die in der Erde nach Wasser, nach Leben suchte.

Manchmal schien er nur auf wenige Schlangen zu stoßen. Sie ließen zu, daß er sie beiseite schob, auch wenn sie manchmal zurückkamen, so daß er den kurzen, harten Druck in der Dunkelheit spüren konnte, wenn sie wie Bänder an seinen Knien entlangglitten, über seine Unterschenkel und um seine Füße.

Dann wieder schob die Scheide ganze Knäuel von ihnen zur Seite, dicke Klumpen todbringenden Lebens. Manche zischelten und griffen das Schwert an. Owen hörte das dumpfe Geräusch, wenn ihre Köpfe gegen den Goldüberzug stießen.

Ist es das, was die Verdammten fühlen, dachte Owen inmitten der Schwärze und Stille. Es gibt keine Zeit – oder ist es eher so, daß die Zeit zur Ewigkeit wird?

Owens Magen krampfte sich zusammen. Seine Knie fühlten sich wund an, durch das Kriechen über den Steinfußboden aufgescheuert. Die Anstrengung, das Schwert hin und her zu bewegen, um diese Geschöpfe der Finsternis auf Abstand zu halten, machte sich in seinen Armen und seinem Rücken bemerkbar. Der ferne Lichtpunkt schien keinen Deut näher zu rücken.

Owen knirschte mit den Zähnen und sprach sich Mut zu: *Ich*

halte durch. Der Gedanke, die Befürchtung, er möchte tot sein, peinigte ihn. Würde Er mich richten, ohne mir die Möglichkeit zur Verteidigung zu geben? fragte er sich. In Elutides' Kelch war vielleicht Gift gewesen. Dieses Loch, die Schlangen, das alles könnte seine ewige Strafe sein, Sibylla die Botin seiner Verdammnis. Sollte er allein sein, auf ewig inmitten dieser Schrecken gefangen?

Er verspürte das Bedürfnis, sich in der Dunkelheit zusammenzurollen, die Lider ganz fest gegen die Dunkelheit zusammenzupressen und zuzulassen, daß er den Verstand verlor und an einen Ort entrückt wurde, der von dieser gräßlichen Wirklichkeit weit, weit weg lag. Aber er gab dem Bedürfnis nicht nach.

Hölle oder nicht, er würde weiterkämpfen, so wie er es einst in Bertrands Loch getan hatte, versunken in dem blinden Mahlstrom des Wahnsinns.

Dann wurde ihm unvermittelt klar, daß sein Schwert nicht mehr auf Widerstand traf. Der Boden um ihn herum war leer, und das Licht näherte sich. Owen stand auf und begann auf das Licht zuzugehen. Es löste sich zu einer Frau auf, gleich einem Nimbus, der sie umschwebte.

»Elin!« rief Owen ihr entgegen, denn die Frau schien Elin zu sein. »Wie hast du mich gefunden, Elin?« wunderte er sich.

Sie schwebte auf ihn zu. Sie war schlicht gekleidet, so wie er es von ihr kannte, trug nur ein grobes, graues Leinengewand mit einem blauen, lose über die Schulter geworfenen Umhang. Das offene Haar fiel um ihr Gesicht und hüllte Hals und Schultern mit seinem blau-schwarzen Glanz ein, schimmernd in der sie umgebenden gleißenden Helligkeit.

»Elin?« wiederholte Owen. »Wie hast du mich gefunden?«

»Du möchtest, daß ich Elin bin?« fragte die Frau. »Nun denn, wenn du es möchtest, werde ich Elin sein. Du hast mich gefunden. Hast du mich nicht immer gesucht?«

»Nein«, antwortete Owen, streckte aber dennoch die Hand aus, um ihre Wange zu berühren, um sanft mit den Fingerspitzen darüber zu gleiten, um zärtlich über flaumige, samtweiche Haut zu streicheln, über Lippen, rosig und feucht wie Kirschblüten.

»Nein«, sagte Owen. »Ich würde dich nicht suchen, um dich in dieses Grab zu bringen, damit du mit mir an diesen augenlosen Ort verbannt wärest. Ich weiß nicht, was es ist, das ich suche, und ich vermag nicht den Weg zu begreifen, den ich nehme, um es zu finden.«

»Dann wirst du es finden«, versprach sie, verschränkte ihre Finger mit seinen und preßte sie an ihre Brust. »Nur die, die den Weg nicht kennen, erreichen ihr Ziel. Nur die, die nicht verstehen, werden Wissen erlangen.«

Er konnte ihre Finger spüren, die sich warm um die seinen schlossen. Er fühlte die Hitze, die von ihrem Fleisch ausstrahlte und die Kälte und Einsamkeit, die ihn umgaben, durchdrang.

Eingedenk Elutides' Warnung wollte Owen auch vor ihr zurückweichen, aber er brachte es nicht über sich.

Er ließ forschend den Blick auf ihrem Gesicht ruhen, begegnete dem Azurblau, klar wie die offene Weite des Sommerhimmels. Sie brachte die reine Pracht eines Frühlingsmorgens zu ihm, zu ihm herab, herab sogar in diesen bösen Kerker, herab sogar in die Erde, die über seinem Grab aufgehäuft war. »Bist du mein Feind, wie Elutides sagte? Bist du hier, um mich wie die anderen leiden zu lassen?«

Langsam, unendlich langsam, nickte sie. »Nur die, welche wir lieben«, sprach sie, »können uns je leiden lassen. Unser Leid ist das Maß unserer Liebe und unseres Glaubens. Alles hier ist Leiden, selbst die Liebe.«

»Ich werde ihr nicht entsagen«, versetzte Owen. »Mag Gott dich auch benützen, um mich zu quälen, ich liebe dich trotzdem, für immer, selbst in dieser ... Ödnis.«

Elin lächelte, ein wundervolles Lächeln, ein Lächeln wie die Spiegelungen von Sonnenlicht in stillem Wasser, gleißend in ihrer Helligkeit. Sie zog ihn an sich. Ihre Lippen berührten sich. Er küßte die Zähne eines grinsenden Totenschädels.

Keine Zeit. Zeit ist ein Lichtblitz. Er stürzte, von Entsetzen geschüttelt, in die Unendlichkeit.

Aufrecht kam er zum Stehen. Er stand zusammen mit anderen

im Gras neben dem Tumulus, dem grünen Erdhügel, wo seine Reise in dieses fremdartige Land ihren Anfang genommen hatte. Ein Leben … hatte er Zeit zu denken, ein Leben … aber nicht meins.

Der Regen fiel. Er konnte spüren, wie die Tropfen auf seinen ungeschützten Kopf trafen, auf seinen Schultern tanzten, sein Gesicht herunterliefen.

Selbst der Himmel weint um sie, dachte er. Selbst der Himmel weint, daß sie sie zu Grabe tragen. Der Eingang zum Grab war noch verschlossen, und die, die er geliebt hatte, die er mehr als sein Leben geliebt hatte, lag auf der Totenbahre und wurde an ihm vorbeigetragen.

Oh, sie war jung gewesen, zu jung, um ein Kind zu bekommen, wie manche behauptet hatten, selbst kaum den Kinderschuhen entwachsen. Die Leidenschaft jedoch, die ihm als die Erfüllung seines Lebens erschien, hatte das Kind in ihren Leib gepflanzt und ihr den Tod gebracht.

Trauer und Schuld steckten wie eine Krankheit in seinem Körper, lagen schwer wie der Gestank in seiner Nase, und er wußte, der Gestank, den er roch, das war er selbst, das war der Gestank seiner eigenen Abscheulichkeit, die Fäulnis in seinem Innern.

Im Grab mochte die Verwesung ihr Fleisch zersetzen. Außerhalb des Grabes würde ihm die Seele im Körper verfaulen, würden Selbsthaß und Schuldgefühle sein Leben verzehren.

Er stürzte vorwärts, schrie »Nein!«, packte die Tragstangen der Bahre, zog sie zu Boden und fiel neben ihr auf die Knie. Er sah sie ein letztes Mal an, ein letztes Mal in der Kälte, in dem Regen, in dem wütenden, donnernden Aufschrei des Meeres, das sich hinter ihm an den Felsenklippen brach.

Er blickte auf fahle Haut, die sich eiskalt wie der Regen anfühlte, Haut, die sich nie mehr erwärmen würde. Auf starre, dunkle Lippen, die nie mehr seinen liebenden Kuß erwidern würden. Auf gefaltete Hände, die ihn nie mehr berühren würden. Auf einen Körper, der nie mehr springen und tanzen und laufen würde.

Dann wurden ihm die Tragstangen der Bahre gewaltsam aus

den Händen gerissen, so daß seine Haut daran kleben blieb. Und sie hielten ihn fest. Seine Gefährten preßten ihn unerbittlich zu Boden, während der steinerne Eingang in den grünen Hügel beiseite geschoben und die weiße Gestalt auf der Bahre – sein Leben, das einzige, was er je geliebt hatte – in seinem Innern verschwand.

Owen wurde schluchzend vor Schmerz fortgeschleppt, fand sich wieder auf dem schwankenden Deck eines Schiffs. Diesmal gab es keinen Regen, aber Wolken wälzten sich über den Himmel, grau und regenschwer wie die schäumenden Wellen, die gegen den hölzernen Bug klatschten.

Sie drückte ein kleines Kind an ihre schlaffe Brust. Es bewegte sich schwach und saugte, aber sie wußte, daß es nichts bekam. Ende der Reise. Das Baby stieß einen dünnen Schrei aus und zerrte mit einer aus der Verzweiflung geborenen Kraft an ihrer Brustwarze, um dann erneut zu wimmern. Ende der Reise. Die Frau in ihrer Verzweiflung wußte, daß ihre Brüste schon lange keine Milch mehr gaben. Keiner der Menschen auf dem Schiff befand sich in besserer Verfassung.

Männer und Frauen saßen zusammengesackt an den hölzernen Seiten des Dollbords oder lagen flach ausgestreckt auf dem schmalen Deck, reglos und in ihr Schicksal ergeben. Zwischen ihnen kauerten Kinder, die sogar zu schwach waren, um noch zu weinen oder um Nahrung zu betteln.

Sie warteten wie sie mit dem hungernden Kind an der Brust darauf, daß ihr Schiff an den Felsen des Festlandes zerschellte, das sie näher kommen sahen, oder von den endlos kalten grauen Wogen verschlungen wurde.

Oh, dachte sie, oh, wieder auf trockenem, festem Grund zu stehen, meinen Fuß auf etwas zu setzen, das nicht schwankt und sich nicht mit jedem Schritt bewegt. Neben ihr lag ein Mann, dessen Körper mit jeder Bewegung des Schiffs hin und her rollte. Er lag auf dem Bauch, das Gesicht im Bilgenwasser.

Tot, und keiner hat mehr die Kraft, ihn über Bord zu werfen. »Rudert!« schrie sie sie an. »Rudert! Versucht eine geschützte Bucht zu finden.«

»Herrin, Herrin«, erwiderte eine der lebenden Leichen zu ihren Füßen, »Herrin, die Götter haben uns verlassen.«

Sie ging zum Schiffsbug. »Dann werde ich … sie zurückbringen.«

Sie erreichte den Bugpfosten, und die Gischt der Bugwelle schlug ihr ins Gesicht und blendete sie.

Sie hielt kurz inne, sehnte sich nach Wärme, versuchte sich an die lebenspendende Hitze eines Feuers zu erinnern, an die züngelnden gelben, blauen und goldenen Flammen, die über Holzscheite und Torfsoden tanzten.

Die Sonne. Die heiße, helle Sonne auf ihrem Rücken. Hell, so hell, daß sie sie auf ihrem Gesicht spüren, sie durch ihre geschlossenen Augenlider sehen konnte. Dann schlug sie die Augen auf und schaute auf die aufgewühlte See.

Ende der Reise.

Das Kind warf sie zuerst von sich. Es landete auf dem Rücken und zuckte, als es das eiskalte Wasser berührte, einmal krampfhaft zusammen. Die See bildete einen kleinen Wirbel, bevor sie über seinem Gesicht zusammenschlug; dann war es nur noch ein Schimmer rosigen Fleisches, der in der Tiefe verschwand.

Sie folgte ihm, drehte sich im Fallen, drehte sich, um einen letzten Blick auf den grauen Himmel zu erhaschen. Das Wasser schloß sich über ihren geöffneten, starr blickenden Augen. Die Luft strömte aus ihrer Lunge, silbrige Blasen, die auf und hinauf stiegen, hoch in einen Himmel aus Wasser. Tausende von Messern stachen in ihre Lungen. Ihr Körper machte einen Ruck, lag schwer im Wasser, als sie um sich zu schlagen versuchte und ein rotes Licht ihr Gehirn überflutete.

Sie schwebte abwärts, sah die Welt, die sie verlassen hatte, und wehrte sich nicht mehr gegen die alles erstickende Dunkelheit. Doch bevor das letzte Licht ihre Augen verließ, sah sie, wie die Ruder oben sich hoben und senkten.

Owen lief, lief und wußte doch, daß er nicht weiterlaufen konnte, lief im Regen eine schlammbedeckte Straße hinunter. Die Stadt lag hinter ihm; kein Leben war mehr darin, kein Schutz. In den Fenstern schien Licht zu leuchten, und aus der Entfernung wirkten sie beinahe tröstlich. Sie wären auch tröstlich gewesen, hätte er nicht gewußt, daß es verzehrende Flammen waren und seine Leute noch in diesem Augenblick kreischend auf die Straße, in den Regen gezerrt wurden, um an Ort und Stelle abgeschlachtet oder in die Sklaverei in irgendein unvorstellbares Land verschleppt zu werden.

Schwankend blieb er stehen, rang nach Luft in keuchenden, abgerissenen Japsern, die zitternd von seinen Zehen an aufzusteigen schienen. Bei ihm waren andere, die ebenso abgehetzt waren wie er.

»Wir haben verloren!« Atemlos stieß er die Worte hervor. Keiner von ihnen antwortete. Keiner von ihnen hatte noch die Kraft zu einer Antwort, und die Wahrheit seiner Worte war nur zu offensichtlich.

Erneut, wie am Anfang seiner Vision, strömte der Regen nieder und nahm ihm die Sicht. Er ergab sich in sein Schicksal.

Seine Gefährten hasteten weiter, fort von der zum Untergang verurteilten Stadt. Er war allein.

Keine Dichter würden ihn besingen. Wenn seine Eltern noch so lange am Leben blieben, würden sie ihn nur verfluchen, dafür, daß er nicht genug getan hatte. Und niemand würde sich an einen Jungen erinnern, der vor einer namenlosen Stadt gestorben war, einen häßlichen, schmutzigen Tod zudem, weil seine Beine und seine Lunge ihn im Stich ließen, weil er einfach nicht mehr weiter konnte.

Sie fielen über ihn her, fast noch bevor er sie gesehen hatte, und das Schwert bohrte sich tief in seinen Leib und riß seine Eingeweide heraus. Er war noch nicht ganz tot, als die Stiefel auf seinem Rücken ihn in den Schlamm stampften.

Als Owen wieder zu sich kam, stand er Elin gegenüber. Dunkelheit umschloß ihn von allen Seiten. »Diese Dinge waren wirklich, nicht wahr?« fragte er.

Sie nickte und lächelte traurig. »Sie waren einmal und sind vielleicht noch immer,« entgegnete sie.

»Elin … Elin!« schrie er. »Wie viele Tode willst du mich noch sterben lassen?«

»Wie viele Tode gibt es?« fragte sie im Gegenzug.

»So viele wie Leben, die gelebt worden sind«, wußte Owen. »Und dennoch, sie alle werden mich nicht dazu bringen, daß ich aufhöre, dich zu lieben. Nichts in der ganzen Welt kann mich je dazu bringen, dich gehenzulassen.« Er ergriff ihre Hand.

»Wenn du mich liebst«, flüsterte sie, »küß mich noch einmal.«

Und in einem Akt des Mutes, der vielleicht der größte war, den er je vollbracht hatte, zog er sie an sich und preßte seine Lippen auf ihre. Diesmal waren sie weich, warm und lebendig.

»Elin«, seufzte er.

Doch sie wich zurück. »Ich bin nicht Elin.«

»Was … wer bist du dann?«

Anstelle einer Antwort streckte sie ihm ihre Faust entgegen. Eine Faust mit fest geschlossenen Fingern, die Handfläche nach oben gedreht. Langsam öffnete sie die Faust. Auf ihrer Handfläche lag ein Weizenkorn.

Unter seinen Blicken wuchs es. Zuerst der winzige Trieb, ein grüner Stachel, der sich reckte, braune Wurzeln, die sich um ihre Finger flochten. Größer und größer wurde er, bis die grannenbewehrten Spelzen an der Halmspitze sich füllten und reiften. Dann blieb die Zeit stehen, und es füllte sich mit dem Reichtum des Lebens. Unter seinem Blick wurde es braun; die seidigen Körner neigten sich in ihre andere Hand und ergossen ihren Überfluß in ihre zur Schale gewölbten Finger.

»Was bist du?« fragte er erneut. »Wer bist du?«

»Eine Frau«, sagte sie, »und was immer der törichte Stolz eines Mannes sie für ihn sein läßt.«

Der Weizenhalm verschwand, sie warf die Weizenkörner hoch in die Luft, und die Körner wurden zu weit entfernten Lichtpunkten. Sie leuchteten in der Dunkelheit, funkelnde Sterne unter Tausenden anderer.

Sie waren über ihm, hinter ihm, unter ihm, überall um ihn herum. Es gab kein Oben und kein Unten, kein Osten und kein Westen mehr, nur noch eine Unendlichkeit von Lichtern. Die Sterne waren überall.

Oder schritt er über einen großen, blankpolierten Fußboden? Er wußte es nicht. Waren sie nur ein Widerschein wie das Sternenglitzern in einem nächtlichen Teich?

Unter Umhang und Kapuze verborgen, stand es vor ihm. Dann glitt die Kapuze zurück. Er blickte auf leere Augenhöhlen und ein fleischloses Grinsen. Owen zog sein Schwert und hob es hoch. Gegen diesen Gegner, dachte er, gewinnt kein Mensch.

Stahl traf auf Stahl, und er focht unter einem mondlosen Mitternachtshimmel von Angesicht zu Angesicht mit dem Tod. Zunächst war sein Gegner nicht stärker als er selbst, doch dann begannen seine Kräfte zu erlahmen.

Es gibt keine Zeit, dachte er, das unwandelbare Grinsen vor Augen. Keine Zeit, nur das, was die Zeit uns nimmt, unsere Jugend, unsere Kraft, unseren Willen.

Stahl traf auf Stahl, wieder und immer wieder. Seine Arme wurden schwer wie Blei, der Schweiß brach ihm aus allen Poren, und dennoch hob er stets von neuem seine Arme, bis jeder Atem wie Feuer in seiner Lunge brannte, bis jedesmal, wenn er das Schwert wieder hob, seine Arme von rohen Seilen der Qual zusammengeschnürt wurden. Er konnte seinen stoßweise gehenden Atem in seiner Brust rasseln hören. Das Totenschädelwesen vor ihm war unerbittlich. Das machte die Hälfte seines Schreckens aus. Es zeigt uns nichts als sein hohles Grinsen.

All unsere Qualen, all unser Trotz, all unser prahlerischer Stolz bedeuteten ihm nichts. Lautlos kommt es, wie die steigende Flut oder wie die endlosen Wogen, die ein Schiff an einer Felsenküste zermalmen.

Er spürte seine Arme nicht mehr, konnte sich nie sicher sein, ob sie ihm noch gehorchen würden, wenn er sie hob. Der Schweiß rann ihm in Strömen in die Augen, so daß er nur noch einen grauschwarzen Schatten sah, der sich vor einem sternenübersäten Himmel bewegte. Ihre Schwerter verhakten sich ineinander, Griff in Griff, und er sah das beinerne Lächeln näher und näher an sein Gesicht heranrücken.

Es wird mich töten, dachte er. Stehend werde ich sterben, eng umschlungen mit diesem Grauen. Seine Arme und Schultern fühlten sich an, als ständen sie in Flammen. Der Atem, den er gierig einsog, kratzte wie ein Messer, das man über verbranntes Fleisch zieht. Ihm fehlte die Kraft, die Parierstange seines Schwerts mit einem Ruck loszureißen. Blut aus seiner gepeinigten Lunge bildete Klumpen in seinem Mund und rann über sein Kinn.

Sterben. Ich werde sterben, dachte er. Mehr hält mein Körper nicht aus.

Die schwarzen Kreise der Augenlöcher waren nur wenige Zoll von seinen Augen entfernt. Das gräßliche offene Nasendreieck und die nach hinten gebogene Zahnreihe waren alles, was er sehen konnte. Der Druck des Schwertes wurde immer stärker und zwang ihn in die Knie.

»Nein!« keuchte Owen. Das Wort sprudelte durch den blutigen Schaum vor seinen Lippen aus seiner Kehle hervor. »Nein, ich halte dagegen, bis mein Herz zerspringt!«

Schlagartig war es fort, ein sich verflüchtigender, dahinschwindender Schatten, ein Rauchwölkchen inmitten der Millionen träumender Sterne.

Owen taumelte vorwärts, während das ganze Universum von einem Wirbel erfaßt wurde und sich um ihn drehte und durch den Nachthimmel stürzte. Sein Körper schlug hart auf. Durch den Aufprall wurde ihm die Luft aus der Lunge gepreßt. Er verlor das Bewußtsein.

KAPITEL 33

Godwin, Elin und die Männer bei ihnen hörten zu rennen auf, als sie die Deckung erreichten, welche die Armbruster auf den Stadtmauern ihnen boten.

Elin war wütend wegen des Hiebs, den Godwin ihr verpaßt hatte, aber ihr Stolz ließ nicht zu, daß sie es eingestand. Sie warf den Kopf hoch. Sie hatte ihre Lederkappe verloren, und ihr langes Haar floß wie ein schwarzer Wasserfall über ihre Schultern.

Godwin war nicht in der rechten Stimmung für ihren Stolz. »Ihr wart nicht mehr Herr Eurer selbst«, rügte er sie. »Ich hatte geglaubt, Owen sei in seiner Tobsucht unbeherrscht und ein Wahnsinniger. Jetzt sehe ich, daß Ihr ihm in nichts nachsteht. Eine Sekunde später, und Ihr hättet neben Haakon am Boden gelegen. Dann hätte Euch niemand mehr retten können, auch ich nicht.«

»Denkt Ihr, ich habe ihn getötet?« fragte sie.

»Nein«, knurrte er. »Mir ist in letzter Zeit aufgefallen, daß er doppelt gerüstet geht. Er trägt einen Brustpanzer über einem Schuppenhemd. Außerdem ist Haakon unerhört stark und zäh. Er ist nicht der Mann, der gleich unter dem ersten Streich fällt. Aber möglicherweise habt Ihr ihn für eine Weile außer Gefecht gesetzt.«

Dann schwangen die Torflügel auf, und ein Jubelschrei erklang. »Kommt«, sagte Godwin. »Nehmt die Huldigung entgegen, die Ihr verdient.«

Elin hielt kurz inne, drehte sich um und richtete den Blick über die Ebene zurück. Der doppelte Feuerkranz, der das Katapult umschlossen hatte, brannte aus. In seiner Mitte, wo das Werkzeug der Zerstörung gestanden hatte, war nur noch Schwärze. Auch das letzte Glühen war erloschen.

Die Hochrufe hinter ihr forderten ihre Aufmerksamkeit. »Ingund?« fragte sie mit einsetzender Besorgnis.

Die Frau schob sich durch die Menge und trat an ihre Seite.

»Die Brände sind gelöscht. Niemand wurde getötet«, erstattete sie Bericht. »Eine große Anzahl von Leuten besäuft sich, und jeder ist der Bewunderung voll für Euch. Fürs erste haben wir gewonnen.«

Haakons Männer brachten ihn umgehend zu Elsbeth. Sie legten ihn auf eine Pferdetrage und eilten mit ihm zur Feste.

Behutsam betteten sie ihn in der Mitte der Halle auf ein Bärenfell. Schaft und Befiederung des Armbrustbolzens ragten aus dem metallenen Brustpanzer heraus, den er trug. Sein Gesicht war aschfahl, die Züge waren von blauen Schatten scharf akzentuiert. Jeder Atemzug war eine Qual.

Die Männer drängten sich fluchend und jammernd um die Trage. Die Frauen des Haushalts klagten, zerrissen ihre Gewänder, zerkratzten sich die Gesichter und riefen die himmlischen Mächte an, die christlichen wie die heidnischen.

Die Übelkeit ergriff Elsbeth in Wellen. Er wird sterben, dachte sie. Von weither hörte sie ihre Töchter kreischend und lachend um die Tischböcke herum spielen. Tödliche Furcht schien ihr Herz durch einen Stein ersetzt zu haben.

Als sie sich einen Weg durch die um Haakons ausgestreckten Körper gescharten Menschen gebahnt hatte, bemerkte sie ein Zupfen an ihrem Rock. Sie sah herunter und entdeckte Erik, ihren Sohn. Seine Augen waren weit aufgerissen und furchtsam. Elsbeth bückte sich und nahm ihn auf die Arme. Dann sagte sie: »Macht Platz. Ich will bei meinem Herrn sein.«

Haakons Augen waren geschlossen; das pfeifende Geräusch aus seiner Brust war laut.

Tosi kniete neben seinem Befehlshaber. Er schien von panischem Schrecken erfaßt zu sein. Er sah flüchtig zu Elsbeth hoch. Ein dünner Schweißfilm bedeckte sein Gesicht. »Ich glaube, der Bolzen steckt in seiner Lunge. Er stirbt. Wenn wir ihn herausziehen, bedeutet das seinen sicheren Tod! Frau Elsbeth, ich kann es nicht ertragen. Wir sind so lange Freunde gewesen.«

Elsbeth gab keine Antwort, aber Erik zeigte auf den Liegenden.

»Der Brustpanzer ist eingedellt. Er verhindert, daß er frei atmen kann«, erklärte der Junge.

»Er hat recht«, sagte Elsbeth. »Schneide den Brustpanzer auf, Tosi!«

Und Tosi schnitt. Als die stählerne Brustschale zu Boden schepperte und den Bolzen mitnahm, konnten sie erkennen, daß der Bolzen zwar den Brustpanzer durchschlagen hatte, doch von dem Schuppenhemd, das Haakons Brust bedeckte, aufgehalten worden war.

»Durch die Rüstung, bei allen Göttern, aber nicht durch den Mann!« rief Tosi. »Ich habe schon oft sagen hören, daß Glück mehr wert ist als Stärke, Reichtum oder Ruhm. Und du warst schon immer ein glücklicher Bastard, Haakon!«

Von der Rüstung befreit, begann der Wikingeranführer ruhiger zu atmen, und seine Wangen bekamen wieder Farbe. Als ersichtlich war, daß Haakon nicht auf der Stelle sterben würde, begann sich der Aufruhr in der Halle zu legen. Elsbeth veranlaßte, daß man ihn ins Schlafgemach trug.

Als Haakon zu sich kam, lag er in dem großen Bett, das sie miteinander teilten. Um seinen Brustkorb war ein breiter Verband gewickelt, und Erik saß mit gekreuzten Beinen neben ihm.

»Tut es weh?« fragte Erik.

»Ja«, antwortete Haakon.

Elsbeth mischte einen Trank. Sie warf Haakon einen schnellen Blick zu. »Die Hexe hätte dich um ein Haar erledigt.«

»In der Tat«, gab er zurück. »Sie war nah dran.« Dann zeigte er auf Erik und fragte: »Was hat er hier zu suchen? Ich hab' dir doch gesagt, du sollst mir das Kind aus den Augen schaffen.« Sofort trat ein verletzter Blick in Eriks Augen.

»Du solltest Erik wenigstens ein kleines bißchen dankbar sein«, sagte Elsbeth. »Er war es, der uns darauf brachte, was dir solche Schwierigkeiten beim Atmen bereitete.«

Haakons kalte Augen schossen wieder zu Erik hinüber. Diesmal nahm sein Blick die Existenz des Jungen zur Kenntnis. Jede Schuld, selbst eine kleine, war eine Antwort von ihm wert. »Nun?« fragte er.

»Wer bist du?« fragte Erik im Gegenzug. »Bist du mein Vater?«

»Nein«, erwiderte Haakon. »Ich habe keine Söhne und will auch keine. Reinald war dein Vater. Er ist tot.«

»Die Männer in der Halle sagen, wenn Mutter von dir schwanger wird, werde ich fortgeschickt«, fuhr Erik fort.

»Erik!« stieß Elsbeth hervor. »Wer hat –«

Haakon bedeutete Elsbeth mit einer ungeduldigen Geste, zu schweigen. »Nein, du wirst nicht fortgeschickt, obwohl ich gehört habe, daß das so Sitte ist bei euch. Du wirst hier das Waffenhandwerk erlernen. Wenn du als Mann vor mir stehst, magst du Gold im Werte eines Langschiffs, das Schiff selbst oder deine eigene Feste von mir fordern. Bis dahin mußt du lernen, wie man für alle drei sorgt. Ein Narr würde rasch Gold, Schiff und Land verlieren. Sie erfordern eine gewisse Geschicklichkeit. Im Augenblick weißt du noch nicht einmal das, was der Pflüger weiß.«

Erik nickte. Er rutschte vom Bett hinunter, zufrieden, daß sein Platz im Haushalt gesichert war. Bevor er den Raum jedoch verließ, wandte er sich mit einer letzten Frage zu Haakon um: »Was weiß der Pflüger denn?«

»Eine Menge«, beschied ihn Haakon. »Zunächst einmal weiß er, daß alles mit dem Pflug beginnt und endet. Er weiß, ob die Erde naß genug ist, um sich leicht wenden zu lassen, aber nicht so naß, daß Ochse und Pflug im Schlamm versinken. Er weiß, wann sie warm genug ist für das letzte Eggen und die Aussaat. Das ist nur ein kleiner Teil dessen, was du lernen mußt, wenn du wissen willst, wie man Land und Menschen beherrscht.«

»Bist du zufrieden?« fragte Elsbeth Erik.

»Ja«, antwortete das Kind.

»Sehr gut«, meinte Elsbeth. »Es ist längst Schlafenszeit für dich, also geh zu Bettena und sag ihr, sie soll dich ins Bett bringen.«

Erik huschte aus dem Zimmer.

»Ein kluger Kopf für ein so kleines Kerlchen«, urteilte Haakon.

»Seit du herkamst, hat er ständig Angst gehabt«, gab Elsbeth ihm zu verstehen. »Auch, daß ich mich von ihm abwenden könnte.«

»Ja, und außerdem tratschen die Männer in der Halle schlimmer als Weiber«, knurrte Haakon. »Und sie achten wahrscheinlich nicht darauf, ob der Junge zuhört. Es ist besser, von Anfang an aufrichtig zu ihm zu sein. Ich habe keine Lust, eines Tages von meinem Essen aufzuschauen und in die Augen eines Feindes zu blicken.«

Elsbeth schloß die Zubereitung des Tranks ab. »Ich denke, das wird deine Schmerzen lindern.«

»Nur lindern?« meinte er sarkastisch. »Oder mich ein für allemal von meinem Elend erlösen?«

Elsbeth sah ein wenig aufgebracht aus. Sie knallte den Becher auf den Tisch neben dem Bett. »Wenn du mißtrauisch bist oder mit meinen Heilkünsten unzufrieden, dann trinke ich auch von der Arznei. Dann siehst du, daß es ungefährlich ist.«

Haakon seufzte. Seine frostblauen Augen glitten von ihrem Gesicht fort. Er starrte in die Ferne. »Tut mir leid, mach dir nicht die Mühe. Nicht du bist es, die Heiltränke benötigt. Ich benötige sie. Jeder Atemzug bereitet mir Schmerzen.«

»Wenn es dir ein Trost ist, ich glaube nicht, daß deine Rippen gebrochen sind.«

»Ich weiß«, stimmte Haakon ihr zu. »Es ist nur eine üble Prellung. Ich habe so etwas schon gehabt. Es hält mich davon ab, die Dinge zu tun, die ich gerne tun möchte. Das würde zu sehr schmerzen.«

»Und das wäre?« fragte Elsbeth.

»Zuerst«, begann Haakon düster, »würde ich gern aufstehen und alle Möbel in diesem Raum kurz und klein schlagen. Anschließend dich mit meinem Gefluche und Gebrüll einschüchtern, bis du weinend vor mir fliehst. Danach würde ich in die Halle gehen und jeden Tropfen Wein in mich hineinkippen, bis ich mich in einen wütenden Rausch hineingesteigert hätte, und mindestens drei Kämpfe mit meinen Männern vom Zaun brechen, wobei ich mir die aussuche, die noch betrunkener sind als ich. Ich würde sie verletzen, vermutlich nicht schwer, aber so, daß es weh tut. Dann würde ich da weitermachen, wo ich aufgehört habe, und mich bis zur Besinnungslosigkeit besaufen.

Am Morgen danach würde ich mit gräßlichen Kopfschmerzen und einem noch gräßlicheren Geschmack im Mund aufwachen. Dann würde ich zu dir gekrochen kommen, die du nähend im Kreise deiner Frauen sitzt, und jammern und winseln und dich anflehen, mir zu verzeihen und mich zu trösten.«

Elsbeths Lippen zuckten. »Trink das«, sagte sie. »Morgen früh, wenn du erwachst und die erste Steifheit der Glieder sich von selbst gegeben hat, wirst du dich besser fühlen.«

Haakon langte nach dem Becher, nahm ihn und trank ihn leer. »Mohnsirup. Ich kenne den bitteren Geschmack.« Elsbeth nickte. Er stockte. »Was soll ich wegen der Stadt unternehmen?«

Elsbeth begann sich zu entkleiden. Einen Augenblick lang legte sie lauschend den Kopf zur Seite. »Hörst du es?« fragte sie.

»Was?«

»Die Stille«, gab sie zurück. Sie ging ans Fenster und schaute in den winterlichen Sternenhimmel hinauf.

Zwei von Haakons Männern und einer ihrer Leute räkelten sich in der Nähe des Tors. Ihr kleines Feuer war das einzige Licht. Die großen Torflügel zum Burghof waren geschlossen und verriegelt. Der See rings um die Festung war tief, mehr als mannshoch, so daß eine größere Anzahl von Wachen nicht erforderlich war.

Die kalte Mitternachtsluft strich über Elsbeths Gesicht und Hände. Sie schloß die hölzernen Fensterläden und wandte sich wieder zu Haakon um. »Der Haushalt hat Frieden. Die Leute wissen, daß ihr Herr wohlauf ist. Mit jedem Tag, den du unter uns weilst, wirst du mehr zu einem von uns. Schlaf jetzt. Ich werde bei dir bleiben. Wenn du irgend etwas brauchst, weck mich. Am Morgen werden wir gemeinsam beratschlagen, was zu tun ist.«

Nur wenige Stunden später wurde sie wach, weil er vor sich hin murmelte. Im Zimmer war es sehr dunkel. Sie hatte die Kerzen ausgeblasen, bevor sie zu Bett gegangen war, aber neben dem Bett brannte noch eine Lampe.

Sie setzte sich auf. Elsbeth kannte die Auswirkungen des Mohnsafts auf die Atmung des Patienten. Sie hatte Haakon hoch auf ein dickes Kissen gebettet und warm zugedeckt.

Ein Blick zu ihm hinüber beruhigte sie. Seine Augen standen offen. Sie drehte sich zu ihm auf die Seite um und stützte sich auf den Ellbogen. »Hast du Schmerzen?« fragte sie.

Er gluckste in sich hinein. »Nein. Ich habe nicht die mindesten Schmerzen, aber ich habe geträumt ... ich habe geträumt, daß ... irgend jemand ... in das Zimmer gekommen ist. Irgend jemand ... hat mit mir geredet, aber ich wollte nicht antworten ... Nein! Tosi kennt die Geschichte ... woher ich meine Narbe habe ... die auf meinem Gesicht. Vor langer Zeit.«

Elsbeth betrachtete prüfend seine Augen. Was sie sah, ängstigte sie. Seine Pupillen waren winzig klein; sie konnte sie kaum erkennen. In dem dunklen Zimmer hätten sie größer sein sollen, selbst nach Einnahme des Heilmittels. Er befand sich tief in einem Rauschtraum. Sie hatte Angst, ihn wieder einschlafen zu lassen. »Erzähl mir davon.«

»Wovon?«

»Wie du zu der Narbe auf deinem Gesicht gekommen bist.« Sie erwartete, irgendeine Prahlerei über Schlachten, Eroberung und Abenteuer zu hören.

Haakon schnaubte. Sein Atem dampfte in der kalten Luft. Dann hustete er. Im Gemach herrschte Eiseskälte, im Bett jedoch, geheizt von weich gepolsterten Ziegelsteinen, war es warm.

Er muß ein wenig reden, dachte sie. Bis das Rauschmittel sich wieder aus seinem Körper verflüchtigt hat. Er ist groß. Bettena hat einen starken Arzneitrank gemischt, aber er ist nicht an Medizin gewöhnt. Er hat keinerlei Widerstandskräfte dagegen. »Erzähl es mir«, verlangte sie hartnäckig.

»Ja, ich erzähle es dir.« Seine Stimme war tonlos, distanziert. »Ich habe nicht die geringsten Schmerzen, also kann ich dir erzählen, wie es war. Wie es passiert ist.

Mein Vater und ich hatten uns gestritten. Eins der für den Pferdekampf bestimmten Pferde war aus dem Pferch ausgebrochen. Ich folgte ihm zu Fuß. Meine Stiefel waren abgelaufen. Nachdem ich das Tier eingefangen hatte, gab es einen Kälteeinbruch, und es begann zu schneien. Als ich die Halle meines Vaters wieder erreicht hatte, zog ich meine Stiefel aus. Ich sah, daß zwei Zehen erfroren waren. Das ist äußerst schmerzhaft, Elsbeth. Vor allem, wenn das Blut in den betroffenen Finger oder Zeh zurückfließt.

Als ich vor dem Feuer wieder Leben in meine Zehen rubbelte, kam er herein und zog mir seine Reitgerte über den Rücken. Er schimpfte mich ein faules Stück Dreck, weil ich vor dem Feuer herumtrödelte, statt das Gehöft gegen den Sturm zu sichern.

Ich weiß nicht, wie es dazu kommen konnte.« Haakons Stimme klang klagend. »Ich erinnere mich nicht mehr, wie es geschah. In dem einen Moment schlug er mich mit der Peitsche und beschimpfte mich, im nächsten lag er auf der Erde, und ich stand über ihm und sah auf ihn herunter. Die Faust zu einem erneuten Schlag erhoben. Ich entsinne mich noch gut an den Ausdruck auf seinem Gesicht. Könnte man Achtung, Furcht und kalten Haß in einem Wort zusammenfassen, so würde dieses Wort perfekt beschreiben, was ich in diesem Augenblick in seinen Zügen lesen konnte. Ich suchte mir ein Paar besserer Stiefel und ging.«

»Das klingt gar nicht so schlimm«, meinte Elsbeth. »Niemand wurde ernsthaft verletzt.«

»Ja, das könnte man meinen. Ich dachte wie du. Zuerst. Ich war siebzehn. Es war Zeit, daß ich von zu Hause fortging und ein eigenes Leben führte. Wir durften nicht mehr unter einem Dach wohnen. Zu gegebener Zeit würden wir uns wieder versöhnen. Obwohl uns noch der eine oder andere Wintersturm zusetzte, war es doch Frühling, und die ersten Hochwasser kamen.

Ich zog in Richtung Gebirge, wo ein Vetter von mir seine Rinder auf den Almen weidete. Er hatte einen Hof unterhalb der Gipfel, inmitten hoher Fichten und Kiefern … ein wilder, einsamer Platz nahe bei einem von der Schneeschmelze gefüllten Fluß, der in den Fjord mündete. Er hatte keine unmittelbaren Nachbarn. So hoch oben war der Sommer kurz. Nur wenige Feldfrüchte konnten dort angebaut werden.

Thorhold – so lautete sein Name – und seine Familie lebten von dem, was seine Rinder hergaben – Milch, Butter und Käse –, von halbwilden Schweinen, die sich ihre Nahrung im dichten Unterholz der Bäume suchten, und dem Wild, das er und seine Söhne während des Winters erlegten. Er hatte eine Tochter, Thora hieß sie, und drei Söhne.

Sie hießen mich freundlich willkommen, und ich setzte mich mit ihnen zum Essen. Als die Rede auf meinen Vater kam, berichtete ich von dem Zerwürfnis zwischen mir und ihm und fragte Thorhold, ob ich bei ihm bleiben könne, bis wir uns beide beruhigt hatten.

Nun, ich hatte Thorhold mehr anzubieten als ein paar warme Dankesworte. Er war ein harter und habgieriger Mann, geizig sogar zu seinen nächsten Verwandten. Ich glaubte nicht, daß er meinen Vater so sehr lieben würde, um einen starken und willigen Arbeiter abzuweisen. Einen starken Rücken, dem er jede Plackerei aufbürden konnte. Ich hatte mich nicht geirrt. Er war ein Leuteschinder, aber das war mein Vater schließlich auch gewesen. Ich war noch keine zwanzig und konnte härter schuften als ein Akkergaul. Es kümmerte mich nicht. Ich dachte zu diesem Zeitpunkt schon weiter.

Mir war aufgefallen, daß Thorholds drei Söhne wenig mehr taten, als zu essen, zu trinken, herumzuliegen und mich zu verhöhnen, weil ich mich von ihrem Vater so ausbeuten ließ. Mit Ausnahme von Thora waren sie alle faul. Ich ging zielstrebig zu Werke, und ich konnte erkennen, daß sich aus dem Hof, befände er sich nur in den Händen eines besseren Mannes, etwas machen ließe. Ich jagte Bären und Wölfe und rottete sie aus. Jedenfalls diejenigen, die Appetit auf Rindfleisch zeigten und die Kälber belästigten. Ich hatte ein scharfes Auge auf die Kuhhirten, eine Bande unzuverlässiger Mietlinge, die jedes Jahr vom Tiefland hochkamen, um Thorholds Geld zu nehmen und dafür so wenig wie möglich zu tun. Ich sorgte auch dafür, daß das Vieh keine Weide bis auf die Wurzelstöcke abfraß und kein Tier umherstreunte.

Thora war nicht minder tatkräftig. Sie hatte in paar Mägde zu ihrer Unterstützung, aber die Hauptarbeit des Käsens fiel ihr zu. Und Käse, die auf den Markt gebracht und verkauft wurden, bildeten die wichtigste Einnahmequelle der Familie. Mit dem so erzielten Geld erstand sie Getreide zum Brotbacken und Bierbrauen für diese faulen Säufer, ihre Brüder und ihren Vater, und vor allem die verschiedenfarbige Wolle, aus der sie Kleider und jene schweren Wandbehänge und Decken fertigte, die im Winter die Kälte abhielten. Sie verbrachte den gesamten Winter am Webstuhl. Sie hatte keine Frauen, die ihr halfen. Die Mägde wurden nur für den Sommer angestellt, genau wie die Knechte.«

Haakon fielen die Augen zu, und er schien eine Weile vor sich hinzudämmern.

Elsbeth stand auf und zog sich ein dickes Wollhemd mit langen Ärmeln über. Dann eilte sie zu Haakons Bettseite herüber. Sein Atem ging flach. Die Kissen, die sie ihm in den Rücken gestopft hatte, waren von seinem Körpergewicht plattgedrückt worden. Sie ging in die Zimmerecke und legte Kohlen auf die Kohlenpfanne nach. Die Luft in dem Raum war wie Eis. Sie nahm ein großes Brokatkissen von einem Stuhl, dann prüfte sie die Wärme des Betts um Haakon herum. Es war warm, eigentlich zu warm. Er fieberte. Er stöhnte vor Schmerzen auf, als sie ihn weckte, um das Brokatkissen unter die anderen zu schieben, so daß er wieder höher zu liegen kam.

Dann begab sie sich zu der Truhe, die ihre Arzneien enthielt. Sie fand ein Silberfläschchen mit Holunderblütenwein und einen Pokal aus Kristall und Silber. Sie gab ein wenig von dem Wein ins Wasser und brachte Haakon den Pokal. Er trank gierig, um dann den Pokal zu betrachten. »Schön.« Elsbeth strich ihm sachte eine Haarsträhne aus der Stirn. Ihre Finger berührten die Narbe.

Seine Hand bewegte sich blitzschnell und schnappte wie eine Fessel um ihr Handgelenk zu. Er schlug die Augen auf. Er ließ sie los. »Ich habe von ihr erzählt, nicht wahr, von Thora?«

»Ja«, sagte Elsbeth. »Erzähl weiter.« Elsbeth wußte indes nicht, ob sie wirklich mehr hören wollte. Ein tiefes Unbehagen beschlich sie, aber sie mußte ihn noch eine Weile länger reden lassen. Ihn bei Bewußtsein halten, bis sein Fieber noch mehr von dem Rauschmittel aus seinem Körper trieb. »Du hast gesagt, sie sei anders als ihre Brüder gewesen«, gab Elsbeth ihm das Stichwort.

»Nein«, antwortete er. »Sie war nicht wie ihre Brüder.« Dann stockte er. »Warum?« fuhr er fort, und seine Stimme klang wie die eines verängstigten Kindes. »Warum tut es nach all den Jahren noch so weh, von ihr zu sprechen?«

»Du hast sie gern gehabt?« fragte Elsbeth.

»O ja, wir haben uns alles in allem zu gern gehabt. So gern, um ehrlich zu sein, daß sie, als der Winter einzog, ein Kind von mir erwartete. Ich habe lange über meine Schuld bei alledem nachgedacht. Wäre ich mehr ein Mann von Ehre gewesen, wäre das, was dann geschah, nicht passiert. Aber dann denke ich auch wieder, na ja … wir hatten nichts Schlimmeres getan als manch ein anderes Paar, das danach noch ein langes, glückliches Eheleben geführt hat.

Thora war nicht die Tochter eines Jarls, die auf eine herausragende Partie hoffen durfte. Möglicherweise war mein gesellschaftlicher Rang sogar etwas höher als der ihre. Ich war der freigeborene Sohn einer wohlhabenden und geachteten Familie. Auch wenn ich mich mit meinem Vater überworfen hatte, konnte ich doch jederzeit vor ihn hintreten und eine Geldsumme von ihm fordern, um mir eine Existenz aufzubauen.

Es lag kein Sinn in dem, was dann geschah. Selbst wenn mein Vater mir mein Recht verweigert hätte, hätte ich Thorhold doch etwas sehr Wertvolles eingebracht – mich selbst. Der faule Narr und seine noch untüchtigeren Söhne hielten sich gerade eben über Wasser, wo ich Erfolg gehabt hätte, ja möglicherweise sogar wohlhabend geworden wäre. Ich hätte ihnen allen ein prächtiges Leben verschafft. Aber dieser dumme Bastard konnte etwas Gutes nicht einmal erkennen, wenn man es ihm direkt unter die Nase hielt.«

Etwas Schreckliches trat in Haakons Gesicht. Sie hatte Tosi davon reden hören, wie er aussah, wenn die Raserei des Tötens ihn ergriff. Sogar in dem schwachen Lampenlicht konnte sie sehen, daß seine Augen einem Gletscher glichen, durchsichtig und klar, gefroren zu einer furchtbaren, ewigen Stille.

Er sprach weiter, aber Elsbeth hatte mit einemmal das üble Gefühl, daß der leere Blick seiner Augen nach innen ging und er mit seinen Erinnerungen allein war.

»Jedes Jahr schaffte Thorhold sein überschüssiges Vieh und einen Wagen mit guten Käselaiben nach Hideaby, um sie dort auf dem Jahrmarkt zu verkaufen. Stets lächelte er zurück, wenn ich ihn anlächelte. Er sang mein Lob und versicherte mir, nie habe er einen so erfolgreichen Sommer erlebt. In jener Nacht feierten wir ein Fest. Meine Schwester Asa hatte von dem Zerwürfnis mit meinem Vater gehört. Mein Neffe Tosi war den gesamten Sommer über hin und wieder zu Besuch gekommen, obwohl sich eine gewisse Kühle in unser Verhältnis eingeschlichen hatte. Ich hatte den Eindruck gewonnen, er hatte ebenfalls ein Auge auf Thora geworfen. In dieser Nacht jedoch konnte ich niemandem in der Welt böse sein.

Thora und ich hatten einen Treffpunkt hoch über dem Fjord. Er lag auf einem das Wasser überblickenden Felsen, umgeben von Wald. O Elsbeth, du weißt nicht, was Schönheit ist, bevor du nicht den Ruf des Bergwaldes vernommen hast, wenn er der Liebkosung des Windes antwortet. Oder den großen Streifen Wasser gesehen hast, den der Fjord darstellt, wenn er silbern in der Sonne unserer weißen nordischen Nächte schimmert. Oder die steilen Felsabhänge hinuntergeschaut hast, von stattlichen Bäumen umhüllt, dickstämmigen Riesen, scheinbar älter als die Welt.

Wir lagen gemeinsam in einem weichen Bett würzig duftender Tannennadeln, die von den Bäumen um uns herum heruntergerieselt waren, und liebten uns. Sie teilte mir mit, daß sie mein Kind unter ihrem Herzen trug. Ich war so glücklich ...«

Die Lampe auf Elsbeths Bettseite begann unruhig zu flackern, bald hochzuzüngeln und dann wieder fast zu erlöschen, und warf fremdartige Schatten über den Raum, die sich gegenseitig im Kreis zu jagen schienen. Elsbeth zitterte heftig und zog die Bettdecke bis ans Kinn hoch.

»Ganz gleich, welche anderen Freuden das Leben für einen Mann bereithalten mag, diese Art von Glück wird ihm nur einmal zuteil, nur ein einziges Mal, und es bleibt, wie flüchtig es auch sein mag, für immer rein wie Sternenlicht, ein Leitstern, der dem Steuermann auf der trügerischen See den Kurs halten hilft. Wir lagen uns in den Armen, lauschten dem Gesang des Waldes, der sich im Herbstwind neigte, und planten unser gemeinsames Leben.

Thora hatte keine Angst gehabt, mir von der Schwangerschaft zu berichten. Sie war sich meiner, meines Vertrauens und meiner Ehre sicher. Ja wirklich, sie hatte keinen Grund, an mir zu zweifeln. Ich hatte vor, ihre Berge zu meiner Heimat zu machen. Ihre Schönheit hatte mein Herz erobert, wie sie.

Auf den Hochweiden war es immer kalt, selbst in den heißesten Sommern. Das Gras dort oben blieb immer so saftig und grün, daß sogar die zur Bedachung der Häuser verwendeten Soden weiterhin wuchsen und die grauen Steinbehausungen der Menschen mit lebendigem Grün bekrönten. Sogar die wilden Schlupfwinkel von Wolf und Bär waren eine Herausforderung für mein jugendliches Ungestüm. Ich würde meine Kraft mit ihnen messen. Ich hatte die Kraft, mich in die tiefsten Schluchten vorzuarbeiten, wo die Stämme mächtiger Bäume in ihrem Kampf zum Licht miteinander rangen. Und ich würde den höchsten, ältesten dieser Giganten des Waldes fällen, um aus ihm den Firstbalken der Halle anzufertigen, die ich für sie erbauen würde.

Als meine Frau müßte sie nie die Kälte fürchten. Sie würde es warm haben, in die Felle von Vielfraß, Wolf, Bär, Hermelin und Zobel gehüllt. All diese Dinge versprach ich ihr, als sie damals in meinen Armen lag und wir auf das friedliche Wasser des Fjords hinunterblickten. Wasser, das sich vor uns auszudehnen schien wie unsere Zukunft, eine saubere und schimmernde Straße in den Nebel der Zukunft hinein, wenn der Blick dort, wo Himmel und Wasser einander begegnen, den Horizont erreicht.«

Wieder hustete Haakon. Diesmal zeigte er mehr Schmerzen als zuvor. »Meine Wunden sind steif geworden«, beklagte er sich. »Das Atmen tut weh.« Er begann zu schwitzen. Elsbeth füllte den Kristallpokal. Er trank gierig, in großen Zügen. »Kaltes Wasser«, sagte er.

»Nur teilweise. Ich habe Holunderblütenwein dazugegeben, um es zu reinigen.« Sie nahm ihm den leeren Pokal ab. »Erzählst du die Geschichte zu Ende?« fragte sie.

»Die Geschichte zu Ende erzählen«, antwortete er. »Wenn ich es doch nur könnte. In jener Nacht feierten wir, wie ich bereits sagte, in der Halle ein Fest. In deinen Augen wäre es ein elender Ort – ein Bauernhaus, Dach und Wände aus roh behauenen Baumstämmen mit einer Belüftungsklappe im Dach als Rauchfang. Erst bei den Franken sah ich zum erstenmal einen Kamin. Wir hatten nur wenig Eisen, und das nur in der Form von Waffen und Ackergeräten. Wir aßen an blanken Tischen, deren Oberflächen noch die Bearbeitungsspuren von Breitbeil und Säge zeigten. Tranken unser Bier aus Lederhumpen.

Aber, ach, wie das Feuer im Herd prasselte! Warm war es in dem Raum unserer Lustbarkeit, und es roch durchdringend nach Rindfleisch, Wild und dem roten Lachs. Ich saß neben Thora, hielt unter dem Tisch ihre Hand, fühlte ein göttergleiches Glück, als ihre Finger sich um meine flochten.

Tosi saß neben uns, und als er bemerkte, wo ihre Hand war, verdrehte er die Augen und lachte. Tosi war – und ist es noch heute – ein gutmütiger Bursche, der meinen Erfolg ohne Neid akzeptierte. Thora und ich lächelten über seine rollenden Augen und neckten ihn wegen seiner Geschichten. Denn Tosi war es gelungen, für eine Handelsfahrt nach Byzanz anzuheuern. Er hatte Tausende von Geschichten mit zurückgebracht, von denen wir nur die Hälfte glaubten.

Weißt du, Thora und ich wurden fast vollständig von unserem Tagewerk in Anspruch genommen. Es begann vor Sonnenaufgang und endete mit Einsetzen der Dunkelheit. Wenn wir eine Arbeit erledigt hatten, winkte umgehend eine neue. Sie hatte mit der einen Hand das Putzen, Brauen und Backen zu überwachen, während sie mit der anderen einen Hirten pflegte, den ein Stier auf die Hörner genommen hatte, oder ein Kalb aufzog, dessen Mutter ein Bär getötet hatte. Nächtens webte sie bei Kerzenlicht, bis sie zu müde war, um noch das Muster der Fäden erkennen zu können.

Meine Jagden waren nichts für Sonntagsjäger, ein Tag im Sattel, der mit einem Festmahl endete. Vielmehr mußte ich bei Tag und Nacht der Fährte eines das Vieh reißenden Raubtiers durch den zerklüfteten Gebirgswald folgen, über nackte Geröllhalden und windgepeitschte Felsen. Dann einen Wolf oder Bären stellen, und, allein und unberitten, mich mutig seinen Fängen und Klauen stellen, um ihn zu erlegen.

Wie hätten wir, die wir ein solches Leben führten, die Wunderdinge glauben sollen, von denen Tosi berichtete? Er erzählte von Städten, in denen die Menschen so dicht gedrängt lebten, daß sie Räume aufeinanderschichteten; von Königen, die in Gold gewandet gingen; von Herren und Damen, die so reich waren, daß sie ihre Arme und Hälse mit Edelsteinen beluden und nie zuließen, daß ihre Füße den Staub des Bodens berührten. Auf Sänften ließen sie sich auf den Rücken ihrer Sklaven tragen. Städte, wo sogar die Kurtisanen sich in Brokatgewänder hüllten und ihre Liebhaber auf Seide umarmten.

Er entwarf vor uns das verlockende Bild von Ländern inmitten eines warmen, blauen Meers. Königreiche des ewigen Frühlings, wo Blumen den ganzen Winter über blühten und Schnee nur auf den höchsten Berggipfeln fiel. Er beschrieb uns Kirchen, geschmückt mit aus Glassplittern gefertigten Bildern, die von den Priestern während des Gottesdienstes mit Tausenden von Kerzen erhellt wurden.

Nicht gar so weit weg, ließ Tosi uns wissen, erstreckten sich die Wälder Galliens. Selbst dort, behauptete er, sei der Winter nur eine vorübergehende Laune der Natur. Er bereite den Bauern wenig Verdruß. Die Scholle sei fruchtbar und bringe dem tüchtigen Ackersmann leicht zwei Ernten im Jahr.

Aber wie hätten Thora und ich, die wir in dem beengten Bauernhaus saßen, dessen schweres Balkendach so steil gestellt war, daß es nicht unter dem schieren Gewicht des Schnees zusammenbrach, solche phantastischen Dinge für wahr halten sollen?

Und überdies, welche Reichtümer auch jenseits des Fjords und der Gefahren der kalten grauen See warten mochten, wie sollten sie den Vergleich mit der Freude, die wir in der Blüte unserer Jugend empfanden, mit den Wonnen der ersten Liebe aushalten? Allen Reichtum, nach dem es uns verlangte, hatten wir in den Armen des anderen gefunden, in dem Kind, das im Winter zur Welt kommen würde, und in der Zukunft, die wir gemeinsam geplant hatten. Und wer hätte behaupten können, daß wir uns irrten? Ich erinnere mich nicht, jemals danach wieder so glücklich gewesen zu sein.

Ich kann noch immer ihre Hand in meiner fühlen. Es war keine weiche Hand wie deine, sondern eine kräftige, harte mit langen Fingern. Selbst wenn das Alter meine Augen trübt und die Geräusche der Welt in meinen Ohren nur noch ein schwaches Echo ihres einstigen Selbst sind, sogar dann, glaube ich, werde ich noch ihre Berührung spüren. So wird sie für immer bei mir bleiben und mich nie verlassen. Die Götter sind grausam, Elsbeth. Die einzige Gnade, die sie der Menschheit erweisen, besteht darin, die Zukunft vor uns zu verbergen. So saßen wir also dort und bettelten Tosi an, uns eine Geschichte nach der anderen zu erzählen. Und er, gewärmt von Thoras starkem, gehaltvollen Dunkelbier, tat uns den Gefallen.«

Das Licht der flackernden Lampe glomm in seinen Augen.

»Thorhold hatte den Vorsitz über die Tafel, und er wirkte höchst zufrieden mit sich, fast so, als habe er einen gewinnbringenden Handel abgeschlossen. Und sogar Thoras drei Brüder, für gewöhnlich grimmige, höhnische und unangenehme Zeitgenossen, schienen in jener Nacht leicht zu erheitern zu sein. Sie lachten laut und lange über Tosis Geschichten und riefen ihm zu, wenn er nicht der frechste Lügner im Gebirge sei, so sei er zumindest der unterhaltsamste.

Ich in meiner Beschränktheit glaubte, die gute Kameradschaft zwischen uns lasse sich darauf zurückführen, daß Thorhold einen starken Schwiegersohn gewonnen zu haben glaubte und mit der Partie zufrieden sei.

Mein Bett war im Stall, der Heuboden über dem Vieh, das wir von den Sommerweiden heruntergetrieben hatten. Thora folgte mir hinaus in die Nacht. Ach, die Luft einer Herbstnacht! Sie enthielt die Reinheit des ersten Morgens der Erde, und die Sterne! Es gab keinen Mond, aber in ihrem Licht, wie sie dort einen Schleier der Pracht über den Himmel breiteten, konnten wir unsere Gesichter sehen. Wir hätten vielleicht einen Stall finden können, wo wir uns im warmen Stroh hätten umarmen können, aber wir taten es nicht. Wir erneuerten nur unser Versprechen, unsere gegenseitige Liebe.«

Haakon schwitzte ungehemmt. Sein Fieber klang ab. Er atmete jetzt freier. Die Lampe suchte sich diesen Augenblick aus, um ihr letztes Tröpfchen Öl zu verzehren und auszugehen. Die Flamme brannte noch wenige Sekunden bläulich weiter, um dann völlig zu verlöschen und das Zimmer in tiefste Dunkelheit zu tauchen.

Elsbeth konnte noch recht gut sehen. Schwaches Licht von Mond und Sternen fiel in das Schlafgemach. Sie stand auf und bewog ihn dazu, das Hemd zu wechseln. Dann packte sie ihn wieder ein und sorgte dafür, daß er gut zugedeckt war und es warm hatte. Danach schlüpfte sie ins Bett zurück, schmiegte sich an ihn und nahm ihn in die Arme. »Bring es zu Ende, Haakon«, bat sie ihn. »Ich muß es wissen. Ich denke, ich sollte es wissen.«

Er löste sich aus ihrer Umarmung. Durch die Kissen saß er weiterhin aufrecht. »Meine Brust schmerzt. Die Wirkung des Mohnsafts läßt nach. Es tut mir leid, daß ich vor dir damit angefangen habe, aber …

Dort, wie hier auch, ließ man die Schweine frei im Wald laufen, damit sie sich während des Sommers Fett anfraßen. Ich wunderte mich deshalb nicht, als Hoskold, Thorholds Erstgeborener, mich mit den Worten weckte, wir müßten das Flußtal hinuntergehen, ein paar töten und die Schinken für den Winter räuchern. Ich griff mir meinen Speer und folgte ihm.

Das Vorwärtskommen war beschwerlich. Der Fluß, ein reißender Gebirgsbach, floß durch steil zum Fjord abfallendes Gelände. Die schmale Kluft, die der Fluß in den Berghang geschnitten hatte, war mit Geröll, Gestrüpp und umgestürzten Bäumen verstopft. Jeder erdenkliche Schutt wurde von den Höhen heruntergespült, und die Ufer waren steinig und tief zerklüftet von Spalten und Rissen.

Die Schweine sammelten sich für gewöhnlich in der Nähe der Mündung. Ich hätte es wissen müssen … Thoras Brüder waren zu fröhlich. Sie lächelten zuviel, schienen die ganze Zeit über einen Witz zu lachen, den ich nicht kannte. Aber ich war jung … unbedarft … aber trotzdem begann mich ein ungutes Gefühl zu beschleichen, als wir ein Stück am Fluß zurückgelegt hatten. Ich ahnte, daß sie nichts Gutes im Schilde führten.

Die Ahnung wurde mir zur Gewißheit, als Skleg, der jüngere Bruder, mir meinen Speer wegnahm. Er riß ihn mir aus der Hand, als wir einen Seitenbach überquerten, und sagte: ›Spring rüber, Haakon. Ich werfe dir den Speer hinüber, wenn du auf der anderen Seite bist.‹

Am anderen Ufer lag eine mächtige, umgekippte Eiche parallel zum Bach. Ich übersprang Bächlein und Stamm mit einem Satz und landete hinter der Deckung des dicken Baums. Die Eiche war noch grün, hatte ihr Laub noch nicht verloren. Ich riß mir einen Zweig ab, der fast den Umfang eines Männerbeins hatte, und rief zu Skleg herüber: ›Ich denke, ich kann hiermit ebenso viele Schweine töten wie du mit meinem Speer.‹ Die Brüder lachten, und Hoskold rief: ›Ich glaube, ich höre die Schweine unmittelbar vor uns. Nur zu, Haakon, geh weiter und sieh, welchen Schaden du mit deiner Keule anrichten kannst!‹

Die Schweine befanden sich nur ein kleines Stück von unserem Standort entfernt. Ich hörte sie grunzen und quieken, wie sie es stets bei der Futtersuche tun. Ich vermutete sie in einem tiefen Einschnitt in der Uferböschung, der im Frühling entstanden war, wenn der Fluß ansteigt und Wirbel bildet. Ein angenehmer Ort, grün bis zum ersten Schnee. Thora und ich hatten im Sommer dort Kresse und Rohrkolbenwurzeln gesammelt.

Ich hastete über den Rand des Grabens durch Gebüsch und Baumschößlinge, mit der Absicht, mich zurück und hoch in die Berge zu wenden. Im Stall hatte ich eine Axt und ein Schwert versteckt, die Tosi mir gegeben hatte. Weder er noch meine Schwester Asa trauten Thorhold und seinen Söhnen.

Dann sah ich die Schweineherde am Wasser. Ich näherte mich und sah, daß die Schweine Fleisch fraßen. Und das Fleisch, das die Schweine fraßen, war … Thora.«

Elsbeth sprang aus dem Bett. Unter ihren Arzneimitteln bewahrte sie ein Ölfläschchen auf. Es dauerte nur wenige Sekunden, die Lampe nachzufüllen und wieder anzuzünden. Denn ganz kurz hatte Elsbeth eine Kälte verspürt, als sei ein Eishauch durch den Raum geweht. Als sei etwas oder jemand aus der kalten Dunkelheit draußen hereingekommen und stehe nun lauschend im Schatten, gerade außerhalb des Lampenlichts.

Haakons Gesicht hatte alles Menschliche verloren. Seine Augen waren starrgefroren, sein Mund ein blutloser Hieb durchs Gesicht, die Haut spannte sich über den Knochen. Er fuhr fort. »Die Schweine hatten, wie Tiere es eben tun, die weichen Teile zuerst gefressen, so daß sie nur noch eine leere Hülle war, aber eine Hülle mit dem Kopf, den Händen und den Füßen einer Frau. Ich hatte an Flucht gedacht, aber jetzt dachte ich gar nichts mehr.

Skleg erreichte den Grabenrand über mir. Er lachte und rief zu mir herunter: ›Flieh, Haakon. Lauf schnell, lauf weit. Vielleicht entkommst du uns.‹

Ich antwortete: ›Komm herunter, Skleg. Ein Mann kann nicht mehr als sterben. Und ich begreife nun, daß es nicht das Schlimmste ist, was er im Leben erdulden muß, nur das Letzte.‹ Er sprang herunter und fiel mich mit erhobener Axt an.

Ich stand still wie ein Fels und machte keine Anstalten, mich zu ducken oder auszuweichen. Die Axt traf meinen Schädel. Ich fühlte, wie das Blatt in den Knochen eindrang. Vielleicht war er übereifrig gewesen und hatte nicht richtig gezielt, denn das Blatt rutschte ab und zerschnitt meine Stirn und mein Gesicht so, wie du es heute an der Narbe sehen kannst. Vielleicht war er aber auch zu nachlässig gewesen, seine Waffe anständig zu schärfen, und wurde durch seine Faulheit getötet.

Denn getötet wurde er. Als das Blatt an meinem Gesicht vorbeizischte, schwang ich die Keule. Es bestand keine Notwendigkeit für einen zweiten Schlag oder auch nur einen zweiten Blick. Der Großteil seines Kopfes verschwand einfach. Ich hatte nicht gewußt, daß ich so stark war.

Hesveg, der mittlere Bruder, tauchte auf. Er hatte meinen Speer.

Er schleuderte ihn. Ich weiß nicht, warum er mich nicht traf. Vielleicht entmutigte es ihn, mit anzusehen, wie schnell Skleg gestorben war, oder er verlor die Nerven, weil ich ihn bereits mit Sklegs Axt in der Hand anrannte. Hesveg hatte noch seine Axt, aber sie half ihm nicht viel. Sein Körper schlug an zwei verschiedenen Stellen zu Boden.

Hoskold verlor die Lust, gegen mich zu kämpfen. Verstehst du, sie meinten mich überwältigen und schnell töten zu können. Für sie war ich noch ein Junge, nicht viel besser als die Knechte, die sie bezahlten, um ihr Vieh zu hüten. Mein Vater hatte mir nie gestattet, gerüstet zu gehen, hatte mir nie Waffen gegeben.

Hoskold stand noch oberhalb von mir, oben auf dem Ufer. Als er sich zur Flucht wandte, rief ich ihm zu: ›Deine Brüder sind viel zu schnell gestorben. Wenn ich dich kriege, wirst du dir wünschen, du hättest ihr Glück gehabt.‹ Und ich kriegte ihn, nach nicht allzu langer Zeit.

Bevor er starb, holte ich die Wahrheit aus ihm heraus. Sie hatten nie beabsichtigt, Thora zu töten. Doch in der Nacht nach dem Fest hatten sie sie zu einer alten Frau gebracht, deren Geschäft es war, den guten Ruf junger Mädchen zu retten. Die alte Frau gebrauchte ihre starke Hand, um das Kind im Mutterleib zu zerquetschen. Als Thora erkannte, wo sie sie hinbrachten und was sie vorhatten, wehrte sie sich so heftig, daß die alte Frau zu stark zudrückte. Thora blutete und hatte eine Totgeburt. Die Blutung wurde schlimmer und schlimmer, bis sie starb.

Offenbar hatte Thorhold, als er auf den Jahrmarkt gegangen war, meinen Vater getroffen. Thorhold wußte, daß Thora und ich uns liebten. Nur ein noch größerer Dummkopf als er hätte es nicht gemerkt. Er schlug eine Heirat vor. Mein Vater wurde wütend und verkündete Thorhold, ich würde nicht das geringste von ihm erhalten. Darüber hinaus zahlte er Thorhold ein Handgeld, damit der das Kind beseitigte und mich davonjagte.

Thorhold versprach zu tun, was mein Vater verlangte. Als Thora jedoch starb, wurde Thorhold klar, daß die Sache aus dem Ruder gelaufen war. Er ärgerte sich, hatte ihm doch vorgeschwebt, sie gegen ein saftiges Brautgeld Tosi zu geben. Aus Zorn über das Fehlschlagen all seiner Pläne sagte er zu seinen Söhnen: ›Werft sie den Schweinen vor. Bringt ihn dorthin, damit er sehen kann, was er angerichtet hat, dann tötet ihn. Laßt die Schweine sich satt essen, und was überbleibt, schmeißt ihr in den Fjord.‹

Nachdem ich die Wahrheit aus Hoskold herausgeprügelt hatte, schickte ich ihn zu seinen Brüdern. Ich vermag nicht zu sagen, ob die Schweine ihren Festschmaus begannen, bevor oder nachdem er tot war, aber seine Schreie folgten mir noch lange auf meinem Weg zurück zum Hof. So oder so hätte er nicht mehr lange zu leben gehabt. Ich hatte ihm beide Beine und Arme gebrochen.

Als ich in die Halle kam, saß Tosi mit Thorhold am Tisch. Im Gegensatz zu mir hatte er sich vergangene Nacht betrunken und kam gerade erst zu sich. Thorhold war entsetzt. Er langte nach seiner Axt. Ich könnte mir vorstellen, daß ich die letzte Person war, die er zu sehen erwartete. Tosi sprang auf, nicht über die Lage im Bilde. Er versuchte mich zurückzuhalten. Ich schlug ihn nieder. Thorhold machte Anstalten, zu fliehen. Ich sagte: ›Es stört mich, daß du noch lebst, Thorhold.‹ Ich packte ihn am Hemd, warf ihn zu Boden und schlug ihm den Kopf ab. Er starb auf seiner eigenen Türschwelle.

Tosi stellte sich vor mich hin. ›Haakon, warum hast du das getan?‹

›Folge dem Fluß‹, wies ich ihn an, ›dorthin, wo er in den Fjord mündet, und sieh, was du dort findest.‹ Nach einer Weile kehrte er zurück, in seinem Umhang das, was von Thora noch übrig war. Er legte das Bündel auf den Fußboden. ›Was ist geschehen?‹ fragte er. Ich berichtete ihm, was Hoskold mir berichtet hatte.

Wir verfütterten auch Thorholds Überreste an die Schweine. Tosi war einverstanden. Er sagte: ›Er hat letzte Nacht zu viel gelächelt.‹ Thorhold besaß mehr Reichtümer, als er zugegeben hatte, Gold und einige Juwelen nebst dem Silber, das er von meinem Vater erhalten hatte.

Wir hüllten ihren Körper in die wollenen Wandbehänge, die einst ihre Halle verschönert hatten, und breiteten Thorholds

Schätze über ihr aus. Ich vergrub Sklegs Axt in den Schädeln des besten Hengstes und des besten Bullen, die Thorhold besaß, und legte sie neben sie. Dann bahrten wir Thora auf dem Tisch auf, an dem wir in der Nacht zuvor getafelt hatten. Wir schickten ihren Geist in einer Feuerlohe zum Himmel. Ich wollte, daß sie ehrenvoll willkommen geheißen und behandelt wurde … unter den Toten.

Sein Vieh, gute Milchkühe und einige Ziegen und Schafe, trieben wir in den Wald. Wer wollte, konnte sie sich nehmen. Die Halle brannte lichterloh, nachdem sie einmal Feuer gefaßt hatte. Im Nu war sie ein brüllendes Flammenmeer, da wir Thorholds Vorräte im Haus gelassen hatten, und sie umfaßten eine Menge Butter und Öl. Wir sahen noch eine Weile zu, bis wir ihrer völligen Zerstörung sicher sein konnten. Dann verließen Tosi und ich die Stätte mit unseren Waffen, den Kleidern, die wir am Leib trugen, und sonst nichts.

Wir blieben nicht stehen, um zu sehen, was die Schweine aus Thorhold und seinen Söhnen gemacht hatten. Wir wanderten, bis wir den Hof meiner Schwester erreichten. Sie wußte, daß ich zum Haus meines Vaters zurückkehren und ihn töten würde. Deshalb überlisteten sie und Tosi mich.

Eines Morgens nach einem heftigen Trinkgelage – so verbrachte ich damals all meine Abende – fand ich mich auf einem Drachenschiff wieder, das zu einem Plünderungszug nach Wessex an die englische Küste ausfuhr. Tosi war bei mir. Seitdem sind wir stets zusammengewesen. Ich erfuhr, daß Nachbarn sich das Vieh genommen hatten. Von Thorholds Gehöft ist nur noch ein niedriger, grasbewachsener Erdhügel übriggeblieben, auf dem bereits junge Bäume wachsen.«

Elsbeth spürte, wie ein Schatten näher rückte. Bedächtig blies sie die Lampe aus.

»Weißt du, Elsbeth …« Haakons Stimme war rauh, das Schleifen einer Feile an Stahl. »Ich habe das noch keinem lebendigen Wesen erzählt, nicht einmal Tosi. Hoskold sagte, sie habe mich verflucht, als sie starb.«

»Nein«, entgegnete Elsbeth. »Sie hat dich geliebt.« Einen kurzen Augenblick lang lastete das Gewicht einer ungeheuren Verantwortung auf ihren Schultern. »O nein, glaub mir, sie hat dich nicht verflucht, als sie starb, ganz gleich, was ihr Bruder behauptet haben mag. Eine Frau kennt das Herz einer anderen. Hoskold wußte, daß er nicht lebend davonkommen würde. Er und seine Brüder und sein Vater waren kleinherzig in ihrer Grausamkeit und Habgier. Und kleinherzig war er auch in der einzigen Rache, die er an dir üben konnte.«

»Komm her. Halt mich warm.« Haakon zog sie in seine Arme. Sie konnte seinen großen, starken Körper fühlen; konnte fühlen, daß seine Körpertemperatur gesunken, seine Atmung normal war. Sie spürte die Veränderung, als er in einen gewöhnlichen Schlaf sank. Das Fieber war vorüber, die Arznei hatte sich verflüchtigt, die schlimmsten Schmerzen waren überstanden. Er würde friedlich bis zum Morgen durchschlafen. Er befand sich außer Gefahr.

Dennoch war der Schatten noch gegenwärtig.

»Nein«, flüsterte Elsbeth leise in die Dunkelheit, in das Schweigen. »Hoskold hat nicht gelogen, nicht wirklich. Er hat sich schlicht geirrt. Wenn ich mir auch nicht vorzustellen vermag, daß sie dich verflucht hat, kann ich doch gut glauben, daß sie mit deinem Namen auf den Lippen starb. Ist das die Gerechtigkeit, die du suchst?«

Sie erkannte, daß sie ihre Frage an die leere Nacht gestellt hatte. Der Schatten war verschwunden. Elsbeth tat es Haakon gleich und schlummerte ein, glitt hinüber in die Scheinwelt ihrer Träume.

KAPITEL 34

Tosi weckte sie vor Anbruch der Dämmerung. Sie begegnete ihm an der Tür mit gezogenem Messer. Voller Abscheu sah er die Waffe in ihrer Hand an. »Ich bin seit vielen Jahren sein Freund«, sagte er. »Ich habe häufiger neben ihm geschlafen als Ihr. Nie hatte er etwas von mir zu befürchten.«

»Schön und gut«, versetzte Elsbeth und steckte den Dolch wieder in die Scheide. »Aber sind alle Männer so treu wie Ihr?«

Der Raum war schwach beleuchtet; nur eine Kerze flackerte auf einer Kleidertruhe in der Ecke. Als sie sich dem Bett näherten, sahen sie, daß Haakon wach war, das Schwert in der Hand.

»Ivor ist wieder da«, flüsterte Tosi. »Er will dich sprechen.«

Elsbeth war verblüfft. »Ivor?«

Tosi lachte in sich hinein. »Ich möchte nicht gerne, daß meine edle Herrin Ivor gegenübertritt. Er hat ein Gesicht, das manch einen Mann das Fürchten gelehrt hat.«

»Ich weiß, was Verwundungen aus einem Mann machen können«, entgegnete Elsbeth.

»Warum muß sie ihn überhaupt sehen?« flüsterte Haakon zurück.

Tosi spreizte seine Hände in einer hilflosen Geste. »Haakon, er ist schwer verwundet. All seine Männer sind tot. Es sieht so aus, als sei er Owen begegnet und habe den Kürzeren gezogen. Der Bischof wurde von einem Magier von großer Macht unterstützt. Mehr wollte er mir nicht erzählen. Er besteht darauf, mit dir zu sprechen.«

Haakon versuchte sich zu erheben, aber Elsbeth drückte ihn in die Kissen zurück. »Du wirst dir in dem winterlichen Wald den Tod holen!«

»Den Teufel werde ich«, widersprach Haakon und versuchte erneut, sich aufzusetzen.

»Bleib liegen«, sagte Tosi. »Ich glaube, sie hat recht. Die grauen Herrinnen waren dir in jüngster Zeit gewogen. Ich würde aber ihre Großmut nicht zu sehr auf die Probe stellen. Ivor wird ihr berichten, was du wissen willst.« Er grinste. »Wenn man ihn so ansieht, würde man es nicht glauben, aber Ivor hat eine echte Schwäche für Frauen.«

Elsbeth, in ihren dunklen Umhang gehüllt, begab sich mit Tosi zu dem Eschenhain, wo Ivor lag. Es gelang Elsbeth, sich zu beherrschen, als sie sein Gesicht erblickte. Er akzeptierte sie als Botin Haakons.

Nachdem Tosi die Wache außer Hörweite geführt hatte, setzte Elsbeth sich auf einen Baumstumpf an Ivors Seite. Sie zog den Umhang gegen die Kälte enger um sich und lauschte seinem Bericht. Sie wunderte sich nicht, als er vor Wut und Demütigung weinte. Weder er noch Haakon begriffen das Wesen von Gnade oder Mitleid. Sie hielten es für Verachtung, und keiner von beiden konnte den Gedanken ertragen, irgend jemand mache sich über ihn lustig. Sie erhob jedoch Einwendungen, als Ivor seinen Vorsatz verkündete, jegliche Nahrung zu verweigern, bis er starb.

»Nein«, sagte sie. »Ich verspreche Euch Rache. Eßt, trinkt, was Tosi Euch bringt. Ich bin in Kürze wieder da.« Als sie sich erhob, um zur Halle zurückzukehren, war sie so tief in Gedanken versunken, daß sie beinahe vergessen hätte, ihren Begleitschutz zu rufen.

Als sie sich der Feste näherten, schickte Elsbeth Tosi voraus. Dann hielt sie inne und beobachtete den Sonnenaufgang über dem Fluß. Sie war sich sicher, das Mittel zu kennen, mit dessen Hilfe sie Haakon die Stadt verschaffen konnte. Nun mußte sie ihn nur noch davon überzeugen, daß sie dazu in der Lage war.

Ivor schenkte seinem Leiden kaum Beachtung. Der Schmerz war so lange Bestandteil seines Lebens gewesen, daß er sich in den seltenen Momenten, in denen er frei davon war, fast verloren fühlte.

Elsbeth nähte seine Ferse wieder an den Fuß. Dann weichte sie ungegerbtes Leder in Wasser ein und paßte es an seine Ferse an, während sie es gleichzeitig mit Lederriemen an seinem Fuß befestigte. Ivor fand heraus, daß er schlecht und recht wieder gehen konnte. Er hinkte stark, und der Schmerz in seinem Bein war heftig, aber er konnte sich fortbewegen.

Was den rechten Daumen anbetraf, so gab es wenig, was Elsbeth hätte tun können, aber er war auch mit links ein beachtlicher Schwertkämpfer.

Das Töten war Ivors Gewerbe, und er liebte es. Es bedeutete Macht, und Ivor war unter den Machtlosen geboren. Seine Mutter war eine Sklavin gewesen. In seinem ganzen Leben hatte nur sie allein ihn geliebt. Und die Berserker waren die einzigen Freunde, die er je gekannt hatte. Alle anderen wandten sich voller Ekel und Entsetzen von ihm ab.

Er sollte das Glück seiner Mutter sein, obgleich sie das noch nicht wußte, als sie das große Baby neben dem Herd des Bauernhauses säugte, nachdem es auf die Welt gekommen war. Sie schwor voller Schrecken, sie habe nie einen Mann erkannt. Die Wahrheit war, daß sie in Todesangst vor ihrer Herrin lebte, der Gattin des Bauern, einer harten, zänkischen Frau, die jeden, ihren Ehemann eingeschlossen, tyrannisierte. Sie schenkte den unglücklichen Beteuerungen des knienden Mädchens, das sein Baby an die Brust drückte, nur halbwegs Glauben.

Und als Folge davon wurde Ivor in den Stall verbannt, sobald er für sich selbst sorgen konnte. Er wuchs unter den Tieren auf und wurde selbst mehr oder weniger wie ein solches behandelt. Niemand bemerkte, daß die brütenden dunklen Augen unter den vorstehenden Brauenwülsten klug waren oder daß seine abstoßenden Züge Kummer und Einsamkeit spiegelten. Sein Kopf war für gewöhnlich gesenkt.

Der Bauernhof war seine einzige, enge Hölle von Welt. Das Land gab nur bestenfalls genug für alle. Die wenigen Jahre des Wohlstands, deren der Bauer sich kurz nach Ivors Geburt erfreuen durfte, wichen bald immer magereren. Im letzten Jahr, in dem Ivor dort lebte, wurde das Leben für die Sklaven zu einem Alptraum von Mißhandlung und Hunger.

Er war zwölf und größer als die meisten erwachsenen Männer.

Eines Nachts tötete er die Bauersfrau, nachdem sie seine Mutter fast zu Tode geprügelt hatte. Sie war der erste Mensch, den er umgebracht hatte, und dabei kostete er die ganze Süße von Macht und Rache.

Seine Mutter hatte Essen für ihn gestohlen. Sein mächtiger Körper benötigte mehr Nahrung, als er erhielt. Er kniete im Stroh und schlang das Brot und die paar Fleischbrocken herunter, die seine Mutter für ihn hatte verstecken können, als die Bauersfrau sie überraschte.

Er erinnerte sich an das Gesicht seiner Mutter, den Blick stummer Verzweiflung in ihren Augen, als sie sich zusammengerollt hatte, einen Arm über die Augen gelegt, um sie vor dem Lederriemen in der Hand der anderen Frau zu schützen. Erstaunen und Furcht, von Wahnsinn verzerrt, standen im Gesicht der Bauersfrau.

Keine der beiden Frauen schenkte ihm die geringste Aufmerksamkeit. Er hätte ebensogut eins der Pferde sein können, die an der Krippe standen. Er sah fast gelähmt vor Angst zu, wie der Riemen sich endlos hob und wieder herunterpfiff. Scharlachrote Streifen, die kreuz und quer auf dem Rücken des Kleids seiner Mutter verliefen, tauchten auf. Sie begann zu winseln und dann zu schreien, jeder Schrei ein schrilles Wehklagen, das sich ihren Lippen entrang.

Er sah zu, wie ihr Körper sich drehte und wand, weg von den Hieben. Ihr Blut tropfte auf den Boden, verschmierte das Stroh und die armseligen Essensreste.

Am Ende streckte er die Arme aus und faßte die alte Frau um den Leib, indem er ihre Arme an ihre Seite preßte und sie vom Boden hochhob. Sie kreischte in rasender Wut auf, begann nach ihm zu treten und mit dem Riemen nach seinen Oberschenkeln und Waden zu schlagen.

Er trug sie nach draußen, wo ein Schneesturm tobte. Ein paar Schritte weg vom Scheunentor, und er stand knöcheltief im Schnee. Der Wind peitschte ihn, heulte lauter als das halbverrückte Bündel aus Knochen und Wut in seinen Armen. Hinter der

Scheune war das Haus ein nahezu unsichtbarer schwarzer Umriß in dem wirbelnden Schnee.

Ivor streckte lachend sein Gesicht in den Eissturm und hielt die alte Frau voll hinein. Er blieb einfach dort stehen. Der Schneesturm besorgte den Rest.

Als sie aufgehört hatte zu zappeln, ließ er sie fallen und schaute ihr dann neugierig ins Gesicht. Eine Eisschicht begann sich auf ihren offenen, starr blickenden Augen zu bilden. Dann machte er kehrt, ging in die Scheune zurück und tat sein Bestes, um seine Mutter zu trösten.

Danach wandten die Dinge sich zum Besseren. Der Bauer ließ sie frei. Ivor war sein Sohn. Ungewollt, ungeliebt, nie anerkannt, aber immer noch sein Sohn.

Die Leiche der Bauersfrau wies keinerlei Spuren einer Mißhandlung auf. Der Bauer meinte ängstlich, sie müsse das Haus verlassen haben, um in die Scheune zu gehen, vom Schneesturm überrascht worden sein und sich verlaufen haben. Niemand auf dem Gehöft sagte auch nur ein einziges Wort. Sie war allen wahrhaft und von Herzen verhaßt gewesen.

Der Bauer gab den ungleichen Kampf mit einem Land, das keinen Ertrag bringen wollte, auf und zog in eine Handelsniederlassung an der Küste.

Ivor fand genug Arbeit, um sich und seine Mutter zu ernähren. Seine gewaltige Körperkraft kam ihm dabei zustatten. Mit vierzehn segelte er zu seinem ersten Überfall. Dort geschah es, daß er der Kriegergruppe begegnete, die sich der Kampfausbildung der Berserker verschrieben hatte.

Er wurde einer von ihnen, als die Hand des Gottes ihn ins Gesicht schlug. Daneben wurde er auch noch reich auf diesem Raubzug. Mit der Kriegsbeute, die er heimbrachte, sorgte er dafür, daß seine Mutter sich in einem eigenen Haus und Hof niederlassen konnte. In dem Jahr, als sie starb, segelte er mit Haakon.

Wenn sie auch das einzige war, was er liebte, so wußte er doch auch, daß sie eins der vielen Dinge war, die er nicht verstand. Goswentha war sanft und freundlich. Viele Male, seit er den häßlichen

Hof verlassen hatte, über dem der Hunger wie ein Gespenst zu schweben schien, war er sich sicher gewesen, daß seine mürrische Stärke nur um ihretwillen geduldet wurde. Alle Notleidenden wandten sich an sie. Die Zeiten des Hungerns in ihrer Jugend hatten sie tief gezeichnet. Sie speiste alle Bettler, die an ihre Tür kamen. Ihre Küche war immer voll von schwatzenden, sich beklagenden Frauen, die ihr einen Besuch abstatteten.

Da seine Ergebenheit für Goswentha genauso zu ihm gehörte wie sein Herz, nahm er es hin. Aber er haßte es, sich an seine von Gewalt geprägte Kindheit zu erinnern. Eine wildere Frau hätte ihn vielleicht verteidigt, sie jedoch hatte ihm nur ihre zärtliche Liebe zu geben vermocht. Auf eine traurige Weise schien sie das zu verstehen, und sie starb mit einer Bitte um Vergebung auf den Lippen, seine große Hand in der ihren. Aber er hatte nie jemandem vergeben, der ihn verletzt hatte. Er wußte nicht, was dieses Wort bedeutete.

Der Knabe, der ihn besiegt hatte – Owen – erinnerte ihn an sie. Auch er besaß diese seltsame Verbindung von zäher Kraft und wehleidiger Schwäche. Dieser Weichling hatte ihn des Tötens nicht für wert erachtet, aber er würde einsehen, daß er einen Fehler begangen hatte. So humpelte Ivor also auf die Bäume am Flußufer zu und versprach dem Gott sein eigenes Leben im Tausch gegen Owens Tod.

Ivor saß am Ufer und versenkte sich in Trance. Er träumte davon, die grünen Hügel zu erklimmen, während die Sonne ihm auf den Nacken brannte, das Schwert ein Leuchtfeuer in seiner Hand. Das Gehöft lag unter ihm, ziemlich ähnlich dem, auf dem er geboren war. Die strohgedeckten Dächer der Haupthalle, die verstreuten Wirtschaftsgebäude unterschieden sich in nichts von denen, wo man ihn wie ein Tier eingepfercht hatte.

Er träumte von dem panischen Entsetzen, als die überraschten Einwohner zu fliehen versucht hatten. Er frohlockte in der Gewißheit, daß sie keine Chance hatten. Er und seine Männer waren der unbesiegbare Tod unter dem weißlich klaren Licht des Mittagshimmels.

Er durchschritt selbst den halbverfaulten Holzzaun. Nichts

konnte vor der Macht des Gottes bestehen, die durch seine Adern pulste. Es war süßer als die Liebe der Frauen, Essen oder ein voller Becher.

Seine Hände zwangen die Pfähle auseinander wie dürre Zweige, und sein Schwert trank Blut. Und er tötete alles in seinem Weg, wie er es gelobt hatte. Alle Männer an der Palisade und dann die Frauen und Kinder, die kreischend aus dem brennenden Langhaus geschleppt wurden, um auf dem Hof abgestochen zu werden. Alles, was seine Hände berührten, starb, und das war Macht. Sie schlachteten sogar das Vieh in den Ställen – die Rinder, Pferde, Schafe, ja selbst die Hunde. Sie nahmen sich, was sie wollten, und vernichteten, was sie nicht wollten. Das war Macht.

Und der gottgegebene Wahnsinn, der Haß befreite ihn vom Schmerz. Er wich aus seiner zerstörten Gesichtshälfte, dem brennenden Schnitt an seiner Ferse und seiner Hand. Er ging zur Feste und fragte Elsbeth, was er tun müsse.

Das bewaldete Sumpfland, das die Flanke der Stadt vor Angriffen schützte, bot einem Mann, der sich heimlich bei Nacht fortbewegte, genügend Deckung. Die Palisade endete in einer Erdaufschüttung und schließlich im Fluß. Keine größere Streitmacht, ja nicht einmal ein kleinerer Räubertrupp konnte hier durchschlüpfen, weil der Hafen bewacht wurde. Die meisten Kaufleute verfügten wie Judiths Vater über ihre eigenen bewaffneten Gefolgsleute, die Wache hielten. Fackeln erhellten die kleine Bucht und die Hafenanlagen, wo die Schiffe Anker warfen.

Ivor trug einen schweren Wollumhang und einen Holzstab und war in der Dunkelheit fast nicht zu sehen. Es war ein Kinderspiel.

Die Nacht war kalt, und die Wachen drängten sich um ihre Feuer. Ivor ging einfach an ihnen vorbei. Nur einer rief ihn an, und da ließ sich Ivor in eine gebückte Haltung fallen und bettelte den Mann mit kläglicher Stimme um ein Almosen an.

Der Soldat erhaschte einen flüchtigen Blick auf sein entstelltes Gesicht, das halb in den Falten des Umhangs verborgen war, und flüsterte: »Heiliger Jesus!« Er warf ihm eine Münze zu und fuhr ihn an: »Mach, daß du wegkommst, Aussätziger. Der Bischof speist sie alle jeden Morgen vor dem Portal der Kathedrale. Beeil dich, oder du bekommst nichts mehr ab.« Ivor kroch überzeugend nach der Münze über den Boden, verneigte sich dann und humpelte, schwer auf seinen Stab gelehnt, seines Wegs.

Der erste Lichtschimmer breitete sich am Himmel aus, als er die Kathedrale erreichte. Die Bettler hatten sich in einer windgeschützten Ecke nahe der Tür zum Haus des Bischofs versammelt. Ivor stellte sich an eine der Säulen und musterte verstohlen seine Leidensgefährten.

Einer war ein zahnloser Graubart mit einer weißen Haarmähne, dessen erloschene blaue Augen ins Leere starrten. Seine Lippen bewegten sich ständig, während er mit jemand sprach, den nur er sehen konnte. Ivor tat ihn ab.

Fortunatus, der Trunkenbold, kauerte neben dem Alten. Er war wie üblich schmutzig, aber klaren Blicks und auf der Hut. Zwei Frauen, beide zerlumpt, hielten sich ein Stückchen abseits von den Männern. Eine Frau hatte ein Kind an der Brust. Fortunatus sagte etwas zu der ihm am nächsten Stehenden, und sie raffte voller Verachtung die Röcke und drehte ihm den Rücken zu.

Der Trunkenbold rutschte auf seinem Hinterteil von ihr fort, bis er neben Ivor zu sitzen kam, und rief der Frau zu: »Als ich Geld hatte, hast du mich geliebt!«

»Nein«, erwiderte sie. »Ich habe dein Geld geliebt.«

Fortunatus warf einen eindringlichen Blick auf Ivors Gesicht unter der Kapuze seines Umhangs. »Meinen Glückwunsch, Freund. Ich habe dich hier noch nicht gesehen.«

»Nein«, antwortete Ivor kurz angebunden.

»Dieses Gesicht, das du da hast, ist eine wunderbare Sache. Ist es echt oder nur ein Trick, um dem frommen Volk das Silber aus der Tasche zu ziehen?«

Ivor lebte schon geraume Zeit mit seinem Gesicht, aber die Zeit machte es nicht leichter zu ertragen. Er funkelte Fortunatus mit seinem einen Auge an. »Mein Gesicht stellt also für einen Bettler ein Vermögen dar?«

»Es ist in der Tat eine monströse Abscheulichkeit«, gab Fortunatus fröhlich zurück. »Aber ich weiß, was man mit ein bißchen Farbe und Wachs alles bewirken kann.«

Ivors Stimme war ein tiefer Baß, beunruhigend wie ein leichtes Erdbeben. »Nicht Farbe und Wachs«, sagte er und zeigte auf sein totes Auge, »haben dies bewirkt, sondern das harte Ende eines Streitkolbens.«

Fortunatus seufzte. »Ich hatte gehofft, du wärst ein Meisterbetrüger, und ich könnte mir etwas bei dir abgucken.«

»Tatsächlich«, fuhr Ivor fort, »kenne ich ein paar Kunstgriffe. Einer ist es, meine Daumen unter Augen zu legen, die zuviel sehen, und sie aus ihren Höhlen zu drücken.«

Fortunatus rutschte auf seinem Hinterteil schleunigst von Ivor weg und in Richtung des vor sich hin brabbelnden Graubarts.

Ivor fand sich wieder allein. Er zog den Umhang noch enger um sich und senkte den Kopf, um sein Gesicht vor neugierigen Blicken zu schützen. Haakon hatte ihm eine Ablenkung versprochen, und er machte sich daran, auf sie zu warten.

Der Tag verhieß kalt und grau zu werden. Das Licht wurde heller, aber die Bewölkung am Himmel brach nicht auf. Trotzdem kam Ivor zu dem Schluß, daß es heute keinen Regen mehr geben würde. Die Wolken waren hoch und runzlig, zeigten aber nicht jene unheilvolle Prallheit von Gewitterwolken.

Der Wind war rauh und blies unablässig. Von den engen Gassen auf den Platz geschleust, pfiff und heulte er um die Säulen der Kathedralenvorhalle. Selbst Ivor, so unempfindlich, wie er war, spürte seinen Biß durch den schweren Wollumhang. Die beiden Frauen drehten ihm unglücklich den Rücken zu. Fortunatus und der alte Mann brachten es fertig, sich in die enge Nische zu drücken, wo die Kathedralenmauer ein Stück aus der Front des Bischofshauses hervorragte.

Endlich kamen Anna und Alfric heraus, um die Armen zu speisen. Zuerst gingen sie zu den beiden Frauen, denen sie Brot, Käse und warmen Haferbrei aus der Küche brachten. Dann erhielt der Alte seinen Anteil und hinkte in die Kathedrale, um ihn dort zu vertilgen, wo es wärmer und windgeschützt war.

Fortunatus trat vor und kauerte sich zu ihren Füßen hin. Anna stellte eine Schale vor ihn. Er schnappte sich das Essen und rannte lachend in die Kathedrale.

Alfric näherte sich Ivor mit der Frage: »Bist du in Not, Freund?«

Anna beäugte Ivor argwöhnisch. Irgend etwas an ihm störte sie. »Er hat uns um nichts gebeten.«

Ivor verwünschte insgeheim die Neugier des Priesters. Das Letzte, was er wollte, war, die Aufmerksamkeit auf sich zu lenken. Auch wollte er nichts von dem Brot und Salz des Mannes annehmen, den zu vernichten er sein Bestes geben würde.

Er fiel mit gesenktem Kopf auf die Knie, da er nicht wollte, daß Alfric sein Gesicht sah. »Nein«, antwortete er, wobei er den Trompetenhall seiner Stimme so weit wie möglich dämpfte. »Ich wurde verwundet und dachte, da ich auf dem Wege der Besserung bin, einfach ein wenig frische Luft zu schnappen.«

»Dann lasset uns beten«, erwiderte Alfric, »daß du bald wieder genesen und dich bester Gesundheit erfreuen mögest. Aber es ist merkwürdig. Ich habe nach dem Kampf vielen beigestanden, aber an dich erinnere ich mich nicht.«

Ivor hob sein Gesicht, wobei er sich jedoch bemühte, seine entstellte Hälfte mit dem Umhang zu bedecken, und begegnete Alfrics Blick. Ein Schock des Wiedererkennens durchzuckte ihn, denn das Gesicht war das Goswenthas. Oder zumindest hatte es dasselbe Leuchten, das auch ihr Gesicht besessen hatte. Und er fühlte sich, wie er sich manchmal gefühlt hatte, wenn er sie inmitten ihrer Freunde erblickt hatte – wie ein Ausgestoßener, der draußen in der Kälte steht und in einen warmen, hellen, von Gelächter und Liebe erfüllten Raum hereinschaut. Ein Ort, den er nicht verstand und von dem er für immer ausgeschlossen war.

Alfrics Augen waren braun, aber klar und erinnerten ihn an eine Waldquelle, deren Tiefen dunkel, aber mit süßem, im Sonnenlicht durchsichtigen Wasser gefüllt sind. Das runde Gesicht des kleinen Priesters war sehr durchschnittlich, aber seine Mundwinkel zeigten nach oben, als stünden sie stets im Begriff zu lächeln. Beinahe hätten sie auch Ivors Lippen dazu gebracht, sich zu verziehen.

Ivor spürte, wie eine Woge der Bestürzung ihn durchflutete, der bitteren Niederlage, gefolgt von Wut. Diese Augen mochten sich wie die seiner Mutter mit Kummer oder Pein füllen, aber niemals würden sie ihn voller Haß oder mit rasendem Zorn anblicken – selbst wenn er den kleinen Mann vor ihm töten würde, etwas, das ihm sogar in seinem jetzigen verkrüppelten Zustand nicht schwerfiele. Alles, was er in diesen klaren, dunklen Augen sehen würde, wäre ein Ausdruck schmerzlicher Verwunderung.

Dann lächelte Alfric strahlend und hob seine Hand segnend über Ivors Haupt. »Aber ganz gleich, ob wir uns begegnet sind oder nicht. Ich bin ein klatschsüchtiger alter Narr, der meint, jeden kennen zu müssen. Möge der Herr Jesus Christus dir in Krankheit und Leid den Trost seiner Liebe spenden.« Seine Lippen bewegten sich unmerklich im Latein des Segens.

Ivor lehnte sich gegen die Säule. Er war, wie Enar vor nicht allzu langer Zeit zu bedenken gegeben hatte, nicht dumm. Er wußte, was immer er in Alfrics Gesicht erblickt hatte, würde ihm das Vergnügen der Rache verderben. Niemand sonst schenkte ihm Beachtung. Als er sich in dem Bemühen, sich ganz klein und unscheinbar zu machen, an die Säule hockte, begann er innerlich vor Wut zu schäumen. Wo blieb Haakons Ablenkung?

Judith kam unter lautem Hufgetrappel die gepflasterte Straße heraufgeritten. Sie wurde von drei ihrer Männer begleitet. Sie sprang aus dem Sattel, verwünschte das Pferd im allgemeinen und im besonderen und stürmte, sich den verlängerten Rücken reibend, in die Halle hoch. Die drei Männer ihrer Begleitmannschaft standen in der Nähe der Tür und versuchten, unauffällig zu wirken. Niemand, der Judiths hastiges Vorbeireiten verfolgt hatte, versuchte irgend etwas zu unternehmen.

Innerhalb weniger Minuten hatte sich eine Menschenmenge auf dem Bischofsplatz versammelt. Die Witwe und ihre Damen stießen Ivor in ihrer Eile, den Platz zu überqueren und zur Tür des Bischofs zu gelangen, fast von seinem Sitz auf den Kirchenstufen.

Die Neuigkeit verbreitete sich wie die kleinen Wellen, die sich in konzentrischen Kreisen ausbreiten, wenn man einen Stein ins Wasser wirft. Männer liefen nach Hause, um sie ihren Frauen, Frauen, um sie ihren Männern mitzuteilen. Die Geschäfte schlossen. Die Lebensmittelhändler verschwanden. Die Bänke vor der Schenke leerten sich, als die Leute davonhasteten, um die Geschichte weiterzuerzählen.

Ivor erfuhr sie von der Witwe. Er zupfte an ihrem Umhang, als sie an ihm vorbeilief. »Haakon, der Häuptling der Plünderer, will verhandeln.«

Ivor lehnte sich entspannt zurück. Das war perfekt, es würde ihm die Zeit verschaffen, die er brauchte. Jedermann würde auf den Wällen sein.

Er beobachtete, wie der Haushalt eine Stunde später nacheinander herausmarschierte. Elin hatte Vorsorge getroffen, daß alle ihre besten Kleider trugen, um eine möglichst beeindruckende Vorstellung zu bieten.

Alfric, der das Silberkreuz in die Höhe hielt, führte die Prozession an. Ihm folgte Elin, begleitet von Godwin und ihren Damen. Godwin trug ein altes Gewand aus rotem Samt mit Goldstickerei. Wie Judith indes nach genauerem Hinsehen feststellte, hatte es schon wesentlich bessere Tage gesehen.

»Gütiger Himmel«, äußerte sie, als sie an ihr vorbeischritten. »Das war einmal mit Pelz verbrämt. Was ist damit passiert?«

Godwin seufzte. »Als ich mich ins Frankenreich einschiffte, kam ich durch London. König Alfred und ich redeten nicht mehr miteinander. Ich brauchte Geld, um Futter für meine Pferde zu beschaffen.«

»Seid still, Judith«, mahnte Elin. »Hört auf, Godwin zu belästigen. Laßt uns gehen und mit Haakon sprechen. Auch wenn es vergebliche Liebesmüh' ist.«

Elin trug ein schlichtes blaues Gewand mit einem weißen Schleier. Judith hatte es geschafft, es mit einem Ring aus Goldplättchen zu gürten und ihr ein Rubindiadem auf die Stirn zu drücken. Rosamunde und Ingund schritten an ihrer Seite einher.

Dann kamen Elfwine und Anna, wobei Anna den Kleinen trug. Ranulf blieb zurück, um den Platz zu bewachen.

Ivor erhob sich bedächtig. Er versuchte, den Eindruck von Alter und Hinfälligkeit zu erwecken. Mit schlurfenden Schritten, sich schwer auf seinen Stock stützend, näherte er sich Ranulf. Außer ihnen beiden war der Platz menschenleer. Der einzige Laut neben Ivors schleifenden Schritten war das hohe, schrille Pfeifen des Windes.

Ranulf war nervös und geistesabwesend. Vor seinem Weggang hatte Godwin ihm noch eingeschärft, auf der Hut zu sein. Er war überzeugt davon, daß Haakons Angebot eine List war.

Ivor befand sich nur wenige Schritte von Ranulf entfernt, als dieser ihn bemerkte. »Herr«, sagte Ivor, »ich würde gern ein Wort mit Euch wechseln.«

Ranulf drehte sich mißtrauisch um, und seine Hand senkte sich auf den Schwertknauf. Ivor schwang den Stab in einem pfeifenden Bogen auf seinen Kopf zu. Er landete mit einem dumpfen Krachen auf seiner Schläfe und seinem Wangenknochen. Ranulf ging gelähmt in die Knie, versuchte aber immer noch, sein Schwert zu ziehen.

Ivor hinkte unbeholfen die letzten paar Stufen zu ihm hinauf. Diesmal gebrauchte er seine Faust, und Ranulf blieb still liegen, die Wange in einer sich rasch ausbreitenden Blutlache. Ivor horchte, aber es gab kein Anzeichen, daß einer der Armbruster etwas gehört hätte. Ranulf war gefallen, ohne einen Laut von sich zu geben. Ivor humpelte die Stufen vor der Tür herunter und weiter in die schmale Gasse, die zum Hintergarten führte.

KAPITEL 35

Alfric stand neben Elin auf der Palisade. Auch er wunderte sich, warum der Piratenhäuptling ihnen einen Besuch abstattete. Haakon schien wenig Neues zu sagen zu haben, und Alfric war der Überzeugung, Prahlerei und Drohungen würden wenig Eindruck auf die inzwischen kampferprobten Stadtbewohner machen. Er merkte, daß ihn jemand am Umhang zupfte. Er sah herunter und entdeckte Fortunatus, der seine Aufmerksamkeit auf sich zu ziehen versuchte. Er sprang herunter, ein wenig beunruhigt durch die ängstliche Miene des Bettlers. »Was ist los?« fragte er.

Hinter sich konnte er Elins stockende Rede hören, als sie den mühevollen Versuch unternahm, Haakon auf den Weg der Vernunft zu bringen.

»Der große Mann«, keuchte Fortunatus, »der, der gesagt hat, er wäre kein Bettler.«

»Ja«, drängte Alfric ihn.

»Er ist ein böser, gefährlicher Mann«, stotterte Fortunatus. »Er hat nicht mit den anderen zusammen den Platz verlassen.«

Alfrics Kopf schnellte zurück, und er sah sich um. Die ganze Stadt mußte auf den Wällen sein. »Oh«, flüsterte er zu sich selbst. »O lieber, barmherziger Gott, ich bin ein Dummkopf.« Er erkannte, daß keine Notwendigkeit bestand, Haakon zu antworten. Er war nur da, um sie von der Festung und der Halle abzulenken.

Alfric wandte sich Godwin zu, der über ihm stand, und zischte ihm zu: »Das ist eine Falle. Irgendeine List. Kommt.« Der kleine Priester lief die Straße hinauf in Richtung der inneren Festung. Godwin hielt zu große Stücke auf sein Urteil, als daß er ihm nicht gefolgt wäre.

Rosamunde rannte ihnen hinterher. Sie hatte Godwins Miene beobachtet. Sie beobachtete seit neuestem alles, was er tat, und es brachte sie gehörig durcheinander. Er konnte zwar streng sein, aber auch liebenswürdig und rücksichtsvoll. Noch nie war sie von einem Mann so merkwürdig behandelt worden. Also folgte sie ihm, als er hinter Alfric her die Straße hinaufeilte. Von ihren Rökken behindert, war sie nicht ganz so schnell wie die Männer.

Alfric hatte trotz seiner geringen Körpergröße einen Vorsprung vor Godwin, so daß er den höchsten Punkt der Straße als erster erreichte. Er sah Ranulf auf der obersten Stufe zur Halle liegen. Als die beiden Männer den hingesunkenen Jungen erreichten, kniete Alfric sich neben ihn und berührte seine Wange. »Er atmet noch«, verkündete er.

»Aber wie lange noch?« fragte Godwin. »Ich hätte ihn nie zum Ritter schlagen oder in meinen Dienst nehmen dürfen.« Dann ließ er rasch den Blick über den leeren, stillen Platz schweifen. »Wer? Und warum?«

»Die Vorratslager«, keuchte Alfric, während er auf die großen Türflügel vor ihnen zeigte, »auf der Rückseite.«

Godwin stieß die Tür auf und hastete durch den großen Raum, dicht gefolgt von Alfric und Rosamunde. Sie alle rochen den Rauch, noch bevor sie die Hintertür öffneten.

Ivor stand im Hof vor dem Kellereingang. Rauch quoll hinter ihm heraus. Als er Godwins gezücktes Schwert erblickte, wußte er, daß er nicht mehr wegkommen würde. Er warf seinen Umhang zurück und zog seine eigene Klinge.

»Der Teufel«, sagte Godwin beim Anblick von Ivors entstelltem Gesicht. Er sprang von der niedrigen Veranda auf den Hof, während er Alfric zuschrie: »Läutet die Sturmglocken! Schafft jemand her, um das Feuer zu bekämpfen.«

Ivor baute sich vor dem Kellereingang auf und rief: »Komm, Jarl Godwin! Erst mußt du mich aus dem Weg räumen!«

Im Keller explodierte etwas, und Flammen schlugen aus der offenen Tür in Ivors Rücken.

»Es ist zu spät«, sagte Alfric mit gequälter Stimme. »Zu spät.«

»Das wissen wir noch nicht«, knurrte Godwin. »Läutet die Sturmglocken!« Als er die Klinge mit Ivor kreuzte, klirrte Stahl an Stahl. Godwin schlug zu, aber Ivor parierte. Die Wucht seines

Hiebs warf Godwin ein paar Schritte zurück. Godwin war erstaunt angesichts der Kraft seines Gegners, bemühte sich aber dennoch, ihn von der Tür fortzubekommen.

Er duckte sich, griff an und führte einen Tiefschlag nach Ivors Bein. Doch er hatte nicht nur die Kraft, sondern auch die Schnelligkeit des Wikingers unterschätzt. Ivor fing Godwins Klinge mit seiner eigenen ab, und seine verkrüppelte rechte Hand schmetterte gegen Godwins Schläfe.

Godwin ging gelähmt zu Boden wie Ranulf vor ihm. Er schlug auf das Steinpflaster des Hofs auf, und Ivor nagelte seinen Schwertarm mit seinem unverletzten Fuß auf dem Boden fest und hob die Waffe zum Todesstoß.

Doch der fand nie sein Ziel. Rosamunde, die neben Alfric auf der Treppe stand, schienen Flügel zu wachsen. Sie sprang auf Ivors Rücken und versuchte wild, ihm sein eines Auge auszukratzen. Statt Godwin zu töten, schlug Ivor mit dem Schwert nach hinten. Es traf mit einem Geräusch wie einer Ohrfeige gegen die Seite von Rosamundes Kopf, aber wundersamerweise klammerte sie sich noch immer an ihm fest. Endlich fanden ihre Finger sein Auge.

Ivor, nicht von Rosamundes Fingern, sondern von seinem eigenen Schutzreflex der Sicht beraubt, taumelte von Godwin und der Tür weg und bäumte sich auf wie ein geschundenes Pferd. Rosamunde landete als schlaffer, blutiger Haufen in einer Ecke des Hofes.

Alfric hielt noch das Vortragekreuz in der Hand. Als er es mit voller Kraft über Ivors Rücken zog, mußte er feststellen, daß er es keineswegs mit einem lahmen Krüppel zu tun hatte. Ivor wirbelte herum und hieb mit dem Schwert nach ihm.

Alfric sprang zurück. Erneut begegneten sich ihre Augen. »Immer noch frische Luft schnappen?« lächelte Alfric.

Wieder empfand Ivor diesen Schock des Wiedererkennens. Er brüllte vor Wut und holte aus. Alfric riß das Kreuz hoch, und Funken stoben von ihm auf, als die Spitze oberhalb von Christi Haupt von Ivors Schwert abrasiert wurde.

Er tänzelte hinter Ivor und schmetterte ihm den eisernen

Kreuzschaft in die Nieren. Ivor schrie gellend auf, teils vor Wut, teils vor Schmerz. Alfric wand und drehte sich, um Ivor von Godwin fortzulocken.

Aus dem Keller ertönten weitere Explosionen, und vom Platz her rannten Menschen auf den Hof. Godwin hatte sich wieder erholt, zeigte indes mehr Interesse an einer Eindämmung des Feuers als daran, Ivor niederzuschlagen. Die Menge drängte sich um sie, aber keiner war kühn genug, sich nahe heranzuwagen.

Doch Alfric und Ivor hatten nur Augen füreinander. Irgendwie wußten sie, daß es nunmehr eine Sache zwischen ihnen beiden war. Ivor funkelte den kleinen Priester mit unsäglicher Wut an. Sein zerstörtes Gesicht war eine verzerrte Maske des Hasses.

Alfric umkreiste Ivor bedächtig, während er das Kreuz in Bauchhöhe vor sich hielt. Sein Blick verschränkte sich mit dem Ivors und ließ ihn nicht mehr los. Der Haß, die ohnmächtige Raserei, die er in den Augen des anderen sah, machten ihn in der Seele krank.

Plötzlich riß Ivor das Schwert in seiner Hand hoch über seinen Kopf. Er holte aus und schleuderte es, die Spitze voran, nach Alfric. Die Menschen in der Menge spritzten auseinander, und der Priester sprang zurück, wobei er gleichzeitig sein Gesicht mit dem Kreuz schützte – ein vergeblicher Versuch, wie es schien, sich vor der Klinge zu retten, die auf seine Brust zuflog.

Die Schwertspitze klirrte gegen die Brust des Gekreuzigten, und das Silber der Skulptur gab nach, lenkte das Schwert aber so ab, daß es harmlos in die Luft trudelte. Mit einem letzten metallischen Aufschrei, als sei es schwer betroffen von Ivors Niederlage, landete es auf dem Steinpflaster des Hofs. Alfric sah fassungslos auf das Kreuz herab und sagte leise: »Ich hätte nie gedacht, daß du es so persönlich nehmen würdest.«

Ivor zog sein Messer und schwankte durch die enge Gasse zum Platz. Die Leute wichen ihm aus und hielten sich aus seiner Reichweite heraus, da Ivor wild mit dem Messer um sich stach. Alfric stürzte hinter ihm her.

Ivor war zu langsam, und die Riemen seiner Fersenstütze aus

gehärtetem Leder begannen sich zu lösen. Als er den Platz erreichte, brachte Alfric ihn mit dem Kreuz zu Fall. Er schlug krachend zu Boden. Er rollte sich zwar noch ab, mußte aber feststellen, daß er sich nicht mehr aufrichten konnte. Sein Fuß knickte weg.

Alfric hackte mit dem Kreuzarm auf Ivor ein und trieb ihm die Luft aus der Lunge. Dann nagelte er den Hals des Gestürzten zwischen Kreuzhaupt und Seitenarm so auf das Pflaster, wie man den Kopf einer Schlange mit einer Astgabel festhält. Ivor versuchte, sich selbst mit dem Messer ins Herz zu stechen, aber der Ringpanzer, den er trug, hielt den ersten Stich ab, so daß er sich nur einen Kratzer zufügte. Dann warfen sich drei Männer auf seinen gesunden Arm und entwanden ihm das Messer.

Godwin und Edgar bekämpften das Feuer von unten. Godwin hastete die Stufen hinunter und kippte Wassereimer um Wassereimer auf die Flammen. Das Feuer wütete in der Dunkelheit um ihn herum, verzehrte die Weizensäcke, das Trockenfleisch, das Obst und Gemüse, die das Überleben der Stadt hätten sicherstellen sollen. In Nebel und Finsternis, in stickiger, glühender Hitze kämpfte er gegen die Flammen.

Der Rauch war so dicht, daß er nichts mehr sehen konnte, aber immer und immer wieder taumelte er hinunter, bis seine Knie nachzugeben begannen und die Übelkeit ihn übermannte, so daß er heftig würgend zu Füßen des Schmiedes zusammenbrach.

Gunther zog ihn aus dem Weg und kam Edgar im Keller zu Hilfe.

Als Elin die Halle erreichte, hatte Elfwine sich kreischend über Ranulf geworfen, und aus der offenen Tür quoll Rauch. Elin schob Ingund zum Brunnen. Sie hatte keine Zeit für den zu Boden gesunkenen Jungen.

»Wir müssen alles unter Wasser setzen«, entschied Anna. Sie lief in den Rauch hinein, griff sich einen Speer und begann Löcher in den Mörtel zwischen den Fußbodenplatten zu bohren, damit das Wasser auf das Feuer darunter herablaufen konnte. Elin und Anna schütteten Wasser über den Boden und durchtränkten die unteren Wandabschnitte und Balken.

Doch das Feuer trug den Sieg davon, jedenfalls um die Tür herum. Dort hatten sie das Öl gelagert, und das brannte ungeachtet aller Wassermengen weiter. Die Hitze der Steine versengte Elins Füße, während sie im Laufschritt Eimer um Eimer in den Raum schleppte, doch als die Steinplatten unter ihr sich zu bewegen begannen, packte sie Anna und schrie Ingund an der Tür zu, sie solle zurückbleiben.

Ingund schaute zu Boden, sah Flammenspitzen zwischen den Steinen hochzüngeln und wandte sich zur Flucht. Der vordere Teil des Fußbodens im Eingangsbereich gab nach; Steinblöcke und zersplittertes Holz stürzten in das Inferno darunter. Die Flammen schlugen durch das Loch, schwärzten die Tür und drohten das gesamte Gebäude zu erfassen.

Elin schrie: »Nein!«, aber Anna sagte: »Erde. Ein solches Feuer braucht Erde, kein Wasser.« Sie begann sich jedes verfügbare Behältnis zu schnappen und an die Männer und Frauen im Hof hinauszureichen, damit sie sie mit Erde füllten.

Und so siegten sie schließlich.

Die Hitze im Umkreis um die Ölkrüge war so unerträglich, der Rauch so dick, daß niemand sich lange dort aufhalten konnte, aber sie wechselten sich ab. Die Frauen von oben, die Männer unten, kippten sie die Körbe und Töpfe voll Erde in das brennende Öl.

Godwin und Edgar befeuchteten ihre Umhänge und stürzten sich auf das Feuer. Auf der ungeschützten Haut am Handrücken und im Gesicht bildeten sich in der sengenden Hitze Bläschen. Siefert schaffte Häute aus seiner Gerberei herbei, und die warfen sie auf das brennende Öl, das in Lachen zwischen den zersprungenen Tonkrügen stand. Die heil gebliebenen stöpselten sie mit Häuten zu, die sie mit Schmutz und Kies bedeckt hatten, bis sie zu guter Letzt als Sieger aus der stinkenden Finsternis heraufschwankten. Nirgendwo glommen noch Flammen.

Elin setzte sich auf die Treppe an der Hintertür der Halle. Ein wildes Schluchzen schüttelte sie, während sie mit der Faust auf ihr Knie einhämmerte. Ihr Gewand war rußgeschwärzt. Der Gürtel aus Goldplättchen war verschwunden. Ein halbes Dutzend der anderen Frauen umringte Rosamunde. Godwin würgte und hustete. »Wie geht es ihr?« erkundigte er sich.

Ingund wrang ein nasses Tuch aus und begann Elins Gesicht grob damit zu säubern. »Hört auf zu jammern und haltet still«, befahl sie Elin. »Ihr und Godwin habt hier den Oberbefehl. Ihr müßt zu den Menschen sprechen. Was Rosamunde angeht, sie hat sich den Kopf schwer angeschlagen. Wir müssen warten, bis sie erwacht.«

»O gütiger Erlöser!« stöhnte Godwin. »Stellt euch nur vor, daß eine wie sie mich verteidigt. Wer hätte das gedacht?«

»In der Tat«, entgegnete Ingund. »Es war der dümmste Tag in Rosamundes Leben, als sie sich zwischen Euch und dieses Ding schmiß. Sie haben ihn auf dem Platz gefangengesetzt. Alfric hält ihn mit dem, was von seinem Kreuz noch übrig ist, wie eine Schlange fest. Es heißt, sein Name laute Ivor Halbdämon oder so ähnlich.«

Als Elin sich wieder in der Gewalt hatte, erhob sie sich. Godwin schloß sich ihr an, und zusammen schritten sie zum Platz, wo Ivor am Boden lag und sein Schicksal erwartete. Alfric, dessen Brust sich vor Anstrengung hob und senkte, hielt Ivor neben dem Brunnen am Boden fest. Sämtliche Städter umringten sie und starrten voller Verzweiflung auf die dünner werdenden Rauchschwaden, die noch immer aus den Hallentüren hervorquollen.

Als Elin den Platz betrat, blieb sie stehen und begegnete den Blicken der Menschen. Sie fühlte, wie eine Art Schrecken durch ihren Körper lief. Das waren nicht mehr dieselben Menschen, die sie angegafft hatten, als sie an Owens Seite in die Stadt eingeritten war – ein Ereignis, das ihr eine Ewigkeit her zu sein schien. Sie hatten zuerst gegen den Grafen, dann gegen die Wikinger gekämpft. Beide Schlachten hatten sie gewonnen. Sie ließen sich nicht mehr gängeln oder auch nur führen. Jetzt waren sie bereit, mit ihr gemeinsam das Äußerste zu bestehen.

Ivor funkelte sie mit seinem einen Auge wütend an. »Sie haben mir von dir erzählt, Hexenfrau. Alle sagten, du hättest einen festen Sitz im Rat des Bischofs.«

»So ist es«, antwortete Elin.

Ivor lachte. Das tiefe, heisere Schnarren seiner Stimme hallte über den Platz. »Deine Tage sind gezählt, Hexe, genau wie die meinen. Du bist zum Untergang verurteilt. Du und alle, die dir folgen. Er ist für immer Gefangener bei den Bretonen, beim Magier Elutides, und er wird der Gemahl des Mädchens Gynneth werden. Sie bringt das Königreich als Mitgift in die Ehe, und er hat sich als würdig erwiesen, ihr Ehegatte zu sein.«

Elins Augen brannten mit dem Blau einer Sommerdämmerung. Ihr Gesicht wurde totenbleich.

»Die Namen sind Euch ein Begriff?« fragte Godwin Elin mit gesenkter Stimme.

»Ja«, bestätigte sie. »Elutides ist ein großer Mann, und wenn er Owen für seine Nichte will, wird er ihn höchstwahrscheinlich auch bekommen.«

»Vielleicht unterschätzt Ihr Owen«, warf Godwin ein.

»Dies hier kostet dich dein Leben. Wirfst du es so leicht für Haakon weg?« wandte Elin sich wieder an Ivor.

»Nicht für Haakon«, donnerte Ivor, »sondern für den Bischof. Mein Fluch über ihn soll alles treffen, was er liebt!« Er brüllte und begehrte gegen das schwere Silberkreuz auf, das ihn am Boden festnagelte. Er trat und schlug um sich, hämmerte immer wieder seine gesunde Hand auf das Steinpflaster. So greifbar war die schiere Körperkraft dieses Mannes selbst in der Niederlage, daß die ihm am nächsten Stehenden aus Angst, er könne doch Gelegenheit finden, sich loszureißen, zurückwichen.

Ingund und ihr Vater, der Waffenschmied Gunther, hatten sich aus der Menge gelöst und blickten auf Ivor herab. »Wir sind am Ende«, erklärte Gunther. »Jetzt bleibt uns keine andere Wahl, als zu kämpfen.«

»Mein Leben!« schrie Ivor voller Pein. »Der Bischof Owen hat mir mein Leben geschenkt. Ein Leben als Krüppel, von allen verachtet.« Er spuckte in Elins Richtung aus. »Er erachtete mich des Tötens nicht wert. Wenn er vom Schicksal seiner Geliebten und seiner Stadt erfährt, wird er einsehen, welch schweren Fehler er begangen hat!«

In ihrem Herzen empfand Elin die tiefste Verzweiflung, die sie je erfahren hatte. Alles war verloren – Owen und die Stadt auch. »Ich glaube … ich glaube, daß Owen zurückkehren würde, wenn es in seiner Macht stünde. Doch er kann nicht zurückkehren, und daher müssen wir es alleine durchstehen.« Sie sah Ivor mit starrem Blick an. »Du hast deine Rache«, sagte sie in nüchternem Tonfall.

Er wandte den Blick von ihr ab und schaute in den grauen Himmel hoch. Er fühlte den kalten Wind in seinem Gesicht und den Stein unter seinem Rücken. »Ich bin gerächt und mit dem Verlauf der Dinge zufrieden. Ihr alle werdet den Bischof in seinen Träumen heimsuchen, jeder einzelne ein Beweis seines Scheiterns. Er wird in den Armen des bretonischen Mädchens verdorren und sterben.«

»Das denke ich nicht«, entgegnete Elin grimmig. »Deine Worte sind wie Distelwolle, die der Morgenwind hinwegweht. Sie sind in den Tau geschrieben und verschwinden mit dem Sonnenlicht. Mein Schicksal ist stärker als das deine, Ivor Halbdämon. Und jetzt stirb.« Dann richtete sie ihre rotgeränderten Augen auf die Menge. »Er gehört euch. Holt ihn euch.«

Godwin schritt zu Ivor hinüber, stellte seinen Stiefel auf sein gesundes Handgelenk und zertrat es knirschend auf dem Stein. Er packte Ivor an den Haaren und riß seinen Kopf zurück.

Es sah aus, als wolle Godwin ihm die Kehle durchschneiden, als eine Stimme aus der Menge rief: »Nicht so schnell!« Godwin hob den Blick zu dem Redner und lächelte. Um genau zu sein, er bleckte die Zähne. »Nein, ganz bestimmt nicht schnell.« Er schnitt Ivors Nase auf, schlitzte den Nasenrücken von den Flügeln bis zum Nasenbein auf, und zog Ivors Kopf noch weiter in den Nacken.

Alfric sah weg. Er hatte das schon einmal gesehen. Das Blut würde an der Innenseite der Nase und die Kehle hinunterlaufen und dabei das Opfer langsam ersticken.

Als es dazu kam, begann Ivor sich zu wehren, verzweifelt diesmal. Er versuchte, das Blut aus seiner Lunge zu husten. Mit seiner freien Hand versuchte er wild auf Godwin einzuschlagen.

Godwin lächelte und bog seinen Kopf noch ein Stückchen weiter zurück. Ivor wurde blau im Gesicht. Er gurgelte, und sein Körper bäumte sich krampfhaft auf, während er sich abmühte, Luft in seine Lunge zu saugen.

Alfric, der Ivor noch immer zu Boden hielt, konnte es nicht mehr mit ansehen. Er trat zu und traf Godwins Schulter mit der Ferse, so daß er rücklings zu Boden fiel.

Ivor hob den Kopf, spie Blut und tat einen pfeifenden, japsenden Atemzug nach dem anderen, vor Erleichterung schluchzend, wieder Luft zu bekommen.

Godwin war, kaum daß er das Pflaster berührt hatte, schon wieder auf den Beinen und wandte sich mit dem Messer in der Hand gegen Alfric. Das Gesicht unter seinen zornblitzenden Augen war kalkweiß.

Alfric hielt seinem Blick stand. »Nein, verdammt Eure eigene Seele, wenn es sein muß, aber nicht die meine, indem Ihr mich zu Eurem Helfershelfer macht.«

»Priester«, zischte Godwin, »kommt mir noch einmal in die Quere, und Ihr seid ein toter Mann.«

Alfrics Blick blieb ruhig und gefaßt. »Droht mir mit etwas, was ich fürchte«, erwiderte er leise. »Ich bin ein alter Mann. Die Tat wird Euch wenig Befriedigung bereiten und mich nur ein Weilchen früher zu meinem Schöpfer zurückschicken. Ich will reinen Herzens gehen. Nicht mit Blut an den Händen.«

Godwins Finger schlossen sich fester um das Messer, aber er wurde von einer Frau abgelenkt, die sich einen Weg durch die Menge bahnte. Die Wut in seinem Gesicht war so mit Händen greifbar, daß sie furchtsam vor ihm zurückwich. »Herr Godwin, das Mädchen, Rosamunde ... sie fragt nach Euch«, stammelte die Frau. »Ich glaube, sie stirbt.«

»Ihr verdankt Rosamunde Euer Leben«, sagte Alfric, noch immer vollkommen ruhig.

Godwins Brust hob sich zweimal, als er sich und seine Wut meisterte. Dann schob er das Messer in die Scheide und folgte der Frau zu der Stelle, wo sie ihn hinführte.

Rosamunde lag da, wo sie hingefallen war, wirkte aber irgendwie hergerichtet. Ihr Kleid war heruntergezogen, und man hatte ihr die Hände auf der Brust gefaltet. Er kniete neben ihr nieder.

Sie schaute zu ihm auf. »Mein Genick ist gebrochen«, hauchte sie. »Ich kann meinen Körper nicht mehr spüren, aber sie wollen nicht meinen Kopf bewegen und mich sterben lassen. Ich bat Euch zu kommen, weil ich weiß, daß Ihr den Mut habt, es zu tun. Ich möchte es hinter mich bringen, bevor ich allzuviel Zeit zum Nachdenken habe und Angst bekomme. Versteht Ihr das?«

Er verstand es, und das Mädchen hatte recht. In dieser Verfassung konnte sie nicht weiterleben. »Ja«, antwortete er. »Ich werde es tun.«

»Danke«, gab Rosamunde zurück. Sie biß sich auf die Lippen. »Ich habe mein schönes Kleid ruiniert. Ob Frau Elin mich für sehr undankbar hält?«

Elin kniete neben Godwin nieder. »Nein«, versicherte sie leise. »Ich halte dich nicht für undankbar.«

Godwin legte seine Hände um Rosamundes Schläfen. Elin wandte sich ab, als Rosamundes Augen sich weiteten und ihre Lippen zu zittern begannen.

Godwin wußte, daß sie entsetzliche Angst hatte, und verfluchte sich selbst, weil er nicht imstande war, den Schmerz wenigstens ein bißchen zu lindern. »Rosamunde …«, begann er.

»Gebt mein Gold den Armen, denn dahin sollte das Geld einer Hure gehen«, sagte sie hastig. »Alles außer meinen Ohrringen. Die laßt mir bitte. Begrabt mich mit ihnen. Versprecht es!«

»Du hast mein Wort«, gelobte Godwin.

Ihre Augen füllten sich mit Tränen. »Jetzt. Macht bitte schnell«, bat sie in flehentlichem Ton.

Godwin fühlte, daß irgend jemand seine Handgelenke festhielt. Er riß seinen Blick von Rosamundes Gesicht los, um zu sehen, wer ihm auf diese Weise Einhalt gebot. Rosamundes eigene Hände umklammerten ihn. Er mußte über den Aufschub lachen und führte seine zusammengelegten Hände vor Rosamundes Augen, so daß sie sehen konnte, wo sich ihre Finger befanden.

»O Gott!« flüsterte sie. »Gott sei gelobt!« Ein Strahlen trat in ihre Augen.

»Du wirst nicht sterben«, versprach Godwin. »Zumindest glaube ich das nicht. Du bist nur aufs Genick gefallen. Hier, knie dich hin.«

Sie tat, wie geheißen. »Ich kann sie noch immer nicht spüren, aber es prickelt.«

Er fing an, behutsam ihren Nacken abzutasten. Er war geschwollen, aber beweglich. Mehr Sorge bereitete ihm das Blut im Haar über ihrem Ohr. Er fuhr suchend mit den Fingern über ihre Kopfhaut und fand einen langen, häßlichen Schnitt. Er half Rosamunde dabei, sich aufzusetzen. »Kannst du deinen Körper jetzt spüren?«

»Ja«, bestätigte sie, während sie sich mit seiner Hilfe hinzustellen versuchte. »Alles dreht sich.«

Die Frau, die Godwin gerufen hatte, lief zurück zum Platz und zog Elin mit sich. Wenig später hörte Godwin, wie Elin ihn rief. Er hob Rosamunde hoch, weil er sie just in diesem Augenblick nicht allein lassen wollte, auch wenn er keinen Grund dafür hätte nennen können.

Elin stand am Beginn der Gasse und schaute auf den Platz hinaus. »Ranulf hat es übel erwischt. Er lebt, aber er redet irre. Elfwine ist bei ihm. Seht.« Alfric und Ivor waren am Brunnen geblieben, wobei Ivor an dem Marmorbecken lag und Alfric den Mob um sie herum mit dem beschädigten Kreuzhaupt in Schach hielt. »Gütiger Herr!« flüsterte Elin entsetzt, »er hält ihnen eine Predigt über christliche Barmherzigkeit!«

»Und sie sind dafür in keiner empfänglichen Stimmung«, äußerte Godwin.

»Sie werden ihn umbringen. Helft ihm. Bitte, Godwin.«

»Wobei, Elin?« knurrte Godwin. »Selbstmord zu begehen? Diese Menschen wollen Blut, und sie haben ein Recht darauf.«

Die Menge, die sich immer enger um Alfric schloß, war nicht laut. Die Menschen schwiegen unheilverkündend. Godwin bemerkte, daß sie Gegenstände aufhoben – Steine, Holzstücke, jeglichen Abfall, den sie finden konnten. Während er noch hinsah, begann ein Mann einen der Pflastersteine herauszustemmen. Eine Frau in seiner Nähe drehte sich um und half ihm. Die Idee verbreitete sich mit solcher Geschwindigkeit, daß sich Godwin die Haare im Nacken sträubten.

Ivor lag da und beobachtete sie, den Rücken an das Brunnenbecken gelehnt, die Arme weit über den Brunnenrand ausgebreitet. Sein Schicksal schien ihm gleichgültig zu sein. Es war ihm nicht mehr möglich, wegzulaufen oder zu kämpfen. Seine gesunde Hand war da, wo Godwin sie mit dem Stiefel zertreten hatte, purpurrot angeschwollen. Die Riemen um seine verwundete Ferse hatten sich mittlerweile vollständig gelöst. Der Fuß hing schlaff herunter, Blut sickerte aus Elsbeths Stichen. Die Verbände seiner daumenlosen rechten Hand waren eine einzige blutige Masse, da auch diese Wunden während des Kampfes mit Godwin wieder aufgeplatzt waren. Jemand warf einen Teil eines Dachziegels nach ihm. Er zuckte zusammen, als er von seiner Brust abprallte.

So wird es geschehen, dachte Godwin. Er hatte schon erlebt, wie Männer gesteinigt worden waren. Sie blieben unter dem grausamen Geschoßhagel länger am Leben, als er es für möglich gehalten hatte. Dieser hier würde noch länger als die meisten leben.

Alfric trieb die Menge zurück, indem er das Kreuz im Kreis um sich schwang, und rief: »Er gehört mir. Ich habe ihn im Kampf besiegt. Er ist mein Gefangener. Wollt ihr dem Kreuz Christi trotzen?«

Godwin sah sich verzweifelt nach Unterstützung um und fand sie. Ranulf lag ausgestreckt auf einer Bank vor der Schenke, den verbundenen Kopf in Elfwines Schoß, flankiert von Gowen und Wolf dem Kurzen. In der einen Hand hatte Gowen einen vollen Bierkrug, mit der anderen riß er Fleisch vom Knochen irgendeines Tiers. Wolf der Kurze half zuvorkommend einer alten Frau mit freundlichem Gesicht, einen Stein aus dem Pflaster neben der Bank zu stemmen.

Godwin zog sein Schwert und rief: »He, ihr beiden, her zu mir!« Sie kamen angerannt. Er stellte Rosamunde auf die Füße und drückte sie Elin in die Arme. »Mir nach!« befahl er seinen Rittern. »Wir müssen Alfric helfen.«

Gowen glotzte ihn fassungslos an. »Hast du vorhin im Kampf einen Schlag auf den Kopf abbekommen?« Wolf der Kurze nahm Gowen den Bierkrug aus der Hand, leerte ihn, tätschelte seinen Bauch und gab einen resignierten Rülpser von sich. Edgar tauchte hinter ihm auf, und gemeinsam bahnten sie sich einen Weg durch die um Alfric wogende Menschenmenge.

Der Mob wich zurück, besonders vor Gowen, der sie mit stierem Blick ansah und fortfuhr, Fleisch von dem Knochen abzureißen. Godwin nahm dicht neben dem keuchenden Alfric Aufstellung. Er hob die Arme, um Schweigen zu gebieten. »Der Priester sagt die Wahrheit. Er hat den Plünderer besiegt, und der Mann gehört ihm.«

Aus jeder Kehle in der Menge stieg ein unartikuliertes Knurren der Wut auf. Godwin verspürte ein Gefühl kalter Furcht im Magen. Wenn der Mob sich entschloß, den Wikinger haben zu wollen, dann kam selbst die Kampfkraft seiner Männer nicht dagegen an.

»Wartet!« rief er. »Viele von euch kennen Alfric. Er ist ein wahrhaftiger Diener Gottes und der Kirche.«

Die alte Frau, der Wolf der Kurze zur Hand gegangen war, trat vor. Mit beiden Händen hielt sie den Pflasterstein fest. »Nur die Liebe, die wir ihm entgegenbringen, hat dieses Tier bis jetzt gerettet.« Sie zeigte auf Ivor. »Tötet ihn!« Sie wuchtete den Stein hoch, der mit lautem Knall in Ivors Nähe aufschlug.

»Nein.« Alfric breitete mit einer flehentlichen Geste seine Arme aus. »Wollt ihr diesen Mann, einen Menschen wie ihr, ungetauft, im Zustand der Sünde vor seinen Schöpfer treten lassen? Ohne Absolution?«

Aus der Menge um ihn herum stieg ein weiteres Wutgeheul auf. »Laßt es gut sein«, rief ein anderer. »Überlaßt ihn uns. Die Herrin hat ihn uns gegeben.« Ein Dutzend, dann ein gutes Hundert Stimmen nahm den Schlachtruf auf, und die vorderste Reihe begann gegen Godwin und die Ritter vorzurücken.

Gowen warf den Knochen weg, zog lässig sein Schwert und übertönte mit dröhnender Stimme den Lärm des Mobs: »Halt!« Er zeigte auf Alfric. »Er will das da taufen.« Sein Arm schwenkte zu Ivor herüber. »Das muß ich sehen!«

Stille trat ein. Es schien, als werde Gowens Meinung auch von anderen geteilt. Dieses Spektakel versprach womöglich noch unterhaltsamer zu werden, als den Plünderer zu Tode zu steinigen.

Godwin wandte sich an Ivor: »Kannst du gehen?«

»Nein«, knurrte Ivor. »Nimm dein Schwert und töte mich, Jarl Godwin. Ich kann nirgendwohin mehr gehen.«

»Töten wäre zu gut für dich«, antwortete Godwin. Er riß Ivor an den Haaren nach vorn, so daß er auf Händen und Knien zu hocken kam. Er zog ihm das Schwert mit der flachen Seite über den Rücken. Es landete mit einem bösen Klatschen, und Blut quoll zwischen den groben Ringen des Kettenhemds hervor. Wieder hob Godwin das Schwert, diesmal beidhändig, und ließ es mit noch größerer Wucht auf den Plünderer niedersausen. »Wenn du nicht gehen kannst, Bastard einer Sau, dann krieche!«

Ivor schüttelte den Kopf wie ein gequältes Tier, rührte sich aber nicht vom Fleck. Godwin hob das Schwert noch drei weitere Male und zog es Ivor über den Rücken. Der Ringpanzer war eine einzige blutige Masse.

»Jemand soll eine Fackel holen«, regte Gowen vergnügt an. »Selbst ein wildes Tier kriecht vor Feuer davon.«

Irgend etwas schien aus Ivor zu entweichen. Der Schmerz war beinahe zu viel für ihn. Er empfand keinen Trotz mehr. Alles, was ihm noch blieb, war eine Art dumpfer Ergebenheit. Er begann sich vorwärts zu bewegen, langsam, unter Schmerzen, auf Händen und Knien. Die Menge machte eine Gasse für ihn frei.

»In die Kirche«, befahl Godwin, wobei er ihm einen klatschenden Schlag auf die Schulter versetzte.

Zum erstenmal zuckte Ivor zurück und drehte sich um, während er quälend langsam auf das Portal der Kathedrale zukroch. Hatte Godwin anfangs noch ein gewisses Vergnügen bei der Angelegenheit empfunden, so war es nun damit vorbei. Er schlug den großen Mann nicht mehr. Geschosse, kleine diesmal, begannen auf Ivor niederzuprasseln, während er im Schneckentempo auf die Kirche zurobbte. Knochen, verdorbene Lebensmittel und allerlei Abfälle trafen ihn. Flüche, Schimpfworte und höhnische Bemerkungen klangen ihm in den Ohren.

Gowen bekam seine Fackel und machte sich einen Spaß daraus, sie Ivor ins Gesicht zu halten. Er schrak vor den Flammen zurück. Das belustigte die Menge ungemein, und sie applaudierte Gowen und stachelte ihn an.

»Nun«, sagte Godwin zu einem bleichen Alfric, der neben ihm herging, »Ihr habt sein Leben gerettet, und wozu? Ich glaube, er hätte den Tod vorgezogen.«

Der Gang hinter Ivor her war für Alfric eine endlose Qual. Alles, was er tun konnte, war beten.

Endlich erreichten sie das Baptisterium. Es befand sich, von einer Flügeltür geschützt, in der Kirchenvorhalle. Nun, da die Flügel weit offenstanden, war es vom ganzen Platz aus zu sehen. Es handelte sich um ein schlichtes, dem Brunnen recht ähnliches Steinbecken mit einer Tonröhre in der Mitte. Es verfügte jedoch über eine eigene Quelle, und Süßwasser floß die Röhre hinunter und füllte das Becken, bis es durch einen Abfluß unten ablief. Ivor brach mit dem Gesicht nach unten neben dem Becken zusammen.

Gowen schielte lüstern auf sein Kettenhemd. Es war riesengroß. Trotz aller auf dem Schlachtfeld eroberten Beute gab es nur wenige, die ihm paßten. Er zog es dem keinen Widerstand leistenden Mann aus, um Ivor dann die Fackel vor die unverletzte Gesichtshälfte zu halten. »Steig rein.« Er zeigte auf das Becken, wobei er die Fackel so nah an Ivors Haar kommen ließ, daß er es ansengte.

Ivor kroch über den Rand und fiel ins Wasser. Alfric trat vor und half ihm, den Oberkörper an der Tonröhre aufzurichten. Das Wasser färbte sich von Ivors Blut scharlachrot, doch dann, als der stetige Strahl über sein Gesicht und seine nackten Schultern rann, klärte es sich allmählich wieder. Es wusch ihn, reinigte seine Wunden und spülte allen Schmutz durch den Ablauf am Beckensockel fort und in den Fluß hinaus.

Ivor lehnte sich mit geschlossenen Augen zurück. Atemloses Schweigen senkte sich über die Menge. Um den Riesen war eine seltsame Würde, und das Wasser selbst schien ihm seine Freundschaft anzubieten, als finde er bei einer schlichten blinden Naturkraft die Gnade, die seine Mitmenschen ihm verweigert hatten.

Er war furchtbar entstellt. Neue und alte Wunden überzogen seinen Körper. Das fließende Wasser entblößte und betonte sie, so daß sich einige der ihm zunächst Stehenden wunderten, wie jemand Verletzungen überleben und Schmerzen erdulden konnte wie die, von denen diese weißen Narben Zeugnis ablegten.

Alfric nahm den silbernen Wasserkrug in die Hand, der für Taufen benützt wurde, füllte ihn am oberen Ausfluß der Röhre und hielt ihn Ivor an die Lippen. Er trank gierig.

»Ich bin dein Freund«, raunte Alfric ihm zu. »Ich möchte sowohl dein Leben als auch deine Seele retten, falls es mir vergönnt ist.«

Ivor hob den Blick zu Alfrics Gesicht und erkannte, daß er die Wahrheit sprach. Mit seiner verstümmelten Hand ergriff er Alfrics, schloß seine Finger um sie und senkte das Haupt.

Godwin, der den kurzen Wortwechsel mit angehört hatte, sagte ruhig: »Ich an deiner Stelle würde nicht allzuviel auf Alfrics Freundschaft geben. Sie ist billig zu haben. Er ist aller Menschen Freund.«

Ivor hob den Kopf und ließ langsam den Blick über die Menge wandern. Die Gesichter, die ihn anstarrten, schienen in unterschiedlichen Graden Belustigung und Grausamkeit auszudrücken. Sie, Godwin mit dem gezogenen Schwert und Gowen mit der Fakkel waren das, was er sein Leben lang zu sehen bekommen hatte. Dann richtete er den Blick wieder auf Alfric und erkannte das Mitleid und den Kummer, die sich in den Zügen des Priesters spiegelten. »Ist es billig und einfach, aller Menschen Freund zu sein? Ich glaube nicht. Für mich war es weder billig noch einfach, aller Menschen Feind zu sein. Also gut«, wandte er sich an Alfric, »der Sieg gehört dir, aber ist dein Gott so mächtig, daß er meine Sünden hinwegnehmen kann?«

Alfric richtete sich hoch auf, während er den Silberkrug erneut oben an der Röhre füllte. Das Metall funkelte auf, und er drehte sich um und blickte zum Himmel empor. Die Bewölkung riß auf, und durch ein Wolkenloch schien die segensreiche Sonne auf das Taufbecken und die sich darum scharende Menge. Er spürte ihre wohltuende Wärme im Rücken.

»Kann er mich von meinen Sünden reinwaschen?« wiederholte Ivor.

»Ja«, gab Alfric ihm mit fester Stimme zur Antwort. »Es gibt keinen Geist, den er nicht zu heilen vermöchte. Keinen Schmerz, den er nicht von dir nehmen könnte, wenn du ihn nur aus ganzem Herzen gewähren läßt.« Seine Stimme hallte über die schweigende Menge hinweg wie Trompetenschall, klar und vollkommen rein in ihrer Liebe und ihrem Mut. »Sprich mir nach«, forderte er Ivor auf und begann die wundervolle Tauflitanei zu rezitieren. »Widersagst du dem Teufel und all seinen Werken? Antworte: ›Ich widersage.‹«

Ivor schwankte auf seinen Knien im Wasserbecken und umklammerte Alfrics Hand mit seinen beiden Händen. Er neigte den Kopf, hob ihn dann wieder und sah Alfric mit einem hilflosen Ausdruck ins Gesicht. »Ich widersage.« Die Worte schienen ihm von einer Macht entrissen zu werden, die er dort erblickte.

Alfric fuhr fort, und den gebannt zuschauenden Menschen war nun klar, daß hier etwas am Werke war, das größer als Alfric, größer als die Welt und unendlich viel größer als Schmerz und Tod war. Ivors Antworten gewannen an Kraft. Eine solch mächtige Überzeugung und ein solch uneingeschränkter Glaube klangen aus seinen Worten, daß Godwin sich bekreuzigte und vor dem, was dort geschah, zurückwich. Gowen löschte die Flammen der Fackel, indem er sie mit dem Stiefel austrat, um nicht vom Auge Gottes bei seiner Grausamkeit ertappt zu werden.

Alfric hob das silberne Gefäß und goß das Wasser mit den Worten aus: *»Ego te baptizo in nomine Patris, et Filii, et Spiritus Sancti.«* Und es war vollbracht. Die Sonne verschwand hinter den Wolken, Dunkelheit senkte sich wieder über die Stadt. Ivor löste seine Hände von denen Alfrics. »Tritt zurück, Priester, und laß den Ritter tun, was ihm gebührt und was ich verdiene.«

Godwin trat vor und hob sein nacktes Schwert zum Todesstreich, einem Hieb, der Ivor mit einem Schlag enthaupten würde. Er vermochte es nicht. Sein Arm erstarrte in der Bewegung. Der Krampf lief im Nu in einer Welle von der Schulter zum Handgelenk. Muskeln verknoteten, Sehnen versteiften sich und hielten den Arm in der Luft fest, während das erhobene Schwert über Ivors gebeugtem Nacken schwebte. Godwins Gesicht verzerrte sich und lief dunkelrot an. Die Adern auf seiner Stirn traten hervor, als er mit aller Kraft versuchte, den Krampf zu durchbrechen und die Klinge zum tödlichen Hieb durchzuziehen.

Ein ehrfürchtiges Raunen stieg aus der Menge auf. Die Menschen begannen auf die Knie zu sinken. Irgend jemand rief: »Ein Wunder!«

Alfric hingegen fürchtete nur um Godwin, wegen der Qual und der Anstrengung, die in seiner Miene zu lesen standen. Er trat zwischen Ivor und Godwin und umfaßte den erhobenen Arm mit beiden Händen. Der Krampf ließ nach, und Godwins Arm lockerte sich zitternd, während er vor Alfric und Ivor zurückwich. Er betrachtete sein Schwert, als sei es etwas Unreines, um es dann hastig in die Scheide zurückzuschieben. »Er gehört Euch wahrhaftig, Priester. Gott will es.«

KAPITEL 36

Owen erwachte, das Schwert noch in der Hand, und blickte in gedämpftes Sonnenlicht, das durch einen wabernden Silbervorhang schien. Er befand sich in einer flachen Höhle hinter einem Wasserfall.

Er mühte sich in eine kniende Position hoch und schrie. Der Schrei hallte in der winzigen Grotte: Wie Steine fielen die Echos um ihn zu Boden. Er heulte noch einmal auf, saugte, zog den Atem dazu mit aller Macht in die Lunge. Noch während er schrie, erkannte er, daß er nicht allein war.

Sibylla hockte in einer Ecke. Ihr schmächtiger Körper war zu einer Kugel zusammengerollt. Ihre fahlen Augen starrten ihn verzweifelt an.

Owen sprang auf. Er spuckte Blut auf den Felsuntergrund. Er wandte ihr seinen brennenden Blick zu, haßte sie, haßte alles Lebendige. »Wie soll ich nach dieser grauenhaften Nacht«, schrie er schrill, »je wieder an den Tag glauben?«

Sie sah nur mit starrem Blick zu ihm empor.

»Warum hast du mich verraten?« brüllte er sie an. »Warum hast du mich in diese Finsternis gelockt?«

»Welche Finsternis?« jammerte sie. »Du wolltest nicht in den Baum gehen und dich schlafen legen; du liefst durch den Wald. Ich folgte dir. Ich habe vom Wahnsinn des Königs reden hören, aber bis ich dich gesehen habe, habe ich nicht gewußt, daß es solch wilde Raserei gibt!«

Owens irrer Blick glitt über Sibylla hinweg und erkannte, daß sie die Wahrheit sprach. Kein Gang führte in dunkle Tiefen hinab. Owen schwankte. Die Raserei wich aus seinem Körper und ließ nur eine unendliche Erschöpfung zurück. Zögernd näherte er sich dem schimmernden, fließenden Wasservorhang, dem Sonnenlicht, das er durch ihn hindurchscheinen sah, und in diesem Augenblick verstand er das Mysterium. »Ich bin«, sagte er, »Betrogener und Betrüger zugleich.«

Er schaute auf seinen Körper hinab. Hosen und Beinlinge waren schlammverschmiert und blutbesudelt. Das Blut war sein eigenes und sickerte aus Dutzenden kleiner Schnitte und Wunden, die er sich in dem Dorngestrüpp zugezogen hatte. Das Hemd hing ihm in blutigen Fetzen von den Schultern.

Er trat auf das Wasser zu, wollte seine Wunden in seiner Kühle zurücklassen, fühlen, wie die strömende Süße Schweiß, Schmutz und Blut von seinem Körper wusch, wünschte inbrünstig, seine Berührung möge die Wunden seiner Seele heilen und ihm Frieden bringen.

»Nein«, hielt Sibylla ihn zurück und erhob sich. »Sie sind da draußen. Sie sind dir gefolgt. Du darfst nicht hinaus.«

Owen merkte, wie der Zorn wieder in seiner Seele aufwallte und ihn mit neuer Tatkraft erfüllte. »Aha«, rief er, »sie warten also auf mich – der Wolf und seine Kohorten.« Er machte einen Satz auf den zischenden Wasservorhang zu, durchschritt ihn und fand sich in einem trüben Tümpel stehen. Dicke Kissen von Wasserlilien trieben um seine Füße.

Der Tümpel lag in einem schattigen, engen Tal. Der Katarakt begann hoch über ihm an der Klippe in seinem Rücken. Er schlängelte sich Fels um Fels zu Tal, und sein moosbewachsener, samtgrüner Lauf wurde von Farnen gesäumt, deren filigrane Wedel in der Gischt zitterten, bis er über eine Felskante wie ein Schleier in den Teich strömte.

Vor ihm stieg der Boden sanft zu einem mit lichtem Wald bestandenen Amphitheater an.

Sie warteten im Schatten der Bäume auf ihn, dunkle Gestalten, die mit dem tiefen Braun der Eichenstämme verschmolzen oder sich von der hellen Rinde der Espen und Birken abhoben. Die Hunde – eine wimmelnde Meute verschiedenfarbiger Körper – stürzten zuerst auf ihn zu.

Owens Hand schloß sich einen flüchtigen Augenblick um sein Schwert. Dann erreichte der erste Hund seine Füße, und ihm wurde klar, daß sie sich nur zu Boden werfen und ihn anbeten wollten. Das waren keine Kampfhunde, keine Bulldoggen, sondern gewöhnliche Jagdhunde. Niemals würden sie einen Menschen erlegen. Sie machten Anstalten, ihn unter ihren Liebesbezeugungen zu ersticken, während er durch den Tümpel ans Ufer watete. Schwanzwedelnd warfen sie sich vor ihm auf den Rücken, sprangen an ihm hoch, um ihm Gesicht und Hände abzulecken, und preßten sich in einem Taumel blinder Ergebenheit an seine Beine.

Für echte Tiere, dachte er traurig, ist der Mensch immer ein Gott – und, Gott, wie wir sie für ihre Unschuld bezahlen lassen! Dann blieb ihm keine Zeit mehr zum Nachdenken, weil die Tiermenschen über ihn herfielen.

Der erste, der kam, war ein wilder Eber. Eber, fragte Owen sich, oder Casgob? Er hatte einen Moment Muße, um die niedrige, häßliche Schnauze und die gefährlichen, gebogenen Hauer wahrzunehmen. Die Hauer verfehlten ihn um Haaresbreite, hätten ihn beinahe vom Knöchel bis zur Lende aufgeschlitzt. Der Eber drehte sich mit schlangenhafter Geschmeidigkeit um und griff ihn erneut an.

Du warst mein Bruder, dachte Owen, während ein tödlicher Schrecken nach seinem Herzen griff. Ich habe dich geliebt. Wir haben Seite an Seite gegen die Berserker gekämpft. Das Schwert lag in seiner Hand, und die Kampflust des Rauschmittels brannte in seinen Adern. Sie täuschte seine Augen, verlieh ihm im Gegenzug aber auch jene blendende Schnelligkeit, die blitzartige Fähigkeit, jede Schwäche des Gegners zu erspähen.

Leichtfüßig tänzelte er zur Seite und zog das Schwert kraftvoll durch. Die flache Seite der Klinge traf den Eber und versetzte ihm einen schmerzhaften Streich über seine dicken Keulen. Sich das Hinterteil haltend, wand sich ein heulender Casgob vor Owen im Gras. Owen stürmte schreiend und herausfordernd das Schwert schwingend vorwärts. »Ich bin der Meister des Kampfzaubers! Wann waren wilde Tiere je ein ebenbürtiger Gegner für den Menschen? Jetzt jage ich euch!« brüllte er frohlockend.

Fuchs und Hirsch sprangen auf ihn zu: der Hirsch mit gesenktem Geweih, die spitzen schwarzen Zacken wie Dutzende Messer auf seinen Bauch gerichtet; die Füchsin, indem ihre scharfen kleinen Zähne nach seinen Fersen schnappten.

Owen stürmte den Hang hinauf auf ein Brombeerdickicht zu. Die wuchernden, gefährlichen Ranken waren mit langen Dornen bewehrt. Der Hirsch, der Owens noch halb benommenem Verstand noch immer wie ein Hirsch erschien, griff an. Das samtige Maul, die sanften Augen straften die Grausamkeit des zum Angriff gesenkten Geweihs Lügen.

In letzter Sekunde wich Owen zur Seite aus. Seine Faust landete wie ein Hammer auf der fellbedeckten Schulter. Unmittelbar darauf brach ein halbnackter Mann kreischend aus dem Brombeergestrüpp hervor. Die schwere Geweihmaske hatte sich zwischen den Dornenranken verfangen.

Die Füchsin griff ihn noch immer an, und hinter dem Dornendickicht richtete sich drohend der Bär auf, mit roten Augen, rasend vor Wut, mit tropfenden Reißzähnen und ausgestreckten Klauen, um Owen in seine Umarmung zu ziehen. Owen setzte über einen gefallenen Baum hinweg, so daß er den dicken Stamm zwischen sich und den Bären brachte.

Die Bärenklauen tatzten nach seiner Brust. Er sprang zur Seite und zog dem Bär mit der Breitseite einen schmerzhaften Hieb über den Rücken. Ilfor kreischte auf und taumelte in die Brombeeren. Dann rollte er, sich immer wieder überschlagend, den sanften Abhang zum Tümpel am Fuße des Wasserfalls hinunter. »Nimm die Maske ab!« schrie Owen ihm mit gellender Stimme hinterher. »Trunkenbold, Hanswurst, du hast keine wirkliche Macht.«

»Ich weiß«, erwiderte der ehemalige Bär, der weinend am Teich saß, während die überflüssigen Klauen grotesk von seinen Armen herunterbaumelten. »Ich weiß, aber es ist trotzdem nicht sehr nett von dir, es mir ins Gesicht zu sagen.«

Die Füchsin schnappte noch immer nach ihm, um dann ins Gebüsch oder in die Brombeeren zurückzuweichen. Owen versetzte ihr eine kräftige Ohrfeige mit dem Handrücken und schickte sie zu Boden. Die Füchsin war verschwunden, und Aud lag im Gras. Das rote Fuchsfell lag in einem wirren Haufen neben ihrem Gesicht.

»Füchsin«, zischte Owen mit einer Stimme, die schneidend war vor kaltem Haß. »Hündin«, flüsterte er. »Die Königin hat viele Liebhaber, aber wo sind ihre Söhne, Füchsin? Die Füchsin ist ihren Welpen eine gute Mutter, sie beschützt und unterweist sie. Du hast weder Welpen noch Kinder. Nimm auch du die Maske ab!« befahl er ihr, als sie ihren waidwunden Blick von seinem Gesicht abwandte.

»Der Wolf ist dein Meister.«

»Wo ist der Wolf?« rief Owen.

Und der Wolf glitt zwischen den Bäumen hervor. Während Owen seine eigene Dunkelheit bekämpft hatte, war der Tag seinem Ende entgegengegangen. Die Sonne stand niedrig am Himmel und leuchtete nicht mehr in diese schmalen Felsschluchten am Meer hinunter. Hinter den Hügeln hervor fielen ihre letzten Strahlen auf den Wasserfall, und die schwarzen Felsen schienen einen Schleier aus Seide zu tragen. Unterhalb davon war alles in tiefen Schatten getaucht.

Der Wolf blieb nahe bei Ilfor stehen, der still am Ufer des Tümpels weinte. Das Wasser wirkte wie ein mitternächtlicher Spiegel, das einzig Helle war der bleiche Schaum, der am Fuße des Katarakts sprudelte. Owen schritt den Abhang hinunter zum Teich, um sich dem Wolf zu stellen, Elutides. Beidhändig hielt er das Schwert vor sich, zum Zustoßen bereit. Das riesige graue Tier knurrte, und die in Falten gelegte Schnauze entblößte die Fangzähne, als wolle sie sagen: Reiß mir doch die Maske ab!

»Ihr habt versucht, mich an Elin zweifeln zu lassen«, sagte Owen. »Versucht, mich sie vergessen zu lassen. Aber, alter Mann ...« Seine Stimme bebte vor Zorn, während er das Ding vor sich anstarrte und sich mühte, verzweifelt mühte, es als Mensch zu sehen und seine Macht über seine Sinne und seinen Willen zu brechen. »Was habt Ihr geliebt?« fragte er. »Ich sehe Eure Söhne, aber wo ist Eure Gemahlin? Wen habt Ihr geliebt?«

Vor ihm stand Elutides, die Wolfsmaske lag auf dem Boden zu seinen Füßen. Von allen Tiermenschen war er allein bewaffnet. Er trug das Schwert, mit dem er gegen die Berserker gefochten hatte.

Es lag in seiner Hand; seine Finger umschlossen die Schlangenwindungen am Griff. »Ich glaube, es könnte töricht von Euch gewesen sein, mich zu demaskieren«, entgegnete er. »Als Wolf war ich bei weitem ungefährlicher.«

Owen hob sein Schwert ein wenig. »Wolf oder Mann«, sagte er, »ich fürchte Euch weder als das eine noch als das andere. Wen habt Ihr geliebt?« wiederholte er.

Das Aufflackern eines fast unerträglichen Schmerzes glitt über Elutides' Züge. »Sie hatte rotgoldenes Haar«, gab er zur Antwort. »Meine Söhne und ich sind dunkelhaarig. Sie sind mir nachgeschlagen. Meine glücklichsten Träume sind die, wenn ich träume, daß ich beim Erwachen dies rotgoldene Haar neben mir auf dem Kissen finde, dieses Gesicht, schön wie der Morgen, dieses Haar von der Farbe eines wolkenlosen Sonnenaufgangs. Doch das sind nur Träume. Ich erwache in der Stille, allein – wie auch Ihr eines Tages erwachen werdet. Man kann sie nicht erobern; man kann sie nicht festhalten. Sie zu eng an sich zu pressen bedeutet, sie zu töten, das Feuer der wunderbaren dunklen Leidenschaft zu löschen. Ja, ich liebte eine Hexe. Meine Liebe war, wie die Eure, einer Königin der Wälder geschenkt, einer verbotenen Zauberin, und sie hat mich für alle anderen Frauen verdorben.«

In dem grünen Dämmerlicht floß der Haß wie ein eisiger Strom zwischen Owen und Elutides. Die stehende Luft des engen Tals war voll davon. »Winselnder Welpe«, wisperte Elutides. »Ich werde dich für eine so grausame Demaskierung teuer bezahlen lassen. Ich werde dich dafür büßen lassen, daß du meinen Schmerz so bloßgelegt hast.«

»Klug, ach wie klug«, erwiderte Owen voller Verachtung, »mir einzuflüstern, ich solle dem, was ich liebe, untreu werden, damit Ihr mich benützen könnt. ›Ihr werdet ein großer König sein‹«, äffte Owen Elutides' Worte höhnisch nach, »›laßt Euch nur von mir leiten.‹ Welchen Nutzen hat der Rat eines Lügners, eines Lügners, der eine grausame Posse mit einem hilflosen Mann spielt?«

Als Owen drohend sein Schwert schwang, glitt sein Blick flüchtig über die anderen – Ilfor, der am Tümpel schluchzte, Casgob, der sich sein Gesäß rieb, Cador, immer noch im Adlerkostüm, aber deutlich als Mann zu erkennen, die übrigen noch Maskierten, die sich wie fremdartige Schatten zwischen den Bäumen herumdrückten.

»Wie schade«, sagte Elutides, »wirklich jammerschade.« Er lächelte ein flüchtiges, trockenes Lächeln der Befriedigung. »Du hättest fast gewonnen.«

Das erste Geschoß krachte gegen Owens Kopf. Aud warf das zweite, und der scharfkantige Feuerstein schlitzte Owens Brust auf. »Fluch über dich!« kreischte sie. »Fluch über dich, daß du mich an meinen unfruchtbaren Schoß erinnert hast!«

»Lauf, mein Held!« spottete Elutides. »Dem König ist es gegeben, hinter die Masken der Menschen zu blicken, aber nur ein Narr reißt sie ihnen herunter.«

Owen wich vor ihrer Wut zurück, einen Arm erhoben, um sein Gesicht vor den auf ihn niederhagelnden Gegenständen zu schützen. Elutides hob sein Schwert und rückte gegen ihn vor.

Owen warf einen flüchtigen Blick über seine Schulter. Hinter ihm verengte sich das Tal zu einer Klamm zwischen zwei gewaltigen Felsblöcken. Der Boden zwischen ihnen fiel gemächlich zum Strand hin ab. Jenseits der Felsen konnte Owen das Tosen der Brandung hören.

Vor ihm hatten sich Elutides und seine Kampfgefährten zu einem schwarzen Knäuel zusammengedrängt und schleuderten ihm alles, was sie in die Finger bekamen, an den Kopf. Steine, Äste und Schmutzklumpen flogen Owen entgegen, prasselten auf seine Brust, seine Arme, seine Beine ein.

Owen, immer noch halbblind vor Wut, bewegte sich schwertschwingend zurück. Gegen so viele konnte er nichts ausrichten, und er hatte gesehen, wie schnell Elutides' sonderbare Waffe töten konnte. Fast bevor er sich dessen bewußt war, befand er sich auf der zum Strand abfallenden Schräge, und seine Füße gerieten ins Rutschen. Er schaute hinter sich, und Entsetzen ergriff ihn.

Unten hatte man dicht geschlossene Speerreihen in den Sand gerammt, sechs Speere tief, im Winkel angeordnet; ihre glänzenden, rasiermesserscharfen Spitzen warteten auf seinen herabstürzenden Körper. Owen stieß aus tiefster Kehle einen Schrei tödlichen Entsetzens aus. Im Fallen ließ er sein Schwert los und versuchte, sich am Gras festzuhalten. Das Gras jedoch, naß von der Feuchtigkeit des Waldes, glitt ihm durch die Finger. Es hatte keinen Sinn. Er fiel, rutschte schneller und schneller auf die wartenden Speerspitzen zu.

Er heulte auf, als er sie erreichte, den Rücken krümmte, sich drehte und wand in dem Bemühen, dem Tod zu entgehen. Dann lag er zwischen ihnen. Sie zerbrachen und verstreuten sich um ihn als die angemalten Weidenruten, die sie waren. Owen blieb einen Augenblick lang völlig reglos liegen, während alles außer Angst und Schrecken aus seinem Geist wich. Es dauerte fast eine Minute, ehe ihm das ganze Ausmaß seiner Demütigung aufging und er sich endlich aufrappelte. Fast eine Minute, bis das Gelächter von oben in sein Bewußtsein drang.

Er stolperte zwischen den zerbrochenen Stöcken umher, und seine Hände suchten verzweifelt nach seinem Schwert, während rote Mordlust durch sein Hirn raste. Er dachte nicht mehr. Er befand sich in demselben Zustand wie damals, als Gerlos ihn auf dem Marktplatz verhöhnt hatte. Jenseits allen Denkens, jenseits aller Vernunft. Vage erkannte er, daß er sich an demselben Ort befand, an dem seine Reise in dieses fremde Land begonnen hatte, in der Nähe des grünen Erdhügels, des Königsgrabes am Meer.

Elutides stand auf der Kuppe des Grabhügels, das Schwert in der Hand, wartend. Owen griff ihn an. Er sprang über die grasbewachsene Oberfläche des Grabhügels, und der Haß trieb ihn hinauf wie der Wind. Auf dem höchsten Punkt begegnete er Elutides. Elutides hob das Schwert. »Mein Schwert ist der sichere Tod«, sagte er, in seinen Augen aber lag eine seltsame Leere, eine unheimliche, verlorene Traurigkeit.

Owen würdigte ihn keiner Antwort. In seinem Kopf war Raum für nichts als die rasende Wut. Er hatte kaum zwei Hiebe geführt, als er erkannte, daß er stärker als Elutides war. Stärker als alles.

Die Stärke nahm er aus seinem eigenen Inneren. Er wußte,

welche Bestrafung er an diesem Tag erlitten hatte. Er begriff, daß sein blinder, ungestümer Angriff ihm zum Verhängnis werden konnte, aber er wußte ebenfalls, daß er sich dieser Seite des Todes niemals ergeben würde. Er sah das Ende dieses Zweikampfs voraus, noch bevor er richtig begonnen hatte, und wußte, daß auch Elutides dies Ende kannte. Er hatte etwas in Owen freigesetzt, das selbst er nicht bändigen konnte, und es würde ihn vernichten.

Elutides war ein vorzüglicher Schwertkämpfer. In irgendeiner Ecke seines vom Wahnsinn vernebelten Verstandes bewunderte Owen diese Geschicklichkeit. Sein Schwert war flink wie eine Schlangenzunge, doch Owens Klinge war wie Sommerblitze. Elutides konnte Owens Verteidigung nicht durchbrechen. Nicht den kleinsten Kratzer vermochte er ihm zuzufügen.

Schneller und schneller schlug Owen zu, bis das Klirren von Eisen gegen Eisen ein beständiger blecherner Krach in ihrer beider Ohren war und Elutides in die Mitte des grünen Erdhügels zurückgetrieben wurde, auf einen grauen Stein zu, ein seltsames, mit eingemeißelten Spiralen und Blumen überzogenes Ding.

Elutides taumelte unter der nicht nachlassenden Wildheit von Owens Hieben zurück. Seine Ferse stieß gegen den Stein, und Owens blitzende Klinge verhakte sich mit der Parierstange seiner Waffe und riß sie ihm aus der Hand, so daß sie hoch in die Luft wirbelte, davonflog und im Blätterwerk des Unterholzes um den Fuß des Grabhügels landete.

Elutides fiel. Sein Kopf schlug auf den Stein, und er brach besinnungslos vor Owens Füßen zusammen.

Owen blickte starr auf ihn herab. Sein Mund pumpte Luft in seine Lunge, sein ganzer Körper zitterte, straff gespannt vor Wut. Ein Wort, »Tod«, füllte sein gesamtes Denken aus. Wie oft bin ich gestorben, fragte er sich. Viermal? Fünfmal? Einmal in Osrics Käfig, dreimal im Dunkeln durch Elins Hand, und einmal auf Elutides' Speeren. Jedesmal mit gräßlicher Angst.

Die Erinnerung überflutete ihn. Der körperliche Schmerz im Käfig. Die Schuld in seiner Seele, als er zerstörte, was er liebte. Ein zweites Mal füllten sich seine Lungenflügel mit Wasser, als er ertrank. Wieder fühlte er das Schwert in seinen Eingeweiden, fühlte, wie das Eisen sich in seinem Leib drehte, das Leben aus ihm herausströmte. Die Bilder, die er auf der Flucht durch die Höhle seiner eigenen Trostlosigkeit gesehen hatte, überfielen ihn erneut. Bilder von Schmerz, Bitterkeit, Schande und Niederlage, von einem Sieg, der ein quälender Verlust war, die nackte, offene, blutende Wunde, die das Leid der gesamten Menschheit war. Die Menschheit – ein Funken von Bewußtsein inmitten der Sterne, ein flüchtiger Moment des Gedankens inmitten der Ewigkeit.

Owen warf sein Schwert neben dem hingesunkenen Elutides zu Boden und lief ans Meer. Er fühlte sich unrein, schmutzig, über alle Maßen besudelt. Er konnte den Gestank seiner Schande an seinem Körper riechen, in den Ausdünstungen von Erbrochenem, Schweiß und Exkrementen, die jeden Zoll seiner Haut verunreinigten.

Wie schon zuvor säuberte ihn die See, indem sie seinen zahllosen Schnitten und Kratzern erst schnelle Schmerzstiche und dann eine wohltuende Taubheit zuteil werden ließ. Sie hieß ihn mit einer grimmigen, eiskalten Umarmung willkommen, um ihn alsdann zu wärmen.

Das Meer um ihn herum war still, das einzige Geräusch das leise Pfeifen, der endlose Schrei des Windes in seinen Ohren. Der Himmel war dicht mit Wolken verhangen. Ihre Ränder glühten auf, als die Sonne lange Lichtstrahlen zwischen ihnen hindurchschickte. Die Brandung rollte ruhig und in langen, glatten, flachen Kämmen, das Wasser schimmerte mit dem leuchtenden Glanz alten Silbers.

Sag es mir, flehte er. Sag es mir. Ist das alles? Ich will es wissen! Sein Geist schrie in wilder Empörung gegen die Leere und Stille von Meer und Himmel, gegen das leere, stille Universum an. Sag es mir! Ich will es wissen.

Es überraschte ihn völlig, weil es so ruhig und leise kam. Kein gewaltiges, gleißendes Licht, sondern eine Erleuchtung. Sie kam über ihn, bevor sein betäubter Verstand begreifen konnte, daß sie da war, und er verstand die volle Bedeutung der Worte »Sei still und wisse, daß ich Gott bin«.

Die Liebe ist das Licht des Herzens.

Der Gedanke ist das Licht des Geistes.

Dann wurden sie ihm beide von einem Geist offenbart, der groß genug war, um die mannigfache Vielschichtigkeit des Universums zu schaffen, erleuchtet von der Herrlichkeit einer immerwährenden Liebe, und die Liebe wurde ihm wie ein Geschenk gewährt.

Gibt es einen Laut, der die Stille bezeichnen könnte? Falls ja, sollte dieser Laut hier eingefügt werden, denn Gott wird in der Stille erfahren. Keine leere Stille, sondern eine lebendige Stille wie die eines mächtigen Baumes oder eines Waldes, wunderschön unter der Segnung des Morgenlichts; die Stille, die einen Kuß der Liebe begleitet; die Stille des ersten Sprungs, den ein Kind im Leib der Mutter tut, jener ersten Regung, mit der es seine Reise ans Licht und ins Leben beginnt; die Stille der leidenschaftlichen Suche eines Herzens, die alle Worte übersteigt.

Worte taumeln dahin, eins nach dem anderen, bedeutungslose Geräuschhülsen wie das Rasseln von Steinen in einer Mure. Worte, so bedeutungslos wie das Umherflitzen von Elritzen in einem Tümpel, das Funkeln von Gottes Freude in der Sonne. Denn die menschliche Rede ist immer miteinander geteilte Bedeutung, und Owen wußte, daß niemand, der nicht erfahren hatte, was er jetzt erfuhr, es mit ihm teilen oder auch nur begreifen konnte.

Elutides hatte gesagt, dem König sei es gegeben, hinter die Maske zu blicken, und eben das hatte er getan. Er hatte hinter die Maske geblickt, welche die Welt trägt, und entdeckt, daß sie eine jubelnde Lobeshymne sei – auf den Schöpfer, dessen Liebe so grenzenlos war, daß sie die See, in der er stand, zu einer Träne im Auge der Zeit machen konnte, eine Liebe so grenzenlos, daß sie alles menschliche Leid, alles menschliche Übel zu blassen Schatten schwinden ließ. Und wenn die Mittagssonne scheint, lösen sich selbst diese Schatten auf.

Reines Licht schien auf ihn hernieder, schien in ihm und durch ihn hindurch, und er war durchlässig für dieses Licht. So durchlässig, wie es klares Wasser für das Sonnenlicht ist, wie die zarten

Blütenblätter für die Herrlichkeit des Tages. Die ganze Schöpfung ist nichts anderes als ein prachtvolles, edelsteingeschmücktes Fenster für den Blick, für das Licht Gottes.

Dann, ganz langsam, so still, wie die Sonne wieder hinter einer Wolke verschwindet, verließ es ihn. Er blieb zurück, nicht bange oder gramgebeugt, sondern erfüllt von jener unaussprechlichen Ruhe, die der Friede Gottes darstellt. Owen stand in Stille, innen wie außen, sein Geist entleert von allem außer seiner Vision der absoluten Herrlichkeit. Und sein Herz hatte endlich seinen Frieden und sein beklommener, aufgewühlter Geist seine Ruhe gefunden.

Eines Tages würde er mit anderen darüber sprechen und versuchen, ihnen begreiflich zu machen, was er erfahren hatte. Doch er wußte, daß es sich nie mit Worten vermitteln ließe. Worte würden es nie vollständig beschreiben können – sie würden dieses Ziel nicht einmal ansatzweise erreichen –, und so würde er scheitern. Könnte er ihrem Herz, ihrem Geist, ihrem Leben auch nur einen Funken, einen Hauch dieser überirdischen Erhabenheit bringen, würde er sein Leben, seine Priesterschaft, sich selbst als erfüllt betrachten.

Als er sich zu guter Letzt wieder dem Ufer zuwandte, erwartete ihn Elutides. Auf seinem Gesicht war Blut, über seinem Arm hingen saubere Kleider. Alshan stand an seiner Seite. Der Blick in Elutides' Augen verhieß nichts als schlichte Freundlichkeit, der Blick, den man einem geliebten Freund schenkt, der Leid erduldet und am Ende, endlich, endlich, triumphiert hat.

Alshan überreichte Owen sein Schwert. Owen schob es in die Scheide, dann sah er auf den leuchtenden Rubin in seinem Knauf herab. »Es ist schwer«, sagte er.

»Das Gewicht des Menschseins«, erwiderte Elutides. »Das Gewicht der Verantwortung.«

Owen wandte sich ihm zu. »Hattet Ihr nicht Angst, ich würde Euch töten?« fragte er.

Ein Schatten von Stolz und Leid glitt über Elutides' Züge. »Owen«, erwiderte er, »die Reise ist wirklich, so wirklich wie die

Lebensreise. Trotz allen Mummenschanzes muß der Schmerz wirklich sein und der Tod, wenn er denn eintritt, ebenso.«

»Als ich die Reise etwa zur Hälfte durchlaufen hatte, hatte ich vergessen, warum ich den Sieg wollte.«

»Und als Ihr sie zu Ende brachtet, habt Ihr verstanden, was der Sieg in Wahrheit ist.«

»Ja«, bekräftigte Owen leise, »so ist es. Ich vermag nicht zu sagen, was ich sonst noch weiß, aber das weiß ich.«

»Ihr wißt viel«, versicherte ihm Elutides. »Wahres Wissen ist wie ein Baum. Zu Beginn ist es winzig klein, aber dann wächst und wächst es, bis es immer bei uns ist, der treue Begleiter unseres Lebens. Wenige nur bringen den Mut auf, die Reise zu wagen, die Ihr gewagt habt; noch weniger den Mut, sie zu vollenden. Deshalb vermag ich nicht zu sagen, was Ihr wißt, nur, daß Euer Wissen Euch begleiten und Euch alle Tage Eures Lebens leiten wird.« Er hielt Owen die Kleider hin. »Hier, badet im Meer, und dann zieht Euch an.«

»Hier?« fragte Owen, weil er Ilfor, Aud und die anderen erblickte. Sie lagerten ein wenig abseits vom Strand. Man hatte ein Tuch auf dem Gras ausgebreitet, und sie teilten Brot, Käse und Wein miteinander. Die abgenommenen Masken lagen im Gras verstreut um sie herum.

Alshan schüttelte den Kopf. »Niemand wird den König sehen oder auch nur seine Existenz zur Kenntnis nehmen, bevor er nicht bereit ist. Wasch dich in den heilenden Wassern, die an die Ränder der Welt schlagen. Sei ruhigen Muts.«

Owen starrte Alshan an, als sehe er ihn zum erstenmal. In gewisser Weise war dem auch so, denn die Macht seines Ehrfurcht gebietenden Erlebnisses hatte ihn noch nicht völlig verlassen. Unter der einfachen Kleidung erblickte er den Anführer, der den Mut besaß, ein Bündnis mit einem seinem Volk fremden Herrn einzugehen, einem Herrn – und das konnte ihm nicht verborgen geblieben sein –, der ihn und seine scheue Sippe zeitweise verachtet haben mußte. Alshan, dessen Weisheit ihm auf seiner langen Reise Schutz gewährt und beigestanden hatte. Alshan, ein Freund.

Die Erkenntnis machte das, was er zu sagen hatte, noch schwerer. »Ein König?« fragte Owen. »Und von was bin ich König?«

Alshan lächelte, und Owen entdeckte in dem gebräunten, zerfurchten Gesicht, in den sanften Augen einen Schimmer des ewigen Lichts, das er geschaut hatte, als er im Meer gestanden hatte. »Von jenseits der Worte«, tat Alshan ihm kund, »ist das Wort offenbart, und die Worte eines Königs erfahren stets Beachtung.«

»Also gut«, erklärte Owen. »Das Kind, Elins Kind, gehört mir. Ich werde nicht zulassen, daß es bei euch aufwächst.«

»Es wird geschehen, wie du es sagst«, antwortete Alshan, »denn wer könnte dem König trotzen, aber ...« Der kleine Mann betastete das Juwel auf seiner Brust. »Du solltest wissen: Weil Elins Vater uns so sehr fürchtete ... verlor er sie. Hätte er uns Anteil an ihrer Erziehung gegeben, hätte sie nie das Bedürfnis verspürt, zu uns zu fliehen, um unsere Geheimnisse zu erlernen. Mag dieses Kind nun Junge oder Mädchen werden, wir können seine Verbündeten sein, wie wir die deinen gewesen sind, und ihm viele nützliche Dinge beibringen.«

Owen setzte zu einer Erwiderung an, aber Alshan fuhr fort: »Antworte jetzt nicht! Wenn das Kind geboren ist und wenn es das Alter erreicht hat, in dem man es zu Pflegeeltern geben kann, werden wir weiter darüber sprechen.«

»So sei es.« Owen lächelte. »Wir werden gemeinsam über die Zukunft des Kindes entscheiden.« Dann wandte er sich um und überließ sich der läuternden Kraft des Meeres.

Er hatte sich gewaschen und schon fast wieder angekleidet, als er Enar kommen sah. Er ritt auf dem Hengst. Der große Fuchs galoppierte über den Strand und blieb neben Owen stehen.

Enar saß im Sattel, die Finger fest um den Sattelknauf geschlossen, einen glasig-starren Blick in den Augen. Der Hengst schüttelte den Kopf und wartete.

Owen zog seine Tunika über das Leinenhemd und musterte Enar eingehend. »Willst du nicht absteigen?« schlug er vor.

»Nein«, gab Enar mit abweisender Stimme zurück. »Ich warte auf die Erlaubnis, absteigen zu dürfen.« Der Hengst stieß liebevoll mit dem Maul gegen Enars Fuß. Enar sprang aus dem Sattel und wankte davon. »Meine Beine tun an den Innenseiten der Schenkel höllisch weh«, ließ er Owen wissen, »und an einigen überaus empfindlichen Stellen bin ich wundgescheuert. Und wie treffe ich Euch an? Ihr schnappt ein wenig frische Luft am Meer. Zweifellos ...« Er schoß einen giftigen Blick zu Elutides und seinen Gefährten hinüber, die sich am Fuße des Grabhügels niedergelassen hatten. »Zweifellos«, fuhr er wutentbrannt fort, »um Euch nach einem angenehmen Abendessen mit Euren Freunden ein wenig die Beine zu vertreten.«

»Du bist ein bißchen spät dran«, versetzte Owen, während er sich mit seinem Schwert gürtete.

»Was ist passiert?« wollte Enar wissen, während er die um Elutides und seine Freunde im Gras verstreuten Masken in Augenschein nahm.

»Nichts umwerfend Schreckliches«, antwortete Owen. »Irgendwann ... eines Tages werde ich es dir erzählen, aber nicht jetzt.«

Enar sah Owen an und wandte dann rasch den Blick ab. In seinen Augen lag etwas, das ihn an Elutides' Musik erinnerte, eine heitere Gelassenheit, eine Schönheit so tief, daß sie fast ängstigte.

»Ich habe schon von solchen Riten gehört«, fuhr Enar stokkend fort. »Und Ihr seid noch am Leben?«

»Irgendwann«, wiederholte Owen.

»Nein«, widersprach Enar. »Niemand, der je so etwas erduldet und überlebt hat, so daß er die Geschichte erzählen könnte, hat es je getan. Nicht wirklich.«

Owen lächelte.

Enar kam zu dem Ergebnis, daß er dieses Lächeln keineswegs noch einmal sehen wollte. Er wollte nicht glauben, daß es solche Dinge gab.

Owen schaute sich rasch nach dem Pferd um und entdeckte, daß es nahe dem Grabhügel graste. »Er trägt kein Gebiß.«

»Nein«, meinte Enar. »Es gefiel ihm nicht, also hab' ich es herausgenommen.«

»Tatsächlich«, äußerte Owen. »Er ist ein Pferd; du bist ein Mensch, niemand würde erwarten …«

»Er ist ein Pferd«, führte Enar aus, »das sich in eine fliegende Schlange verwandeln kann. Als ich zum viertenmal das Bewußtsein wiedererlangte, mit dem Bauch im Schlamm und dem Gesicht im Sumpf, sah ich die Dinge mehr von seinem Standpunkt aus. Schließlich hätte auch ich nur ungern ein Gebiß in meinem Mund.«

»Du bist«, staunte Owen, »wie immer einzigartig. Ich habe viele Pferde gesehen, die von Menschen gezähmt wurden, aber noch keinen Menschen, der von einem Pferd gezähmt wurde.«

»Danke«, versetzte Enar, »für das Kompliment. Den Rest will ich überhört haben. Nun verspüre ich das dringende Bedürfnis, etwas zu essen.« Er und Owen gingen zu Elutides und seinen Gefährten herüber.

Owen begrüßte sie alle ruhig mit Namen, bis er zu Aud kam. »Herrin …«, begann er.

»Sprecht nicht darüber«, sagte sie. »Habt Ihr gedacht, Ihr wärt allein auf der Welt? Wir alle begegnen dort unserem geheimen Kummer.«

»Nein«, versprach Enar mit fester Stimme. Schon kniete er im Gras und langte nach dem Wein. »Ich werde nicht fragen.«

»Auch gut«, erscholl eine Stimme hinter Enar. Sie gehörte Ceredea. »Sie könnten es dir auch nicht erzählen.« Sie war unter sie getreten, ohne daß einer es bemerkt hätte, war lautlos aus dem schattendunklen Abendwald herausgeglitten. »Ich bringe Neuigkeiten«, berichtete sie. »Herr Owen, die Wikinger stehen vor deinen Toren.«

Owen war unverzüglich auf den Beinen und blickte ihr ins Gesicht. »Die Stadt?« fragte er. »Was ist mit Elin? Was mit meinem Verwandten, Godwin?«

»Sie leben«, verkündete sie triumphierend. »Haakon hat zweimal versucht, Elin zu ermorden. Zweimal hat ihre Klugheit ihn besiegt, aber dann hat sich Elsbeth eingemischt.«

»Elsbeth!« rief Owen aus.

»Allerdings.« Ceredea lächelte. »Sie ist ganz vernarrt in den Nordmann. Du warst verrückt, Ivor nicht zu töten. Gerade als Haakon am Ende seiner Weisheit angelangt war, wie er deine Herrin besiegen sollte, fand Elsbeth Ivor, ein bereitwilliges Werkzeug. Eins, das ihm besser in der Hand lag als Axt oder Schwert.«

Owen fühlte, wie seine Haut kalt wurde. »Was hat Ivor getan?«

»Er hat die Vorräte verbrannt. Die in deiner Halle. Die Sicherheit der Stadt gegen den Hunger. Morgen reitet der Herr Godwin gegen Haakon.«

»So bald?« fragte Owen.

»Dieser Godwin«, ergriff Elutides das Wort, »ist ein mächtiger Kriegsherr. Er versteht sehr gut, was im Herzen seiner Leute vorgeht. Er weiß, auch wenn die Stadt noch ein paar Wochen länger durchhalten könnte, würden sich doch nur der Hunger tief und die Furcht noch tiefer in die Herzen der Bürger fressen. Besser jetzt sofort zuschlagen, als das Knurren ihrer leeren Mägen zu hören und lange Nächte zu haben, in denen sie wachliegen und darüber grübeln können, wie schlecht es um sie steht. Nein, er wird sie aufs Schlachtfeld führen, solange ihre Herzen noch hochgemut und von rechtschaffenem Zorn erfüllt sind.«

»Er hätte meine Rückkehr abwarten können«, beharrte Owen. »Er hat versprochen …«

»Er glaubt nicht, daß du jemals zurückkommen wirst«, eröffnete ihm Ceredea. »Ich stand in der Menge, als Ivor zu Elin sprach. Ich las das Urteil in ihren Augen. Sie halten dich beide für treulos. An ihnen ist es jetzt, den Preis dafür zu zahlen.«

»Aaah«, schnurrte Elutides, »wer wird nicht glauben, daß Ihr Euren Eid gebrochen habt?« Er legte Owen seine Hand auf die Schulter und flüsterte in sein Ohr: »Kommt zurück mit mir in die Stadt. Umarmt Gynneth. Ihr werdet herrschen. Ich werde Euer Berater sein. Sie reiten in ihr Verderben. Was wollt Ihr tun? Hingehen und Eure Knochen als unerwünschter Grabgesell neben Godwins legen?«

Kurzfristig versuchte Owen, den Zorn in seinem Herzen zu finden, dann die Furcht. Aber er fand keins von beiden – nur Gelächter, frisch und rein wie eine neue Quelle, die aus dem Erdreich sprudelt. Er warf seinen Kopf in den Nacken und heulte.

Elutides trat von ihm weg. »Gottes Segen. Er findet selbst in dem übelsten Rat weder Beleidigung noch Versuchung, nur einen Scherz.«

»Dessen dürft Ihr gewiß sein«, sagte Owen und wandte sich an Enar. »Nun, jetzt darfst du mir einen Vortrag über meine Dummheit halten.«

»Nein«, gab der zurück. »Ich bin ein unwissender Mann. Ich könnte ein A nicht von einem B unterscheiden, auch wenn sie sich zusammen auf einer Seite befänden. Aber von Ehre verstehe ich etwas. Keiner aus dem Geschlecht meines Vaters oder meiner Mutter verließ je ein Schlachtfeld anders als hinter seinem Herrn. Keiner hat die Stunde überlebt, in der sein Herr fiel. Wenn meiner Mutter jemals eine solche Geschichte über mich zu Ohren kommen würde, würde sie mich von ihrem Herd fortprügeln und erklären, ich sei ein Wechselbalg und sie müsse sich in betrunkenem Zustand danebenbenommen und mit einer Schlange gepaart haben.«

Elutides rief den sich am Fuße des grünen Erdhügels stärkenden Leuten zu: »Bringt mir das Kriegshorn! Ich will alle gesunden Männer zu den Waffen rufen, die ich auftreiben kann. Wir müssen jetzt nach Chantalon reiten. Ich, Aud und meine Söhne werden Euch begleiten. Zugegeben, nicht viel Unterstützung, aber alle, die ich Euch zur Zeit anbieten kann.«

»Nehmt dies Schwert dort mit«, bemerkte Owen. »Ihr könntet es brauchen.« Das Schwert lag neben den Speisen auf der Erde.

»Nicht mein Schwert, Owen, aber das Eure. Ihr habt es gewonnen und seid weise genug, es zu führen.«

Elutides hob die Waffe auf. Enar beäugte das Ding neugierig. »Und wenn ich noch nie Magie gesehen hätte, das ist Magie!« ließ er verlauten. »Drei Männer hat er damit nur eben so berührt, und sie sind gestorben.«

Das erheiterte Elutides ungemein. Er warf den Kopf in den Nacken und brach in Gelächter aus. »Die liebe Leichtgläubigkeit«, lachte er, »ist das Geheimnis aller Weisen, Zauberer und Magier seit Anbeginn aller Zeiten. Das Schwert ist nur ein Trick.« Er reichte Owen die Klinge, der sie vorsichtig zog. »Keine Angst«, beruhigte ihn Elutides. »Es ist völlig ungefährlich.«

Owen untersuchte die stumpfe, spitz zulaufende Klinge und den schlangenbekrönten Eisengriff. »Es sieht nicht einmal so aus, als könne es durch Butter schneiden«, urteilte er.

»Die Schlangen winden sich um einen Stab am Griff«, erläuterte Elutides. »Drückt den Stab herunter.«

Owen tat es und vernahm ein Klicken.

»Jetzt«, wies Elutides ihn an, »schließt Eure Finger fest um den Griff.«

Zwei Klingen sprangen aus ihrem Versteck im Inneren der Waffe heraus. Die stumpfe Klinge besaß plötzlich eine Schneide aus rasiermesserscharfem Stahl. Enar sprang zurück. Owen erschrak und hätte um ein Haar das Schwert fallen lassen. Der Griff seiner Finger um den Knauf lockerte sich, und die scharfen Klingen schnappten in den verborgenen Hohlraum im Innern der stumpfen Klinge zurück.

»Die inneren Klingen waren mit Gift versehen«, führte Elutides weiter aus, »aber keine Sorge. Im Augenblick sind sie sauber.«

Owen betätigte den Mechanismus noch ein paarmal, um zu sehen, wie er funktionierte, dann steckte er das Schwert wieder in die Scheide.

»Ein Trick«, sagte Enar, während er sich wieder näherte, »aber dennoch eine furchterregende Waffe.«

»Nein, mein Freund«, entgegnete Elutides und wandte sich ihm zu, »nur, wenn sein Träger seine Grenzen kennt. Es reicht nur für drei Männer; danach ist das Gift auf der Klinge verbraucht. Das ist der Grund, warum ich nicht allzu betrübt darüber war, es zu verlieren. Es ist mein Geschenk an Euch, Owen. Wenn Ihr es tragt, könnt Ihr nie im Zweikampf besiegt werden.«

»Ein noch größeres Geschenk ist die nachträgliche Erkenntnis, daß die Klinge sauber war, als Ihr gegen mich kämpftet.«

Der Abend senkte sich über das Land, und die Nacht wurde

kalt. Elutides schlang sich seinen Umhang um die Schultern und begegnete Owens Blick. In seinem Gesicht stand ein Ausdruck leisen Bedauerns. »Es gibt Männer«, sagte er schließlich, »für die ich echte Speere in den Sand gerammt und die Klinge vergiftet hätte, aber nicht für Euch. Mit Freuden hätte ich mein Königreich in Eure Hände gelegt, aber Ihr habt es vorgezogen, es auszuschlagen. Zunächst, indem Ihr nicht bei Gynneth liegen wolltet; sodann, indem Ihr mich nicht getötet habt, als Ihr die Gelegenheit dazu hattet. Ihr habt also Eure Stadt gewählt. Das wenigste, was ich tun kann, ist, Euch die armselige Unterstützung anzutragen, die ich Euch zu ihrer Verteidigung gewähren kann. Der Ritt wird lang und hart werden, doch wir können die Stadt vor Sonnenaufgang erreichen.«

Owen blickte übers Meer in die Sonne, die nun tief im Westen stand und das Ende des Tages ankündigte. Ihre Scheibe wurde von aufziehenden Gewitterwolken verdeckt, aber die letzten Strahlen schienen hinter ihnen hervor, ein Strahlenkranz, der sich im ewig fließenden Wasser spiegelte und in der Ferne eine Krone von Licht bildete. Mit dem Knauf nach oben hob er dem Himmel sein verhülltes Schwert entgegen, so wie ein Lehnsmann es seinem König darbietet.

Die Meeresbrise war ein leises Flüstern in seinen Ohren, und das hohe Gras neigte sich unter ihrer Berührung und strich ihm um die Beine. Die ferne Sonne krönte den Ozean mit einem Diadem aus Licht.

Er ließ das Schwert sinken und wandte sich um. »Nach Chantalon!«

KAPITEL 37

Godwin ging durch die Stadt und dachte, wie überaus still sie doch sei. Er kam gerade von Sieferts Haus, wo er mit den führenden Männern der Stadt gesprochen hatte.

Ivor, wie reuig er sich jetzt auch zeigen mochte, hatte bei der Vernichtung ihrer Vorräte gute Arbeit geleistet. Auch wenn manches das Feuer überstanden hatte, waren doch das unverzichtbare Öl und der Weizen restlos verbrannt.

Ranulf und Denis berichteten, daß Haakon seine Truppen bereits in der Nähe des Waldweges zur Halle seiner Herrin massierte.

Godwin hatte die Stadtbewohner erfreulich gelassen angetroffen, aber andererseits, sinnierte er, waren sie auch nicht mehr dieselben Menschen, die Owen vor langer Zeit zur Abwehr des ersten Angriffs um sich geschart hatte. Sie waren durch Feuer und Schlacht geprüft und für gut befunden worden. Gefaßt waren sie jetzt, nicht einmal mehr besonders trotzig. Sie brannten vor Entschlossenheit, beseelt von einer größeren Gewißheit als Haß oder Trotz, daß sie obsiegen würden.

Godwin blieb vor der Kirchentreppe stehen. Die Sonne wanderte nach Westen. Große, dunkle Schatten fielen über den Platz. Die grauen Wolken des gestrigen Tages waren von einem kalten Nachtwind hinweggefegt worden. Der Himmel zeigte ein strahlendes, klares Winterblau ohne die Spur einer Wolke. Er nahm seinen Helm ab.

»Godwin«, erklang eine krächzende Stimme neben ihm. »Gottes Freund. Wessen Gottes Freund bist du?«

Godwin hatte sich, obwohl er sich Ivors Nähe durchaus bewußt gewesen war, nichts anmerken lassen, schrak aber auch nicht zusammen. »So hat mich vor langer Zeit Alfred, der König von Wessex, genannt«, erwiderte Godwin.

»Ein Christ wie Alfred«, sagte Ivor, »dürfte nichts von den alten Göttern gewußt haben.«

»Ich glaube, er hat es gewußt«, entgegnete Godwin.

»Flieh«, drängte ihn Ivor. »Rauching hat gefordert, daß du am Stadttor gekreuzigt wirst.«

Nun war es an Godwin, zu lachen. »Verdammt, was für eine einfallsreiche Idee! Nicht sehr angenehm, aber originell. Sag mir, hat Haakon seiner Forderung stattgegeben?«

»Nein«, antwortete Ivor. »Er verachtet Rauching, und ich vermag mir nicht vorzustellen, daß er irgend etwas tun würde, was der Verräter verlangt. Aber wenn er dich gefangennimmt, wird er dich zweifellos töten.«

Godwin drehte sich um und setzte sich neben Ivor auf die Stufen zur Kathedrale. »Er wird sich hinten anstellen müssen«, meinte Godwin. »Vor ihm sind viele andere an der Reihe. Wenn niemand versuchte, mich umzubringen, würde ich mich verloren und vernachlässigt fühlen.«

»Ja«, gab Ivor mit seiner tiefen Baßstimme zurück. »Vermutlich würdest du in tiefe Niedergeschlagenheit versinken und dahinsiechen und eine Blutfehde mit mehreren Familien vom Zaun brechen müssen, um wieder zu deiner gewohnten gesundheitlichen Verfassung zurückzufinden.«

Überrascht begann Godwin zu kichern. Er hatte nicht damit gerechnet, an jemand wie Ivor einen Sinn für Humor zu entdekken. »Was machst du hier?«

»Auf Alfric warten. Er versucht jemanden aufzutreiben, der mich in seinen Haushalt aufnimmt. Bis jetzt hat er nicht viel Erfolg gehabt. Sie haben alle Angst vor mir. Der einzige, der mich nehmen will, will mich Tag und Nacht in Ketten legen.«

»Nein!« versetzte Godwin. »Alfric ist ein heiliger Mann, aber du brauchst nicht nach seinen Geboten zu leben. Ich will dir ein Pferd und freien Abzug aus der Stadt gewähren. Du mußt nur versprechen, nicht wiederzukommen und alles niederzubrennen.«

»Nein«, widersprach Ivor. »Ich werde bleiben, auch wenn ich vor der Kirchentür um Almosen betteln muß. Ich bin ein Eidmann des Christus. Er hat mir seine Hand gereicht. Meine Sünden vergeben. Ich werde ihm weder den Rücken zuwenden noch meinem Eid untreu werden.«

»Ivor, du bist ein Mann mit Scharfblick. Glaubst du tatsächlich, daß irgend jemand uns unsere Sünden vergeben kann?«

»Ja.«

Godwin senkte das Haupt. Er blieb einen Augenblick still sitzen, während seine Finger über die filigrane Schneckenverzierung an seinem Helm streichelten. »Nun denn«, sagte er leise. »Zuerst hat Haakon uns einen Mann bewaffnet mit Lügen gesandt, um uns zu verderben. Jetzt schickt er uns einen Mann bewaffnet mit der Wahrheit, und er hat Erfolg, wo der andere scheiterte. Nun stehen wir zwischen Gott und dem Teufel. Ich könnte nicht sagen, an wen ich meine Gebete um Unterstützung richten soll. Letzte Nacht hätte ich noch behauptet, es sei gleichgültig, aber heute, nachdem ich dich und Alfric gesehen habe, habe ich einen kurzen Moment lang wirklich geglaubt, auf diesem Altar dort hinten in der Kirche könne mehr sein als Holz, Knochen und Selbsttäuschung. Aus diesem Grund ...« Godwin zögerte, und seine Stirn legte sich nachdenklich in Falten. »Aus diesem Grund werde ich, wenn du es willst, deine Hand nehmen.«

Ivor wandte sich ihm zu, und sein grausam entstelltes Gesicht war vor Verwunderung starr. »Was? Du? Ein Wikingerhasser? Ein Mann, der für die gnadenlose Behandlung unserer Brut bekannt ist? Du würdest eher die wilden Pikten an deinen Busen drücken als uns! Und du würdest mich in deinen Dienst nehmen? Ich kann es nicht fassen. Oder ist es so, daß du auf mich zeigen und sagen willst: ›Hier ist der besiegte Anbeter Odins‹?«

»Nein«, versicherte Godwin. »So ist es nicht. Jeder, dessen Hand ich nehme, wird einer der meinen und hat keine Vergangenheit mehr. Meine Leute gehören zu mir bei Tisch, in der Schlacht und in der Halle. Sogar wenn ich vor Königen stehe, sind sie bei mir. Wähle und sprich.«

Ivor streckte seine linke Hand aus, und Godwin ergriff sie. Die rechte Hand des Wikingers war immer noch geschwollen und dick verbunden.

»Außerdem«, fügte Godwin leise hinzu, »alles andere einmal beiseite gelassen, habe ich Grund zu der Annahme, daß ein Mann weiß, woran er mit dir ist.«

Ivor nickte. »Falsch war ich nie.«

Godwin warf den Kopf zurück und lachte. »Also herrscht Wahrheit zwischen uns. Auch wenn es nur die Wahrheit von Grausamkeit und Schmerz ist.«

»Mehr als Grausamkeit und Schmerz«, sagte eine Stimme in ihrem Rücken. »Die Wahrheit von Reue und Frieden.« Alfric stand hinter ihnen. Er hatte die ganze Zeit zugehört.

Godwin vernahm Stimmen auf der Rampe, die von der Festung herunterführte. Er drehte sich um und erblickte Elin in der Begleitung von Judith. »Der Laufgang wird morgen fertig sein«, erklärte Judith, als sie von ihrem Maultier abstieg und sich zum Hafen wandte.

Elin kam auf die Männer zu. Sie ging barfuß und ohne Umhang. Ihre Röcke hatte sie gerafft und in den Gürtel gestopft, so daß sie nicht über den Boden schleiften. Ihr Haar wurde von einem Netz im Nacken zusammengehalten. Allein schritt sie daher, mit schwingenden Armen.

»Die Königin der Wälder«, wisperte Ivor. Er machte das Zeichen gegen den bösen Blick.

»Elin«, rief Godwin sie an, »habt Ihr und Judith getan, worum ich Euch bat?«

Elin nickte. »Die Zimmerleute werden die ganze Nacht durcharbeiten. Bis zum Morgengrauen wird die Festung als letzte Zuflucht für den Notfall bereit sein.«

Godwin nickte. »Wenn wir fallen, werden sie die Mauern stürmen. Wir werden sie nicht halten können, denn ich nehme den Großteil der wehrfähigen Verteidiger mit mir aufs Schlachtfeld. Ihr, die Frauen und Kinder, werdet Euch in die Festung zurückziehen.« Er wandte sich zu Ivor um. »Dies ist der erste Dienst, den ich dir auferlege, und vielleicht auch schon der letzte. Bleib bei Elin. Schneide all denen, die zu schwer verletzt sind, um noch zu kämpfen, die Kehle durch, dann führe den Rest zur Verteidigung der Frauen und Kinder in die Festung.«

»Jesus«, mischte Alfric sich ein, »die Verwundeten ...«

»Müssen alle tot sein«, beendete Godwin den Satz für ihn. »Ich wünsche keine Stümperei, Ivor. Alle tot. Jenseits der Angst, jenseits des Leidens, jenseits jeder möglichen Grausamkeit, welche die Entschlossenheit derjenigen in der Festung schwächen könnte. Und sollte irgend jemand das Unglück haben, in Gefangenschaft zu geraten, verhärtet eure Herzen und wendet eure Blicke ab. Öffnet das Tor für nichts außer auf Haakons Versprechen des freien Abzugs hin. Wahrscheinlich wird er es im Austausch für Schätze anbieten und um einen teuer erkauften Sturmangriff zu vermeiden.«

»Kann man ihm trauen?« wollte Alfric von Ivor wissen.

Ivor nickte. »Was er verspricht, das hält er. Dem Wort und dem Geiste nach.«

»Meine letzte Aufgabe, wenn alles andere fehlschlägt«, sagte Elin. »Judith wird mir zur Seite stehen. Sie wird die Verhandlungen führen.«

Godwin lachte vor sich hin. »Ich wünschte, ich könnte diese Begegnung erleben. Binnen einer Stunde dürfte sie ihn zum Zähneknirschen gebracht haben, und bei Sonnenuntergang wird er bedauern, überhaupt gesiegt zu haben. Nun, habe ich Euer Wort, Elin?«

»Ja«, antwortete sie.

Godwin wandte sich an Ivor. »Und das deine?«

»Es ist gegeben, also bin ich dein Mann.« Er legte sowohl seine verstümmelte als auch seine heile Hand zwischen Godwins Handflächen.

Godwin drückte sie, dann erhob er sich. »Ich nehme an, es gibt nichts mehr zu sagen.«

»Nein!« rief Elin aus. »Bleibt noch ein Weilchen. Ich brauche Euch.« Ivor saß ein Stück oberhalb von Elin auf der Kirchentreppe. Sie mußte ihren Kopf leicht nach hinten drehen, um sein Gesicht zu sehen. Er verbarg es wie immer unter der Kapuze, und sie konnte nur sein gesundes Auge sehen. Das Narbengeflecht um sein anderes Auge und der Mund lagen im Schatten. »Ivor Halbdämon, Ivor Halbtroll, Ivor Halbding von Ödnis und Finsternis, sag mir, hat einer von denen, die aus dem Wald, den Obsthainen, vom Ackerland und von jeglichem angenehmen Ort vertrieben sind, deine Mutter heimgesucht, bevor du geboren wurdest? Sei ehrlich.«

Ivor neigte ein wenig den Kopf. »Königin der Wälder, ich stamme nur von Mann und Frau ab. Meine Mutter, eine Sklavin, umarmte ihren Besitzer, einen Bauern. Sie fürchteten beide die Bauersfrau, die eine grausame Hexe und ein zänkisches Weib war. Ich entsprach der Lüge, und die Lüge entsprach mir. Solche Dinge beeindrucken andere Kämpfer. Was kümmert es mich, was ein Krieger, der mir sein Schwert in die Eingeweide bohren oder seine Axt in meinem Schädel versenken will, von meiner Familie hält?«

Elin rückte näher, heraus aus dem schattigen Teil des Platzes und in einen Strahl rotgoldenen Lichts hinein. Godwin war entsetzt. Ihre Augen waren rotgerändert und zugeschwollen, ihr Gesicht verhärmt und straff vor Anspannung. Sie sah aus, als sei sie über Nacht um zehn Jahre gealtert.

»Sag mir, Ivor«, fragte Elin mit leiser Stimme, »ist sie jung?«

»Elin, laßt das«, bat Godwin sie. »Habt ein wenig Vertrauen. Er kann immer noch zurückkehren.«

»Haltet Euch da raus, Godwin. Ich will die Wahrheit erfahren. Nichts anderes will ich. Sein Leben und das ihre hängen davon ab. Wenn mein Geist auf den Schwingen des Sturmes fliegt, werde ich sie beide vernichten. Ich muß meine Seele jetzt versiegeln.«

»Elin«, ergriff Alfric das Wort. »Überantwortet Euch Christus. Laßt ab. Wendet Euch …«

»Kleiner Priester«, entgegnete Elin. »Der Bund zwischen Gott und den Menschen beruht auf der freien Wahl. Ich habe gewählt. Ihr habt kein Recht, Euch einzumischen.«

»Wie Ihr wünscht«, sagte Alfric, dessen Miene sich verhärtete. Er wandte sich Ivor zu. »Bei deinem Leben, bei deiner Seele, antworte ihr wahrheitsgemäß.«

»Ist sie jung?« wiederholte Elin.

»Ja, noch keine zwanzig Lenze.«

»Ist sie schön?«

»Wie jene Nymphen, welche die Träume von Jünglingen heimsuchen, die zum erstenmal die Liebe kennenlernen.«

»Ist sie Jungfrau?«

»Behütet von dem weisesten und gefährlichsten aller Magier. Mit an Sicherheit grenzender Wahrscheinlichkeit würde ich sagen, ja.«

Elin wandte sich ab. Die Sonne war beinahe untergegangen, und ihre letzten Strahlen vergoldeten die Dachspitzen und den Turm der Kirche. Überall um sie herum zogen sich blaue Schatten zusammen. Die Luft wurde kalt. In den Fenstern um den Platz gingen die ersten Lichter an. Die Tür der Schenke schwang auf, und Elin erhaschte einen flüchtigen Blick auf das im Innern brennende Herdfeuer. Sie drehte sich ruckhaft um und sah den drei Männern wieder ins Gesicht. »Kommt mit mir in die Halle.«

Der große Raum lag in Trümmern. Die Mauern waren vom Feuer gezeichnet und rußgeschwärzt. Sie mußten acht geben, wo sie ihre Füße hinsetzten. Der Fußboden war morsch und hier und dort eingefallen, die Einrichtung ein Haufen zerbrochener Holzbretter in der Ecke. Der Herd war dunkel und kalt. Kein Feuer brannte auf den Steinen. Alfric entzündete zwei Wachslichter.

»Ihr wißt, wozu ich imstande bin?« fragte Elin.

»Ja, ich weiß es«, antwortete Alfric in ruhigem Tonfall.

»Ich kann ihn im Schlaf heimsuchen«, führte Elin aus. »Ich kann ihm schwere Träume schicken, kann die Arme nach ihm ausstrecken, seine Männlichkeit verdorren lassen, bis er sich voller Überdruß von ihr abwendet. Weich würde sein Glied werden, nicht hart, wenn er sie ansieht. Dies alles werde ich nicht tun.«

Stöhnend pfiff der Nachtwind durch den Kamin. Die kalte Asche im Herd wirbelte empor, als der Eishauch sie erfaßte.

»Wie vorsichtig sie auch essen und trinken mag, ich kann ihren ersten achtlos getrunkenen Becher, ihr erstes unbedacht verzehrtes Honigküchlein zu ihrem letzten machen«, flüsterte Elin in die kalte Stille. »Auch dies werde ich nicht tun. Sie hat nichts zu befürchten von mir. Ich kann dafür sorgen, daß ihr Schoß unfruchtbar wird oder sie mit einer Saat verfluchen, die nicht zur Reife gelangen kann, so daß sie Kind um Kind in Schmerzen und Blut verlieren wird. Auch dies werde ich nicht tun. Möge sein und ihr Geschlecht gedeihen wie Weizen im leisen Sommerregen.

Sie darf sich frei im Wald und auf der Wiese bewegen. Ich werde ihr nicht mit einem Apfel in der Hand hinter einem Baum auflauern und sie in Versuchung führen, die ersten Früchte des Herbstes zu kosten. Das gelobe ich.«

Alfric holte das Vortragekreuz, das er bei seinem Sieg über Ivor benützt hatte. Godwin zog sein Schwert. Elin kniete vor dem kalten Herd nieder. Und im flackernden Licht von Alfrics Wachskerze, eine Hand auf dem Kreuz, die andere auf dem Griff von Godwins Schwert, schwor sie einen Eid, der ihre Seele band. Bei Strafe ihres eigenen Todes.

Als sie damit fertig war, nahm sie Alfric das Wachslicht aus der Hand. »Nun laßt mich allein. Der Rest des Haushalts ist bei Judith.« Elin wandte sich ab und ging zu dem zur Kirche führenden Gang.

Godwin, Ivor und Alfric blieben zusammen in der verdunkelten Halle stehen. Godwin schritt auf die Tür zu. Durch die Holzplanken hörte er einen Schrei äußerster Pein, so verzweifelt und so schrecklich, daß ihm die Haare auf den Armen und im Nacken zu Berge standen. Er schauderte. »Alfric, vielleicht sollten wir zu ihr gehen.«

»Nein«, widersprach Alfric. »Das geht nur Elin und Gott etwas an.«

Godwin schnaubte voll Verzweiflung. »An welchen Gott, der irgend etwas mit dem Euren zu tun hätte, kann Elin schon glauben?«

»Godwin, es ist unwichtig, wie viele Namen man dem immerwährenden Geheimnis überstülpt. Es gibt nur einen Gott. Zu ihm betet Elin. Ihr grübelt über seine Beweggründe. Ich bete ihn an. Keiner von uns begreift ihn.«

»Ich gehe nach oben«, ließ Godwin ihn wissen. »Wenn Ihr Ranulf seht, schickt ihn hoch zu mir. Ich habe noch etwas zu erledigen.«

Godwin begab sich in sein Zimmer. Es war beengt und äußerst spartanisch eingerichtet. Elin hatte ihn dazu zu bewegen versucht, ein besseres Quartier zu nehmen, aber er hatte sich geweigert. Es blickte über die Festungswälle am Fluß, doch von der Stadt war nichts zu sehen, nur der Fluß, der Wald und der wilde leere Himmel. Es war ein Ausblick, den er genoß, ein Ausblick, den er, wie er fürchtete, nicht mehr lange würde genießen können.

Das Kämmerchen enthielt nur ein Bett und eine gepolsterte Truhe für seine Kleider, die gleichzeitig als Fensterbank diente. Er öffnete die Truhe, holte eine Schatulle heraus und stellte sie aufs Bett. Er schloß sie auf, entnahm ihr einen Gegenstand und schickte nach Ranulf.

Der junge Mann traf unverzüglich ein und begann sich zu entschuldigen.

»Sei still«, sagte Godwin, während er das Tuch von einer Schwertscheide zurückschlug. Der Griff der Waffe glänzte vor Gold und Einlegearbeiten. Die Scheide selbst war schlicht gehalten, wies jedoch drei prachtvolle Goldrosetten als Verzierung auf. Er zeigte es Ranulf. »Was ist das?«

Ranulf trat näher, als Godwin ganz langsam die Klinge aus der Scheide zog. »Ein Schwert«, gab er zur Antwort.

»Nur ein Schwert?«

Ranulf schüttelte den Kopf. Während er den Blick über die nun auf ganzer Länge entblößte Klinge gleiten ließ, sagte er: »Nein. Eins der allerbesten Art. Eins von der Art, für deren Fertigstellung ein Meisterschmied ein halbes Jahr und mehr braucht. Darf ich es anfassen?«

Godwin hatte die Klinge vollständig gezogen und reichte sie Ranulf mit dem Griff voran. Die Finger des Jungen schlossen sich um den goldenen Knauf. Das Fenster fing die letzten Sonnenstrahlen ein und erleuchtete das Zimmer mit ihrem Licht. Ranulf drehte das Schwert langsam herum und prüfte die Schneide mit dem Daumen.

»Sei vorsichtig«, warnte Godwin ihn. Eine Sekunde später zog Ranulf jäh den Daumen zurück und steckte ihn in den Mund. »Messerscharf«, lachte Godwin.

Die Klinge warf das Sonnenlicht wie ein Spiegel in Ranulfs Augen und überzog sein Gesicht mit kleinen Regenbogen. »Scharf und stark, und dennoch leicht«, sagte Ranulf mit ehrfürchtiger Stimme. Er drehte die Klinge langsam hin und her und betrachtete das Spiel des Lichts auf ihrer Oberfläche. »Man kann die Handschrift des Schmieds erkennen.«

Godwin nickte. »Alle Männer dieser Familie verleihen dem Eisen dieselbe Drehung, wenn es weißglühend aus der Esse kommt.«

Ranulf warf den Namen einer berühmten Familie von Waffenschmieden in den Raum. »Nah dran, aber älter«, meinte Godwin. »Sein Großvater. Dies hier stammt aus der Zeit Karls des Großen. Das Haus unseres letzten Ruhms. Wir sind die geringeren Söhne großer Väter, aber ein wenig Mut und Ehre besitzen auch wir noch.«

Die Sonne sank unter den Weltenrand, und Dunkelheit erfaßte den Raum. Die Klinge indes schien noch genauso hell zu strahlen, als brenne das Feuer des Tagesgestirns noch in dem Stahl, nun aber als Mondschein.

»Schwing es durch die Luft«, forderte Godwin den Jüngeren auf. Ranulfs erster Hieb fiel schwach und zögerlich aus. »Nein«, befahl Godwin. »Härter, als wolltest du einen Feind treffen.« Ranulfs zweiter Hieb ließ nichts zu wünschen übrig. Die Klinge sang leise.

»Von dem Schmied, der diese Schwerter fertigte, heißt es, wenn die Klinge nicht beim ersten Streich vor Freude sang, schmolz er den Stahl wieder ein und benützte ihn für gemeinere Gegenstände«, erzählte Godwin. »Sie ist leicht, aber sie spaltet mit einem einzigen Hieb einen Helm mitsamt dem Schädel darunter und dringt durch einen Schild, als sei er aus Butter. Und dennoch ist sie so widerstandsfähig und biegsam, daß sie die härtesten Schläge pariert, ohne zu brechen. Nun steck sie in die Scheide zurück.«

Ranulf nahm ihm die Scheide ab und gehorchte. Die prachtvolle Klinge schien einen leisen Seufzer des Bedauerns auszustoßen, als sie in das weiche Futter zurückglitt.

»Nun nimm das Schwert und sei bereit, es morgen auf meinen Befehl hin zu ziehen«, sagte Godwin.

»Es ist zu kostbar, um es in der Schlacht zu benützen«, wandte Ranulf ein. »Es könnte ihm etwas zustoßen.«

Godwin wirkte kurzfristig entsetzt, dann begann er zu lachen. »Dazu ist es da. Ich schenke es dir.«

Ranulf starrte das Schwert an, während er die lederne Scheide in seinen Händen hin und her drehte. »Ich kann nicht. Es ist zu kostbar – das ist mindestens der Gegenwert von zwei Landgütern. Ich habe nichts getan, um es zu verdienen …«

»Hör mit dem Geplapper auf«, fuhr Godwin ihn an, »und sprich mir nach: ›Es ist ein fürstliches Geschenk.‹«

»Das ist es«, erwiderte Ranulf.

»›Ich nehme es an und werde es voller Stolz tragen.‹«

Stumm stand Ranulf da.

Als Godwin den Jungen betrachtete, fiel ihm auf, daß er bald ausgewachsen sein würde. Hoch aufgeschossen, wie er war, würde er nun mehr in die Breite gehen. Zwar würde er nie so ein Ochse werden wie Gowen oder Wolf der Kurze, aber ein gutaussehender Mann, drahtig, breitschultrig und stark. Er würde dem Schwert zur Ehre gereichen und das Schwert ihm. Die Gesichtszüge des Jungen waren klug, die Augen groß und klar.

»Es ist ein fürstliches Geschenk, und ich werde es voller Stolz tragen«, sprach Ranulf, während sein Blick dem von Godwin begegnete. In der einbrechenden Dämmerung konnte er das Gesicht des alten Mannes kaum erkennen.

»Gut. Und jetzt geh und hol mir Judith her.«

Ranulf zögerte. Er wollte der hohen Gestalt im Dunkeln noch etwas sagen. Schließlich bekam er die Worte heraus. »Ein fürstliches Geschenk und aus der Hand eines Mannes, der groß genug ist, um ein König zu sein.«

Im Dunkeln sah er Godwin nicht lächeln, aber er spürte die Warmherzigkeit seiner Erwiderung. »Du erweist mir große Ehre, und ich danke dir.«

Judith brachte eine Lampe mit, die sie auf das Fensterbrett stellte. »Immer alles in der Dunkelheit, Godwin«, sagte sie.

»Sie schließt sich um mich, Judith, aber die Winternacht ist sternenklar.« Godwin kippte die Schatulle auf dem Bett aus. Ein Haufen von juwelenbesetzten Schmuckstücken aus Gold und Silber glitzerte im flackernden Lampenlicht. »Macht mir einen Preis, einen gerechten. Ich habe keine Zeit zum Feilschen.«

Sie begutachtete den Schatz eine Weile und entsprach seiner Bitte. Er nickte zustimmend. »Die Hälfte ist für die Damen des Haushalts – Anna, Ingund und Elfwine und Ranulfs Kind –, so daß sie nie Mangel leiden müssen. Ihr seid weit und breit als kluge Geschäftsfrau bekannt. Ihr werdet Euch mit Alfric zusammentun und sicherstellen, daß sie gut versorgt sind. Die andere Hälfte ist für Rosamunde, so daß sie nie mehr ihrem Gewerbe als öffentliches Mädchen nachgehen muß, es sei denn, sie möchte es.«

»Rosamunde ist ein Kind«, versetzte Judith. »Trotz ihres harten Lebens ist sie in mancher Hinsicht noch sehr naiv.«

Godwin sah von dem Goldhaufen auf. »Rosamunde wird eine gute Frau werden. Nichts, was ich tue, wird sie daran hindern. Darauf gebe ich Euch mein Wort.«

Judith beobachtete, wie ihre Zofen emsig in der Küche wirtschafteten. Rosamunde saß in einem Badezuber, während eine der Mägde ihr den Rücken schrubbte und die andere ihre Haare wusch. Zwei weitere beratschlagten mit Judith über die Aufmachung des Mädchens.

»Keine Farbe. In ihrem Alter genügt die Natur«, riet die erste.

»Nur ein bißchen auf die Lippen, einen Hauch von Rosa«, versteifte sich die andere. »Ich sehe die Farbe, die ich mischen werde, schon vor mir.«

Judith nickte der zweiten Zofe umsichtig zu. »Ich stimme mit dir überein. Sie braucht nur ganz wenig, aber eine Spur auf den Lippen kann nie schaden. Welchen Duft?«

»Jasmin?« schlug die eine vor.

Judith schüttelte verneinend den Kopf. Ein gurgelndes Geräusch von Rosamunde unterbrach ihre Überlegungen.

Sie wurde untergetaucht, damit ihr Haar vollständig naß wurde, und erhob lebhaft Einspruch. »Ich verstehe etwas von Männern.«

»Pah!« versetzte Judith geringschätzig. »Was hat die Witwe dir schon beigebracht, außer schnell und möglichst oft die Beine breit zu machen. Aber es gehört mehr dazu als das.«

Rosamunde tauchte wieder auf. »Wirklich, ich weiß nicht, was ich noch ...«

»Er hat dich geheiratet, dummes Ding«, fuhr Judith sie an. »Wir bereiten dich für deine Hochzeitsnacht vor.«

»Geheiratet?« rief Rosamunde aus. »Er würde mich nie heiraten. Ich bin nicht die Sorte Frau ... die ein Mann heiratet.«

»Ach, stopft ihr einen alten Lappen in den Mund und werdet endlich mit dem Haarewaschen fertig«, ordnete Judith an. »Er hat dir ein Vermögen überschrieben, Mädchen. Für mich ist das gleichbedeutend mit einer Heirat. Ich plane bereits, wie ich dein Geld anlege. Ich habe fünf nette Häuser ausgeschaut. Alle verfügen über Gärten und Obsthaine. Und trotzdem bleibt noch genug übrig, um dich zur Teilhaberin in irgendeinem Unternehmen zu machen. Ich werde mich umsehen –« Sie hielt inne. »Was ist los, Mädchen? Ist das Badewasser zu kalt geworden?«

Rosamunde war totenbleich und hatte am ganzen Körper eine Gänsehaut. »Er glaubt wirklich, daß er sterben wird«, flüsterte sie, die Augen vor Schrecken weit aufgerissen. Sie hatte seine Worte in der Halle gehört, war aber unfähig oder nicht willens gewesen, sie in ihrem vollen Ausmaß zu begreifen. Jetzt traf sie die Erkenntnis wie ein Schlag.

»Hol noch etwas heißes Wasser«, wies Judith eine Zofe an. »In dieser Küche zieht es.« Sie wandte sich wieder Rosamunde zu. »Er nimmt sich heute eine junge Frau. Wieso folgt daraus, daß er morgen sterben will?«

»Die Schlacht«, sagte Rosamunde.

Judith schnippte mit den Fingern. »Soviel zur Schlacht. Er hat fünfzig Schlachten überlebt und wird weitere fünfzig überleben. So lange, bis du seiner überdrüssig wirst und er nur noch ein Ehemann wie alle anderen ist.«

»Glaubt Ihr das wirklich?« Rosamundes junge Augen lasen verzweifelt in Judiths Gesicht.

»Ja«, versicherte sie und lächelte. Sie ließ sich nicht anmerken, was das Lächeln sie kostete. »Und jetzt hör auf, dich zu grämen, und mach dich für ihn schön. Das Letzte, was ein Soldat braucht, ist eine Frau, die ihm weinend am Hals hängt.« Sie nickte entschlossen. »Welche Art Parfum nehmen wir also?«

Sie einigten sich auf einen Blumenduft, ein weißes Unterkleid und ein blaues Gewand. Judith führte Rosamunde zum Eingang eines der Häuser, das sie mit Godwins Gold zu kaufen gedachte. Ohne große Umstände öffnete sie die Tür, schob Rosamunde hinein und schloß die Tür hinter ihr.

Rosamunde versuchte vor Godwin zu knicksen, verlor jedoch das Gleichgewicht und fiel fast hin. Godwin faßte sie bei der Hand, stützte sie, führte dann ihre Hand in einer flüssigen Bewegung an seine Lippen und küßte sie galant.

Rosamundes Augen leuchteten. »Oh«, flüsterte sie erfreut. »Judith sagte, ich solle einen Knicks machen, um Euch den gebührenden Respekt zu erweisen.«

»Ich fühle mich gebührend respektiert«, sagte Godwin, »möchte aber nicht, daß du dir das Genick brichst.« Er führte sie zu Tisch. Er war für ein Festmahl gedeckt. Süßer Wein, Scheiben von Huhn, Wild, Rebhuhn und Kalbfleisch machten kandierten Früchten, Kuchen und mit Nelken und anderen Gewürzen gekochten Äpfeln den Platz streitig.

»Kein Wunder, daß Judith mir nichts zu essen geben wollte«, meinte Rosamunde. Sie sah sich in dem Raum um. »Aber es gibt kein Bett.«

Godwin füllte ihren Becher mit Wein. »Es gibt genügend Betten, falls wir … falls du eins möchtest. Du wolltest eine Dame sein. Nun, eine Dame hat immer das Sagen. Was würdest du gern als erstes tun?«

»Essen«, erwiderte Rosamunde mit strahlendem Lächeln. »Ich komme um vor Hunger. Frau Elin hat uns den ganzen Tag fast ohne einen Bissen arbeiten lassen. Dann kam Judith und hat mich in einen Zuber gesteckt, und ich wurde von Kopf bis Fuß abgeschrubbt, sogar meine Haare. Dann hieß es: ›Versuch dies, tu das, dreh dich nach links, dreh dich nach rechts, das gefällt mir, nein, das gefällt mir nicht.‹ Danach erhielt ich so viele Anweisungen, daß ich mich kaum noch erinnern kann. ›Sei kein Plappermaul, sei ehrerbietig, achte auf deine Tischmanieren.‹« Sie hielt inne und nippte an dem Wein. »Oh, ist der gut.«

Godwin hob den Becher und trank von der Stelle, die ihre Lippen berührt hatten.

»Das war auch so etwas, was sie mir eingeschärft haben«, schwatzte Rosamunde weiter. »›Trink und iß nicht zuviel. Und fuchtel nicht mit Messern vor seiner Nase herum.‹ Die ganze Stadt weiß darüber Bescheid.«

»Was für eine Menge von Verboten«, gluckste Godwin.

»Ich bin eingehend belehrt worden.«

»Ich hoffe, du wirst alles schleunigst wieder vergessen.«

»Ich muß«, antwortete sie zwischen zwei Bissen. »Es war so widersprüchlich. Als Judith mir sagte, ich solle nicht zuviel trinken, wurde mir ganz bange. Ich fragte, wieviel darf ich denn. Sie sagte, einen Becher Wein. Eine Zofe sagte zwei; eine andere meinte, drei dürfte ich mir schon genehmigen. Dann begannen sie sich darüber zu streiten, ob ich den Wein vor oder nach dem Essen oder einfach dazu trinken sollte. Ich gab es auf, Fragen zu stellen, und hörte einfach nur noch zu.«

»Wenn man Judith kennt, war das vermutlich ein weiser Entschluß. Hättest du sie noch mehr entzweit, würde ich womöglich jetzt noch warten, während sie sich über Etikette zanken.«

»Ja, ich weiß.«

Sie ist wunderschön, nein, strahlend, dachte Godwin, während er sie beim Essen beobachtete. Judith hatte ein hochgeschlossenes Unterkleid aus einem Leinen-Seiden-Gewebe ausgesucht. Es war sehr weich und fein. Das Übergewand aus blauer Seide besaß einen Schnitt mit fließenden Ärmeln. Sie hatte es mit einer schlichten Goldkordel gegürtet, die mehrmals um Rosamundes Taille geschlungen und vorne verschnürt war. Sie betonte die Schlankheit der Mädchentaille und die Rundung ihrer Hüften. Das weiche Unterkleid umschmeichelte die kleinen, hohen Brüste, die sich bei jedem Atemzug sachte hoben und senkten. Die filigranen Ohrringe, die sie vorher getragen hatte, fehlten. Statt dessen trug sie zwei Gehänge aus Silberdraht mit Saphiren. Ein Silbernetz hielt ihr Goldhaar auf dem Kopf zusammen. Judith hatte der Versuchung widerstanden, eine komplizierte Frisur zu wählen. Statt dessen hatte sie das Haar einfach auf Rosamundes Scheitel aufgetürmt, eine goldene Aureole, die ihr Gesicht mit der cremefarbenen Haut und den sprühenden blauen Augen hervorhob.

Ausstaffiert mit seiner besten roten Samttunika, die an Hals und Ärmeln mit Zobel abgesetzt war, erschien Godwin ihr überaus stattlich. Das Scharlachrot hob sein Rabenhaar und seine dunklen Augen, seine Adlernase und den vollen Mund hervor. Er trug Schwertgurt und Wehrgehenk aus Gold, das wie ein Strahl Sonnenlicht über seine rubinrote Tunika fiel. Der Mann und der Krieger in einer Person vereint; sein Gesicht war im Kerzenschein von einer düsteren Schönheit.

Nachsichtig lächelte er über Rosamunde, die sich mit den ungewohnten Köstlichkeiten vollstopfte. Ihre Finger huschten von Teller zu Teller. Jedesmal kostete und naschte sie etwas anderes.

»Oh, das hier schmeckt seltsam, aber sehr gut«, schwärmte sie, als sie die in Honig eingelegte Sevilla-Orange kostete, gefolgt von vor Zucker starrenden Kirschen. Zum Abschluß nahm sie einen in Wein gekochten und mit Zimt und Nelken gewürzten Apfel. »Wie wundervoll«, sagte sie, als sie sich auf den Stuhl zurücksinken ließ. »Oh, ich wünschte, ich könnte mehr essen, aber dann würde mir nur schlecht. Ich möchte den Rest dieses herrlichen Abends nicht mit dem Kopf über einem Becken verbringen.«

»Es ist ein schöner Kopf«, warf Godwin ein. »Mir würde es nichts ausmachen, ihn zu halten. Trink noch ein wenig Wein.« Er hob den Krug über ihren Becher.

»Nein, davon bitte auch nichts mehr. Ich habe genug. Ich trinke ihn nie ungewässert. Mein Kopf dreht sich schon, und ich sehe überall Sternchen.« Zu ihrer Überraschung betrat einer von Judiths Dienern den Raum mit Wasser und einem Tuch, so daß sie sich die Hände waschen konnte.

»Was jetzt?« fragte Godwin.

Ermutigt von dem Wein und seiner freundlichen Miene, lächelte sie. »Könnten wir vielleicht auf den Platz gehen? Sie sagen, es gebe dort Musik und Tanz. Ich liebe Musik, und bei der Witwe war ich immer die erste am Fenster, wenn die Akrobaten kamen.« Dann schüttelte sie den Kopf. »Das hätte ich jetzt nicht sagen sollen.«

»Warum?« meinte Godwin, während er sie zur Tür führte. »Ich weiß Bescheid über die Witwe.«

»Ja, aber Judith hat gesagt, ich solle Euch nicht dran erinnern.«

»Die Witwe und ihr Gewerbe sind belanglos für mich.« Als er es ausgesprochen hatte, wußte er, daß es die Wahrheit war. »Ein Edelstein wird, auch wenn er im Schmutz vergraben liegt, doch seinen Glanz behalten und wieder genauso hell strahlen, wenn man ihn reinigt.« Sie war leicht bekleidet für die kalte Nacht, und so hüllte er sie in seinen Umhang. »Wir werden mein Pferd nehmen, auch wenn es nur ein kurzer Spaziergang zum Platz ist.«

Er hob sie in den Sattel. Sie schlang ein Bein um den Sattelknauf und stieß einen Laut des Erschreckens aus. Das mächtige Schlachtroß stampfte mit den Hufen und schnaubte. Frostkristalle bildeten sich in der eisigen Luft. Sie klammerte sich am Sattel fest. »Was ist denn das?« wunderte sich Godwin. »Neulich abends konntest du doch recht gut reiten.«

»Aber da wart Ihr ja auch bei mir. Dies ist das erste Mal, daß ich allein auf einem Pferd sitze.«

Er ergriff den Zügel des Tiers. »Hab keine Angst. Du wirst sicher reiten. Ich werde dein Pferdeknecht sein.«

Judiths Diener ging vor ihnen her und leuchtete ihnen mit einer Fackel. Die Nachtluft war still, und über der schmalen Gasse wölbten sich Millionen Sterne auf einem edelsteinbesetzten Baldachin. Eine Sternschnuppe schoß ihre Lanze aus Feuer über den

Himmel. Rosamunde stieß einen leisen Überraschungsschrei aus und zeigte nach oben. »Seht! Ein fallender Stern. Ihr seid ein gelehrter Mann und könnt lesen; fallen Sterne wirklich?«

Godwin legte den Kopf in den Nacken und schaute in die prächtige Einsamkeit hoch. »Ich kann es mir nicht vorstellen, Rosamunde, denn obwohl ich diese Sternschnuppen mein Leben lang beobachtet habe, bleiben die Sterne doch unvermindert hinsichtlich Anzahl und Helligkeit.« Er zuckte mit der Schulter. »Aber auf der anderen Seite, kein Mensch weiß es.«

Zwei weitere Sternschnuppen zogen ihren Feuerschweif übers Firmament. »Gewähren sie uns Wünsche?« flüsterte sie.

»So sagt man.«

»Dann gelten all meine Wünsche Euch und daß Euch morgen nichts geschehen wird.« Sie umklammerte seine Hand, die auf ihrem Knie lag. Sein anderer Arm stützte sie im Sattel.

Er lachte. »Mir wird nichts geschehen.«

»Macht keine Versprechungen, die Ihr nicht halten könnt.«

Seltsam, dachte er, Richilda, meine ungetreue Ehefrau, sah jeden Zoll wie eine Frau aus, aber ihre Seele war die eines verzogenen Kindes. Dieses Mädchen, das fast noch wie ein Kind aussieht, ist mehr Frau, als Richilda es je sein wird. »Also gut«, erwiderte er, »Ehrlichkeit gegen Ehrlichkeit. Ich vermag nicht zu versprechen, ob ich leben oder sterben werde, denn genauso wenig, wie ein Mensch wirklich wissen kann, ob die Sterne fallen, kann man Glück und Zufall im Krieg vorhersagen. Aber ich werde versuchen zu überleben, dir zuliebe, wenn schon aus keinem anderen Grund. Stellt dich das zufrieden?«

In der Dunkelheit beugte sie sich zu ihm herunter, und er fühlte, wie ihre Lippen in einem blütenweichen Kuß die seinen streiften. »So ist es also mit einem Kuß besiegelt«, sagte er.

Das Pferd war stehengeblieben, und Godwin zog es am Gebiß weiter. Der Fackelträger war ihnen in der schmalen Straße ein gutes Stück voraus. In Godwins Augen schienen die Sterne über ihnen sehr kalt und weit weg zu sein, während die sie umschließende Dunkelheit überwältigend wirklich und gegenwärtig war.

Das Fest war nicht sehr ausgelassen. Die älteren Frauen hatten sich am Brunnen oder mit den Männern vor der Schenke versammelt. Die jungen tanzten einen Rundtanz zur Melodie des Pfeifers. Unter den Arkaden schlenderten Familien umher, umarmten und begrüßten sich in dem Wissen, daß dies ein Gruß oder auch ein Lebewohl sein mochte.

Rosamunde schloß sich dem Tanz der jungen Leute an, aber sie konnte Godwins Augen auf sich spüren wie einen Haltestrick, der sie ungehindert bis ans andere Ende der Welt laufen ließ und sie dennoch mit einem einzigen Blick zurückholen konnte.

Godwin stellte sich neben Alfric. »Sollten wir unsere Zeit nicht besser mit Fasten und Beten verbringen?« fragte er den Priester.

»Nein.« Alfric lächelte. »Es ist gut möglich, daß Haakon die Geräusche von fröhlichem Feiern, Gelächter und Gesang hört und weiß, daß wir ihn nicht fürchten.«

Judith nahm seine letzte Bemerkung auf. »Dann schwingt das Tanzbein mit mir, Alfric. Meine Männer sind alle fort, und ich habe niemand zum Tanzen.«

Sie tanzten einen Rundtanz vor dem Freudenfeuer, das den Himmel erhellte. Ein Kreis aus Lachen und Händeklatschen umgab es; Lachen, weil der kleine Mann, der um die hochgewachsene, prächtig gekleidete Frau herumhüpfte, so komisch aussah, und Händeklatschen, weil Alfric ihren Spaß mitmachte und seine Fröhlichkeit ansteckend wirkte.

Godwin merkte, daß Edgar an seine Seite trat. »Wir treffen uns kurz vor dem Morgengrauen vor der Kathedrale«, ließ Godwin ihn wissen, bevor er seinen Becher leerte und sich nach Rosamunde umsah.

Ihre Blicke begegneten sich, und sie glitt auf ihn zu wie im Traum. Als sie bei ihm war, nahm er ihre Hand. Vor dem Hintergrund des Fackellichts glich sein Kopf dem eines Imperators auf einer römischen Münze, stattlich und schön. »Bringt mich nach Hause«, sagte sie.

Er hob sie in den Sattel, und diesmal stieg er hinter ihr auf. Es schien ihnen, als seien sie nur einen kurzen Augenblick auf der

Straße gewesen, und dann trug er sie schon die Treppe zu ihrem Gemach hoch.

Sie begann sich zu entkleiden, aber er ließ es nicht zu und zog ihr selbst das blaue Gewand aus. Ihr Unterkleid war wirklich schön, besonders mit ihrem Körper darin. Es zeigte ihre zierliche, kurvenreiche Figur, schmiegte sich weich an die sanfte Wölbung der Brust, floß den Brustkorb hinunter, lag auf dem kleinen Hügel ihres Bauchs und fiel in Falten über ihre wohlgeformten, seidigen Schenkel.

Er löste das silberne Haarnetz, und ihre Locken fluteten in einer goldenen Kaskade über ihre Schultern. Er beugte sich zu ihr herunter, umarmte und küßte sie, schwelgte in der üppigen Weichheit ihrer Lippen.

Sie schlang die Arme um ihn und lehnte ihre Wange an seine Brust. »O Gott«, flüsterte sie, »ich begehre dich so. Mein ganzer Körper schreit nach dir, wie die ausgedörrte Erde nach dem Regen schreit.« Sie fühlte, wie er vor Verlangen erbebte, als er ihr das Unterhemd herunterriß und sich seiner Tunika entledigte.

»Ich bin dein«, gab er leise zur Antwort, »diese Nacht und alle Tage meines Lebens.« Er fühlte, wie ihr Herz an seinem schlug, schnell wie das eines gefangenen Vogels.

»Ich bin nicht zu so etwas imstande. Es ist mir noch nie passiert«, sagte sie mit Verwunderung, Kummer und Freude. Sie wich vor ihm zurück und sah zu ihm hoch. »Wirst du mich dazu bringen, dich zu lieben, und dann sterben?«

Godwin hielt inne, um dann ihre Wange mit seinen Fingern zu berühren, so zart, wie man die Flügel eines Vogels oder eines Schmetterlings berühren würde. »Hab keine Angst. Keine Liebe wird in einer einzigen Nacht geboren. Ich möchte nur, daß du weißt, daß es möglich ist, zu lieben und geliebt zu werden. Ich möchte, daß du erfährst, was Zärtlichkeit zwischen Mann und Frau bedeutet. Zärtlichkeit und Vertrauen. All mein Reichtum ist nur ein unbedeutendes Geschenk, wenn du nicht lernst, dich selbst zu achten. Das ist mein Geschenk an dich, wie mein Schwert es an Ranulf war. Wenig genug, aber alles, was ich besitze.«

Sie schlang die Arme um seine hohe, hagere Gestalt. »Und wenn du fällst?«

»Nichts in diesem Leben ist sicher.« Seine starken, langgliedrigen Hände liebkosten ihren Körper.

»Außer dem Tod«, sagte sie.

Er trug sie aufs Bett und stützte sich mit einem Knie darauf, während er sie auf den Hals, das Ohr und die Lippen küßte. »Seit ich Alfric kenne, bin ich mir selbst dessen nicht mehr gewiß«, versetzte er.

Rosamunde merkte, wie ihr die Tränen in die Augen traten, aber seine Lippen lagen auf den ihren, und seine Hände – die sanftesten und doch auch die erfahrensten, die sie je kennengelernt hatte – entzündeten ein Feuer in ihren Lenden.

Er küßte ihr Ohrläppchen, biß zärtlich hinein und flüsterte: »Diese Nacht ist für dich, Rosamunde. Ich bin hier, ganz für dich. Deine Lust, Mädchen, dein Genuß, um uns Tod, Schlachten und Krieg vergessen zu lassen. Komm zu mir. Laß mich dich lieben.«

Und das tat sie.

Er nahm sie, wie ein kluger Mann eine Jungfrau nimmt, zärtlich, langsam und bedacht darauf, sie zum Gipfel der Lust zu führen. Sie war es nicht gewohnt, in den Armen von Männern ihr eigenes Vergnügen zu suchen, fand sich jedoch genau das tun. Sie war von den wunderbaren Dingen hingerissen, die er mit seinen Fingern, seinen Lippen, seiner Zunge und den kontrollierten Bewegungen seines hageren, kraftvollen Körpers anstellte.

Er riß sie mit zu wilden Flügen der Lust inmitten der Sterne, bis sie am eigenen Leib den verzehrenden Sternensturz verspürte. Sie stieg aus dem Traum der Leidenschaft herunter und fand sich in seinen Armen liegen.

Ihre Wange lag neben seinen Lippen, ihre Beine flochten sich um seine, von der Liebe erhitzt und erschöpft. Nach einer Weile herrlicher Zufriedenheit für Rosamunde erhob er sich und zog sachte seinen Arm unter ihrem Kopf weg. Er verließ sie kurz und kam mit Fleisch und Wein zurück.

Voller Heißhunger fiel sie über das Essen her, während sie mit gekreuzten Beinen neben ihm im Bett saß. »Es macht mich immer hungrig«, eröffnete sie ihm, »aber ich werde ins Bett krümeln. Die Witwe …« Sie schlug den Blick nieder und wirkte beschämt. »Ich vergesse offenbar immer …«

Er wollte gerade einen Schluck nehmen, setzte den Becher aber wieder ab, um den Satz für sie zu beenden. »Die Witwe mochte keine Krümel in den Betten.«

Sie schüttelte ihren gesenkten Kopf.

»Mach dir keine Sorgen. Ich liebe dich noch, auch wenn du ins Bett krümelst. Ich halte das lediglich für einen leichten Fehler.«

»Einen leichten Fehler? Und was wäre ein schwerer Fehler?«

Godwin rettete ihren Becher, der sich gefährlich neigte. »Wein in meinem Bett zu verschütten. Ich glaube, ich könnte mich mit Trunkenheit, Geiz und sogar Untreue abfinden, aber nie könnte ich eine Frau ertragen, die Wein in meinem Bett verschüttet.«

Rosamundes Miene war feierlich, obwohl sie ein großes Stück Brot mit Fleisch kaute. »Ich meine es ernst. Ich habe viele Fehler.«

»Ich auch«, gestand Godwin ihr. »Es sind die kleinen, alltäglichen Ärgernisse, die Ehemänner dazu treiben, ihre Frauen zu verlassen und sich von ihnen zu scheiden, nicht die großen Katastrophen. Erzähl mir von deinen Fehlern, und ich will sehen, ob ich sie geduldig zu ertragen vermag.«

Sie schluckte den Bissen herunter und führte den Becher an ihre Lippen. »Ich meine es ernst«, wiederholte sie.

»Ich auch.«

Sie musterte sein Gesicht in dem gelblichen Lampenlicht. Seine Augen waren ausdruckslose schwarze Steine, sein Mund ein harter, gerader Strich. Er schien sich von ihr an einen nur ihm zugänglichen Ort zurückgezogen zu haben. »Ich bin lüstern«, begann sie verschämt.

Da lachte er laut auf. Blitzartig kehrte die gute Laune in seine Züge zurück, und die Härte verschwand wieder. »Das ist kein Fehler, sondern ein zusätzlicher Reiz.« Er streckte die Hand aus und streichelte eine ihrer Brüste, indem er sachte mit einem Finger über die samtene Rundung fuhr, bis er die Seide ihrer Brustwarze erreichte. Rosamundes Puls beschleunigte sich unter seiner Berührung. »Mehr als ein Reiz, eine Einladung. Ein Versprechen, daß du mich oft einladen wirst.«

Sie überhörte seine Anspielung, entschlossen, ihn von der Wahrheit ihrer Behauptung zu überzeugen. »Ich bin gierig.«

»Ausgezeichnet. Die Jungen sollen nach allem gierig sein, was das Leben ihnen zu bieten hat: Liebe, Lachen, die Freuden der Welt, sogar Trunkenheit und Fleischeslust. Denn das Leben ist zerbrechlicher als ein winziger Lichtfunke inmitten einer großen Finsternis.«

Er war erschüttert von seiner Leidenschaft. Sie konnte ihre Härte in seinen Augen sehen, konnte sehen, wie ihre Kraft ihm das Herz gegen die Rippen schlagen ließ, sah den schnellen Pulsschlag an seinem Hals. Sie neigte den Kopf über den Weinbecher. Das Rot des Weins wirkte schwarz im Schatten des Bechers. Sie sprach leise. »Judith hat gesagt, Vermögen sei Heirat. Ich kann mir das nicht vorstellen, aber wenn du mich willst, gibt es etwas sehr Wichtiges, das du wissen solltest.«

Sie richtete ihre blauen Augen auf ihn und begegnete der ausdruckslosen Dunkelheit der seinen. »Lach nicht, denn es ist nicht komisch.«

Er entdeckte den Kummer in ihrem Gesicht und nickte, als bestehe er darauf, daß sie fortfuhr.

»Ich glaube nicht, daß ich jemals ein Kind bekommen kann. Bei meiner Gefangennahme wurde ich zu schwer verletzt.« Ihr Blick senkte sich erneut in den schwarzen See am Boden des Bechers, und die Bitterkeit in ihrer Stimme knirschte wie die Schneide eines schlecht geschärften Messers. »Dann ist da noch die Witwe, Godwin. Das wird mich mein ganzes Leben lang verfolgen, und du weißt es, und ich weiß es, und …«

Er streckte die Hand aus und nahm ihr den Becher ab, um ihn neben seinen auf den Boden zu stellen. Seine Finger schossen zurück und legten sich um den Griff des Schwertes, das von Gürtel und Wehrgehenk am Bettpfosten herabhing. Seine Stimme bebte vor Zorn. »Sieh, Rosamunde. Sieh, wie nah es meiner Hand ist. Ich kann es immer erreichen, und immer habe ich es gezogen. Es gibt keinen Tag in meinem Leben, an dem ich es nicht gezogen hätte, um gegen meine Feinde zu fechten, meine Freunde zu rächen, mich selbst zu verteidigen. Jesus, oft mußte ich es benützen, um diese Wölfe, die mir folgen, in ihre Schranken zu weisen, denn man muß sie ständig daran erinnern, daß ich ein älterer und stärkerer Mörder bin als sie. Ich werde dir etwas Schreckliches erzählen. Für mich ist morgen nur ein weiterer Tag. Ein Tag wie alle anderen. Ein Tag, an dem andere Männer mich umzubringen versuchen. Ich war mit Eudes in Paris, ich war an Gestrics Seite, als er gegen Rollos Männer antrat. Jetzt treffe ich auf Haakon. Mein ganzes Leben lang sind die Normannen wie Sommergewitter über dieses Land hinweggefegt, und mein ganzes Leben lang habe ich sie bekämpft. Jeden Tag meines Lebens bin ich im Schatten des Todes gewandelt.«

Seine Hand glitt vom Schwertgriff. Mit beiden Armen umfaßte er Rosamunde und zog sie an sich. »Du würdest dich wundern, wie viele scheinbar wichtige Dinge in diesem kalten Schatten zur Bedeutungslosigkeit verblassen. Es kümmert mich nicht, was die Welt von dir und mir halten mag. Ich will nicht den Baum des Herbstes in meinen Armen halten, so schön er auch sein mag. Ich will dich, voller Versprechen auf den blühenden Frühling der Schönheit. Dieser Blick in deinen Augen schmilzt den Winter in meinem Herzen. Wenn es dich betrübt, kinderlos zu bleiben, wird es auch mich betrüben, aber nur deinetwegen.«

Seine Finger schlossen sich fast schmerzhaft um ihre Arme, aber ihre Hände streichelten sanft über seine Brust, dann tiefer, und umarmten ihn.

»Ich schere mich nicht um die Meinung Gottes, und die der Menschen bedeutet mir weniger als nichts.« Er zog ihre Lippen zu sich heran. »Nur du, meine Paradiesrose. Nur du.«

Er war die Sonne, und seine Glut floß durch ihre Adern, Licht und Hitze zugleich. Sie wurde emporgehoben, triumphierend wie die sich aufbäumende See, eine Aphrodite, geboren aus Schaum und reinem Licht. Sie brach, wie eine Welle sich bricht, verströmte sich in strahlende Helligkeit, immer und immer wieder, bis die neunte Woge sie in den Schlaf trug, warm und erfüllt an seiner Seite.

Judith kam sie kurz vor Einbruch der Dämmerung wecken. Sie traf Godwin bereits wach an; er rüstete sich. »Ich bin ein alter Mann, der einen leichten Schlaf hat«, erklärte er.

Sie hob die Laterne an und betrachtete Rosamunde, die ihre Glieder im Bett ausstreckte und den Schlaf der müden Jungen schlief. »So alt nun auch wieder nicht«, äußerte sie mit hochgezogener Augenbraue.

»Ich hoffe, ich werde nie so alt.« Er ergriff Judiths Hand. »Gebt auf meine Gemahlin acht.«

Als die Tür hinter ihm ins Schloß fiel, schlug Rosamunde die Augen auf. »Ist er fort?« fragte sie.

»Ja.«

Rosamunde setzte sich auf. »Gut. Ich hatte Angst, die Augen zu öffnen und mich verabschieden zu müssen.« Sie schlang die Bettdecke um sich, lief ans Fenster und schaute auf die schmale Gasse hinunter. Judith trat neben sie.

Rosamunde holte tief Luft. »Ihr habt gesagt, ein Soldat brauche keine Frau, die ihm weinend am Hals hängt. Ich hatte Angst, ich würde weinen und ihn bitten, nicht zu gehen.« Unter ihren Blikken verließ Godwin das Tor, eine hohe, einsame Gestalt, die in das schwache graue Tageslicht hinausritt, um ihrem Schicksal zu begegnen.

»Er wäre dennoch gegangen«, sagte Judith.

»Ja, ich weiß«, gab Rosamunde zurück. Der hochgewachsene Reiter verschwamm vor ihren Augen, die sich mit Tränen füllten. »Er sagte … er hat mir erzählt, Judith, daß keine Liebe in einer einzigen Nacht geboren werden kann, aber ich glaube, daß sie es doch kann. O Gott, ich fürchte, sie kann es doch«, weinte sie, als sie sich blindlings in Judiths Arme warf.

KAPITEL 38

Im fahlen, beinahe schattenlosen Licht kurz vor dem Morgengrauen ritt Godwin auf den Platz zu. Zahlreiche Männer begegneten ihm, manche zu Fuß, manche zu Pferd. Alle trugen sie Waffen. Ein paar hoben die Hand zum Gruß. Andere stapften einfach vorbei. Keiner sah besonders ängstlich oder besonders eifrig aus.

Ja, dachte Godwin, hier war endlich etwas, das getan werden mußte. Sie hoffen nur, daß es gut getan wird. Wir werden nicht jammern oder winseln, wenn sich das Schicksal gegen uns wendet. Er zügelte sein Pferd vor der Halle.

Elin, Judith und Gynnor, Sieferts wackere Frau, warteten drinnen. Still saßen sie zusammen vor dem kalten Herd. Elin trug Grau und hatte sich das Gesicht geschminkt.

»Zumindest werden wir einen tapferen Anblick bieten, nicht wahr?« begrüßte er sie.

»Ja«, antwortete Elin, während sie sich langsam erhob.

»Bei Anbruch der Dämmerung müssen wir hinausreiten.«

Es gab keine Tränen, kein Geschrei und keine Reden. Godwin und die Männer versammelten sich am Tor, bei sich jede Waffe, die sie hatten auftreiben können. In der Ferne, nahe am Waldsaum, konnte Godwin Haakon seine Krieger zu einem Eberkopf formieren sehen, einer keilförmigen Schlachtreihe mit überlappenden Schilden, deren abgeflachte Spitze auf ihn zeigte.

Abgesehen davon, daß es eine einfache Formation war, war sie eine ungemein gefährliche Waffe. Die Wikinger hatten mit ihrer Hilfe die irreguläre Infanterie der Angelsachsen und Franken in Grund und Boden gestampft. Ihre mangelnde Abstimmung ermöglichte es, sie durch Flankenangriffe aufzurollen oder einen nach dem anderen abzuschlachten, wenn sie sich gegen die massierten Schilde ihrer Feinde warfen. Der Schildwall konnte durch schwere Kavallerie aufgebrochen werden, aber Godwin wußte, daß er für einen solchen Angriff nicht über genügend Männer verfügte.

Er hegte keinerlei Hoffnung, mit den ihm zur Verfügung stehenden Männern irgendwelche strategischen Finessen wie einen vorgetäuschten Rückzug anwenden zu können. Auch wenn sie ihre Feuertaufe bestanden hatten, waren sie doch immer noch reichlich unerfahren. Ihre Rückzüge würden keine vorgetäuschten sein. Godwin hoffte nur, daß seine grünen Truppen zu einem zweiten Angriff auf den Schildwall bewegt werden konnten, wenn der erste gescheitert war.

Während er noch zuschaute und inwendig fluchte, schloß sich der Eberkopf und begann langsam auf die Stadt vorzurücken. »Er bietet uns eine offene Feldschlacht an«, sagte Godwin. Unter den Berittenen um ihn herum wurde zustimmendes Gemurmel laut.

»Also gut«, erklärte Godwin. »Wir werden sein Angebot annehmen.« Ein Pferd stampfte nervös mit dem Huf. Sättel knarrten, Zaumzeug klirrte. Dann trat Schweigen ein. Niemand betete oder weinte; nicht einmal ein Seufzen unterbrach die Stille um Godwin.

Er schaute hoch und sah in dem zunehmenden Licht, daß schwere graue Wolken den Himmel bedeckten. Der Wind, der ihm durchs Gesicht strich, roch nach dem Ozean, dessen Wellen in die Flußmündung rollten. Er biß ihm in die Wangen und war bitterkalt.

Niemand machte Anstalten, das Tor vor ihnen zu entriegeln. Godwin bückte sich selbst und hob den Balken hoch, um dann seinem Pferd die Sporen zu geben und hinauszureiten, ohne den Blick noch einmal zurückzuwenden. Die anderen folgten ihm.

Elin stand zusammen mit den anderen in der Stadt Zurückgelassenen an der Mauer und verfolgte das Geschehen. Zuerst passierte nicht viel. Es war, als müßten sich die beiden Heere erst an den Gedanken gewöhnen, daß einige auf dieser und einige auf der anderen Seite den Tag nicht überleben würden. Sie belauerten sich auf dem offenen Gelände, um sich unbemerkt die bessere Ausgangsstellung anzueignen. Godwin versuchte vergeblich, Haakons Flanke zu umgehen, während Haakon versuchte, Godwin zu einem törichten Angriff auf seine Hauptstreitmacht zu verleiten. Keiner von beiden hatte auf ganzer Linie Erfolg.

Godwin und seine Männer täuschten wohl ein halbes Dutzend Mal eine Finte auf Haakons Linke vor. Jedesmal schwenkten die Schildträger zu ihnen herum. Godwin fluchte. Seine Männer und ihre Pferde hatten kein unbegrenztes Durchhaltevermögen. Er konnte dieses Spielchen nicht so lange weiterspielen wie Haakon.

Dann erspähte er die Schwachstelle auf der Rechten. Während Haakon mit seiner linken Flanke beschäftigt war, hatten einige seiner Männer den Schildwall zur Rechten aus den Fugen geraten lassen. Godwin sammelte seine Männer und griff die Schwachstelle an. Die beiden Heere trafen aufeinander wie der Hammer auf den Amboß. Mit dem Geräusch von Eisen gegen Eisen, aber fast stumm prallten sie zusammen. Es war, als hebe sich jeder Mann den kostbaren Atem auf, um einen zusätzlichen Hieb zu führen oder jene paar Zoll weiter zu schlagen, die seinen Feind fällen würden.

Haakons Schlachtreihe bog sich einwärts, hielt jedoch, und Godwin zog seine Männer zurück. Wieder begannen sie einander lauernd zu umkreisen. Der Tag schien eher dunkler als heller zu werden, denn noch mehr Wolken zogen auf. Angriff um Angriff wurde von Haakons Kriegern zurückgeschlagen.

Gegen Mittag setzte ein feiner Nieselregen ein – nicht stark genug, um zum Abbruch der Schlacht zu führen, aber ausreichend, um den Kelch des Leidens eines jeden Mannes bis zum Rand zu füllen. Erschöpfung begann sich auszubreiten.

Godwin wußte nicht mehr, wie viele Male er zum Angriff geritten war. Sechsmal, siebenmal? Er war sich sicher, daß seine Männer längst vollständig aufgerieben wären, falls er einen richtigen Sturm anstelle dieser Scheinattacken befohlen hätte. Immer noch herrschte jene furchterregende Stille. Stahl klirrte gegen Stahl, aber die Pferde starben ohne den geringsten Laut. Auf dieselbe Weise starben die Männer.

Von den Wällen konnte Elin die lange Schneckenspur der Schlacht verfolgen, die der blutig-aufgewühlte Boden und die verstreuten Leiber der Toten und Sterbenden markierten. Gelegentlich bewegte sich einer der Leiber, hob einen Arm oder ein Bein, versuchte sich aufzurichten und zeigte so, daß er noch am Leben war. Die meisten bewegten sich jedoch nicht mehr.

Die Menschen um Elin herum starrten wie hypnotisiert auf das Gemetzel. Judith hielt das Haupt gesenkt, ihre Lippen bewegten sich in einem stummem Gebet. Rosamundes Augen hingen an Godwin, aber ihr Gesicht trug einen stumpfen Ausdruck. Anna hielt das Baby im Arm, während Elfwine kniete, den Umhang übers Gesicht gezogen. Sie war sicher, Ranulf fallen gesehen zu haben. Elin fragte sich, was der Umhang wohl verbergen mochte.

Elin stand zwischen Alfric und Ivor. Vielleicht verfolgte nur Ivor die Schlacht mit kühlem, analytischem Blick. »Dies wird sein letzter Angriff sein«, sagte er zu Elin.

Ihr Gesicht war vor Angst taub. Godwin würde scheitern. Darüber hinaus konnte sie weder denken noch sehen. Ich vermute, ich muß den Rückzug in die Feste einleiten, überlegte sie.

»Der Jarl Godwin, alle Ehre seinem Namen«, fuhr Ivor fort. »Er hat sein Ziel erreicht. Haakon ist geschlagen. Der Jarl Godwin wird ehrenvoll unter den Toten stehen. Ich glaube, selbst Haakon wird ihm einen Scheiterhaufen errichten.«

»Ja«, versetzte Elin, »wäre Godwin mein Feind, hätte ich auch vor seinem Geist Angst.«

Alfric wandte sich zu der grimmigen Frau an seiner Seite um. In dem Gewand und dem Umhang wirkte sie so unerbittlich wie Atropos, die letzte der Parzen, die den Schicksalsfaden kappt. Neben ihr ragte Ivor empor, häßlich und stark wie eine primitive Statue. Alfric schaute zurück zu Haakons Schildwall. Die Männer schwankten vor Erschöpfung. Godwins zerstreute Streitkräfte formierten sich langsam wieder und machten sich für ihren letzten Angriff bereit. Alfric hob die Hand zur Absolution.

»Der Jarl Godwin hat mit hundert Männern begonnen«, sprach Ivor. »Ich bezweifle, daß noch dreißig übrig sind. Haakon hat mit dreihundert begonnen. Von diesen sind noch zweihundert übrig, und viele sind erschöpft und verwundet. Sie werden nicht mehr die Kraft haben, einen Sturmangriff zu führen und die Stadt zu erobern.«

Seine Worte trafen Elin mit der Gewalt eines Fausthiebs. »Jesus Christus Gott! Was tue ich? Schlafen? Wachen? Judith!« rief sie.

»Seid Ihr verrückt geworden?« fuhr Judith sie an.

»Nein, klarsichtig«, erwiderte Elin hastig. »Godwin wird fallen, aber wir werden trotzdem siegen. Jeder hier! Sucht den letzten Winkel ab! Schafft jede Waffe her, die ihr auftreiben könnt! Wir werden die Mauer dennoch halten. Die Stadt wird standhalten. Könnt ihr nichts mit einer Schneide finden, nehmt Möbel. Brecht euch ein Tisch- oder Stuhlbein ab und benützt es als Keule. Kommt gut bewaffnet und kampfbereit wieder her!«

Schreiend spritzten die Menschen durch die Straßen davon.

Auf dem Schlachtfeld zog Godwin den Kopf seines Streitrosses hoch. Das Tier verendete. Er kippt einfach um, dachte Godwin, doch als er sich nach vorn beugte, entdeckte er die tiefe Axtwunde in der Brust des Hengstes und den blutigen Schaum, der ihm vor Maul und Nüstern stand. Godwin tätschelte behutsam seine dampfende Flanke. »Auf dann, alter Freund, wir werden gemeinsam untergehen.«

Er schaute sich um und schätzte die Stärke der ihm noch verbleibenden Truppen ab. Edgar saß noch im Sattel, aber seine linke Hand fehlte. Er hatte einen Lederriemen um den Stumpf geknotet, um die Blutung zu stillen. Gowen war eine einzige blutige Masse. Durch sein Gesicht zog sich von der Braue bis zum Kinn ein Schwerthieb, ein weiterer hatte seinen Oberschenkel getroffen. Das Bein baumelte herab, als seien die Sehnen durchtrennt. Er hielt sich mit nur einem Bein im Sattel. Ranulf allein schien nicht allzu schwer verwundet zu sein, obwohl er aus einem Dutzend oberflächlicher Wunden blutete und einige Finger eingebüßt hatte. Auch von den übrigen war niemand mehr ohne Wunde.

»Wir sind am Ende«, sagte Godwin zu den Männern um ihn herum. »Wenn wir erneut angreifen, werden wir fallen. Die Pferde taumeln oder liegen im Sterben. Wenn wir fliehen, werden Haakons Männer uns verfolgen und töten. So oder so sterben wir.«

Gowen drehte sich im Sattel um. Er spuckte Blut auf die Erde. »Was ist das Leben anderes als Münzen, die ausgegeben sein wollen«, grölte er. »Wenn ich falle, wird niemand eine Wunde in meinem Rücken finden.«

Godwin lächelte grimmig und stieß seinem sterbenden Hengst die Sporen in die Flanken, wodurch er ihn noch einmal zu einem schwankenden Trab brachte. »Jetzt!« schrie er. »In den Untergang und die rote Nacht!« Er hörte den ersten und letzten schwachen Schlachtruf seiner Männer.

Vor sich sah er, wie Haakon die Deckung seines Eberkopfs verließ. Die Flügel seiner keilförmigen Formation begannen vorzurücken und Godwin und seine Männer einzukreisen.

Haakon ritt mit gezücktem Schwert auf ihn zu, um ihn umzurennen. Godwins Pferd starb, seine Hinterläufe knickten ein. Haakons Schwert fuhr ihm über den Bauch, und Godwin ging zu Boden, das eine Bein unter seinem gestürzten Roß. Festgenagelt und den Tod erwartend, meinte er in weiter Ferne ein Horn blasen zu hören. Mein Verstand muß mir einen Streich spielen, dachte er. Denselben Klang habe ich vernommen, als die Pikten ihre Raubzüge gegen Schottland führten. Aber das war vor langer Zeit, und hier gibt es keine Pikten.

Zu guter Letzt, als die besiegten Krieger umzingelt wurden, brach die Formation auf. Sie scharten sich in einem dichten Knäuel um Godwin. Ranulf stellte sich breitbeinig über seinen gefallenen Hauptmann.

Haakons Männer hielten inne, vielleicht, um sich am Anblick der Besiegten zu weiden, vielleicht aus purer Erschöpfung. Auch für sie war es ein langer Tag gewesen.

»Hei, hübscher Knabe!« rief einer von ihnen Ranulf zu. »Gib mir dies prachtvolle Schwert in deiner Hand, und ich laß dich laufen. Laß es fallen und mach dich davon. Diese Klinge ist gut genug, um das eine oder andere Leben zu erkaufen.« Haakons Männer lachten über den Ausspruch.

Ranulf hob die Waffe. »Nein, der Preis, den du verlangst, ist zu hoch.« Er sah nicht, wie Godwin lächelte.

Wieder erscholl das Schlachthorn, aus größerer Nähe diesmal. Haakons Männer schauten sich unbehaglich um.

Ranulf hörte das Geräusch. Es glich nichts auf Gottes Erde, was er schon einmal gehört hätte. Das Geräusch war ein Geheul, das auf ihn zukam, lauter und immer lauter. Er sah, daß die sich immer enger um ihn schließenden Gesichter der Wikinger erbleichten, als sie in ehrfürchtigem Schrecken zurückwichen. Er wirbelte herum.

Sie näherten sich rasch, brüllend vor Wut – entfesselter, rasender Wut –, fluteten vom Stadttor über das Schlachtfeld. Ranulf klappte der Mund auf, und er kauerte sich über Godwins hingesunkenen Leib, um ihn zu schützen. Nicht vor den Wikingern. Die befanden sich bereits auf der Flucht. Sondern vor den Menschen von Chantalon. Die Stadt hatte ihre Bewohner ausgespuckt, in einem unaussprechlichen Ausbruch heller Wut. Kreischend wie die Dämonen der Hölle kamen sie angerannt. Sie kamen zum Töten.

Judith sauste an Ranulf vorbei, eine doppelseitige Axt schwingend. Schlamm bedeckte ihre Röcke bis zu den Schenkeln. Sie zerschmetterte einem fliehenden Krieger den Schädel, ohne sich aufhalten zu lassen.

Dann begrub die gigantische lebende Welle Ranulf unter sich. Die Männer von Chantalon. Die Frauen von Chantalon. Sie trugen Messer, Schürhaken, Bratspieße, Kohlenpfannen und Keulen. Jede erdenkliche Art von Keule, von Bettpfosten über Stuhl- und Tischbeine bis zu Feuerholzscheiten. Mit Nägeln gespickte Keulen, mit Steinen besetzte Keulen.

Die Leute waren ausgeruht. Sie waren stark. Sie waren außer sich vor Wut, und sie fielen über Haakons müde Männer her wie eine Invasion aus der Hölle. Doch in den Wikingern brannte noch Kampfesmut. Sie waren Berufskrieger, waren häßliche Überraschungen gewohnt. Sie formierten sich wieder zum Eberkopf.

Der ohrenbetäubende Hörnerschall lenkte Ranulfs Blicke zum Fluß. Als die Sonne unter den Wolken hervorbrach, erblickte er einen prachtvoll gekleideten Krieger mit einem blitzenden Schwert, der auf dem Fuchshengst reitend eine Streitmacht herbeiführte. An Zahl war sie nicht sehr groß, aber die Krieger sahen gut bewaffnet und gefährlich aus.

Das kleine Heer krachte in Haakons Rücken, und nun konnten Haakons erschöpfte Gefolgsleute nicht mehr. Der Eberkopf löste sich in einen wirbelnden, rasenden Mahlstrom der Verwüstung auf. Die Frauen von Chantalon fielen über die Wikinger her wie die Furien über eine verlorene Seele. Viele ihrer Männer waren tot, und die Frauen töteten und töteten, bis es nichts mehr zu töten gab.

Elin war nicht weit hinter Judith geblieben, als diese den Sturm angeführt hatte, zog sich aber gegen Ende zurück. Das Kind in ihrem Leib trat. Sie fühlte, wie es sich regte. Sie konnte sich jetzt nicht mit Tod besudeln.

Hoch oben jagten die Wolken über den Himmel, vom wilden Nordseewind getrieben. Die untergehende Sonne warf ihr rotes Licht über die Walstatt. Auch der Anführer der Neuankömmlinge wandte sich von dem Schlachten ab. Er schickte seine Männer aus, um die restlichen Feinde zu erledigen, stand da und beobachtete das Geschehen. Dann wandte er sich um und erblickte Elin. Ihre Augen begegneten sich.

Es war Owen! Owen war bei den Bretonen. Er führte ihre Männer an, war wie ein Edelmann gekleidet. Meine Seele ist versiegelt, dachte sie. Er ist mit dem Mädchen ins Bett gegangen. Wahrscheinlich wächst sein Samen schon in ihrem Schoß...

In den sterbenden Strahlen der sinkenden Sonne sah sie wie ein Geschöpf des Waldes aus – mit dunklen Haaren und Augen, aber scharlachrot gewandet wie ein herbstlicher Baum.

Nachdem Owen sie gesehen hatte, dachte er an nichts anderes mehr. Er gab seinem Pferd die Sporen und trieb es im gestreckten Galopp auf sie zu. Sie machte kehrt und floh. Der Hengst strauchelte und wurde langsamer. Owen hatte keine Reitgerte, so daß er dem Hengst erneut die Fersen in die Flanken treiben mußte.

Er erkannte, daß Elin in wenigen Sekunden unter dem dunklen Laubdach sein würde. In der Schwärze des Dämmerungswaldes würde er sie nie und nimmer finden können.

Elutides und Alshan näherten sich Owen. »Selbst das Pferd weiß es«, sagte Alshan.

Owen sprang aus dem Sattel und begann Elin zu Fuß hinterherzusetzen. Doch sie verschwand im Schatten der Bäume und ward nicht mehr gesehen.

Irgendwie hatte er gewußt, daß sie gehen würde. In seinen Armen hatte sie sich stets so leicht angefühlt wie ein Falke auf der Faust. Ein Falke, der seine Schwingen spreizte, um das Gleichgewicht zu halten. Gehalten nur von Faust und Hand des Falkners. Er war nicht in der Lage gewesen, Elin zu halten. Oder sie zu zähmen. Jetzt war sie fortgeflogen.

Owen wandte sich wieder zu dem Fuchsrappen um, stieg auf und ritt auf die Stadt zu. Ihm war von dem Alptraum um sich herum übel.

Überall lagen tote und sterbende Männer. Manche der Toten waren grauenhaft verstümmelt. Andere sahen aus, als hätten sie keinen einzigen Hieb eingesteckt.

Die Verwundeten schrien, manche in Todespein, manche aus Entsetzen, denn die Stadtbewohner schlachteten noch immer blind jeden lebenden Wikinger ab, der ihnen in die Hände fiel.

Während Owen zu der Stelle ritt, wo er Godwin zuletzt gesehen hatte, und sich seinen Weg über das Schlachtfeld bahnte, fragte er sich, ob der alte Mann noch am Leben war.

Godwin war am Leben. Am Leben, nicht viel mehr. Rosamunde hatte seinen Kopf in ihren Schoß gebettet. Owen wunderte sich, warum das junge Mädchen so ruhig war, bis er ihr ins Gesicht sah. Ihre Haut war klamm. Die langen Strähnen blonden Haars klebten ihr an den Wangen. Ihre Augen hatten den blinden, ziellosen Blick des Schocks.

Owen warf einen raschen Blick auf die gräßliche Wunde in Godwins Bauchgegend, dann schaute er weg. Die klaffende

Wunde hatte ihn von den Lenden bis zum Brustkorb aufgeschlitzt. Owen stieg ab und kniete neben seinem Vetter nieder.

Godwins Augen waren geschlossen, sein Gesicht war bleich. Nur das langsame, regelmäßige Heben und Senken seiner Brust zeigte an, daß er noch lebte.

»Ein starker Mann«, bemerkte Elutides, als er abstieg. »Er müßte eigentlich tot sein.«

Godwin schlug die Augen auf. Er sah Owen oder Elutides nicht, nur Ranulf. Der Junge stand zu seinen Füßen. Er hielt das Schwert, das Godwin ihm geschenkt hatte, auf beiden Seiten der Klinge fest. Das von Klinge und Griff reflektierte Licht, blutigrot von der untergehenden Sonne, schien ihm in die Augen. Es sah in der Luft aus wie ein feuriges Kreuz.

»Haben wir gesiegt?« wollte er wissen.

»Ja«, antwortete Ranulf. »Das haben wir.«

»Was sind das für Schreie, die ich da höre?«

»Sie töten die Verwundeten«, gab der Junge zurück.

»Gebiete ihnen Einhalt«, befahl Godwin.

»Wie?« Ranulf wirkte bestürzt. Die entfesselten Stadtbewohner nahmen Rache für Monate des Schreckens und der Angst. Die auf der Walstatt wütenden Menschen, welche die Toten ausplünderten und die Verwundeten ermordeten, waren außer sich und furchterregend zugleich. Ihre Raserei ließe sich gewiß nicht so einfach abstellen.

Godwin grinste, vielleicht zum letztenmal, und sagte: »Erzähl ihnen, die Gefangenen seien viel Geld wert. Da sie vorhatten, uns zu verkaufen, können nun wir sie verkaufen. Das ist mein letzter Befehl. Es ist Zeit, daß dem Töten ein Ende bereitet wird.« Er hatte kaum ausgesprochen, als das Gemenge sich auch schon lichtete, da die Stadtbewohner von schierer Erschöpfung überwältigt wurden.

Ranulf nickte und schob sein Schwert in die Scheide. Seine Augen schmerzten. Er wankte über das Schlachtfeld und gab Godwins Befehl weiter. In einer Ecke seines Bewußtseins empfand er leise Verwunderung über die Blicke, die er erntete, bis ihm klar wurde, daß er weinte.

Die Tränen waren schmerzhaft und brannten ihm in den Augen. Er tat sein Bestes, sie mit seinem Hemd abzuwischen, als er über etwas stolperte. Schließlich gelang es ihm, seinen Blick zu klären, und schaute zu Boden.

Das Ding, in dem sein Stiefel sich verfangen hatte, war Edgars Leichnam. Der northumbrische Ritter lag leicht gekrümmt da, das prächtige Schwert noch in der Hand. Niemand hatte es zu berühren gewagt.

Schon früh im Verlauf der Schlacht war ihm seine linke Hand abgetrennt worden. Er hatte große Mengen Blut aus dem Handgelenk verloren. Seine Kleidung war feucht, wo der Blutfluß gerann und trocknete. Ein Axthieb im letzten Gefecht, der ihn seitlich am Hals getroffen hatte, hatte ihn endgültig gefällt.

Ranulf sank neben dem Leichnam auf die Knie. Heiße Tränen schossen ihm erneut aus den Augen, als er die bittere Erfahrung machte, daß es Dinge gibt, die einfach nicht zu ertragen sind. Das Gefühl des furchtbaren Verlustes verfinsterte seine Gedanken so sehr, daß er gar nicht mitbekam, daß man ihn beim Namen rief.

Am Ende blickte er auf, wischte sich durch die Augen und sah sich Gunther und mehreren anderen Bürgern gegenüber. Sie hatten einen Gefangenen – Tosi, Haakons rechte Hand.

Gunther sprach ganz ruhig. »Wir treiben die übrigen Wikinger zusammen. Wir werden tun, was unser Herr Godwin uns heißt, und sie verkaufen. Außer diesem hier«, er zeigte auf Tosi. »Alle, sogar die Gefangenen, sagen, wenn wir ihn in die Sklaverei verkaufen, wird Haakon ihn auslösen. Wir sind miteinander zu Rate gegangen und haben den Entschluß gefaßt, daß es das Beste wäre, Haakon seiner Gesellschaft für immer zu berauben, indem wir ihn aufhängen.«

Ranulf senkte den Blick wieder zu Edgar. Sofort überwältigte ihn von neuem die Trauer. Seine Augen füllten sich mit denselben brennenden, schmerzhaften Tränen wie zuvor. Meine Augen scheinen heute ein Eigenleben zu führen, dachte er. Sie fallen auf bestimmte Dinge, und schon stürzen die Tränen aus ihnen hervor, wie Blut aus einer offenen Wunde spritzt. Er wußte, er würde den

Kummer dieses Tages alle Tage seines Lebens bei sich tragen wie eine versteckte Wunde.

Durch einen Tränenschleier starrte er Tosi an und hoffte, dieser würde um sein Leben betteln. Dann erkannte er, daß Tosi grimmig und verschlossen war, bereit, das Schicksal, das ihn erwartete, ohne Jammern und Klagen hinzunehmen.

Ranulf sah flüchtig zu der Stelle hin, wo Godwin lag. Es war beinahe Abend. Die Sonne stand über den Hügeln oberhalb des Flusses. Die letzten Strahlen färbten die Erde um das Schlachtfeld rot und verwandelten die grauen Steine von Chantalon in geschmolzenes Gold.

Sie hatten Godwin auf eine lange, aus Stangen gefertigte Trage gebettet. Selbst auf diese Entfernung konnte Ranulf nicht sagen, ob er tot oder lebendig war. Vielleicht war er schon gestorben und die Trage seine Totenbahre. Vier Männer nahmen an den Ecken der Trage Aufstellung. Neben ihnen standen Fackelträger, um ihnen auf dem Weg zu leuchten. Auf einen Befehl hin hoben sie die Trage vom Boden auf.

Owen ging vor der Trage her, den Hengst am Zügel führend, Rosamunde daneben, Godwins Hand in der ihren. Daraus schloß Ranulf, der alte Recke müsse noch am Leben sein.

Als die Trage an Ranulf vorbeikam, reihten die Stadtbewohner sich schweigend hinter ihr ein. Dann entfernte sich die gramgebeugte Prozession, bis sie nur noch aus vier Sternen in weiter Ferne bestand. Die Fackeln leuchteten gegen die samtene Schwärze an, die das Tal umhüllte, und bewegten sich unendlich langsam auf das Stadttor zu.

Ranulf erkannte mit einemmal, daß er mit Tosi allein war.

»Ich werde mich hinsetzen, wenn ich darf, während du überlegst, ob du mich tötest«, ergriff Tosi das Wort.

Ranulfs Blick fiel auf Tosis Bein. Er sah, daß der Mann einen furchtbaren Schwerthieb quer über den Oberschenkel erhalten hatte. Er hatte das Bein mit Tuchfetzen und Lederriemen abgebunden, aber an den Wundrändern sickerte noch immer Blut hervor. Ranulf wußte, daß Tosi für niemand mehr eine Bedrohung darstellte – ebenso wenig wie die verstreut um sie herum liegenden Toten.

Just in diesem Augenblick vernahm er ein lautes Knacken hinter sich. Er schrak hoch und stellte fest, daß der Vorgang, seine verkrampften Muskeln erneut anzuspannen, unerträglich schmerzhaft war.

»Es ist nur dein Pferd, tapferer Krieger«, spottete Tosi. »Ein überaus mannbares Tier. Eine trächtige Stute.«

Die Stute stupste ihn so kräftig mit ihrem Nasenrücken, daß er mehrere Fuß nach vorn taumelte. Ranulf drehte sich um und griff ihr in den Zaum. Von allem um ihn herum schien nur die kleine erdbeerfarbene Stute unverletzt zu sein. Sie war schaumbedeckt und müde, aber gesund und unverletzt.

»Ist sie trächtig?« fragte Ranulf naiv.

»Sieh dir doch ihren Bauch an, Kleiner«, wies ihn Tosi an.

Ranulf bemerkte die sanfte Rundung des Unterleibs. »Ich dachte … ich dachte, sie würde einfach nur fett«, sagte er.

Tosi stieß ein unterdrücktes Kichern, dann einen Schmerzensschrei aus. »Bring mich nicht zum Lachen, Junge. Mein Bein tut weh, wenn ich lache. Wenn du mich töten willst, tu es jetzt, bevor die Aasfresser aus dem Wald kriechen und den Verwundeten den Rest geben.«

In der Ferne heulte etwas. Hund oder Wolf, fragte sich Ranulf. Andererseits war denen, die sterbend auf dem Schlachtfeld lagen, ein Gebiß voller Fangzähne vermutlich wie das andere.

»Und behandle diese kleine Stute gut«, fuhr Tosi fort. »Sie hat dich und ihr Junges gut durch diesen langen, bitteren Tag getragen. Sie ist ein tapferes kleines Mädchen und wird dir ein prächtiges Fohlen schenken.«

Ranulf traf seine Entscheidung und setzte sie mit einer Geschwindigkeit in die Tat um, die selbst Tosi überraschte. Mit einer einzigen schnellen Bewegung schnitt er Tosis Fesseln durch und zerrte ihn zu der erdbeerfarbenen Stute.

»Was tust du?« fragte Tosi.

»Dich auf das Pferd setzen«, sagte Ranulf.

Tosis Bein war so schlimm verletzt, daß es reichlich mühsam war, ihn in den Sattel hochzuwuchten. Zu guter Letzt mußte er Tosi am Gürtel festhalten und gleichzeitig ein letztes Mal kräftig von unten nachhelfen, damit der andere sein verletztes Bein über den Pferderücken bekam.

Tosi schien es nicht eilig zu haben, fortzukommen. Verdutzt sah er auf Ranulf herunter.

Ranulf hob den Blick zum Himmel. Die Dämmerung hatte jenen magischen Augenblick erreicht, wenn die ganze Erde schon im Dunkeln liegt, der Himmel jedoch von einem kristallklaren blauen Licht erfüllt ist.

»Godwin würde dich wahrscheinlich hängen«, erklärte Ranulf. »Ich weiß nicht, wie Owen mit dir verfahren würde, aber ich kann mir auch nicht vorstellen, daß er dir Gnade gewähren würde. Ich dachte, ich hätte heute alle Hoffnung verloren, aber dann hast du das Wort an mich gerichtet und mir gesagt, daß die Stute ein Fohlen bekommt. Ich sah, daß das Leben sich selbst unter dem Mantel des Todes versteckt. Manchmal hat ein Mann, gebunden an seine Pflicht, nicht die Wahl zwischen Leben und Tod, aber von diesem Tag an will ich wählen, wann immer ich es vermag.« Er schaute Tosi an. »Geh jetzt. Sag Haakon, er soll uns in Ruhe lassen. Was die Stute anbelangt, so bitte ich dich lediglich, sie mit der Freundlichkeit zu behandeln, die sie verdient.«

»Du hast mein Wort«, antwortete Tosi. Dann schnalzte er leise mit der Zunge und lenkte die Stute behutsam auf den Wald zu.

Ranulf entdeckte Fackeln auf der Straße und ging auf sie zu. Er traf auf Judith, die zwei gescheckte graue Maultiere lenkte. Mehrere Vorreiter begleiteten sie.

Ranulf berichtete Judith von Edgars Leichnam. Sie schickte ihre Männer aus, wollte aber nicht zulassen, daß Ranulf ihnen den Weg zeigte. Statt dessen setzte sie ihn zu sich auf den Wagen und bot ihm ein wenig Wein an.

Als Judiths Männer mit dem dunklen, in Tücher gehüllten Bündel zurückkamen, nahm ihr Anführer seinen Helm ab und sprach mit gedämpfter Stimme zu Judith und Ranulf: »Wir haben unser

Bestes getan, aber er ist schon steif geworden, und wir können ihm das Schwert nicht aus der Hand nehmen.«

Zu Ranulfs Entsetzen gingen ihm die Augen schon wieder über, und wie sehr man ihn auch tröstete, sie wollten nicht mehr aufhören zu weinen.

Dunkelheit hatte sich an den Rändern von Godwins Bewußtsein zusammenzuziehen begonnen. Er konnte seinen Verstand offenbar nicht zu einem einzigen zusammenhängenden Gedankenzug ordnen. Er dämmerte weg, bevor er die Sätze beenden konnte, die sein Geist bildete.

Kurz vor der Stadt ruckte die Trage, weil einer der Träger stolperte. Godwin schrie vor Schmerz auf und kam durch seinen eigenen Schrei wieder zu Bewußtsein. Er schämte sich unverzüglich. Ganz in der Nähe hörte er Owen, der die Träger zu größerer Vorsicht mahnte.

Dicht bei ihm weinte jemand. Es war ein Laut tiefster Verzweiflung und bodenlosen Kummers. Wer mag das sein, dachte er, um dann zu seiner Verärgerung festzustellen, daß seine Augen geschlossen waren.

Er öffnete sie in der Befürchtung, er werde nichts als Dunkelheit erblicken, die Botin des ewigen Lichts, fand aber zu seiner großen Erleichterung heraus, daß er im Licht der Fackeln um die Trage herum zumindest undeutlich sehen konnte. Das Weinen kam von Rosamunde.

»Hör auf zu jammern!« knurrte er.

Rosamunde verschluckte sich, schnappte nach Luft und verstummte.

»Nimm meine Hand«, fuhr er fort.

Sie nahm sie. Er konnte ihre kleinen, klammen Finger spüren, die sich in seinen großen trockenen verloren. Godwin schielte zu ihr herüber. Mit starr nach vorn gerichtetem Blick schritt sie neben der Trage her. Ihre Miene ließ erkennen, daß er ihre Gefühle ein klein wenig verletzt hatte.

Er wandte den Blick von ihr ab und richtete ihn hoch zum

Himmel. Über ihm und an beiden Rändern seines Blickfeldes zogen die ausgebrannten Häuserfronten der Unterstadt vorbei. Er wußte, in wenigen Minuten wäre er auf dem Marktplatz.

Er verstärkte den Griff seiner Finger um Rosamundes Hand. Sie wandte sich ihm zu. Der Ausdruck auf ihrem Gesicht war unnahbar, gekränkt und verwirrt zugleich.

»Hör mir zu«, flüsterte er ihr zu. »Ich habe nur noch wenige Minuten Zeit für dich. Dann muß ich sterben, wie man es von einem Mann wie mir erwartet – ohne Winseln oder Jammern und mit den richtigen Worten auf den Lippen. Jetzt werde ich dir sagen, was du meinem Wunsch gemäß als meine letzten Worte verkünden wirst.

Paß gut auf! Du hast Vermögen. Judith hat es hier bei sich. Sie wird wissen, wie man es anlegen muß, um dir ein gutes Auskommen zu verschaffen. Du brauchst dich nie wieder als öffentliches Mädchen verdingen.«

Rosamunde nickte benommen.

»Ich werde dich nicht davor warnen, den ersten hübschen jungen Mann zu heiraten, der dich anlächelt«, führte Godwin weiter aus. »Ich glaube, für so etwas bist du schon zu klug. Wenn du heiratest, nimm dir einen vermögenden Mann. Und sorge dafür, daß Judith und Owen den Ehevertrag prüfen, bevor du ihn unterschreibst. Solltest du je Hilfe benötigen, wende dich ohne zu zögern an Judith und Owen. Wie sehr sie es auch abstreiten mögen, sie lieben dich beide.«

»Frau Elin ist fort«, wisperte Rosamunde.

»Ja«, murmelte Godwin leise, fast zu sich selbst. »Das habe ich mir gedacht.«

Seine Augen fielen zu, und vor ihm stand Elin mit ihrem dunklen Haar und ihren blauen Augen. Vor seinem geistigen Auge konnte er sie behende zwischen den Bäumen dahingleiten sehen, ebenso sehr Bestandteil des Waldes wie ein schwarzer Schatten oder die windgepeitschten Wolken, die vor dem fahlen Mond dahinflogen.

Gott sei mit dir, Verwandte, dachte er. Dein Leid erkauft die

Freiheit der Stadt. Wenn du am Ende die Berge erreichst und der erste Strahl der Morgendämmerung auf ihre schneebedeckten Gipfel fällt, dann denke an mich, und meine Seele wird für einen Augenblick an deiner Seite ins Licht reiten.

Schmerz und Ermattung begannen ihn zu überwältigen. »Bedeck deinen Kopf mit dem Schleier«, wies er Rosamunde an. Sie gehorchte und schlang ihn sich ums Gesicht.

»Zweifellos«, sagte er leise, »werden die anderen Frauen kreischen und heulen, als lägen sie im Kindbett, von dir jedoch erwarte ich die Selbstbeherrschung einer rechtmäßigen Gemahlin.«

Er vernahm den Ruf, der ausbrach, als man ihn auf den Platz trug, und erduldete die Stöße, als sie die Trage vor dem Brunnen auf Böcke stellten, damit die ganze Stadt ihn sehen konnte. Er ließ seine Gedanken frei umherschweifen.

Im Grunde, überlegte er, gibt es für mich nichts mehr zu tun ... außer mich betrauern zu lassen. Er wußte, was sie ihm geben konnten; es würde seine Schmerzen beenden.

Die Frauen wehklagten um ihn herum. Alfric hob die Decke an, die sie über ihn gebreitet hatten, besah sich die Wunde in seinem Unterleib und wandte sich ab. Er ließ die Decke wieder sinken. Etwas Baumähnliches verdeckte zu Godwins Linker die Sonne. Er sah hoch und erkannte Ivor.

»Jarl Godwin«, sagte Ivor mit einer Verbeugung. Der Berserker war, wie es seine Gepflogenheit war, ganz in Schwarz gewandet, und verbarg sein entstelltes Gesicht unter einer Kapuze.

»Du vor allen anderen wirst verstehen«, eröffnete ihm Godwin, »daß ich kein Haufen verwesenden Fleischs sein will, der von Männern, die sich in Branntwein getränkte Tücher gegen den Gestank vors Gesicht halten, in den Sarg gelegt wird. Ich will einen sauberen Tod. Ich will mit tapferen Worten auf den Lippen sterben, wie ein anständiger Mann meines Rangs es zu tun pflegt. Alfric, Ihr werdet Euch angemessene letzte Worte für mich ausdenken.«

Alfric und Owen, die zu seinen Füßen standen, wechselten einen raschen Blick. In ihren Gesichtern stand eine Spur von Bestürzung.

Elutides strich sich über sein hohlwangiges Kinn. »Denkwürdige Worte wollt Ihr«, sinnierte er. »Wie wäre es mit: ›In der Liebe vermochte ich mir keinen Namen zu machen, im Krieg aber stehe ich auf ewig unbesiegt‹, oder: ›In wilder Begierde umarmte ich mein Verhängnis, und unter den Mannen des Krieges schreite ich aus … unbesiegbar.‹«

Godwin lächelte. Nicht das schreckliche Lächeln seiner Raserei und Mordlust, sondern das heitere, ironische Lachen, das er Rosamunde oder seinen Freunden zeigte. »Eins von beiden oder auch beides, wie Ihr wollt«, flüsterte er. »Ein äußerst kluger und einfallsreicher Mann. Ich glaube, ich könnte Euch mögen – wenn ich die Zeit hätte, Eure Bekanntschaft zu machen.«

Gowen wurde auf einer Trage herangeschafft; er heulte. Ein Dutzend Frauen folgte ihm weinend.

»Was?« fragte Godwin.

»Gowen«, erläuterte Owen. »Sie bringen ihn in die Halle.«

»Ich hasse es«, flüsterte Godwin. »Der fette Hurensohn wird mich vermutlich überleben.«

»Seht sie euch an!« gellte Routrude und zeigte auf Rosamunde. »Nicht eine einzige Träne in ihrem Auge. Ich wette, sie kann es nicht erwarten, sein Vermögen in die Finger zu kriegen!« Aus der Menge stieg ein wütendes Grollen auf, und ein Geschoßhagel prasselte auf Rosamunde nieder.

Sie schrie auf und begann zu schluchzen, als sei dieser letzte Angriff zu viel für sie gewesen. »Nein«, jammerte sie, »nein, ich will dich nicht verlieren und allein zurückbleiben. Das werde ich nicht, und niemand kann mich dazu zwingen!« Dann stieß sie ein gellendes Geschrei aus und sank neben der Trage auf die Knie.

Godwin rief: »Owen, du bist hier der Herr! Sorge für ihren Schutz.« Dann machte er Anstalten sich aufzurichten, war allerdings nicht imstande, sich mehr als ein paar Zoll vom Kissen zu erheben. Er wimmerte auf und fiel zurück, die Augen starr und halbgeöffnet, das Gesicht aschfahl wie das eines Toten. Eine gute halbe Minute lang atmete er überhaupt nicht mehr, bis Ivor seinen

Kopf zur Seite drehte. Godwin holte einmal tief Luft und versank in eine noch tiefere Bewußtlosigkeit.

Judith, gefolgt von Gynnor, bahnte sich einen Weg durch die Menge. Sie waren die beiden Frauen mit dem größten medizinischen Wissen in der Stadt. Judith hob die Decke an, und sie und Gynnor begutachteten die Wunde. Frisches Blut quoll über die Wundränder. »Ivor, was glaubst du?« fragte Judith. »Sollen wir den Becher vorbereiten?«

Ivor musterte Rosamunde. Sie lag noch auf den Knien, die Stirn gegen den Rand der Trage gelehnt, die Hände um die Pfosten geklammert. Ihr Gesicht war seinen Blicken entzogen. Die Menge drängte sich von allen Seiten um sie. Die meisten schwiegen. Aus der Kathedrale, wohin man ihn und die vielen anderen Verwundeten gebracht hatte, drang noch immer Gowens Geheul. Die Fackeln zischten in der unbewegten Luft.

Jedermann wußte, worum es sich bei dem Becher handelte. Sowohl Judith als auch Gynnor konnten den Trank mischen: Wasser des Lebens, darin aufgelöst eine hohe Dosis Opium. Manchmal, wenn der Patient nicht wußte, daß er im Sterben lag, wurde Veilchensirup hinzugefügt, um den bitteren Geschmack von soviel Opium zu überdecken. Gelegentlich wurde eine beruhigende Dosis Baldrian dazugegeben. Das entspannte den Sterbenden und versenkte ihn in einen tiefen Schlaf, bevor das Opium die Atmung aussetzen ließ. Doch für gewöhnlich wußte der Patient, was ihm gereicht wurde, und nahm den Becher dankend entgegen. Frauen, die im Kindbett starben, erhielten ihn, Männer mit Bauchverletzungen, deren Eingeweide verfaulten, oder solche mit brandigen Wunden, die nicht heilen wollten, welche langsam dahinsiechten, bis sie nur noch ein Schatten ihrer selbst waren, eine leere Hülle.

»Owen, Ihr trefft die Entscheidung«, verlangte Judith. »Ihr seid hier der Lehnsherr. Alle anderen sind dahingegangen. Der Graf, Reinald, jetzt sogar Godwin. Ihr herrscht hier. Erklärt Euch!«

Owen sah hoch und dann um sich. Die Fackeln flackerten zischelnd im kalten Winterwind. Nichts außer dem Knistern der

Flammen war zu hören. Niemand, sogar Elutides nicht, wollte ihm in die Augen schauen. Niemand außer Rosamunde.

Sie hob den Kopf und blickte hoch. »Ich verstehe seinen Wunsch«, sagte sie. »Ich glaube, er fürchtete sich vor dem Tod, war aber nicht der Mann, seine Würde an die Furcht zu verlieren. Dennoch meine ich, daß wir diesen einen letzten Versuch wagen müssen, bevor wir ihn aufgeben. Wenn ich sehe, daß er all seiner Kraft beraubt ist, überlasse ich ihn Euch. Was mich angeht…« Sie ließ die Augen von Owen weggleiten und sah Ivor ins Gesicht. »Ihr seid nicht von hier, und ich glaube, Ihr versteht, was getan werden muß, wenn er stirbt.«

Ivor nickte ernst.

»Ich werde all meinen Schmuck anlegen«, wisperte sie.

»Und ich werde Euch mit meinen eigenen Händen erwürgen und mit ihm auf die Reise schicken. Ich werde Euch neben ihn betten. Ich verspreche es Euch«, sagte Ivor. »Und«, fuhr er fort, »Ihr werdet an seiner Seite in jenen Hallen stehen, wo die Toten sitzen, und ihm ebenbürtig sein. Er wird den Becher der Unsterblichkeit aus Euren Händen entgegennehmen, und beide werdet Ihr auf ewig geehrt sein unter den Tapferen.«

Ein entsetztes Raunen stieg aus der Menge auf.

»Nein«, wehrte Judith ab, »sei doch keine Närrin.«

»Seid still«, befahl Owen. »Eheweib nannte er sie, und Eheweib ist sie. Ich werde nicht dulden, daß man anders denn als Eheweib über sie spricht, ohne den Verleumder zu bestrafen. Wenn er stirbt und sie ihm noch immer zu folgen wünscht, dann mag sie tun, was sie soeben gelobt hat. Und jetzt tragt ihn in die Halle, solange er noch bewußtlos ist.«

Eine Zeitlang erlangte Godwin das Bewußtsein nicht richtig wieder.

Rosamunde gab jedermann Anlaß zur Bewunderung.

Elutides, Anna, Judith und Gynnor steckten die Köpfe über Godwins Wunde zusammen. Judith ging und kehrte mit Golddraht, einer Ahle und einem Drahtschneider zurück. Gynnor befaßte sich mit der Zubereitung des Bechers. Nicht des Todesbechers, sondern eines Tranks aus einem guten Schuß Opium, Baldriansirup und einem milden, mit Kamille aufgesetzten Weißwein. Rosamunde schaffte es, Godwin so lange wachzuhalten, daß er den Trank zu sich nehmen konnte.

Seine Augen öffneten sich, und er blickte in ihr Gesicht. Es war dem seinen ganz nah, und er empfand eine gewisse Dankbarkeit, daß er, wo er nun noch einmal aus den Hallen der Dunkelheit zurückschaute, als letzten Anblick ihr Gesicht sehen sollte. In den von Kerzen erhellten Schatten seines Schlafgemachs erschien sie ihm als die vollkommene Verkörperung des Frühlings. Selbst im gelblichen Schein des Kerzenlichts erinnerte ihn ihre Haut an in Sahne getauchte Apfelblüten, und diesen einen Augenblick lang hätten die größten Maler und Bildhauer nicht den Schwung ihrer Rosenblütenlippen nachzubilden vermocht. Ihre Augen waren blau, nicht von dem fast grausamen Saphirblau von Elins Augen, sondern vom warmen Seidenblau einer Glockenblume auf windgepeitschter Wiese. Godwin leerte den Becher bis zur Neige und dachte noch, ein solcher Anblick sei ein glücklicher Beginn des ewigen Schlafes.

Er wurde zweimal wach, während sie ihn wieder zusammenflickten. Ivor hielt seine Arme, Elutides seine Beine fest. Alfric band mit dem Golddraht seine Bauchmuskeln zusammen. »Es ist eine Metallegierung«, tat Judith kund, als sie Alfric den Draht überreichte. »Reines Gold wäre zu weich.«

Das Opium in dem Trank verhinderte, daß Godwin etwas spürte. Das erste Mal fragte er sich, ob er im Sterben lag und die Einbalsamierer aus irgendeinem Grund ihre Arbeit begonnen hatten, bevor er noch ganz tot war. Er beobachtete Alfric genau und kam zu dem Ergebnis, daß er sich geirrt hatte. Er mußte bereits tot sein, und sie weideten ihn aus und bereiteten ihn darauf vor, in vollem Ornat vor dem Altar der Kathedrale aufgebahrt zu werden.

Abermals glitt er in die Dunkelheit hinüber und hoffte dabei, diese sprunghafte Rückkehr ins Bewußtsein würde sich nicht zu oft wiederholen. Als er das zweite Mal erwachte, war er äußerst ungehalten über die Tatsache, noch immer am Leben zu sein. Ivor hielt seinen nackten Körper in den Armen. Rosamunde verteilte einen Breiumschlag auf dem Schwerthieb, um ihn dann von den Lenden bis hinauf zur Brust mit sauberen Verbänden einzuwickeln. »Ich finde das entwürdigend«, ließ er sie wissen. »Bedeckt mich.«

»Sofort«, versprach Ivor.

Sie zogen ihm ein sauberes Leinenhemd über und steckten ihn ins Bett. Eine Weile lag er unbehaglich zwischen Wachen und Schlafen, wegen des Rauschmittels nicht in der Lage, das volle Bewußtsein zurückzuerlangen, und wegen des wachsenden Schmerzes in seinen Wunden nicht imstande, das vollständige Dunkel des Schlafs wiederzufinden. Dann, bei Tagesanbruch, stürzte er in den Mahlstrom des Fiebers.

Jeder in der Stadt arbeitete hart. Es gab zahlreiche Verwundete. Das Schlachtfeld mußte gesäubert werden. Die Toten wurden entweder beerdigt oder, im Falle der Wikinger, in den Fluß geworfen, bevor der Verwesungsgestank Luft und Wasser verpestete und zu Seuchen führte. Die Kriegsbeute wurde eingesammelt und zwischen den Bürgern aufgeteilt. Owen mußte tagelang Streitfälle schlichten.

Rosamunde und Ivor pflegten Godwin. Er fror und zitterte heftig. Sie begruben ihn unter Bergen von Decken und hielten ihn warm, bis er sie wieder von sich warf, weil er am ganzen Leib vor Fieber glühte.

Rosamunde lief in den Keller und braute fiebersenkende Tränke und ließ ihn zu guter Letzt die Mischung aus Weißwein und Wasser trinken, die sein Magen als einziges bei sich behielt. Dann bekam er ein paar Stunden Schlaf, bis ihn der nächste Schüttelfrost packte.

Jeden Tag wusch sie seine Kleider und sein Bettzeug, da niemand da war, der ihr hätte helfen können. Jeden Tag rieben sie und Ivor ihn mit dem Schwamm ab, wenn der Schüttelfrost aufgehört hatte und das Fieber seinen Höhepunkt erreichte, um ihn dann mit Wasser zu überschütten, bis das Fieber wieder zurückging und er das Bettzeug durchschwitzte. Dann hielt Ivor ihn in den Armen, während Rosamunde Bettlaken, Verbände, Breiumschlag und Godwins wollenes Nachthemd wechselte.

Ivor fielen zwei Dinge auf. Die Wunde unter dem Breiumschlag heilte sauber. Die Schüttelfrostanfälle wurden immer kürzer, das Fieber von Mal zu Mal niedriger. Godwin genas.

Nach etwa vier Tagen, gegen Ende der Woche, lieferte Godwin den endgültigen Beweis dafür, daß er wieder gesund werden würde und die Krise überstanden war. In der Nacht wachte er bei klarem Verstand und ohne Fieber auf.

Rosamunde und Ivor hatten untereinander einen groben Pflegeplan aufgestellt. Sie kümmerte sich tagsüber um Godwin; er übernahm die lange, dunkle Nachtwache. Eine gerechte Arbeitsteilung. Tagsüber war mehr Arbeit zu erledigen, aber die Nächte bedrückten Rosamunde ungemein, und sie vergeudete ihre kostbare Energie damit, an seinem Bett zu weinen.

Jetzt schlief sie auf einem Feldbett an der Wand. Sie war erschöpft, ihre Hände waren geschwollen, die Haut war aufgerissen und gerötet nach der Mühsal des Waschens.

Ivor saß an Godwins Bett, während ein Binsenlicht auf dem Tisch neben ihm brannte.

Godwin warf einen Blick zu ihm herüber, dann hoch zu den Sternen draußen vor dem Fenster. Mehr konnte er nicht sehen. Sie funkelten am klaren, kalten Winterhimmel, ein Lichternebel in der Schwärze.

»Was sind sie?« sagte Godwin. »Hast du dich das je gefragt?«

»Oft«, erwiderte Ivor. »Ich kenne alle Erklärungen, welche die Menschen für sie gefunden haben. Ich glaube keine einzige davon.«

»Ja.« Godwins Stirn furchte sich. »Rosamunde hat mir einmal eine Frage über sie gestellt. Ich hatte auch keine befriedigende Antwort.«

»Ich denke«, äußerte Ivor, »daß die ganzen Erklärungen der weisen Männer nichts als Ammenmärchen sind, Geschichten, die wir einander erzählen, damit wir glauben können, wir wüßten alles über die Welt. In Wahrheit sind wir von einem gewaltigen

Unbekannten umgeben, das sich jede Nacht über uns wölbt: die Sparren von Gottes unermeßlicher Halle. Ich habe sie auf See gesehen, wo sie sich vom einen Ende des Horizonts bis zum anderen erstrecken. Der Mann, der sie gut kennt, kann nach ihnen den Tag des Jahres, die Stunde und sogar den Punkt auf der Straße der Wale bestimmen, an dem das Schiff sich befindet. Ich habe sie im Gebirge gesehen, von Gipfeln so hoch, daß weder Bäume noch Gras auf ihnen wachsen. In der dünnen, bitteren Luft der Höhen scheinen sie nicht minder weit entfernt zu sein, als sie es hier sind, nur daß dort droben viel mehr von ihnen sind und sie das Himmelsdunkel beherrschen.«

Godwin nickte. »Ich lebe.«

»Ja«, gab Ivor zurück. »Ich glaube, sie brauchte dich.« Er schaute zu der dunklen, ausgestreckten Gestalt einer todmüden Rosamunde hinüber. »Und ich brauchte dich auch.«

»Du?« rief Godwin aus. »Wieso?«

»Alfric lehrte mich die Bedeutung des Wortes ›Vergebung‹, du jedoch lehrtest mich die Bedeutung des Wortes ›Freund‹. Kein Mann hat je aus freien Stücken meine Hand ergriffen wie du. Wir konnten dich nicht gehen lassen.«

Godwin bewegte sich unruhig im Bett. »Ich habe ein Problem.«

»Welches?« fragte Ivor.

»Ich muß meine Gedärme entleeren, und ich glaube … ich glaube … ich könnte einen von Judiths Glühweinen trinken.«

Wenige Minuten darauf flog eine strahlende Rosamunde die Treppe hinunter.

Ine kroch unter dem Tisch hervor.

»Er ist … er ist …«, stammelte Rosamunde. »Hol Owen.«

Ine stürzte nach oben.

Der gesamte Haushalt fand sich binnen einer Minute in der Halle ein. Bevor Owen nach unten gelangte, drängten sich Routrude, die Witwe Clea und drei ihrer Damen durch die Tür.

»Was ist hier los?« fragte Owen.

Sie hatten alle schlafverkrustete Augen und trugen ihr Nachtgewand.

»Godwin hat nach dem Nachttopf und einem von Judiths Würzweinen verlangt.«

Auf der Stelle brach ein heftiger Streit aus zwischen denjenigen, die meinten, nun müsse man alle Hoffnung für Godwin fahren lassen, und denjenigen, die ihn auf dem Wege der Besserung wähnten. Das Wortgefecht entzündete sich an Judiths Würzweinen.

Sie waren berüchtigt. Mehrere der Verwundeten in der Kirche genasen außerordentlich rasch von ihren Wunden, nachdem sie davon gekostet hatten. Die andere Fraktion vertrat die Auffassung, nicht wenige Männer seien bei dem Versuch gestorben, vor der Verabreichung eines zweiten Tranks die Flucht zu ergreifen.

Owen bereitete dem Aufruhr mit einem knappen »Ruhe!« ein Ende.

Es wirkte. Stille trat ein.

»Falls Godwin einen Würzwein möchte, hol ihm einen.« Er zeigte auf Enar, der, angetan mit einem Nachthemd und einem Paar knielanger Unterhosen, in die Nacht davonstürzte. »Ich nehme an, Ivor hält ihm den Nachttopf unter?« wollte Owen von Rosamunde wissen.

»Ja.« Sie schüttelte ihren Kopf so heftig, daß die Locken in alle Richtungen flogen.

Wenig später hämmerte Enar gegen Judiths Haustür. Die Bürger, aufgeschreckt durch den Radau zu so früher Morgenstunde, stürzten bewaffnet mit Schwertern, Äxten, Keulen und Fackeln auf die Straße. Das einzige, was Enar rettete, war die Tatsache, daß er völlig unbewaffnet war und zudem zungenfertige und flüssige Erklärungen vorbrachte.

Judith weckte sämtliche Bediensteten auf, um den Würzwein zu mischen. Offensichtlich legte sie Wert auf Gesellschaft.

Kurze Zeit später konnte Owen zu seiner Zufriedenheit feststellen, daß Ivor mit dem abgedeckten Tontopf in der Hand die Treppe herunterkam und dabei Enar in die Arme lief, der den Würzwein brachte, in Begleitung von Judith, ihren Dienern, Söldnern und einem Haufen bewaffneter Männer. Jedes Licht in der

Stadt brannte; jeder Bürger und jede Bürgerin mit Ausnahme der Kinder, die noch nicht sprechen konnten, wußten, daß Godwin den Nachttopf benützt und nach dem Würzwein verlangt hatte. Und sie waren genauso uneins über das Thema wie diejenigen in der Halle des Bischofs.

Ivor hatte Godwin zurück ins Bett geholfen. Trotz Godwins Einwendungen säuberte er ihn und zog die Bettdecken um seine Schultern hoch.

Rosamunde betrat den Raum mit dem Würzwein. Godwin kippte das Gebräu herunter. Er runzelte die Stirn. »Wißt ihr, es ist lange her, daß ich etwas zu mir genommen habe, aber ich finde den Geschmack von dem hier gar nicht so übel. Glaubt ihr, sie würde es in Betracht ziehen, mir zum Frühstück noch einen zu mischen?«

»Ich bin sicher, daß sie das würde«, versprach Rosamunde.

Godwin streckte sich aus, wenn auch vorsichtig, zog die Dekken bis ans Kinn hoch und sank in einen tiefen, traumlosen Schlaf.

KAPITEL 39

Owen hatte Erfolg. Elin war fort, aber er hatte Erfolg. Jeder in der Stadt nannte ihn Lehnsherr. Und es sah so aus, als hätten sie sich miteinander verschworen, ihn in den Wahnsinn zu treiben.

Die Frauen trafen vor Tagesanbruch in seiner Halle ein. Für gewöhnlich machte Routrude den Anfang. Sie besuchte Anna. Die Witwe Clea und eins oder zwei ihrer Mädchen waren meistens die nächsten. Anna und Ingund kamen von oben herunter, Elfwine folgte ihnen. Noch immer war sie häufig mürrisch und in sich gekehrt, aber mehr und mehr nahm sie an dem Gerede am Herd teil, das Tag und Nacht nicht verstummen wollte.

Die Männer waren auch nicht viel besser. Eine Zeitlang konnte Alfric Enar mit den Verwundeten in Anspruch nehmen. Er fand, Enars Pflegekünste beschleunigten die Genesung derjenigen, welche die kostenlosen Mahlzeiten und warmen Betten der Kathedrale zu schätzen wußten. Und als Godwins Zustand sich besserte, zog er Ivor zur Unterstützung hinzu. Ein einziger Blick von Ivor bewog manch einen, der sich trotz Enars bester Bemühungen an sein Bett klammerte, dazu, schlagartig zu gesunden. Alfric vermied es sorgfältig, einem der beiden Männer einen ernsthaft Verwundeten anzuvertrauen. Er hegte den Verdacht, ihre Aufmerksamkeiten könnten bei diesen Unglücklichen das genaue Gegenteil bewirken.

Ranulf, Denis und die »Jungs«, Siefert der Gerber und Osbert der Viehhändler trafen zum Essen ein. Ine war – und zwar in einem recht wörtlichen Sinn – ständig um ihre Beine, verbrachte er doch einen Großteil seiner Zeit damit, unter dem Tisch alle Reste zu verschlingen, derer er habhaft werden konnte.

Judith besuchte sie häufig, zusammen mit Rieulf und seinen Mannen. Zwischen dem Austausch von Klatsch mit Anna und den anderen Damen, die am Herd wie die Elstern zwitscherten, fand sie Zeit, Owen Belehrungen bezüglich seiner Gesundheit zu erteilen.

Die halbe Stadt tat so, als sei Owens Halle ihr Hinterhof, die andere Hälfte, als sei er ihr Vorplatz. Jeden Streit, der zwischen ihnen entbrannte, brachten sie vor ihn, damit er ihn schlichten solle, und sie suchten häufig seinen Rat hinsichtlich der zahlreichen Heiratsverbindungen, die überall in der Stadt geknüpft wurden. Sie aßen wie Wanderheuschrecken, tranken wie eine durstige Viehherde und bettelten ihn um jeden erdenklichen Gefallen an.

Um der Aufregung und dem Durcheinander einen Riegel vorzuschieben, beschloß Godwin, der verdrießlichste und unausstehlichste Invalide der gesamten Weltgeschichte zu werden. Er behandelte Rosamunde wie eine Mischung aus Kumpel, Küchenjunge, Zofe und Leibdiener. Er schickte sie kreuz und quer durchs Haus. Immer, wenn Owen gerade aufsah, flitzte sie auf irgendeinem Botengang, den Godwin ihr aufgetragen hatte, an ihm vorbei. Am Abend, wenn Ivor kam, um seine Schicht anzutreten, brach sie meist vor Erschöpfung zusammen. Sie war bemerkenswert gefügig – bis auf eine winzige Ausnahme.

Das Problem trat auf, als Godwin feste Nahrung zu sich zu nehmen begann. Rosamunde war der festen Überzeugung, geröstetes Brot müsse von bräunlicher Farbe und knuspriger Beschaffenheit sein. Godwin hing der Auffassung an, es müsse hellgolden erscheinen und lediglich eine Andeutung von Knusprigkeit aufweisen.

Jeden Morgen bereitete Rosamunde sein Frühstück zu. Pochierte Eier, zwei, nur kurz gekocht, das Eiweiß fest, das Eigelb flüssig; ein bißchen von der hiesigen Schweinewurst mit Salbei, leicht angebraten; und das Röstbrot.

Am ersten Tag murrte Godwin nur ein wenig. Am zweiten fielen seine Bemerkungen schon sarkastischer, wenn auch noch nicht übertrieben aus. Am dritten Tag jedoch erwartete alles den Eklat. Rosamunde wußte, was sie tat, ärgerte sich jedoch so sehr über ihn, daß sie sich diese kleine Rebellion unmöglich verkneifen konnte.

Owen kam früh herunter. Anna befand sich wie üblich am Feuer. »Röste du bitte heute sein Brot«, begrüßte er sie. »Ich fürchte, wenn sie ihm wieder dunkles Brot bringt, fügt er sich eine tödliche Verletzung zu.«

»Pah!« rief Anna aus. »Laßt ihn nur. Sie hat sich Tag und Nacht abgeplagt, um ihn zu retten, hat ihre Jugend und Kraft gegen das Schlimmste seiner Krankheit aufgeboten. Sie wäre für ihn gestorben. Sie wäre mit ihm gestorben. Und wie behandelt er sie, seit er auf dem Wege der Besserung ist? Nicht ein liebes oder freundliches Wort hat er für sie übrig. Sie hat ihm ihr kleines, großmütiges Herz und ihre Seele zu Füßen gelegt, und er tritt sie mit Füßen!«

»Ach, na ja«, seufzte Owen bekümmert, »vielleicht hast du recht. Ich habe nicht die Kraft, um mir über Liebende den Kopf zu zerbrechen. Entweder lösen sie es selbst, oder sie tun es nicht. Das ist meines Erachtens das Problem. Sie denkt, er liebe oder wolle sie nicht. Nicht mehr, und das Traurige ist, daß sie womöglich recht hat. Rosamunde stellt nicht viel dar. Ich glaube nicht, daß sie selbst, als sie noch frei war, aus einer bedeutenden Familie stammte, wohingegen er einst ein Angehöriger des Hochadels war.«

Rosamunde stapfte die Treppe herunter und nahm sich die Brotzange. Ihren Kopf hielt sie gesenkt; sie sah zornig aus. Anna schlug zwei Eier in Wein und Butter in einer langstieligen Pfanne auf und hielt sie über das aufzüngelnde Feuer. Rosamunde röstete das Brot.

»Du wirst ihn erzürnen«, stellte Anna fest, als sie die Farbe sah.

Rosamunde gab keine Antwort. Die leichte Röte auf ihren Wangen vertiefte sich. Irgendwie schaffte sie es, wie eine kleine Gewitterwolke auszusehen, als sie mit Godwins Frühstück auf einem Zinntablett die Treppe hochstolzierte.

Krach!

Godwins Wutschrei war noch auf dem Platz draußen zu hören. Rosamunde verließ Godwins Zimmer, das Gesicht vor Zorn und Kummer verzerrt. Sie schlug die Tür mit einem Knall hinter sich zu, der Owen fast vom Stuhl fallen und das Haus wackeln ließ. Dann rannte sie weinend nach unten – in Annas Arme.

Der ganze Haushalt versammelte sich wie zuvor in der Würzweinfrage. Routrude hörte den gellenden Schrei. Routrude, Clea und Wolf der Kurze, der im Haus der Witwe gewesen war, stürmten herbei, im Schlepptau Scharen von Betrunkenen, Schenkengeziefer und jedem, der zufällig des Wegs gekommen war. Erneut ergriff, wie damals, jedermann Partei.

Krach! Die Vordertür öffnete sich, und Ivor trat ein. Schweigen senkte sich über die Halle. Ivor schlurfte an ihnen vorbei, die Treppe hoch und in Godwins Zimmer.

Jeder – Enar, Ranulf, Denis, Routrude, Clea, Wolf der Kurze, sogar Gowen mit seinem Schwarm weiblicher Wesen um sich herum und Ine, der unter dem Tisch hervorkrabbelte – pilgerte zum Fuß der Treppe und versuchte mitzubekommen, was in Godwins Gemach gesprochen wurde.

Wenige Augenblicke später kam Ivor wieder heraus. Er trug das Tablett, beladen mit zerbrochenen Tellern und verschüttetem Essen. Er humpelte die Treppe hinunter und trat neben Rosamunde.

Sie trocknete sich die Augen.

»Geh hoch, Mädchen«, sagte Ivor. »Er will dich sehen.«

»Ich glaube nicht, daß er mich sehen will«, gab Rosamunde schnippisch zurück.

»Sei nicht dumm! Er will sich entschuldigen. Sei nett zu ihm.«

Rosamundes Tränen waren vergessen. Ein so wunderschöner Ausdruck verklärte ihr Gesicht, daß es alle Zuschauer bis in die Grundfesten ihrer Seele erschütterte. Im nächsten Moment flog sie auch schon die Treppe hinauf, drei Stufen auf einmal nehmend.

Was Owen betraf, so entfernte er sich mit dem Ausdruck tiefster Verzweiflung im Gesicht. Alle Augenpaare wandten sich ihm zu. Er machte ein paar Schritte auf den Tisch zu, taumelte ein wenig, die Augen blicklos wie die eines Blinden. Dann brach er in Tränen aus.

Enar, Alfric, Judith und Ranulf trafen sich am nächsten Tag in der Kathedrale. Sie hielten ihr kleines Konklave unter den Augen einer uralten hölzernen Christusstatue ab. Sie stand in der Nähe einer Tür, die von der Kirche in Owens Haus führte.

Der Teil der Kathedrale mit Fenstern, die Licht hereinfallen ließen, war ein Gebäude mit hohem Kuppelgewölbe und dem Aussehen einer Basilika. Etwas an ihm erinnerte an die klassische Eleganz und Wucht der römischen Architektur. Das Kirchenschiff auf der Seite der Bischofsresidenz verharrte dagegen in einer Art baulicher Dumpfheit. Die Decke war niedriger, und sogar die quadratischen Pfeiler, welche die anmutigen, wenn auch ziemlich abgeflachten Bogen trugen, erweckten auf irgendeine Weise den Eindruck von Baumstämmen in einem finstren germanischen Tann.

Man nannte sie die alte Christusstatue, weil sich niemand mehr daran erinnern konnte, wer das Ding in die Stadt gebracht hatte, nur daß es sehr lange her war, noch bevor die heilige Eiche gefällt und der Bischofsstuhl aus ihrem abgelagerten Holz gefertigt worden war. Einige sagten, die Statue sei schon dagewesen, als die letzten Römer abzogen und das Festungstor hinter sich weit offenstehen ließen; nur noch Ratten und Fledermäuse hatten in der leeren Basilika gehaust, und durch das zerstörte Dach hatte es hineingeregnet.

Nun stand dort, wo einstmals die Basilika gestanden hatte, die Kirche und bezog Teile des uralten römischen Mauerwerks mit ein. Und dieser Christus hatte es in ihren Mauern warm und behaglich.

Ruhig stand er da. Der Holzschnitzer hatte den Herrn als bartlosen Jüngling dargestellt, das lange Haar in der Mitte gescheitelt und mit einem Ledernetz zurückgebunden. Er blickte der Welt mit einem ganz leisen Lächeln auf den Lippen entgegen, und seine weit geöffneten Augen schauten mit offensichtlichem Wohlgefallen auf alles, was er sah. Er trug nur die grobe Tunika und den Mantel eines Kleinbauern oder Tagelöhners. Der Mantel wurde auf der rechten Schulter von einer schlichten Fibel zusammengehalten. Er war der Fünfte in ihrer Runde.

»Ist er geisteskrank?« fragte Ranulf verzweifelt. »Als wir gestern abend zu Bett gingen, hat Elfwine so etwas angedeutet. Sie erzählte mir, die Frauen, allen voran Routrude, glaubten, Elin habe ihn verflucht, weil er in Armorica bei der Nichte des Magiers Elutides gelegen habe, und er werde in Verzweiflung verfallen und umkommen wie Reinald.«

Judith schob ihn rückwärts in einen durch ein Fenster einfallenden Lichtbalken und musterte eingehend sein Gesicht. Seine Augen waren rotgerändert und blutunterlaufen. Er sah aus, als habe er geweint. »Gütige Götter, Eure Frau hat sich zu einer wahren Unruhestifterin entwickelt. Sagt ihr, wenn sie noch einmal solche Geschichten erzählt, schickt Ihr sie zu Anna herunter. Und diese grimmige alte Hexe würde nicht zögern, sie sich vorzuknöpfen – mit der Pferdepeitsche. Wenn sie einen wunden Hintern hat und ihre Mahlzeiten im Stehen einnehmen muß, wird sie Euch nicht mehr so eifrig jeden Brocken gehässigen Klatsches ins Ohr flüstern, den sie irgendwo aufgeschnappt hat!«

»Ich glaube nicht, daß sie es böse gemeint hat«, warf Alfric leise ein. »Sie hat uns lediglich mitteilen wollen, was die Leute sich erzählen und was wir wissen müssen.«

Ranulf nickte. »Es schien sie genauso zu beunruhigen und zu ängstigen wie mich. Wir haben uns lange darüber unterhalten. Und außerdem, Judith, was würden wir tun, wenn wir ihn verlören? Zuerst hat er uns geeint, und dann – so erzählt man sich jedenfalls – haben seine Buße und seine Gebete uns gerettet.«

Enar nickte düster. »Nein, ich kann mir nicht vorstellen, daß er geisteskrank ist, aber ich glaube, er ist frauenkrank.«

»Was ist denn ›frauenkrank‹?« fragte Judith ungnädig. »Euer Wort für Liebe?«

Enar schaute beleidigt drein. »Nein, Liebe ist das, was zwischen Ingund und mir ist. Tagsüber lächeln wir uns an, nachts dann...«

»Wir wissen, was ihr des Nachts treibt«, schnitt Judith ihm ungehalten das Wort ab. »Anna verzweifelt schon langsam daran, euch beide mit Matratzen zu versorgen. Sie sagt, sie könne nicht verstehen, wie ihr es schafft, daß die Füllung herausquillt, aber offenbar könnt ihr...«

»Herr!« rief Alfric aus. »Und Routrude nennt ihr eine Klatschbase!«

Enars Gesicht war dunkelrot angelaufen. »Er ist frauenkrank, laßt es euch gesagt sein«, beharrte er. »Und das ist eine äußerst gefährliche Sache.«

»Also gut, was ist frauenkrank?« lenkte Judith ein.

»Frauenkrank ist, wenn ein Mann zu lange einer hinterherläuft und eine anschmachtet, die nichts von ihm wissen will. Frauenkrank ist, wenn ein Mann krank vor Verlangen nach einer wird, die einem anderen gehört, oft einem anderen, der sehr mächtig und gefährlich ist. Die schlimmste Frauenkrankheit aber hat den befallen, der den Toten folgt, denn Jungfrauen liegen in ihren Gräbern und träumen von Liebe, und manchmal stehen sie mit dem Quecksilberdunst auf und suchen sie. Die Neugeborenen werden zum Wiedergänger, wenn der Mond niedrig am Himmel steht, oder in Nächten, wenn er sein Licht versteckt und der Bodennebel über den Wiesen wallt. Und sie…«

»Bah!« Judith gab einen Laut tiefster Verachtung von sich. »Ihr und Routrude seid Seelenverwandte. Hat denn keiner von euch ein Hirn in seinem Schädel? Ranulf ängstigt sich vor den Einbildungen seiner Frau; Ihr Euch vor Euren eigenen. Gibt es denn hier niemand mit ein bißchen Verstand?«

»Doch«, sagte Alfric. »Mich!«

Judiths Erregung legte sich ein wenig. »Und?«

Der kleine Mönch hob die Hände – tintenverschmiert und staubig. »Ich habe mich um seine Bücher gekümmert. Und aus der Art und Weise, wie ein Mann seine Geschäfte führt, kann man viel über ihn selbst erfahren. Owen ist keiner von der peniblen, eigennützigen, vorsichtigen Sorte. Sie übrigens auch nicht.«

»Wahrhaftig nicht«, pflichtete Ranulf ihm bei. »Wären sie es gewesen, würde Haakon jetzt hier herrschen.«

»Seine Rechnungsbücher sind wirr bis an die Grenze zum Chaos, aber er war seinen Leuten ein guter Lehnsherr. Er wußte von ihrer Armut, als sie unter den Raubzügen der Wikinger und den übermäßigen Forderungen des Grafen litten. Er tilgte den größten Teil ihrer Schulden und verlangte bisweilen keinen Zehnten, ja nicht einmal Marktzölle. Und doch war er vom Erfolg begünstigt. Viel kann man durch harte Arbeit erreichen, und er war ein Mann von beeindruckender Tatkraft. Er pflanzte Obstgärten mit Quitten, Äpfeln, Birnen und anderem Obst. Nach Honig besteht immer Nachfrage, selbst in Zeiten des Mangels. Es gelang ihm, Jahr für Jahr einen großen Vorrat dieser überaus teuren Handelsware zu erzeugen. Kurzum, er ist ein Mann mit zwei tüchtigen Händen, der mit beiden Beinen auf der Erde steht. Er ist nicht gut darin, zu verhindern, daß die Unverschämten ihn in ein frühes Grab bringen. Also müssen wir das übernehmen. Wir müssen ihn vor ihren Zudringlichkeiten bewahren. Damit er uns weiterhin beschützen und den Wohlstand der Stadt mehren kann.«

»Elin sorgte stets dafür, daß er etwas Sauberes zum Anziehen hatte, daß er aß – etwas, was er gerne vergißt, wenn man ihn nicht ständig daran erinnert«, gab Enar betrübt zu bedenken. »Und daß nachts ein Feuer im Herd brannte, damit wir nicht im Dunkeln aufwachten. Diese Dinge müssen jetzt wir übernehmen.«

»Wohl denn«, sagte Alfric. »Ich kümmere mich um die Bittsteller und entscheide, wen er persönlich sehen muß.«

»Ihr!« rief Enar aus.

»Ivor wird hinter meinem Stuhl stehen«, fügte der kleine Mönch mit liebenswürdiger Miene hinzu.

Judith begann zu lachen.

»Eheschließungen?« fragte Alfric. »Wer erledigt die Eheschließungen?« Dann fügte er in rascher Folge zwölf Namen hinzu.

Judith überlegte kurz. »Paßt, paßt, eine gute Partie, lächerlich, weil sie fünfzehn Jahre älter ist als er, aber es wird vermutlich funktionieren. Er ist ein harter Arbeiter und ehrgeizig, sie hat gutes Land, und die Frauen ihrer Familie lassen alle neun Monate ein Baby fallen, bis sie selbst tot umfallen. Was die letzte angeht, die Frau ist eine Närrin. Seine Brüder sind Schenkengeziefer. Sie werden ihr Geld verprassen, ihr Land und schließlich sie selbst. Sie wird bei der Witwe enden. Schickt sie zu mir. Der werde ich was erzählen! Wenn sie nicht auf mich hören will, lasse ich sie von diesem garstigen Brummbär von einem Bruder mit dem Knüppel durchwalken. Unerfreulich, aber immer noch besser, als diesem Dummkopf und seiner liederlichen Familie in die Hände zu fallen.«

»Ihr übernehmt die Eheschließungen«, erklärten Ranulf, Enar und Alfric einmütig.

»Gewiß«, erwiderte Judith. »Elin hat mich bei allen zu Rate gezogen. Wer verstünde sich auch besser darauf? Und beim Abendessen, Alfric, sitzt Ihr immer zu seiner Rechten und Ihr, Enar, zu seiner Linken. Ihr beide kennt jede schlüpfrige Geschichte, jeden Witz, bei dem noch der Teufel rote Bäckchen bekommt, und jede Narrheit, die je von der Hand oder der Zunge eines Mannes niedergeschrieben oder ausgesprochen wurde. Muntert ihn auf!«

Mit einemmal fand Owen alles viel friedlicher vor. Jeden Morgen hörte er sich eine festgelegte Zahl von Bittstellern an, während Alfric und Ivor neben ihm standen. Für den Rest des Tages hatte er dann frei und konnte ausreiten oder jagen. Letzteres war notwendig. Es trug dazu bei, sein Volk zu ernähren. Viele Haustiere waren an die Wikinger verlorengegangen. Er konnte sich um die Ländereien der Kirche und seine eigenen kümmern, seine Obstgärten und Schafe retten, wo immer das möglich war.

Das ganze Tal vibrierte vor Geschäftigkeit. In den Dörfern entstanden neue Häuser. Die Äcker wurden gepflügt, um das Wintergetreide in die Erde zu bringen. Junge Bäume wurden im Wald ausgegraben und als Windbrecher um die Gehöfte gepflanzt.

Godwin verließ das Bett schnell, war zuerst wieder auf den Beinen, dann im Sattel. Er, Enar und Ranulf begannen Pläne zu schmieden, einen Teil des Marschlandes einzudeichen. Es stellte sich heraus, daß Enar tatsächlich etwas davon verstand, wie man mit Hilfe von Erdaufschüttungen dem Meer Land abgewann. Und bald gruben diejenigen, denen man Höfe auf dem frisch von Sumpf und Meer befreiten Land versprochen hatte, die Erde um und schaufelten sie in Körbe.

Wolf der Kurze heiratete schließlich die Witwe Clea. Es überraschte niemanden. Gowen brach eine Fehde mit einer großen und bösartigen Familie vom Zaun, indem er die außergewöhnlich schöne Tochter des schlimmsten Störenfrieds verführte. Auch das überraschte niemanden. Owen legte den Streitfall bei, indem er dem Vater des Mädchens Buße zahlte und drohte, sämtliche Beteiligten zu hängen, falls der Zwist fortgesetzt würde. Owen wunderte sich, wie bereitwillig man ihm gehorchte.

Godwin kicherte, als er ihm seine Zweifel gestand. »Sie haben sich an dich gewöhnt«, erklärte er. »Daran, dir zu gehorchen. Du bist jetzt der Herr hier. Und ich ebenfalls.«

»Ich weiß nicht, ob unser Vorgehen rechtmäßig ist«, grübelte Owen.

Godwin, der an dem kalten Abend mit dem Rücken zum Feuer stand, brach in schallendes Gelächter aus. »Hör auf! Mein Bauch tut weh! Rechtmäßig! Wer schert sich verdammt noch mal um Rechtmäßigkeit? Was sie wollen, ist das, was die arme, blöde kleine Elfwine fühlen wollte, als sie Rauching umarmte. Sie wollen sich sicher fühlen. Du hast ihnen dieses Gefühl verschafft, und dafür werden sie den Rest ihrer Tage an dir festhalten.«

»Ja«, antwortete Owen und wußte, daß Godwin recht hatte.

Tatsächlich durchdrang eine Atmosphäre fröhlicher Geschäftigkeit die ganze Stadt, und jedermann empfand ein stärkeres Gefühl von Sicherheit und Optimismus als alles, woran sich selbst die ältesten Stadtbewohner noch erinnern konnten. Dies verlieh jedem Unternehmen, das die Bürger in Angriff nahmen, neues Leben und neue Tatkraft.

Niemand konnte sich noch an eine Zeit wie diese erinnern, in der keine Raubüberfälle, kein Krieg sie bedrängt hatten. Vor hundert Jahren war die Stadt zum erstenmal angegriffen worden. Damals hatte es keine Palisade gegeben. Die Wikinger hatten vergewaltigt, geplündert und alles bis zur römischen Mauer hinauf in Schutt und Asche gelegt. Es hatte keinerlei Verteidigung gegeben. Jene erste Eroberungswelle hatte Owens Großvater an diese Gestade gespült, an denen er sich dann niedergelassen hatte.

Nun hatten Owen und der Anführer der Räuber, Haakon, den

Kampf mit einem Unentschieden beendet. Auf ihre Weise hatten sie beide gesiegt. Flußaufwärts hatte Haakon die Inselfestung niedergebrannt. Er hatte es seinen Männern anheimgestellt, sich entweder mit ihm zusammen auf Elsbeths Land niederzulassen oder fortzuziehen. Die meisten hatten sich zum Bleiben entschlossen. Ihrem jeweiligen Rang und Vermögen entsprechend wurden sie selbst als Bauern seßhaft oder kauften sich Sklaven, die sie als Pächter auf ihrem Land ansiedelten. Auch die letzteren hatten jedoch keine Zeit mehr zum Kämpfen, nahm der Ackerbau sie doch ebenso in Anspruch wie diejenigen, die selbst hinter dem Pflug gingen.

Als eine andere Gruppe von Plünderern den Versuch unternahm, die Insel abermals zu besetzen und von neuem zu befestigen, erfuhr Owen mit Genugtuung, daß Haakon ihnen eine weitaus brutalere Abfuhr erteilte, als er oder Godwin es fertiggebracht hätten. Haakon tötete kurzerhand alle bis auf einige wenige, um diese dann an den Resten der Palisade zu kreuzigen. Einige Monate später, als die Leichen zu zerfallen begannen, schickte er Tosi mit einem Trupp Männer aus, um neue Nägel durch die Schädel und Knochen zu treiben, so daß die Skelette weiterhin als Warnung für alle dienten, die meinten, sich Übergriffe auf das leisten zu können, was Haakon als sein Land erachtete.

Die grinsenden Schädel, die Hautfetzen und im Flußwind flatternden Kleidungsreste mußten andere ehrgeizige Diebe entmutigt haben, denn niemand versuchte es noch einmal. Der Fluß und das Tal wurden in Frieden gelassen.

Und so dachte Owen, ich bin ein Erfolg, und sie ist fort. Ich bin ein Erfolg, und ich bin allein.

Enar und Alfric taten, was Judith ihnen aufgetragen hatte. Der eine nahm zu seiner Rechten, der andere zu seiner Linken Platz. Sie bemühten sich so eifrig, ihn aufzumuntern, daß er manchmal richtiggehend verlegen wurde; doch es gab Abende, an denen selbst ihre besten Witze nichts fruchteten, wenn er bis spät in die Nacht über seinem Wein brütete, in die Ferne starrte und nichts von allem mitzubekommen schien, was um ihn herum vorging.

Er fühlte sich immer einsamer. An manchen Tagen ritt er früh wieder heim. Gelegentlich war die Halle leer, beide Türflügel standen weit offen, um Durchzug zu schaffen. Dann saß er da im kühlen Zwielicht und sah den Stäubchen zu, die in dem durch die offene Tür hereinfallenden Lichtschaft der Nachmittagssonne tanzten.

Eines Tages wurden einige Männer vor ihn gebracht, die wegen irgendwelchen Saatgutes auf Kriegsfuß miteinander standen, jedoch nicht erklären wollten, warum die Angelegenheit so wichtig sei. Godwin schickte sie mit dem Versprechen weg, den Streit zu schlichten.

Später in dieser Nacht führte Godwin aus: »Erinnerst du dich noch an den Tag, als Anna euch beide beim Turteln auf dem Saatgut ertappte? Du hattest Elin gerade aufs Kreuz gelegt, wenn ich mich nicht irre.«

»Ja«, flüsterte Owen. »Wir waren noch nicht lange zusammen. Gott!« Seine Stimme brach. »Mir ist, als wäre es tausend Jahre her.« Dann faßte er sich wieder. »Aber warum zerbrechen sie sich darüber den Kopf?«

Godwin starrte in seinen Weinbecher und mied Owens Blick. »Ich bin mir nicht sicher, ob sie sie für menschlich halten oder es jemals getan haben. Aber eins glauben sie, und das ist, wenn einer wie du und eine wie sie sich auf Saatkorn … na ja, du weißt schon. Sie glauben sowieso halb, daß Saatkorn magisch ist. Und so hat es für sie etwas besonders Heilbringendes.«

»Ganz recht«, meinte Owen. Seine dunklen Augen leuchteten in dem Zwielicht, als sie Godwins Blick suchten und fanden. »Glaubst du, daß sie je zurückkommt?«

Godwin beschattete sein Gesicht mit der Hand, so daß er Owen nicht länger in die Augen blicken mußte. Es war einfach zu schmerzlich. »Vetter, ich wünschte, ich könnte dir Hoffnung machen, aber ich weiß es nicht. Aber eins weiß ich: Für sie ist diese Trennung ebenso schmerzhaft wie für dich. Sie liebt dich abgöttisch. Das wurde mir klar, als ich Zeuge wurde, wie sie der Rache abschwor. Sie wollte dich eher lebendig und glücklich in den Armen einer anderen sehen als deinen Tod herbeiführen. Und Owen, das Wohlergehen eines anderen über alles sonstige zu stellen, das ist die reinste Liebe.«

»Verteile das Saatgut so gerecht wie möglich«, bat Owen, während er sich von seinem Stuhl erhob. »Wirst du das für mich tun?«

»Ja«, antwortete Godwin. Dann sah er Owen hastig auf die Treppe zu seinem Gemach zugehen. Doch Owen war nicht schnell genug gewesen, und Godwin entdeckte die Tränen auf seinen Wangen.

Das Wetter wurde wärmer. Das Saatkorn wurde ausgegeben. Jeder Bauer erhielt einen Bechervoll, um es unter sein eigenes Saatgut zu mischen. Owen und die anderen Landbesitzer zogen in Scharen zur Arbeit auf die Felder. Auch wenn die meisten schweren Arbeiten von Leibeigenen oder freien Pächtern ausgeführt wurden, mußte Owen doch mit hinaus, um alles zu beaufsichtigen und die anstehenden Entscheidungen zu treffen.

Die Zeit der Unruhen hatte so lange gedauert, daß man ehemals ergiebige Gutshöfe wieder zu Brachland hatte werden lassen. Zäune waren umgefallen, Grenzen waren strittig, und ganze Familien hatten das Land, das sie sowohl für die Kirche als auch für sich selbst bestellten, aus den Augen verloren.

Owens Anwesenheit beruhigte seine Leute, und seine Entscheidungen brachten die Arbeit voran. So kam es, daß er dort war, als der Karren seine Runde durch die Äcker machte. Er war hoch mit Fleisch, Brot, Wein und Bier beladen. Eine Prozession ausgelassen feiernder Menschen folgte ihm. ›Sie‹ fuhr auf dem Karren.

Wer war ›sie‹? Es gab manche, sogar unter den Priestern, die ihm mit nahezu ungerührter Miene erklärten, ›sie‹ sei die Heilige Jungfrau. Es gab aber auch andere Geschichten. Er hatte sie alle gehört und glaubte keine einzige.

Aber wer immer ›sie‹ auch sein mochte, ›sie‹ duldete keinerlei Einmischung in ihre Prozession über ihre Domäne. Vor langer Zeit hatte ein Bischof einmal versucht, sie zu verbannen. Es gab eine Mißernte. Niemand wollte damit herausrücken, was dem Kirchenmann widerfahren war. Doch ein Jahr später wurde der Bischofssitz frei. Der nächste Bischof ließ sie klugerweise unbehelligt wie alle anderen Kleriker vor ihm.

Das hölzerne Bild auf dem Wagen war so alt und verwittert, daß man nicht mehr viel erkennen konnte. Doch die übertriebenen Geschlechtsmerkmale ließen keinen Zweifel daran, daß eine Frau dargestellt war. Für gewöhnlich waren diese weiblichen Attribute unter einer Seidentunika verborgen, doch dieses Jahr hatte man ein weiteres Kleidungsstück hinzugefügt – einen blauen Umhang, der an der rechten Schulter von einer mit klaren blauen Aquamarinen besetzten Brosche zusammengehalten wurde. Er erkannte sie. Vor langer Zeit hatten beide Elin gehört. Sie hatte sie Rosamunde für irgendeinen Gefallen geschenkt, den das Mädchen ihr erwiesen hatte.

Üblicherweise hätte niemand den Karren in seine Nähe gelassen, aber Owen war so einfach wie der neben ihm auf dem Acker schuftende Pflüger gekleidet. Er trug eine alte, braune Tunika und half dabei mit, die Abdeckung einer eingestürzten Steinmauer zu erneuern. Als er aufsah, befand sich der Karren fast unmittelbar vor ihm.

Der Fahrer des Karrens war entgeistert. Die Feiernden verstummten, als seien sie zu Figuren in einem Gemälde erstarrt. Niemand hatte eine Ahnung, was man hätte sagen oder tun können.

Owen starrte den Umhang und die Brosche an. Dann lächelte er, ein eigenartig trauriges, kaum merkliches Lächeln, und schaute weg, zum Fluß hinunter.

Der Himmel war von einem diesigen Blau. Die Kraft der Wintersonne wurde von Hunderten durchscheinender Federwolken gebrochen. Der Wind kam vom Wald und trug die ersten Vorboten der neuen Jahreszeit mit sich: feuchte Erde, Eichenrinde und den frischen, würzigen Geruch der Kiefern.

Owen sah noch einmal flüchtig zu dem Karren zurück, und einen herzzerreißenden Moment lang meinte er, sie dort stehen zu sehen. Sie sah aus, als sei sie nicht minder bereit als er, sich in die Arbeit zu stürzen. Die Röcke bis über die Knöchel geschürzt, barfuß, mit schlanker Taille, gaben die hoch angesetzten Brüste ihrem Kleid etwas zu tun, um diese Prachtstücke zurückzuhalten. Ihr Gesicht mit diesem Lächeln, das ihm nur zu vertraut war, die blauen Augen und das lange, schillernd schwarze Haar standen ihm vor Augen. Dann verblaßte das Trugbild. Ach, Geliebte, dachte er. Ach, meine Liebe, Elin. Wo bist du? »Wo bist du?« flüsterte er. Aber er erhielt keine Antwort. Es gab nichts außer seinen seltsam verlegenen Leuten, die ihn voller Betrübnis und Furcht zugleich ansahen.

Als das Schweigen unerträglich zu werden drohte, erhob er die Stimme. »Was?« fragte Owen, noch immer lächelnd. »Will mir niemand einen Becher reichen, damit ich auf eine gute Ernte trinken kann?«

Eine Frau brachte ihm einen Becher. Er hob ihn. Er war mit einem guten Weißwein gefüllt. Er leerte ihn; dann fuhr der Karren mit seinem Gelächter und seinen unflätigen Witzen weiter, verschwand in der Ferne und ließ Stille zurück.

Die Männer, die mit Owen gearbeitet hatten, zogen sich taktvoll zurück. Sie unterhielten sich leise untereinander, richteten aber an jenem Tag keine weiteren Fragen oder Bitten mehr an ihn. Und er für sein Teil war dankbar, daß sie ihn allein ließen. An die Mauer gelehnt schaute er in die Ferne, beobachtete, wie die Sonne sich in Abendgold verwandelte, spürte den Wind in seinem Gesicht und mit dem Wind den Fluß und den weiten, leeren Himmel.

Aus Armorica schickte Elutides eine Art Ehrenkrone. Den Lorbeerkranz des Siegers, nicht aus der frischen Pflanze gefertigt, sondern aus einem sehr weichen, alten Silber mit Goldbändern. Owen bat Martin, den Priester aus dem Fischerdorf, und Alfric, eine Messe zu lesen. Nach der Messe ließ er die Krone als Opfergabe an die Kirche weihen. Von da an hing sie an mehreren feinen Ketten vom Dach herunter über dem Altar.

Die Nahrungsmittel und den Wein, die er von den Bretonen für seine Dienste erhalten hatte, hatte er an die Bedürftigen verteilt. Und als es wärmer wurde und auf den Feldern das neue Leben zu sprießen begann, fand man ihn immer öfter über einem unberührten Weinbecher in einer leeren Halle sitzen und zusehen, wie die Sonnenstäubchen tanzten und die Sonne über den Fußboden glitt.

Auch Haakon hatte Erfolg. Obwohl er nicht so unglücklich wie Owen und nicht so überrascht wie Godwin war, war er doch nicht minder verliebt.

Nun ja, er hatte eine Niederlage hinnehmen müssen, und diese Niederlage war endgültig, aber ihm blieben noch Elsbeths gesamte Ländereien und weitere ausgedehnte, aber dicht bewaldete Anbauflächen auf beiden Ufern des Flusses. Die meisten waren gleich zu Beginn der Wikingerraubzüge von den Siedlern aufgegeben worden, vor fast einhundert Jahren, lange vor seiner Ankunft im Tal. Er zögerte nicht, sie in Besitz zu nehmen. Die wenigen, die sich noch an ihre Höfe in diesem Gebiet klammerten, welches man nun eine Wüstenei nannte, beeilten sich, ihm den Lehnseid zu schwören. Er nahm ihn ohne Zögern an und bot ihnen großzügige Bedingungen fürs Bleiben, da ihm ihre Ergebenheit sehr zupaß kam. Die Ackerbaugemeinden der Region konnten leicht zu streng nach außen abgeschotteten Gemeinschaften werden, die nicht nur keinen Fremden aufnahmen, sondern sogar junge Leute vertrieben, die ohne Erlaubnis jemanden heirateten, der nicht zur alteingesessenen Schicht gehörte. Diese Bauern in den Außenbezirken jedoch waren überhaupt nicht mißgünstig und hatten Land übrig. Er konnte sie als Kern für neue Siedlungen benützen.

Außerdem ließ er es sich angelegen sein, zwischen echten Schurken, Wegelagerern, wikingischen Plünderern und jenen häufigen Besuchern zu unterscheiden, die nach ehrlicher Arbeit fragten. Schnell fand er Wege, diese in die Gemeinschaft einzugliedern, ohne Elsbeths Leute vor den Kopf zu stoßen, und wenn sich ein paar wenige auch als unredlich erwiesen und hingerichtet oder weggejagt werden mußten, waren die meisten von ihnen doch nützliche neue Arbeiter.

Mit Freuden stellte er auch fest, daß Owen mit denjenigen, die keinen Frieden halten wollten, ebenso gnadenlos umspringen konnte wie er. Fünf Männer, die ihm entkamen, als er die neue Wikingerbande aus der Flußfestung vertrieb, erreichten Owens Land. Dort begingen sie den unverzeihlichen Fehler, einen am Waldrand lebenden Kleinbauer und seine Frau zu ermorden.

Die beiden gehörten zu den Geringsten der Geringen: Sie waren Sklaven, Eigentum eines leibeigenen Pächters von Owen, eines Mannes, der einen höheren gesellschaftlichen Rang einnahm als sie, obgleich er selbst nicht einmal frei war. Sie hatten ihren Lebensunterhalt gefristet, indem sie die wenigen Schafe ihres Besitzers hielten, hin und wieder ein Schwein im Wald fingen und in Frühling und Herbst Feuerholz, Honig und Wildpilze sammelten. Sklaven, und nicht einmal sonderlich wertvolle. So niedrigstehend, daß man sie kaum noch als Menschen erachtete.

Owen fing die fünf binnen Stunden. Seine Streitmacht war mittlerweile die mächtigste im Umkreis von mehreren hundert Meilen: einhundert Mann, die zu Fuß oder zu Pferd zu kämpfen verstanden, allesamt mit Schwertern und Äxten bewaffnet, ganz zu schweigen von den prachtvollen Armbrüsten, die Denis angefertigt hatte. Ein weiteres Hundert hielt Owen in Reserve.

Im tiefsten Inneren war Haakon der festen Überzeugung, er würde lieber eine Viper küssen, als sich im Augenblick auf einen Kampf mit Owen einzulassen.

Viele unter den Städtern neigten dazu, mit einem Achselzucken über einen solchen Mord hinwegzugehen. Der Anführer der Wikinger trat großspurig auf und bot Owen dieselbe Art von Bestechung an, die sie einst Graf Anton angeboten hatten – einen Teil ihrer Beute, wenn sie Haakons Leute beraubten. Kurzum, sie würden als Gegenleistung für Owens Schutz in Haakons abseits gelegenen Dörfern plündern.

Das Ergebnis, sinnierte Haakon, mußte völlig überraschend für sie gekommen sein, denn innerhalb von zehn Minuten waren sie allesamt tot. Haakons Spitzel berichtete ihm, Owens Wutausbruch habe man miterleben müssen, um es zu glauben. Ihre Köpfe wurden an die römische Mauer genagelt, die Rümpfe mit den Füßen zuoberst danebengehängt.

Schnellgerichte. Die öffentliche Meinung war dafür. Owen wurde in den Straßen der Stadt umjubelt, und selbst unter Haakons Männern sprach man anerkennend von ihm. Elsbeths lakonisches »Das wurde auch Zeit!« kam einer Auflehnung gegen Haakon so nahe wie nie zuvor.

Owens Ruhm als Lehnsherr, der Gerechtigkeit übte und keine Unruhestifter duldete, selbst wenn sie seinem Feind schadeten, verbreitete sich im ganzen Land. Darüber hinaus erwarb sich Owen einen Ruf als großzügiger Mann, weil er dem ermordeten Paar eine anständige Beerdigung und eine Grabstätte auf einem der Friedhöfe vor der Stadt verschaffte.

Haakon wußte etwas über Owen. Etwas, was er sogar an einem Freund nicht gern gesehen hätte, viel weniger an einem Feind. Er wußte, das Ehepaar, das durch die Hände der Räuber den Tod gefunden hatte, war für Owen mehr gewesen als zwei niedere, unbeachtete Untertanen. Sie hatten zu seinen Leuten gehört, waren menschliche Wesen gewesen, die er hätte beschützen sollen, denen er Schutz schuldete kraft dessen, was er war – der Bischof von Chantalon. Owen neigte das Knie vor einem Gott, der alle Menschen seine Brüder nannte, und glaubte an seine Lehren.

Manchmal saß Haakon bei Tisch und warf einen flüchtigen Blick zu Bertrand herüber, seinem Schwager. Er wußte, daß er grausam war, ein Mann, der glaubte, die Autorität der Kirche erlaube es ihm, andere zu verfolgen. Und er wußte, es würde immer Bertrands geben, hochmütige, starrsinnige, zornige Männer, die Liebe und Mitleid in einen Panzer aus Selbstgerechtigkeit kleideten.

Aber andererseits würde es auch stets Männer wie Owen geben, die an Pflichterfüllung, Barmherzigkeit und Liebe glaubten und daran ihre Taten ausrichteten. Alles in allem gab die Botschaft, die sie vernommen hatten und predigten, der Welt mehr

Hoffnung als die finstren Götter des Nordens, die in ihren rauchgeschwängerten Hallen saßen, bereit, das Blut der Opfer zu trinken, der tierischen wie der menschlichen, und den höchsten Lohn den Gewalttätigen versprachen.

Aus diesem Grund würde er eines Tages – er schob den genauen Zeitpunkt noch vor sich her – seinen Nacken beugen und ins Taufwasser steigen. Zu seiner Kriegsbeute gehörten auch einige christliche Bücher. Und Elsbeth hatte überrascht festgestellt, daß er sie alle lesen konnte und von Zeit zu Zeit dasaß, eins von ihnen im Schoß aufgeschlagen, und mit einem verblüfften Gesichtsausdruck ins Leere starrte.

Gelegentlich stellte er ihr Fragen, die sie nach bestem Wissen beantwortete. Was die Erde und ihre Bedürfnisse anging, war sie mehr als nur eine halbe Heidin. Aber in mancher Hinsicht, zum Beispiel, was den Glauben, die Sakramente und den Besuch der Messe betraf, war sie eine gute Christin. Frauen wie sie verwirrten ihn. Sie weigerten sich, ihre heidnischen Wurzeln aufzugeben, waren jedoch eifrige Kirchgängerinnen. Aber auf der anderen Seite kümmerte es ihn auch nicht. Wie die meisten menschlichen Wesen, die er kennengelernt hatte, fühlten auch Frauen sich nicht verpflichtet, konsequent zu sein. Und soweit es ihn betraf, war sie ein menschliches Wesen, das er liebte und das die Freiheit besaß, alles zu sein, was es sein wollte.

Nur eine einzige Angelegenheit bereitete Haakon noch Sorge. Der Junge, Erik. Er war um so banger, als Elsbeth den Jungen abgöttisch liebte. Zuerst hatte er geglaubt, es handle sich lediglich um die gewöhnliche Vorliebe einer Frau für ein männliches Kind, doch nach einer gewissen Zeit gelangte er zu der Ansicht, daß ihr Gefühl von Verbundenheit einen anderen Ursprung hatte als ihre Gefühle für die Mädchen.

Die beiden Mädchen waren unzweifelhaft Reinalds Sprößlinge, doch sie hatten die sonnige Seite seines Gemüts geerbt, nicht die düstere, brütende, verräterische, obwohl Haakon einmal, als er sie um ein Spielzeug streiten sah, der Gedanke durch den Kopf schoß, daß sie leicht in diese Richtung abgleiten könnten.

Er würde dafür sorgen, daß sie gut verheiratet wurden, aber nicht an altersschwache Greise. Er würde junge, starke Ehemänner für beide aussuchen. Er war sich ziemlich sicher, daß sie auch die lüsterne Seite von Reinalds Charakter erben würden. Sie würden Männer brauchen, die sie oft und befriedigend herannehmen würden.

Erik war etwas anderes. Der Junge besaß den komplizierten Charakter seiner Mutter. Er beobachtete die Prozession des Lebens, die da an ihm vorbeirauschte, mit großen, dunklen Augen. Er sah manchmal so aus, wie die Mädchen es nie waren – eingeschüchtert. Haakon hatte unerfreuliche Visionen von einem Knaben, der zu derselben Sorte von Jüngling heranwuchs, wie er es selbst einmal gewesen war. Haakon meinte, daß sein Vater und einige von seines Vaters Freunden, die es mit ihren Mißhandlungen auf ihn abgesehen hatten, Glück gehabt hatten. Die Erinnerung an das, was geschah, wenn seine Wut sich schließlich Bahn brach, ließ ihn noch immer frösteln. Er wollte keine finster brütende Gewitterwolke neben Elsbeth sitzen haben, die ihm seine Schwächen vorhielt, während er alterte. Im Augenblick belauerte der Junge ihn, beobachtete alles, was er tat. Diese Art von kühler Intelligenz, die er an Elsbeth entdeckt hatte, war schön und gut bei einer Frau, besonders bei einer, die ihn liebte, aber bei einem Mann ängstigte sie ihn.

Zumindest tat sie das bis zu einem Tag im Vorfrühling. Eines Morgens hörte er beim Erwachen, wie die Frauen sich mit zahlreichen »Psst!« gegenseitig zum Schweigen ermahnten. Sein Mißtrauen war sofort geweckt. »Was geht hier vor?« verlangte er zu wissen, während er sich aufsetzte und nach seinem Schwert griff. Es hing am Bettpfosten.

»Ich wollte dich nicht wecken«, antwortete Elsbeth. Sie stand an ihrer Schlafzimmertür. Er bemerkte, daß sie ein seidenes Nachtgewand unter einem schweren, mit Wolfspelz besetzten Umhang trug. Unpassenderweise hatte sie dazu Stiefel angezogen. Mehrere ihrer Frauen scharten sich um sie. Auch sie waren noch teilweise im Nachthemd. Sie hatten Angst. Sie wirkten besorgt.

»Was ist los?«

»Es geht um Erik.« Eine der Frauen, die er als das Kindermädchen kannte, ergriff das Wort. »Er ist verschwunden.« Dann brach sie in Tränen aus. »Ich schwöre, ich habe nicht gehört, wie er sich davongeschlichen hat. Ich kann mir nicht vorstellen, warum er so etwas tun und seine Mutter so erschrecken sollte...«

»Vielleicht hat er es ja nicht getan.« Haakon wurde langsam ungehalten. »Vielleicht ist er entführt worden.«

Seine Worte bewirkten, daß Elsbeth totenbleich wurde. Die übrigen Frauen sahen aus, als würden sie hysterisch werden.

Als wenn das etwas nützen würde, dachte er düster. Aber er würde das nicht tatenlos hinnehmen. »Elsbeth, komm her!« befahl er. »Was euch andere betrifft, geht! Sofort, es sei denn, ihr wollt mir dabei zusehen, wie ich aufstehe und mich anziehe, denn unter der Bettdecke bin ich nackt.«

Sie zogen sich hastig zurück. Er stand auf und zog den Nachttopf unter dem Bett hervor.

»Glaubst du wirklich, er ist entführt worden?« fragte Elsbeth ihn.

»Nein!« Er deckte den Nachttopf zu und zog sich eilig an. »Wahrscheinlich ist es irgend so ein Kinderspiel. Elsbeth, ich würde mir keine Sorgen machen. Ich und meine Männer werden ihn schnell genug finden. Ich habe das nur gesagt, weil ich mich über ihr Gejammer geärgert habe.«

Sie drehte sich schnell herum und trat an eine der schmalen Schießscharten, die als Fenster dienten. Sie zitterte. »Es dämmert noch nicht einmal. Das Licht ist grau. Aber er ist ein kräftiger Junge. Er könnte in der kurzen Zeit ziemlich weit laufen. Wer weiß, was des Nachts durch diese Wälder schleicht. In letzter Zeit war er ganz verstört. Ich habe es gespürt. Aber er wollte sich mir nicht anvertrauen.«

»Elsbeth« – Haakon spreizte hilflos die Hände –, »ich werde den Jungen vermutlich finden, aber wie ich dir bereits sagte, als Vater ... was eine Tracht Prügel mit dem Gürtel angeht, nun, ich bin ein guter Menschenkenner ... damit würde ich mir seinen unversöhnlichen Haß zuziehen, und dir würde er doch nicht besser gehorchen als vorher.«

»Finde ihn einfach.« Sie hob die Fäuste und preßte ihre Stirn gegen die Knöchel. »Haakon, bitte, bitte finde ihn.«

Er nickte und griff gerade nach seinem schweren Umhang, als die Tür aufflog.

Einer von Haakons Männern betrat den Raum mit einem trotzig dreinblickenden Erik an einem Arm. Der Mann war ein Riese. Er trug einen Brustpanzer aus Eberzähnen und Bärenhäuten. »Er folgte mir beim Pflügen«, eröffnete der große Mann Haakon.

Haakon sah ein paar blaue Flecken, die um Eriks Oberarm entstanden. »Llwyd, laß es gut sein. Er ist ein Sohn des Hauses, kein entlaufener Sklave.«

»Aye«, erwiderte Llwyd, »das ist auch dafür, daß er mich dreimal zu beißen versucht hat, einmal mit Erfolg. Ich werde ein Bußgeld annehmen und keine Vergeltung üben.«

»Du hast mir nicht gesagt, wo du mich hinbringen wolltest.« Erik schaute mit wütendem Blick zu dem Riesen hoch.

Llwyd gluckste vor sich hin. »Wie vergeßlich von mir.« Er sah anerkennend zu Erik herunter. »Ich mußte ihn fast eine Meile jagen. Er versteht sich ziemlich gut darauf, einem gegen das Schienbein zu treten, auf Bäume zu klettern und, wie ich bereits erwähnte, zu beißen. Er ist schmächtig nach der Art des Bischofs, aber genau wie der Bischof wird er weder Gott noch dem Teufel Rede stehen, wenn er ein Mann ist.« Dann drehte Llwyd sich um und war fort.

»Gott sei Dank!« Elsbeth lag auf den Knien und umarmte Erik.

Erik versteifte sich. »Ich bin schmutzig, Mutter.«

»Wer war das?« Sie gestikulierte in Richtung der Tür.

»Der Waliser«, gab Haakon zur Antwort. »Er macht, was er will. Wir hätten keinen Besseren finden können, um ihn sicher heimzubringen.« Als er Erik hochhob, fiel ihm auf, daß die Frauen wenigstens eine sinnvolle Tat vollbracht hatten: ihm sein Rasierwasser gebracht. Erik bestand, wie er gesagt hatte, bis zu den Knien aus Schlamm.

Während er Erik in einer Armbeuge hielt, begann er ihm mit der anderen Hand die Füße abzuwaschen. Kurzfristig erschrak er über seine eigenen Empfindungen. Wie lange ist es her, daß ich ein Kind in meinen Armen gehalten habe? Erik fühlte sich warm an, auch wenn seine kleinen Finger und Zehen eiskalt waren. Er roch gut, nach frischer, kalter Luft und feuchter Erde.

»Wird er ein hohes Bußgeld fordern?« fragte Erik.

»Wer?« Haakon hatte es bereits vergessen.

»Llwyd!« half Erik nach.

»Nein, das ist seine Vorstellung von Humor.«

»Oh.« Erik wirkte nachdenklich. »Ich hätte also gar keine Angst vor ihm haben müssen.«

»Nein. Trotz seines Äußeren ist er sehr nett.« Haakon war mit den Füßen fertig und begann sie mit einem Handtuch abzutrocknen. »Aber sag ihm nicht, daß du Angst hattest. Du hast dir durch deine Tapferkeit seine Zuneigung erworben. Er hat nicht gemerkt, daß du Angst gehabt hast. Er hat geglaubt, du hättest irgendwelchen Schabernack im Schild geführt.«

»Nein.« Erik schüttelte entschieden den Kopf.

Elsbeth beobachtete die beiden stumm und erfreut. Sie hatte Angst, sich zu bewegen oder etwas zu sagen, nur um das, was sie schon gar nicht mehr für möglich gehalten hatte, nicht zu stören.

»Nun«, meinte Haakon, »was willst du jetzt tun? Du hast deiner Mutter angst gemacht. Das ist pflichtvergessen und böse.«

Erik sah betroffen aus. »Ich wollte nur, daß du stolz auf mich bist. Alle Männer sagen, Llwyd wäre der beste Bauer. Du hast gesagt, ich müßte wissen, was der Pflüger weiß. Ich bin im Dunkeln und in der Kälte aufgestanden, wie die Pflüger es tun, und bin ihm lange gefolgt, aber ich habe nichts gelernt. Es ist Zeit, daß ich lerne, ein Mann zu werden, aber es ist niemand da, der mir etwas beibringt.«

Haakon nahm seinen schweren, mit schwarzem Fuchs und Wolf besetzten Umhang. Er schlang ihn um sie beide. Die Füße und Hände des Jungen waren völlig durchgefroren. Seltsamerweise fühlte er sich wie damals, als er Elsbeth zum erstenmal gesehen hatte. Als ob etwas von großer Tragweite passierte, aber er nicht wußte, was.

Dann begriff er. Er bekam etwas geschenkt. Etwas, von dem er nicht sicher war, ob er es wollte. Er betrachtete Erik einen langen Moment. Er war ein ebenso hübsches Kind, wie seine Mutter schön war. Und genauso klug und standhaft wie sie. Ja, Llwyd hatte recht gehabt. Er war schmächtig, aber eines Tages würde er groß, elegant, schnell und stark sein. Ein Sohn, auf den man stolz sein konnte. Ein guter Freund, aber ein gefährlicher Feind.

Zum erstenmal seit langer Zeit spürte Haakon, wie das Gletschereis, das selbst in heißen Sommern nicht schmilzt, in seine Seele drang. Er sah, wie die Traurigkeit in Eriks Augen die Kälte in seinen spiegelte. Und genau in diesem Augenblick ging ihm die grausame Wahrheit auf.

Sein Vater hatte ihn weggestoßen. Er entsann sich seiner rasenden Wut. Zu guter Letzt hätte diese Wut ihn als Mörder in seines Vaters Halle geführt. Hätten Tosi und Asa ihn nicht betäubt und auf das Schiff nach Wessex verfrachtet, hätte er mit Sicherheit seinen Vater zur Rede gestellt und nicht eher aufgehört, bis entweder er selbst oder alles vor ihm tot am Boden gelegen hätte.

Doch wie tief und unerbittlich diese Wut auch gewesen sein mochte, sie war nur ein verzerrtes Spiegelbild der Liebe, die er empfunden haben könnte, wenn seine Zuneigung erwidert worden wäre.

Nun stand er da, wo ehedem sein Vater gestanden hatte. Ihm wurde eine solche Liebe angetragen, und es lag bei ihm, sie anzunehmen oder zurückzuweisen. Und was hatte der sture Haß jenem bösen alten Mann je eingebracht? Nichts, dessen war er jetzt sicher.

Nein, er würde der Verbohrtheit seines Erzeugers nicht nacheifern. Nein, er würde dies hier nicht achtlos wegwerfen.

»Komm«, forderte er Erik auf. »Ich bringe dich in die Halle. Wir müssen sehen, daß du etwas Warmes in den Magen bekommst.«

»Aber ich habe doch überhaupt nichts gelernt«, wiederholte Erik untröstlich.

»Wirklich nicht?« meinte Haakon. »Bist du die Ackerfurche entlanggegangen?«

»Ja.«

»Und wie hat sich die Scholle angefühlt?«

»Naß.«

»Wie naß? Matschig wie der Fluß?«

»Nein. Bröcklig feucht, aber nicht trocken wie im Sommer.«

Haakon nickte. »Eine treffende Beschreibung. Sehr gut.«

»Sie war warm«, fügte Erik hinzu.

»Siehst du, du hast doch etwas gelernt«, erwiderte Haakon. »Das ist das erste, was der Pflüger wissen muß. Wann die Erde bereit zum Wenden ist. Wann sie bereit ist, die Saat aufzunehmen. Wir werden jetzt mit deiner Ausbildung beginnen. Du bist soweit, ein Mann zu werden.« Haakon runzelte die Stirn.

»Was ist los?« fragte Elsbeth.

»Ich kann mich mir gar nicht als Vater vorstellen.«

»Vielleicht als großer Bruder?« schlug Elsbeth ungeduldig vor.

Haakon lachte.

Erik sah erfreut aus. »Können wir jetzt gleich damit anfangen?«

»Nein«, lehnte Haakon ab. »Aber wir werden damit anfangen.« Er ging in die Halle, Erik noch immer auf dem Arm. »Zuerst müssen wir einen Joch für den Pflug bauen, dann ein Fest feiern…«

Elsbeth ließ ihre Schultern gegen den Türrahmen sinken und sah ihnen hinterher, die Augen von der reinsten Liebe erfüllt.

KAPITEL 40

Im Spätfrühling schien das Glück wie der Fluß durch das ganze Tal zu fließen. Das Korn stand grün auf den Feldern. Überall blühten die Obstbäume. Rinder und Schafe setzten auf frischem, sattgrünem Gras Fett an, auf dem die roten Tupfen des Klatschmohns und die weiß-gelben der Gänseblümchen leuchteten. Wilde Veilchen in Lila, Weiß und Gelb und allen Schattierungen dazwischen blühten auf jedem feuchten und geschützten Flecken in Wald und Tal.

Die kalten, grauen oder rauchblauen Winterhimmel verschwanden, und wenn der weiche, warme Frühlingsregen nicht Äcker, Weiden und Wald benetzte, schien die Sonne zwischen weißen Wattewölkchen an einem azurblauen Himmel.

Nur in Owens Herzen herrschte noch der Winter. Er wußte, daß Elins Niederkunft unmittelbar bevorstehen mußte, und fühlte sich um so niedergeschlagener, da er in diesem Augenblick nicht bei ihr sein konnte. Die Geburt eines Kindes war eine furchtbar gefährliche Angelegenheit. Nur wenige Männer machten sich die Mühe, der Wahrheit ins Gesicht zu sehen; manche taten mit einem Lachen die Gefahren ab, denen ihre Ehefrauen sich aussetzten, aber die meisten gaben, wenn sie das Thema aufbrachten, im Vertrauen zu, daß sie der Niederkunft mit Zittern und Zagen entgegensahen.

Wenn Männer sich schon so fühlten, was empfanden dann erst die Frauen? In seinen jüngeren Jahren war er taktlos genug gewesen, ein paar von ihnen zu fragen. Meistens hatten sie ihn ausgelacht. Eine oder zwei hatten die Märtyrerin gespielt, aber seine Mutter, Clothilde, hatte ohne Scheu mit ihm darüber gesprochen.

Sie waren zusammen nach Reims geritten, um eine Weihegabe zu stiften. Clothilde war sicher in die Wechseljahre gekommen und froh darüber. Sie erzählte ihm mit schonungsloser Offenheit, die meisten Frauen, die sie gekannt hätte, seien während oder unmittelbar nach der Entbindung an direkten Komplikationen oder irgendwelchen hartnäckigen, mit dem Geburtsvorgang verbundenen Spätfolgen gestorben. Sie konnte sich daran erinnern, daß es unter all den Frauen, die sie in ihrem langen Leben kennengelernt hatte, nur wenige gegeben hatte, deren Tod nicht im Zusammenhang mit der Geburt eines Kindes gestanden hatte.

Er war krank vor Angst um Elin, als Ilo auf einem Balken über dem Tisch in seiner Halle auftauchte.

»Herr Owen«, rief sie ihn mit ihrer piepsenden Kleinmädchenstimme an.

Owen erschrak so, daß er den Stuhl hinter sich umstieß.

Ilo ließ sich vor ihm auf den Tisch fallen. »Geh sofort in die Kirche, Alshan will dich sprechen«, richtete sie ihm aus.

Owen verließ die Halle im Laufschritt.

Er fand Alshan neben der hölzernen Christusstatue. Die Augen und Wangen des alten Mannes sahen eingefallen aus. Er umklammerte den Bernstein auf seiner Brust. »Man hat sie gefangengenommen!« eröffnete er Owen.

»Was?« Owen schnappte nach Luft. »Wann? Wo? Wer? Was tut sie hier?« schrie er wild. »Warum hat man mir nichts gesagt? Warum habe ich es nicht erfahren?«

Alshan hob die Hände, um Zeit zu gewinnen, und wich vor Owen zurück. Der Bischof wirkte gefährlich. »Sibylla hat sie in die Stadt zurückgeleitet. Sie wollte mit Ranulf und Alfric sprechen. Sie hatte sie gebeten, sich mit ihr an der riesigen Spinneneiche zu treffen.«

»Ranulf und Alfric!« rief Owen aus. »Was hat sie sich dabei gedacht? Ich hätte dort sein können, hätte einen Trupp Bogenschützen mitgebracht. Sie wäre absolut sicher gewesen!«

»Sie wollte erfahren, ob du sie noch willst.«

»Sie wollen!« rief Owen im Tonfall höchster Qual aus. »O mein Gott! O Jesus Christus, ich glaube, ich werde nie eine andere wollen. Was ist geschehen? Wie sind sie in Gefangenschaft geraten?«

»Falls ›Gefangenschaft‹ das richtige Wort ist«, versetzte Alshan mit kummervoller Miene. »Haakon war auf der Jagd. Die Hunde haben sie aufgespürt.«

»Die Hunde!« schrie Owen in höchstem Entsetzen auf.

»Nein, nein«, stammelte Alshan. »Denk nicht so schreckliche Sachen. Ranulf ist von Kopf bis Fuß gewappnet losgeritten. Er hat die Eberhunde mit dem Schwert getötet. Der Rest des Rudels hütete sich, ihn anzugreifen, und zog sich winselnd zurück. Aber dann kamen Haakon, seine Männer und Elsbeth herbeigeritten…«

In dem schwachen Licht sah Alshan, daß Owens Gesichtsausdruck gefaßt war.

»Und?« fragte er.

Alshan wich noch weiter zurück. »Man hörte Haakon sagen: ›Hängt sie auf! Es ist die Hexe. Hängt sie!‹« Da er keine Regung bei Owen sah, fuhr Alshan fort: »Dann mußte Sibylla fliehen. Haakons Männer durchkämmten das Unterholz. Sie kam zu mir. Sie hat Angst, du könntest sie töten.«

»Recht hat sie.« Owen sprach mit einer grauenhaften Ruhe. »Falls sie mir noch einmal unter die Augen kommt … werde ich es tun.« Dann wandte Owen sich um. Er legte seine Stirn gegen die hölzerne Statue und umklammerte sie mit beiden Händen.

Godwin war rechtzeitig eingetroffen, um den letzten Teil der Botschaft mit anzuhören.

»Bist du gekommen, um mir zu sagen, ich solle meinen Verlust tapfer ertragen?« fragte Owen. »Daß ich weiterleben und von neuem lieben werde?«

»Nein, Owen«, widersprach der alte Mann. »Manche Verluste werden nie überwunden. Ich habe Männer und Frauen gesehen, die noch im Tageslicht wandeln, den besten und wichtigsten Teil von sich jedoch in ein Grab gelegt haben. Sie halten nur noch die Totenwache, warten darauf, daß der dunkle Bote kommt, um sie auf dieselbe Straße zu führen, die jene beschritten haben, die sie liebten. Doch selbst unter den Toten kann man den Mann spielen. Das wird jetzt von dir verlangt. Erledige diese Schlange Haakon ein und für allemal. Du hättest ihn nie so lange am Leben lassen dürfen.«

»O ja.« In Owens Stimme lag noch immer diese stahlharte Ruhe. »Ich werde Haakon töten und so viele seiner Männer, wie ich vermag. Und Elsbeth vielleicht auch, und jeden, der sich mir in den Weg stellt.«

»Nun gut«, meinte Godwin, »aber wie?«

»Das weiß ich schon lange. Die Pläne sind fertig. Die Männer stehen bereit. Du mußt nur Denis Bescheid geben. Es ist ein Kinderspiel. Bevor der nächste Morgen graut, ist seine Festung ein Haufen rauchenden Schutts und jeder, der mir Widerstand leistet, ein verkohlter Leichnam.«

Owen war über Alshans Stimme überrascht. »Sie war eine von uns. Auch wir … werden sie betrauern. Und gib nicht Sibylla die Schuld. Sie tat nur, worum Elin sie bat.«

Owen hob den Blick zu dem bartlosen Christus. Das gütige Antlitz sprach ohne Worte zu ihm. »Ja«, versetzte er, »bitte verzeih mir. Du hast uns wertvolle Dienste erwiesen. Sie war immer eigensinnig und hat getan, was sie wollte.«

Dann konnte er das Gesicht nicht mehr erkennen. Seine Augen schwammen in Tränen.

Ranulf hatte sich vor Elin aufgepflanzt. Sie stand mit dem Rücken zu einem breiten Baumstamm, bewegungslos, die Hand auf ihrem Bauch, und verfluchte nicht ihre Schwangerschaft, aber den vorübergehenden Zustand der Hilflosigkeit, in den diese sie versetzt hatte. Früher wäre sie um den Baumstamm herumgeglitten und fort gewesen. Aber jetzt … sie und das Kind konnten heute nacht sterben, weil sie aufgrund der bevorstehenden Niederkunft in der Falle saß.

Tosi stand vor Ranulf und hielt das Handgelenk seines Schwertarms fest. »Tu es nicht«, beschwor er ihn. Seine Schulter drückte sich schmerzhaft in Ranulfs Brust. »Steck es wieder ein! Ergib dich!«

»Er hat von Hängen geredet«, versetzte Ranulf.

»Vertrau mir«, stieß Tosi zwischen den Zähnen hervor. »Hier wird niemand gehängt.«

Ein Mann ritt mit erhobener Axt auf Ranulf zu. Tosi ließ Ranulf los und drehte ihm mit voller Absicht den Rücken zu.

Der Axtträger knurrte: »Aus dem Weg!« Im nächsten Moment lag er mit blutigem Gesicht am Boden.

Ranulf erkannte, daß Tosi einen kurzen Streitkolben mit Eisenkopf in seinen Händen hielt. Solche Waffen wurden für gewöhnlich dazu gebraucht, einem großen Beutetier – Keiler, Bär oder Stier – den Gnadenstoß zu versetzen. Tosi hatte sie gegen den Mann benützt, was bedeutete, daß er sie ohne Probleme auch gegen Ranulf hätte einsetzen können. Er hatte es aber nicht getan.

»Hängt sie, und zwar sofort!« befahl Haakon. Zuerst war er erbost gewesen, aber jetzt klang seine Stimme kalt und fest.

Alfric ergriff zum erstenmal das Wort. Er befand sich in Haakons Nähe. Niemand hatte ihm Beachtung geschenkt, da er unbewaffnet und zudem ein sehr kleiner Mann war. »Haakon«, sagte er mit piepsender Stimme, »habt Ihr nicht schon genug Feinde?«

Haakon zog seinen Fuß aus dem Steigbügel und trat zu. Die Spitze seines schweren Reitstiefels traf Alfric am Wangenknochen und schickte ihn mit blutender Nase zu Boden.

Aber Alfric war aus härterem Holz geschnitzt, als Haakon vermutet hatte. Er rappelte sich wieder auf und stellte sich vor Haakons Pferd, zwischen die Reihe der Wikinger und Elin. Alfric hob flehend die Hände. Seine großen dunklen Augen hatten in etwa dieselbe Auswirkung auf Haakon, wie sie sie auf Ivor gehabt hatten. »Ich nehme an, ich bin eine leichte Beute – alt, klein und unbewaffnet. Aber wenn es Euch gefällt, laßt Euren Zorn an mir aus. Verschont die Frau Elin ... wenigstens so lange, bis sie ihr Kind ausgetragen hat.«

Haakon schob Alfric mit der schieren Masse seines Pferdes beiseite. »Was denn, Elin?« höhnte Haakon. »Ihr versteckt Euch hinter einem Knaben und einem Priester?«

Plötzlich drängte Elin sich an Ranulf, der sich noch immer einen Ringkampf mit Tosi leistete, vorbei. Sie trat in die Mitte der Lichtung und baute sich mit gespreizten Beinen vor Haakons Pferd auf.

»O Gott!« rief Alfric entsetzt aus. »Elin, Ihr macht es mir nicht eben leicht!«

Haakons Schwert fuhr mit einem Zischen wie dem einer wütenden Schlange aus der Scheide. Totenstille senkte sich über die Lichtung. Alle Augen ruhten auf den beiden.

Der Himmel war mittlerweile nur noch ein schwacher Lichtschimmer, das dunkle Opalblau der tiefen Dämmerung. Haakons Männer standen im Halbkreis hinter ihm. Ihre Fackeln beleuchteten den Raum unter der mächtigen Eiche. Ein einziger gewaltiger Baum, der Stamm so dick wie ein Mann groß ist, beherrschte die Lichtung. Die Zweige erstreckten sich weit von dem Stamm weg und wuchsen so tief, daß man sie als Bänke hätte benützen können.

Haakon erbebte unter dem schnellen, unkontrollierbaren Zukken eines Menschen, der von einem plötzlichen Kälteschauer ergriffen wird. Dann fiel ihm auch ein, warum. Dies war dieselbe Lichtung, auf der Reinald ihm Owen ausgeliefert hatte. In jener Nacht hatte ihm sein Instinkt geraten, Owen kurzerhand zu töten … oder ihn laufen zu lassen. Er hatte die Eingebungen seines Instinkts in den Wind geschlagen – zu seinem Schaden.

Genau dasselbe empfand er im Angesicht der Frau vor ihm: Töte sie, oder laß sie laufen! Er erinnerte sich an sie vom Lager. Wie alle anderen hatte er sie für verrückt gehalten, aber sie war geflohen und hatte ihn mit einem mächtigen Krieg überzogen. Halbherzige Maßnahmen würden bei ihr nichts fruchten.

Sie trug die Lederkleidung ihres Volkes, eine Tunika, Hosen und Beinlinge aus Hirschhaut und an den Füßen weiche Stiefel. Sie war hochschwanger.

»Was?« fragte er, während er spöttisch das Schwert schwang. »Fleht die Hexe um ihren Bauch?«

»Ich erflehe nichts. Ich leugne nichts. Ich bereue nichts … und ich fürchte nichts«, fauchte sie mit heiserer Stimme.

Elsbeth saß neben ihm im Sattel und schaute mit an, wie ihre Welt in Scherben ging. Sie sah, wie Haakons Handgelenk nach hinten wegknickte, und wußte, sein Schwert würde Elins Kopf abschlagen, so, wie man mit einem Stock das Unkraut am Wegesrand köpft. Haakon hatte es nicht einmal nötig, mit dem Arm auszuholen.

Sie sprang vom Pferd und warf sich über Elin, umarmte sie, schlang ihre Arme um ihren Körper und preßte ihre Wange an Elins Gesicht.

Elin versuchte sie wegzustoßen. »Elsbeth, er bringt Euch um!« Sie konnte spüren, wie Elsbeth zitterte.

»Tosi, hilf mir!« schrie Elsbeth mit schriller Stimme.

Tosi packte Elins Kittel, und dann zerrten sie sie mit vereinten Kräften zum Baum zurück, während sie sie mit ihren eigenen Körpern deckten.

»Seid ihr verrückt?« fragte Haakon. Seine Stimme war ganz ruhig.

»Haakon«, sagte Tosi, »gib es zu. Schon einmal habe ich dir das Schwert aus der Hand genommen. Ich tat damals recht daran, und ich tue heute recht daran. Owen liebt diese Waldfrau abgöttisch. Der Bischof wird dich töten.«

»Ach, wird er das?«

Elin sah, daß die Haut um die Narbe in Haakons Gesicht rot pulsierte; dann wurde sie weiß, die Farbe des Eises gegen den Schnee seiner Lippen und Wangen. Seine Lippen zogen sich zurück und entblößten seine Zähne zu dem Todeslächeln, das sie auch auf Godwins Gesicht gesehen hatte. Haakon riß den Kopf seines Pferdes zur Seite und schmetterte Tosi die Faust, die noch immer den Schwertgriff umschloß, mit voller Wucht gegen die Schläfe.

Der Schlag riß Tosi von den Füßen. Nach einer Sekunde in der Luft fiel sein schlaffer Körper in das Laub zu Füßen des Baumstamms.

»Gott!« flüsterte Elsbeth. »Er war dein Bruder. Er hat an derselben Brust gesaugt wie du, ist von deinem Blut!«

»Elsbeth.« Haakon flötete fast. Seine Knöchel bluteten von der Wucht des Hiebs, den er Tosis Schädel versetzt hatte. »Ich dulde solchen Trotz weder von einem Mann noch von einer Frau. Geh mir aus dem Weg, oder ich schwöre bei Christus und dem Gehörnten, daß ich dich zusammen mit der Hexe in das Paradies oder die Hölle schicke, wo die toten Seelen ihres Volkes wohnen.

Jetzt triff deine Wahl, denn ich werde nur ein paar Herzschläge lang warten, bis ich zuschlage.«

»Haakon! Duckt Euch!«

In der Stimme lag eine solche Dringlichkeit, daß Haakon sein Pferd zurückriß. Ranulfs Schwert verfehlte ihn nur um wenige Zoll.

»Sei kein Narr, Knabe«, knurrte Haakon, während er auf Tosis hingestreckten Körper deutete. »Du hältst auch nicht länger stand als er.«

»Alfric!« schrie Ranulf mit gellender Stimme. »Warum habt Ihr ihn gewarnt?«

»Weil er am Leben bleiben muß«, antwortete Alfric. »Seine Männer sind eine kopflose Rotte von Narren. Sie würden uns alle umbringen. Darüber hinaus halte ich ihn für einen Mann, mit dem man vernünftig reden kann. Habe ich mich geirrt, Räuber?«

»Nein.« Alfric befand sich in seinem Rücken, aber Haakon wollte sich nicht umdrehen. Er hatte genug über Ranulf gehört, um auf der Hut zu sein. Fast hätte der Junge es geschafft, ihn in einem Moment der Ablenkung zu töten. Das nötigte ihm Achtung ab, erregte aber zugleich seinen Zorn. Seine rasende Wut kühlte ab. Er bekam langsam Angst davor, was er Tosi angetan hatte.

»Gewährt Ihr mir einen Gefallen?« fragte Alfric.

»Was?«

»Fragt Eure Gemahlin, warum sie solche Angst davor hat … Elin zu töten.«

»Sie glaubt auch an Owens Unbesiegbarkeit«, knurrte Haakon.

»Nein«, schluchzte Elsbeth. »Nein! Haakon, sie würden meine Kinder holen. Lieber sterbe ich, als zuzulassen, daß sie mir meine Kinder wegnehmen!«

»Wer sollte dir deine Kinder wegnehmen, Elsbeth? Selbst die bösesten Menschen rächen sich nicht an den Kleinsten. Du fürchtest dich vor Altweibergeschwätz.«

»Nein, das tut sie nicht.« Alfrics Stimme war deutlich, scharf akzentuiert und vernünftig. »Elins Volk glaubt an Leben um Leben, aber nicht in dem Sinn, in dem wir das tun. Wenn einer von ihnen als Folge der Tat eines Außenstehenden stirbt, glauben sie, das Recht auf einen Ersatz zu haben. Dem Kind würde kein Leid geschehen, ja, es würde nicht einmal schlecht behandelt. Sie würden es wie einen der ihren lieben. Aber der oder die Kleine würde so weit weggebracht, daß er oder sie nie mehr den Weg nach Hause finden würde. Sagt, Elin, wie viele würden sie nehmen ... wie viele werden sie nehmen? Eins oder zwei?«

»Zwei – eins für mich, ein zweites für das Kind unter meinem Herzen. Wahrscheinlich den Jungen und eins der Mädchen«, gab sie zur Antwort.

Haakon wich zurück, einen Ausdruck tiefster Verblüffung auf dem Gesicht. Er konnte sehen, daß Elsbeth Todesqualen litt.

»Bitte ... bitte...«, flehte sie gebrochen. »Laß nicht zu, daß sie meine Kinder nehmen. Ich habe mein erstes verloren. Es war eine Totgeburt. Ich glaube, etwas Schlimmeres gibt es nicht.«

»Nein!« Er steckte das Schwert in die Scheide zurück, ging zu ihr, umarmte sie und führte sie von Elin fort.

Ranulf half Tosi auf. Er war auf den Beinen und bei Bewußtsein, aber der Blick, den er in Haakons Richtung warf, brannte vor Zorn. »Ich denke«, bemerkte er in schneidendem Ton, »daß der Bischof von Chantalon einen Mann, der ihm aus ehrlichem Herzen seine Dienste antragen würde, nicht von seiner Schwelle weisen würde.«

»Ich würde für Euch sprechen«, versprach ihm Ranulf.

Haakon, den Arm um Elsbeth gelegt, wirkte beschämt und traurig.

Die Gesellschaft brauchte eine Weile, um sich auf den Weg zu machen. Man mußte ein Reittier für Elin besorgen. Ranulf hatte ein Pferd, und Alfric ritt auf Enars Maultier. Ranulf und Tosi saßen auf einem Baumstamm und unterhielten sich über Pferde, während man Elin ihr Reittier brachte.

»Ich bin mir sicher, daß Owens Hengst der Erzeuger ist«, berichtete er Ranulf aufgeregt. »Das Füllen ist ein dunkelroter Fuchs, nicht ein weißes Haar ist an ihm. Die kleine Stute ist eine perfekte Mutter. Ich zeig sie Euch, wenn wir zur Halle kommen.«

»Ihr habt mir gesagt, ich würde ein gutes Fohlen von ihr bekommen«, meinte Ranulf. »Wie ich sehe, habe ich sie richtig untergebracht.«

Elin saß auf einem der niedrigen Eichenzweige. Alfric leistete ihr Gesellschaft, wenn er nicht gerade Haakon versicherte, er werde für Elins sichere Heimkehr ein gutes Lösegeld von Owen erhalten.

Elsbeth trocknete ihre Tränen und fuhr fort, Elin ängstlich zu beobachten. Elin hatte eine Hand auf eine Art in den Rücken geschoben, die sie nur zu gut kannte. Schließlich ging sie zu ihr herüber. »Habt Ihr Schmerzen?« fragte sie.

Elin verzog das Gesicht. »Ich habe die ganzen letzten Tagen über Schmerzen.«

Elsbeth verspürte einen Stich von Angst. »Wir bringen Euch so schnell wie möglich in die Halle.«

Es war schon spät, als Haakon und seine Gefolgschaft den Wald verließen und auf den Karrenweg durch das Ackerland einschwenkten. Kein Mond schien, die einzigen Lichtquellen waren die Handfackeln, die Haakons Leute trugen, und die fernen Fackeln am Tor von Elsbeths Feste. Elins Zustand zwang die Pferde, im Schritt zu gehen.

Man mußte kein großer Menschenkenner sein, um zu sehen, daß sie keine schnellere Gangart aushalten würde und ihre Niederkunft unmittelbar bevorstand. Haakon ignorierte sie alle, weil er wußte, daß er kurz vor einem maßlosen Wutanfall stand. Was für eine mißliche Lage! Elin konnte trotz allem im Kindbett sterben, und daran würde Owen ihm mit Sicherheit die Schuld geben. Außerdem war er sich der bitteren Tatsache bewußt, daß Alfric ihn vor Ranulfs Angriff gerettet hatte und daß er diesem kleinen Mann sein Leben verdankte.

Nach Haakons Ansicht verpflichteten Ehre und Ansehen zum Einhalten gewisser grundlegender Anstandsregeln. Nachdem er sich einmal dazu entschieden hatte, Elin gefangenzunehmen, stand es ihm nicht mehr offen, sie schlecht zu behandeln.

Im Gänsemarsch, Haakon an der Spitze, erreichten sie den Damm, auf dem der Weg zur Feste verlief. Er führte über den Teich, der als kleiner Wassergraben um den Palisadenzaun und den Burghof diente, in dessen Mitte sich die Halle erhob.

Vor dem Burgtor angekommen, hämmerte er mit der Faust dagegen. Er wunderte sich ein wenig. Für gewöhnlich öffneten seine Männer das Tor, bevor er es erreichte, aber er war seit dem frühen Morgen auf der Jagd und durch seinen Ärger und seine Müdigkeit zu abgelenkt, um die seltsame Stille um ihn herum zu bemerken.

Mit Ausnahme der Fackeln am Tor und eines in der Mitte des Burghofs brennenden Feuers herrschte tiefste Dunkelheit. Das war ungewöhnlich. Normalerweise versammelten sich in freundlichen Nächten wie dieser einige seiner Männer am Feuer, um Würfel zu spielen, zu trinken und Geschichten zu erzählen. Doch heute nacht war der Hof menschenleer. Das Feuer prasselte lustig, aber verlassen. Die Stallungen zu seiner Rechten lagen im Dunkeln.

Beim Durchschreiten des Tors drehte Haakon sich zu Elsbeth um und schnarrte: »Sorg dafür, daß ich etwas zu essen bekomme!«

Sie antwortete mit angsterfüllter Stimme: »Elins Pferd ist störrisch. Es ist nicht an den Dammweg gewöhnt. Ich muß für ihre Sicherheit sorgen und eine Hebamme finden. Ihre Zeit ist gekommen!«

»Schön, dann tu, was du für richtig hältst«, versetzte er wutentbrannt, stieg ab und stolzierte zu den Stallungen, am Zaum sein großes, graues Jagdpferd.

Owen wartete in der Dunkelheit unmittelbar hinter der Stalltür. Er hatte nicht damit gerechnet, daß es so einfach sein würde, dachte er, während er Haakon auf sich zukommen sah. Er tastete nach dem Messer in seinem Gürtel. Godwin hatte es ihm mit den Worten gegeben: »Der beste Meuchelmörderdolch, den ich kenne. Meist wird er zum Schlachten von Rindern und großen Schweinen benützt, ich aber habe ihn schon bei einigen Männern eingesetzt.

Du wirst staunen, wie lautlos er stirbt.« Der Dolch war nur vier Zoll lang, aber drei Zoll breit und dick, mit messerscharfen Schneiden. »Ramm ihn ihm in den Hals, zwischen Schädel und Wirbelsäule, so nah am Schädel wie möglich«, schloß Godwin.

Owen wich lautlos noch weiter in die Dunkelheit zurück. Er beabsichtigte, Haakon hereinzulocken.

Haakon betrat den Stall und warf Owen die Zügel zu, während er ihn barsch anwies: »Es genügt nicht, wenn du ihn nur einfach absattelst und in die Box stellst. Sorg dafür, daß er Wasser und zu fressen bekommt, gestriegelt und trockengerieben wird und frisches Stroh zum Liegen erhält. Wenn ich ihn morgen früh nicht trocken und mit glattem Fell vorfinde, zieh ich dir deins ab!« Dann machte er kehrt und ging in den Hof zurück.

Irgend jemand, ein kräftig gebauter Mann, den Haakon nicht einordnen konnte, trat vor und warf noch ein Holzscheit auf das in der Hofmitte brennende Feuer. Die Flammen loderten hell auf. Haakon sah zum Himmel empor. Er zog sich zu. Heute nacht regnet es, dachte er. Gut. Die letzten Monate über ist es sehr trocken gewesen. Das Getreide kann es vertragen.

Er sorgte sich um Elsbeth. Sie brauchte so lange. Er fragte sich, ob sie Probleme mit Elins Pferd hatte. Vielleicht sollte er ihr besser helfen.

Hinter ihm hielt Owen mit der einen Hand die Zügel fest, während er mit der anderen leise das Messer aus der Scheide zog. Er hatte zahllose Männer getötet, vorher aber nie Zeit zum Nachdenken gehabt. Jetzt aber hatte er Zeit. Es mochte notwendig sein, aber, nein, es konnte nicht gut sein.

Seine Hand schloß sich fester um den Messergriff. Er ließ die Zügel des Pferdes los. Die rechte Hand würde die Klinge ansetzen, die linke sie hammerartig hineintreiben. Seine Augen waren unverrückbar auf den Punkt gerichtet, wo Haakons Schädel und Wirbelsäule zusammentrafen.

Und ... Elin ritt in den Hof.

Für Owen stand die Zeit still. Die Klinge glitt ihm aus der Hand und fiel, gedämpft vom Stroh, lautlos zu Boden.

Haß, Zorn und Trauer sind die drei furchtbarsten Bürden, die eines Menschen Seele tragen muß. Solange wir noch unter ihnen wanken, spüren wir ihr Gewicht nicht. Erst wenn der gequälte Geist sein Antlitz dem Licht zuwendet und seine Bürde von ihm abfällt, kennen wir seinen wahren Preis, spüren wir, wie sehr wir unter diesem Kummer gelitten haben.

So erging es Owen.

Er trachtete Haakon nicht mehr nach dem Leben. Und er verspürte nicht mehr den bitteren Groll und den Unmut, die seine Trauer über Elins Verlassen vergiftet hatten. Sie war weit gereist, war in dem Bemühen, vor ihm zu fliehen, bis tief in die Wälder des Nordens hinein gelaufen, hatte Alshan ihm berichtet, aber dann war sie zu der Überzeugung gelangt, daß ein Leben ohne ihn überhaupt kein Leben sei. Und so war sie erneut durch die halbe Welt gezogen, um zu ihm zurückzukehren.

Ja, er ängstigte sich noch immer um sie. Eine so lange Reise in ihrem Zustand mußte ihre Kräfte aufgezehrt haben. Doch was auch immer geschah, sie würde bei ihm sein, und es würde in seinen Armen geschehen.

Haakons Stimme riß ihn aus seiner Träumerei. »He, Bursche! Was gibt es da zu glotzen? Bring das Pferd in den Stall, und zwar sofort! Es sei denn, du möchtest dich morgen vor mir in der Halle für deine Pflichtvergessenheit verantworten.«

»Jawohl, Herr«, stammelte Owen in der Hoffnung, angemessen unterwürfig zu klingen. »Die Dame…«

»Neugierig, hä?« Haakon stand halb in und halb vor der Stalltür, ein Auge auf Elsbeth gerichtet, die Elin gerade beim Absteigen half, das andere auf den dunklen Umriß, der alles war, was er von Owen sehen konnte. »Kümmere dich um deine eigenen Angelegenheiten! Die Dame wird ein paar Tage unser Gast sein, bevor sie zu ihrem Gemahl zurückkehrt. Und jetzt stell das Pferd ein. Sofort!« Dann schritt Haakon auf Elsbeth zu. Elins Pferd war ein scheues Tier und sah aus, als werde es noch mehr Ärger machen.

Enar tauchte aus der Stallbox neben Owen auf. »Wir sollten jetzt wohl besser das Pferd versorgen, sonst kommt Haakon noch zurück und peitscht uns aus!« Er hatte ein breites Grinsen aufgesetzt und amüsierte sich königlich über seinen Scherz.

»Sie lebt. Er hat sie nicht getötet. Gott sei Dank, er hat sie nicht getötet«, flüsterte Owen.

»Ja«, bekräftigte Enar, »Gott sei Dank.« Und für Owen klang es so, als sei er eins der wenigen Male in seinem leichtfertigen Leben aufrichtig dankbar.

Nachdem Elin erst einmal abgestiegen war, gelang es Elsbeth ohne Haakons Hilfe, Elins Reittier zu beruhigen. Elin schritt wie eine Königin in einer Prozession zur Halle. Ein Dienstmädchen leuchtete ihr mit einer Fackel, Alfric und Ranulf gingen neben ihr, und Tosi bildete die Nachhut.

Die Jagd war erfolgreich gewesen – zwei Keiler, drei Hirsche und ein Dutzend Hasen aus den Fallen, die Haakon in dem kleinen Bachtal ausgelegt hatte. Die Männer würden das Schlachten erledigen, soweit es nicht schon auf dem Feld erledigt worden war. Doch auch so hatte Elsbeth noch alle Hände voll zu tun. Das Fleisch, das nicht in den nächsten Tagen verzehrt wurde, mußte gepökelt oder geräuchert werden. Diese Arbeit oblag den Frauen. Sie würden sich auch der beträchtlichen Mühe des Wurstmachens unterziehen. Die Männer, die Haakon von der Jagd mitgebracht hatte, würden bis spät in die Nacht mit dem Zerlegen beschäftigt sein. Sie schichteten bereits in einer Ecke des Burghofs ein Feuer auf und begaben sich an die Arbeit mit den Kadavern.

Sie begann die Pferde einzusammeln. Einer von Haakons Männern näherte sich, um ihr dabei zur Hand zu gehen. Jedenfalls nahm sie an, daß es sich um einen von Haakons Männern handelte. Er war groß, hatte langes, dunkles Haar und sah so aus, als könne er in einem Kampf seinen Mann stehen. Er trug eine Axt in seinem Gürtel, hatte aber eine respektvolle Art und eine fröhliche Miene.

Zusammen führten sie die Pferde in den Stall. Als sie die Tür erreichten, warf sie einen raschen Blick zur Seite und sah, daß einer der Stallknechte Haakons Reittier striegelte. Er hielt einen Moment inne, um die Riemen an der Pferdedecke zu überprüfen.

Der Stall war ein ziemlich offenes Gebäude, und im Feuerschein sah sie das Profil des jungen Stallknechts.

Dann stellte sich der Mann mit der Axt zwischen sie und den Stalljungen. Während er ihr die Zügel aus der Hand nahm, versprach er ihr, daß die Pferde gut versorgt würden. Elsbeth nahm ihn beim Wort und machte sich auf den Weg in die Halle.

Enar begann die Pferde abzusatteln. »Herr Christuspriester«, gab er in einigermaßen besorgtem Tonfall zu bedenken, »Elsbeth konnte Euch gut sehen!«

Owen, der inzwischen mit Haakons Pferd fertig war, kam herüber, um Enar zu helfen. »Wußte sie, auf wem ihr Blick geruht hat?«

»Ich glaube nicht, aber sie hat Euch gut gekannt. Es könnte ihr noch einfallen.«

Owen bückte sich und löste den Sattelgurt des Pferdes, das Enar am Zaum hielt. Als er im Begriff stand, den Sattel abzunehmen, legte Enar seine Hände darauf und zwang ihn so zum Innehalten. Enar sagte über den Sattel hinweg zu ihm: »Herr, warum benehmt Ihr Euch, als wäret Ihr tatsächlich Haakons Stalljunge? Die Glücksgöttin hat Euch heute nacht gleich drei Gefallen erwiesen: Elin lebt, Haakon hat Euch nicht erkannt und Elsbeth auch nicht. Ich würde an Eurer Stelle aber bedenken, daß die Herrin Fortuna bestenfalls eine wankelmütige Gönnerin ist. Was immer Ihr tun wollt, Ihr solltet schnell handeln, solange Ihr noch im Vorteil seid.«

Owen, die Hand auf dem Sattel, erstarrte. Seine Pläne waren vor dem Angriff entworfen worden. Er und seine Männer – er hatte Enar und ungefähr dreißig Armbruster mitgenommen – waren durch den See um die Feste herum gewatet. Auf den ersten Blick wirkte der breite Graben wie eine unüberwindliche Verteidigungsanlage, aber er und Godwin hatten gewußt, daß es Stellen gab, wo das Wasser höchstens bis zu den Knien reichte.

Kurz nach Einbruch der Dunkelheit hatte Owen seine Männer in den See geführt. Er stellte fest, daß der von ihm gewählte Weg sogar noch seichter war als in seiner Erinnerung, so daß der Rest seiner Männer die Palisade fast trockenen Fußes erreichte. Innerhalb von Sekunden waren sie oben und auf der anderen Seite; innerhalb von Minuten befand sich die Feste in ihrer Hand. Haakons Torwachen ließen die Waffen fallen, als sie sich umdrehten und Armbrüste auf ihre Herzen zielen sahen.

Sie waren eine kleine Streitmacht, nur etwa ein Dutzend, aber Owen glaubte, selbst wenn sie seinen Männern zahlenmäßig überlegen gewesen wären, hätte der Schreck, das von ihnen für unmöglich Gehaltene so leicht und schnell eintreten zu sehen, sie so gelähmt, daß sie sich rasch ergeben hätten.

Haakons übrige Männer befanden sich auf der Jagd oder auf ihren Höfen und Gütern. In der Halle hielten sich nur unbewaffnete Diener und Frauen auf. Sie ergaben sich ohne auch nur einen Versuch von Widerstand. Niemand wurde getötet; ja, es wurde kein einziger Tropfen Blut vergossen. Owens Männer waren tüchtig und überaus diszipliniert.

Haakons und Elsbeths Leute waren treu, steckten jedoch in der Klemme. Owen hatte die Männer in der Halle versammelt; seine eigenen Männer leisteten ihnen bei Tisch Gesellschaft, Waffen und Armbrüste einsatzbereit neben sich.

Die Frauen setzten ihre Arbeit in der Küche, in den Vorratskammern und an den Webstühlen fort. Die meisten waren mit den männlichen Bediensteten verheiratet. Sie waren Geiseln für ihr gegenseitiges Wohlverhalten.

Owens Plan hatte ganz einfach ausgesehen – wenn Haakon heimkehrte, würde er ihn töten. Was Elsbeth und die Kinder betraf, so würde sie entweder einen Gemahl seiner Wahl heiraten oder mit ihren Kindern das Land verlassen müssen. Was die Männer anging, die Haakon auf seinem Land angesiedelt hatte, so war Owen sich ziemlich sicher, daß er mit den Kleinbauern eine Übereinkunft würde erzielen können. Sie würden ihm zu guter Letzt alle den Lehnseid schwören. Was die mächtigeren unter Haakons Unterhäuptlingen anging, so hatte Owen nicht die Absicht, sich mit ihnen abzugeben. Er würde sie vor die Wahl stellen, entweder freiwillig zu gehen oder das Haus niedergebrannt zu bekommen, getötet oder vertrieben zu werden. Und er war sicher, daß auch sie ihm gehorchen würden, nun, da sie keinen Anführer und keine befestigte Stellung mehr besaßen, in die sie sich hätten zurückziehen können.

Dennoch war es keine glückliche Lösung, und Owen war sich darüber im klaren. Elsbeths Familie hatte seit Menschengedenken in diesem Tal gelebt. Manch einer sagte, seit einer Zeit noch vor den Römern. Ihre Leute würden ihn bitterlich hassen. Irgendwann in der Zukunft müßte er möglicherweise sogar einen Aufstand niederschlagen. Reinald hatten sie um ihretwillen ertragen, aber Haakon hatte sich um sie bemüht und ihre Liebe zu erringen versucht, und in gewisser Weise war ihm das auch gelungen.

»Herr Christuspriester!« riß Enar ihn aus seinen Gedanken. »Wollt Ihr den ganzen Tag diesen Sattel festhalten?«

»Nein.« Owen zog ihn vom Pferderücken herunter. »Nimm den Pferden Sattel und Zaumzeug ab. Sonst bemerkt noch jemand, daß man sich nicht um sie gekümmert hat, und wird mißtrauisch. Was mich anbelangt, ich stand im Begriff, es so schlecht wie möglich zu machen. Jetzt will ich mein Bestes geben.«

Elsbeth schwebte ohnehin in tausend Ängsten, so daß die schlimmste sie erst befiel, als sie durch eine unbeleuchtete Halle auf der den Männern vorbehaltenen Seite des Hauses eilte.

Dieser Mann, der, der Haakons Pferd in der Box untergebracht hatte, war Owen. Sie schwankte; vorübergehend drehte sich ihr der Kopf. Sie lehnte sich gegen die Wand. Aus den Gästegemächern vor ihr, wo sie Elin untergebracht hatte, schlugen ihr die Geräusche von Plappern und spritzendem Wasser entgegen: Ihre Zofen halfen Elin, zu baden und sich zu erfrischen. Mit Mühe riß Elsbeth sich zusammen und hastete in die Küche.

In dem großen Raum war es mit Ausnahme des Kochfeuers dunkel. Bettena bereitete eine Rinderkeule vor, die langsam im Rauch briet. Beim Klang von Elsbeths Schritten drehte sie sich um, und Elsbeth sah das blanke Entsetzen in ihren Augen. Dann, als sie Elsbeth erkannte, seufzte sie vor Erleichterung.

»Die Kinder«, gelang es Elsbeth hervorzustoßen. Ihr Gesicht war starr vor Angst.

»Die Mädchen sind in ihren Zimmern. Ein paar der Webmägde machen sie bettfertig.«

Von ihrem Standort aus konnte Elsbeth in die Webhalle schauen. Die Frauen dort verhielten sich still und arbeiteten im Lampenlicht. Das war unüblich.

»Erik ist bei diesem Bauern, Llwyd. Ich habe ihm eine Nachricht geschickt, daß er über Nacht dort bleiben soll, und den Frauen habe ich aufgetragen, die Mädchen nicht zum Abendessen herunterzubringen. Die Männer…« Bettena starrte Elsbeth an und fuhr sich mit der Zunge über ihre trockenen Lippen. »Die Männer sind in der Halle.« Ihr Gesichtsausdruck sprach Bände.

»Weiß Haakon Bescheid?«

Bettena schüttelte den Kopf. »Er nimmt ein Bad. Corwin und einige der Männer sind ihm dabei behilflich.«

»Wie konnte das geschehen? Wie sind sie hereingekommen?«

»Herrin, der Bischof ist der Herr des Waldes und der Wasser. Die Hexenkönigin, Elin, hat ihm das kleine Volk zugeführt. Sie sind ihre Mitgift. Doch er herrscht auch aus eigener Machtbefugnis. Er ist in der Unterwelt unter den Toten gewandelt, hat den Becher des Lebens getrunken und das namenlose Geheimnis geschaut. Wir hatten keine Chance. Selbst Haakons Männer hatten keine Chance. Ehe wir uns versahen, waren sie unter uns. Wir wurden überwältigt.«

»Mein Geliebter und mein Herr«, wisperte Elsbeth.

»Und der Bischof möchte Euren Geliebten und Herrn als toten Mann sehen«, versetzte Bettena, als sie sich wieder dem Feuer zuwandte.

Elsbeth stand eine Weile da und versuchte, wieder einen klaren Kopf zu bekommen. »Ich werde einen Nachtimbiß für Elin brauchen«, sagte sie dann unvermittelt. »Ich glaube nicht, daß sie ein schweres Abendessen verträgt.«

»Ihr Volk glaubt an nicht viel«, erzählte Bettena, während sie ein Tablett für Elin zusammenstellte. »Aber sie achten das Gesetz der Gastfreundschaft. Verpflichte sie darauf. Zumindest kann sie dann nicht mehr seinen Tod fordern.« Bettena schnitt eine gespickte Kapaunenbrust in ein Dutzend dünner Scheiben und legte frisches, süßes Brot von dem weißen Honigbrotlaib hinzu, den Elsbeth bevorzugte; einen blaßgoldenen Wein aus einem irdenen Krug; und eine Schüssel klarer Hühnerbrühe mit darin treibendem Raukengrün. An die Seite stellte sie kleine Schälchen mit Salz und teurem Pfeffer.

Elsbeth brachte Elin das Tablett. Ihre Frauen waren fertig mit ihr, und Elsbeth stellte erfreut fest, daß sie gute Arbeit geleistet hatten. In Anbetracht von Elins augenblicklicher Bedeutung lag es nahe, daß sie zuviel Angst gehabt hatten, nicht ihr Bestes zu geben.

Die gebräunte, rußverschmierte Waldfrau war verschwunden und hatte einer großen Dame Platz gemacht. Elin trug ein schweres, warmes Gewand aus Wolle und Seide, das Elsbeth getragen hatte, als die Zwillinge unterwegs gewesen waren. Gott, war das eine grauenvolle Schwangerschaft gewesen! Der Kauf dieses Gewandes hatte die einzige Aufmerksamkeit von Reinalds Seite dargestellt. Es war sowohl prächtig als auch bequem, von einem satten Rotbraun, am Hals und an den Ärmeln mit Goldstickereien verziert. Außerdem hatten sie Elin einen breiten, geschnitzten Armsessel beschafft und ihn mit smaragdgrünen Samtkissen ausgepolstert. Elin lehnte sich mit geschlossenen Augen zurück. Ihr Gesicht war sauber, ihr Haar gekämmt, geflochten und mit Hilfe von Nadeln wie ein Krönchen um ihren Kopf festgesteckt.

Elsbeth stellte das Tablett auf dem niedrigen Tischchen neben ihr ab.

Elin öffnete die Augen und bedachte Elsbeth und das Essen mit einem stillen Lächeln. »Ich danke Euch. Hoffentlich hat es Euch nicht zu viel Mühe bereitet. Ich weiß nicht, ob ich überhaupt etwas herunterbekomme.«

Elsbeth wandte sich von Elin ab. »Ihr müßt.«

Plötzlich schnappte Elin nach Luft. Sie erhob sich aus dem Stuhl. Elsbeth konnte selbst unter dem Gewand sehen, wie ihr

Bauch sich anspannte, als sie der Schmerz überfiel. Elsbeth sprang auf sie zu und stützte ihren Körper in einer halbaufrechten Stellung. An dem schmerzhaften Zugriff von Elins Fingern um ihre Oberarme konnte sie die Stärke der Wehe ablesen. Sie ging vorüber, und Elin sank keuchend auf den Stuhl zurück.

»Fühlt sich so der richtige Wehenschmerz an?« fragte Elin.

Elsbeth nickte. »Ich vergaß. Dies ist Euer erstes. Ihr habt keine eigenen Erfahrungen mit Wehen?«

»Nein.« Elin schüttelte den Kopf. »Aber ich hatte früher am Abend schon einmal solche Schmerzen. Einmal wäre ich deswegen fast vom Pferd gefallen. Einen weiteren Anfall hatte ich, bevor Ihr hereinkamt. Die Abstände zwischen ihnen sind noch ziemlich groß.«

»Ja.« Elsbeth half ihr, es sich wieder auf dem Stuhl bequem zu machen.

Elin schüttelte ihren Kopf. »Ich glaube nicht, daß ich etwas essen möchte, Elsbeth. Und ich weiß, Haakon hat mich zum Abendessen eingeladen. Eure Zofen haben es mir ausgerichtet, aber ich glaube nicht, daß ich in die Halle gehen möchte. Bitte entschuldigt mich.«

»Aber Ihr müßt, Elin! Ihr müßt!« rief Elsbeth.

»Warum?« wunderte sich Elin. Sie wußte überhaupt nicht, worum es ging. Elsbeth war offenbar außer sich. Sie wirkte abgehärmt. Auf ihren Wangen glänzten Tränenspuren. »Warum?« wiederholte sie ihre Frage.

»Wenn Ihr nicht in der Halle erscheint, gesund und in der Aufmachung eines geehrten Gastes, wird Owen meinen Gemahl töten.«

Owen saß mit den anderen auf einer der Bänke in der Halle an dem niedrigen Tisch. Haakon hatte Reinalds Tischanordnung beibehalten. Die Bänke bildeten ein auf den Kopf gestelltes U. Der Hochtisch an der der Flügeltür gegenüberliegenden Wand erhob sich auf einem niedrigen Podest. Die beiden niedrigeren langen Tische zogen sich nahe der beiden zur Tür führenden Wände über die gesamte Länge der Halle hin.

Owens Männer saßen auf der einen Seite eines jeden der beiden niedrigen Tische, Haakons auf der anderen. Owen selbst, Godwin, in seinen dunklen, pelzverbrämten Umhang gehüllt, und Enar saßen bei den anderen. Enar war mit seiner Axt bewaffnet. Owen trug nur sein Schwert und die Kleidung der Waldleute. Godwin war vollständig gerüstet und bewaffnet, aber von seinem dunklen Umhang verhüllt, war er nur eine schattenhafte Gestalt in der Düsternis an der Tür. Die niedrigen Tische waren alle nur schwach beleuchtet. Lediglich einige wenige qualmende Fackeln warfen ein bißchen Licht auf die beiden. Der Hochtisch erhielt dagegen genügend Licht von mehreren Fackeln und der großen, vielmäuligen Drachenlampe, an die Owen sich noch von Reinalds Zeiten her erinnerte.

Wie lange war es schon her, seit er in diesem Raum gesessen und getafelt hatte? Lange bevor die Wikinger ihn seinerzeit gefangengenommen hatten. Nun, im nachhinein erst, ging ihm auf, daß er gesiegt hatte.

Er war als Sieger aus dem Kampf hervorgegangen, den er vor so langer Zeit gegen Haakon und seine Wikinger begonnen hatte. Alles, was Haakon besaß, war in seiner Hand. Die einzige Frage lautete nun, was er mit seinem Sieg anfangen würde.

Er beugte sich zu Enar hinüber und sagte ihm leise ins Ohr: »Haakons Torwachen?«

Enar grinste. Er hatte einen wundervollen Tag verlebt. Das war in seinen Augen ein Sieg in überlegener Manier. An der Seite eines Mannes zu reiten, der so schlau war, daß er seinen Gegner vollständig überlistet hatte. »Gefesselt in einer der Vorratskammern. Denis und zwei von den Jungs passen auf sie auf.«

»Und die, die das Wild gehäutet haben?«

Enar lachte glücklich vor sich hin. »Ich habe ihnen ein großes Faß von Elsbeths bestem selbstgebrautem Starkbier geschickt. Sie sind nicht betrunken, aber ein wenig unsicher auf den Beinen und haben einen leicht glasigen Blick. Sie hatten seit längerem nichts mehr gegessen. Das Bier floß in einige sehr leere Mägen.«

»Dann gibt es nichts mehr.«

»Nein.« Enar schüttelte den Kopf.

Der kleine, dunkle Mann gegenüber von Owen fragte: »Was werdet Ihr mit uns machen?«

»Nichts«, antwortete Owen. »Ich werde keinem von Reinalds Leuten Schaden zufügen, weder ihnen persönlich noch ihrem Landbesitz. Alle Rechte und Privilegien sollen unangetastet bleiben.«

In diesem Augenblick nahm Owen eine erhöhte Betriebsamkeit um sich herum wahr.

Am Hochtisch führte Elin die Prozession in die Halle an. Sie saß neben Haakon, und er trat vor und rückte den schweren Stuhl mit den Armlehnen für sie zurecht. Ranulf, Tosi und Alfric befanden sich zu ihrer Linken. Owen billigte die Tischordnung. Haakon – oder Elsbeth – legten Taktgefühl an den Tag. Sie verdiente den Schutz seiner Leute. Elsbeth saß zu Haakons Rechter; neben ihr diejenigen von Haakons Männern, die beim Zerlegen des Wildes zugegen gewesen waren. Sie hatten alle, wie Enar versprochen hatte, einen glasigen Blick. Und sie waren feucht und sauber. Sie hatten im Pferdetrog gebadet.

Als alle Platz genommen hatten, betrat Bettena die Halle mit einem Tablett mit Bechern und einer Weinflasche. Haakon und Elsbeth begannen sich mit leiser Stimme zu unterhalten.

Elin ließ den Blick durch die Halle schweifen. Sie entdeckte Owen und lächelte. Ihre Blicke begegneten sich, und er erwiderte ihr Lächeln. Er war wie ein Mann, der monatelang durch die Wüste irrt, auf Gedeih und Verderb auf Brackwassertümpel und Schlammlöcher angewiesen, und dem man dann einen Krug klaren, süßen Wassers anbietet. Er hätte in der Schönheit dieses Lächelns ertrinken, sich für immer in diesen klaren, meerblauen Augen verlieren mögen. Diesen kurzen Augenblick lang waren sie auf seltsame Weise allein miteinander. Niemand bemerkte die geheime Botschaft, die zwischen ihnen ausgetauscht wurde. Der Augenblick höchster Liebe. Bei ihrem Eintreten hatte ihr die Anstrengung im Gesicht gestanden, aber sie verschwand, als es vom Glück verklärt wurde.

Nun wurde die Mahlzeit an den Tischen aufgetragen, zuerst

Wein, dann Suppe. Owen fiel auf, daß Elin nur eine Schüssel mit klarer Brühe, ein wenig Brot und Salz bekam. Er begriff.

Sie streute Salz auf das Brot, tunkte einen Teil davon in die Brühe und aß. Dann richtete sie den Blick auf ihn.

Er nickte kaum merklich. Sie stimmte seiner Entscheidung zu. Er hätte sie in jedem Fall durchgesetzt, freute sich aber zu sehen, daß sie zu demselben Schluß gelangt war wie er.

Er konnte erkennen, daß Elsbeth Haakon ablenkte, aber das würde nicht lange gutgehen. Owen musterte den Mann eingehend. Er besaß eine ungeheure Anziehungskraft und eine zwingende Persönlichkeit. Heute hatte Owen ihn überrumpelt. Er wußte, daß er sich kein zweites Mal so leicht überraschen lassen würde.

Haakons Augen wanderten durch die Halle. Einige der Mägde schwärmten aus der Küche aus und brachten Wein an die niedrigen Tische.

Owen bekam mit, wie die Erkenntnis über Haakons Züge huschte. Er wußte es.

»Aha«, flüsterte Enar vergnügt, »er weiß, daß er in der Patsche sitzt.«

»Owen!« rief Haakon. »Wo steckt Ihr?«

Owen erhob sich und trat von den Tischen fort ins Licht. Er stand nur zehn Fuß vom Hochtisch entfernt. Er trug eine Lederkappe von der Art, wie Elins Volk sie trug. Er zog sie sich vom Kopf. Im selben Augenblick hoben die Schützen ihre Armbrüste. Sie waren auf niemanden gerichtet, aber Haakon konnte erkennen, wenn Owen den Befehl dazu erteilte, wäre innerhalb kürzester Frist jeder tot, den er tot sehen wollte.

Haakon sah flüchtig zu Elsbeth herüber. Ihre eine Hand ruhte auf seinem Handgelenk, die andere auf ihrer Brust. Ihre Augen waren geschlossen.

Über den Hochtisch hinweg maßen Haakon und Owen einander mit Blicken. Haakon versuchte, seine rechte Hand an sein Schwert zu führen. Elsbeths Finger packten zu. Er sah ein, daß sie recht hatte. Das einzige, was er erreichen würde, wenn er jetzt sein Schwert zöge, wäre, sich umbringen zu lassen.

»Was wollt Ihr, Owen?« fragte er.

Owen antwortete ruhig und leidenschaftslos: »Ich will meine Ehefrau und meine Freunde.«

Haakon nickte. »Gewiß doch, zumal Ihr Eurem Wunsch solchen Nachdruck zu verleihen versteht. Ich muß mich fügen. Sonst noch etwas?«

»Du liebe Güte, der Mann hat Nerven!« flüsterte Enar vergnügt.

»Ihr habt zwei Möglichkeiten, Haakon. Die erste lautet, wir sind als Eure Gäste hierhergekommen.« Und bei diesen Worten verbeugte er sich und preßte die Lederkappe an sein Herz. »Die zweite lautet, wir sind als Eure Feinde gekommen, und Eure Feste ist gefallen. Als Gast werde ich mit Hilfe meiner Streitmacht einen Frieden für den Fluß und das Tal aushandeln. Meinen Feind jedoch werde ich töten. Und ich werde alles nehmen, was er besitzt. Wählt!«

Zu beinahe jedermanns Überraschung begann Haakon zu lachen.

»Wundervoll«, flüsterte Enar. »Aber es hat ja auch nie jemand behauptet, er wäre ein Feigling.«

»Wie habt Ihr das zuwege gebracht?« fragte er wild. »Verrat?«

»Nein«, widersprach Owen. »Das dürft Ihr nie von den Menschen um Euch herum denken. Euer See ist nur einfach nicht ganz so tief, wie Ihr glaubtet ... an einigen Stellen. Alle, alle sind Euch treu ergeben. Niemand hat versucht, sich mit uns ins Einvernehmen zu setzen, nachdem er gefangengenommen worden war. Aber die Männer waren Geiseln für das Wohlverhalten der Frauen und die Frauen für das der Männer.«

Haakon nickte. Dann entfernte er Elsbeths Hand von seinem Schwertarm, führte sie an seine Lippen und küßte sie. Sie sah die Finsternis in seinem Gesicht. Sie schwieg. Sie wußte, er wollte, daß sie versuchte, ihn davon abzubringen, aber zwei Tränen sammelten sich in ihren Augenwinkeln, flossen herunter und schmeckten naß und salzig auf ihren Lippen.

Elin taxierte Haakon stirnrunzelnd. Er wird nach diesem Schwert greifen, dachte sie. Eine schwangere Frau hat nicht viel, womit sie kämpfen kann, aber sie hatte ihr Körpergewicht, und genau das setzte sie ein, während sie gleichzeitig hoffte, sie würde nicht ausgerechnet jetzt weitere Wehenschmerzen bekommen und Owen ängstigen.

Sie erhob sich und drehte sich in dem Moment um, als Haakon nach seinem Schwert griff. Mit aller Kraft rammte sie ihm Ellbogen und Hüfte in den Bauch, um ihm sodann den Handballen gegen die Brust zu schmettern. Die Wucht des Aufpralls schnürte ihm kurzfristig die Luft ab.

Sie stand über ihm, die gespreizte Hand auf seiner Brust. »Nein«, fuhr sie ihn in scharfem Ton an. »Nein, Ihr werdet weder gegen meinen Gemahl kämpfen noch durch die Hände der Armbrustschützen sterben. Ich lasse es nicht zu. Ich lasse es deshalb nicht zu, weil Ihr hier bereits tiefere Wurzeln geschlagen habt, als Ihr wißt. In den geheimen Tiefen des Leibes Eurer Gattin hat Euer Same neues Leben geschaffen. In wenigen Wochen wird sie es zum erstenmal spüren. Es wird ein Mädchen werden, und ein glückliches dazu.

Nein, Haakon, Ihr werdet Eure Frau hier nicht allein zurücklassen, weinend, während ihr Leib unter Eurer Frucht anschwillt. Und, nein, Ihr werdet Euch nicht umbringen und sie allein lassen, bis sie wie ein Sack Salz dem ersten besten gegeben wird, dem Owen genug vertraut, daß er ihm gehorcht und sie heiratet. Wenn Ihr es wagt, so etwas zu tun, lege ich einen Fluch auf Euch, den Fluch einer Frau, und die Königin der Finsternis wird ihre Furien auf Euch hetzen. Tausend Jahre lang soll Eure Seele im Grab keine Ruhe finden. Das verspreche ich Euch!«

Ein allgemeiner Laut des Entsetzens stieg von den Bänken auf, und in der Halle fing alles an, laut durcheinander zu reden.

»Hölle und Verdammnis!« donnerte Godwin in den Tumult hinein. Er trat in den Vordergrund und stellte sich neben Owen. Haakon war wieder auf den Beinen. Er umarmte eine weinende Elsbeth. Godwin zeigte auf Haakon. »Du wirst doch diesen Strolch und seine Metze nicht so einfach davonkommen las…«

In diesem Moment gab es einen Krach, der jeden an einen

Schmiedehammer erinnerte, der auf den Amboß trifft. Tiefes Schweigen trat ein.

Ivor trat vor. Er war mit Godwin gekommen. Owen war aufgefallen, daß sie sich gut verstanden. Die beiden waren enge Freunde. Christ oder nicht, Ivor war ein Berserker. Niemand wußte, wozu er fähig wäre. Die Kapuze des schwarzen Umhangs bedeckte seinen Kopf. Er streifte sie zurück.

»Seht mich an, Jarl Godwin«, rief er. »Seht! Und Ihr auch, Haakon, hochmütiger Menschenschlächter.«

Seltsam, dachte Owen, wie jeder vergessen hat, daß Ivors Gesicht ein Trümmerhaufen ist. Ein Streitkolben hatte ihn getroffen, ein Hieb, der ihn beinahe das Leben gekostet hätte. Ein Auge war eingesunken und milchig trüb. Der Wangenknochen zerschmettert. Die meisten Zähne auf dieser Gesichtshälfte waren Stümpfe oder fehlten ganz. Aus dem zerschlagenen Auge und seiner Höhle sickerte ständig Schleim, der ihm über das Gesicht lief.

»Seht mich genau an«, dröhnte Ivor erneut, während er mit ausgreifenden Schritten die Halle durchmaß. »Ich bin das Gesicht des Krieges! Gibt es in diesem schönen Tal nicht genug für uns alle? Wenn wir großmütig miteinander umgehen, können wir dann nicht in Frieden leben?«

Owen beobachtete mit trockener Belustigung, wie die Anspannung aus Godwin und Haakon wich. Sieg! Nicht der, für den er stets gestritten hatte, aber nichtsdestoweniger ein Sieg.

Ranulf half Elin von dem niedrigen Podest herunter, und sie ging auf Owen zu.

Die Männer machten ihr Platz, und wieder trat Schweigen ein. Oder doch nicht? Owen konnte sich später nicht mehr daran erinnern. Alles, woran er sich erinnerte, war Elin, wie sie wunderschön und lächelnd in ihrem weiten rotbraunen Gewand auf ihn zuschritt.

Es gab einige, die hinterher sagten, in diesem Augenblick habe sich eine merkwürdige Dunkelheit über die Halle gelegt. Nicht eine böse oder unheilige Dunkelheit, sondern die Schönheit einer mit Glühwürmchen gesprenkelten Nacht, wenn die warme Luft gesättigt ist vom Duft des Geißblatts, wilder Rosen und blühender Bäume. Andere behaupteten, ferne Musikklänge vernommen zu haben. Sie hätten sich gefühlt, als stünden sie am Meeresufer und schauten weit über die See hinaus, in jenem Moment, in dem der Tag zur Nacht wird, und vernähmen die vom Wind herbeigetragenen Lieder derjenigen, die im Paradies des Westens leben, wo nur Sänger und Helden willkommen geheißen werden.

Aber vielleicht war all dies nur der Nebel der Illusion, der Schatten eines Traumgebildes. Aber andererseits, sind diejenigen, die solche Träume träumen, nicht um so glücklicher dafür zu preisen, daß sie sich etwas so Schönes vorgaukeln durften?

Dann erreichte sie ihn, und der Traum verblaßte.

Er war nur ein kleiner, dunkler Mann, dem sie begegnet war, als sie vor langer Zeit ein Wikingerlager ausgekundschaftet hatte, ein Mann, der sein Pferd gezügelt und sein Leben aufs Spiel gesetzt hatte, um eine schmutzige Sklavin zu befreien. Und sie war nur eine Frau, deren einziges hervorstechendes Merkmal ihre tiefblauen Augen waren, eine dunkle Frau, hochschwanger mit ihrem ersten Kind.

Er ergriff ihre Hand und küßte sie. »Näher komme ich ja nicht an dich heran«, scherzte er leise, während er ihr die Hand auf den Bauch legte.

»Im Augenblick«, gab sie zurück. »Die Wehen haben schon eingesetzt. Du wirst mir bald so nahe kommen, wie du es nur wünschen kannst. Näher, um genau zu sein. Ich brauche deine Hilfe. Die Männer unseres Volkes stehen ihren Frauen bei der Geburt bei.«

Er überraschte sie, weil er diese Sitte bereits kannte. »Alshan hat es mir erzählt. Ich bin bereit.«

Dann gingen sie gemeinsam fort, Hand in Hand, und begaben sich in den Raum, den Elsbeth als Gebärzimmer eingerichtet hatte. Sie hatten sich alles und doch wieder nichts zu sagen. Nun, da sie wieder vereint waren, zählte kaum noch etwas anderes. Sie hatten alle Zeit der Welt für die langen Stunden des Schweigens und die noch längeren Gespräche der Liebe.

Elin gebar das Kind kurz vor Einbruch der Dämmerung. Die Geburt war ein schmerzhaftes Ringen, da Erstgeburten häufig schwierig sind. Aber sie überstand es gut. Das Baby war ein Mädchen. Das wenige, was man bei der Geburt über ein Kind sagen kann, wies darauf hin, daß es dunkel wie Elin werden würde, jedoch mit den ebenfalls dunklen Augen ihrer Großmutter Wilsa. In der Tat schien sie in Elins Augen ihrer Großmutter ähnlicher zu sehen als irgend jemand sonst.

Elsbeths Abend bestand aus einer ganzen Kette kleiner Schrekken. Zunächst war sie schockiert über Owen, der sich weigerte, das Gebärzimmer zu verlassen, und darauf bestand, selbst bei den intimsten Details der Geburt zu helfen. Sodann über Elin, die in der Hocke und an ihren Ehemann geklammert niederkam. Und drittens über Sibylla, die unangemeldet auftauchte. Elsbeth drehte sich um, und da sah sie die kleine Waldfrau wie selbstverständlich auf der Bettkante sitzen. Sie kreischte los und erschreckte Sibylla ebenso, wie Sibylla sie erschreckt hatte.

Als die Nachgeburt gekommen war, schockierte Owen Elsbeth von neuem, indem er Elin mit einem Schwamm säuberte, ihr Schweiß und Blut abwusch und sogar das Haar neu flocht, das sich während der Geburt gelöst hatte. Dann zog er ihr ein frisches Leinenhemd an und half ihr sogar dabei, sich mit sauberen Tüchern zwischen den Beinen auszupolstern. Er und Elsbeth brachten sie zu Bett.

»Ich muß auf Godwin, Haakon, Enar und Alfric aufpassen«, erklärte er.

»Wie ist es gelaufen?« fragte Elsbeth.

»Angeblich gut«, antwortete Owen. »Zuerst haben Haakon und Godwin sich angeknurrt wie zwei wütende Hunde. Aber dann haben Enar und Alfric damit angefangen, lustige Geschichten zu erzählen. Sie haben auch mit mir schon ihr listiges Spielchen getrieben. Verdammt, sie sind beinahe unwiderstehlich, wenn sie einmal loslegen. Im Handumdrehen hatten sie Godwin und Haakon so weit, daß sie sich krank lachten. Enar schenkte Bier aus. Alfric tischte gebratenes Rindfleisch auf. Dann holte Alfric sein

Pergament und seine Federn hervor. Ich glaube, Haakon sollte sich genau ansehen, womit er sich da einverstanden erklärt hat, nüchtern und am Tage. Dasselbe gilt für Godwin. Ich habe Alfric strikte Order erteilt, niemanden etwas unterschreiben zu lassen.

Haakon und Godwin und der größte Teil des Haushalts sind schon vor Stunden in ihren Stiefeln schlafen gegangen, aber ich habe noch immer Armbruster, die am Tor und in der Halle Wache halten. Judith hat Nachricht geschickt, daß ihr Reisewagen für Elin auf dem Weg ist. Jetzt muß ich aber nach meinen Männern sehen. Ich bin bald zurück«, versprach er und warf Elin beim Herausgehen eine Kußhand zu.

Elsbeth umarmte Elin. »Was Ihr getan habt, war sehr großzügig.«

»Ich habe es für Euch getan«, erwiderte Elin. »Eure Leute reden Gutes über Euch. Sie hätten Owen nur Schwierigkeiten bereitet.«

Elsbeth gab Elin einen Gutenachtkuß und verließ sie dann. Sie fiel fast um vor Erschöpfung.

Sibylla saß auf einer Truhe in der Ecke. Elin winkte sie zu sich und flüsterte ihr etwas ins Ohr. Sibylla verließ das Gemach.

Elin legte das Kind an die Brust. Die Kleine nuckelte ein Weilchen, wurde dann jedoch nach Art von gesunden Neugeborenen schnell schläfrig. Sie akzeptierte ihren Wechsel aus dem warmen, nassen Mutterleib in die helle, verwirrende Welt des Geschmacks, des Tastsinns und des Geruchs, die erfüllt war von diesem fast schmerzhaften Licht, das wiederum von lauten Geräuschen und seltsamen Formen begleitet war, die kamen und gingen. Der Mutterleib war nicht übel gewesen; vielleicht würde es hier auch nicht allzu schlimm werden.

Sie kuschelte sich behaglich an ihre Mutter und schlief ein. Sie schlief noch, als Sibylla zurückkam. Elin krönte ihr mit Flaum bedecktes Köpfchen mit Apfelblüten, während Sibylla leise aus dem Zimmer schlüpfte und Elin allein ließ.

Owen kehrte zurück. Einen langen Augenblick blieb er dort stehen und betrachtete Elin, die ihr Kind wiegte und sich im dunkelgoldenen Schein der letzten Kerze der Nacht sonnte. Und er wußte, daß das Leben uns manchmal das vollkommene Glück beschert. Dann trat er ans Bett heran und stellte sich über sie.

»Erinnerst du dich«, fragte sie, »als du mir sagtest, du wünschtest, du könntest dir des Frühlings sicher sein? Erinnerst du dich, als du mir sagtest, du fühltest dich im ewigen Winter gefangen und würdest die Erde nie wieder ergrünen sehen? Nun, Gott ist der, der die Nacht des Todes in den Morgen verwandelt.«

Er setzte sich auf das Bett, und sie legte ihm das mit den Apfelblüten bekrönte Kind in die Arme. Die Kleine saugte an einer Hand, um dann den Arm auszustrecken und seinen forschenden Finger mit ihrer winzigen Faust zu umklammern.

»Hier«, flüsterte sie, »hier ist dein Frühling.«

DANKSAGUNGEN

Mein tief empfundener Dank gilt:

Mary Jane Selle für ihre sorgfältige Schreibarbeit;

Joyce Bell für Freundschaft und Ermutigung, wann immer es nötig war;

Barbara Dawson Smith und Arnette Lamb für Anregungen und Vertrauen;

Susan Wiggs, einer wahren Freundin, einer Freundin in der Not, die mir mit Rat und Tat beistand;

Michaela Hamilton für ihren Weitblick;

Lynn Nesbit für ihre Risikobereitschaft in einem gefährlichen Geschäft;

Anne Rice für all ihre liebevolle Ermutigung und Unterstützung;

David Thomson II;

Dean James, weil er mir dabei geholfen hat, mir in einer Welt, in der jeder Künstler schreien muß, um gehört zu werden, schreiend Aufmerksamkeit zu verschaffen, und für unerschöpfliche Ermutigung und gute Laune;

und Bruce und Gary von der B & G Plant Co. für Blumen des Lichts. Und möge ihnen das ewige Licht scheinen!

Karen O'Brien all meine Liebe.

Der größte Dank gebührt jedoch meinem geliebten und geduldigen Ehemann, Clifford Borchardt. Du bist wahrhaftig die Freude meines Lebens.

Eine zauberhafte Liebesgeschichte
und ein packender historischer Roman

Alice Borchardt

Die Mauern von Chantalon

Frankreich im frühen Mittelalter. Hinter den Mauern der Städte halten die Erben des Römischen Reiches die letzten Reste der Zivilisation aufrecht. Denn die gefürchteten Nordmänner verheeren von ihren Kriegsschiffen aus das Land, wenn man sich nicht mit einem Lösegeld freikauft – Jahr für Jahr. Doch nicht nur gegen Feinde von außen hat Owen, der junge Bischof von Chantalon, zu kämpfen, sondern auch gegen Verrat und Intrigen im Innern. Der schwächliche Graf Anton und sein brutaler Bastardsohn Gerlos, der verschlagene Adlige Reynald und der haßerfüllte Priester Bertrand haben ihre eigenen Pläne. Nur die schöne Elin, ein Mädchen vom alten Volk, steht Owen zur Seite. Ihr fällt es zu, die Bürger von Chantalon um sich zu scharen, um den Mann zu retten, den sie liebt.

»Ein Schmöker voll von wilden Wikingern, bigotten Pfaffen, edlen Rittern, klugen Frauen, Schicksal und Liebesglück, Heldenmut und schnödem Verrat.«

Neue Ruhr Zeitung

Aus dem Amerikanischen
von Susanne Tschirner
639 Seiten
Leinen mit Schutzumschlag
